碧海雄心

——根据同名电视剧改编

张永琛　改编

人民交通出版社股份有限公司
China Communications Press Co.,Ltd.

内 容 提 要

潜水员郑子航在一次救援失事渔船过程替搭档陈一诺牺牲，留下妻子叶萱和遗腹子。从此，陈一诺的感情世界纠缠在女友、烈士遗孀和富二代追求者之间。不堪重负的陈一诺把救助直升机机长高亮拉扯进来，却不想几人共同走进了爱情的暴风圈。而他们的事业，也同样处于暴风骤雨之中：救助打捞失事飞机、巨轮撞大桥、台风眼里救渔船、境外打击海盗救科考船、跨国南海大救援、打捞“南翔丸沉船”、飓风中救失火油轮……他们用生命演绎一个个动人的故事，他们用赤子之心赢得金不换的荣誉和爱情。《碧海雄心》以海上救援队为原型，讲述了一群默默无闻的救捞英雄在工作和生活中的故事。

本书是首部救助打捞题材电视剧改编的同名小说，全景展现救捞人波澜壮阔的故事，有助于社会公众了解我国救助打捞行业的实际情况，有利于行业宣传和救捞事业的发展。

图书在版编目（CIP）数据

碧海雄心：根据同名电视剧改编／张永琛改编．—北京：人民交通出版社股份有限公司，2017.1

ISBN 978-7-114-12652-9

Ⅰ．①碧… Ⅱ．①张… Ⅲ．①长篇小说—中国—当代 Ⅳ．①I247.5

中国版本图书馆 CIP 数据核字（2015）第 287782 号

Bi Hai Xiong Xin

书　　名：碧海雄心
著 作 者：张永琛
责任编辑：刘　君　朱同龄　闪玉薇
出版发行：人民交通出版社股份有限公司
地　　址：（100011）北京市朝阳区安定门外外馆斜街 3 号
网　　址：http://www.ccpress.com.cn
销售电话：（010）59757973
总 经 销：人民交通出版社股份有限公司发行部
经　　销：各地新华书店
印　　刷：中国电影出版社印刷厂
开　　本：787 × 1092　1/16
印　　张：16.25
字　　数：389 千
插　　页：17
版　　次：2017 年 1 月　第 1 版
印　　次：2017 年 1 月　第 1 次印刷
书　　号：ISBN 978-7-114-12652-9
定　　价：68.80 元
（有印刷、装订质量问题的图书由本公司负责调换）

目　录
Contents

第一章　海底是幽暗的

命运，时时刻刻充斥着意外。被改变的，不仅仅是自己，还有许多人，和事。

——陈一诺和郑子航最后一次并肩作战。

台风即将来袭！

乌云密布，狂风大作，波涛汹涌，天色昏暗。宁静的大海瞬间变成了愤怒的巨人，张开血盆大嘴像要吞没天海之间的一切。一艘漂浮不定的渔船正在浪头波谷间颠簸起伏，随时有沉没的危险。船上所有人都惊慌失措，哭泣声、喊叫声不绝于耳。人们本想趁着周末去海岛游玩，却不料遇到了热带风暴，休闲之旅已经变成了惊魂时刻。而就在这时，早已承受不住海浪撞击的船舱裂开了缝隙，终于找到突破口的海水猛灌进来，把渔船坠向无尽的海底深渊。

所有人都危在旦夕。也许，这将是每个人最后一次生命旅途。千钧一发之际，船老大发出了紧急求救信号。无线电波将信号准确无误地传送到救援基地指挥中心，基地主任杜伟成立即向救援船113号下达了救援命令。

陈一诺手拿望远镜，焦急地在海面上搜寻，同时用喊话器不停地呼叫遇险渔船的船老大。此时的船老大心急如焚，指挥船员和乘客们全力以赴自救却也没有阻挡住海水的涌入，眼见着渔船甲板渐渐与海面平齐，用不了多长时间就会沉底。

“撑不住啦！”

发出最后一句呼喊，陈一诺再也听不到船老大的声音了，话筒里传来的只是忽断忽续的电波杂音。一种不祥的预感涌上心头，作为一名身经百战的救生员，经历过上天、下地和入海的各种救援，遇到这种情况，往往意味着遇险人员已经遭遇不测。但只有要还有最后一线希望，就不能放弃。

陈一诺马上联络基地指挥中心要求派出救援直升机协助搜救。今日当班的是高亮，接到命令后马上向停机坪上的直升机跑去。迎面而来的大风吹得他步伐不稳，停机坪上的风向袋也被吹得哗哗作响。两名助手拿着风速单截住了他：“机长，地面风速太高，无法起飞！咱们只能等！”

等待，尤其是危急时刻的等待，漫长而煎熬。

一个巨浪打来，海水如瀑布般灌进渔船甲板，激起朵朵浪花，也将一切全都淹没。陈一诺终于在海面上发现了一个小黑点，仔细辨别后确定是一艘渔船。尽管不确定是否就是发出求救信号的那艘渔船，但在这样的恶劣天气里同样会遇到危险，于是救援船长尹启泰加大马力驾驶救援船全速前进：“做好准备，马上开始救援！”

尖锐的警报声立刻响彻整个船舱，救生员们各就各位，陈一诺和搭档郑子航迅速冲进装备室换上潜水服。两个人不仅是搭档，还是好战友、好兄弟。一起穿上军装成为陆

战队的一员，又一起进入救援基地当上救生员，人生的每一次重要转折都共同经历，彼此见证着成长历程。每当执行救援任务，陈一诺和郑子航总是并肩作战，同心协力，危险时候把生命交给对方。因为他们相信，无论是谁陷入险境，另一个必定会全力相救。

郑子航一只手往身上套着潜水服，另一只手抓起手机给在医院做产前检查的妻子叶萱打电话，可直到悦耳的旋律变成忙音，也没有人接听电话。怀孕已经五个月的妻子独自去医院，郑子航本来就不放心，如今手机又联系不上，急得他把潜水服穿反了还浑然不觉。陈一诺发现后说道："子航我看你情况不对头，今天就别下水啦。"郑子航把手机扔进了更衣箱："我不下水谁和你搭档？万一出了事，啊呸！什么事都没有。叶萱可能正在检查身体，才不方便接电话。"陈一诺也安慰道："把心放肚子里，咱儿子皮实，生下来就能翻跟斗。嘿嘿，随他爹，还有他干爸。"陈一诺用手指了指自己，走上前去帮郑子航重新穿好潜水服："你小子是有后了，我还连个媳妇都没有呢。不过，面包会有的，一切都会有的。"郑子航说："革命尚未成功，同志仍需努力。冲啊！"

披荆斩棘，迎风破浪。

陈一诺站在船头注视前方，渔船近在眼前，大半船身已经没进海水里，甲板上最高的舵楼成了唯一的救命稻草，陈一诺清楚地看到一群身穿桔色救生衣的人正在呼救。渔船已到了生死攸关、十万火急的时刻，船老大终于再次连上线了，这艘渔船正是发出求救信号的遇险渔船。可救援船近在咫尺竟无法靠近，巨大的风浪像一双有力的拳头将两艘船打上浪尖，又拉入波谷。救助队队长钟益民立刻指派陈一诺和郑子航驾驶救生艇在两艘船中间挂起救生网。轮机出网、牵引成功、挂网收紧，顺利完成这一连贯动作后，陈一诺率先爬上渔船，郑子航紧随身后。看到救星来了，遇险的人们呼喊着趟着海水直奔过来。

陈一诺忙大声呼喊，指挥众人听从安排，慌乱的人群才慢慢安稳下来。郑子航先跳到救生网上作示范，引导着人们有序顺利地从渔船爬到救援船。一个，两个，舵楼上聚集的人全都获救了。任务完成，收起救生网，陈一诺和郑子航刚跳到救生艇上，就有一个巨浪打来，已经千疮百孔的渔船再也经受不住，连最高的舵楼也快沉到水里了。然而，还有三个渔民被闷在了船舱里，凶多吉少！

时间就是生命，险情就是命令。

陈一诺和郑子航迅速背起氧气瓶、戴好潜水镜，准备下潜进船舱救人。看到郑子航已坐了艇尾正要翻身下水，陈一诺猛地抓住郑子航的胳膊让他留在救生艇上自己一个人下去。郑子航用另一只手拍了拍陈一诺的手背，又举起了大拇指。这是属于他们两个人的手势，即表示救援成功，也是预示着安全返回。

然而世事难料，更何况海上救助本就是高风险系数的职业。这时的陈一诺和郑子航谁都不会想到，这竟是他们最后一次并肩作战。也正因为此，陈一诺无法原谅自己。如果当时坚持不让郑子航下水，他就会活着，叶萱就不会失去丈夫，肚子里的孩子也不会没有爸爸。

没有如果，有些事情的发生是命中注定。

郑子航终于还是潜进了水里，陈一诺紧随其后。海面上波涛滔天，水面下暗流涌动，还好两个人凭借着丰富的经验和矫健的身手顺利进入了船舱。里面一片凌乱，由于长时间的海水倒灌让本来畅通的通道堆满了各种物品。陈一诺一马当先清理通道，打开了底舱小门，里面闷着不多不少正好三个渔民，个个惊恐不已。舱里的水已经淹到了他们的脖子，氧气已经变得稀薄，渔民们大口大口地喘着粗气，看到他们俩忙喊救命。陈一诺先安抚住他们的情绪，把最靠近自己的渔民先拖到身旁，护送着出了舱门，郑子航在外面接应，第二个渔民也顺利地救了出去。

还剩下最后一个，正是船老大，最先发出救命信息的是他，最后不肯出去的竟也是他。这艘渔船花了他全部的积蓄还有贷款外债，眼看着血本无归的他要与渔船同归于尽。陈一诺恼火道："活命要紧！船没了还能赚，命没了就赚不回来了！"

生命是宝贵的，且只有一次，但对于绝望的人来说，也许死才是解脱。面对陈一诺的急切营救，船老大无动于衷，摇着头想说出最后的遗言，刚一张开嘴一股海水却突然涌进底舱，一下子不见了踪影。

海面上，渔船舵楼仅存的尖顶也完全沉入了水里，救援船上的所有人眼睁睁地看着渔船被大海吞没，而陈一诺和郑子航还有船老大仍未浮出水面，九死一生。

渔船迅速下沉，整个船舱全都灌进了海水，漆黑一片，仿佛到了地球末日，没有任何生命迹象。两团微弱的光芒闪烁，是陈一诺和郑子航打开了头盔顶灯，举着生命探测仪一寸一寸地搜索着。突然，一只手紧紧地抓住了陈一诺输送氧气的导管，正是船老大。本想与渔船同归于尽的他在沉入水下后，反而激起了求生的欲望，挣扎中扯掉了陈一诺嘴上的呼吸器。呼吸器连着救援船上的制氧泵，失去氧气供应的陈一诺想减压上浮，却被船老大死死抓住，脱不了身。

生死攸关的时候，郑子航及时赶到，将自己的呼吸器戴在陈一诺的嘴上，而此时的船老大已因为缺氧而昏过去。郑子航转动身子从后面抱起他，向陈一诺打了一个减压上浮的手势。突然，两只大油桶连同一堆渔网朝着陈一诺砸过来。命悬一线，郑子航拼着全身的力气将陈一诺和船老大推开，而他自己却被油桶砸中压住。陈一诺又惊又急，拖着船老大已经瘫软的身子要过来营救，郑子航马上做出手势阻止："别管我，赶快上浮！快！"

船老大没有呼吸器，长时间缺氧，眼看着就快不行了。郑子航为的是救船老大。陈一诺只好先带着船老大上浮、减压、再上浮。两个人的身影渐渐模糊。被油桶压着的郑子航呼吸却越来越沉重，吐出一串气泡，慢慢阖上了双眼……

"子航，等着我回来救你，一定等着我。"陈一诺心急如焚地带着船老大浮出水面游向救援船，船长尹启泰和队长钟益民等人都聚在船舷处接应，急切地望着陈一诺。陈一诺忙说出郑子航被油桶砸中生死未卜，需要立即回去营救。一次次的下潜上浮，已经耗费了陈一诺的体力，然而他不能停下，郑子航还在等着他。心慌颤抖的感觉一阵阵袭来，陈一诺悔恨万分，是自己没有坚持带郑子航上浮，如果出了意外……

陈一诺不敢想象后果，奋力下潜回到深深的海底，郑子航已被两只油桶连同那堆渔网覆盖得严严实实，看不见人影。陈一诺暗道不妙，上前想要搬开油桶，但油桶却被渔网裹挟在了一起，纹丝不动，他忙抽出匕首来挥割着渔网，一不小心伤到胳膊，流淌出来的鲜血染红了周围的海水。这时候，又下潜来了一个人，竟然是很少下潜的船长尹启泰。他不是专业的潜水救生员，只能算是业余的，但为了营救队友，还是下来了。尹启泰帮着陈一诺分离割断了裹挟的渔网，搬开油桶后看到了郑子航。

郑子航双眼紧闭，没有呼吸，一动也不动，失去了所有生命特征。好兄弟、好战友、好搭档，郑子航已经牺牲了。

陈一诺不敢相信自己的眼睛，也无法接受这个事实，他和尹启泰将郑子航带回了救援船。天空响起了直升机的轰鸣声，是飞行救援队机长高亮带着救生员和医生林越赶来了。林越立即上前给郑子航做心肺复苏的紧急抢救，起初她拼着全力摁压，但慢慢动作迟缓下来。因为她知道，郑子航早在浮出水面之前就已经走了。林越的眼泪流了下来，担心地看着陈一诺。两个人是生死搭档，从来都是并肩作战，现在失去一个人，对于活着的那一个是最大的打击。

果然，陈一诺红着眼睛猛地推开林越，他要把兄弟救活。两只手使劲按压着郑子航的胸膛，吼叫着："醒过来，子航！你给我醒过来！"陈一诺有一肚子的话要对郑子航说，他的妻子和父亲都在等着他回家，没有出生的儿子不能看不到爸爸，还有他们约定要打捞"南翔丸"，一起实现梦想。可无论陈一诺如何呼喊，郑子航都毫无反应。

林越不忍心看陈一诺做着毫无用处的抢救，跪在旁边，将手放到陈一诺的手上："一诺，子航已经……"陈一诺不许她说下去："子航没有死，他只是累了，昏过去了。"陈一诺一挥胳膊将林越甩到一旁，不管不顾地做起人工呼吸，然后再接着心肺复苏。大家看着陈一诺的样子，眼睛全都含着热泪，为郑子航的离去而痛心伤感。林越站到陈一诺身后，双手按住他的肩膀，让他渐渐慢下来，直到他瘫坐在地，受伤的胳膊仍在流血。

"子航、子航……"陈一诺抱起郑子航的身子，痛苦地嘶喊，声音在海面上久久回荡，伴随着海风飘荡到四面八方。

从大海到陆地，从死亡到生存，生命有时候脆弱得会瞬间消逝，有时候又顽强得超出人们的想象。躺在检查病床上的叶萱看着超声波图像，感受着胎动，她和郑子航的孩子正在肚子里顽皮地游泳。五个月大的孩子已长成了婴儿形状，虽然仍不知道是男孩还是女孩，但足以让叶萱惊喜。如果丈夫郑子航陪同在旁，看到这个情景不知道该有多高兴。

检查一切正常，孩子非常健康。医生的答复让叶萱欣慰而兴奋，回到工作的丽人影楼后，才想起该把这个好消息告诉郑子航，拿出手机发现丈夫已经打过电话，自己却没有接到。原来为了不影响医生检查，叶萱把手机设置成了静音，她急忙打回去，却无人接听。只有执行任务时，郑子航才会不接听电话。叶萱把手机放进了衣袋，忘记了手机会对腹中胎儿有辐射。她有些神不守舍，总感觉有不好的事情会发生。从嫁给郑子航的那一天起，叶萱就知道救生员的工作充满着意外和风险，作为妻子要有一颗强大的心脏和坚定的信念。

叶萱正在为影楼的顾客化妆，这时肚子里的孩子动了，叶萱把手放在腹部轻轻地抚摸。这一切，全都被坐在梳妆台前的孔令雯看在眼里。她年轻漂亮，生活无忧无虑，选择丽人影楼拍摄写真集让老板兼摄影师曲文斌乐得分不清东南西北了。但如果知道孔令雯会在不久之后给他带来一场灭顶之灾，差点命丧大海，就不会像现在这样嘴里口口声声称她为"公主"心里暗暗叫着"财神"了，为了留住"公主财神"曲文斌让叶萱就像伺候公主一样伺候孔令雯。

相比之下，怀孕五个月还得站着工作的叶萱，显得格外的辛苦。这就是她的生活，她的选择。选择郑子航作为丈夫而付出的代价，但叶萱心甘情愿。夫妻二人很少花前月下，什么事情都得一个人扛着。叶萱从来就不是一个娇小姐，这些她都能克服，只要丈夫每一次的救援都能安全归来，就是她和这个家最大的幸福。

叶萱依然在胡思乱想，心不在焉，把孔令雯的眉毛给画得走了样却毫无察觉。曲文斌立刻上前训斥，讨好孔令雯。不料事与愿违，孔令雯反倒为叶萱打抱不平：“你眼睛瞎了？难道没看见她怀孕了吗？对一个怀孕的女人大喊大叫，你算什么男人！道歉！如果不道歉的话就不在你这影楼拍写真。”

曲文斌在心里把孔令雯连同她的祖宗八辈全都骂了个遍，脸上却露出媚笑，对叶萱说：“对不起。”说完这三个字又深深鞠了一躬，当他抬起头却看到叶萱满是意外、惊慌，还有悲痛的表情，手机也掉到了地上。突然，叶萱向门外冲去，把站在面前赔礼的曲文斌撞到了一旁。曲文斌还没有反应过来，一直坐着的孔令雯却意识到了什么，抓过皮包捡起叶萱的手机，也追了出去。曲文斌在后面疑惑：“出什么事了？个个像是老房子着火一样。”

丽人影楼门前，叶萱拿着钥匙开启着电动车，却怎么也打不着火。扔下电动车准备搭乘出租车，面前驶过的每一辆里面全都坐着乘客，叶萱急得眼泪都快掉下来了，不管不顾地冲上了马路，恰好一辆玛莎蒂尼疾驰而来。眼看就要撞上，却戛然而停。车窗摇下，孔令雯伸出握着叶萱手机的手招呼她：“快上车，去哪儿？我送你去。”

海港码头，人头攒动。救援基地指挥中心的领导和同事们来了，救生员的家属们来了，郑子航的父亲郑成泽和叶萱的母亲来了，还有报纸和电台的记者们也来了。这其中就有高亮的妻子赵笛，她在市电视台专题部当记者，每次有重大灾害、紧急救援等突发事件，都会被派来做专题报道。每一次的报道都令她痛苦不堪，更为经常参与救援的丈夫的安危日夜担心，她不知道自己还能坚持多久，如果哪一天实在是坚持不了，不是丈夫更换工作，就是离婚。因为，她根本承受不住亲人生离死别的悲痛，就像此时的叶萱。

叶萱来了。

她面色苍白，步履蹒跚：“子航在哪儿，在哪儿？”叶母忙迎上来扶住女儿，郑子航的父亲郑成泽悲痛地说：“子航没了。”叶萱不相信，流着的眼泪呼喊：“我要见子航！子航，你在哪儿？”

天空中传来螺旋桨的声音，高亮驾驶着直升机护着救援船 113 号正向码头驶来，驾驶舱里的尹启泰神色凝重地望着码头上聚集的人群：“鸣笛！”

笛，笛，笛，三声长鸣。悲天泦地，英雄归来。

陈一诺抱着郑子航走出船舱，走上码头，钟益民等人神色凝重地跟在身后，他们要亲自护送队友上岸。人生中最大的痛苦莫过于生离死别，没有见到最后一面，甚至连最后的电话都没有接到，叶萱就永远地失去了丈夫，她放声大哭，悲痛欲绝。叶母和郑成泽也老泪纵横，一个没有了女婿，一个没有了儿子，家里的顶梁柱倒了，日子还怎么过？

陈一诺悲愤地说：“子航是为了救我才牺牲的！他是替我死的！我对不起你们！”他把郑子航放到担架上，轻轻地盖上洁白的床单，在即将盖住脸时，叶萱阻拦：“让我再看看他……”

郑子航面色安详，就像是睡着了。叶萱亲吻着他的脸，忘情地抚摸着他，又握起丈夫露在外面的手，放到自己的肚子上：“子航，你感觉到了吗？我们的孩子醒了，正在叫爸爸，你听见了吗？”叶母忙上前：“萱儿，让子航安心走吧。”叶萱仍紧握着郑子航的手：“宝宝，这是爸爸的手，你要好好记住，长大了也不能忘了……”终于，她再也坚持不住了，倒在母亲的怀里。

眼前一片黑暗。

恍惚中，叶萱的脑海里突然出现了光亮，太阳冲破阴霾，灿烂的阳光洒在金色沙滩上，郑子航抱着叶萱快乐地旋转，洁白的婚纱在海风中飘扬。两个人结婚了，从此彼此的生命中不再独行，有了相依相守的陪伴。郑子航和叶萱手牵着手奔跑着，两个人朝着大海呼喊："我们相爱，我们要永远在一起！"

大海见证，山盟海誓。蓝天白云，感受幸福。叶萱快乐地在前面奔跑，郑子航在后面追逐，可突然间一切都不见了，慌得叶萱呼喊着寻找着，却什么也找不到。沙滩上，只有她穿着婚纱的孤独身影。

一场哀思如潮的幻觉。

叶萱多么希望她真的只是做了一个梦，醒来后生活还和从前一样。然而，幻境成真，当她睁开眼睛，已经躺在医院的病床上，因为悲伤过度，出现了流产的征兆，叶母和郑成泽不放心地一直守候在一旁，陈一诺也来了。叶母长叹一口气，站起身，郑成泽忙说："亲家你累了，要不先回家歇歇？"叶母看着憔悴的郑成泽："你也没比我好到哪儿去，走吧，出去透透气，正好我也有话对你说。"

两位老人出了屋子，剩下陈一诺站在那里，看着眼睛直直地瞪着天花板的叶萱，一时之间竟不知道说些什么。叶萱悔恨万分，不该去做产检，不该把手机设置成静音，连丈夫最后的声音都没有听到。她的眼泪流了下来，陈一诺慌忙说："别哭，对肚子里的孩子不好。"叶萱并不说话，连看都不看陈一诺一眼。陈一诺知道这是在怨他没有救出郑子航，他也懊恼，恨自己没有坚持把郑子航带出来。如果有可能的话，陈一诺真想代替郑子航沉在水底。现在，没有了郑子航，只留着叶萱和没有出生的孩子在世间，人生最残酷的事情莫过于此。

这时，门轻轻地打开，高亮来了。他和陈一诺、郑子航同为陆战队时的战友，在部队里义气相投，又一起进入救援队，感情更胜从前。如今郑子航不在了，他和陈一诺得照顾好叶萱和郑成泽，这是他们参加救援队时许下的誓言，是一辈子的承诺。

病房外面，叶母满脸严肃地向郑成泽说出她经过一天一夜深思熟虑又激烈斗争后才做下的决定——叶萱肚子里的孩子不能留。反正孩子也有不好的征兆，借着这个时机用药打掉一了百了，胎儿再大了母子都会有危险。郑成泽想的是子航已经不在了，郑家就剩下这唯一骨血，他恳求亲家母留着孩子，生下来他养着，爷孙相依为命。叶母坚决不同意，她心疼女儿，而且郑成泽都奔七十的人，照顾自己都费力怎么能养孙子？

尤其重要的是，孩子不能一生下来就没有爸爸。

郑成泽悲痛欲绝地问："亲家母，不留孩子这事叶萱同意吗？"叶母说："我让她亲口说给你听，走，进屋去。"叶母和郑成泽进入病房，陈一诺和高亮看见两人表情严肃，不知道发生了什么，还没等开口，叶母就发话让他们两个先出去。陈一诺和高亮只好走出病房，关上了房门。

叶萱仍在默默地流着眼泪。叶母心疼地拿起毛巾为女儿擦拭眼泪。女儿现在所走的路正是她从前经历过的，当年丈夫突然离世，留下了孤儿寡母，让他们母女受尽了艰辛和欺侮。同样，幼年丧父的痛苦也让叶萱刻骨铭心。每当有不懂事的孩子和她发生矛盾时，一句"你没有爸爸"，立刻令叶萱崩溃。从小与母亲相依为命，没人比她更清楚失去父亲对一个孩子的成长意味着什么。所以当母亲说出不留孩子时，叶萱只是哭着恳求公公原谅，尽管心如刀绞，但如果无法给孩子一个健全的家庭，又何必让他来到这个世界上受苦受难？面对泪流满面的儿媳妇，郑成泽再也说不出话来，昨天他失去了儿子，今天又要失去孙子，这双重的打击令他一下子衰老了许多。

无可奈何，又无能为力。

郑成泽步履蹒跚地走出病房，陈一诺忙上前搀扶，见老爷子脸色不好，便要陪着去看医生，郑成泽有气无力地说了一句“回家。”郑家的客厅正中，悬挂着郑子航的遗像，英俊帅气的郑子航穿着救生服，用炯炯有神的目光注视着大门，就像丈夫在等待妻子和孩子的归来。大门打开了，进来的只有郑成泽，后面跟着陈一诺和高亮。两人马上走到郑子航的遗像前，低下头三鞠躬。

郑成泽的眼泪又流了出来，迈着沉重的脚步走进儿子的房间。窗前写字台上的一个大纸箱格外的引人注目，里面放着郑子航曾经的梦想和心血，可现在这些东西不应该还留在家里，郑成泽走了过去。客厅里的陈一诺和高亮正在低声商量着以后如何照顾好老人和叶萱还有即将出生的孩子，就吃惊地看到郑成泽抱着纸箱走到郑子航的遗像前，从里面取出几张纸放在火盆里点燃：“这些是你的梦想，完不成了。现在，爸都烧给你。”

陈一诺像是想到了什么，上前抢过资料把火扑灭，看着已烧毁过半的几张残片，激动地说道：“这是‘南翔丸’的资料，是子航费尽心思整理收集的，也是我们兄弟三人的共同梦想。子航看得比命还重要，伯父您怎么就给毁啦!”郑成泽说：“子航已经不在了，留着还有什么用?”陈一诺说：“‘南翔丸’是比金山银山还要珍贵的宝藏，我和子航、高亮进入救援队的第一天就立下誓言，要亲手打捞出‘南翔丸’。”郑成泽摇头：“从你们进入救援队到今天，也有三年了吧？‘南翔丸’沉在水底快七十年了，这么多年为什么不打捞？连我这个老头子都明白，是打捞不上来。技术不行，水平不行，条件不成熟，就跟秦始皇陵一样，得留给后代。”

陈一诺一时语塞，高亮也不得不承认郑成泽说的有道理也是事实。郑成泽苦笑着，又点燃一根火柴准备烧毁文件。不料陈一诺伸手抢过，把文件紧紧地握在手里，“南翔丸”绝不能留给后代打捞，他捧起纸箱塞进高亮的怀里：“这辈子打捞不上来‘南翔号’，这辈子我就不结婚!”高亮和郑成泽顿时愣住，陈一诺说：“子航的心愿我和高亮替他完成。子航不在，我和高亮还在，伯父虽然失去了一个儿子，但多了两个儿子，我和高亮孝敬您，给您养老。”郑成泽又悲伤起来：“儿子没啦，孙子也没啦。”

陈一诺一惊，像是想到了什么，上前抱起郑子航的遗像就往门外冲去……

第二章　这一个承诺

生命，是一个轮回。当一个生命终结，会有新的生命诞生，这便是生命的意义所在。

手术室大门紧闭，“手术中”的红灯正亮着，红得鲜艳，红得刺眼。

陈一诺正紧紧盯着眼前的红灯，吉普车前堵着看不到头的队伍，急得他恨不得长出翅膀带着郑子航的遗像飞到叶萱面前，恳求她留下肚里的孩子，保住郑子航留在世上的唯一骨血。

红灯终于变成了绿灯，陈一诺猛地踩了一下油门。因为启动过猛，本来立在副驾驶座椅上的郑子航遗像“啪”的一声倒在了座位上。陈一诺心头一震，好像看到一个小男孩正跌向无尽的深渊。是个男孩，冥冥中陈一诺认定叶萱和郑子航的孩子一定是男孩。如果孩子保不住，那便是他对郑子航犯下了永远无法饶恕的罪过。他不会原谅自己，这一辈子都会在愧疚与悔恨中度过。

手术室门口的红灯终于灭了，“手术中”三个字隐入了暗箱里。病房里，叶萱躺在病床上抚摸着腹部，她和郑子航的孩子只在肚子里孕育了五个月，不知道是男孩还是女孩，连名字都没有起，就要离开母体了。一想到残酷的分别即将来临，叶萱抑制不住地伤心流泪。叶母忙拿起纸巾给女儿擦去泪水，担心事到临头她会反悔，劝说着：“别再胡思乱想了，长痛不如短痛，痛过就好了。妈受了半辈子的苦，不想你再像妈一样。都安排好了，马上该做手术了。”

这时，护士进来了，上一台手术刚刚结束，轮到叶萱去做术前准备。叶母扶起女儿，跟着护士出了病房，向手术室走去。叶萱走得很慢，只要孩子在她的肚子里多待一分钟，她就仍是个母亲。从病房到手术室，要穿过一条空中走廊，长长的路程，叶萱却感觉很短，可尽管她的双腿有千斤重，还是走到了手术室门口。

跨过这道门，便是她和孩子在今生的缘分尽了。

手术室大门打开，叶萱却愣在了那里。任凭护士唤名字，叶萱仍一动也不动，她的孩子在动。肚子里的孩子感受到了迫在眉睫的危险，不安分地动了起来，令叶萱心如刀绞、肝肠寸断。

“不能进去，孩子得留下！”气喘吁吁的陈一诺抱着郑子航的遗像跑过来：“孩子也是一条命，得留下！”叶萱生气：“你走，我不想见你。”在来之前陈一诺已经做好了心理准备，任凭叶萱打骂，是他让她失去了丈夫，恨他怨他都是应该的。如果有可能的话，他会用自己这条命来补偿。可是叶萱并不领情，无论怎么弥补都不会让郑子航死而复生，只要人活着，她就有丈夫，孩子也有爸爸，她也不至于要迈进这道门槛。一旁的叶母更是生气陈一诺的不请自到，这是家务事，轮不到他这个外人来做主。为了不让叶萱本就不坚定的心意被扰乱，叶母使劲把女儿推向手术室的大门。

然而就在这时，令人震惊的事情发生了。

男儿膝下有黄金，陈一诺为了留下孩子跪在叶萱和叶母的面前：“求求你们留下子航的骨血吧！我知道一定是个儿子，你们不养我来养。郑子航，我的生死兄弟，当了三年救生员，救过八十三条性命，这样一个男人，怎么能没有后代！我们之前说好的，不管谁在救援中出了意外，牺牲了，活下来的人，就要替牺牲的人照顾好家里的老小！这不是句空话，这是好友、兄弟的生死嘱托！”

见此情景，叶萱大惊，她没有想到陈一诺为了留下与自己毫无血缘的孩子竟然跪下，还发誓承诺。而自己作为母亲，却要扼杀亲生骨肉，愧疚的叶萱终于从手术室里走出，跪在陈一诺的身旁，抱过丈夫的遗像：“子航，我对不起你，也对不起我们的孩子。我错了，再也不做傻事了，我会把孩子好好生下来，看着他长大。”叶母又尴尬又愤怒，把手术单据全都塞进陈一诺的怀里：“陈一诺，是你说的要照顾她们母子！好，从今往后，我闺女和她肚子里的孩子，都交给你了！”

陈一诺坚定地说：“我陈一诺一诺千金，说到做到！一定会当好爸爸，照顾好叶萱。”陈一诺扶起叶萱，一抬头却看见林越正站在前面。林越是这家医院的医生，听说叶萱要做手术，特意过来看看，恰好看到陈一诺的一跪、一诺，她面如止水，心里却是翻江倒海。眼前这个男人从高中起就开始追求自己，如今却为了别的女人而跪下。跪下的不仅是男人的尊严，还有他们两个人之间将近十年的感情。想到这里，林越转身离去。陈一诺忙在后面喊着她的名字，林越却头也不回地加快了脚步，她不该看到刚才的一幕。

顶天立地是男人，忍辱负重也是男人，只要能留住郑子航的血脉，陈一诺任何事情都愿意做，他相信作为心理医生的林越会理解自己的所作所为。把叶萱送回病房后，陈一诺就跑到了林越的办公室，透过门口的玻璃窗看见林越正在翻看病历本，神态自若，仿佛什么事情都没有发生过。陈一诺暗暗放下心来，推门进去。不料，林越连头都没有抬，冷冷说道：“进入办公室之前先敲门，连小孩子都明白的道理你难道不明白吗?”陈一诺一愣，站在那里想了想，退出了办公室，“咚咚咚”地敲了三下。里面传来的声音依然冷冷地：“进来。”陈一诺进来走到林越面前：“刚才的事情……”林越仍低着头，意思很明白，这里是办公室，现在是上班时间，如果不是询问与病情有关的事情，请立刻出去。陈一诺明白林越为何生气，一定是责怪自己自作主张，于是挠着头说：“哎呀，有件事跟你商量商量。”

林越猛地一抬头，目光比声音更冷，就像一把利剑要穿透陈一诺的心胸：“跟我商量干吗？我又不是你老婆！”陈一诺一听：“你怎么又不承认了？是，你现在还不是我老婆，可明年呢？明年还不肯嫁给我？我从高中就开始追你，还要让我追到什么时候?”林越说：“我什么时候答应要嫁给你了？我跟你说过，有我姐的前车之鉴，我不可能嫁给一个干救援的！所以你别再自作多情，也别再跟我这里浪费时间了！何况，你现在已经给人家当上爸爸了，干脆连孩子的妈妈也一起……”越说越气的林越合上病历本，使劲往桌上一拍，“陈一诺，我再说一遍，这里是办公室，现在是上班时间。”无奈的陈一诺只好说道：“行行行，作为病人家属，询问我父亲的病情，总行了吧？走，和我一块儿去看看他。”

陈一诺的父亲陈援朝躺在病床上，怀里抱着一个没有完成的轮船模型正沉沉地睡着。从额角到面颊上有一道长长的伤疤，无声地诉说着这是一位经历非凡、有故事的老人。老人刚刚打过镇静剂，好不容易睡着了，但他已在睡梦中回到了从前工作的货轮上。突然爆炸声响起，燃起了熊熊大火，轮机舱和驾驶舱一片混乱，船长陈援朝急忙指挥灭火、抢险。然而因火势迅猛，轮船意外倾覆下沉，陈援朝不仅不让船员们立即逃生，反而命令他们将货舱里运送的所有物品全都封死在船底舱，以至失去了最佳逃生时间。结果是所有船员全都命丧江底，陈援朝反而成了唯一的幸存者。获救后的陈援朝马上受到组织审查，却无法证明清白，也一直背负着害死船员们的罪名。在那个年代，这个罪名足以让一个人前途尽毁、人生无望，所以陈援朝选择了自杀。然而，他又一次活了下来，也又多了一个畏罪自杀的罪名。

沉重的打击令陈援朝心力交瘁，积郁成疾，患上了精神疾病，被送到医院治疗直到今天。在陈一诺的记忆里，父亲在医院里从年轻帅气住到了白发苍苍，尽管不认识自己，可他是父亲世上唯一的亲人。每当闲暇时，陈一诺总会来医院陪伴父亲，给他擦身、洗脸、剪指甲，陪着他说话。可得到的反应常常是父亲突然间从床上站起来，双脚立正鞠躬敬礼，然后如祥林嫂般的一遍又一遍的重复同样的话："我不是贪生怕死、玩忽职守的船长，请组织重新审查。"

每当这个时候，陈一诺都痛心不已，总是紧紧拥抱父亲。他从来都认为父亲是清白的，历史是公正的，总有一天，他会替父亲找出真相，让父亲沉冤昭雪。今天虽然父亲没有和他说话，陈一诺还是先抱了一下父亲，然后轻轻抽出父亲怀里的轮船模型放到床头，又弯下腰从病床下面拖出一个大纸盒，数着里面整齐码放的几十个大大小小的模型，加上床头上没有完工的那个一共是 52 个。做了这么多的模型，上次探望时送到的粘胶也该用完了。陈一诺将纸盒塞回床下后从口袋里取出一管粘胶，放到了床头柜上。

林越站在门外，静静看着里面的陈一诺在用心地照顾父亲，这是一个好男人，将来也会是个好丈夫、好父亲，可他刚刚对生死搭档的妻子许下的承诺又让林越无法释怀。一个失去丈夫、又有孕在身的女人，是多么需要和渴望旁边有一副有力的肩膀依靠。

叶萱在叶母的陪伴下回到了郑家，郑成泽打开房门，知道这个时候手术也该做完了，这辈子也听不到有人叫自己爷爷了，善良的老船长仍嘱咐儿媳保养好身体，以后的日子还长着呢。感动得叶萱流下了眼泪："爸，您也要保重身体。"郑成泽老泪横流："爸这身子骨老啦，保也没用。"叶母不愿意："老郑你这话我就不爱听，你身子骨不好将来怎么带孙子，想累死我一个人啊。"郑成泽一惊："我的孙子？"叶萱说："爸，我没做手术，孩子好好的。"郑成泽欣喜异常，激动地眼泪都快掉下来了："好孩子，你是我们老郑家的功臣。子航要是知道了，肯定也高兴。"

此时此刻，叶萱终于意识到肚子里的孩子对自己、对公公、对这个家的重要性。幸亏陈一诺及时赶来，叶萱不敢想象如果孩子真的没有了的后果。但陈一诺又是害得郑子航丧命的人，叶萱对他仍有怨恨，心里百感交集又矛盾万分。

这时，门铃响起，陈一诺来了，后面跟着高亮。一时之间不知如何面对陈一诺的叶萱走进了卧室，叶母也跟着进去了。高亮把郑子航的遗像收起包装好交给郑成泽，他和陈一诺已经商议好要替郑子航尽孝。虽然陈一诺承诺照顾好叶萱母子，但作为三位好兄弟中的老大，高亮也表示义不容辞。感动不已的郑成泽无法用言语表达，不停地点头："好好好，你们两个都是好儿子。"这时，叶母从里屋露头说了一声："说不定，还会是好女婿。"

其实叶母这话就是冲着陈一诺说的。在医院里陈一诺跪下的那一刻，叶母心里就盘算好了，叶萱留下了孩子，将来再嫁便成了困难户，陈一诺有诚心又有担当，是女婿的最好人选。然而最终成为叶家女婿的人却不是陈一诺，而是高亮，只不过此时的每一个人都没有预料到。

生活，本来就是如此的变幻莫测。

叶母走出卧室，再次嘱咐陈一诺要说话算话，既然承诺给孩子当爸爸，那么郑子航活着时候没能做的、当爸该做的，全都得做到，但凡以后叶萱跟孩子受了一点委屈，叶母都会找他算账。陈一诺马上做了个标准的立正姿势：“请伯母放心，我绝对不会让嫂子和孩子受半点委屈！”高亮也敬礼保证监督陈一诺。叶母瞅了他一眼，心想瞎掺和，你能保证什么啊？万一陈一诺不给自己当女婿，有妻有女的高亮也不能代替啊。

心里是这么想的，叶母嘴里说的却是让女儿收拾好东西跟自己回家。郑成泽又紧张起来，在他看来叶母本就不同意叶萱留下孩子，只是碍不过陈一诺的恳求而暂时答应，如果回到叶家白天黑夜没完没了地抱怨劝说，说不定叶萱又会被送进手术室。叶母早看出了郑成泽的担忧，才说出她的道理来，这里是叶萱和郑子航一起生活过的家，每一个角落都能唤起回忆，怀有身孕的叶萱只能更伤心。等生下孩子，过了月子，叶母会亲自把女儿和外孙送回来，让郑成泽享天伦之乐。听她这么一说，所有人才放心地笑了。突然高亮开口说明天救援队全体要举办一个隆重的仪式，送郑子航最后一程。

海鸥低翔，汽笛长鸣。救援船 113 号劈风斩浪行驶在辽阔的海面上，掀起的波涛绽放朵朵浪花，与绑在船舷上的白色玫瑰交相辉映。救生员和海上救援中心的人，还有被郑子航救援过的人整整齐齐地排成两排，手捧骨灰盒的叶萱缓缓从他们中间走过。基地主任杜伟成带头敬礼，所有队员们也都齐刷刷地举起了手。

叶萱走到船舷边，轻轻抚摸着骨灰盒，丈夫生前最爱大海，所以才让他永远和大海相伴。郑成泽看着叶萱：“孩子，让子航魂归大海吧。”叶萱强忍着悲痛，打开骨灰盒，和郑成泽一起将骨灰连同白色的玫瑰花瓣撒向大海。

浪花翻卷，瞬间汇聚成海，转而又尽情绽放，有如生命的轮回。那些被救生还的学生们胸前佩戴着白花，眼睛闪烁着泪花。还有那些渔民们，在船老大的带领下纷纷跪下，以他们能做到的最隆重的礼仪向救命英雄送去最后的感谢与敬意。

从码头回到基地指挥中心，陈一诺就找到队长钟益民询问“南翔丸”何时才能提出打捞申请。钟益民伸出三个手指头，三年之内是不可能打捞，原因无需再问，一句话，时机不成熟。钟益民理解陈一诺急迫想完成郑子航的心愿，但这个世界上有些事情偏偏急不得，欲速则不达。

这些道理陈一诺都明白，可就是心里着急，细算起来，从郑子航离世那天起，他许下了一个又一个承诺，每一项承诺都是以自己的前途事业甚至终身大事为保证，这些承诺就像是一座座大山压在陈一诺的胸口，令他喘息困难。

几天后的实地训练。

天空乌云密布，海面波浪滔天，一艘游艇倒扣向下，大半船体都已下沉，只有船头一角露出海面，靠一块大礁石支撑着。波浪起伏的海面，刮着大风，将直升机下悬吊的陈一诺吹得摇晃。他向下看到已经着陆的钟益民，努力的保持稳定，然后抬头向直升机绞盘手赵五一做出手势，示意钢索继续放下，直到陈一诺稳稳地落到了礁石上。松开钢索，整理一下救生衣，两个人立即潜进了海里。

海平面下，倒扣着的游艇像一团乌云笼罩在两个人的上方，好在很快找到了舱门，顺利游了进去。陈一诺看着周围的环境，在脑海里闪现出游艇的结构图，辨别好方向，对着钟益民打了一个手势，两人向游艇里面游去。上了楼梯，转弯，再经过一个又一个狭窄的入口，来到了一扇被各种杂物挡住的舱门前。清理完门口杂物，两人通力配合，一起打开了舱门。越往里游通道越狭窄，钟益民和陈一诺仍一前一后的继续前行。

一股巨浪涌来，冲击得游艇剧烈摇晃，陈一诺忙拉住钟益民的胳膊，两人相互支撑站稳了身子。钟益民示意陈一诺先带“遇险者”上浮，陈一诺却摇了摇头，将“遇险者”塞给钟益民，转身又进到底舱。钟益民来不及阻拦，陈一诺已经游走了，很快在空间狭小的储物舱里发现了另外一名“遇险者”，抱着往外游去。当他浮出水面，已将第一名“遇险者”送上直升机的钟益民配合着陈一诺给这名“遇险者”套上了救援套。当他们全都安全进入直升机，钟益民这才责备陈一诺：“你在水下怎么又不听我的命令?”陈一诺说：“因为下水前给的任务是寻找两名遇险者，当时只找到了一名!”钟益民听后，不满地瞪视：“陈一诺，我再次提醒你，以后参加救援，要绝对服从命令，不要自作主张，以免给你的搭档带来危险。别忘了子航是怎么死的!”

陈一诺犹豫了一下，说道：“我欠着子航的一条命，我知道!”那次救援如果换作陈一诺被油桶砸中沉海，郑子航也会先带着遇险者上浮送回救援船，然后再回来救自己。就像那道流传许久的测试题，当妻子和母亲同时掉进水里，先救哪一个?陈一诺和郑子航还没进入救援队时就得出了同样的答案——救离自己最近的那一个。唯有这般，才能保证至少一条生命得救。这才是对生命的敬畏与尊重，也是一名合格的救生员应该具备的职业道德。

眼见两人的火气渐旺，赵五一忙送上毛巾解围，说出了基地领导决定要把飞行队和潜水队“混搭”训练的消息。不仅要提高效率，还要讲究创新，增加新生力量。

当这几个人还在直升机里喋喋不休地争论时，他们口中的新生力量丁超已拿着行李前来报到，住进了郑子航从前的宿舍。这是一个双人宿舍，对面床铺收拾的干净整齐，尤其是被子叠得四四方方如豆腐块般，显示出主人曾经的军人身份。这正是陈一诺的床铺，丁超已从基地领导和队友们那里了解到关于他的只言片语，救援经验丰富，为人侠肝义胆，但也有着“不听话”的最大缺点。同为血气方刚的男人，丁超清楚“不听话”这三个字意味着什么，是敢作敢当，不服从领导，他对这位未来的师傅兼搭档产生了好奇。

陈一诺结束训练任务，和队友们一起乘坐直升机回到了基地中心的停机坪。刚走出机舱就接到了叶母的电话，里面传来急促的声音说叶萱去了医院，她叫陈一诺赶紧过去。陈一诺马不停蹄，从停机坪直奔停车场，开着吉普车冲出了基地大门。坐在方向盘前，心急的陈一诺顾不上违反交通规则拿着手机不停地打电话。结果却是叶母关机，叶萱又不接电话。陈一诺唯有加大油门，吉普车轰鸣着冲向医院。

前面一个十字路口，黄灯正在闪烁，马上就要变成红灯了，东西方向行驶的陈一诺急着赶过去，突然南北方向抢过来一辆豪华跑车，幸亏他反应迅速，一脚踩下来了个紧急刹车。

此时，红灯亮了。

看着前面的红灯，陈一诺马上浮现出“手术中”的红色灯箱，他不明白本已经回心转意的叶萱为何又去了医院?回想起郑子航对未来儿子的期待，白发苍苍的郑成泽对

孙子的渴望，还有自己的下跪恳求，恼火的陈一诺使劲捶打着方向盘，将喇叭按得“嘀嘀”直响。好不容易赶到医院，陈一诺跳下吉普车，连钥匙都没拔就跑进医院大楼，直奔手术室。一个熟悉的人影正要迈进大门，陈一诺在后面大喊“叶萱”的名字，她却头也不回地走了进去。

陈一诺眼睁睁地看着手术室大门关上，他冲了过去，敲打着紧闭的大门：“叶萱，快出来！你忘记对子航的承诺了？你亲口说过要留下孩子的！”门打开了，伸出一个护士的脑袋，训斥他在这里大声喧哗，而且刚刚进去做手术的患者名字也不叫叶萱。陈一诺一愣：“那，我儿子的妈妈怀了孕能去哪儿？”“妇产科！还儿子，当爹太不合格了。”护士生气地关上了大门。

陈一诺连连点头，又摇了摇头，长舒一口气，缓了缓情绪才去往妇产科的办公室。这回看准了是叶萱坐在医生面前，才走进去抱怨她不打招呼就一个人来了医院。还没等叶萱开口，正在写病历的女大夫抬起头没好气地说：“你们这些男人啊就是大意，还责怪老婆独自来医院，再不来就晚啦，你老婆都见红了，你这丈夫是怎么当的？”

陈一诺开始还丈二和尚摸不着头脑，当明白后脸一下就红了。叶萱忙说：“大夫，没他的事儿，可能是我最近压力太大了。一诺，你先出去吧，我还得让大夫检查一下身体。”叶萱之所以不接电话，就是不想麻烦陈一诺，毕竟他还没有结婚，更没有照顾孕妇的经验。

得到特赦令的陈一诺逃跑一样地出了妇产科，就看见林越正和同事说话。林越也看见他了，却故意装作没看见转身走开。陈一诺追了上去：“躲谁呢？”林越说：“这里是医院，是我工作的地方，我用得着躲谁啊？行啊你，真当起爸爸来了，陪着做产检来了，还真是模范父亲。”陈一诺对叶萱的用心林越全都看在眼里，陈一诺也知道这样会伤害林越的感情。

然而，他只能这样做，也必须这样做。

一诺千金。

第三章　萌犬的眼泪

命运的不可预知，注定了情感的日积月累和猝不及防。

——陈一诺救了孔令雯，还有她的狗。

墨蓝的大海波涛起伏，耸立的黑色礁石仿佛神话中的邪恶势力，从海浪中探出身影等待着摧毁不速之客的时机……

一艘游艇由远而近地驶来，黑暗中不偏不倚地撞在了礁石上。在撞击的一瞬间，船舱里的孔令雯和曲文斌等人顿时感到翻天覆地，尖叫着全都掉进了水里。慌乱中曲文斌按动了脖子上挂着的相机快门，“咔嚓、咔嚓”地不停连拍。

“救命！”

曲文斌惊恐地大喊，双手颤抖着从口袋里拿出了手机，找到救捞飞行基地的电话，连续按了几次才将电话拨过去。

中国交通救捞飞行基地值班室的电话响了起来。值班员迅速接起电话，电话那头传来了曲文斌颤抖的声音。

“我们六、六个人都泡海里了，游艇扣在大石头上呢，你们赶紧、赶紧来呀！救命呀！”

“你们要坚持住，我们马上派救生员去救你们！请描述一下你们所处的位置。”

曲文斌虽然害怕但思路还算清晰，把游艇遇险的位置报告给了值班员，值班员放下电话，立即连线指挥中心。

在指挥中心值班的救捞飞行基地主任杜伟成听完值班员的报告，迅速而果断地对旁边的钟益民说：“钟队长，现在的情况跟上次演习的情况非常相似，船体倒扣，情况非常复杂。立即派两名救生员跟机救援，其他救生员上113号救援船！”

钟益民问道：“潜水队和飞行队还是混搭？”

杜伟成胸有成竹地说：“发挥各自优势，混搭！”

钟益民：“是！”

救捞飞行基地的装备室里，金旭、夏林、小满、王思安等救生员已经开始迅速地更换潜水服。新来的丁超被晾在了一边，没人顾得上他。丁超站在原地东张西望，焦急地问：“还没给我潜水服呢！有没有备用的啊？”

这时，刚陪叶萱去做产检的陈一诺突然进来。陈一诺一边麻利地打开装备室柜子换上潜水服，一边告诉钟队长自己已经掌握了现场情况，请钟队长下命令安排自己参与救援。丁超的直觉告诉自己眼前这个人正是他十分想见的陈一诺，便伸手过去自我介绍说是潜水学院应届毕业生，也是他的新搭档。一听到“搭档”二字，陈一诺的脑海里顿时浮现出郑子航的面孔。在他们的心目中，“搭档”二字非同小可，意味情同手足、肝胆相照，乃至生死相依，而不是眼前这个贸然的闯入者。陈一诺并没有握上丁超伸过来

的手，而是冷冷说道："新来的菜鸟？飞不好再扑腾到海里去。这不是训练，是实战！"如果丁超惧怕危险就不会来救援基地，他已经被安排成为陈一诺的搭档，理所当然要求一起参加实战。

陈一诺当即拒绝，没想到钟益民考虑片刻便答应了丁超的请求，还让丁超使用郑子航的更衣箱和里面的装备。陈一诺挡在前面不答应，他不需要搭档，也不给所谓的新人当师傅，郑子航曾经使用过的东西是他心中的圣物，不允许被他人使用。钟益民瞪大眼睛，以队长的名义命令他必须服从命令，而且是无条件的。官大一级压死人，在救援队里执行任务的时候，队员服从队长是铁律。陈一诺只好让出更衣箱，盯着丁超一字一顿地说："这个更衣箱的主人是一名优秀的救生员，为了营救战友而失去宝贵的生命。记住，他叫郑子航。你不要给他的东西抹黑。"

说完，陈一诺大踏步走了出去，丁超在后面望着他的背影，脸上却露出笑容，这才是真正的汉子。有这样的师傅带着自己，又是搭档，总算没有白来救援基地。脑海里想着，手脚忙碌着，丁超迅速地换上了潜水服，戴上脚蹼和潜水手套，拿头盔、呼吸器、潜水手电、潜水刀、多功能生命探测仪等。出乎队员们的意料，初来乍到的丁超竟然对这一套程序十分熟络。没有金刚钻别揽瓷器活，丁超有信心和能力成为一名像郑子航那样优秀的救生员。

救生员的工作光荣而艰巨，救助他人的前提是明知山有虎，偏向虎山行，尤其是突如其来的险情，更蕴藏着不可预料的危险。高亮的妻子赵笛整天提心吊胆，作为电视台新闻记者，分配给她的任务就是跟踪报道灾情救援，而同时她又承受着所有救生员家属都要经历的担心和不安。这样的日子，令她苦不堪言，以至于年纪轻轻就出现了更年期症状。每一次的任务出征，赵笛都紧张焦虑，担心高亮的安危。尤其是郑子航出事之后，她更是卧不安席，以至于添了双腿抽筋的毛病。表妹林越告诫过她尽早调节情绪，否则的话总有一天会患上精神病，成为她的一名患者。赵笛也试着让丈夫换份工作，但高亮斩钉截铁地摇头否定。结婚这么多年，赵笛始终无法理解高亮为何如此热爱这份救援工作，难道危机重重、险况频发的救援真的会令人执着痴迷？在外人的眼里，赵笛和高亮夫妻恩爱，又有一个可爱的女儿恬恬，是幸福的三口之家，她不想让家庭陷入危机，甚至走向破裂。所以今天，赵笛主动请命要跟随丈夫一起执行任务，亲身体会救援过程。

于是，正在停机坪围着直升机做着起飞前最后检查的高亮惊讶地看到赵笛和扛着摄像机的小方从缓缓驶来并停稳的汽车里下来。得知妻子要随机跟拍，高亮不同意，赵笛却取出杜伟成给的通行证："高亮，实话告诉你吧，我不只是为了拍片，还为了看你到底是怎么工作的。我就是要亲眼见识一下你面对的危险！"赵笛推开高亮，径自上了机舱，小方尴尬地跟在后面。高亮看着赵笛的背影，隐隐有些担忧，一只手落在了肩头："别身在福中不知福啊，出个任务还有夫人跟着。"说完这话，陈一诺也钻进了飞机，丁超跟在后面，高亮只好坐进驾驶室。

直升机很快飞到了游艇出事的海面上空，陈一诺拿着望远镜向下搜索，很快就看见一艘白色游艇侧翻在海面上的一块礁石旁。游艇周围，几个落水的人正在拼命挣扎。高亮立即降低飞行高度，直升机倾斜着贴近海面。坐在机舱里的赵笛因为这急速地下降而头晕眼花，捧着呕吐袋狂吐不止。陈一诺关切地送上矿泉水和晕机药。这时，传来了高亮的声音："准备救援！"

机舱内的气氛顿时紧张起来。陈一诺检查着自己身上的安全锁扣，一旁的丁超也照着样子紧了紧安全带。随着高亮的口令，飞机后舱门被拉开，气流一下子涌了进来，吹动着陈一诺的头发。丁超脸上露出紧张而兴奋的神色，看到陈一诺在机舱门口观察情况也忍不住凑了过去。陈一诺厉声道："回去！这次救援你只能见习，不能参与。"丁超不服："我是你的搭档，不是你的助理，你无权命令我。"

此时海面上遇险的人看到直升机飞来，忙对着天空拼命喊叫。陈一诺坐在机舱门口让双腿垂在外面，然后回身向绞盘手赵五一竖起了大拇指，就被放到了游艇附近。赵笛虽然害怕，仍马上让小方跟拍，遇险者和救生员的表情都要拍特写，任何过程和细节都不能错过。

人命关天。

直升机贴近了海面，强大的气流冲击海面，翻起层层浪波，并卷起水雾。不远处的曲文斌等几个遇险者上不了礁石，只能随着波涛汹涌的浪波，时而冲上浪峰，时而跌入波谷，不断发出哭喊声。陈一诺观察好情况，解开系在自己腰上的安全索，从半空一落而下，掉入水里。巨大的惯性带着陈一诺慢慢下沉，他挥动着手臂，奋力向上划动，很快浮出了水面，向着翻扣的游艇游去。遇险者有男有女，虽掉入水中泡了好长时间，但因为都是年轻人并没有出现体力不支或者精神失常的情况，一见来了救星更加拼命地呼喊，有的更为了能让自己先获救而扯下脖子上的粗金项链或者手上的钻石戒指作为回报。面对求生心切的几个人，到底先救哪一个？

陈一诺没有丝毫的犹豫，恪守着和郑子航定下的救人准则，先救离自己最近的人。于是，陈一诺游向了曲文斌。曲文斌大喜过望，在陈一诺的帮助下爬上了礁石，他虽然是影楼老板，但和身边这些有钱有势的富二代相比，他就是一个打工仔，没想到陈一诺竟然先救起了自己，他激动得语无伦次："我，你，缘分啊，咱俩握个手吧。"陈一诺正在给他的身上套钢索："这时候握什么手，老实点。"曲文斌一听，双手立刻上举做出投降的姿势，正好方便陈一诺把钢索穿过腋下，勾好挂钩，打出手势，曲文斌立刻被拉起。他身上的水珠不断落下，击打在陈一诺的脸上，但陈一诺却没有躲避，看着曲文斌靠近了机舱才转身跳进水里挥动手臂向下一个遇险者游去。年轻女孩、帅气男孩其他五名遇险者相继被陈一诺救起，离开了海面。

海面上再也没有人影了，陈一诺又一遍在脑海里计算了一下他救起的遇险者，一共六个人，正好与求救电话里的信息相符。救起了全部的遇险者才算任务完成，陈一诺这才最后一个上了直升机。在进入机舱的那一刻，陈一诺又扭头看了一眼海面，只看见游艇的船底孤独地漂浮着。和浩瀚的大海相比，生命格外脆弱。

机舱里，被救上来的六个人全都惊魂未定，披着毛毯仍不停地颤抖。曲文斌突然崩溃，瘫软到地板上嚎啕大哭。陈一诺说："还是不是爷们？命都回来了，哭什么！你们六个人，六条命，全都活着。这就返航，送你们回陆地。"曲文斌一听，马上停止哭泣："不是六个，是七个，公主没上来！"

"公主是谁？"

"公主就是雯雯，孔令雯，也是这艘'雯游艇'的主人。"

孔令雯早就预定了丽人影楼的写真拍摄，选好了日子，正是今天。她带着闺蜜好友一行人还有摄影师曲文斌浩浩荡荡地登上了用自己名字命名的"雯游艇"，要拍摄一套充满海洋浪漫风情的照片。曲文斌施展出十八般武艺，伺候得孔令雯和朋友们

心花怒放、心满意足。写真顺利拍完天色还早，大家玩得兴致勃勃，谁也不想早早地回去，孔令雯就驾驶着游艇向远海开去。可没过多久，海面就起了风浪，越来越大，越来越猛，曲文斌等人都害怕起来，唯有孔令雯因大风带来的刺激更加兴奋，反而加快了速度，驾驶着游艇横冲直撞，直到撞上了礁石，所有人都掉进了海里。说到这里，曲文斌又哭了起来，求救信号是他发出的，因为紧张害怕，把他心目中最重要的财神公主给忘记了。

在刚才获救举手投降时曲文斌就没给陈一诺留下好印象，没想到还真是误了大事。陈一诺顾不上谴责，连忙拿起通话器向高亮报告还有一个人没有被救上来，但礁石和附近海面没有发现，可能被扣在游艇里面，应该取消返航，继续搜救。曲文斌愕然道："什么？还要救援？公主已经被浪头卷走了，肯定不在船里。咱们还是顾着活的，快点儿回去吧！"陈一诺有些反感地看着他："你已经活下来了，还怕什么？"曲文斌不敢再说什么，讪讪地裹紧了毛毯，听到前舱传来高亮的声音顿时面露喜色。作为机长的高亮有责任要把获救人员及时且安全地送回陆地，虽然还有一个人失踪，但谁都不能确定失踪者一定被困在游艇里面，仅仅因怀疑而延误返航时间是在做毫无用处的搜救，如果失踪者早被水底暗流冲走，或者在这期间已经进入机舱的获救者们再有个三长两短——毕竟他们在海水里浸泡了那么长的时间，所有的过失都会算到救援队的头上。

正当高亮在紧急思考的时候，曲文斌突然手捂胸口、表情痛苦地哼叫起来，他的心脏病犯了，要马上去医院。旁边的年轻女孩也害怕起来，让陈一诺赶紧通知机长现在就返航。不料，陈一诺一把揪住曲文斌的衣襟："再敢装模作样，我就把你从直升机上扔进海里喂鱼！"陈一诺早就看透了他藏的鬼心眼，无非是不想耽误时间，越是这样，越要救人，哪怕只有一线希望。

陈一诺大喊："救人要紧，出了事，我担着！""我也担着！"始终在观望的丁超总算有机会说了句豪言壮语。赵笛也将鄙视的目光投向曲文斌，这样的人真给男人丢脸，与高亮和陈一诺这些救生员相比简直是天壤之别，但真要出了事故首先要担责任的不是陈一诺和丁超，而是机长高亮。想到这里，赵笛也想劝说丈夫返航，刚一张口又猛烈呕吐起来。陈一诺继续向高亮喊话："还记着我们三人当年说过的誓言吗？只要有一线希望，就不能放弃！"他相信高亮听到这样的话一定会返航救人，于是用力把曲文斌推到一旁，用手指着他，那意思就是老老实实待着。看着陈一诺的神情，曲文斌绝对相信他是一个说到做到的人，果真把毯子蒙到了头上像个蚕蛹包裹起来。可没过几秒钟，就眼前大亮，陈一诺猛地把他头上的毯子掀起，曲文斌惊骇："我都听话了，怎么还要给我扔海里去啊？我这脑袋……"陈一诺打断："对，就你这脑袋藏着的坏心眼一定记住了游艇的结构。"陈一诺还真问对人了，曲文斌记得很清楚，但无论叙说得如何详细也不如相片看得清楚。原来他胸前一直挂着照相机，从坐上游艇就开始照，就连落水的过程也都照了下来，如果没被海水损坏的话能看到所有的照片。

船舱内，海水正在慢慢上升。孔令雯身体泡在水中，只有胸口和脑袋还浮在上面。这里的一切都是颠倒的，应急灯在水下闪烁不停。孔令雯咬着牙，伸手拉开了一个抽屉，里面物品立刻漂了起来，她从眼前的水面上抓住了一个，用力挤压，这是一个挤压后会发光的塑料球。孔令雯把能抓到手的小球都弄亮，让这些发光的小球陪伴着她，也让上涨的水面变得清晰可见。这时，她隐隐约约听到了外面传来轰鸣声，便抓起一个发光球向船舱后部游去。

救助直升机正悬停在游艇上空，陈一诺先顺着吊索下来，跳到即将沉没的游艇上。突然听到后面扑通一声，丁超竟然也跳下来了，他可不想错过这样一个千载难逢的实战机会。看到陈一诺恼怒的目光，丁超忙双手抱拳："救人要紧。"陈一诺只好先拿出生命探测仪探测，仪器却毫无反应。两人对视："难道真被海浪冲走了？"

话音未落，一道巨浪袭来，将陈一诺和丁超的身体全都淹没，两人顿时眼前一片漆黑。

黑暗的空间里不知道时间，孤单单的一个人在这黑暗中仿佛被上天抛弃，连一点光线都不肯给她。孔令雯使劲睁大了眼睛，强打着精神，冰冷的海水让她清醒过来，她仍被困在游艇最底层的舱室里。被海水挤压空气都汇聚在这小小的空间，让她一直坚持到现在。可现在，她就要坚持不住了，只能使劲仰着头，把那张她最为骄傲的美丽脸颊浮出水面："有人吗？有没有人啊？"孔令雯喘着粗气大声叫喊，声音被封闭在这个狭小的空间中，变得诡异而沉闷。难道，这艘用自己名字命名的"雯游艇"就是她最后的归宿？

"笛、笛、笛"，生命探测仪终于发出报警声，显示里面有生命迹象。游艇外面正在与时时袭来的海浪搏斗的陈一诺兴奋不已，用力敲打船板："孔令雯！孔令雯！能听到吗？"已经快要昏迷的孔令雯忽然听到了呼喊声，清醒过来，抓起浮在眼前的一个杯子，拼着全身的力气敲击着头顶上的游艇地板："我在这儿，救命！"丁超隐隐听到了声音，忙把耳朵贴在游艇的底部："有声音！她还活着！"陈一诺立即向直升机上的高亮报告，高亮马上联系救援船 113 号赶过来。此时的陈一诺察觉游艇已经处于极不稳定的状态，随时都会沉没，忙把潜水镜和呼吸器全都戴好准备下潜，一旁的丁超则不停地给孔令雯鼓劲："再坚持一下，我们马上去救你！"

突然，游艇的侧面冒出一个巨大的气泡卷起漩涡，游艇顺势向海里倾斜，眼看就要沉了。这时，坐着救生艇的钟益民和金旭等救生员也赶来了。钟益民将钢索抛给陈一诺和丁超，嘱咐他们两个人在水下先确认搜救路线，时刻注意不要被钢索缠住，出现任何情况都要在第一时间报告，千万不可擅自行动。陈一诺和丁超抓住钢索潜了下去，发现倒扣的游艇落在了一块巨大的礁石上，宛如一个跷跷板。陈一诺前后观察了一番，用双手向丁超打了个叉，丁超也做了个同样的手势回应，两人一起减压上浮。水下情况复杂，确认不了孔令雯的具体位置。而且船的状态很不稳定，无法进行救援。所有人都着急起来，空有着浑身功夫却无用武之地。心急火燎的陈一诺一拳砸过去，恨不得把舱底砸穿。可就算他的拳头再厉害除了把手砸得生疼，对坚固的金属舱底也根本不起作用。但这一砸还真砸得灵光一现，既然已经确定孔令雯被困在船舱里面，何不直接在舱体打开一扇窗。

事不宜迟，立即行动。

所有救生队员全都跳入水里从游艇的不同方位用手支撑起船体，陈一诺和钟益民拿着切割机从船舱的侧面开始切割，丁超仍负责向里面的孔令雯喊话打气。

同心协力，争分夺秒。

陈一诺手脚并用，很快割出了一道缝，再加上钟益民的默契配合，窗户打开了，光线直射船舱。本已闭上眼睛的孔令雯突然受到太阳光的刺激，刚想张开嘴说话却说不出来，那张美丽的脸慢慢沉到了水下，游艇也开始出现下沉的迹象。

情急之下，救人心切的陈一诺立即扎到了水里，丁超见状也跟着扎了进去。钟益民还来不及发话，这两个人就擅自行动，顾不上生气的他从切开的窗口处探身到海水里，寻找着孔令雯。此时的孔令雯已经思绪飘散，感觉身体也飘了起来，正飞在蓝天白云里，轻松而快乐。她放声歌唱，却听不到回音，胸口憋闷起来，闷得她喘不上气，紧紧闭着眼睛。突然一股新鲜的空气注入腹中，给了她力量。孔令雯睁开眼睛，看到了一张年轻英俊的面孔。陈一诺正把呼吸器戴在她的嘴上，用眼神鼓励着，孤助无援已致绝望的孔令雯见来了救星，一下子紧紧搂住了陈一诺的脖子。

陈一诺抱着孔令雯向水面浮起，这时丁超也游了过来，帮着托举孔令雯的身体。在接触的瞬间，丁超感觉到心脏剧烈跳动，一颗为孔令雯剧烈跳动的心。原来，这就是一见钟情。丁超的目光完全被孔令雯吸引住了，虚弱的模样掩盖不住美丽的容颜，冰凉的海水也抑制不住爱情的萌发。不知不觉，丁超怔住了。直到陈一诺拍打着他的后背才反应过来，两人一起带着孔令雯游到了救生艇旁，被队友们拽了上来。

孔令雯仍眼睛闭着卧在那里，丁超移动脚步要凑过去，陈一诺猛地伸手扯住他的衣领怒斥：“谁允许你下海的？这不是训练！船要是沉了，别说是救人，连你的命都保不住了！”丁超不服气：“凭什么你能下去我就不能下去！”陈一诺说：“就凭我参加过几十次实战！实战懂吗？不是你在学校里头拿着枕头绣花！”丁超正想反驳，这时，一个巨大的漩涡慢慢转动起来。钟益民立即把救生艇开出漩涡，救生员们眼睁睁地看着白色游艇倾翻向礁石的另一侧，顷刻间就被大海吞噬。看到这个情景后，丁超才感觉到阵阵后怕，而这时陈一诺已经过去扶起孔令雯，将直升机降下的钢索绕到两个人的身上系好，惊魂未定的孔令雯仍紧紧搂着陈一诺的脖子。

两人被钢索拉起进入机舱，曲文斌等人连忙围了过去要接过孔令雯，可孔令雯却不肯松开陈一诺，注视着他的眼睛，突然搂紧他吻了一下。这个时候，丁超也被拉了上来，恰好看到了这一幕，连忙拿了条毯子跑过去裹住了孔令雯，可他并没有等到期待和渴望中的香吻，疲劳加恐惧让孔令雯又晕了过去。

机长高亮已将七名遇险者全部获救的消息传送给指挥中心，准备返航。一直跟拍救险经过的赵笛才有片刻的放松，拿着望远镜观察着海面，突然叫道：“你们快看，还有只小狗！”陈一诺忙把望远镜拿过去，果然发现在露出的礁石尖上，有一只小狗在挣扎哀鸣。曲文斌看着昏睡的孔令雯说：“是小白，公主的狗。”

生命没有高贵低贱之分。

陈一诺坚持要把小狗救上直升机，但有一个严峻的现实，油箱燃料即将耗尽，如果为了一条狗而把直升机上的所有人都置于危险之中，得不偿失。曲文斌等人七嘴八舌的或是劝说，或是反对，丁超在照顾昏迷不醒的孔令雯，他的心头也在进行着思想斗争，如果换作自己，该如何选择？这时听到了陈一诺正义凛然的声音：“我们是来救命的，小狗也是一条生命，能多救一条命就多救一条命！”

瑟瑟发抖的小狗蜷缩在礁石唯一露出水面的地方，看着起伏不定的海潮直涌过来，无处可躲。前方不远处，掀起了一片巨浪，铺天盖地而来，吓得小狗绝望地闭上了眼睛。突然一声巨响，陈一诺从天而降，抓起小狗抱在怀中，同时钢索拉起，身子离开了礁石。同一瞬间，那片巨浪以摧枯拉朽之势撞击到了礁石，溅起一片硕大无比的浪花。

陈一诺矫健的身影吊在直升机下面，随着海风飘荡，怀里抱着的小狗正流下眼泪。狗通人性，知道感激。陈一诺没有放弃最后的希望，救起了所有的生命，哪怕是一条小狗，他用行动承诺着当初许下的誓言。

一诺千金，说到做到。

陈一诺抑制不住大功告成后的喜悦，高声呼喊："救援任务胜利完成，现在返航!"

第四章　理解是爱的别名

理想的实现，需要辛勤的汗水和坚定的信念，任何困难都不会阻挡前行的脚步。

——陈一诺亦是，高亮亦是，丁超亦是。

基地指挥中心的停机坪，两辆救护车闪烁着警示灯呼啸而来，医护人员推着担架车跑了过来。之后又驶来两辆黑色轿车，杜伟成等基地领导也来了。每个人都神情严肃，仿佛进入了一场没有硝烟的战斗中。

突然，由远而近奔来一辆豪华的劳斯莱斯，而且是限量版的幻影系列。人们不知道里面坐了什么大人物，正在低声议论时劳斯莱斯已在他们的面前停下。前面副驾驶上坐着的秘书连忙先下车打开后车门，派头十足的孔祥海从里面走了出来，有眼尖的人认出这正是赫赫有名的船王。正在疑惑不解的人们还在猜测船王为何来这里时，空中传来轰鸣声，高亮驾驶着救援直升机回来了。

巨大的气流吹动着停机坪上等待的人们，吹得他们衣衫掀起，头发凌乱。当直升机平稳着陆，丁超最先抱着孔令雯走出机舱，将她放入早已准备好的担架上，孔祥海忙奔过去握起她的手："雯雯，雯雯！"原来，孔令雯这位财神公主竟然是船王的女儿，是名副其实的千金。死里逃生的她仍昏昏沉沉，马上被推进了救护车，孔祥海当仁不让地陪着女儿。而一颗心已被俘虏的丁超转身从陈一诺怀里抢过小狗也在救护车即将关门的瞬间蹿了上去。陈一诺正要追过去，身后的赵五一扯住他的衣衫："你是真没看出来？你的新搭档坠入情网了。"

爱情的降临，猝不及防。爱情的维系，却需要日积月累的用心呵护。赵笛和高亮的爱情正面临着严峻考验，当其他人都离开了直升机，她最后一个走出来，双腿又抽筋了，伴随着无法遏制的恶心，赵笛忙忍着酸痛找个角落呕吐起来。她终于亲自体会到丈夫的救援经历，也身临其境感受到了其中的危险，更加坚定了她要向高亮摊牌的决心。此时，一只手体贴地为她轻轻捶打后背，一瓶矿泉水送到眼前，高亮轻声责怪："叫你别来你偏来，这回知道锅是铁打的了？"赵笛转过身子，望着丈夫，久久不说话，心里做着激烈的斗争，终于开口："高亮，如果你不换工作，我们就离婚。这样的日子我受不了了。"说完，赵笛转身走开，越走越快，留下满脸无奈的高亮一个人站在那里。

这样的日子时时刻刻充满着意外和危险，但正是这样的日子锻炼了一个真正男人的意志和品格。每一次救援成功归来，高亮的心里总会涌起自豪之感，人的生命是多么的宝贵，而他就是那只拯救生命的上帝之手。

一只手轻轻抚摸着孔令雯的额头，虽然医生说过女儿只是受了惊吓而昏睡，孔祥海仍担心不已。丁超小声说道："公主是被困得太久了，一会儿就能醒了。"当看到孔祥海转身望着自己，丁超忙举起小狗解释："我是救生员，是我救的她。我，我上来给她送狗。”孔祥海说：“谢谢你救了我女儿的命。”丁超不好意思：“也不是我一个人救的，还有，还有……小白，赶紧找你的公主去。”

丁超没有说出陈一诺的名字，把小狗放到孔令雯的身边。小狗爬过去伸出粉红的小舌头舔得孔令雯睁开了眼睛，她虚弱地对着父亲笑了一下，就把目光投向身旁围坐着的几个人，丁超忙挺直腰身想给她留下好印象。不料，孔令雯只一扫而过便焦急起来：“他救了我，还救了我的儿子小白。”孔祥海奇怪地看了一眼丁超，好像是在质问他为何刚才说谎。丁超脸憋得通红，鼓起腮帮子说：“他救了你，我也救了你，不过你‘儿子’确实是他救的，那是他违反命令擅作主张。说不定现在钟队长正在训他呢。”

基地装备室的门口，金旭、夏林等队友们挤成一团将耳朵贴在紧闭着的大门上，表情严肃地探听着里面的动静。钟益民果然在发脾气，训斥陈一诺为了一只宠物狗让直升机延时返航，越来越无组织、无纪律。陈一诺不但不检讨错误反而强词夺理，气得钟益民扔下一句“我看你的眼里根本没有我这个队长”，便拂袖离去。堵在门口偷听的队友们躲闪不及，索性也不跑开，昂首挺胸的排成两排，就差一句“向队长敬礼”了。钟益民一愣，气得用手指了指他们，想说什么却没有说出来。等他走远，队友们全都冲进了装备室。

陈一诺在生闷气，真是官大一级压死人啊，这些日子以来总感觉钟益民处处跟自己过不去，故意吹毛求疵。队友们忙七嘴八舌地劝说，队长有队长的责任，得对所有队员的安危负责。这时高亮走进来，手里拎着啤酒。真是好兄弟心有灵犀，被训的陈一诺也想一醉解千愁。两个人来到了码头。

夕阳西下，落日的余晖洒下了满地的金黄。陈一诺和高亮并肩而立，高举着酒瓶，先把第一口酒敬给了在这里送走的郑子航。兄弟三人中，高亮是天上飞得最高的，郑子航是水里潜得最深的，陈一诺是陆地上跑得最快的，他们同是陆战队的战友，身手非同一般。然而郑子航已经不在了，只剩下他们两个。作为老大哥的高亮话不多，但说起话来份量十足，一定要替郑子航完成打捞“南翔丸”的心愿，陈一诺用力地点了点头。两人把酒瓶碰撞一起，听到清脆的响声，“哈哈”大笑，然后一饮而尽。

陈一诺捏起一粒花生米扔到空中，又用嘴接住：“活着真他妈的好！连吃颗花生米都觉得幸福！说句实在话，我现在真有点儿后怕，那船就是个跷跷板啊，只要一头儿往下沉，立马就翻，差一点儿我就跟水鬼当兄弟去了。”高亮说：“搞救援的命都硬，水鬼克不了咱。”陈一诺摇头：“这话以前我信，但自从子航走后，我就不信了。我得惜命，我现在可不光是用我自己的命活着。子航不是常说那句话吗，留着最后一口气也得多救一个人。”高亮说：“你今天不只多救了一个人，还多救了一条狗。说句掏心窝子的话，刚开始我挺愤怒的，觉得你是在耽误大家的时间。可冷静下来一想，你做得对。咱们总说善待生命，尊重生命，不能光说不练。一诺，我真挺佩服你的！”

陈一诺这才想起从前每次救援回来，高亮都是去泡温泉解压，但今天却喝起酒来，定是藏有心事。还真让陈一诺猜对了，高亮在为他和赵笛的关系而发愁。妻子执意让他更换工作，否则就离婚的通牒绝不是随口说说，而是深思熟虑后做出来的决定。高亮理解妻子，救援这一行日夜出没在生死线上，作为妻子怎么能不担惊受怕？偏偏赶上赵笛身体不好，做的采访又总是跟灾难灾害有关，难免让她心理承受不住，再加上女儿恬恬也经常闹病，赶到了一起，谁都会承受不住的。

高亮愁闷不已，陈一诺只好一边喝酒一边劝解，本想一醉解千愁的他却把高亮给喝高了。因为赵笛一向不喜欢高亮喝酒，每次醉酒而归，定会大闹一场，所以这次陈一诺索性陪着高亮回家，准备替代大哥受过。可两人一进家门，漆黑一片，摸索着打开客厅灯，家里一个人也没有。高亮急忙掏出手机才发现不知何时断电关机了，忙奔到茶几拿起座机给赵笛打电话才得知女儿发烧，现在正在医院排队打针。

高亮的酒一下子全都醒了，忙和陈一诺奔到医院。流感季节，医院的病人很多，尤其是孩子，又哭又闹，一个孩子好几个大人陪着，只有赵笛独自抱着女儿。幸好有表妹林越帮忙，不然母女两个不知道要忙活到什么时候。赵笛见高亮来了，生气地扭过脸去不理不睬，高亮只得一个劲儿道歉。林越闻出酒气，毫不客气地指责姐夫没有时间照顾老婆女儿倒有时间去喝酒。高亮没有辩解，默默忍受训斥。

好不容易抱着女儿打完退烧针，一家三口回到了家，赵笛从高亮怀里抢过女儿进到卧室，高亮也跟了进去继续道歉，赵笛冷冷地以要哄女儿睡觉为借口将他推了出去。高亮心头一震，赵笛不再与自己吵架，说明她的心真正的冷了。心冷了，比吵架更让人难受。当一个男人在妻子需要的时候不在身边，也就不再被需要了。这话是林越说给陈一诺听的，也是在指责高亮。

几天后，陈一诺去医院，探望完父亲后又去找林越替高亮辩解，救援之后需要放松调整，两人才去喝酒的。林越瞪了他一眼，难道只有男人有压力，女人就没有吗？其实女人的压力要比男人大得多："男人可以喝酒放松，可是女人呢？还要深更半夜带着女儿来医院排队打针。"林越一开口，便如机关枪般射出连续不断的子弹，打击得陈一诺抬不起头来，好不容易憋出一句："女人真麻烦，还好我没有。"林越生气："你就不配有女人。"陈一诺不乐意："这叫什么话？亏你还是心理医生，太打击人了。我怎么不配有女人？等着，非叫你亲眼看到一年轻漂亮的女人主动来投怀送抱。"

陈一诺故意装作生气昂首挺胸地从林越面前走过，就看到前面出现了同样昂首挺胸的丁超，但他这副架势没有维持几秒钟就马上变成鬼鬼祟祟的东张西望，然后向走廊拐角的方向招了招手，一个戴着帽子和口罩的女人小跑着出来了。两人没走几步，就被陈一诺挡住了去路。丁超还在愣神的时候，身旁的女人已摘下帽子和口罩，正是被他从海里救起后一直在医院疗养的孔令雯。她看见陈一诺高兴地问："你是来看我的吗？"陈一诺却看着丁超："你们，这是闪恋？"孔令雯说："我跟他？别逗了！倒是你们俩，什么关系啊？"林越走过来："我和他，是医生和病人家属的关系，他来咨询病情，咨询完了，现在可以走了。"

孔令雯一听医生下了逐客令，正中下怀，高兴地上前挽起陈一诺的胳膊："走吧。"陈一诺、丁超和林越都愣住了。自从获救后一直奉父亲之命在医院的豪华病房疗养，把这位爱玩爱闹的公主闷坏了，趁着对她一见钟情的丁超来探望的机会，躲开护士的监护，乔装打扮一番还没等出了医院就遇到救命恩人。孔令雯立即无视帮她逃出病房的丁超，挽起陈一诺靠紧他的身子，亲亲热热地向外面走去。此时陈一诺也反应过来了，正好趁这时机刺激一下林越，他故意扭过脑袋冲林越做了个鬼脸，他真的做到了，让林越亲眼看到有女人来投怀送抱。

林越没想到孔令雯竟然当着自己的面抢走了陈一诺，顿时感到嫉妒，不，确切地说，是吃醋。吃醋的还有丁超，倍感失落的他突然唱起失恋串烧歌来："早知道伤心总是难免的，你又何苦一往情深。我的真情难道说你不懂，为什么受伤的总是我？我想见到你，你……"丁超的伤心情歌还没有唱完，竟然看见孔令雯又回来了，老老实实地在前面走前，后面跟着孔祥海。

原来孔令雯挽着陈一诺走出医院，心中窃喜凭借自己的年轻漂亮还有豪华身家一下子就抓住他的心，不承想竟被冷冷推开，陈一诺不仅不接受她的心意，反而撇下她钻进出租车一走了之，气得孔令雯直跺脚：“陈一诺，竟敢拒绝本公主。等着，早晚有一天会把你变成孔家的驸马。”说到孔家，孔祥海就到了，熟悉女儿秉性他算定了女儿会逃跑，专门来堵，还真堵个正着。孔令雯心中懊恼可又不能对父亲发作，只好变回了乖女儿，脑海里却在想着该如何接近陈一诺。听到后面父亲的脚步声，突然灵机一动，她是船王的女儿啊，怎么把这绝好的身份忘记了？近水楼台先得月，只要孔令雯想得到的东西一定会得到。明天，她将会以一个光明正大的理由走进基地中心，陈一诺就是想躲也躲不过，想逃也逃不掉。

有些东西是命中注定的，譬如缘分。

如果那天没有出海拍照，游艇不会出险；如果孔令雯没有落水，就不会被陈一诺救起。在被抱在怀里的时候，她感受到了一个男人有力而温暖的怀抱，还有那颗激烈跳动的心。

孔令雯就这样被征服，怦然心动。一大早就和父亲来到了救援基地，趁着杜伟成等领导接见孔祥海的时候，她悄悄一个人寻找着陈一诺。造浪池里，队友们正在训练。十几个年轻矫健的身体在池里翻腾，溅起的水花与涌来的人造海浪相互映照碰撞，向着更高处迸出更多的浪花，令人心血沸腾。陈一诺一马当先，从前郑子航在的时候，这个领头位置从来没有换过别人，偏偏就是这样一个在海里游得最快最好的兄弟竟然命丧深海。

命运真的是不可预测。

陈一诺加快了前进的节奏，金旭和夏林等队员们渐渐拉开了距离，唯有丁超紧追不舍。他永远也忘不掉在医院里孔令雯挽起陈一诺的那一幕，尽管只是孔令雯的一厢情愿，但也深深刺激到了丁超作为男人的尊严和好胜心。他要超过陈一诺，打败他。

造浪池里一大群人的训练变成了陈一诺和丁超两个人的较量，如流星赶月，如逐电追风，丁超到底是略逊一筹，输给了陈一诺。当他浮出水面，陈一诺已坐在造浪池岸边对他说：“师傅领进门，修行在个人，好好练吧。”丁超不服气，虽然他承认陈一诺的救援水准和专业知识都比自己要强得多，可不承认他是师傅，只是搭档。既然是搭档就应该相互协作相互帮助，而不是漠视，陈一诺总认为初来乍到的丁超一无是处，像个跟屁虫似的。好比现在陈一诺高高在上，丁超的身子全在水里，无形之中就分出了高下。瞧着陈一诺得意的神情，丁超猛地双手用力，把他拖进了水里。两人正在闹腾着，钟益民走过来宣布下一项训练内容，每两人一组搭档，先关闭气瓶开关，待到入水后再打开，然后浮回水面。

陈一诺等队友们一听，迅速上岸换好全套水肺潜水装备，两两一组跳入池中。无论陈一诺做什么，丁超都盯着，他看到陈一诺进水后率先打开气瓶开关，却蹲在水下一动也不动，虽有些不解，但也学着他的样子打开了气瓶开关。

这时，孔令雯也来到了造浪池岸边。如果陈一诺和丁超看到这位任性的公主畅通无阻地进入到训练场地定会感觉奇怪，而更奇怪的是钟益民不仅没有驱赶外来者，反而介绍起了训练任务。孔令雯饶有兴趣地听着，目光紧盯着水下的陈一诺和丁超两个人。

水下寂静无声，陈一诺镇定自若。已被打开的气瓶迅速放出氧气，指示器上的指针指向了10，说明陈一诺的氧气储备只剩下了10%。时时处处要与陈一诺一决高下的丁超立即也将氧气储备调整为10%，然后骄傲地把指标器送到陈一诺的面前让他看个清楚。陈一诺点了点头，伸出拇指朝上指了指，指示丁超和他一起减压上浮。刚离开水底，陈一诺突然打开氧气阀门，放空了剩下的氧气，并指了指丁超的氧气瓶，示意轮流使用他的呼吸器。丁超先是一愣，随后明白。

孔令雯好奇地看到这一切，她不明白陈一诺为何要和丁超共用，本来只剩下10%的氧气，如果不够两个人使用该怎么办？钟益民看出了她的疑问，向她解释道，水下的救援情况千变万化，两个潜水员共用一个呼吸器的情况偶有发生，不过丁超是新来的，没接受过这种训练，恐怕会有不适应。孔令雯紧张起来："如果丁超适应不了怎么办？"钟益民说："他俩两个可能患上减压症。轻则导致皮肤发痒、皮疹和关节痛，重则感觉器官衰弱、麻痹，甚至死亡。"

孔令雯一听，大惊失色。果然不出钟益民所料，丁超很快感觉得氧气不够用，没有减压就要上浮。陈一诺却死死地抱住他，令他动弹不得。刹那间丁超的脑海里闪过一个可怕的念头，陈一诺这是要活活憋死自己，害怕自己会打败他。惊恐万分的丁超拼着全身的力气想要推开陈一诺，越用力反而越喘不上气来，憋得丁超不得不张开大嘴，以为灌进来的会是苦涩的海水，不料，一股气体注入腹中。在这关键时刻，陈一诺及时把呼吸器塞进了丁超的嘴里，直到他渐渐镇静下来，才一起减压慢慢上浮。

两人浮出水面，就听到意想不到的责骂，来自于一个想见而另一个不想见的同一个女人——孔令雯。她指责陈一诺，如果这是正式的救援会出人命的，说不定丁超就被陈一诺给害死了。陈一诺没想到在这里见到喜怒无常的孔大小姐，丁超也是一愣，既因为在心爱的公主眼前丢了脸面，又因为在水底产生了可怕的想法而恼羞成怒，他连声招呼也不打，双手撑起上岸就往外面冲去。钟益民担心他出事追了出去，陈一诺忙跳出造浪池也要去追，却被孔令雯挡住了去路。其他队友们早就看出这三个人之间的微妙关系，丁超喜欢孔令雯，孔令雯却喜欢陈一诺，而陈一诺偏另有所爱。年轻人凑在一起就爱看热闹，不甘心只当旁观者，不约而同地开始起哄。陈一诺又急又气："去去去，都换装去。还有你这位大小姐，赶紧给我出去。"

出乎意料，孔令雯竟真听话地转身就走。不过刚走了两步，又回来："对不起，我忘记一件很重要的事情了。"孔令雯双手合掌，弯腰向陈一诺鞠了一躬："拥抱和香吻，你要哪个，我的救命恩人？"孔令雯慢慢靠近陈一诺，队友们的起哄声音更响亮了。一股淡淡的清香扑鼻而来，陈一诺只嗅进了一点点便感觉愉悦舒畅，他不知道从孔令雯身上飘散出来的正是著名的香奈儿5号，无数女人梦寐以求的女人香水，只为爱慕的男人使用。香奈儿5号伴随着突如其来的热情一时间令陈一诺有些意乱情迷，后退几步，终于一脚踩空仰翻掉进了造浪池里。冰凉的海水让陈一诺清醒过来，纵然天上的仙女下凡，他的心里也只有林越一个人。

陈一诺恼火地又一次上岸，对孔令雯吼道："这里是训练重地，你来捣什么乱！赶紧出去。"陈一诺越是生气，越令孔令雯高兴："一，本公主不是来捣乱。二，本公主也不会出去。因为本公主还有大事没有完成……"孔令雯的话还没说完，丁超就从外面冲进来，只见他脸色铁青，脚步急促，一定是因为刚才水底训练时陈一诺害得他差点出了事故而回来算账。眼看战争一触即发，队友们忙上前阻拦，丁超推开众人冲到了陈一诺的面前。陈一诺毫不退缩，无所畏惧，挺直腰身迎接着即将到来的狂风暴雨。然而

出乎所有人的预料，众目睽睽之下，丁超竟然猛地抱住了陈一诺。原来刚才在外面钟益民已经向丁超说明了原因，陈一诺之所以在水底放空氧气不是欺负丁超这个新人，而是他从前跟郑子航训练时就是这样做的，以应付紧急情况的发生，陈一诺是真的把丁超当成了搭档。丁超感动不已，双手搂得更紧了，陈一诺并不说话，只是抬起手轻轻拍了拍他的后背。

一切尽在不言中。

孔令雯赞叹："这才是真正的男人。"队友们全都鼓起掌来，钟益民备感欣慰，给出了八十九分的训练成绩。队友们一听，掌声更响亮了，向来以严格著称的队长每次训练给出八十分的时候都不多，这回罕有的给出了高分。丁超感动又兴奋，也为了在孔令雯面前展现自我，即兴唱起了郑智化的《水手》。陈一诺赞叹他唱得好，就这水平都可以参加选秀大赛了。没想到无意中说的这句话竟又让丁超感动，喜欢唱歌的他早就在偷偷练习，正准备参加比赛，担心会在救援队中遭到耻笑一直没有说出来，没想到作为搭档，陈一诺第一个支持他。丁超又要上前拥抱，陈一诺忙双手推开，看了孔令雯一眼向钟益民询问："队长，这位孔大小姐来基地有何要事？"钟益民神秘地笑了一笑："欲知详情，跟我到会议室，就等你呢。"

基地中心会议室，杜伟成等基地领导全部到位，孔祥海也来了。跟着钟益民和孔令雯进来的陈一诺见此情景大惑不解，再一看到墙上悬着的红色条幅才明白，原来是一场捐赠仪式。为了感谢对女儿的救命之恩，也为了支持救援事业，孔祥海向基地赠送了一批先进的救援设备。杜伟成代表基地收下，看到陈一诺忙用眼色示意他走上前来。孔令雯已经举起锦旗，上面写着"救援英雄，生命卫士"，她要亲自颁给陈一诺。

荣誉不属于个人，而属于集体。

"我代表全体救援战士接受锦旗。"陈一诺一本正经地向孔令雯敬了军礼接过锦旗，孔令雯忍不住抿嘴笑着，陈一诺看在眼里暗忖这丫头就会故弄玄虚，非得好好教训一顿才会敬畏救援事业，也让她彻底对自己断了心思。果然，孔令雯追求陈一诺不成功之后，痛定思定，做出了人生重要的选择，从而改变了她的命运。

不过此时的孔令雯正满心欢喜，和陈一诺一起捧着锦旗拍照，将这美好时刻定格，永远铭记。孔祥海带头鼓起掌来，顿时掌声四起，陈一诺笑得开心灿烂。这是对他辛苦付出后的回报，也更坚定了一辈子从事救援事业的决心。不仅如此，基地也另有奖励给陈一诺。这奖励来得恰是时候，在接过奖励的瞬间，陈一诺就想好了要去见一个人。

中国救捞
CRS

送战友郑子航

第五章　缘未尽，情难了

承诺，是一个永恒的话题；一诺千金，言而有信，方为男儿本色。

——陈一诺用心地照顾叶萱。

叶萱正在更衣室给新娘子化妆，一个小时后婚礼仪式就要在旁边的大厅里举行。在叶萱的眼里，美丽的新娘，隆重的仪式，大喜日子里的每一个人都应该是快乐的、幸福的。然而，今天作为主角的新娘子却是满脸的不高兴，从镜子里看着叶萱大大的肚子，再低头抚摸自己同样隆起的腹部，怨气丛生。她本来就是心不甘情不愿地奉子成婚，没想到影楼派来的化妆师也是个孕妇，这不是摆明了在讽刺自己吗？

叶萱对此一无所知，认真地忙碌不停。

新娘子却是越想越生气，又找不到发作的对象只好闷在肚子里，本来就滚圆的肚子好像又大了许多，急得扯起婚纱去盖住。叶萱正手拿镊子给她粘假睫毛，被她这一乱动，假睫毛掉了，镊子不小心触到了眼皮上，疼得新娘子站起身子就推了叶萱一下子："瞎了你啊！""你才瞎了狗眼，没看见她是孕妇啊，往哪儿推？把我儿子推坏了你可赔不起！"是陈一诺接过了话碴儿。他先是到了叶家，叶母告诉他叶萱在这里化妆便急忙赶了过来。一进门，就看见新娘子在欺负人。陈一诺最恨的就是欺软怕硬，瞪着新娘子："要不看你是个女人，早对你不客气了。"

新娘子也不是好惹的，猛地站起身子故意把肚子高高挺起。陈一诺忙后退一步，没想到新娘子竟也是个孕妇，不由得羡慕起新郎来了，这样双喜临门的好事都让人家赶上了，自己追了林越快十年连个准话都没有，真是人比人，气死人啊。陈一诺浮想联翩，新娘子见他不回应以为是怕了自己，越发得意，讽刺陈一诺没钱没势没能耐，才会让妻子挺着大肚子出来工作，真不算个男人。陈一诺一听，生气地要上前理论，刚迈了一步，一个人影就以百米冲刺的速度狠狠撞击到他的后背。

陈一诺被撞得向前扑去，前面就是挺着大肚子的新娘子，撞到的话后果将不堪设想。幸亏陈一诺是陆战队出身，以后背抵抗着突如其来的撞击，同时迅速伸开双臂，护着新娘子不受伤害。结果就是两人搂抱着一起冲到了墙壁，新娘子的脸几乎贴到了陈一诺的下巴，顿时哇哇大叫"耍流氓啊"，然后陈一诺的后衣领就被人揪了起来。"活腻歪啦，敢动老子的女人。"冲刺进来的新郎怒气冲天地嚷道。

一旁才缓过神来的叶萱见新郎误会了，忙说对不起。新郎不依不饶，嘴里大骂叶萱，手中仍不放开陈一诺，可他哪是陈一诺的对手？陈一诺轻巧地耸肩用力，再一个转身便准确无误地扭住了新郎的胳膊，将他按到了化妆台上："记住，是个爷们就别跟女人耍威风。"

突然啪啪的闪光灯一闪，担任今天摄像的曲文斌冲了进来。他一直在外面等待婚礼仪式开始，可新娘新郎一个也不出来。他知道是叶萱来化妆，本想凑近更衣室催促，却

看见陈一诺正在“实施犯罪”，早就心怀不满的曲文斌岂能错过这样的天赐良机？连忙举起相机留下“犯罪证明”，留着日后要挟陈一诺。

人仰马翻，不可收拾。

急得叶萱又是鞠躬又是道歉，陈一诺这才放开新郎不许她道歉，她没有错，错的是这对没有良心的夫妻。已经领教过手段的新郎不敢对陈一诺发火，可敢训曲文斌，他花钱雇人来化妆、摄像可不是找气受的。同样的道理，曲文斌也是不敢当面对陈一诺发火，只敢在叶萱面前摆威风，批评她服务态度不好，给影楼造成了无法弥补的损失，从今天起，就别再来影楼上班了。

陈一诺勃然大怒，上前揪住曲文斌的衣领：“救你还不如救一条狗！当初就该把你丢进海里喂鲨鱼！”曲文斌恬不知耻地说道：“这话等我再次沉海的时候再说吧，不过请你放心，我不会给你这样机会的。啊，就算是真的遇险，也用不着你救，给你省着力气，还有孤儿寡母等你养活呢。”这话彻底激怒了陈一诺，挥手两拳砸到了曲文斌那张忘恩负义、厚颜无耻的脸上，把他打得晕头转向、鼻血直流，扑通一下倒在了地上，一动也不动。

“打，打死人啦。”新娘子吓得搂着新郎不敢睁开眼睛，陈一诺走过去用脚踢了踢曲文斌的腿，仍没有动静。叶萱担心：“该不会真的出事了吧？”陈一诺冷笑，曲文斌这套装死的把戏在救援直升机上就表演过一回，像他这样胆小如鼠又诡计多端的人才不会死。陈一诺又使劲踢了一脚，眼睛盯着新郎和新娘：“谁再敢仗势欺人，我一个也不放过！”叶萱担心陈一诺再为自己惹出祸事来，忙拖着他的胳膊往外走。新娘在后面怯怯地说：“我这还缺一假睫毛呢。”叶萱停下了脚步，转过身子走了回来。新娘心中一阵高兴，忙坐到了椅子上等待。不料，叶萱却走到曲文斌的身边，弯腰取下他胸前的相机，将里面刚刚拍摄的照片全都删除后，这才头也不回地走了出去。此时，地上躺着的曲文斌正偷偷睁开眼睛，看着她的背影心想叶萱无论如何也不能留在影楼，留下就是祸患。

从酒楼走出来，叶萱停下了脚步，神情寂寞而悲哀，伤心之情表露无遗。她伤心的不是丢了工作，而是一年前也正是在这家酒楼里，叶萱穿着洁白的婚纱嫁给了郑子航，两人度过了甜蜜而短暂的幸福时光。如果可以预料属于自己和丈夫的幸福时光只有短短的一年，她定会无比珍惜共度的每一秒钟。然而，没有如果，时光也无法倒流。如今，郑子航已经化成了海魂，留下了叶萱还有即将出生的孩子。从前的担心变成了事实，孩子还在肚子里就受到欺侮，出生以后在成长的过程中，这样的事情同样会发生，大人可以忍耐，但孩子那么小怎么能承受得了？此时此刻，叶萱真切地感受到家里缺了男人，真的就是半边天塌了。

旁边走着的陈一诺默不作声，也在想着心事，今天酒楼的事情是自己赶上了，如果不知道或者赶不上，那么叶萱摆明了会被欺侮，虽然自己说过要照顾好叶萱，可并不能像丈夫那样随时都陪在身边。除非，真正娶了她。一想到这里，陈一诺自己都被惊到了。

两人就这样各自怀着心事，一起回到了叶家。叶母奇怪女儿今日下班回来得早，当得知原来是丢了工作，一个劲的埋怨陈一诺成事不足、败事有余。陈一诺天不怕地不怕，就怕叶母把他骂，连忙从口袋里取出一个红包，这正是捐赠仪式上基地给他的一万块钱奖励。当时就想好了，这份奖励不该属于自己，而是属于郑子航。可叶萱却不肯收下，当初她决定生下孩子那一刻便下定决心要独立抚养孩子，她得让自己变强大，不能依赖别人。

叶萱不收，叶母却毫不客气地收下了，还把陈一诺拉到一旁进行思想教育：“我闺女是个要强的人，宁可自己受累也不要别人救济，可面子不能当饭吃啊。”叶母扳起手指算起账来，叶萱生产住院，除了医保之外得花多少钱；顺产和剖腹产分别是多少钱；奶粉现在谁敢喝国内的？最好是喝新西兰的，买不到新西兰至少也得是香港的，一桶就两三百块；尿不湿也不便宜，一个月少说也得用四包……

叶母在工商局工作，是个副处长，本来就有些职业病，爱挑剔，爱为难人，又赶上更年期，更是爱唠叨，把陈一诺说得头昏脑胀，一拍胸脯：“我一个月的工资四千多，拿出一半总够孩子的奶粉钱和尿不湿吧？女人生孩子的事我不懂，可出钱的事我肯定不装糊涂。”这是陈一诺的真心话，对兄弟的承诺必须是言而有信的，只要他有一口吃的，绝不会饿到叶萱和孩子。叶母这才满意，但又为女儿的工作发愁。陈一诺建议去基地后勤部，毕竟郑子航是牺牲在救援现场，基地领导一定会照顾家属的。叶母摇头，叶萱喜欢影楼的工作，喜欢亲手打扮新娘并送进幸福的殿堂，况且基地到处都有郑子航的身影，怎么能让她走出丈夫逝去的阴影？

陈一诺一拍脑袋，还是想得不周到，叶萱既然喜欢从前的工作只好再去求曲文斌了。但刚刚在酒楼把他揍到躺地装死，这家伙定是怀恨在心不会答应。不管曲文斌如何刁难，他都得把叶萱的工作给求回来。想到这里，陈一诺立刻离开叶家开着吉普车就奔向丽人影楼。

曲文斌鼻子上贴着醒目的十字形医用胶布，正在欣赏自己给孔令雯拍摄的照片，她果然美得像个公主，笑靥如花，红红的嘴唇令曲文斌忍不住亲了一口。陈一诺不知何时出现在他背后，一声“曲老板”吓得他把照片撒了一地。曲文斌疑惑陈一诺的不请自来，当听到陈一诺是来道歉的更加疑惑，甚至后退两步，担心他突然出手。果然，陈一诺撸起袖子，吓得曲文斌忙双手挡在前胸。不料，陈一诺只是弯下腰一张一张捡起地上散落的照片送到曲文斌的面前：“今天在酒楼的事是我太冲动，您就大人不计小人过吧。如果需要医药费，您出个数，我一分不少。反正这事都怨我，跟叶萱没关系，能不能让叶萱回来工作啊？”曲文斌明白了，陈一诺真的是来求自己，马上变了脸抢过照片。如果道歉有用的话，世界就不需要有警察了。陈一诺强忍着怒火，拿出手机找到《劳动法》试图跟曲文斌理论。不料曲文斌看都不看，就令人把陈一诺给赶出去。

怒火中烧，咬牙切齿，陈一诺紧握着拳头走出了影楼。从小到大，他从来没有受过这样的气。一想起曲文斌那张无耻的脸，陈一诺就后悔在酒楼更衣室里的拳头打少了。正所谓小人得志便猖狂。但是，为了叶萱，陈一诺不得不向他低头。给自己打气鼓劲后，陈一诺又回来了。曲文斌正在向前台的马珊珊交待事情，一见陈一诺便不耐烦地赶他出去，陈一诺连忙低声下气地恳求只要让叶萱回来工作，哪怕月工资少发五百块钱也行。

“不行。”孔令雯走了过来，她在影楼外面就看到了陈一诺，没想到心目中的男神竟被曲文斌这样龌龊小人刁难，当即冷脸质问曲文斌，开除怀孕的女职工就是违反《劳动法》。曲文斌哪敢得罪财神公主，立即见风使舵说，可以考虑陈一诺的建议给叶萱少开工资继续回来上班。孔令雯不答应，不仅不许减少，还得再涨五百，否则的话，她和她的朋友们再也不来这家影楼拍片。一听这话，曲文斌好像看到一大堆的钞票正在离开自己，忙伸手抓住，一切唯公主马首是瞻。

孔令雯三言两语便办成了这件大事，令陈一诺对她刮目相看，没想到这位船王千金还生有一副侠肝义胆，好管天下不平之事。孔令雯暗自得意，仿佛用一根绳索拴住了陈一诺的双脚，她会慢慢收紧，直到陈一诺再也逃不掉，那根绳便是月下老人的姻缘红绳。孔令雯笑了，陈一诺也笑了，决定明天一大早亲自开车送叶萱来影楼上班。

叶萱特意打扮了一番，毕竟是回去复工，而且还涨了工资。她感谢陈一诺为自己做的一切，非要亲眼看见他开车离开才肯走进影楼。当陈一诺的吉普车隐入车水马龙，叶萱这才转过身子看着丽人影楼的大招牌，又毅然地转身走开。

她根本没有打算回来。

叶萱来到了婚纱影楼一条街，从一家影楼到另一家婚纱店，长时间的行走令她疲惫不堪，腹中的孩子也感受到了母亲的辛苦，动了起来。叶萱轻轻抚摸着，对孩子说道："无论什么时候，妈妈都会保护你，把你养大成人。孩子，为妈妈加油，困难打不倒我们娘俩。"母子连心，孩子似乎听懂了安稳下来，叶萱的脸上浮起了笑容，仿佛有了力气，脚步轻快起来，又走进了一家影楼。

影楼外面停着一辆车，其实它悄悄跟了叶萱好一会儿，驾驶位上坐着的正是刚与赵笛吵完架的高亮。刚才叶萱给自己鼓劲打气的一幕他都看在了眼睛里，没想到叶萱是这样的坚强。相比之下，赵笛不仅娇弱而且有些不通情理，越来越反对自己的救援事业。救援的确充满了危险和意外，但如果家属们全都反对不支持的话，这个世界该有多少惨剧发生。叶萱就很支持郑子航的工作，这是高亮和陈一诺都知道的事实，那时候他们都羡慕兄弟娶了个好女人。也许老天爷是嫉妒他们的圆满，让郑子航早逝，留下叶萱一人承受生活的压力。但看到叶萱脸上的笑容，高亮明白，叶萱已经挺了过来，没有什么事情可以把她打倒。

当叶萱再次走出影楼，发现高亮正敞开车门在等她。高亮知道陈一诺已经把从前的影楼工作给求回来了，但叶萱却出现在这里，那就是意味着她在寻找新的工作。叶萱见隐瞒不过，只好求高亮替她保密，这件事情连叶母都不知道。高亮虽不赞成挺着大肚子的叶萱四处奔忙，但尊重她的决定，开着车把叶萱送到另一家影楼门口。叶萱每一次都是满怀希望地进去，失望地出来，没有一家影楼或者婚纱店愿意录用一个孕妇。叶萱真的累了，心力交瘁，身子不稳，高亮忙上前抱住，把她扶进车里坐好。

此时的叶萱是令人怜爱的女人，她需要一个呵护她的男人来照顾。高亮慢慢开车，以不超过四十迈的蜗牛速度回到了叶家。一路上的缓和让叶萱舒服了许多，但高亮仍不放心，非要亲自送她进家。两人刚走到单元门口，楼道里面有两个戴着帽子的人正往外推门。高亮眼尖地看到一人手中拎着的编织袋里露出箱子的一角，但并未多想便陪着叶萱上楼。叶萱拿出钥匙边打开房门边寒暄说家里有点乱，可当房门一打开，两人都惊呆了。何止是一点点的乱，简直是一片狼藉。

叶家被盗了。

接到报案后警察迅速赶到，陈一诺陪着叶母买菜也回来了。高亮说起在单元门遇到的那两个人引起了警察的重视，他们让高亮去警察局配合办案人员制作嫌疑犯画像，陈一诺留在叶家帮着收拾整理。陈一诺干的第一件事情就是换锁，叶家用的锁是小偷用技术两三秒钟就能打开的老式锁具，早该换了。然后又更换热水器，将来孩子出生了，每天洗澡洗衣就方便多了。

看着陈一诺马不停蹄地忙着，叶母若有所思。家里进贼丢了五千块钱还有一些首饰，虽说损失不少但毕竟没有伤到人，后怕的是万一叶萱回来早了遇见，身边没有帮手，太危险了。家里少了男人就少了一座安全靠山，连小偷都找上孤儿寡母来欺负。陈一诺虽时常能来照顾，但毕竟不是家里人，现在已忙得满头大汗，又进了厨房准备洗菜做饭。叶萱过意不去赶着他赶快回基地宿舍，陈一诺说怎么也得把晚饭做好才能走。叶母让女儿别阻拦，正好尝尝陈一诺的手艺。

厨房里，陈一诺手脚麻利地洗菜、切肉、剖鱼，多年的独立生活让他早练就了一手好厨艺。叶母全都看在眼里，从前女婿郑子航也是这样忙碌，如果陈一诺再给自己当女婿，那就再合适不过了。当叶母把这话说出来，惊得正在切肉的陈一诺差点切断了手指："伯母您可别开玩笑，嫂子那么好，我哪配得上啊。"听到陈一诺夸奖女儿，叶母当然高兴，如果叶萱没结婚陈一诺还真配不上，但现在不行了，没了丈夫肚子里又怀着孩子，行情大跌只好凑合了，恰好陈一诺又没结婚正好娶叶萱。

陈一诺一听："我是没结婚，可、可我有女朋友了。"叶母诡异地一笑："女朋友？心理医生林越，真的是你女朋友吗？"陈一诺底气不足："林越是我女朋友，从高中坐同桌时起我们俩就好上了，她对我可好了，正准备要结婚呢。"叶母盯着他："陈一诺，看着我的眼睛把你刚才的话再说一遍。"陈一诺不敢看也不敢再重复，叶母充分利用她在工商局工作多年练就的本事调查得一清二楚。所谓落花有意，流水无情，陈一诺的确是从高中就追求林越，可人家根本就不答应。这正合叶母的心意，她向陈一诺下了最后通牒，给陈一诺一个月的时间向林越求婚，如果答应，她决不强人所难，否则的话就得娶叶萱。陈一诺大惊失色："伯母，这话可不能乱说啊。"叶母瞪着他："乱说话的是你。口口声声说要替子航照顾叶萱娘儿俩，怎么照顾？今天差点就出了大事。真正想照顾好，就是日日夜夜陪在身边，娶她为妻。"

叶母的最后通牒，陈一诺只好双手接着。一个月之内让林越接受求婚，简直是"蜀道难，难于上青天"。陈一诺不是没有求过婚，明里暗里求了这么多年，林越连一个定心丸都没有给自己吃过。但陈一诺这辈子就认定了林越，屡战屡败，屡败屡战。

离开叶家后，陈一诺立刻开着车来到了医院，意外地看到林越和孔祥海有说有笑地走了出来，就像是熟识多年的朋友，两人亲密地一起坐进了劳斯莱斯。孔祥海，一个富豪王老五，和林越在一起……陈一诺警觉顿生，忙加大油门追了上去，幻影劳斯莱斯名不虚传，瞬间变成一道影子驶出了陈一诺的视线，吉普车就是再多出四个轮子也追不上。

难道林越被船王抢走了？陈一诺开始有了不安的猜测。

海洋会馆门口，"幻影"到了，孔祥海先下车，非常绅士地打开了另一扇车门请林越下车，两人一起走进了会馆。优雅的环境，舒缓的音乐，处处彰显会馆主人的品味。孔祥海非常善解人意，并没有进入包间，而是在大厅里请林越选好座位。马上有服务员送上菜单，孔祥海明显很熟悉这里，向林越推荐好吃的美味佳肴，两人的身子靠得很近，谈笑风生。林越正想告诉服务员吃什么时，一抬头竟看见陈一诺不知何时站在面前，忍不住皱眉问道："你怎么会来这里？"

陈一诺露出得意的神情。他在滨海路上追丢了"幻影"却并没有放弃，陆战队的出身不是虚名，他拿出搜查敌人的敏锐和判断，分析孔祥海会把林越带到哪里？船王有钱有势，一般的地方不会去，滨海路上只有这家海洋会馆最有名。一进门，果然看到了两个人。陈一诺毫不客气地说："孔总还不知道吧？我和林越是高中同学，还是同桌，

关系好着呢，有点急事要找她，您不介意吧？”林越有些尴尬，好在孔祥海通情达理，很有风度的让出了座位，并嘱咐服务员上菜还多加一瓶红酒。

林越恼火陈一诺的贸然闯入，她和孔祥海是有事情要说才来的这里，并不是陈一诺心中想的那样。陈一诺狡黠一笑：“我想什么啦？我对自己有信心，也不是存心来搅和这顿饭，是真有要事才追到这儿。”于是陈一诺将叶母给他的最后通牒全都说了出来，还故意多加了一句自己亲口说过“娶林越是分分钟的事情”。林越大怒：“还分分钟？你凭什么这么说？把我当成什么啦！”陈一诺也知道自己吹牛吹大发了，都是话赶话一不留神说出来的，也收不回去了。他答应照顾叶萱和孩子，是实现对郑子航的承诺，但并不意味着非得娶叶萱为妻，他请求林越帮忙分析叶母逼婚的心理。林越冷笑，认为陈一诺只不过是以叶母为借口来向自己逼婚而已。这可真的是冤枉陈一诺了，谈婚论嫁是两情相悦的美事，强扭的瓜不甜这个道理谁都懂，他真的是在求林越帮忙，不然叶母再逼他，真的无路可走了。

林越把身子往椅背上靠了靠：“你想找退路，就要把我逼上绝路吗？陈一诺，别忘记我是名心理医生。你眼皮抖一下，我就知道你心里在想什么，少耍无赖！”陈一诺指天发誓：“天地良心，我是真心实意向你求婚，怎么成了耍无赖？”陈一诺说得口干舌燥，恰好服务员推着菜还有红酒送过来。陈一诺拿起红酒，林越来不及阻拦就看见他打开倒入了酒杯，一饮而尽：“这酒是不错。”林越暗暗叹了口气，陈一诺看着满桌的菜，还真的饿了，他可没有孔祥海的绅士风度，一直是像梁山好汉般地大口吃肉，大碗喝酒。林越却没动筷子，只是慢慢品味着红酒。陈一诺仍在劝说她答应自己的求婚，林越始终是不松口，首先她不想重蹈表姐赵笛的覆辙，嫁给一个干救援抢险的人，整天担惊受怕。其次，陈一诺作为一个男人还不够优秀，至少这顿饭就请不起。

陈一诺刚好吃的差不多了，放下筷子让服务员把账单拿来。一看上面的数字傻眼了：“怎么九千多？”服务员说：“不是九千，是九万，先生请您看好。”陈一诺猛地站起身子：“知道这是富人扎堆的地方，可也不能这么宰人？我工商局有人，还是副处长，现在就投诉，你们这里就得关门。”服务员仍面带微笑的把账单上面的一项项收费说明，菜虽然贵了些倒也能说得过去，关键是那瓶红酒，竟然是 82 年的拉菲，价值八万八千八。陈一诺仍强撑着，让服务员把老板找来理论。一看老板愣住了，竟然是孔祥海。孔祥海拿过账单签上字后交给服务员，说因为陈一诺救了自己的女儿，从此以后可以在这里免单。

陈一诺脸皮再厚也不能白吃白喝，拉着林越出了海洋会馆。陈一诺打了自己一嘴巴，今天太丢人了，尤其是在孔祥海的面前，简直像个跳梁小丑，以后不管谁请客也不会再来这里。林越盯着他说：“心虚了吧？不敢跟人家比？”陈一诺不服气：“他除了比我有钱，还有什么？”林越说：“气魄、风度、阅历，这些都是你没有的。陈一诺，成功男人的阅历，是值得女人一辈子阅读的人生书籍。还有，以后再喝酒先看看标签儿，凡是带 82 年字样的，喝不起，躲着走！”陈一诺被噎得直喘粗气：“看来你今天不把我的自尊全部摧毁不肯罢休。”林越冷笑：“我是让你死心！陈一诺，从此以后，你过你的独木桥，我走我的阳关道，咱俩井水不犯河水。”

林越故意扬了扬头，留给陈一诺一个潇洒的背影。陈一诺哑口无言，今天遇到的事情没有一件是顺利的，最令他遭受打击的是求婚不成，反而让林越和自己一刀两断。

缘已尽，情难了。

第六章　爱的纠缠

追逐中的爱情，令人无法琢磨；爱情中的人，像雾像雨又像风。

——陈一诺被孔令雯纠缠。

一轮红日从碧波万顷的大海冉冉升起，将万道霞光洒向了海港码头。一个矫健的身影正在跑步，霞光把他的全身镀上了一层金色。吹着凉爽的海风，看着广阔无垠的大海，陈一诺真想跳进清澈的水里畅游一番，洗去所有的烦恼。林越又一次拒绝了自己，斩钉截铁，毫无余地。若换作旁人，也许真的会放弃，但陈一诺不是旁人，他了解林越，嘴巴像刀子一样的不饶人，但内心却善良而柔软。这些年陈一诺求婚，林越拒绝；再求婚，再拒绝。周而复始，求婚与拒绝，早已成了他和林越生活中不可或缺的一部分。

然而，求婚未果，结婚却成了迫在眉睫的头等大事，叶母威逼利诱，软硬兼施，催促陈一诺赶紧迎娶叶萱。

一头是长相厮守的爱情，一头是生死兄弟的承诺，手心手背都是肉，两个女人陈一诺都牵挂在心，令他头痛不已。如果再有第三个女人纠缠不清，陈一诺真的要抓狂了。抬起头迎着太阳一路奔跑，身后留下长长的影子。突然，在这影子的后面又蹿出了一团小小的影子，紧贴着地面如一道闪电追了过去来，汪汪地叫了两声，陈一诺认出来是小白，他蹲下身子，拍了拍小白的额头，见到救命恩人的小白亲热地摇起了尾巴。孔令雯走了过来："早上好，救命恩人。"陈一诺心头一震，第三个女人来了。

正所谓，善者不来，来者不善。

孔令雯下定决心开始追求陈一诺，坚定不移、锲而不舍，甚至准备用上兵法三十六计来实现愿望。她从丁超嘴里打探出陈一诺的生活习惯，故意在码头等待，这一计，叫守株待兔。陈一诺却不解风情，正颜厉色地说："抢险救援不是令人愉快的回忆，请你尽快忘掉这件事情，也请忘记我。"孔令雯摇了摇头，她怎么会忘掉眼前的这个男人？救了自己的性命，还让她心动。她上前几步贴近陈一诺的身子，一字一顿说道："我、爱、上、你、了。"陈一诺忙后退两步："抢险救人是我的本职工作，只要有生命陷入危难之中我就会奋不顾身竭尽全力救出，无论老少，不分男女。潜入游艇的那一刻，根本没有把你当成女人，只是一条性命，跟小白一样。"

听到陈一诺把自己和狗儿子相提并论，孔令雯并没有生气，这个男人总是出人意料。她像看怪物一样地打量着陈一诺，从来只有她拒绝别人，还没有被别人拒绝过。但陈一诺却偏偏令她意外，不假思索、不留有余地将她拒之门外。简直不可思议，这样处理情感的陈一诺就像是个外星人。孔令雯越来越喜欢这个外星人了，富有挑战、无法预知结局的情感追逐才会让人生别有不同。

陈一诺用眼睛的余光瞅着孔令雯，看到她脸上露出时而严肃时而兴奋的神情，就知

道她定在想着主意如何纠缠住自己。为了彻底让孔令雯死心，也为了让她知难而退，陈一诺主动说出林越是自己的女朋友，是大博士，还是心理医生，两个人马上就要结婚了。孔令雯根本不相信，陈一诺取出手机找出一张合影。孔令雯一看就笑了，还真是合影啊，一大群人的集体照。无论陈一诺如何解释，孔令雯都认为这只不过是陈一诺为了让自己知难而退使出的伎俩。孔令雯是明知山有虎，偏向虎山行，她让陈一诺带她去救援船参观。陈一诺同意了，他想也许孔令雯真正了解救生员的生活后，就不会再纠缠他了。孔令雯得到允许后暗自得意，陈一诺已陷入了她亲手布下的天罗地网里，任凭他有孙悟空的七十二变也逃不出如来佛的手掌心。

都说爱情中的女人是傻瓜，而孔令雯却恰恰相反，斗智斗勇，用尽招术，只因这回是她在追求心爱的男人。而且，那个人是陈一诺。

此时的陈一诺哪里会洞悉一个追爱女人的心思和计谋？他认真地当着向导，陪同孔令雯参观救援船，知无不言、言无不尽。救生员的工作枯燥而且危险，有时候为了执行救援任务十天半月都回不了家，虽同在一座城市，但跟救生员谈恋爱与异地恋没什么两样。孔令雯却根本不在乎，距离产生美，两个人天天粘在一起反倒没意思。眼见第一招没作用，陈一诺又使出第二招，吓唬孔令雯如果真嫁给了一个救生员就要做好丈夫回不了家的准备，每一次出任务都有可能发生意外，以身殉职的事情救援队就曾发生过。孔令雯早有心理准备，以身殉职就是英雄了，她从小就崇拜英雄。

面对执着追求、无所畏惧的孔令雯，陈一诺真的是黔驴技穷了。两人从前舱走到了后甲板，恰好丁超和几个队友们正在比试俯卧撑。丁超一见孔令雯来了，将双手变成了单手，速度也加快起来。陈一诺看见后故意高声称赞，孔令雯不屑一顾。陈一诺赶紧让丁超别卖傻力气，飚个正宗的维塔斯海豚音让孔令雯大开眼界。

丁超站起来，喘着粗气调整了一下呼吸，刚开口调子就起高了，破了音。每次都是这样，想在孔令雯面前表现一番，偏偏事与愿违。队友们哄笑起来，陈一诺忙解释："一次破音说明不了问题。'中国金嗓子'听说过吧？我们丁超去年进过前二十呢。要不是有事耽误了肯定是拿冠军的选手，这就是未来的男神啊！"孔令雯吃惊："真的假的？上次你怎么没说？"陈一诺等的就是这句话："上次？都有上次了？看来你俩背后有交往，够熟了。嘿嘿，见了喜欢的赶紧放开腿追，那才是我搭档。"

陈一诺向丁超挤眉弄眼地暗示，孔令雯全看在眼里，也看出了他的心思，不能让他得逞。孔令雯开口说："听说陈一诺马上就要结婚了，你们都收到请柬了吗？"丁超等人一听，纷纷摇头："连女朋友都没有的人，和谁结婚？"一听这话，孔令雯心花怒放，陈一诺果然是在骗自己，什么心理医生、大博士根本不是他的女朋友。她立刻亲热地搂起陈一诺的胳膊："从今天起，我就是陈一诺的女朋友，诸位帅哥，今后请多关照。"众人面面相觑，表情怪异。陈一诺转过脑袋看着孔令雯："别闹了，大小姐，你觉得这么说他们能信吗？"不料，除了丁超之外，其他人异口同声地说了声"信。"都是些唯恐天下不乱的家伙，个个重色轻友、吃里扒外。陈一诺抽出胳膊，挥舞着拳头向队友们冲了过去，却被一拥而上的队友们来了个叠罗汉压在下面动弹不得。孔令雯被逗得哈哈大笑。只有丁超在旁观，露出羡慕嫉妒恨的表情。

从这以后，孔令雯真的以陈一诺的女朋友自居，还抢过他的手机输入自己的电话号码，当然陈一诺的手机号也存进了她的手机，只不过名字不是"男朋友"而是"外星人"。接下来的一段日子里，陈一诺的手机每响十次，有八次都是"女朋友"孔令雯打来的，不分时间和场合，令陈一诺不堪其扰，差点把陪叶萱参加准爸准妈训练营的事情都给忘记掉。等他想起来，叶萱已经独自一个人先到了。

教练正带着准爸爸和准妈妈们做健身操。紧赶慢赶总算是赶过来的陈一诺走进教室，在人群里看见叶萱，拿了块垫子走到叶萱旁边跟着教练像模像样地做起动作来，令叶萱哭笑不得。

这时，训练营的负责人带着赵笛的助手摄像小方走了进来。为了宣传专为孕妇设计的健身操，训练营请来了电视台记者。还给准爸爸们穿上特制的孕妇装，体验一下妻子怀孕的艰辛，模仿最像的人可以获得五百元分娩代金券。众人议论纷纷，一副跃跃欲试的样子。陈一诺对叶萱竖起了大拇指，又指了指自己，意思这五百元肯定属于他们两个人。人群后面的小方已架好了机器，发现陈一诺和叶萱，将镜头对了过来。

只见陈一诺轻轻抚摸肚子，缓慢地弯身蹲下，模仿得惟妙惟肖，一套动作赢得了笑声和掌声，当仁不让地得到了奖金。负责人请准爸准妈同时上台领奖，叶萱本不想上去，被陈一诺给拖上了领奖台。两个人站在一起，郎才女貌很是般配，没有人怀疑他们不是夫妻。果然陈一诺先自我介绍是孩儿他爸，叶萱是孩儿他妈。台下又响起笑声，叶萱的脸却红了。负责人又让陈一诺说说参加训练营的感受，叶萱抢先说道："我来说吧，其实我们俩不是……"陈一诺连忙揽住她的肩膀："还是我说吧。今天，我才体会到孩儿他妈怀胎十月的辛苦。咱们当爸的，不只要疼孩子，还得加倍对孩儿他妈好，大伙说对不对啊？"台下的掌声更加热烈了。小方从摄像机后抬起头，若有所思，回到电视台后第一时间就把今天的摄像内容播放给赵笛看。

坐在电脑屏幕前的不仅有赵笛，还有高亮和林越。地点不是在电视台，而是在高亮的家里。当看到小方在训练营拍摄的录像，赵笛马上录了备份带回家，一个电话说有急事就把林越叫来了。三个人目不转睛地盯着屏幕，把陈一诺的"表演精华"尽收眼底，三个人表情不同，反应也不同。赵笛气愤，高亮赞叹，林越则是五味陈杂。赵笛按键暂停，提醒林越她和陈一诺的关系到了危险时刻。高亮反对妻子的小题大作，陈一诺只说"我是孩儿他爸"，又没说"她是我老婆"。赵笛不同意高亮的辩驳，叶萱刚刚失去丈夫，陈一诺因为怜香惜玉而日久生情也是有可能的。

但是林越怎么办？难道陈一诺真的放弃了两个人将近十年的感情？不，先放弃的是林越，在听到陈一诺诉说叶母逼婚而拿出自己当挡箭牌的时候，林越就已和他一刀两断了。"你过你的独木桥，我走我的阳关道"是林越亲口给陈一诺说的，陈一诺真的这样做了，屏幕里的影像就是最好的证明。林越一句话也不说，离开了表姐的家。

赵笛担心她伤心出事，追了出来。林越笑笑说："放心吧，分手是我提出来的，陈一诺和什么样的女人在一起，做什么事情，是他的自由，与我无关。"看着林越孤独的身影越走越远，气急败坏的赵笛一返回家就冲着高亮大吼："这就是你的好兄弟、好搭档。这边追着我表妹，那边还跟别的女人亲热暧昧。"高亮沉默片刻，说了句："叶萱不是'别的女人'。一诺照顾她也不是亲热，是对兄弟的承诺。子航没有做到的事情，我和一诺替她做，照顾叶萱是，打捞'南翔丸'也是。"

高亮的辩驳让赵笛更加生气，明明是不想更换工作，却拿"南翔丸"做借口，她已经忍耐许久了，不会再给高亮机会。赵笛走到抽屉前，拿出一封信丢了过去。高亮眼疾手快地接住，打开看清里面的内容顿感意外。赵笛在加拿大有个姑妈，丈夫早逝，没有留下一儿半女，如今人老了年纪大了，想让赵笛过去照顾她，也好接过她这一辈子在

加拿大打拼留下的财产，特意写信来让他们一家三口全都移民去加拿大。这样天上掉馅饼的好事若换作别人不知该如何欣喜若狂，可高亮毫无反应，只是把信放到了桌子上。他不是不去，最起码现在不能马上去，救援事业离不开他，实现郑子航的遗愿也离不开他。看到高亮的举动，赵笛彻底失望，从提包里拿出一个药瓶倒出两粒药丸就塞进嘴里。等高亮发现，药丸已经咽进了肚子里，急得他上前抱着赵笛按住腹部、拍打后背催吐，赵笛拼命挣扎，可她一个女人哪有丈夫力气大？话也说不出来，只好把药瓶举起，“安眠药”三个字进入高亮的眼睛。这段日子以来的赵笛始终在担惊受怕和焦虑不安中度过，晚上失眠越来越严重，不得已才吃起了安眠药。

虚惊一场。

不过这场虚惊也让赵笛感受到了丈夫还是很在乎自己的，两个人都冷静下来，重新考虑事业与婚姻、理想与家庭的冲突，他们的夫妻关系和这个家的未来。突然，高亮的手机响了，救援直升机突发故障需要马上回基地紧急修理。好不容易缓和的夫妻关系又迅速剑拔弩张起来，赵笛脸色阴沉默不作声，高亮只好硬着头皮说：“基地来电话，我得走了。”高亮穿上衣服走到门口，就在打开家门的一瞬间，身后传来赵笛冰冷的声音：“今天你要是走了，咱俩的婚姻真的就到头了。”高亮愣在了那里，并未回头：“早点休息吧，不用等我。”

房门关上了。

这一道门将赵笛和高亮分开了。也许他们本就属于两个世界，不同的追求、不同的生活安排还有不可调和的矛盾，注定他们不会一辈子的长相厮守。赵笛感到了悲哀，眼泪止不住地流了下来。

一对姐妹，同病相怜。这边表妹林越也在强忍着眼泪。离开高亮家，林越搭上了出租车，也不知道自己说了去哪里，当车停下来才发现到了海港码头。难道她的心里还放不下陈一诺？站在岸边，吹着海风，林越回想起从前和陈一诺在一起的那些时光。不知过了多久，林越突然感觉后背披上了一件外套，一转头就看见陈一诺正嬉皮笑脸地望着她。从训练营出来把叶萱送回叶家后，陈一诺就去医院找林越，没有见着人就猜到了会来这里。陈一诺得意：“心有灵犀啊。不对，应该是老夫老妻嘛，什么事都了解啊。”这一句“老夫老妻”又把林越惹火了：“陈一诺，我警告你，我和你过去、现在和将来都毫无关系，你再胡说八道，我就报警告你骚扰。”

面对林越的突然发火，陈一诺丈二和尚摸不着头脑，他不知道林越已经看过在训练营里的录像，将自己的精彩表演全都印入脑海，想忘都忘不掉。陈一诺想了想，问：“那你为什么来这里？”林越冷笑：“这里是码头，除了停靠救援船，还有孔祥海公司的船只。”原来是为了船王，陈一诺恍然大悟后竟然口不择言说道：“林越你什么时候变得爱慕虚荣、贪图富贵起来？”林越彻底被激怒：“陈一诺，你也就这样了。”恰好刚才送她来的那辆出租车又回来了，林越打开车门坐进去，出租车迅速开走了。

劳燕分飞，曲终人散。

陈一诺站在那里，仰天长啸。他真的失恋了，谁能理解他此时此刻的心情？谁又会听他诉说？

基地停机坪，高亮从直升机里下来向赵五一和乔磊点了点头。到底是一机之长，手到病除，三下两下就把两个人都搞不定的故障给修好了。赵五一对把机长急召回来深感歉意，要亲自开车送高亮回家，高亮摆了摆手让他们两个先回宿舍休息，自己在这里再待一会儿。进到直升机里，坐在熟悉的驾驶座位，高亮感慨万千。他已经离不开这个座位了，每当飞翔在蓝天白云的广阔天空，高亮就豪情万丈，他就是一只翱翔天空的雄鹰，如果不让他驾驶飞机就像是剪断了他的翅膀。

直升机前出现了陈一诺的身影，低头搭脑的模样与录像中的神采飞扬判若两人。高亮马上猜到定是刚刚和林越分了手，又被打击到了。陈一诺就是来找高亮诉苦的，林越每一次的拒绝他都不担心，但这一次不同以往，多了孔祥海这个追求者。亿万富翁，开豪车住豪宅喝洋酒，出入私人会馆，更可气的是孔祥海不同于那些钱多得只会炫耀的暴发户，文质彬彬又有绅士风度，面对这样的强劲对手，陈一诺是真的没有自信了。高亮说其实孔祥海派人来找过自己，想挖他去海运公司开私人飞机，收入可观，工作又安全，再加上妻子赵笛紧逼，高亮不是没动过心，但他仍然无法舍弃心爱的救援事业。

抓住是爱，有时候，放手也是一种爱。

陈一诺和高亮都在以自己的方式成全所爱的人。

这时，陈一诺的手机响起，拿起来一看是林越打来的电话顿时喜出望外，可听了几句后马上脸色大变，向一旁停着的吉普车跑了过去，加大油门冲出了基地。陈一诺满头大汗地赶到医院，林越带着一个护士迎上来："整个医院都找遍了，没有见到伯父的身影。"陈一诺火冒三丈："你们这些大夫护士是干什么吃的？这么大个医院连个病人也看不住？"看见陈一诺发火，吓得护士忙躲到林越的身后，林越说："对不起，是我的失职，我向你道歉。"林越郑重其事的道歉意味着她和陈一诺只剩下医生和病人家属的关系了，陈一诺顾不上计较这些，天马上就黑了，得赶紧找到人。

楼上楼下，院里院外，又重新找了一遍仍然没有找到。陈一诺和林越跑出了医院，川流不息的街头、人群拥挤的商场、甚至是花园里的喷泉池旁，都没有线索。最后来到了海边，陈一诺绝望地坐在了沙滩上，喃喃道："你说这老爷子会去哪儿啊？"林越说："还是报警吧。"突然，陈一诺想起什么，起身拉着林越就跑。

此时陈援朝正站在一处老宅前，呆呆地望着紧闭的大门。黄昏时分，正是人们回家的时候。一个小男孩手里拿着一只轮船模型蹦蹦跳跳追上了前面的父亲，父子手拉着手一起从陈援朝面前走过。陈援朝紧盯着小男孩手中的模型，脑海里闪过一些记忆片断。陈援朝记起了往事，画面回到了货船出事之前。儿时的陈一诺在水盆里玩着船模，陈援朝教他启动船模上的机关，一旁坐着的妻子慈爱地看着这对父子，年轻的脸上露出幸福的笑容。可突然陈援朝的记忆又跳跃到货船事故之后，爱笑的妻子躺在了病床上已经说不出话来，陈一诺扑在妈妈的身上放声大哭。陈援朝喃喃地念叨着："淑芳、儿子……"突然，他像受了刺激一样堵住了耳朵，转过身急冲到马路上。滚滚车流中，陈援朝显得格外的孤立无援，几次都差一点被车撞到了。

此时的老宅门口，陈一诺和林越跑过来。这里是陈家老宅，父亲肯定是来了这里，陈一诺焦急地寻找着却不见人影。林越说："伯父早就记不起从前的事情了，怎么会认得回老宅的路。"陈一诺却坚信："记得，爸一定是记起了从前的事情。"

记忆的碎片又把陈援朝带回出事的货船上，轮机舱里一片混乱，海水涌入，求救信号不停地闪烁，装有化学药品的大桶滚落，人们四处逃散。陈援朝最后一个离开船舱，被江底冲过的枕木击昏，从额角到面颊划出一道长长的伤口。陈援朝感到头痛欲裂，伸手抚摸额角早已结疤的地方，仿佛正在流血。顿时呼吸急促，脚步也急促起来，眼睛睁得大大的，充满了恐慌。一辆大卡车正朝他迎面开过来，他却不知道躲闪，站在前方一动也不动。此时的卡车司机也发现了陈援朝，急踩刹车也来不及，巨大的惯性拖拉着沉重的车身撞了过来。

就在这紧急关头，陈一诺及时赶到，奋不顾身地抢在卡车的前面抱着父亲滚到了马路旁的人行道上。陈援朝收回呆滞的目光看着陈一诺，突然叫了声：“儿子。”陈一诺激动地抱住父亲：“爸，您认得我了？我是一诺，是您儿子啊。”此时的陈援朝已耗尽心力，昏了过去。林越连忙拨打了120，在救护车鸣叫声中将陈援朝送回了医院。全面检查之后没有大碍，陈一诺抱着父亲回到病房，小心地将他放到病床上，林越贴心地盖上被子。这时，陈援朝睁开了眼睛，陈一诺忙凑上前去：“爸，还认得我吗？我，一诺啊！”陈援朝看了一眼，毫无反应，手从被子里伸出来翻找着什么东西。林越马上明白，把床头放着的轮船模型送过去，陈援朝惊喜地接过来，紧紧地搂在怀里，看都不看陈一诺一眼，又沉浸在属于自己的世界里。陈一诺大失所望，父亲又不认识他这个儿子了。林越安慰他至少在刚才那一刻认出来了，这就是黎明前的曙光，光明不会久远。

林越的话像清泉浇灌干涸的土地，滋润着陈一诺的心田。刚才寻找陈援朝的一路上，两个人手拉手、肩并肩，不知不觉又回到了从前，仿佛之前没有发生过这么多的波折。陈一诺站起身子：“林越，我们……”林越知道他要说什么，声音马上变冷：“记住我曾经说过的话，我不想再说第二遍。”说完就走出了病房，关上了房门。陈一诺又泄气了，坐在病床前握着父亲的手，自言自语：“爸，我跟您说点儿事，子航的丈母娘给我下通牒了，让我娶叶萱，好照顾他们娘俩儿。她老人家这话也不是没道理。可我爱的是林越啊。不过，我要是真跟林越成了家，还能像现在这么照顾他们吗？您给我出个主意，该怎么办才能两全其美？”

病房门口，林越悄悄地开门进来，静静地站着，把陈一诺的话一字不漏的全听到。难道，他们两个人真的只有医生和病人家属的关系吗？就像身后的这道门，因为陈一诺，紧闭关上；又因为陈一诺，重新打开。

关上还是打开？接受还是拒绝？林越不知道。

爱情的难题，没有答案。

第七章　爱你的第六感

被爱，是一种幸福；追爱，也是一种幸福。

——陈一诺重新追求林越。

夜色深沉，万籁俱寂。

当林越走出医院，已是繁星点点，月亮虽隐入了云层后面，却并没有让大地陷入黑暗。城市的夜空有无数人造灯光点缀，增添夜的光明，彰显夜的浪漫。林越却没有心情欣赏城市夜景，从陈援朝失踪到送回医院，她一直在忙碌不停，肚子早就饿得咕咕直叫。拿出手机看了看时间，已是晚上九点多了，这个时间正是情侣约会成双成对的好时光，与其让人看见形单影只的她感觉可怜，不如回家吃泡面。

突然，眼前出现了一个大袋子，里面装着各种口味的泡面。泡面后面露出了陈一诺的脸，这些泡面是专门买给林越，如果哪天加班回去晚了能吃现成的，今天因为父亲的事情耽误了林越吃晚饭，所以自己得把这顿饭补上。因为时间太晚了，大鱼大肉对身体不好，一碗牛肉面做夜宵最合适，也不算是贿赂。他时刻记住林越说过的话，两个人就是医生和病人家属的关系。

听着陈一诺的巧舌如簧，林越哭笑不得，只好坐上了吉普车。陈一诺又高兴又得意，哼唱跑调了的《同桌的你》，故意开慢车以便能和林越心平气和的多待一些时间，最后以蜗牛般的速度到了一家牛肉面馆。面馆老板手脚麻利，人刚刚落座，两碗热气腾腾、香味四溢的牛肉面就端上了桌。陈一诺双手把筷子送到林越面前："请医生先吃，非常感谢对病人的照顾。"陈一诺是一会儿油嘴滑舌，一会儿郑重其事，搞得林越无可奈何，只好瞪了他一眼接过筷子吃了起来。陈一诺得意，也拿起了筷子。牛肉面柜台上方悬挂着一台电视，恰好放出训练营的宣传片，林越故意不去看，陈一诺却猛地一拍桌子，惊得店里其他客人纷纷看过来。林越急得小声说："犯什么毛病了你?"

陈一诺拿起筷子指了指电视，又使劲地拍在了桌子上。他总算明白林越为什么生气，甚至说出一刀两断的话，原来是看了在训练营里的即兴表演。如果自己是女人的话，看见心爱的男人搂着别的女人亲亲热热、甜言蜜语，同样会妒火中烧。也正因为生气，才代表心里头在乎。明白这一切后，陈一诺看着林越郑重说道："从现在开始，我要追求一个人，从前她是我的高中同学，还是同桌，现在是我父亲的主治医生，因为尽心照顾父亲，我这个病人家属感激不尽，从而日久生情，我的生命里不能没有她。医生，您能给我解药吗?"对于陈一诺的穷追不舍，有时候林越真的是无可奈何。看到林越的脸色有所缓和，陈一诺高兴起来，咕咚咕咚把一大碗的汤全喝进了肚子里，不一会儿便坐不住了，起身去洗手间。

洗手间里正站着一高一矮两个男人，低声不知说着什么话，言语不投机竟动起手来。矮个男明显不是高个男的对手，三拳两脚便被打倒在地。陈一诺恰好在外面正要开门，听到里面的打斗声音传出来马上停下了脚步，警觉地在门外听着。

“就干这一次！这一次就够一辈子了！”

“不干！”

“给你赚钱的机会都不赚，这一把就是二十万，你老婆的病也能治，欠我的钱也不用还了！”

“可这是蹲大牢掉脑袋的事儿！我不敢啊！”

“废物！害怕蹲大牢，倒不怕我这个活阎王，打死你个没用的东西！”

又是拳打脚踢的声音，陈一诺担心真出了人命忙推门进去。只见矮个男满脸鲜血的倒在地上，高个男正挥着拳头刚要落下去见有人进来了马上拉他起来，拖着往外走。陈一诺上前拦住：“什么事情把人给打成这样？”不料，矮个男摇头直说没事，是自己不小心摔倒的，高个男瞅了陈一诺一眼得意地走出去。矮个男跟在身后，边走边擦去脸上的血迹，顺手抹到了门框上。陈一诺疑惑地看着他们的背影，感觉到一股危险的气息从那两个人的身上传来。那几年陆战队的历练把陈一诺训练出了超乎常人的本领，于细微处发现异常。就像动物世界里，任何飞禽走兽对于不期而至的敌人都有一种预知的本能，从而防备或者是进攻。

陈一诺的心思全在高矮两个男人的身上，从洗手间回到座位，两碗牛肉面的账已经结完了。明明是陈一诺请客，掏钱付账的却是林越，她就是要让陈一诺感觉亏欠自己。不料他根本没有察觉，两眼直瞪着林越，瞪得她莫名其妙：“看什么呢？”陈一诺说：“林医生，大博士，你们心理学上承认不承认预感？就是未卜先知。”林越说：“你说的就是心灵感应或者第六感，心理学上当然承认。这是一种特殊的心理现象，不过，我们也可以从生物角度来解释。人类思想能力的强大远远超过我们的想象，第六感这种现象其实是正常的动物行为，经过了数百万年的演变，是为适应生存的需要而形成的。”

林越侃侃而谈，陈一诺却没有用心在听，他看到了高个男和矮个男正面对面坐在旁边的桌子吃牛肉面。矮个男的鼻子还在出血，不时地用餐巾纸擦拭，又往桌子底下抹去。陈一诺拿出手机发了条信息：“留心旁边一高一矮两个男人。”林越的手机响了，拿出来看到发信者是陈一诺，奇怪他就坐在对面不说话反而发信息，一定是又在打什么鬼主意。林越故意不打开信息而是起身就向外走去，急得陈一诺只好也追了出去。他本想让林越帮助分析和观察那两个可疑的男人，不料适得其反。

出了面馆，林越停下脚步：“说，又想干什么坏事？”陈一诺无奈：“我陈一诺堂堂正正、顶天立地男子汉，能干什么坏事？干坏事的另有其人。快，快上车。”陈一诺把林越拖进了吉普车，一坐到驾驶位上就拿出车钥匙，两眼紧盯着面馆的玻璃门：“我有种预感，那两个男人要去犯案，而且还是不小的案子。看，出来了。”果然，高个男和矮个男出来直奔门口放着的一辆摩托车，高个男骑在前面，矮个男坐在后面，轰地一声摩托车疾驰而去，陈一诺马上发动引擎追了上去。

夜晚的车水马龙中，摩托车灵巧地穿梭前行，就算是有跟踪者也早被甩掉了。这两个男人明显有着很强的反侦察能力，更加证明了陈一诺的判断，忙驾驶着吉普车紧追不舍。好几次差点跟丢了，幸亏他驾驶水平高超，盯人本领一流。坐在一旁的林越着急：“你不能凭你的第六感就去抓人啊，抓错了怎么办？说啊，怎么办？”陈一诺只吐出两个字：“报警。”林越一愣，陈一诺充满信心地说：“摩托车肯定是偷的，你就报警说看见两个偷车贼，快啊，打110！”

虽说陈一诺爱跟自己逗乐，但关键时刻从来都是态度严谨。于是，林越急忙拨打了110，报出摩托车的车号后得知是今天下午刚刚被盗。林越暗自吃惊，真的让陈一诺说中了，那么这两个人还有可能再去犯案，便把现在的位置告诉了警员。而此时，摩托车已经拐进了一条狭窄的胡同，吉普车无法跟进去。陈一诺沉着地将车子后退，隐入了高墙下的阴影里面。过了一会儿，摩托车突然从胡同里蹿了出来，沿着原路返回，冲上了望海大街，大街的尽头就是海港码头。陈一诺一路紧跟，等到了码头停下，一个人影也没有，就连摩托车也不见了。

码头寂静无声，海浪轻拍着岸边，港湾里停泊着大大小小的渔船、货轮，星星点点的灯火点缀着恬静的夜景。夜景曼妙，情人在旁，陈一诺和林越却无心谈情说爱，四处寻找着可疑踪迹。纵然灯火通明，夜色还是将一切都遮掩了。陈一诺拿出手机又拨通了110："我是刚才报警人的同伴，那两个偷摩托车的人躲进了海港码头，肯定上了某一条船。他们正在策划犯罪，相信我。我叫陈一诺，是交通救捞飞行基地的救生员。"放下电话，陈一诺的脸上满是担忧，他的预感不会出错，犯罪即将进行，近在咫尺却毫无办法。林越对他说作为一名优秀公民，他做得已经够多了。这一顿折腾都快半夜了，自己也该回家了。

陈一诺才想起林越从下午寻找父亲起就没有休息过，跟着东奔西走直忙到现在，还真是具有一名救生员家属的素质。这样的好女人，他怎么会松手放开？不会，他要紧紧抓住。想到这里，陈一诺握住了林越的手。林越一愣："你要干什么？"陈一诺笑道："病人家属亲自送医生回家。"

陈一诺送林越上楼，看她进了家门，才放心地回到宿舍。都后半夜了，陈一诺却一点睡意也没有，躺在在床上翻来覆去地睡不着觉。刚刚放下的心又悬了起来，绞尽脑汁地猜想那两个人会去了哪里？

海面平静，连鱼儿都进入了梦乡。突然一艘破旧的小油轮登上来一高一矮两个人影，船老大迎了上来，三个人明显认识，打声招呼后全都进了船舱。船老大要买油，矮个男介绍高个男来商谈，因为是熟人介绍本来应付280万购油款被高个男给打了很大的折扣，船老大只拿出200万就成，不过得是现金。一下子省去了80万，船老大喜出望外，钱早就备好了就放在油轮上的钱柜里，就等着一手交钱、一手交货。高个男又提出要求得把油轮开到大连港去装油，他和矮个男顺路跟着一起回东北老家。船老大满口答应，明天一大早开船，今天晚上大家一起住在油轮上。夜晚天凉，船老大特意去温酒，再备上两碟小菜，给两人暖暖身子。

盯着船老大走出去的背影，高个男露出阴险的笑容，矮个男带着哭腔小声恳求："大哥，别把我拉进来，我家里还有老婆儿子啊。"高个男一听，揪住他的脖子把脑袋就往舱门上撞："你他妈的再闹腾，我先把你给捅了！"高个男从后腰摸出一柄长刀比划着，吓得矮个男再也说不出话来。看着高个男把刀别到了后腰走了出去，他知道船上还有别的人，得把情况全都摸清了才好动手。

轮机舱里有一老一少两个人正在调试着机器，老的是机器老轨，少的是船老大的侄子。轰鸣声中谁也没有发现高个男鬼鬼祟祟地露出了半张脸，正不怀好意地盯着他们。只一晃儿的工夫，那半张脸就不见了，高个男心里有底了，这艘油轮算上自己加矮个男只有五个人，船老大等三个人谁都不是自己的对手，就让他们再多活半个晚上，等天一亮拿到钱便是他们的末日到了。

血光冲天，高个男和矮个男两人打在了一起。地点不是油轮而是那天晚上的牛肉面馆，当时被打倒在地的矮个男竟然变得英勇能打起来，把高个男踢倒在地，脚踩着胸口，举起长刀狠狠刺了过去。顿时，鲜血四溅，喷射如瀑。已经杀红了眼的矮个男又挥起长刀，向陈一诺砍了过去。陈一诺忙伸出胳膊去挡，感觉到一阵剧痛。

“诺哥，醒醒。”丁超的声音把陈一诺从恶梦中叫醒，睁开眼睛看到熟悉的宿舍景象才回过神来，但胳膊仍感到疼痛，原来是砸到了墙上。丁超关切地询问做了什么恶梦，陈一诺马上从床铺跳起：“快，去码头，肯定出大事了。”

窗外，晨光熹微。

陈一诺和丁超跑步来到码头，港湾里停靠的渔船、货轮密密麻麻，足有上千艘。陈一诺坚信梦境已经给了他启示，但要从一千多艘船里找到一艘犯案的船，就好像是大海里捞针。突然，一声汽笛声响起，陈一诺循声望去，看到一艘半新不旧的油轮驶出了港湾。

船老大亲自把舵，再有一个多小时到了大连港把油轮全都灌满，转手就是二十万的赚头，再加上高个男给省下的那八十万，这一趟足足挣了一百万，打个对折也是五十万。捧着五十万回家，下半年哪里也不去了，就在家里享福。船老大在想美事，却没有想到后舱里的高个男正举着刀逼矮个男一起出去，已经吓得抖若筛糠的矮个男再也坚持不住，瘫软在地尿湿了裤子。高个男恨铁不成钢地踢了他一脚，独自拿着刀子先进了厨房。

船老大的侄子正哼着小曲做煎蛋，不提防高个男从后面悄悄靠近，待他发觉时喉咙已被锋利的刀刃割断。高个男抹了抹喷溅到脸上和手上的血迹后，急忙奔往机舱。老轨正在给机器灌油，高个男二话不说对准后心窝就是一刀。老轨抱着油桶倒在了地上，血水和油混合在一起，将舱板染得鲜红。

轻而易举解决了两个绊脚石，就剩下驾驶油轮的船老大了。高个男不慌不忙地走到前舱蹑手蹑脚地摸过去，沾满血水的双脚在舱板留下一个又一个的血色脚印。已经把美梦做到抱了孙子的船老大突然感觉到危险袭来，猛地一转身，正看见高个男举着刀刺来，惊慌中扔开舵轮躲闪着。面对手无寸铁的船老大，高个男狞笑着扑了过去。锋利的刀刃闪动着贼光，船老大一把攥住拿刀的手腕，两人扭打在一起。一个谋财害命，一个拼力逃命，船老大猛然推开高个男就往舱外面跑，后背全都暴露出来，高个男挥刀砍去，刀刀见血，刀刀刺骨，船老大瘫倒在地。高个男又掏出绳子把他捆住：“以后每年的今天，我多给你烧把纸钱!”船老大喷出一口鲜血，脑袋耷拉了下来。

这时，矮个男也走了过来，虽早有心理准备，但看到这个情景还是吓得直哆嗦，高个男举起还在滴血的长刀逼他去找钱柜。钱柜里面整整齐齐摆放着二百多万元现金，高个男欣喜若狂，扔出两大摞给矮个男，其余的钱全都装进了皮箱里。然后命令矮个男把舱底锯开，弄沉油轮，毁尸灭迹。已经上了贼船的矮个男只好听从命令，拿起电锯很快将舱底板锯开了一道缝，瞬间就有海水渗入。不一会就锯开了一个大窟窿，高个男掏出从船老大等三个人身上搜出的手机，全都丢到了窟窿里，海水迅速涌入，很快灌满了底舱，油轮慢慢下沉。高个男和矮个男跑上甲板，放下了救生快艇，两人跳了进去。快艇迅速离开油轮，朝大海深处驶去，卷起的浪花仿佛在向码头挥手告别。

岸边，陈一诺仍在四处查找着。他不相信那两个人连同摩托车都长了翅膀飞走了，只要留在岸边就一定能找到。明明知道有犯罪要发生，或许已经发生了，却无力阻止，陈一诺感到十分窝火，那两个人可是从自己眼皮底下溜走的。陈一诺回想起在牛肉面馆里的矮个男流着鼻血，马上低头细看地面，丁超也帮着查找血迹。果然，看到了几滴，顺着血迹在一堆杂物堆里发现了被蒙上塑料布的摩托车，车号证明了就是昨天晚上那两个男人偷的那辆摩托车。陈一诺猛拍一下后座：“肯定是出事啦!”丁超不明白，一大早忙活到现在就找到一辆摩托车能出什么大事？陈一诺要打电话报警，人命关天，容不得半点迟缓。正当他要拨号的时候，钟益民从基地中心来了电话，有紧急救援任务。陈一诺只问了一句：“是不是油轮？”

海面上，一艘已经大半船身入水的油轮随着海浪颠簸。五花大绑的船老大拼着全身的力气爬上甲板，身后拖着长长的血迹，叫天天不应，叫地地不答，天地之间一道巨浪正在袭来，船老大绝望地闭上了眼睛，眼看就要同油轮一起被海浪淹没了。

天空中传来轰鸣声，高亮驾驶着救援直升机载着陈一诺、丁超和其他救生员赶到了。陈一诺比谁都着急，举着望远镜在海面上搜索，恰好看见油轮沉没，卷起了一个巨大的漩涡。陈一诺立即通报高亮，同时和丁超做好了下潜准备。直升机迅速降下钢索，两个矫健的身影跳进了水里。潜入海底，油轮静静地卧在那里。陈一诺携带的生命探测仪收到了反馈信号，他顿时感到了一阵惊喜，忙向丁超打了个手势，游进了船舱。

船舱里漆黑一片，只有陈一诺和丁超头上戴着探照灯在闪烁着暗黄的灯光，仿佛预示着困在里面的生命已危在旦夕。陈一诺心急如焚，和丁超前舱后舱的寻找，此时探测仪早已没有了反应。丁超打着手势，又举起腕表，那意思是说没有找到幸存者，该潜出水面了。陈一诺不甘心，他已经错过了阻止犯罪的最好时机，如果再挽救不回生命，绝对无法原谅自己。陈一诺又顺着船舱一侧慢慢游动，还用拳头用力敲打着封闭的舱板。突然，生命探测仪嘟嘟地发出急促的声音，陈一诺发现就在旁边有个隐蔽的小舱门，幸存者就在里面，可舱门因为海水的挤压根本无法打开，忙拿出切割枪切开舱门。丁超却又一次把腕表伸过来，时间已经不多了，氧气即将耗尽。陈一诺仍急着救人，举起切割枪就开动，丁超也赶紧动手，金属的摩擦在浑浊的水体里绽放出耀眼的光亮，小舱门终于被切割出一个豁口。丁超拿着撬棍，轻松地撬开了门。陈一诺马上游了进去，发现了已经奄奄一息，被绑着的船老大。

丁超游过来，拿出匕首将绳子割断。陈一诺示意他带着人先上去，自己留在后面再检查一遍是否还有幸存者。丁超拖着船老大上浮，突然清醒过来的船老大竟与丁超撕打起来。毫无预料的丁超手忙脚乱地应付，一不小心胳膊被打脱臼，嘴上的呼吸器也被扯了下来。恰好陈一诺游出舱门，看到这一幕马上回想起在救助另一位船老大时，自己嘴上的呼吸器也是被扯掉了，失去氧气的他想减压上浮却被死死拖住，渐渐有些不支，幸好郑子航及时赶到将呼吸器重新戴到了嘴上，是郑子航救了自己一命。想到这里，陈一诺迅速游过去，像当初的郑子航一样，从后面抱住船老大把他从丁超的身边扯开，同时给丁超戴上了呼吸器。这时，其他的救生员也潜下来了，大家合力把船老大和丁超一起救回了水面并送进医院。

病房里，丁超时不时地发出一声声惨叫，骨科医生正在给丁超绑吊带，林越在一旁帮忙。陈一诺走了进来，他因为不放心船老大一直在手术室门口守着，可医生说情况太严重了，需要抢救，便来到病房，看见丁超又是惨叫又是抹眼泪，直笑话他没出息。林越说：“刚刚做了肩关节复位，还需要再做几次物理治疗。”陈一诺马上对丁超说：“听见没，有你嫂子在，你就放一百个心。我跟你说啊，你嫂子现在是心理学博士，但她考博士前干过外科，是个特棒的外科医生。”丁超一愣，马上醒悟过来陈一诺原来真的是有女朋友的，就意味着孔令雯是一厢情愿的单相思，而自己又有了机会，马上眉开眼笑“嫂子，嫂子”叫个不停。林越不好向他发火，只好瞪了一眼陈一诺走出病房，陈一诺忙追了出去。

走廊里，林越在前，陈一诺在后。看着前面窈窕的身影，陈一诺暗忖连背影都这么迷人，自己就是追逐一辈子也心甘情愿。突然，林越停下了脚步转过身子，陈一诺故意收不住脚步撞了过去，却被早有预料的林越伸手抵住胸口：“再胡说我是你女朋友，就真的不理你了。就你心里的那点小算盘，我早有预料。”陈一诺昂起头：“第六感嘛，我也有啊。我就说那两个人不是好人，叫我说中了吧。不过还得感谢你啊，如果你不是没吃晚饭，也不会去吃牛肉面。我的直觉告诉我那两个人定会再次犯下罪行，我的直觉也告诉我，我面前的这位心理医生会十分用心地照顾我的父亲，因为在不久的将来，我们就是一家人。”听着陈一诺无论说什么事情都会扯到自己的身上，林越故意打击他：“先别得意，你救出人还在手术室抢救呢，生死未卜。”

陈一诺一愣，就看见一名警察走过来，说船老大已被抢救过来，手术非常成功，刚刚从手术室送回病房，警察正在询问案情，也请他过去一起协查。陈一诺高兴地向林越做了个鬼脸就和警察一起去病房。

船老大躺在病床上，虚弱地向警察讲述案发经过。那个矮个男是他刚认识的朋友，介绍高个男说能买到便宜油，双方谈好价钱后定下今天交易，谁承想高个男谈生意是假，谋财害命是真，抢走了二百多万，害死了侄子和老轨两条性命，还把油轮给毁啦。船老大恨不得千刀万剐那两个人，却不知道他们住在哪里，具体叫什么名字都不清楚。警察大失所望，这么大的案子连一点有价值的信息都没有，如果想在短时间内侦破是不可能了。

不料，陈一诺开口说道：“我知道怎么能找到他们，跟我来。”

第八章　缘分十字路口

大千世界中两个人的相识、相知，是一种缘分。遇到了，就好好珍惜。因为，谁也无法预料明天会发生什么事情。

——陈一诺之于林越，林越之于孔祥海。

“就是这里。”

陈一诺带着两名警察来到了牛肉面馆，十分肯定地指向紧闭的大门。正是中午时分，本该是面馆开张营业、生意兴隆的时候，此刻却不见人影，只有铁将军把门。陈一诺心里犯了嘀咕，难道是那两个疑犯想起在这里面曾留下蛛丝马迹而把面馆老板也灭口了？果真是亡命之徒，任何一个会威胁到他们自身的人都不放过。陈一诺焦急地拍打着大门，这时警察已联系到了辖区派出所，找到了面馆老板的电话，老板恰好住在附近的楼里，马上赶过来。

看到熟悉的面馆老板，陈一诺悬着的心放了下来：“有两个疑犯在面馆的卫生间里打了一仗，留下了指纹和血迹。”老板一听皱起眉头：“昨天晚上水管爆裂把卫生间全给淹了，恰好面馆早就想重新装修，便趁着这个时机全都拆了”这也是面馆没有营业的原因。

本来应该是柳暗花明，结果却是山穷水尽。

陈一诺傻眼了，他不甘心那两名疑犯就这样从眼皮底下溜走，让老板开门进去先侦察一下情况再说。几个人直奔卫生间，眼前的情景让他们目瞪口呆，里面一片狼藉，污水遍地，磁砖片甲不留，门框更是不见踪影，任凭齐天大圣孙悟空也恢复不出原状。陈一诺又急又气，讲述起那两个人在这里打架的情景，矮个男不敌高个男，被打得流出鼻血，伸手就抹在已不复存在的门框上。看到陈一诺急躁的情绪，老板像做了坏事般的直道歉，警察也安慰他已经提供出了很有价值的线索早晚会抓到人的。陈一诺却不甘心，那两个人已经害死了两条人命，只要逍遥法外一天，就有可能再次作案。

面馆老板也懊恼水管爆裂得真不是时候，但卫生间里确实也查不出什么线索，况且这里又脏又臭，不如出去再商议。陈一诺像是想到了什么，一个箭步冲出了出去，直奔外厅间。因为要装修，老板把外面供客人吃饭用的饭桌和椅子都收拾起来堆到了墙角，陈一诺把椅子全都搬下来，再搬起下面的桌子，钻到桌子底查看。一会儿又钻出来，再搬过一张桌子再钻进去。直到搬起了第四张桌子，钻进去的陈一诺没有马上出来，反而坐在桌子下面哈哈大笑：“找到了，在这里。”

警察和老板都疑惑不解，他们不知道陈一诺想起了在吃饭的时候矮个男又流了鼻血，用餐巾纸擦血的时候顺手在饭桌下面抹了一下，这个动作如果没有亲眼看到根本不会有人知道。陈一诺从桌底钻出来，双手抬起桌子翻了过来，果然，一道暗红的血痕清

清楚楚。一名警察立即用专业的工具取下血样和指纹。证据确凿，马上会查到疑犯的真实身份，陈一诺当立头功。陈一诺这才感到轻松了一点："我只是提供了线索，破案还得靠咱们的人民警官。不过，最可惜的是我没能阻止他们犯罪。"另一名警察说："可你救了老曾啊。"

老曾就是船老大，当陈一诺回到病房才知道那个高个男姓贾，矮个男姓林，他们两个人以为神不知鬼不觉地害死油轮上三个人就能独吞两百万，可老天有眼，留下老曾一条命。老曾感谢陈一诺和丁超的救命之恩，要跪下来磕头，陈一诺忙扶住他："曾大哥，你能好好活着就是对我们最好的报答。"老曾流下眼泪，他能活下来实属命大，被捅了好几刀又被捆绑成了粽子，拼着最后的力气爬上了甲板，却被海浪袭击随着油轮一起沉入海底，到现在他都不明白自己怎么又掉进了船舱里。也许老天爷就是要留他这条命等着亲眼看到凶手伏法，如果找回钱就全赔给侄子和老轨的家人，钱没了还能挣，人没了就一切都完了。

"放心，警察已有线索了，马上就会抓到那两个坏蛋。"安慰好老曾让他休息后，陈一诺和丁超走出了病房，丁超还吊着绑带，自己救人受伤算是工伤啊，如果孔令雯能来探望自己该多好？明知道是白日做梦，可丁超就愿意做。陈一诺一眼看出他的心思："想那位公主了吧？光想有用吗，赶紧行动啊，你把她拿下，我就清静了，才能和你嫂子幸福甜蜜啊。"一想到林越，陈一诺的脸上浮现出柔情，掏出手机就给林越打电话。不料，那头的林越只让电话响了一声就给掐断了。她的办公室，正走进来一位特殊的病人。

孔令雯自从听陈一诺说林越是他的女朋友，就想来亲自验证一番。她上下打量着林越，没有自己年轻漂亮，更不会比自己有钱，陈一诺到底喜欢她什么？看到孔令雯犀利的目光，林越先开口："如果是来看病，我可以给你诊断。如果为了陈一诺，请不要占用我的工作时间。"孔令雯没想到一进门就被林越看透了来意，有些尴尬又恼火："我就是为陈一诺来的。他说你是他的女朋友，我很好奇，也不相信，不如眼见为实。原来，很普通嘛。"林越笑道："爱情需要保卫，尤其对女人而言，这没有错。但这并不意味着你看上谁，谁就是你的爱情。你把我当情敌，我却把你当妹妹。作为姐姐，我要告诉你，我和陈一诺是认识了快十年的同学，还是非常好的朋友。但是，我不是他的女朋友。"

要的就是这句话。

孔令雯高兴地直向林越飞吻，目的达到，打道回府，她像只蝴蝶一样飞出了办公室，直奔停在院子里的玛莎蒂尼。而此时陈一诺和办好出院手续的丁超也走出门诊大楼，准备回基地中心。丁超又想起孔令雯那次出险也是在这家医院疗养，自己来探望还掩护她逃出病房，轮到自己受伤人家却一点都不知道，老天爷真是太不公平了，然而就在他转过身子的那一刻，奇迹出现了，公主正从楼里走出来。丁超忙用手使劲揉着眼睛，不是白日做梦，真的是孔令雯。丁超兴奋地向她挥起了那只没有受伤的胳膊，孔令雯也看到了，喜出望外地跑了过来，丁超更加兴奋地迎了过去。不料，孔令雯竟直奔身后的陈一诺，亲热地挽起他的胳膊："那位心理医生已经辟谣了，你们只是普通的同学关系，根本不是男女朋友。"

陈一诺急得把胳膊抽出来："谁让你去找她的？你这不是给我添乱吗？这下，她肯定又要跟我急了！"孔令雯今天就是要陈一诺承认林越不是他女朋友的事实，两人唇枪舌战起来，根本不管在一旁生着闷气的丁超。

“你怕她？”

“怕，十分地怕，特别特别地怕她生气。什么是爱？这就是爱！一个男人怕女人生气，就是爱她！”

“她爱你吗？”

“我们俩的感情快到十年了，已经好得跟亲人似的……”

孔令雯如同林越曾盯视着她那般盯视着陈一诺：“你在回避！请正面回答我，她爱你吗？”

“她当然爱。”

“你凭什么认为她爱你？”

“凭什么我要告诉你啊？大小姐，别再闹了，你觉得这样很好玩吗？我可没工夫陪着你。我跟你这么说吧，不管林越爱不爱我，反正我爱她，这辈子我非她不娶。”

孔令雯突然扑哧一声笑了，不再追问，向陈一诺挥了挥手就进了玛莎蒂尼。她已经确信不疑，陈一诺对林越的感情正如同自己对陈一诺一样，都是一厢情愿的独角戏，如何把独角戏变成双人舞，那就是八仙过海、各显神通了。孔令雯转动着方向盘，故意从陈一诺的面前开了过去。被遗忘的丁超失望地唱起了伤心情歌：“盼不到我爱的人，我知道我愿意等。”陈一诺才想起要送伤员回去，此时的丁超表现出难得的善解人意：孔令雯刚刚见过林越定是惹她生气了，正需要你去哄，我可不想让未来的嫂子生气。”其实丁超的真正心思是陈一诺和林越和好如初，他才有机会追求孔令雯。

陈一诺想想也有道理，拦了辆出租车把丁超送回基地。正要再进医院大楼想起此时的林越定是在气头上，自己就这么进去无异于火上浇油，得想方法哄她高兴。于是，转身上了吉普车，驶出了医院。

出其不意，攻其不备。

当林越下班走到院子里，就看到了一大束鲜艳的玫瑰花迎面而来，她故意不搭理。陈一诺马上从花束中间露出了脑袋：“这世上最让男人有面子的事儿，就是给自己心爱的女人道歉。林博士，我错了。我不该处处拿你当挡箭牌，让你到处树敌，看在这束红玫瑰的份上，你就原谅我一次好不？我给你请罪了还不行吗？负荆请罪。虽说大庭广众之下脱衣服有伤大雅，但为了我最爱的人，豁出去啦！”陈一诺一手举着玫瑰，另一只手就开始解上衣扣子。林越担心他真的说到做到，忙把玫瑰花抱在怀里：“陈一诺，为了表示接受你的道歉，我决定给你发个福利，今晚你可以请我吃饭。”陈一诺高兴：“我就说嘛，人心都是肉长的，只要我真诚来道歉，你肯定就能接受。不过，吃饭这事儿，今晚不行，我还得上准爸爸准妈妈培训班。”林越二话不说，把玫瑰花塞回到陈一诺手里，转身就走。

花招失败，聪明反被聪明误。

陈一诺呆呆地捧着玫瑰花，看着林越的背影。他知道林越是真的生气了，如果去追只能令两人的关系更加恶化，只好看着她慢慢走出了视线，才发动吉普车，赶往叶家。

没想到高亮也在，还有警察。原来是上次到叶家行窃的小偷被抓住了，警察和高亮一起来送还首饰和钱。说起来还是高亮的功劳，他提供的线索画出了小偷画像，但直到今天才抓住是因为小偷从叶家满载而归后还没等回到租住的地方就出了车祸，伤筋动骨一百天不仅把刚刚到手的五千块钱花得一干二净还把存下来的一些赃款都花光了，正准备出来继续作案就被抓住了，在租住地发现了还没来得及出手的首饰。陈一诺感慨自己和高亮还真是兄弟，同样都遇到案子，同样都提供了有价值的线索。

缘分啊。

千里姻缘一线牵。高亮听说要送叶萱去准爸爸准妈妈培训班，正好他顺路。不料叶母不同意，非要让陈一诺陪同，在她心里，已认定陈一诺是她女婿。却没想到，最后成了女婿的正是一次又一次被她撵出去的高亮。

不管女婿是谁，叶母都是丈母娘，她一发话就是圣旨，陈一诺只好陪着叶萱来到准爸爸准妈妈培训班，跟着教练一起练习孕妇操。刚做了几个动作，叶萱就感觉到腹部不适，肚子里的孩子不时地踢着自己，看着周围的人都在认真地做操，叶萱又不想麻烦陈一诺只好强忍着，可肚子越来越疼，疼得她冒出冷汗蹲到了地上。陈一诺见她脸色不对，忙小声询问，叶萱摇摇头表示没有问题，休息一会儿就能好。不料旁边的孕妇看出来情况不对，得赶紧送医院。陈一诺着急起来，忙扶起叶萱，也不管林越正在生气就给她打了电话。

都说朝廷有人好办事，医院里也一样，当叶母赶过来时，叶萱已经躺在病床上吸氧了，幸亏送来及时没出大碍，由于肚子里的孩子缺氧，这几天叶萱都得留在医院里观察。医生要叶母跟她去办理住院手续，叶萱让陈一诺也出去，她有话要对林越说。陈一诺越是尽心尽力地照顾她，越让她感到对不起林越。林越才是陈一诺真正的女朋友，救生员难得的休闲时间本应是情侣共度的花前月下，却都让自己这个孕妇给占用了。若换作别人，早就冷脸相待了，可林越对叶萱没有一句怨言，一听说肚子里的孩子情况危急马上从家里赶过来，找到医院里最好的妇科医生。叶萱感谢陈一诺实现对兄弟的承诺，更感谢林越的无私付出。

林越不要她的感谢，只要她和孩子都平安无事，就是自己和陈一诺最大的心愿。叶萱终于明白为什么陈一诺会追求林越这么多年，这样一个通情达理、处处能为别人着想的好女人值得男人用一辈子的时间来守候，她恳求林越接受陈一诺的求婚。叶萱伸出了手，林越笑了，也把手伸了过去，两个女人的手紧紧握在了一起，病房里充满了温馨的气氛。

医生办公室里的气氛却紧张起来，叶母和陈一诺面面相觑，如果叶萱吸氧后还有胎动异常的现象，就得提前进行剖腹产手术，但因为不到月份，即使剖腹也不能保证孩子安然无恙，而且母亲也有危险。

又是人命关天的大事。

陈一诺担心如果孩子真的保不住，自己就太对不起郑子航了。叶母想的更多的是女儿的安危，如果不是陈一诺跪求留下孩子，何至于有今日的祸患？叶母生气地瞪着陈一诺，真要有个三长两短，他就得加倍补偿。陈一诺感受到叶母目光里的不友好，正想答话，叶母先开口：“一个月的时间早就过了，你的求婚成了吗？我早就说过，林越不会答应的。”医生也奇怪：“他不是你的女婿吗？”叶母说：“现在还不是，不过，马上就是了。”医生又惊又奇，陈一诺只好尴尬地笑笑，追着叶母出了医生办公室。

叶母又表现出她的工商局副处长的派头，一条一条地给陈一诺下命令，不许告诉叶萱她现在的病情；宫内缺氧是孕妇贫血导致的，得食补；医生刚才教了几个穴位，得每天给叶萱按摩。叶母从医生办公室喋喋不休地说到病房，陈一诺连开口的机会都没有。林越正在给叶萱测血压，叶母看了一眼，示意陈一诺过去按摩。叶萱忙说：“妈，你怎么能让一诺做这事呢？再说，我身体已经好多了。医生说什么了?”叶母故作轻松地说：“你和孩子都挺好的，就是身体发虚，得好好养着，像做饭、按摩这种力气活就得交给当爸爸的。是不是，陈一诺?”

陈一诺有些尴尬，看着林越，字斟句酌：“是，交给别人那就太对不起孩子他爸我了。不只嫂子贫血，我看林越也有点儿贫血。”不料林越说：“你只管照顾好叶萱就行了，我就不劳你费心了。”陈一诺听出话里有话，忙说：“你贫血不贫血事关我的幸福，是大事儿。回头我好好研究研究大夫的食谱，等给嫂子补完血，也给你补补。”林越收起血压计：“我不用你给我补，替你省点材料钱以后给孩子买奶粉。”叶母见这两人话不投机，得意地露出笑容：“都叫我说中了吧，不成就是不成。”陈一诺一听，生气地拉起林越就出了病房。

林越想挣脱陈一诺的手，然而她越用力被握得越紧。陈一诺表情严肃，终于说出压抑在心底的话。他这些年，无论受到什么样的打击都没有跟林越真正生过气，就是害怕林越不搭理自己。但现在他又发现了更可怕的事情，原来自己从来没有出现在林越未来人生的规划里，林越好像从来没有属于过自己，这令陈一诺如坠冰窖。

痛痛快快地说完这番话，陈一诺才松开林越的手，大步流星地走开。留下林越一个人，呆呆地望着他的背影。那背影越走越远，幻化成了一团迷雾。就像天上飘着的朵朵白云，忽远忽近，令人无法捉摸。

林越望着晴空上的白云，思绪飞扬。此时的她早已离开了医院，孔祥海亲自开车陪她出来散心。山路弯弯，层林尽染，回想起两人第一次相识，也是在这山顶俯瞰海港全景。那时的孔祥海刚刚开始航运事业，耗费巨资从银行贷款买了三艘集装箱货轮却赶上金融不景气，整个远洋运输行业跌入了低谷，每天就要赔上三十多万，逼得孔祥海差点儿要自杀。可如果他死了，上千人的公司马上会破产倒闭，还会给家人留下几辈子都偿还不清的债务。孔祥海只有强撑着，但也有坚持不住的时候，怀着寻找最后救命稻草的心思，他走进了医院的心理诊室，遇到了林越。这是他这辈子最幸运的事情，林越犹如天使一样解开了积郁在心头的愁结，让他重新焕发斗志，从那天起便时来运转了，数年的打拼成就了如今的船王孔祥海。身份、地位和财富今非昔比，但他对林越的感谢和牵挂一如从前。今天从电话里听出林越心有不快，借口说公司发展遇到了瓶颈以至于心情郁闷约林越给自己排忧解难。

孔祥海的心思，又怎么能瞒得过冰雪聪明的林越？她也无需说破，两人早已心有灵犀。站在山顶登高而望，城市全景尽收眼底，无论怎样烦闷的心情也会变得轻松舒畅。林越感慨：“没想到我这个心理医生倒让你来安慰。”孔祥海说：“每个人都会有熬不过去的时候，因为生活总会让你遭遇到艰难、挫折和失败。当你挺过去，回头一看，你会发现那些艰难、挫折和失败，都是一份可贵的人生经历。正是因为有它们的存在，你才会发现活着的价值和活着的尊严。”

两人相互对视，会心地笑了。

陈一诺也咧开嘴笑着，电视里正播放高个男老贾和矮个男小林被捕的画面，至此，这桩震惊全市的大案终于告破。陈一诺感到欣慰，掏出手机就想给林越打电话，可一想到自己在医院里说过的那些话，又把手机放回了衣兜里。这时丁超走过来通知杜伟成紧急召集队员们开会。

训练池岸边，金旭、夏林等队员整齐地排成了一排，陈一诺和丁超过来后忙站到了旁边。排好队形后陈一诺才发现站在前面的除了主任杜伟成和队长钟益民，还有一个陌生人，身材魁梧，表情严肃，关键是大白天的在室内竟然戴着墨镜。陈一诺心里嘀咕着，耳朵里听着杜伟成训话。原来基地要进行改制，成立海陆空一体的应急救援队。为了筛选合格的救生员，决定进行一次业务考核。从队长到队员，都要重新考核选拔。而主考官是香港救援队的总教官黄汉中，也是基地特聘的救生总顾问。

不苟言笑、戴着墨镜站在众人面前的正是黄汉中。丁超很快就打探出来他有个外号叫“黄铁脸”，坚持原则，寸步不让，谁的面子都不给。此次考核，他手握生杀大权，拥有一票否决的权力。队员们心里没底儿，幸好高亮也参与考评，围着他追问考核内容和评分标准。高亮以不能违反纪律为由，半点口风都不透，丁超等人仍不依不饶地围追堵截，里面却没有陈一诺。

吹着凉爽的海风，看着海鸥低翔，站在救援船甲板上的陈一诺感觉到心慌、不安，好像在水下被裹进了暗流里。高亮走过来拍了拍他的肩膀：“凭你的身手肯定能通过明天的考核。”陈一诺当然对自己有信心，他必须考进应急救援队，只有进了应急救援队，才有机会打捞“南翔丸”。虽然打捞的日期仍未确定，但总有打捞那一日。其实，陈一诺留在救援队还有一个重要的原因，那就是找到证据，证明父亲的清白。

这时孔令雯又打来了电话，她已经来到了码头，如果陈一诺不肯见面，马上就闯上船去兴师问罪。面对她的纠缠，陈一诺是又头痛又无奈，只好走出来。孔令雯跑过来想像从前一样挽起陈一诺的胳膊，不料却被陈一诺躲开。不满意的孔令雯故意生气：“我都告诉爸爸我们两个人的关系了。”陈一诺瞪眼：“我和你什么关系？大小姐，别再来烦我了，明天还有考核呢。香港来的主考官，大白天都戴着墨镜，我得过啊，如果通不过，就要被转岗去后勤，再也当不了救生员啦。”孔令雯眼前一亮，陈一诺真的当不了救生员，正合她的心意。想到这里，她脸上露出一丝狡黠而又得意的笑容，因为她知道明天的主考官黄汉中此时正在海洋会馆和父亲喝下午茶。

黄汉中仍戴着墨镜，孔祥海早已习以为常，作为老朋友的他当然知道黄汉中有不得已的原因才戴墨镜。老友久别重逢，孔祥海取出专门留存的普洱茶，两人品茗叙旧。这时，孔令雯走了进来，亲热地叫了声：“黄叔叔好。”黄汉中看着她：“雯雯有男朋友没有？彼特，也就是我的小儿子，正在英国读博士。”孔令雯忙抢先说道自己有男朋友了，叫陈一诺，是一名救生员。孔祥海和黄汉中都是一愣，尤其是黄汉中，明天自己担当主考官的考核对象就是救生员，不知陈一诺是否也在其中？

孔令雯点了点头：“陈一诺说了明天的主考官就是黄叔叔，我想请叔叔帮忙，不是让他通过考核，而是不通过，让他这辈子再也当不了救生员。”

第九章　强者进阶法则

挫折，并不能打倒真正的强者，反而会令他愈挫愈勇。

——陈一诺没有通过考核。

水面如镜，没有一点涟漪。红蓝相间的长索绳将一池碧水分割成一条条整齐的泳道，在每条泳道的尽头岸边都站着一名戴着耳机、拿着对讲还有记录本的监察员。整齐响亮的脚步声由远而近，一排身穿潜水服、戴着送氧脐带的潜水员走到了训练池，各就各位地站在了分属自己的泳道前方。考号为 6 号的陈一诺站在左数第二名，前面就是队长钟益民。盯着他的后脑勺，陈一诺才意识到今天的考核内容正是钟益民的强项，突然涌出一个念头，莫非那个戴墨镜的主考官存心要让钟益民进入应急救援队，而且还保有队长的职务？或者不让自己通过？但再仔细一想又没有理由，从前根本不认识黄汉中，没有过节，这位手握生杀大权的主考官不至于跟自己过不去。

陈一诺正胡思乱想着，钟益民突然转过身子。陈一诺马上反应过来，考核就要开始了，立即聚精会神，听从指令。耳机里传来主考官的命令，全副武装的潜水员全都跳进了训练池。陈一诺一马当先，迅速游动下潜，借助着头上的探照灯，看见一根粗大的管线横卧在水底。钟益民也游过来了，他的水下位置仍然在陈一诺的旁边。这时，每个人的耳机里又传来了监考官高亮的指令，他们面前的是一个有四层管线套层的海底线路，从里面第二层管线起有若干渗漏处，每个救生员要找出漏点并将所有管线套层全都修补好，时间是 7 分钟。

倒计时开始。

切割枪发出尖锐的鸣叫，闪烁的亮光从池底透出水面。陈一诺沉着自若，有条不紊，把握着分寸很快完成了管线外体切割，并通过水下对讲机向监考官和记录员报告状况和进度。陈一诺还不时用眼角的余光观察钟益民的进展，刚一开始就感觉队长没有自己的速度快。

训练中心的监控室，杜伟成、黄汉中和高亮等人正襟危坐，目不转睛地盯着面前的一排监视器，救生员们已经相继切开了第二层管线，然后是第三层，虽找到了漏点，但由于照明不足只能盲焊，这也是最考验专业技能的项目。有的救生员手忙脚乱，有的违反规定不得不放弃考核潜出了水面。6 号考生表现得尤其突出，手握焊枪灵活运作，从管线里面闪出的焊花光亮照映着他的潜水面具，引起了黄汉中的注意，盯着监视器问："6 号考生叫什么名字?" 杜伟成靠近说："陈一诺，他是救援队里的好手，也是技术大拿。" 黄汉中却是心头一惊，孔令雯拜托自己不让通过考核的人就是他。

此时此刻，陈一诺已经完成全部水下考核任务，正在以最快的速度游出水面。训练池边上的计时器，清清楚楚地显示 6 分 02 秒。这可是自己没有想过的速度啊，而且救援队也从来没有人达到过这个速度，陈一诺创造了新的纪录。而这时，切割技术最好的钟益民才浮出水面。陈一诺不由得暗自得意，他赢了队长，真要是都选进了应急救援队，还不知道是谁领导谁呢。陈一诺兴奋地挥起胳膊拍打着水面，训练池顿时响起了热烈的掌声，那些在水下因动作不符合规定而提前上岸的队友们和基地的工作人员都在祝贺陈一诺。

高亮从监控室走了出来，先冲陈一诺竖起了大拇指，然后宣布下午的考核内容是海底综合救生技能。刚刚完成的水下切割只能算是初试，接下来才是决定命运的关键，只能有十名救生员通过，这最后通过的十个人就是组成应急救援队的所有成员。陈一诺信心十足，救生技能测试根本难不倒他。创造了新纪录的陈一诺志在必得，就算应急救援队只选一个人，那个人也只能是自己。这时手机接到叶萱发来的信息，她来基地了。

陈一诺感到奇怪，这时的叶萱应该在医院里保胎，突然来到基地难道出了什么事情？陈一诺忙和高亮一起走出来，当叶萱把一个信封送到陈一诺的手里，他才明白了叶萱的来意。信封里面装有三张照片，每一张照片的主角都是郑子航、陈一诺和高亮。第一张是三个人穿着军装站在军舰前，照片背面写着：虽然退伍了，但我们永远是大海的儿子。第二张是在救生船里，照片背面写着：今天我们一共救了五个人。第三张是在军事博物馆里查找“南翔丸”资料，照片背面写着：南翔丸，等着我们！

往事依旧，历历在目。物是人非，恍如隔世。

手握着照片，陈一诺和高亮的眼睛湿润了。他们兄弟三人情同手足，并肩作战，一起度过了无数难忘时光。如今郑子航虽然离去，但他的生命已经延续，陈一诺和高亮也有了情感寄托。他们感谢叶萱留下了腹中的孩子，叶萱也是来感谢两个人的照顾，她知道今天的考核对陈一诺非常重要，而她所能做的就是把这三张意义非凡的照片带来，让已经远去的郑子航从照片上看着陈一诺并为他鼓劲，这胜过千言万语。高亮说：“一诺，子航一直都在咱们身边。下午好好考，等着你的好消息。”陈一诺点了点头，轻轻抚摸着郑子航的照片：“子航，好兄弟，我一定会通过考核，留在救援队。”叶萱含着眼泪，欣慰地笑了。

决定命运的时刻来了。

陈一诺、丁超、钟益民等人背着手站在训练池边，个个都挺胸抬头，气宇轩昂。高亮在大屏幕前向他们说明模拟的遇险情况和考核内容，轮船已经倾覆，右侧船舷入水，船底与海平面夹角大于17°。有船员跳海逃生，也有船员被困船上，当然也会有“遇难者”。而且船上装有易燃易爆物品和化学有害物质，是否泄露尚不明确。救生员要在保证自身安全的前提下，搜索受困人员并组织营救，同时还要防止或减少有害物质泄漏。总而言之一句话，任务艰巨。针对此次救援任务，黄汉中设计了十套考题，每一位参加考核的救生员随机挑选。陈一诺抽中了第七题，要求在八分钟的时间内搜索存活的被困船员，确定方位即可。丁超羡慕不已，水下定位对于陈一诺来说简直就是小菜一碟。陈一诺也暗自高兴，看来老天爷都在帮着自己。

希望在前方，胜利在招手。

满怀信心，胸有成竹，陈一诺第一个被考核。他没有急着下水，而是先闭上眼默记着大屏幕刚刚显示的船体结构和三维成像的翻船姿态，然后猛地睁开眼睛，深呼一口气，以一个漂亮的姿势跳入水中。监控室里，黄汉中等众位监考官通过监视器观察着陈一诺的一举一动。只见他入水以后身体轻盈地翻转过来，就像一条能辨别方向的鱼，游走在倾覆水中的船体模型里。左转、向上、右转、找到楼梯，陈一诺边前进边做着记号，直到进入一间舱房，里面空无一人，马上报告："报告监考官，6号考生已经来到提示有受困人员的舱房，舱房已经被水淹没，没有发现受困生还人员，也没有发现受困者遗体。我申请继续寻找。"

得到允许后，陈一诺游进了上层的设备舱，为了迅速找到受困者，边游动边在舱板上敲击，不久就听到了回声。在A舱房里发现三个受困者，他们的头都浮在水面上，陈一诺打着手语，请他们等待救援。A舱房搜救结束后便是B舱房，房门半开着，陈一诺敲击着门板，没有听到回应，就表明这里面没有受困者。转身刚要离开时，他的第六感异常启动，感受里面有人。陈一诺划动双臂游了进来，果然在一根柱子后面发现了一个人，却已经没有了呼吸，眼睛睁得又大又圆，双手紧紧地抱着柱子。陈一诺游过去，伸出手把"遇难者"的眼睛合上，这才游了出去。

5分11秒，陈一诺找到了所有的受困者还有"遇难者"，并做好了救援线路标识，任务顺利完成。监考官高亮下达了返回的命令，陈一诺马上沿着原来的路线向外面游动，只要浮出水面，他的考核就圆满地结束了。监视器前的黄汉中微微点了点头，高亮看在眼里，暗暗松了口气。所有人的目光都盯着监视器里正在往外面游着的陈一诺，如果不出意外的话，他们都会在考核成绩单上写下"通过"两个字。

然而，意外就在这时发生了。

已经游出设备舱的陈一诺突然停了下来，愣在那里，脑海里浮现出在B舱房发现的"遇难者"瞪着的眼睛，突然那双眼睛变成了船老大，拼命挣扎着扯掉了陈一诺嘴上的呼吸器。失去氧气的陈一诺想减压上浮，却被对方拖住，慢慢失去了意识。在这关键时刻，郑子航及时赶到把呼吸器重新戴到了陈一诺的嘴上。恢复神志后的陈一诺感激地看着郑子航，看到了一双充满关切和友爱的眼睛。突然，那双眼睛又变回了"遇难者"的眼睛，仿佛在责备陈一诺为什么不带自己出水？

陈一诺毅然地调转方向，游进了B舱房。高亮立刻向他喊话："6号考生，你要干什么？"陈一诺回答："在设备舱B舱室发现遇难者一名，决定将他带回水上。"说完，陈一诺已经游了过去，使劲地掰着"遇难者"紧紧抱着柱子的手指。监考官们不由得互相对视了一眼，高亮着急："6号考生，你的考核项目已经完成，请迅速归队。'遇难者'位置确定，我们会另行安排。"黄汉中也走到对讲话筒前伏身说道："6号考生，请服从命令！立即归队！"不料陈一诺固执己见："我还有2分15秒以上的时间，这个任务我可以完成。"黄汉中板着脸，重重地往台子上砸了一拳。

众人顿时惊愕，尤其是高亮，神情最为紧张。一时间，监控室里的气氛几乎凝固了。所有人的目光都盯着监视器，看着陈一诺带着"遇难者"正浮出水面。

水面冒出浪花，两个人头浮起，陈一诺先将"遇难者"推上了岸，自己才一跃而出。看到计时器上显示的时间为7分58秒，陈一诺暗暗庆幸，只差2秒就不会通过考核，今天的运气真是太好了。已经累得筋疲力尽的陈一诺到了这个时候才完完全全的放松，倒在了岸上，眼睛睁得大大地瞪着训练池的顶篷。然而，不一会儿他的视线便被围聚过来的丁超等人给挡住了，他们同情、惋惜还有不解，陈一诺疑惑地抬起脑袋："出什么事情了？"

"零分，这就是我给的分数。"黄汉中面色凛然，语气不容置疑。所有监考官都看着杜伟成，等着他做最后裁定。一共八位监考官，给满分的没有，给4分的一位，给3分的五位，给2分的一位。陈一诺的总成绩是21分，没有达到合格线。按照规则被视

为初试不合格，没有资格参加明天的口试。但陈一诺情况特殊，在完成水下考核内容以后，擅自附加了额外的任务，进行了一次没有被指定的救援，这算是考核中的一项突发事件。杜伟成希望诸位考官进行一次内部讨论，是否给陈一诺明天口试的机会。

又一次决定命运的时刻到了。

高亮、尹启泰等人一致认为陈一诺已经非常出色地完成了考核，如果没有后面的突发事件，应该得满分。毫无疑问他们同意再给陈一诺口试的机会，但必须让他意识到问题的严重性。唯有黄汉中坚决不同意，陈一诺考核时犯下的错误和成绩优异一样，都表现出他有冲击极限的心理人格，这样的人会威胁到整个团队。救援工作是以命救命，风险很大，任何会危及个人生命、危及到救援团队生命的因素，都应该被清除。

当得知监控室里发生的一切，已回到装备室更换衣服的陈一诺目瞪口呆，丁超等人纷纷劝说安慰。不甘心的陈一诺要冲出去找黄汉中评理，自己是在规定的时间超额完成了任务，没有表扬就算了，还把所有成绩一笔勾销，他不服气，无论如何对这样的结果都不能接受。眼看着陈一诺火冒三丈，愤怒至极，丁超等人害怕他出了装备室会惹出祸来，忙阻拦着不让出去，陈一诺更加生气，挥舞着胳膊要冲出重重包围。这时高亮走了进来，看到眼前的情景大喝一声："陈一诺，你想干什么！"

"我要去问问为什么不让我通过！"

"黄教官给了你零分，他有一票否决权。"

"凭什么给我零分？"

"就凭你不服从命令！"

"我是在救人，救人是最大的命令！"

"参加考核必须服从规则，你不把规则放在心上，这就是你犯下的最大错误，好好反省吧！"

陈一诺怔住了，这就是考核的结果，曾经幻想着战胜钟益民，却连进入第二轮口试的机会都没有。他的心中懊恼又气愤，双手握成了拳头，重重地砸到了墙上。一阵剧痛顿时反射回来，他的心在痛，在流血。

日落黄昏，码头堤坝上跑着气喘吁吁的陈一诺，一艘万吨货轮正在徐徐进港，海浪从天际边澎湃而来，扑打在他的脚下，泛起了朵朵浪花。陈一诺尽情发泄心中的郁闷，大声嘶吼着："啊——！"

呜——笛声长鸣，低沉回旋，仿佛在回应着陈一诺。他的一诺千金，他的雄心壮志，都像那翻卷起来浪花一样仅有瞬间的辉煌绽放，然后就化为乌有了。他对不起舍身救命的郑子航，也不知道该如何面对含辛茹苦的叶萱，还有负屈含冤的父亲。陈一诺慢慢走上高高的台阶，下面就是深不见底的海水，慢慢张开双臂，只要纵身一跃，就什么烦恼都没有了。

突然，身后传来高亮兴奋的声音："一诺，黄教官同意让你参加明天的口试了。"陈一诺慢慢放下双臂，转过身子跳下台阶，这突如其来的好消息并没有让他感到喜悦，他始终认为救人没有错误，如果郑子航当初不出手相救，自己早就不在人世了。

"明天，我一定能通过考核。"

高亮还是提醒："咱们曾经是军人，军人最重要的就是服从命令，千万别忘记。"陈一诺仍强辩："可咱们现在的身份不是军人，而是救生员，救命才是最重要的！"面对钻进牛角尖里的陈一诺，气得高亮当胸给了他一拳："不管怎么说，明天口试是你唯一的机会。如果你还固执己见，你就得跟‘南翔丸’永别。明天，你一定要认错，态度决定一切。”

陈一诺没有说话，双手暗自握成了拳头。但他心里还有个疑惑，黄汉中为什么又同意给了自己这个机会？

“明天你是否会想起，昨天你写的日记……”熟悉的《同桌的你》响起，陈一诺忙伸手去掏手机，却掏了个空。高亮这时才把手机送了过来，原来被气愤占据心胸的陈一诺把手机丢在了装备室里。叶萱打来电话询问考核结果如何，陈一诺寒暄两句便挂断了电话。看着手机屏幕变黑，林越竟连个问候信息都没有。生气归生气，可自己这遇到的是决定命运的考核，就算作为老同学也应该关心。正想着，林越发来了信息，陈一诺顿时欣慰，此时的他，最需要的就是心理医生。

林越已经得知陈一诺没有通过考核的消息，这样的结果即是意料之外也是情理之中，没有经历过生死承诺的人，是不会理解陈一诺的。还好，她能理解。林越起身走出办公室，来到陈援朝的病房发现他正背对着房门坐着，林越进来打了声招呼却没有听到回答，走近病床才发现老人竟坐着睡着了，忙抱起上身放到了床上躺好，又贴心地为老人盖上被子。当她做着这一切时，陈一诺正在背后看着，目光里满是感激和爱恋。

林越一转身，陈一诺立即掏出手机举起来：“谢谢医生的鼓励。”林越看了他一眼不说话，走出病房。陈一诺知道她还在生气，也挂念自己的考核，忙发出短信：“我错了，不该向关心我、爱护我还照顾我父亲的人发火。这些年，我走得顺当的时候可能身边没有你，但当我遇到挫折，都是你陪着我一起走过。”走出病房的林越拿起手机看到后回复：“知错就改还是好同志。”陈一诺一见形势向好的方面转变了，高兴地回复：“好同志还需要有好领导，请领导放心，明天我一定通过考核。”林越则回复：“别再油嘴滑舌了，赶紧回去好好准备吧。”

隔着近在咫尺的一扇房门，两人发信息而不说话，别有情趣。其实两人的关系也正是如此，牵挂着对方，关心着彼此，但又隔着一块透明的玻璃，如果有一天这块玻璃被彻底地打碎，就是两个人真正在一起的时候。

还有一个人也在梦想着和陈一诺相亲相爱、白头偕老，孔令雯以自己是陈一诺女朋友的借口轻而易举地进入了基地的大门，找到正在练习演讲词的陈一诺，悄悄地靠近，听到“各位监考官，我认为在不违背命令的情况下即使是士兵也有权自己决定应该做什么，尤其是面对生命”时愣住了，伸手拍打着陈一诺的后背：“你不是被黄教官刷下来了吗？怎么还要考试?”陈一诺奇怪她不仅消息灵通，而且还认识黄汉中。孔令雯得意：“黄叔叔是我爸的老朋友，看着我长大的，最听我的话了。你没有通过考核，也是好事，只要前脚一出救援队，我后脚就给你安排进我爸的公司，直接进入管理层，用不了几年便会以女婿的身份接管船王帝国。”

陈一诺勃然大怒：“好哇孔令雯，我说黄汉中怎么给我零分哪，敢情是你捣的鬼！你知道我干上这行多不容易吗？当初从海军陆战队退伍，我本来可以去海上缉私队的，可我没有。因为我热爱救援，每救完一个人，你会觉得这辈子没白来，受再大的累、吃再多的苦也值了。不是所有人都为钱活着，理想、梦想和尊严比钱重要得多。如果我离开救援队，我的理想就死了，而这一切，都被你给毁了！”

孔令雯不再辩驳，静静地听着陈一诺说的每一句话。这时她才意识到因为自己的无知和任性深深地伤害了无比热爱救援事业的陈一诺。她要补救，哪怕是给黄汉中跪下也要恳求他允许陈一诺留在救援队。不料，秉公执法的黄汉中不徇私情，救援抢险人命关天，他不会放弃原则，到底通不通得过即将到来的口试，那就要看陈一诺的临场表现了。说完后，黄汉中大踏步走向训练中心的考场。孔令雯怔怔地站在那里，她能做什么？现在能做的就是求老天爷帮助自己。马上双手合十，嘴里念念有词，祈祷陈一诺顺利通过，否则的话她再也无法追求心中的男神了。

陈一诺也正向考场走去，钟益民拦住了他，两人一起进入救援队快有三年了，论业务水平不差上下，论脾气也都挺倔强。但钟益民是队长，陈一诺是队员，而工作中的安排下级必须服从上级，队员永远都得听队长的话，所以陈一诺早就对钟益民有意见，有时候甚至认为他故意刁难自己。恰好这次救援中心改制，重新考核救生员，陈一诺就想趁机替换钟益民的位置。

这是男人和男人之间的竞争。

钟益民并不惧怕陈一诺的挑战，反而特意来关照他在即将到来的口试中不许出格，不要耍个性，黄汉中最反感的就是这点，虽然他自己也不喜欢陈一诺的个性，但还是希望能一起进入应急救援队。听了钟益民的肺腑之言，陈一诺的心头涌起一股暖流，他必须通过口试，

因为，这是他最后的机会了。

第十章　流星的尾巴

当改变命运的机会降临，应该紧紧抓住。否则的话，便会溜走。

——陈一诺没有通过考核。

最后的机会如果把握住，则心想事成。一旦错过，命运将从此改变。

考场里充满了紧张、严肃的气氛，杜伟成、黄汉中、高亮等主考官并排坐成一排，陈一诺站在他们的面前。昨天上午和下午的两场考核，陈一诺创造了纪录，也破坏了规则。他的心情也如过山车般的冲上高峰，而后跌入深谷，人生前途因此而变得不可预测。然而，这就是陈一诺，敢作敢当、行侠仗义，一条道跑到黑。

陈一诺挺起了胸脯，目光炯炯地看着面前决定自己命运的各位考官，感觉到有税利的目光从墨镜后面直射过来，立刻无所畏惧地迎接，也将目光投向了黄汉中。正如初试一样，今天口试的考题也是黄汉中拟定，10 分钟内回答 50 道题，陈一诺早就准备好了，有的问题甚至是倒背如流。不料，黄汉中开口竟说："现在考试开始。不过，今天你的考题不是50 道，而是 5 道。这 5 道题与专业知识无关，又与救援事业息息相关。"

高亮等人有些惊讶，只有陈一诺稳如泰山。剑走偏锋，出其不意，这才应该是黄汉中。果然，黄汉中给出的第一道问题平淡无奇，是让陈一诺评价昨天自己的考试表现，听到"中等"两个字，又接着问道："如果我告诉你，你没能通过昨天下午的考试，因为有人给了你零分，你会如何理解？"陈一诺立即说道："我的理解是，昨天的事已经过去了，我只想关注今天的口试。"黄汉中微微一笑，没有继续问下去，而是暂时中止了考试，去了洗手间。众人都惊讶起来，高亮坐不住了，起身跟了出去。

黄汉中站在洗手间的镜子前面，里面映照出一张严肃的脸和那副不可捉摸的墨镜：陈一诺一次又一次地挑战他的权威和耐心，然而，权威不容侵犯，耐心也是有限的。高亮走了进来，他能理解黄汉中的失望和愤怒，如果真的不能接纳陈一诺，就让他离开，不要伤害他的骄傲，因为，一个男人的骄傲是弥足珍贵的。黄汉中冷笑："但这份骄傲会害死他！"高亮说："他只有 26 岁，还有时间觉悟和修正。有个情况您可能不知道，前不久的一次任务中，陈一诺的搭档为了救他而牺牲了。这也是一诺为什么要在考试中坚持救人的原因。"黄汉中沉思片刻，向高亮点了点头，走了出去。

考场里面，陈一诺仍旧站得笔直，始终保持着随时投入战斗的架势，哪怕尹启泰说主考官出去了也不放松，甚至连眼睛都不眨一下。气得杜伟成一拍桌子："陈一诺，你这个臭脾气再不改，就自己把路给堵死了。"陈一诺不吭声，这时黄汉中和高亮回来了。重新坐回椅子上的黄汉中先对陈一诺道歉刚才的行为有些失礼，其实他是想提醒陈一诺，对于明知故犯的挑衅他的忍耐性已经到了极限。

陈一诺仍坚持按照自己的真实想法回答问题。黄汉中只好深吸了一口气："如果再给你一次机会，让你重新选择昨天的技术动作，你会有怎样的调整？前提条件是我对你昨天的救援表现给了零分，而且在这次选拔考核中，我有一票否决权。”陈一诺没有直接回答，而是讲了一个故事。

美国总统奥巴马曾在白宫的草坪上接见了一位前海豹突击队的队员。这名队员在一次执行任务的过程中，奉命原地等候一个小时。可就在这一个小时里，他数次进入交战地带，成功救回了16名受伤队员。这个队员并没有严格遵守上级的命令，却被授予了美国英雄称号。

“所以我认为，在不违背命令的情况下，即使是士兵也依然有权自己决定应该做什么，尤其是面对生命！”听着陈一诺倔强的回答，杜伟成也着急起来：“救援讲的是团体配合，都像你一样擅自行动，那岂不乱了套？我给你最后一次机会，你必须修正你的选择。”陈一诺高声回答：“对不起主任，我已经做出选择了。”

一时间，考场里寂静无声，不用黄汉中宣布最后的结果，大家也知道陈一诺没有通过这关键的口试。如果结局早已注定，何苦白白忙活一场？机会就这样眼睁睁地从陈一诺的面前溜走了。上天总会捉弄人，参加考核的所有队员之中没有人能比得过陈一诺对救援事业的热爱和需要，也没有人能比他成绩优秀，更没有任何人像他这样的“无法无天”，撞了南墙也不回来。

其实，结局在开始的时候就已经注定。

所有人都担心陈一诺接受不了落选的打击，但他腰板笔直，至少现在，他挺住了。盯着黄汉中墨镜后面无法捉摸的目光，似胜利，似嘲笑，正验证了陈一诺最初的猜测，黄汉中早就和孔令雯暗中串通好了淘汰自己，却冠冕堂皇地又一次当众羞辱。陈一诺握起了拳头，径直走过去。看见他气势汹汹，担心拳头砸过去的高亮忙要上前阻拦，却被黄汉中伸出胳膊挡住了，在他的生命中，再大的狂风暴雨都经历过。

“既然不让通过，为什么还要给我这次口试的机会？”陈一诺走到黄汉中的面前，说出心中藏匿许久的疑问。

“你热爱事业，又固执己见；你冲劲十足，又不服从命令。只凭这两点，我就可以一票否决掉你。但杜主任爱惜你是救援队里难得的人才，亲自和我商量。可如果你以为是杜主任的求情才让你参加今天的口试，那你就错了。我之所以给你这个机会就是让你亲身经历被否定，被打击。因为，从前的我，就是和你一样的人。”说完这些话，黄汉中摘下墨镜，一只眼睛目光如炬，另一只眼睛却只剩下了空空的黑洞。陈一诺等人全都惊呆了，直到这时他们才知道令黄汉中刻骨铭心而又悔恨终生的曾经往事——十年前，一艘在狂风暴雨中遇险倾覆的轮船发出了求救信号，黄汉中和队友们乘坐直升机迅速赶到。队友下降到轮船上救人，黄汉中留在直升机上面负责绞车拉起下面的人。一名遇险者被顺利地救起进了机舱，正待继续营救时，轮船就在海浪的冲击下从中间塌陷，留在轮船上的队友和两名遇险者忙拥抱在一起又紧紧抓住了栏杆才没有掉进海里。情况危急，三个人必须离开随时都会沉到水下的甲板，但钢索只能承受住两个人的重量。这时队友向黄汉中发出信号自己只能带一个人，那么另一个人很可能会失去存活的机会，黄汉中不能亲眼看着活生生的一个人在自己的眼前送命，他坚持让队友把另一个人也带上直升机，也就意味着他手中的这根钢索要承受住三个人的重量。尽管有很大的风险，但风险也意味着会有奇迹发生，因为这是最后的、唯一的希望。在黄汉中的坚持下，队友只好用双套的钢索把三个人的身体紧紧绑在了一起，黄汉中马上按动开关，慢慢收回钢索。就在三个人离开甲板的一瞬间，轮船彻底断裂了，巨大的水涡仿佛一张可怕的嘴要

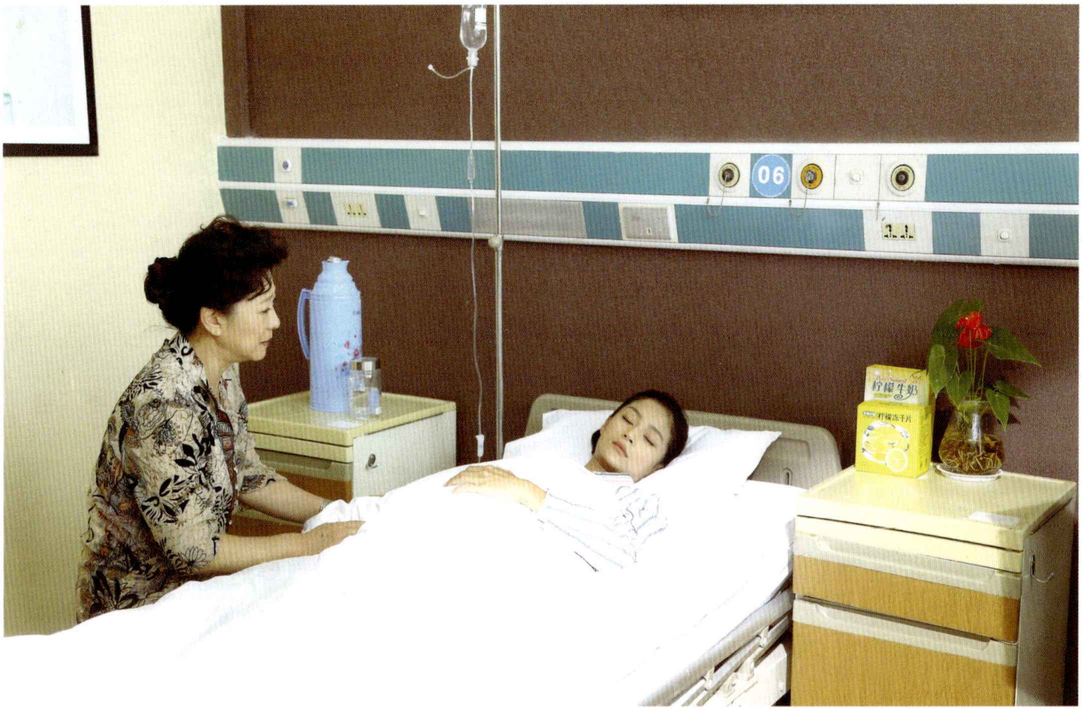
06
柠檬牛奶

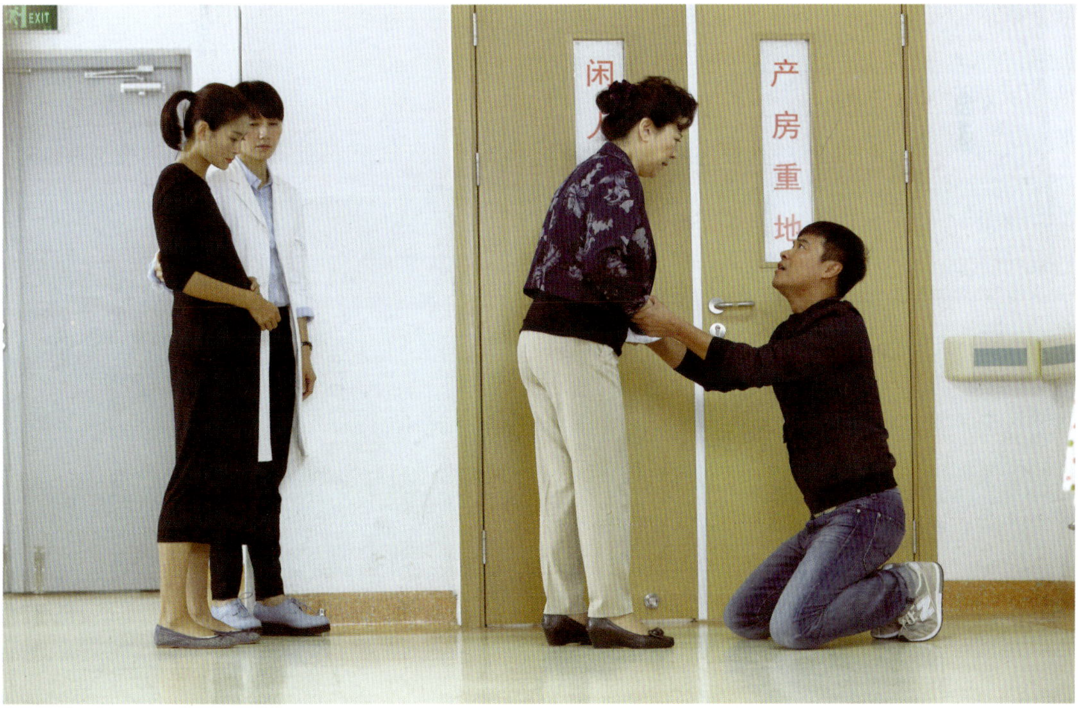
EXIT
闲
产房重地

VINTAGE EAGLE BAG

把一切全都吞没。黄汉中紧张地盯着海面上的情况，手心攥出了汗水，看着三个人渐渐远离海面心情才稍有放松。突然可怕的事情发生了，正在沉入海底的轮船上面的桅杆不知从哪个方向倒了过来，就像一根鞭子一样狠狠地抽在钢索上。本已脆弱的钢索当然承受不住这样的撞击，一下子就被打断，钢索下面的三个人犹如炮弹坠入了海里，而反弹回来的钢索另一头恰好击中黄汉中的左眼。

“救人就是拼尽全力！我黄汉中这一生曾经狂妄、当作执念地喊过无数次，可从此之后，我就再也喊不出口了。因为我一个人的固执，付出了三条生命和一只眼球，还有一个我心中至今无法痊愈的伤口。直到现在，我依然经常在梦里哭着追问我牺牲的队友，为什么死的不是我！”黄汉中情绪激动地诉说着，所有人都垂下了眼帘。

陈一诺一言不发地走出了考场，高亮忙追了出去：“一诺，黄教官的阅历要比我们丰富得多。他是香港紫荆花勋章的获得者，曾经救过 176 个人，他的话是有道理的。”陈一诺彻底沉默了，固执可以救人，但有时候，也会害人。这时，丁超等人也围了过来，有的劝说陈一诺向黄汉中认错，有的出主意去求杜伟成，还得送上大礼。

陈一诺迷惘了，回想起曾经在书中读到的一句话：他就像一只趴在玻璃天花板上的苍蝇，前途一片光明，却找不到出路。

路，在脚下。

车水马龙中灵活地穿梭着一辆吉普车，虽然速度很快却没有违反交通规则，也没有防碍到旁边的行车，显示出驾驶者高超的水平。陈一诺双手紧握方向盘，双眼盯着前方，耳边却在回想着高亮说过的话，他在两场考核中所表现出的态度和认识均有失偏颇，正是人格心理上的缺陷。

陈一诺猛地踩下刹车，吉普车戛然而止，他像泄了气的皮球趴在了方向盘上。他需要心理医生，他比任何时候都渴望见到林越。林越的笑容，林越的声音，能让他急燥的心情平复下来，如果林越张开怀抱，那么他一定会毫不犹豫地扑过去。陈一诺猛地抬起头加大油门，一路冲进医院。

林越果然伸出双手，陈一诺激动地扑了过去，没想到等待他的不是林越温暖的怀抱，而是被有力的臂膀摁到了给病人专用的沙发里面：“老实坐好，不许说话，不许动弹，闭上眼睛。”虽不是期盼中的情景，但只要见到林越，陈一诺就像迷路的孩子寻到了回家的路，顺从地闭上了眼睛，放松了紧绷许久的身心。林越轻轻地给他按摩着头部说：“早知如此，何必当初。我早就说过，你的固执会害了你。想留在救援队，就得低下头去认错。”陈一诺也有些后悔：“现在说什么都晚了，我误会了黄教官。要不是他现身说法，我还真以为他是跟孔令雯串通好了来黑我的。林越，你说我是不是真有那个叫什么偏执型人格障碍？”林越用手指轻敲了一下陈一诺的脑袋：“是有一点，但没那么严重。你爱冲动，喜欢意气用事，虽然反应够快，但不够冷静。”

陈一诺睁开了眼睛，正对着林越的脸，美丽而温柔，令他情不自禁地伸手去握林越的手，却握到了一块巧克力。果真是心理医生，陈一诺在林越面前隐瞒不了任何心思，只好剥开巧克力塞进嘴里：“郁闷的时候吃甜食，我都快被你训练成心理医生了。还有丁超他们出馊主意，让我去向杜主任认错求情，还得送礼，我陈一诺活了二十多年，就没干过这种丢人的事！”林越坐到了他对面的椅子上：“以杜主任的阅历，什么丢人的事情没见过？陈一诺，你该低头就得低头。低头是一种智慧，是一种胸怀，懂得低头的人才有机会出头。如果不知道怎么低头也不想低头，那么跟我来，有一个人会告诉你什么是低头。”

陈一诺惊讶地看着林越，不明白她的葫芦里卖的什么药。站起来跟着走出了医生办公室，坐进电梯下楼便出了门诊大楼。陈一诺越来越迷惑不解，林越是医院里有名的心理医生，他不知道还有谁比她更有水平，更了解自己，而且会告诉自己如何低头？

林越进了住院部，陈一诺跟着上了三楼方才醒悟，林越是带着自己来到了父亲的病房。难道让自己见的人就是父亲？父亲生性耿直，这辈子从来就没低过头。此时林越已经打开了病房门，示意陈一诺进去。

陈援朝正低着头在专心致志地制作轮船模型，两个人的脚步声丝毫没有打扰到他，他沉浸在独属于自己的世界里，额头上渗出了点点汗珠。林越拿起毛巾轻轻擦拭：“伯父，您又做好了一个？”陈援朝听见了说话声，忙把轮船模型放到床头柜上站了起来。陈一诺不由得心疼，看到父亲的十根手指上全都是深浅不一、新旧叠加的伤痕，上前握住：“告诉您多少遍了，要小心，看您这手指都划伤多少道口子了。”

陈援朝抬起头看了看陈一诺，突然冲他笑了笑。陈一诺激动，难道父亲认出自己来了？不过，陈援朝的目光又变得迷惑起来，像是想起了什么，拉开抽屉翻找出一叠材料，双手送到陈一诺的面前。看着儿子接过材料，露出欣喜的神情，突然弯下腰深深鞠了一躬：“感谢领导关心。请相信我真的不是贪生怕死、玩忽职守的船长，请组织再对我的所作所为进行审查，我陈援朝感激不尽。谢谢，谢谢。”

陈一诺哽咽了，上前拥抱起父亲：“爸，我要留在救援队，找到证据向所有人证明我的父亲陈援朝是清白的。为了您，我必须得学会低头。”站在一旁的林越欣慰地笑了，眼前的这个男人终于成长了，挫折没有把他打倒，只会让他变得更加坚强。就像水中霸王鲨鱼，没有鳔反倒游得最快。真正的强者不是没有缺点，而是及时发现并从此改正。

孔令雯不是强者，她以为黄汉中没有让陈一诺通过考核是因为她最初的恳求，已犯下了不可饶恕错误的她，又该如何补救？只好又一次地闯进基地，没有找到陈一诺，却从丁超的口中得知他早已去见林越了。意念中情敌的名字刺激着孔令雯，她这位船王公主无论如何也不会输给一名心理医生。两人都在争抢陈一诺，而陈一诺正处于事业抉择的关键时刻，谁能让他留在救援队谁就是陈一诺这辈子都感激不尽的人。已铸成大错的孔令雯不奢求感激，只企盼将功赎罪。

黄汉中正在和孔祥海坐在海洋会馆的阳台上品着红酒，欣赏着落日美景。孔祥海也知道了陈一诺没有通过考核，在印象中他是个优秀的救生员，还救起了女儿。黄汉中并不否定陈一诺的优秀，从他的身上看到了自己年轻时的影子，甚至有些喜欢这个年轻人，但自行其是、不肯认错的态度却是不可原谅的。黄汉中之所以坚持一票否决，就是要他栽栽跟头，煞煞锐气。

突然，孔令雯冲了进来：“黄叔叔，求您了，您就让陈一诺留在救援队吧。陈一诺前世就是海里的一条鱼，鱼离开了大海就活不成了。”黄汉中说：“雯雯，这是你第三次因为陈一诺的事情求我，我也是第三次拒绝你。而且，我已经给了陈一诺一次机会，不能再给第二次了。”孔祥海也说：“一个男人如果需要女人才能保住工作，只能证明他的无能。这样的男人，怎么能成为我孔祥海的女婿？雯雯，记住爸爸的话，一个真正的男人，应该是保护爱惜女人的，而不是令女人为他担心的。”

当一个女人为了陈一诺能留在救援队而恳求父亲和黄汉中的时候，陈一诺已经到了另一个女人的家里，这个女人不是林越，而是叶萱。叶萱也在劝说陈一诺别太着急，求求杜伟成说不定会有希望。叶母却高兴起来，陈一诺没有被选中正好去海上缉私队，风险低，收入多，将来照顾叶萱和即将出生的孩子，一家三口安稳地过着小日子，自己就再无后顾之忧了。叶萱生气母亲的自私，拉起陈一诺去了楼下专门卖"猪油汤圆"的铺子。陈一诺起初还以为是她想吃汤圆了，后来得知杜伟成的妻子是南方人，喜欢吃这种家乡特有的汤圆。上门求助，拿着贵重礼物反而会被拒之门外，如果带上他妻子喜欢吃的猪油汤圆，杜伟成也就不好意思拒绝了。原来叶萱早就打探好了消息，也替陈一诺想到了登门的办法。

陈一诺真心感谢叶萱，挺着大肚子还在替自己着想。不由得暗暗把她和林越比较起来，两个都善解人意，都在用各自的方式来帮助自己，但叶萱更为实际，也更为立竿见影。为什么会有这种差别？陈一诺想，这就是结过婚的女人和没有结婚的女人的不同。

拎着四斤汤圆，陈一诺在杜伟成家的门口踱来踱去，想按门铃又没勇气。正打算离开，却又不小心踢翻了放在门口的杂物，只好手忙脚乱地收拾。恰在这时，杜伟成的妻子开门出来，惊讶地看到一个人蹲在自家门口忙活着，陈一诺只好硬着头皮叫了声"嫂子"。杜夫人仿佛知道他的来意，笑着让他快进家门。

陈一诺走进客厅，看见杜伟成正坐在沙发上看报纸，先将汤圆放到茶几上，然后后退一步，学着父亲的样子弯下腰深深地鞠了一躬："谢谢主任向黄教官求情，虽没通过考核，但我陈一诺十分感谢，没白在主任手下干了这几年的救生员。"不说还好，一说到求情又惹得杜伟成气不打一处来。作为基地领导，他从来没有为哪个手下开口求过情，只为陈一诺破例，好不容易得到了机会，陈一诺不仅不珍惜，还明目张胆地跟黄汉中对着干。即使是现在，陈一诺仍想不通他在规定时间完成了考试，又救了人，错在哪里。

杜伟成气得把报纸扔到了茶几上："你说你错哪了！你的行为缺乏协作意识，你更在意的是自己做到了什么，而对可能会发生的危机根本没作考虑！说的难听点儿，你这就是爱出风头！"陈一诺一听就火了："我怎么是出风头啊？士可杀不可辱！我拼着命把人从生死关头拉回来，我骄傲！这种骄傲，让我觉得自己干的事特有价值，为了这个有价值的感觉，我愿意一次次地去付出！去冒险！去救人！"

眼见这两人谁都不服谁，话不投机吵了起来，杜夫人连忙劝解。杜伟成让妻子进到里屋，严厉地批评陈一诺是在拿危险换荣誉，这不是救援，而是在做生意。陈一诺火冒三丈，铁青着脸说道："您一路看着我走到今天，我的辛苦和坚持您全都看在眼里，您什么时候看出我是在做生意？就算救人在您眼里是生意，那也是以命换命的生意。我就是认为救人没错，我问心无愧！"吐出心里话的陈一诺转身就走。

杜伟成在后面喊他把汤圆也一起带走，省得看见心烦，陈一诺过去拎起汤圆就走，当推开房门时又转了回来："这汤圆不是给主任您的，是给嫂子的，也不是我买的，是嫂子喜欢的叶萱让我送来的。"陈一诺把汤圆又放回到茶几上，看也不看杜伟成就走了出去，气得杜伟成在客厅里直转圈儿。走出杜家的陈一诺看着漆黑的夜色，终于意识到失去了最后的机会，他感到前所未有的沮丧和失落。

夜，那么漫长。

当新的一天到来，陈一诺的心头仍是阴霾密布，外面的天空仿佛感受到了他的心情，下起了淅淅沥沥的小雨。走进雨中，让冰凉的雨水浇灌燥热不安的心情。眼前的雨

滴渐渐密集成线，小雨变成了滂沱大雨。陈一诺回想起他和队员们顶雨听着杜伟成训话：“遇险轮船就要翻沉，你愿意把生的希望送给别人吗？”

“我愿意！”

“生命就要被吞没，你愿意把死的危险留给自己吗？”

“我愿意！”

铿锵有力的回答犹在耳旁，曾经的往事历历在目，陈一诺的眼泪流了下来，和雨水混在了一起。

一切都将无法挽回，到了该离开的时候了。

浑身湿透的陈一诺回到了宿舍，没想到宿舍里除了丁超，还有金旭、夏林等队友。他对众人笑了笑，先拿起一副哑铃送给要把六块腹肌练成八块的金旭，又拿起几本书送给爱看漫画的夏林，然后脱下手上的护腕送给小满：“推杠铃时能用得上。”最后，陈一诺从床底下搬出一个箱子，里面装的是郑子航收集到的“南翔丸”的资料，也是曾经的梦想。然而，再也没有机会实现了。陈一诺把箱子放到丁超的面前：“我没有完成的事业，就靠你了。”

不料，丁超猛然把箱子推开吼道：“陈一诺，我瞧不起你！你变了，从前的陈一诺从来不知道失败两个字怎么写，每次救援没有克服不了的困难。跟你做搭档，不管遇上多大的风浪，我心里都觉得踏实。从前的陈一诺，是个英雄。可现在的陈一诺，是个懦夫。这么快就放弃、认输，你对得起自己吗？对得起为你牺牲的郑子航吗？对得起我们叫你这声诺哥吗！”听着丁超的话，金旭等人走过去，把哑铃、书籍和护腕又都放进了陈一诺的箱子里，齐声喊道：“诺哥，不许走，我们永远在一起！”

陈一诺感动地看着队友们，喉咙蠕动着说不出话来，拼命抑制着泪水。队友们试图分担他的痛苦，然而真正走出失败只能靠自己。

正所谓，江东子弟多才俊，卷土重来未可知。

第十一章　不愿放弃的理由

决定命运的不是别人，而是自己。

——陈一诺又一次违背了命令。

新的一天是从急促的警报声中开始。

惊得陈一诺从睡梦中跳起来，边穿衣服边招呼仍在床铺上睡着的丁超。丁超睁开眼看到已经穿好衣服的陈一诺愣住了，此时陈一诺才反应过来自己已被分配到后勤部门不需要参加紧急救援训练，只好冲着丁超说："我是叫你快去集合啊，臭小子。"看着丁超跑出了宿舍，倍感失落的陈一诺扑通一声倒在了床上。从前训练时累得精疲力竭，恨不得天天躺在床上不起来，可现在这样，又怀念起那时的紧张和劳累。

人生，总是充满矛盾。

陈一诺眼睛瞪得大大的，想象着此时的队友们定是在等待杜伟成训话。果然，基地训练池旁，通过考核的丁超和小满等救生员站成一排，光荣的成为应急救援队的一员让他们骄傲而又窃喜。站在对面的杜伟成觉察到他们的心思，立即将冷水迎头泼来："不要高兴得太早，等着你们的不是更好的待遇，而是更加残酷的战斗，从今天起，每个人都要打起一百二十分的精神应对训练。"黄汉中亲自任命钟益民为队长，制定计划，带领和管理救生员们每一天的训练。

不远处，从宿舍走来的陈一诺静静地看着，心里百感交集，怅然若失。如果不是因为自己的固执，他也是其中的一名。陈一诺低下了头，看着脚尖做出决定，再去恳求一次。陈一诺昂起头，故意迈着正步来到了杜伟成的面前："对不起，杜主任，昨天我不该去您家吵闹，请您原谅，也请您再跟黄教官通融通融，让我留在救援队。"杜伟成看了他一眼并不说话，喊来钟益民下命令，到外面训练场跑 2000 米。钟益民说了声"是"，转身就跑了出去。杜伟成这才开口："看见没有，钟队长资历比你高、经验比你丰富，他救过的人也是你陈一诺没法比的，可他仍然知道服从命令。陈一诺，你是错了，可不是错在去我家吵闹，而是错在不服从命令。最可恶的是，你死不认错。我可以明确告诉你，我是不会再为你去向黄教官说情的！"陈一诺抑制不住的火气又上来了："我真后悔去求您，更后悔今天再来自取其辱！这是我这辈子最后一次求人！"

陈一诺转身就走，出了训练馆停下脚步，抬起手啪啪给了自己两巴掌。打在脸上，痛在心头。看着自己的手，就是这双手，一次又一次没有把握住机会。他的腰杆再也无法挺直。

心烦意乱的陈一诺从基地来到林越的办公室，一进门陈一诺就被命令双腿成直角地跪在了沙发中间，脑袋顶在沙发另一头的靠垫上。这是林越专门为他设计的叩首式，可以按摩到头顶百会穴，缓解头疼。其实陈一诺的心更痛，伸出一只手敲打着脑袋："我要是不干救援了，你就嫁给我吧。"林越竟然说道："好啊，你要是真的不当救生员了，我可以考虑嫁给你。”陈一诺猛地撑起身子，愣在了那里。这些年他一直在求林越嫁给自己，可她始终在拒绝，真的听到了期盼中的回答却没有预料中的惊喜。因为这一声“可以”得来的太容易，没有准备，没有仪式，甚至他的眼睛都没有看着林越。

林越正用意味深长的目光看着他：“我再说一遍，可以考虑嫁给你。关键是，你真的不当救生员了吗？哪怕杜主任再给你求情。”陈一诺坚定地点了点头，两次考核已经伤透了他的自尊和骄傲，此处不留爷，自有留爷处。何况他是彻底把杜伟成给惹火了，怎么还会帮着自己向黄汉中求情？陈一诺要立即回基地收拾东西，也不留在后勤，直接去海上缉私队报到，反正叶母都给他联系好了。不过，临走之前他郑重其事地对林越说这次的求婚不算数，他要给林越一个与众不同的求婚，毕竟十年的感情得有一个隆重而有意义的仪式来铭记。听到这话，林越笑了，陈一诺也笑了，这两日积聚在心头的郁闷和烦恼也渐渐地消散了。

回到基地宿舍，寂静无人，丁超他们都参加应急救援队的训练去了，正好没有人打扰。陈一诺不紧不慢地收拾东西，床上铺下、柜里桌旁，没有一处遗漏的地方，他不想给自己留下任何再回到这里的理由。可所有的东西全都收拾好了，也只不过装了一个小小的行李箱，抬起手腕看着手表竟然过去了两个小时。原来他在不知不觉中故意放慢了速度，因为他知道，一旦走出这间宿舍，就是放弃了曾经坚定不移的梦想，而父亲的沉冤昭雪和郑子航的心愿，也永远都不会实现了。

陈一诺迈不开脚步了。

突然宿舍门被打开，钟益民闯了进来，一见眼前的景象就明白了：“这么快就收拾好了，用不用送你一程啊？”感觉是在炫耀他不仅入选应急救援队而且又如愿以偿地当上了队长。陈一诺听着心里就有气，若在平时早就唇枪舌战起来了，可自己就要离开基地，怎么也得留点好的念想，于是说道：“我走了正好，以后没人跟你对着干了，也不会有人不听命令就行动。”不料，钟益民给了他一拳：“臭小子，往哪儿走！想叫我这个队长管不着你，没门儿！”

陈一诺愣住了，一时间没有反应过来。钟益民又狠狠弹了一下他的脑门，把陈一诺给疼清醒了，他不用去海上缉私队报到了。

没有鲜花，没有锣鼓，有的是一群血气方刚、豪情万丈的年轻人，和他们不怕牺牲、克服险阻的信念。

应急救援队的成立仪式正在举行。

这是基地首次成立海陆空三位一体的应急救援队，救捞局和交通运输部的领导专门从北京赶来祝贺。简单的开场白过后，杜伟成向救生员们训话，站在队伍里面的陈一诺仿佛又回到了从前。

“咱们救人，要有信念。遇险船只就要翻沉，你愿意把生的希望送给别人吗？”

“我愿意！”

“生命就要被吞没，你愿意把死的危险留给自己吗？”

“我愿意！”

陈一诺铿锵有力地回答着，似曾相识的情景令他感动，他终于留下来了。仪式一结束，陈一诺马上跑到杜伟成的面前，深深鞠了一躬。钟益民已经告诉他果真是杜伟成向黄汉中求情，说动了铁面无私的铁脸判官。不过，杜伟成又泼了冷水，让陈一诺先别得意，他是以见习队员的身份进入应急救援队，只给一年的时间考察，不合格马上开除，如果闯出祸事来，不仅陈一诺要受到处罚，连带杜伟成也要承担责任。陈一诺一听，马上又鞠了一躬："请主任放心，我保证听从命令，不给主任丢脸。"

兴奋的陈一诺急着去装备室试穿新发的救生服，没有听到杜伟成告诉他还应该去感谢叶萱。昨天叶萱去了杜家，看着她挺着快要临产的肚子还在为陈一诺东奔西走，杜夫人实在不忍心，"命令"杜伟成再向黄汉中求情。向来听从夫人意见的杜伟成只好陪同黄汉中来到新启用的救援船，从船舱结构说到救生员，把话头引到了陈一诺的身上，又以官职和名誉作担保才让黄汉中破例同意陈一诺以见习队员的身份进入到应急救援队。而当陈一诺得知是叶萱帮自己打开了进入应急救援队的大门时，叶萱已经生下了孩子，他成了名副其实的"孩儿他爸"。

此时的陈一诺当然不知道，他正和丁超等队友们穿上崭新的救援服，每一个人的胸前都佩戴着代表应急救援的徽章，除了他自己。摸着空空的胸前，他有些失落，但马上就调整好了心态，一年的见习时间稍纵即逝，算起来就五千多个小时，用不了一年的时间，就能佩戴上这只徽章。陈一诺在心里给自己鼓劲，一扭头恰好看见高亮从装备室路过，只这一眼就感觉到他有心事。高亮的心事肯定是与赵笛有关，但如果说两人生气吵架也不至于到了单位还放不下，肯定是出大事了，难道赵笛丢了工作？

陈一诺忙追了出去，一问才得知情况恰恰相反，赵笛不仅没丢工作，还升官加薪，当上了专题部主任。这样的好事落到谁的身上都会高兴庆祝，偏偏高亮忧心，就是赵笛自己也不开心。台长给了她前途，也下了命令，跟拍救援队制作纪录片，在全国新闻评选中获得大奖。就在高亮向陈一诺诉说烦恼的时候，赵笛已经带着摄像小方来到了基地。

突然，警报声响起，一艘渔船回港避风途中因风浪袭击导致机器突发故障，失去航行能力，船底破漏，困在船上的四名遇险者情况危急。基地指挥中心已经探测到渔船的位置在四号海域，由于风浪太大救援船暂时靠不上去，只能派出直升机前去救援，但因距离遥远超出了飞行安全救援半径，就算是启用备用油箱，留给救生员的救助时间也只有十分钟。

也就是说，要在十分钟内救出四个人，这几乎是不可能完成的任务。

然而成立应急救援队的目的，就是要在最危险的处境下营救所有的遇险人员。只许成功，不许失败。杜伟成立刻安派前去救援的人员，高亮为机长，全面负责救援任务；乔磊为副机长，协助调遣人员安排；赵五一为绞车手，陈一诺和丁超两个担任救生员，还有赵笛和小方也要跟机拍摄。高亮一惊，有心阻止妻子登机，但杜伟成有令在先，不可违抗。就是赵笛其实也不想登机，但台长一声令下，她岂能不听从。于是一行人在最短的时间内做好了登机救援准备后，迅速奔向停机坪。

波涛汹涌的海面上空，飞来了救援直升机。此时距离出事的四号海域还有十海里的行程，机舱里开始进行救援前的例行检查。每个人都紧张起来，陈一诺松开安全带，整理着自己膝盖上的护板。丁超打开折叠担架，摆在了地板上。赵笛指挥小方拍摄，镜头里出现了赵五一紧张的神情，正在座椅和直升机壁之间的缝隙间寻找着什么。陈一诺问他："找什么呢？"赵五一说："刚才看见一枚螺钉从我眼前飞过去，现在不见了。"陈一诺和丁超都大吃一惊，在救援的关键时刻任何一个小小的纰漏都会引起严重的后果。他们连忙帮着一起寻找，同时查找身上的救生服和机舱是否有缺失的螺钉。

四号海域就快到了，可那枚失踪的螺钉依然不见踪影。赵五一着急起来，虽然高亮已经查看仪表一切正常，但并不意味着万无一失，现在应该申请返航。陈一诺不同意，赵五一吼道：“一旦有事，就是机毁人亡！”一直跟拍的小方举着摄像机的手顿时颤抖起来，转过脸看着赵笛。赵笛脸色苍白，咬着嘴唇拼命压抑心头的恐慌，但她不能说出来，因为驾驶飞机的是自己的丈夫高亮。

高亮又一次检查飞机仪表，一切正常。而且后面众人乘坐的底舱有坚固的保护层，没有油路和机械结构，即使有螺钉脱落也不会危害到飞行安全。陈一诺仍然坚持不能中断救援，情况已经十分紧急，如果现在返航，渔船上的遇险者们恐怕撑不到他们回来。陈一诺拿起望远镜在海面上搜索，在两点钟方现发现了一个黑点，正是遇险的渔船，大半船体已经沉入水中，只剩下几米高的舵楼尚未被吞没。

陈一诺马上把情况报告给高亮，伸手拍了拍赵五一的肩膀，这是队友间的信任和鼓励。赵五一稳定下情绪，坐到绞车旁。直升机已经飞到渔船的上空盘旋，机舱门打开，陈一诺为了锻炼丁超，先让他下去救人。兴奋的丁超终于等来了独立执行任务的机会，固定好安全索，戴好头盔坐到了舱门口向陈一诺伸出了大拇指，陈一诺又向赵五一做出了同样的手势。赵五一点了点头，启动绞盘，丁超的身体消失在机舱口。

船上的渔民们看到救星来了，纷纷哭喊着呼救，然而他们的声音很快被咆哮的海浪和肆虐的狂风吞噬。吊在机舱下面的丁超被狂风吹得左右晃动，根本无法到达甲板，不得已只好做出手势，让赵五一给他拉回机舱。风大浪高，即使经验丰富的老救生员也毫无办法。

时间已经过去两分钟，只剩下八分钟了。

渔民们危在旦夕，每过去一秒钟对他们都是煎熬。陈一诺更是心急如焚，恨不得从机舱跳下去，突然一道灵光显现，可以利用高位引导绳下到渔船上。高亮凝精聚神，小心操纵仪器，将直升机下降到了最低限度。在狂风中尤其考验救援队的水平和心理。赵笛看着越来越近的海面，起伏的海浪一个接着一个涌来，吓得闭上了眼睛。坐在机舱口的陈一诺拿着高位引导绳瞅准目标，用力抛过去正好抛到了甲板上。长长的引导绳将救援直升机和遇难渔船连接起来，陈一诺瞅准机会，抓住钢索滑下去，一个鱼跃成功降落到舵楼，而后跳到了甲板上。接着，丁超也跳了下来。两人刚站稳就迎来了一道巨浪，和渔民们一起被抛上了浪峰，海浪声中夹杂着哭喊声和呼救声。

基地指挥中心的大屏幕将这一情景清楚的直播出来，情况危急，条件恶劣。黄汉中神情严肃地对杜伟成等众人说道：“我提醒诸位，如果救援行动直接危及救生员和直升机的安全，我们就要放弃救援。救助生命要在保证救生员安全的前提下进行，这是国际惯例！”杜伟成并不回头，只是高声说：“我对我的救生员们有信心。”

巨浪过后，陈一诺的身子最先显露出来，接着是丁超，在惊慌失措的渔民们穿救生衣时才发现人数不是接到警报时的四个，而是八个，不仅救生衣不够用，就是直升机也装不了这些人。此时救援船113号正在赶过来的途中，陈一诺只能决定先救起四个人上直升机。然而求生的渴望令渔民们全都围了过来，争抢着引导绳。陈一诺和丁超只得用力阻拦，大声呼喊让他们听从安排。就在这时，引导绳的钢索竟缠在渔船的桅杆上了，随着海浪颠簸几乎要将直升机拽入大海。

直升机在剧烈的晃动中盘旋。赵笛的恐惧感更加强烈，她无法自控，浑身如筛糠一般颤抖，对着呕吐袋狂呕，小方体贴地为赵笛拍打着后背。谁都明白，如果不及时解开钢索，直升机就会随着沉船的摆动失去重心，落入海中，机毁人亡。

陈一诺和丁超爬上桅杆试图解开钢索，可钢索缠得很紧，再加上风浪交加根本无法解开。陈一诺抹了一把脸上的海水，冲着丁超摇了摇头。遇险渔民中的几人似乎也察觉到了险情，绝望地号啕大哭。陈一诺立即联系高亮切断引导绳，他和丁超留在船上安抚渔民们，等待救援船前来营救。可高亮清楚地知道渔船随时都会沉没，在这个时候切断引导绳，就是把陈一诺和丁超还有渔民们全都送上了绝路。

不到万不得已的紧急关头，不可以切断这条生命绳。

高亮立即命令乔磊和赵五一听从指令，驾驶着直升机以逆时针的方向绕着渔船盘旋，试着解开缠在桅杆上的引导绳。陈一诺和丁超昂头发现直升机并没有离去，感动得热泪盈眶。关键时刻，高亮的飞行经验和驾驶水平发挥了至关重要的作用，直升机灵巧地低空飞翔，终于将引导绳解开。陈一诺和丁超立刻给第一对渔民套上救援套，系好搭扣后马上拉起进入机舱，接着又一对渔民被救起。

机舱还有两个人就要满员，油箱里的油也将用尽。高亮做出决定不返回基地，而是把直升机着陆到即将来到的救援船上，他马上通知陈一诺和丁超回到直升机。不料留在船上的那四名渔民以为自己被抛弃，扑过去围住陈一诺和丁超不让他们离开。陈一诺和丁超对视，两人点了点头，他们要把位置留给求生心切的渔民。

黄汉中从大屏幕上看到这一切，皱起眉头，陈一诺又在违抗命令。他拿起话筒向陈一诺喊话，命令立刻返回机舱。陈一诺像是没有听见一样，给第五名渔民套上救援套。黄汉中继续喊话："陈一诺，我第二次命令你马上返回机舱！"陈一诺回答："黄教官，对不起，这命令我无法执行！""别忘了你还在见习期，你想又一次抗命吗？""如果我和丁超离开，剩下的遇险者马上会崩溃，我不能丢下他们。"

陈一诺已经把救援套套好，让丁超带人上去。不料，丁超突然拉过另一个遇险者把救援套套到了腰间，他也要和陈一诺一起留下来，即使违抗命令会付出代价，也心甘情愿的接受惩罚。

因为，他们是搭档。

又一个巨浪袭来，将一切全都淹没。

高亮驾驶着直升机并没有调头飞走，盘旋在海面上寻找陈一诺和丁超。坐在旁边的乔磊提醒他油箱已到了极限，赵五一的声音也通过话筒传过来，救上来的一个渔民出现了昏厥，需要急救。然而，高亮还在犹豫，赵笛终于坚持不住了，抢过通话器大喊："高亮，马上返航！求你了，难道你想让全飞机的人都死在这儿吗？"高亮毫不留情地训斥："请随机记者不要干扰救援！"

一波接着一波的巨浪在海面上翻卷着，舵楼时隐时现，陈一诺终于露出了身影，看到直升机仍在盘旋，忙打着手势示意他们迅速离开。

终于，直升机飞走了，越飞越远，驶出了视线。

海天之间只剩下遇险的渔船在浪头颠簸，如同一片树叶脆弱得不堪一击。汹涌的海水灌入，只剩下舵楼露在水面，陈一诺、丁超和那两名渔民紧紧围聚着桅杆抱在一起，在又一道巨浪袭来，他们的身影终于全都消失了。

墨蓝的海面划开一道水路，救援船全力开赴出事海域，接应到了高亮的直升机。由于风浪没有减轻，救援船颠簸得厉害，直升机上下几次才成功着陆。钟益民带领着救生员们冲了过去，把机舱里面的获救渔民抬出来。小方仍在尽职地跟拍，赵笛却双腿抽筋，站立不稳。高亮走过来搀扶，让妻子留在船上休息，他要再回去救人。

直升机已经补足油料，正要关闭机舱时，赵笛突然从小方手里夺过摄像机，跑过去爬上了直升机。高亮恼火地命令妻子立即下去，赵笛却说如果留她在船上，她会疯掉的。刚才的救援让赵笛好像在鬼门关前走了一遭，可她仍拼着最后的勇气继续跟拍，她已经决定这是最后一次和丈夫一起出任务。救援工作的危险，不可预料的意外，都让她心有余悸，她也要让高亮真切地感受到她的恐惧，她的无助和她所遭受的痛苦。只有这样，她才有可能和高亮谈条件，下最后通牒。因为，属于赵笛和高亮共同的家庭生活时间已经不多了。

此时，属于陈一诺的时间也不多了。舵楼也沉到了水里，一根桅杆围聚着的四个人全都泡在了水里。年纪小的渔民害怕得哭了起来，陈一诺大喊："谁也死不了，别哭！坚持到底就是胜利。听，直升机来了！"

轰鸣声由远而近，机舱门早早就被打开，救援的钢索垂了下来，在舵楼上空盘旋。陈一诺瞅准时机，伸出胳膊抓住了钢索，套到了两名渔民的身上，做出向上的手势，钢索迅速收起，两名渔民离开了海面，陈一诺和丁超抬头仰望。此时，一个浪头混合着暗流袭来，没有防备的丁超瞬间被卷走，陈一诺眼疾手快地挥出手臂抓住了丁超的一只手。

海浪蕴藏着无穷无尽的力量，翻卷的浪花仿佛在嘲笑陈一诺坚持不了多久。丁超感觉胳膊快要断了，绝望地说："诺哥，我撑不住了。"陈一诺吼道："撑住！给我撑住了！"就算只剩下最后的一点力气，陈一诺也要坚持，他要与时间赛跑，要和死神抢夺生命。正在这时，救援的钢索又被抛了下来。陈一诺松开了桅杆，身子连同钢索一起向丁超扑了过去，抱着他的身子一起沉入了海水里。

水底暗流涌动，陈一诺和丁超紧紧抓住钢索，躲避着舵楼下沉带动的巨大漩涡。海面上，漩涡向四处扩散，中间浮出了陈一诺和丁超的脑袋，死里逃生的两个人相视对望，都笑了。

机舱里的赵笛举着摄像机，泪流满面。这就是救援事业，生死只在一瞬间。这就是真正的勇士，英雄无悔！

第十二章　蔚蓝色茉莉

女人脆弱的时候，需要男人坚强的臂膀和温暖的怀抱。

——陈一诺差一点就亲吻了林越。

“救援任务全部完成，现在返航!”

高亮朗声禀告指挥中心，驾驶着直升机飞回基地。停机坪上，杜伟成和黄汉中等人迎接他们凯旋。

机舱门打开，陈一诺最先扶着年轻的渔民出来，后面跟着的丁超和赵五一搀扶另一名渔民。赵笛最后走出来，她几乎迈不动脚步了，跳出驾驶室的高亮忙过来抱住她的身子小声询问，赵笛却一句话也不说。暴风雨来临之前总是寂静无声，赵笛越是沉默，高亮反而越是担心。也许，这是夫妻最后一次因为坚守在各自的工作岗位而同舟共济。

坚守，是一种信念。

陈一诺心知肚明自己虽又一次坚守了救援信念，也又一次地违背了命令。他走到杜伟成和黄汉中的面前立正敬礼，看到杜伟成严峻的目光和黄汉中的墨镜说道：“对不起主任、教官，我又抗命了。我始终认为，救援工作的本身就是在抗命，违抗大自然，违抗老天爷。”杜伟成批评他强词夺理，黄汉中却问他担不担心和遇险者留在船上是在等待死亡？陈一诺信心十足，留在随时都会沉没的船上当然危险，但他就是以实际行动鼓舞遇险者，他会陪在一起，不是等死，而是活下去。

活着，也是一种信念。

黄汉中迈步走到面前，陈一诺目光炯炯地迎接那墨镜后面袭来的利箭，救生员即使抗命，也需要勇气和胆量，更需要救援的精神和境界。果然，黄汉中掏出一枚应急救援队徽章，亲手佩戴在陈一诺戴的胸前。从这一刻开始，见习提前结束，陈一诺正式成为应急救援队的一员。

周围响起了祝贺的掌声，陈一诺也兴奋的给自己鼓掌。他成功了，一年的见习期只过了三天就转正了，又创造了纪录。

当众人都在和陈一诺一起高兴的时候，赵五一却又回到了直升机上，那颗失踪的螺钉让他心绪不宁。从驾驶室到后舱，全都仔仔细细又寻找了一遍，仍然不见踪影，累得坐到了舱板上。这时陈一诺从机舱口探进了脑袋，他也没有忘记那枚螺钉，虽然直升机顺利返航，没有出现任何故障，但防患于未然的念头始终铭记于心。陈一诺特意从机务组取来了直升机的图纸，分析螺钉可能会脱落的位置。赵五一回忆说看到的那枚螺钉足有 8 公分长，先是 60°右转从眼前飞了过去，那时飞机也正高速上升，最大的可能就是卡在了发动机里，如果是那样的话，他们能活着回来真是万幸了。陈一诺佩服赵五一的细心和推算，突然听到高亮的声音：“螺钉绝不会掉进发动机，发动机在底舱，而底舱是直升机焊接最严实的地方。”

作为机长的高亮不会放过任何一个隐患，赵五一和陈一诺都记得失踪的螺钉，他又怎么会忘记？然而谁都记得，谁都没有找到。陈一诺嘀咕实在不行就把飞机给拆了，这时高亮伸出粘满油污的手，手心里正是一枚八公分长的黑色螺钉。赵五一忙抢过来仔细查看，正是自己看到的那枚螺钉，原来掉到直升机的底板下，虽然找到却没有发现相应脱扣的螺母，螺钉来源又成了谜团。

看着赵五一纠结的样子，陈一诺劝他回宿舍好好休息。高亮低声叮嘱陈一诺多留心，紧张和焦虑的心态如果执行任务时还没有调整过来，会出大事。陈一诺陪着赵五一回到宿舍，特意和乔磊换了床铺，两人住在了一间屋子。

夜半时分，赵五一突然从床铺上坐起，看了一眼旁边睡得香甜的陈一诺，穿上衣服走了出去。就在房门关上的一瞬间，陈一诺从梦中惊醒，起身看见床铺空了，忙追了出去。

夜色中的基地一片寂静，空无人影，赵五一走出宿舍楼，目标明确地向装备楼走去，陈一诺在后面不远不近地跟着。装备楼的值班守卫惊讶这个时候还有人进楼，看到赵五一出示门禁卡便将他放了进去，还没等反应过来，陈一诺也冲了进来。走得匆忙也不知道会去哪儿的陈一诺没带门禁卡，值班守卫拦着不让进。陈一诺又急又气，谎称要回宿舍，趁着守卫不注意溜了进去。

装备楼共有五层，赵五一进来就不见了踪影，虽不是大海捞针但要在短时间内找到人也是不容易。好在二楼的装备间里传来了声音，陈一诺一步两个台阶蹿上了二楼。装备间的房门大开，里面所有柜子的柜门也都敞开，赵五一挨个柜子在寻找着什么东西，突然在一个柜子前面站住了。已来到门口的陈一诺和值班守卫都疑惑不解，守卫刚要开口，陈一诺忙用眼色阻止，自己蹑手蹑脚地走了进去。只见赵五一举起手中的螺钉，然后弯腰伸手进去对准了其中一个螺母，果然严丝合缝地拧在了装备柜上。

陈一诺恍然大悟：“这是保温服柜子，螺钉脱落被卷进保温服里，然后带上直升机。”赵五一连连说是，然后才反应过来：“你怎么来了？”陈一诺说：“还不是被你折腾的。”不过折腾归折腾，终于查清真相比什么都高兴，但值班守卫听到响动进来查看情况，他背着手满脸严肃地看着赵五一和陈一诺：“你有门禁卡，没有违反纪律。你，还骗我，严重违纪。陈一诺，你就是不听话的典型，明天我就向杜主任报告。”陈一诺说：“不劳您的大驾，我自己负荆请罪去。”

第二天，陈一诺果然走进了杜伟成的办公室，不是负荆请罪，而是请假。赵五一精神紧张过度，应该去看心理医生缓解。杜伟成已经从值班守卫那里得知半夜发生的事情，同意陈一诺陪同赵五一去看医生。陈一诺应了一声就往门外走，杜伟成喊他站住，深更半夜没有证件闯进装备楼的事情还没有找他算账呢。陈一诺厚着脸皮声称，自己违反纪律是牵挂赵五一，担心他出事，而且又帮忙联系心理医生，就算将功赎罪了。说完这些话就跑了出去，他知道杜伟成肯定气得又在屋子里转圈儿。陈一诺想着就忍不住笑了，再一想马上要见到林越，嘴就咧得更大了。

林越正在和赵笛通话，安慰哭诉的表姐，直到陈一诺和赵五一走了进来才挂断电话。陈一诺介绍两人认识，林越从眼睛里就看出赵五一的紧张情绪，没等陈一诺开口就让他先出去。赵五一心中暗暗感激，即使自己真的有病，除了医生也不想让别人知道。不料林越开口说的第一句话是：“你没有病，只是有些紧张，这与你的工作有关。”

赵五一紧皱的眉头顿时展开，一个普通人几辈子也遇不到一次泰坦尼克那样的灾难，可是作为救生员要经常面对不同程度、不同类型的灾难，每次救援后都会表现出或重或轻的心理问题。所以，赵五一才担心因为自己的失误而带来人为灾难。林越轻声慢语地安慰，拿起一棵仙人掌，虽只有小小的一片，上面却布满了密密麻麻的长刺，林越问赵五一敢不敢握在手心？赵五一毫不犹豫伸手握住，没有针刺般的疼痛，反而是软软的感觉。原来并不是真正的仙人掌，只是做得惟妙惟肖的小挂饰。

林越说："看到了吧？你的果断，证明你已经松开紧绷的神经了。"赵五一顿时释然，感激地问："以后我还可以来你的办公室吗？"林越笑着说："随时欢迎，不过不是作为病人，而是陈一诺的同事和战友。"林越把仙人掌挂饰送给了赵五一："仙人掌也会开花，花语代表着意志坚定。"林越的话就像一股清泉滋润赵五一的心田，他双手捧过仙人掌，敬了一个标准的军礼走了出去。等在外面的陈一诺看到赵五一的脸色由阴转晴，就知道林越解开了他藏在心里的疙瘩，让他先回基地，自己还有话要对林越说。

进到办公室的陈一诺还没有开口，林越就知道他要说什么了。三天前，在这间屋子里，林越答应会嫁给陈一诺，但前提是陈一诺不再当救生员。既然陈一诺违背了诺言，那么她说过的话也就一笔勾销了，况且陈一诺也说过那次的求婚不算数。林越的话有理、有据、有节，陈一诺知道反驳也没有用，干脆一句话也不说，上前就搂住了林越。

林越挣扎着，陈一诺抱得更紧了，在她耳边说道："今天的救援，我差点就回不来了。那艘渔船只剩下舵楼，我跟丁超陪着两个渔民在等救援飞机。浪头一个接一个，我们的身子全泡在了水里，随时都会被暗流带走。我当时满脑子装的都是你，我得活着，不然就再也见不着我未来的老婆了。谁说这世上没有爱情，我对你，就是爱情！"

陈一诺真情流露，情真意切，每一个字，每一句话都让林越感动。这些年，陈一诺对她始终是一心一意，林越的心就算是块石头也早就捂热了，何况她的心已经软了，"我爱你"三个字就要说出口时，办公室的门突然被打开。下班时间到了，医生好友陈瑛要约她去逛街，一见屋里的情景忙说了句"不好意思"，便知趣地退出去。林越也趁机从陈一诺的怀里挣脱出来："都怨你，这里是办公室。"陈一诺得意，办公室又如何？跟自己女朋友亲亲热热，光明正大。反正已经下班了，陈一诺索性送林越回家。

吉普车的四只轮子欢快地奔驰，如同陈一诺的心情。然而，这快乐的心情并没有维持多久。到了林越家楼下，当陈一诺和林越分别从吉普车的两侧车门下来时，一个提着油漆桶的男人蹿了出来，把整桶红油漆全都泼到了林越的身上。林越吓得尖叫起来，陈一诺看着正要逃跑的男人一个箭步冲了过去，将他按倒在地，挥起拳头就要砸过去，却被林越拦住了："别伤着他，他是我的病人。"陈一诺惊讶不已，不过更惊讶的事情发生在到了派出所之后，这个男人声称在治疗过程中爱上了林越。因为被拒绝，才做出泼油漆的极端举动。

陈一诺心里翻江倒海，他已经有了孔祥海这个强劲的对手，如今又多了个心理病人。此时的陈一诺不会想到，在不久以后，追求林越的队伍中又多了一个人，正是今天第一次与林越见面就心生好感的赵五一。林越一天不嫁给自己，陈一诺就多一天的危机感，他并不是惧怕这些追求者，不过孔祥海有绅士风度，不会做出伤害林越的事情来，而这个心理病人就不一样了，今天泼油漆，说不定明天就能放火烧房子。陈一诺担心林越的安全，要亲自送她进家门。

两人进了林越租住的房子，小小的一室一厅，处处都布置得温馨舒适。陈一诺开玩笑说自从搬到这里就没上来过，林越跟防狼似的防着自己。林越却没心情和他说笑，进卫生间清洗头上和脖子上的油漆。留在客厅里的陈一诺打量着小屋里的一切，真是进来就不想走了，不由得想象起他和林越两人一起过日子的情景，突然听到嘤嘤的哭泣声。

陈一诺忙走到卫生间前，敲了敲门：“林越，你怎么了？我能进去吗？”里面没人应声，陈一诺推门进去。林越满脸是水，正站在镜子前哭泣。刚刚的遇袭让她害怕了，她是个女人，不是红粉金刚，也会有承受不住的时候。她多么期望有一个强壮的男人和温暖的怀抱陪在身旁。陈一诺拿起毛巾走了过来，轻轻擦拭着她头发上的油漆。林越的脖子很白皙，陈一诺忍不住停下手来，探头过去想吻一下，就快要吻到的时候，嘴唇却没有碰上，只是象征性地没有接触地亲吻了一下。陈一诺最喜欢此时的林越，不再是理智的心理医生，也没有咄咄逼人的气势，而是小鸟依人，令人疼爱。

一切尽在不言中。

林越慢慢把身体靠在了陈一诺的怀里，两人离得很近，近得能听到彼此的心跳。镜子里映照着两人相依相偎的影像，陈一诺双臂环抱着林越说：“多好的一对儿金童玉女。”林越被他逗笑了：“还金童玉女？剩男剩女好不好？”陈一诺说：“只要你一句话，咱们两个人马上就脱离剩男剩女的行列。叶伯母这可是天天地催着我说时间不等人呢。”林越一听，轻轻推开陈一诺：“那你娶叶萱好了，我又没让你等。”

林越从卫生间出来径直走到门口打开房门让让陈一诺快回基地，只一瞬间的温柔过后她又恢复成从前，陈一诺刚刚燃起的激情被铁石心肠浇了冷水，只好嘱咐林越关好门窗，小心可疑跟踪者，只要他有时间的话会亲自接送上下班。听着陈一诺婆婆妈妈的牵挂，林越突然在他脸上亲了一口就把他推了出去。等陈一诺反应过来，房门已经紧紧关上了。

直到回到基地，陈一诺还在回味着林越的那一吻，或是冷若冰霜，或是热情似火，也只有他才能经受住林越对他的忽冷忽热。这些年陈一诺早已经习惯了，当两个人经过磨合期而越来越习惯彼此，就注定是一辈子的夫妻了。陈一诺高兴得手舞足蹈，什么船王孔祥海，还有那个心理病人，胆敢和自己抢林越，全都不是对手。陈一诺要和丁超分享自己的喜悦，过不了多久他就能真正叫林越一声嫂子了。可他一推开宿舍，里面没有人。不仅丁超不见了，就连赵五一和金旭等人也全都不见了踪影。陈一诺愣住了，今天是休息日，人都去了哪里？

“中国金嗓子”的选秀舞台上，丁超正在深情演唱《水手》：“他说风雨中这点痛算什么，擦干泪不要怕，至少我们还有梦，他说风雨中，这点痛算什么，擦干泪不要问为什么……”选秀场外面的大屏幕直播丁超的表演，孔令雯端着咖啡欣赏着。基地的值班室，赵五一等人也都围坐在电视机前，陈一诺找到这里才知道丁超在孔令雯的陪同下参加选秀。屏幕里面的丁超演唱完后开始回答评委的提问，他之所以选唱《水手》是因为自己是一名救生员，和队友们出生入死、齐心协力，救助身处险境的遇难者。

丁超的回答赢得了评委的赞赏，从观众席到电视机前全都是掌声，夏林和小满恨不得从电视机屏幕钻进现场为丁超助威呐喊，有一个选秀明星队友是救援队的骄傲。当所有人都在为丁超高兴的时候，唯有陈一诺注意到屏幕下方滑过一行文字新闻：“菲律宾以东的太平洋海面形成的热带风暴‘茉莉’即将吹袭菲律宾，将会进入我国南海。”

第六感在刺激着陈一诺的脑细胞，他仿佛看到了旋转的风暴在无情地摧毁着天地间的一切。灾情不期而至，救援队随时会接到紧急任务的通知。陈一诺想提醒队友们做好准备，但看到大家伙都兴致勃勃地给丁超加油，便一人出了值班室掏出手机，高亮的电话却在通话中，其实高亮也正在给陈一诺打电话。心有灵犀也好，焦头烂额也罢，满肚子委屈的高亮正冲出家门。好不容易盼到了休息日的他没有留在家里陪着赵笛和女儿，是因为赵笛姑妈催促他们出国的又一封来信。上次的救援跟拍让赵笛心有余悸，回想起来后怕不已，她已经亲身体验到丈夫工作的危险，高亮却不能理解作为妻子的苦衷，不替自己和女儿着想，这样的日子她一天也不能再过下去了。今天她逼着高亮做出最后决定，不跟她出国就离婚。

郁闷的高亮只好回基地找陈一诺吐苦水，两人坐在停机坪上，仰望蓝天。天空是那样的蓝，那样的广阔无边，让高亮有着的无法割舍的情感。他热爱驾驶飞机自由飞翔的感觉，更热爱救援事业，只有在这里，他才觉得自己活着是多么的有价值。然而赵笛的逼迫令高亮苦恼又无法回避。陈一诺也深有同感。想起了叶母逼自己娶叶萱。

一个被逼离婚，一个被逼结婚，还真是一对难兄难弟啊。

当这对难兄难弟互诉衷肠的时候，赵笛敲开了杜伟成的家门，把高亮的辞职信亲手送上。既然丈夫不肯放弃救援工作，作为妻子就该主动出击。杜伟成只看了一眼，就认出不是高亮的字迹，赵笛承认辞职信是自己写的，这些年的担惊受怕令她心力交瘁，承受的压力无法言表。杜伟成理解作为救生员家属的不容易，劝说她支持丈夫的工作，毕竟高亮是基地难得的人才。但赵笛心意已定，就是因为高亮不肯放弃救援工作，她才登门恳求，两人刚刚吵完架，高亮摔门离家出走了。看着泪流满面的赵笛，杜伟成给高亮打电话勒令他立刻回家。

一时不慎，后院起火。

当高亮得知赵笛自作主张替自己去辞职时，立刻怒火中烧，抢过陈一诺的车钥匙就往回赶。陈一诺担心一回家两人再大闹一场，忙跟着上了车。等进了高亮家，恰好林越也在，她正在安慰眼睛已经哭得红肿的赵笛。高亮只好强压着怒火先找女儿，恬恬已被林越送到朋友家照顾了，陈一诺偷偷向林越竖起了大拇指表扬她做得好。林越狠狠瞪了他一眼，就质问高亮为何丢下母女二人不管不顾？高亮说："我和你姐都需要冷静，我是给她空间和时间。"赵笛猛地抬起头："少找借口！你就是想躲着我，就是不想给我答复！高亮，今天当着林越和陈一诺的面，我就问你一句，你是要工作，还是要这个家?"

"够了！赵笛，别再逼我做这种选择！"高亮终于爆发，他舍不得家，也离不开救援工作，他不明白妻子为什么不能像刚结婚时那样支持、理解自己？赵笛哭了，泪流满面，谁又理解她啊?

陈一诺和林越只好一人劝一个，维持安定团结是大事。四个人忙作一团的时候，陈一诺和高亮同时掏出手机，有紧急任务需要立即赶回基地。高亮只好让林越留在家里陪伴赵笛，陈一诺也双手抱拳求她多替高亮说些好话，两人赶紧出了家门。吉普车刚刚启动，林越也打开车门坐了进来，她也接到参加救援的紧急通知。

这是一次国际紧急救援。

三艘装载着近四十名渔民的越南渔船受到强台风"茉莉"的影响，失去动力后在东沙海域失踪，音信皆无。越南方面向中国政府发来了求援急电，交通运输部和救助打捞局要求基地履行国际海上救助公约，发扬国际人道主义精神，对遇险的越南渔船进行大规模搜救。此时"茉莉"已经转移了风向，到达中国华南海域，风力高达十级。

时间紧迫，任务艰巨。

“保证完成任务！”已经到达会议室的陈一诺、高亮和林越等所有参与国际救援的人员齐声誓师后分头行动，直升机补充燃料，救援船装好食品和药品等物资后，立即出发。

狂风怒号，海浪滔天，狂风巨浪冲击的救援船剧烈颠簸，不仅林越晕船了，就是经常出任务的丁超等救生员也坚持不住。他们从来没有遇到过这样大的风浪，接下来的救援任务艰巨程度可想而知。救援船艰难前行，预计凌晨三点钟才能到达出事海域。在此之前，所有救援人员要好好休息，保存体力，因为困难超出想象。越南方面无法提供渔船的位置数据，三艘失踪渔船全都无法取得联系。高亮驾驶直升机在夜空搜索救援船并不间断地发出呼叫信号。本该留在船舱休息的陈一诺来到驾驶舱，轮换使用高频电话和单边带灯传呼工具，用英语、普通话、潮汕语、黎语、海南语呼叫遇险船只：“我们是中国海上搜救中心113号救援船，遇险越南船只收到请回答。”

只要越南渔民听懂其中任何一种语言，就可以联系到救援船，确定方位。陈一诺不停地呼叫着，声音变得嘶哑，也没有收到回话。

这时，天渐渐地亮了。

波光粼粼的海面升起了一轮红日，霞光万道辉映得天地之间灿烂夺目，好一幅壮丽美景，风也小了许多。直升机停在救援船甲板上补充燃料，夜间搜索没有结果，天亮后高亮继续驾机搜索，白天找到遇险船只的可能性大，而且随时需要救援，所以带上了赵五一、陈一诺、丁超还有林越。陈一诺有些担心林越会像赵笛一样适应不了紧急救援，不过赵五一却暗暗高兴，他能和林越近距离接触了。

直升机腾空而起，陈一诺拿着望远镜四处搜索，终于发现了第一条渔船，甲板上的渔民们清晰可见，他们也看到了直升机，激动地站起来使劲挥手。高亮马上与基地指挥中心和救援船联系，派陈一诺和丁超先下到渔船上。直升机盘旋到了渔船上空打开舱门，随着海风的涌入，一股恶臭迎面扑来，熏得陈一诺和丁超不由自主地退到机舱里面。陈一诺又探出身子，看见渔民们挥舞着双手喊着他们听不懂的越南语，不过即使言语不通也知道喊的是“救命”，他叮嘱丁超，渔民们情绪很不稳定，下去后要先安抚他们的情绪，还要注意自己的安全。

陈一诺先下到甲板上，果然脚一落地就被一拥而上的渔民们紧紧抱住，后下来的丁超也没躲得过去。陈一诺大声喊着：“冷静，不要急！”渔民们听不懂他的话，没有一个人退后松手。此时陈一诺才看清船上的情况，10名衣衫褴褛的渔民和3具遇难渔民尸体拥挤在破败的甲板上，炭黑色的脸上显出麻木呆滞的表情。尸体虽然用粗盐腌过并用帆布裹住，但连续几天烈日暴晒，已经严重腐败，恶臭扑鼻。陈一诺忙向直升机汇报船上情况，要求投下罐头和饮用水还有消毒药品。

赵五一和林越立即忙碌起来，搬起装有这些物品的箱子捆绑到连着绞车的钢索。突然林越被钢索绊到，不偏不巧地摔向舱口，赵五一手疾眼快，双手拦腰抱着她的身子，两人一起摔进了机舱。林越吓出一身冷汗，感激地对赵五一说声“谢谢”，赵五一没有说话，松开了林越，手摸了摸腰间，林越送给他的仙人掌他随身带着。仙人掌代表着意志坚定，他相信给自己信心和勇气的林越会克服眼前的困难。此时的林越没有害怕突如其来的意外，但她体会到了赵笛的心情，救援时时刻刻充满了危险和意外，也因此而更加佩服不怕危险的救生员们。

赵五一开动绞车，把急需用品投放到了甲板上。从天而降的物资给陈一诺和丁超解了围，又饿又渴的渔民们扑了过去。明知他们听不懂，陈一诺也只能大声喊着：“别急，别抢！”突然传来一声粤语：“不要抢，听中国人的话。”原来是渔船船长，他会说粤语。丁超忙把自己的通话器给他戴上，方便随时与指挥中心联系和接收命令。陈一诺告诉船长救援船马上就到了，所有人都会得救，渔民们的身体极度虚弱，缺少食物和水，如果一下子喝了太多的水或吃太多的东西，反而会伤害身体。船长马上走过去向渔民们喊话，陈一诺和丁超仍然是听不懂，不过看明白了，那些渔民们开始小口喝水和吃东西。

前方，一艘救援船乘风破浪而来。陈一诺大喊：“我们的船来了。”这句话不用翻译，渔民们也看到了，激动地起身冲着救援船挥着手。

蔚蓝的海面上，鲜艳的五星红旗迎风招展。

第十三章　就这样失去你

一个女人最好的年华始终为一个男人而等待，但这个男人除了承诺，什么都不能给她。

——陈一诺当上了名副其实的爸爸，却又一次地伤害了林越。

一艘小艇运载着水、食物和药品等物资驶过来，陈一诺站在甲板挥舞着手臂指挥小艇靠上渔船。物资被迅速地转移到了渔船上，并立即从救援船带过来的管道补给柴油。船长欣喜地发现渔船恢复了动力，他们能回越南了。船长感激不尽，渔民们也连连鞠躬。陈一诺惦记还有两艘渔船没有发现，和丁超立即返回直升机。

回到机舱里面两个人才发现手被渔民们抓伤了，林越忙打开医药箱拿出消毒棉签处理伤口。丁超说了声“嫂子真好”，赵五一听到后脸色马上变了，可再听到林越一句“不许胡说，我和陈一诺只是老同学”时心里头又高兴起来。陈一诺刚想反驳，林越用眼色示意他不许说话，只好拿起话筒联系高亮，已经找到一艘渔船，另两艘应该也在附近，现在应该采用间隔六海里的拓展方形搜救法进行搜救。高亮马上连线救援船的船长尹启泰，海上和空中联合搜救。果然前行不久就看见了两艘用锁链连在一起的越南渔船，救援船迅速赶了过去，将物资和柴油全都补足。

国际搜索任务圆满成功。

直升机落到了救援船上，当陈一诺和林越走出机舱，就被铺天盖地不标准的“谢谢”声淹没了。三艘越南渔船整齐地排列在一起，渔民们手举写着“谢谢中国”的硬纸牌高声喊着“谢谢中国”。陈一诺开心地笑着，对林越说：“看见了吗，我们救生员为祖国赢得了荣誉。”林越终于理解高亮为什么不肯出国了，一辈子有一件值得全身心投入的事业是男人的追求和幸福。她看到高亮、陈一诺和队友们排成一排向渔民们敬礼告别，救援船渐渐驶远，越南渔民们依旧高举写着“谢谢中国”的牌子，挥着手不肯离去。

这是救生员的最高荣誉，也是家属们的自豪。

当叶萱从电视机上看到这个新闻画面不由得心潮澎湃，如果郑子航还活着的话，他也会站在那里。叶母端着水果从厨房出来看到叶萱的神情就知道她又想起郑子航了，毫不犹豫走过来把电视机关了，抱怨陈一诺言而无信，救援任务完成都回到基地了却依旧看不到人影。叶萱不想和母亲为了让陈一诺娶自己而争吵，一个人去医院做产前检查，刚走到门口，突然感到一阵疼痛袭来。叶萱捂住肚子，心里有种不祥的预感。这时，外面响起了敲门声。

高亮扛着氧气瓶来了。陈一诺为了让叶萱省心自己也能放心，通过林越从医院借来了氧气瓶，委托高亮送过来，他得去探望父亲。叶萱还没来得及说出谢谢就感觉下身有液体流出来，高亮惊讶地看到地面上的一滩水，马上意识到是羊水破了，放下氧气瓶抱起叶萱就冲出了家门。等叶母发现，高亮已经开着车上了马路，直奔医院。

叶萱半卧在汽车的后座上，强忍着疼痛不让自己叫出声来。高亮从后视镜里看到她痛得满头大汗，说道：“别害怕，一时半会儿生不了的。你不是在训练营上过课吗？放松，跟着我做，深吸一口气，然后慢慢呼出来。”听着高亮的话，叶萱仿佛有了主心骨，心里也不再害怕，一呼一吸，慢慢安定下来。高亮松了一口气，当初赵笛生女儿的时候他正在执行任务，没有陪在身边，没有第一眼看到出生的女儿，这是他最大的遗憾，没想到今天竟让叶萱给补回来了。高亮又从后车镜里看着叶萱，叶萱也正在看着他，两个人都笑了。高亮是欣慰，叶萱是感激，都说女人生孩子是从鬼门关前走一遭，而今陪在身边的不是郑子航，也不是陈一诺，却是高亮。

这就是缘分，天注定。

高亮加大油门，把叶萱送到了妇产科的病床上。医生马上检查，是胎盘前置导致的羊水早破，必须马上剖腹产。做手术需要家属签字，叶母堵在了半路上，人命关天，叶萱和孩子的两条性命耽误不得，高亮拿过手术单毫不犹豫地写下了自己的名字。叶萱立刻被护士推往手术室，这时接到叶母电话的陈一诺和丁超等队友们也都赶来了。

陈一诺奔过去握住叶萱的手：“嫂子，我来了，你要挺住啊。”叶萱带着哭腔说：“我害怕，怕孩子有个闪失，子航会怪我。”陈一诺跟着医疗车边跑边说：“有子航保佑，还有我们大家守着，定会母子平安。别怕，嫂子加油啊。”丁超等队友们齐声：“嫂子加油！”叶萱感激地望着众人，手术室打开了，护士推着她进去，高亮向她伸出胜利的手势，叶萱挤出一丝笑容。

手术室的大门关上了。

陈一诺像虚脱了一样站不稳身子，幸亏丁超把他扶住。上刀山下火海他都不害怕，偏偏害怕女人生孩子。陈一诺掏出手机给林越打电话叫她快点来医院，却不知道此时她正和孔祥海在一起，联系完林越赶紧又给郑成泽打电话，老人家像盼星星盼月亮一样地盼着孙子出生。陈一诺忙个不停，却仍紧张得腿直哆嗦，被他这一带动，丁超等人也都莫名的紧张起来。陈一诺只好强作镇定：“咱们可是应急救援队的救生员，什么大阵势没有见过？至于这么紧张吗？镇静，深呼吸，大家跟我一起深呼吸。”陈一诺托住肚子，开始练习起孕妇呼吸法，丁超等人都跟着学，一群大男人聚在产房门外，引得路过的病人和家属纷纷观望，看热闹的人越来越多。

突然传来一个声音：“都干什么呢？这里是医院。”林越走了过来，郑成泽也来了。陈一诺忙停下了动作：“生了，快生了。”林越却知道手术顺利的话二十分钟就能结束，可叶萱是早产，又缺过氧，情况肯定不会乐观。果然手术室里出来一名医生，正在手术中的叶萱出现了血崩，情况非常危险，需要立刻输血，但医院里的血库血量不足，需要从别的医院调用。陈一诺撸起袖子伸出胳膊就让抽他的血，丁超等人也都撸起了衣袖，顿时七八条粗壮的胳膊伸到了医生的面前。医生只说了一句话，就让他们全收回了胳膊，面面相觑，纷纷摇头。叶萱是 AB 型血，他们谁都不符合。这时高亮站了出来，他的血型合格。锋利的针头刺破胳膊，鲜红的血液汩汩流出，很快集满了 400 毫升两个袋子，鲜血被迅速送进了手术室，叶母也终于赶来了。

所有人都在焦急不安地等待着消息，产房里终于传来了婴儿的啼哭声。医生出来宣布叶萱生了个男孩，母子平安，只是由于早产，孩子还需要在保温箱里观察 24 小时。

但这个消息已经足以让守在门口的众人欣喜若狂了，高亮激动得有点迷糊，他的血正在叶萱的身体里流动。郑成泽更是高兴得老泪纵横："我有孙子了，我当爷爷了。"陈一诺同样激动："我当爸爸了，我有儿子了。"林越看到陈一诺手舞足蹈的兴奋模样，神色复杂，而赵五一也用同样的目光看着她。就在林越到来之前赵五一去了洗手间，偶然向窗外望了一眼，看到一辆劳斯莱斯驶进了医院，林越从车上下来，为她打开车门的正是孔祥海，两人亲热地说了几句话后孔祥海才又坐进了车里离开医院。这么晚了，林越竟然和孔祥海在一起，两人的关系明显不一般。他们是在吃饭？喝酒？还是……

赵五一正在胡思乱想，叶萱被推了出来，众人簇拥上前一起护着她推进病房。叶萱从麻醉中清醒过来的第一件事情就是要抱孩子，听说进了保温箱眼泪就流了下来。陈一诺看着心疼，忙拉着林越出了病房，让她跟大夫商量先把孩子抱过来给叶萱看一眼再送回去。林越盯着他说："我原来以为你只是个当爸的料，没想到也是个当老公的料！"

林越扭头就走，陈一诺在后面追着恳求，不料林越根本没有商量的余地："24 小时之内孩子绝对不能出保温箱"。林越扔给陈一诺一个越走越远的背影，表明她生气了。自己匆匆忙忙赶到医院，陈一诺没有一句慰问的话，嘴里说的、心里头记着的全都是叶萱和刚出生的孩子。没有任何一个女人会容忍口口声声要与自己结婚的男人把别的女人放在心头，尤其在今天林越需要帮助的时候，陪在身边的不是陈一诺而是孔祥海。

女人心，海底针。

陈一诺不明白林越此时此刻的心情，如果他明白的话，也不至于追了这么多年。本想让叶萱看到孩子却没有办法实现，陈一诺只好回到病房，发现里面聚集的人太多，赶紧把丁超等没结婚的大小伙子全都赶回基地，只留下郑成泽、叶母、高亮和自己，这些才应该是陪护的亲人，尽管他们都明白谁也无法代替郑子航在叶萱心中的位置。

儿子出生了，却再也见不到亲生父亲，叶萱的心中满是悲哀。这时林越走进来拿起手机送到叶萱面前，叶萱眼前一亮，虚弱的身体也有了力气，目不转睛地盯着手机，时而开心时而伤感。旁边众人都疑惑不解，陈一诺沉不住气，凑过脑袋看到手机里是一段婴儿的视频。孩子有些瘦小，正在熟睡，偶尔张开小手像是在寻找妈妈。

叶萱忍着眼泪："孩子没足月就生下来，都是我这个当妈妈的不好。"郑成泽安慰她："叶萱你把孩子生下来，就是我们老郑家的功臣，我替子航谢谢你啊。这孩子有福，有这么多人疼他、爱他，不求大富大贵，只求平平安安，就叫郑安吧。"陈一诺和高亮都说好名字，这时护士进来让丈夫去交住院费，众人都愣住了。护士见没有人应答，举起手术单，上面清清楚楚写着高亮的名字，在与患者关系那一栏写的是"夫妻"二字。高亮只好解释自己送叶萱来医院时情况特别危急，需要马上做手术，如果没有直系亲属的签字就做不成手术，万般无奈才冒充丈夫签了字。叶萱和郑成泽都理解和感谢高亮，叶母却不高兴了，她认准的女婿是陈一诺，但高亮去叶家去得正是时候，他结过婚又有了女儿，遇到临产的叶萱才没有手足无措。叶母让陈一诺多向高亮学习，如何当好丈夫和父亲。

陈一诺这回没有在嘴上或者心里反驳叶母，小郑安已经出生了，他成了名副其实的爸爸，得有担当，也得有责任用实际行动对孩子做出一个爸爸应该做的事，头一件事情就是买奶粉。叶萱是剖腹产失血过多，不能给孩子喂奶，叶母又担心国产奶粉有问题，许多家庭通过网络或者亲戚朋友购买国外的奶粉，更有甚者亲自去香港买。一听这话，陈一诺马上想到了一个人，能自由往来香港，买奶粉根本不是难事，但这个人一直与自己过不去，是不折不扣的对头。

把对头变成朋友，需要智慧。

在第二天的训练中，每个人拖带 8 公斤的重物在水面游 200 米，陈一诺愣是多游出了 100 米，速度一点也没有减缓。池岸上监督的黄汉中看在眼里，开天辟地头一回在众人面前表扬了陈一诺，这点阳光顿时让他灿烂起来，得寸进尺地爬上岸跑到黄汉中的面前，请他回香港的时候帮着买奶粉带回来。黄汉中立刻拒绝，香港的奶粉都快让大陆人抢光了，去年他的小孙子刚出生时就没有买到奶粉。对于黄汉中的拒绝，陈一诺早有心理准备，可他没有海外和港澳台的亲戚，能攀上关系的，还真的只有黄汉中了，无论如何软磨硬泡也得让他答应。陈一诺追着黄汉中说：“奶粉是用来救命的。您是救援的前辈、楷模，请您就当是在执行一项特殊的救援任务。”黄汉中一听：“陈一诺，别来忽悠我！我能容忍你违背指令去救人，但不能容忍你的忽悠。这是在挑战我的智商，明白吗?”

陈一诺愣住了，黄汉中不相信自己的话，还学会使用“忽悠”这个词儿。奶粉买不成，也得接叶萱母子出院回家，这也是当爸爸应该干的事情。陈一诺忙开着吉普车来到了医院，叶母正在给刚洗完澡的小郑安包上毛毯。陈一诺进来走到婴儿床旁，小郑安看着他咧开小嘴笑了，这一笑把陈一诺给笑得心花怒放：“儿子，还是跟爸亲啊。”陈一诺忙举起摄像机将这难得的一刻留存下来，镜头里的小郑安咿咿呀呀说着婴儿语言，可爱极了。

这时，病房门打开，林越走了进来。陈一诺忙将镜头对准：“快瞧，谁来了？是亲爱的林阿姨，也是你未来的干妈。”林越瞪了陈一诺一眼：“我愿意做小郑安的干妈，但跟他干爸一点儿关系也没有。”叶母冷脸说道：“什么干爸干妈的，我都替我外孙累得慌。干妈就算了，干爸留着，淹水里泡一泡，把干字去掉，变成爸，都省事儿了。”林越和叶萱都有些尴尬，陈一诺忙收起摄像机拿起行李，东西都收拾好了，账也结算完了，打道回府。

回家真好。

因为要做月子，叶萱回到了娘家。叶母早把房间收拾出来了，大床旁边摆放着婴儿床，新换的蓝色窗帘是男孩喜欢的颜色，叶萱把一艘没有做完的小木船悬挂在婴儿床的床头。这是郑子航亲手制作的，他渴望有一个儿子，父子两个人一起打球、游泳、出海远航。然而小木船没有完工他就永远离开了叶萱，没有等到儿子的出生。就让这艘小木船代替郑子航的眼睛，看着小郑安一天天地长大。躺在婴儿床里的小郑安从医院回到家里陌生的环境，没有感到不适应，反而盯着叶萱轻轻晃动起来的小木船，挥舞着小手兴奋起来。

外面客厅里，陈一诺帮着叶母收拾东西，家里多了一口人，以后需要忙碌的事情也将接踵而至，叶母可不想等到有事打电话才能找到陈一诺，隔着门是两家人，得关起门成一家人。况且从前说过要照顾叶萱和孩子，男子汉大丈夫一言既出，驷马难追，既然负责就要负责到底，叶母逼着陈一诺赶紧和叶萱结婚。陈一诺知道叶萱是个好女人，但她是兄弟的妻子，他陈一诺怎么能娶嫂子呢？而且照顾的方式有很多种，并不是非得结婚时时刻刻的朝夕相处，感情不好的话，结婚也得离。

叶母冷笑，在她耳朵里陈一诺的长篇大论全都是狡辩，之所以不娶叶萱就是心里还惦记着林越，陈一诺真是低估了她这位工商局副处长的能耐，到了该拿出杀手锏的时候了。叶母终于说出早就打探出来的秘密，其实林越已经和孔祥海在一起了。陈一诺不相信，林越不是三心二意、脚踏两只船的人。叶母继续打击他，就算是娶了林越，救援工作紧张繁重，家里家外都扔给了林越，她要上班还得照顾神智不清的陈父，这是多么大的负担？陈一诺只为自己着想，真正的替林越想过吗？执行任务一走就是十天半个月，甚至更长的时间，留着林越在家里守活寡？而且，他现在的心思全都在叶萱和小郑安的身上，别人都看得一清二楚，林越会看不出来吗？她会满心欢喜地看着声称要和自己结婚的男人去照顾别的女人和孩子吗？其实除了承诺，陈一诺什么都给不了林越。

一句句质问，一声声谴责，就像是一支支利箭直射陈一诺的心头，他无言以对，冲出了叶家。

夜色中，一辆吉普车在急驰，陈一诺心急火燎地奔向林越的家。叶母的话让他明白了，这些日子确实委屈了林越，但她没有一句怨言，更没有让陈一诺为她做任何事情。

善解人意的林越、通情达理的林越、贤惠温柔的林越，陈一诺恨不得把他所能想到的形容好女人的词汇都说给林越听。吉普车开到了林越家楼下，陈一诺顾不得锁上车门就冲上了楼梯来到门口急促地敲起门来。没有人应答，陈一诺将耳朵贴到防盗门上，里面一点动静都没有。是林越生气了，不想给自己开门？

咚咚咚，陈一诺又使劲敲了起来，巨大的声响就是聋子也该听见了。房门依然紧闭不开只能证明一件事情，林越根本没有回来。陈一诺拿出电话，打通了没有人接，再给医院打电话说早就下班了。这么晚了，不在医院，家也没回，林越会去了哪里？

突然，陈一诺涌起了一个令他最担心的念头，难道林越真的和孔祥海在一起？陈一诺又掏出手机，如果这个电话打出去就意味着对林越的不信任。真心相爱的两个人没有了最基本的信任，还能相守一辈子吗？陈一诺把手机放回了怀里，蹲在了林越家的门口，他要等，就是等一晚上也要等到林越。因为他已经等了十年，不在乎再多等一个晚上。

不知道过了多久，一个人影从楼梯上来，陈一诺激动地站起身子喊了声“林越”，吓得那人靠在了墙上。陈一诺才看清是个陌生的男人，那男人盯着他，两人同时说出一句：“你在我家门口干什么？”陈一诺愣住了，这里明明是林越的家，怎么成了这个男人的家？该不会像上次林越被油漆袭击那样又是个因为治疗而爱上林越的心理病人？男人生气骂道：“你才神精病，这房子是我新租的。”陈一诺才恍然大悟，林越搬家了，他忙追问从前住在这里的女人搬到了哪里？男人扔下一句“不知道”就开门进屋了，剩下陈一诺怔怔地站在门口。

林越搬走了，不声不响地走了。她的心已冷，情已尽。陈一诺失魂落魄地走出楼门洞，天色更黑了，夜空中没有星星，连路灯也是阴暗的，就像此时陈一诺的心情。他从来都觉得生活的是一个小城市，可现在感觉这个城市太大了，大到不知道林越去了哪里。

他找不到她。

他就这样失去了她？

陈一诺的胸口颤抖起来，是林越打来了电话，陈一诺激动得差点按错了接听键：“林越你在哪儿?”电话里林越的声音平淡，这里被心理病人跟踪找到让她没有安全感，恰好房租到期就找了新的住处，是孔祥海帮她搬的家，因为陈一诺不是执行任务就是忙着照顾叶萱，她没有时间再等了。

她已经等了十年。

十年的时间，一个女人最好的年华，一去不复返。正如叶母说的那样，除了承诺，陈一诺什么也给不了林越。

电话的两头，陈一诺和林越都手捧着电话，却一句话都说不出来了。有时候，沉默也是一种表达。

闷声不响、低头使劲，陈一诺光着膀子在甲板上做俯卧撑，直到累得大汗淋漓才烦躁不安地站起身，拿起身边的一盆水，从头顶上浇下去。耳边回响着昨天晚上林越在电话里说的那些话，说得他无地自容、羞愧难当，甚至没有勇气问林越搬到了哪里，不会是搬到孔祥海的豪宅了吧？除了承诺，孔祥海能给林越所有女人奢望的一切。或者，孔祥海连承诺也能给。因为，林越是天底下难找的好女人。

陈一诺拿起毛巾擦着后背，就像毛巾跟后背有仇似的用尽力气擦拭，用肉体的疼痛来减轻心里的疼痛。这时丁超跑来说黄汉中从香港回来了，还专门给陈一诺带回了礼物。陈一诺心头一动，抓起上衣就跑向训练大楼。当黄汉中把两筒奶粉送到面前，陈一诺高兴地抱在怀里亲了两口，忙从口袋里掏钱，没想到黄汉中按住他的手，说了句“不许忽悠”。陈一诺一愣，黄汉中调皮地向他眨了下眼睛，两个人都笑了，手紧紧地握在了一起。黄汉中已从高亮那里得知陈一诺是为了郑子航的儿子购买奶粉，对兄弟的承诺和担当是黄汉中最赏识的，以后小郑安的奶粉全由他承包了，也算是他这位郑子航从未见过的教官为牺牲的前队员做点事情。陈一诺感激不尽，发现那副墨镜背后藏着的不仅是正颜厉色，还有侠骨柔情。

正当陈一诺要抱着奶粉去叶家的时候，黄汉中又问起他和孔令雯的关系。他视孔令雯为女儿，如果陈一诺不喜欢的话就该明确拒绝，不要让她受到伤害。陈一诺哭笑不得，自己早已拒绝多次，偏偏孔令雯愈挫愈勇，就像个任性的孩子让他毫无办法。黄汉中感叹现在对感情认真而执着的男人已经不多了，但又奇怪多少人求之不得的船王女婿陈一诺为何不想当？陈一诺说：“人各有志。我的理想就是救人，还有和我的队友们一起打捞‘南翔丸’，这是我人生的价值。再说，我已经有了喜欢的人，喜欢了十年了，我以为她总有一天会是我的……”

说着说着，陈一诺的语速慢了下来，心头又隐隐作痛。难道，除了承诺，他真的什么也给不了林越吗？

所以，不要随意说出承诺，当实现不了的时候，承诺就是谎言。

第十四章　你是我心中解不开的结

两颗心明明相爱，却都在承受着煎熬。

——陈一诺无法解开林越心中的矛盾。

人人都期盼心想事成，偏偏事与愿违。

陈一诺一如既往地爱着林越，林越却在慢慢疏远他。叶萱生下儿子，打定主意要独自抚养，叶母却要她和陈一诺结婚。可见，世上的事情总是不尽人意。

小郑安一天天地长大，给叶家和郑家带来了欢乐，也冲淡了陈一诺心头的痛楚。他不遗余力地用心照顾，定期送来黄汉中从香港买回来的奶粉，还拍了许多照片做了电子相册，配上音乐，空闲时播放给大家一起观看。小郑安虽不懂事，但看到电视里的自己在哭，竟然被逗笑了。

陈一诺的体贴和用心，叶母全看在眼里。她是丈母娘看女婿，越看越喜欢，也拿出了丈母娘的风度，心疼起陈一诺来，还亲手包了饺子送到基地，让陈一诺受宠若惊，就是整个基地也都跟着沾光了。叶母管着市场，近水楼台先得月，自家四季吃的蔬菜都是由几家蔬菜基地专供，经过她的牵线搭桥，救援基地也吃上了绿色蔬菜。杜伟成代表基地感谢，叶母倒不贪功，把功劳都算到了陈一诺的头上，说以后有什么事情需要地方协调的，告诉陈一诺让他再转告自己，只要不违背政策原则，保证优先办理。

众人都夸陈一诺真有面子。叶母暗自得意，她就是要主动出击，逼陈一诺乖乖就范。陈一诺则叫苦不迭，他哪里是城府老道的叶母对手。照顾叶萱母子是道义，喜欢林越是情意，就像手心和手背，哪一个都不能舍弃。自从那天晚上在林越以前的家门口通了电话之后，两个人就再也没有联系。也许陈一诺和林越都需要冷静的时间，好好想想两个人的关系，考虑将来的路该如何走下去。

时间，是考验爱情的试金石。

陈一诺依然没有找到林越的新家，黄汉中却要回香港了。这段时间的严格训练让这位冷面教官和救生员们结下了深厚的情谊。尤其是陈一诺，感谢黄汉中挫平了自己身上的不羁。他亲手做了一枚荣誉勋章，就像黄汉中给自己佩戴上应急救援队员的徽章一样，佩戴到了黄汉中的胸前，然后和队友们一起敬礼："谢谢黄教官的教导，欢迎黄教官随时回家。"

黄汉中有些动容，他真的喜欢上眼前这些勇敢的救生队员了，他会回来的，一定会回来。孔令雯也打着给黄汉中送行的名义来到基地，今天是她的生日，要在酒吧开party庆祝，特来邀请所有的救生员们前去参加。陈一诺最先答应："公主开口邀请是多大的面子啊，大家伙都去，谁也不准缺席。"孔令雯听在耳里，乐在心头。醉翁之意不在酒，其实她想请的只有陈一诺，担心他不答应才把所有人都邀请了，早知道陈一诺这么痛快就答应，她何苦费这心思？只要陈一诺一到酒吧，孔令雯会向所有人宣布这是她的男朋友，到时候陈一诺就是想跑也跑不掉了。

酒吧已被孔令雯包场，虽说时间还早，她的朋友们已先到场布置装扮，但救援队到了下班时间才可以过去，孔令雯只好先回酒吧等待。时间一分一秒地过去，孔令雯终于盼来了救生员们，被一众闺蜜和好友簇拥着的她故意站在正对着酒吧大门的地方。随着酒吧大门缓缓打开，救生队员们穿着救援制服，整齐的走了进来。个个精神帅气，孔令雯和她的小伙伴们都惊呆了，有的甚至尖叫起来。丁超走在最前面，手中捧着一大束玫瑰送到孔令雯的面前："生日快乐。"孔令雯已经脸色变冷："陈一诺呢？"丁超一愣："诺哥今晚有事儿，来不了了。"

虚与委蛇，假意敷衍。

陈一诺早猜中了孔令雯的心思，故意当面答应参加生日 party 让她高兴地回去等待，这叫明修栈道、暗度陈仓。三十六计只用一计就摆脱了孔令雯的纠缠，可用了两计才找到林越的新家。先金蝉脱壳和丁超等队友们分开，再找到林越的好友陈瑛，一把鼻涕一把眼泪地演着苦肉计得到了地址。当陈一诺来到林越的新家楼下时，天已经黑了。

三楼的卧室透出温暖的灯光，窗帘上映着林越婀娜的剪影，陈一诺忍不住想将其拥入怀中，他拿出手机："我在楼下，是你下来还是我上去？"接到这突如其来的电话，林越并没有太过惊讶，如果陈一诺找不到这个地方，那他就不是那个追了自己十年的男人。欣慰过后林越依旧用平淡的声音说："这么晚了，有事吗？"

"有，出大事了！"急切地声音传来，陈一诺是身经百战的救生员，什么样的紧急情况都遇到过，能让他焦躁不安那就真的是出事了。林越忙掀起窗帘打开窗户，向楼下探望："出什么大事了？快说啊！"陈一诺抬头望着窗口的林越，张开两只胳膊，大声喊道："我想你！我想林越！"

咔嚓一道闪电，轰隆一声闷雷，林越猛地把窗户关上，放下窗帘，陈一诺再也看不到她的身影了。电闪雷鸣过后，大雨不期而至。陈一诺站在雨里，一动也不动地盯着林越卧室的窗户。雨水湿透了他的头发，他的脸庞，还有他的衣服。雨水冰冷，但他的心是火热的，陈一诺要用执着的热情和十年的感情来融化林越。大雨依然下个不停，突然陈一诺感觉不到雨滴的洗练了，回头一看，林越撑着伞遮住了两个人："傻瓜，下雨了也不知道躲一躲。"陈一诺说："不傻的话怎么会追了你十年？到今天为止，正好 3701 天，每一天我都在想你。即使你发脾气，不理我，还是一样地想你。"

林越被感动了，她何尝不想陈一诺？这些年，遇到过的追求者数不胜数，却没有一个人能代替陈一诺在她心里的地位。然而林越又充满了矛盾，赵笛和高亮的婚姻已走在崩溃的边缘，她不想重蹈覆辙。因为在她的心中，结婚了就一辈子都不分开。林越压抑着激动情绪，把伞塞到陈一诺的手里："快回去吧，别淋坏了身子，说不定又要有紧急任务。"

幸福的人总是相似的，不幸的人各有各的不幸。

郁闷的丁超趴在宿舍的地板上做俯卧撑，直到浑身湿透的陈一诺推门进来，他才气喘吁吁地坐在了地板上："你怎么不问我晚上的 party 怎么样？我就像个跳梁小丑，自作多情。"陈一诺被刺激到了，难道这些年自己对林越也是自作多情吗？一个女人生病的时候，难过的时候，需要帮助的时候，他都没有陪在身边，作为她的男朋友是失职，也是失败。

陈一诺扑通一下来了个前扑，双手着地后顺势做起了俯卧撑，丁超一见也做了起来，两人你追我赶地比试起来。突然警报声传来，还真让林越说中了，又是紧急任务。两名驴友在登山途中遭遇险情，一个骨折，另一个用手机打出了求救电话，基地立即派出人马前去救援。钟益民、陈一诺、赵五一和丁超迅速来到停机坪，高亮已经坐进了驾驶舱。

直升机飞离了基地直上蓝天，轻巧地调整着机身在山脉之间穿行。日出时间是4点半左右，到达救援地点时，天应该已经亮了，正好有利于搜救。然而山谷云层环绕，地形复杂，又有高压塔线，直升机不时地下降、拉起、旋转着机身，丁超暗暗赞叹高亮驾驶水平高超，再看看身旁的陈一诺，正心无旁骛地盯着机舱外面。

山峰耸立，密树成林，别说两个人藏在里面，就是藏了一个连的士兵也不好寻找。高亮只得沿着山谷的走势降低飞行高度缓慢前行，向下的气流将地面上的杂物吹起，到处飞散。陈一诺戴上透明面罩的头盔，打开机舱门，刚一探出身体就被一颗碎石打到了面罩上，可他连眼睛都不眨一下，镇定地观察着机翼右侧的情况。

山腰的一处向阳坡地，驻扎着一顶帐篷。欧阳铭听到直升机的轰鸣声和女友从帐篷里钻出来，面露得意的神情。自己想出的招术还真是灵验，天一亮救援直升机就找来了。玩累了的两个人不想自己走出山谷，有直升机专门来接才配得上欧阳铭的身份。女友进到帐篷里面收拾野营用具，欧阳铭小心翼翼地拉开一个发烟器，高高举起，立刻有红色的烟雾飘了起来。

陈一诺的眼睛里出现了一团鲜红，高兴地喊道："找到人啦。"高亮将直升机盘旋在山坡上空，昨夜下过雨，山路湿滑，陈一诺小心地观察地形寻找着陆点。山坡仅有的一块平地被帐篷占据，只能降落到帐篷和山涧之间的小路上。赵五一估算出着陆点面积是一平方米，陈一诺如果能顺利着陆的话就又创了救援队的纪录。陈一诺坚定地点了点头竖起了大拇指，赵五一开动绞车慢慢把他放了下去。从空中往下看，一米的距离也就是一只脚印的大小。

地面上的欧阳铭随手拿起篝火上烧烤的肉串啃咬着，像看戏一样仰头看着悬挂在机舱下面被风吹得摇摆不定的陈一诺。钢索越垂越长，陈一诺准确无误地落到了着陆点。还没有来得及庆幸，突然脚下打滑，身体向山涧滚了下去，直升机也被拉得猛地一沉。脚下就是万丈深渊，陈一诺双手紧紧抓住钢索，惊出了一身冷汗。

这时面前露出欧阳铭那张幸灾乐祸的脸，陈一诺认出来了怒骂道："是你这个混蛋!"欧阳铭得意："这只不过是因你上次对本公子不敬的一个小小教训。"陈一诺恨不得一拳砸到那张无耻的脸上，但身处险境让他强压住心头的怒火，向赵五一做出拉起的手势。欧阳铭把肉串扔到一旁，在下面喊着："有人受伤了，躺在帐篷里不能动弹，你们不救就是失职。"

钢索收起，直升机提升了高度，陈一诺被拉回了机舱，掀开面罩前的挡风，一拳砸到了绞车上："是欧阳铭那个混蛋。"赵五一一听："又是他?"丁超不明白："欧阳铭是谁?"

欧阳铭是副市长欧阳庆征的儿子，倚仗着父亲身份耀武扬威，在丁超还没来救援队之前，他和几个同伴也是去山里游玩，其中一个摔了一跤，没有伤筋动骨，就是膝盖擦破点皮，欧阳铭竟然给救援中心打了求救电话。基地马上出动直升机救援，也是今天的这些人马，只是少了丁超。到达现场后才知道是虚惊一场，气得陈一诺大骂欧阳铭谎报警情，两人差一点就打了起来。丁超意识到欧阳铭之前报过一次假警和陈一诺结下了过节，这次也很有可能是故技重演。陈一诺虽气愤不已，但毕竟救人要紧，这是他的职责，而且刚才下去的时候也感觉到帐篷里真的有人。此时，高亮也找到了直升机着陆的地点，陈一诺仍坚持由他下去救人，即使又是一回“狼来了”的谎言，也得亲自确认后才踏实。钟益民提醒他千万不要意气用事，更不能动手，否则很可能再次被开除出应急救援队。

陈一诺点了点头，在赵五一的口令声中，直升机缓慢地下降，高亮小心地操作手动杆把一侧的轮子搭在山坡突起的岩石上，另一侧悬在空中，机身稳稳地停住，陈一诺从机舱跳了出来，安全着陆。欧阳铭看到后，鼓起了掌，然后向着帐篷一扭头：“出来吧。”女友从帐篷里钻了出来，手里拿着两瓶啤酒，欧阳铭接过来一手一个酒瓶碰出响声：“就盼着你来，咱俩还真有缘分，喝一瓶?”陈一诺说：“市长公子敬酒，这酒得喝啊。”

陈一诺走了过来，手伸过去没有接过酒瓶，却变成了拳头砸到了欧阳铭的脸上。顿时两只酒瓶飞出，欧阳公子也仰面朝天地倒在了地上，一旁的女友吓得尖叫起来。陈一诺又冲上去揪住欧阳铭的衣领：“救援直升机出动一回最少两万，你这个混蛋折腾了我们两回。你不但浪费国家资源，还把生命当儿戏。刚才为了救你，整个机组差点全掉到悬崖下面。你这条命赔得起吗！”陈一诺越说越气愤，又猛砸了几拳，欧阳铭被打得满脸是血。这时，随后跳下来的钟益民和赵五一忙过来拉起陈一诺。尽管他们也痛恨欧阳铭的行为，但也不能因为愤怒而打人。

欧阳铭挣扎着从地上爬起来，他的女友也尖叫着跑过去搀扶：“你们知道他是谁的儿子吗?”陈一诺仍要冲过去：“我爸要是有你这种儿子，早把腿给打断啦！”看见陈一诺挥舞着拳头不听劝告，情急之下的钟益民使用夹颈别肘的擒拿招数把他摔倒地在。陈一诺愣住了，欧阳铭立即鼓掌叫好，气得陈一诺一个扫膛腿把钟益民也绊倒：“该揍的不揍，该骂的不骂，他们这些人就是让你给惯坏的！你身为队长到底在干什么?”钟益民站起身子：“我是队长，你就得服从命令。”陈一诺一听又是拿着队长的名头来压自己，立即从地上跳起冲到他面前，两人喘着粗气，握着拳头，剑拔弩张。趁着这个机会，女友背起双肩包扶着欧阳铭一瘸一拐地走向直升机，丁超把他们拉了上去。陈一诺和钟益民也坐了进来，面对面坐着。

机舱里顿时充满了火药味，一触即发。欧阳铭在女友的挑拨下壮着胆子又向陈一诺发火，口口声声要投诉。陈一诺被激得火起，上前揪住欧阳铭就要把他扔下去。钟益民训斥：“陈一诺，我再一次警告你，服从命令！”正在僵持时，赵五一大喝一声：“都给我坐好！”从不轻易发怒的赵五一举出林越送给他的仙人掌：“这是一位心理医生送给我的，她说过仙人掌会开花，代表着坚强。但在我的眼里还代表着冷静，镇定。因为人一冲动就会坏事，既会伤了自己，也会害到别人。”陈一诺疑惑地松开手，欧阳铭也赶紧搂着女友坐回到座位上。机舱里传来高亮的声音：“准备起飞，返回基地。”

“不能回！”陈一诺开口阻拦，吓得欧阳铭以为他真的要把自己给扔下去，钟益民等人也不明白。陈一诺盯着机舱外面，一团红色的烟雾在山谷中升起。

又有人遇难，正在发出求救信号。

高亮立即连线指挥中心说明新情况，得到允许后驾驶直升机调转航向，向着山谷飞了过去。一个挂在树上的女孩微微睁着眼睛，从树木枝叶的缝隙中看到了出现在头顶上的直升机，眼泪掉了下来。陈一诺和钟益民都挤在机舱口一起寻找着求救者，刚才还拳脚相对的两个人这时又成为一个战壕里的战友了。悬崖峻峭，树木高大，杂草丛生，高亮盘旋了一圈又一圈也没有找到能着陆的地方。即使放钢索送救生员下去也无法立足，一旦钢索与山上的树木缠绕在一起，不但救生员有危险，直升机也有危险。

欧阳铭和女友看到这种情况，吓得抱在了一起双双恳求返航，陈一诺投去鄙夷的目光。刚刚的救援情况同样凶险，他毫不犹豫地从直升机跳了下去，结果安然无恙。陈一诺又要请命出征，钟益民却拦住了他，陈一诺在刚才的救援和打斗中已经耗费了不少体力，再下去救人的话可能会出意外。没有百分百的把握，绝不能冒险，遇险者是一条命，救生员也是一条命。钟益民看着陈一诺，一字一顿："作为队长不是只让队员服从命令，在关键时刻也应冲锋在前。"

陈一诺无言以对，身子靠后让出了机舱口，钟益民认真观察地形，指挥赵五一开动绞车送他下去。狂风骤起，悬在机舱下面的钟益民被吹得旋转起来，下面的树木也猛烈摇晃，缝隙间露出了女孩的身影。钟益民大声喊话："发现遇险者！往下放！慢点！"陈一诺忙和赵五一两人传送钢索，钟益民的身体慢慢下降，还得时刻注意不能让钢索缠上树枝。此时的女孩已经筋疲力尽，衣服破了，腿在流血。钟益民靠近女孩抱住她一边安慰着一边套上救援套，通过耳麦下令收回钢索。

密密麻麻的树林之中，露出了钟益民和女孩的身影。陈一诺高兴："队长太厉害了。"欧阳铭不解地看着，刚刚的两个人明明打得不可开交，这一转眼的工夫就化敌为友了？他恨不得陈一诺和钟益民再打上一架，以解心头之恨。等返航之后，欧阳铭不会放过陈一诺，保准让他吃不了兜着走。

陈一诺正全神贯注地在机舱口等着接钟益民和女孩上来，风越刮越大，钢索上的钟益民紧紧抱着女孩剧烈晃动着，女孩已没有一点自救的力气，全靠钟益民一个人撑着。他抬头望着直升机，虽近在咫尺却举步维艰，左手被钢索紧紧勒住，鲜血直流。终于进了机舱，丁超接过女孩进行紧急救援，钟益民已是满头大汗。陈一诺拿着一瓶水，兴奋地凑到钟益民的面前："队长，这回我才服你！"说着，当胸给了钟益民一拳，扑通一声钟益民突然倒地。众人都在惊愕时，陈一诺看到了鲜血，忙抱起钟益民呼喊，却没有一点反应。

基地的停机坪，救护车和医务人员已经做好准备，只等着直升机降落。轰鸣声传来，直升机稳稳地安全着陆，机舱门刚打开，陈一诺就抱着钟益民冲了出来。

救护车闪着蓝色警报，驶出了基地，直奔医院。钟益民和女孩同时被送进了手术室，虽没有性命之忧，但都有不同程度的骨折。女孩的骨折可以休养，但钟益民的左手骨折却意味着这只手再也承受不住握起钢索的力量了。陈一诺最担心的事情还是发生了，钟益民断了四根手指，可能因此而离开应急救援队。如果下去救女孩的是陈一诺，那么钟益民就不会受伤，他是替自己受的伤。陈一诺又想起了郑子航，为了救自己而送命，钟益民虽然性命无忧，但不得不离开热爱的救援事业。还有林越，为他陈一诺付出了那么多，却伤得最重。

忽然之间，陈一诺感觉自己亏欠了许多人，该如何补偿？他主动向杜伟成申请调回后勤部反省，整天都待在基地里，整理内务装备，帮食堂蒸馒头，抢着刷洗训练池，没有片刻的停歇。汗水浸透了衣襟，陈一诺在惩罚着自己。此时的他不会想到，还有一个人也要惩罚他。

欧阳铭走进了杜伟成的办公室，投诉陈一诺在救援过程中动手打人。他之所以有恃无恐，是因为手中握有杀手锏。陈一诺被叫进来才知道基地正在申请附近三百亩的用地许可，杜伟成和基地的其他领导做了好多工作，审批手续就剩下欧阳庆征签字，这下可好，被陈一诺的拳头全给砸飞了。陈一诺这才明白后果严重，低头认错请求处分。高亮帮着解释，打人也不能全怪陈一诺，欧阳铭谎报险情在先，而且还是第二次，在救他时直升机还险些出了事故。杜伟成知道前因后果，欧阳铭是有错的，但陈一诺动手打人性质更严重，有理也变成没理了。事到如今，只有赔礼道歉。

陈一诺走进旁边的会议室，欧阳铭正翘着二郎腿用得意而挑衅的目光看着他。陈一诺违心地说：“对不起，我不该动手打你，更不应该动手就往你脸上打。”欧阳铭不满意：“你这是认错的态度吗？还敢说我是混蛋？现在倒是说清楚，谁是混蛋？”杜伟成忙说：“谁都有口不择言的时候，请欧阳公子不要计较了。”欧阳铭却不依不饶，还抬出了父亲的名号压人。

说曹操，曹操到。

欧阳庆征和秘书走了进来。欧阳铭见靠山来了，忙起身过去，欧阳庆征却没有搭理儿子，先和杜伟成握手：“给你们添麻烦了，子不教，父之过。你们替我教训了不懂事的儿子，我谢谢你们。”欧阳铭傻了：“爸，有没有搞错啊？挨骂的是我，被打的也是我。打人的就是这个陈一诺。”欧阳铭指着陈一诺，欧阳庆征走了过来：“你就是陈一诺？”陈一诺不卑不亢挺起胸脯：“是，欧阳市长。”

训斥？责骂？还是命令杜伟成把自己开除？陈一诺等待着处罚，然而他想错了，欧阳庆征不仅没有责备，反而感谢他给儿子好好上了一堂课。秘书也拿出批文，基地三百亩用地的审批已经通过了，耽误到现在是因为政府部门的领导班子都在调整，并无个人恩怨。杜伟成激动地拿过批文，高亮和陈一诺也跟着高兴。不料，欧阳庆征又提出让儿子在基地待上两个月，吃苦受训，指定让陈一诺当队长管理。欧阳铭一听，脸色变得十分难看，怨恨地盯着陈一诺。

陈一诺竟然拒绝：“不好意思，欧阳市长，我现在在后勤部，当不了令公子的队长。我们基地还有很多优秀的救生员，您找他们吧。”欧阳铭欣喜若狂，忙向父亲保证不再惹是生非，欧阳庆征想了想只好作罢，和杜伟成耳语几句，就是这几句话又改变了陈一诺的命运。

第十五章　恋爱的抉择

有时候，放弃，是另一种坚持。

——陈一诺要和叶萱结婚了。

出生入死是兄弟，同甘共苦也是兄弟。

陈一诺没有忘记钟益民在训练中对自己的“刁难”，没有忘记在执行任务时他以队长身份发号施令，更没有忘记他在生死关头替换下自己而受了重伤。经过医生的全力抢救，植皮三次后，钟益民的左手仍有两根手指没有保住，将来即使留在基地，也可能无法参加救援工作了。

如晴天霹雳。

换作陈一诺是现在的钟益民，得知这样的噩耗将会崩溃，他后悔在救援时顶撞钟益民，两人还动起手来。钟益民是在用实际行动让他明白，作为队长的首要职责是保护好队员，不能让任何人去冒险。一想起曾经有取代钟益民当队长的念头，陈一诺顿感羞愧，拎着亲手熬炖的骨头汤站在病房门口，愣是迈不进去，还是钟益民抬头看见把他喊了进来：“臭小子，我都闻到香味啦，想把队长的牙给馋掉啊。”

“队长要是喜欢喝，我天天给你熬。”陈一诺端着骨头汤轻健地走到病床前，钟益民美美地喝了一大口：“手艺不错，不过别在我这儿浪费时间，好好练练本领。我这两根手指换了一条人命，值了。我主要是不相信你小子的技术，你要是下去，说不定得断一条胳膊。”钟益民的话是在安慰陈一诺，也是给他鼓励。陈一诺感动得握住钟益民的手，两人前嫌尽释，推心置腹，如果不是在医院，非得好好喝一顿，不醉不归。当陈一诺走出病房，如释重负。否则的话，他的心里又该结成了疙瘩，得找心理医生治疗。

心理医生除了林越没有别人，陈一诺从住院部去门诊楼，从电梯里出来，竟然遇到了赵五一，对方支吾了一句说来探望钟益民，就急着进了电梯。陈一诺心生疑惑，赵五一走过来的方向明明是林越的办公室，难道他又出现了焦虑状况？但无论是在基地训练还是执行任务都没有表现出来，看来谜底只有见到林越才能揭晓。陈一诺加快脚步，到了林越办公室却发现里面没有人。林越的好友陈瑛恰巧从旁边科室出来，没好气地瞅了陈一诺一眼扭头就走。陈一诺不忿，追了过去：“我惹你生气了吗？给谁脸色看呢？”陈瑛说：“你是没惹我生气，可你惹到林越了，哭得跟个泪人似的。她等了你这么多年，可你倒好，为她做过什么？在她需要帮助，需要人疼的时候，你连人影都找不着。陈一诺，错过了林越，你会后悔一辈子的。”

陈一诺愣住了，他以为林越只会在自己面前表现出脆弱的一面，在闺蜜面前痛哭，那真的是委屈大了。陈一诺要见林越，陈瑛偏不告诉他去了哪里，只故意说有人用豪车把她接走了。陈一诺魂不守舍地走出门诊大楼，眼前出现了玛莎蒂尼，孔令雯出乎意料地出现在面前，陈一诺有些恼火，她竟然跟踪自己，虽然两人相差不过五六岁，却有了

代沟，90后女孩对爱情的霸道和追逐简直是不可理喻。

孔令雯洋洋自得，给丁超打个电话三言两语就套出了陈一诺的行踪，她说找到这里来是有重要的事情，因为今天是她的生日。陈一诺一愣，他明明记得孔令雯刚过完生日，他金蝉脱壳，溜了，把手捧玫瑰花祝寿的机会让给了丁超，结果却让丁超备受打击。

这位船王公主又在密谋什么？

趁着陈一诺愣神的时候，孔令雯挽起他的胳膊振振有词，上回过的是阳历，今天过的是阴历。陈一诺说好了参加生日party却溜之大吉，是不守诺言在先，所以今天无论如何也跑不掉，孔令雯把他拖进了玛莎蒂尼。等陈一诺打开车门下来，已经到了海洋会馆的门口。玛莎蒂尼的旁边停着好几辆豪车。孔令雯见陈一诺的目光停留在那几辆车上，暗想他也免不了俗，是个男人都喜欢豪车。只要陈一诺答应做自己的男朋友，便是这些豪车的主人。孔令雯自以为猜透了陈一诺的心思，却不知道他想的是陈瑛说过的话，林越被豪车接走了，这个人一定是孔祥海。陈一诺心头一震，疾步走进海洋会馆，孔令雯不明所以地在后面追着。

爱情，本来就是盯准目标不放弃。

孔祥海和林越依然坐在窗户旁边，这是林越每次来海洋会馆都选定的座位。孔祥海从不忤逆她的心意，尽管今天是要向林越表白。他这一生有过许多辉煌，也有过不少遗憾。最大的遗憾就是婚姻，他妻子早逝，自己因为太专注于事业一直孤身一人。他即将年过半百，人生的风景看过了大半，总是提醒自己，如果有一个让自己心动的女人，一定不能再错过。

“林越，你就是那个让我心动的女人。”

孔祥海情真意切，终于说出了藏在心底的话。其实林越早就感受到了孔祥海对自己的情感，这番表白也在她预料之中，她也有话要对孔祥海说。孔祥海是个优秀的男人，也会是个好丈夫，却不是自己要嫁的人。于是，林越开口：“孔总，您对我的感情可能是一种错觉，一种移情，这不是真正的爱情，而是情感上的依赖。”孔祥海并不气馁，打开桌上放着的精致首饰盒，里面是一枚红色的钻石，他拿起送到林越的面前：“这是我特意从塞拉利昂买回来的血钻，你可以把它拿回去，戴在手上，再好好考虑一下我说的话。除了年龄，我拥有年轻男人无法拥有的一切。我不是想炫耀这些，只希望能在你的心目中为我加分。林越，如果你嫁给我，我会让你拥有全世界。”

“明明我是个穷小子，你却让我拥有了整个世界。”听着孔祥海的告白，林越耳边却响起了陈一诺说过的话，陈一诺和孔祥海注定是两个世界的人，有着不同的生活方式和无法相比的物质条件，可她的心偏偏在那个穷小子的身上。林越正要拒绝孔祥海，突然看到陈一诺正走过来，跟在后面的孔令雯已经脸色大变，冲过去从林越手里抢过了首饰盒：“爸爸，你是在求婚吗？林越，你一边勾着我男朋友的心，一边跟我老爸搞在一起，简直是不要脸！”林越又尴尬又生气，孔祥海忙让女儿道歉。孔令雯痛心：“你让我给这个女人道歉？今天是我生日啊！爸，你太让我失望了！”陈一诺刚要开口，一旁的林越已羞愧难当地冲了出去，他忙跟着追了出去。孔祥海也想追出去，不料孔令雯委屈地趴在餐桌上放声大哭，边哭边喊着妈妈，引得周围的客人纷纷观望。孔祥海只好陪着女儿，心烦意乱地朝窗外望去。

窗外，陈一诺已经追上了林越，他要确认孔祥海是否真的在求婚。林越却质问他为

深水区
Deep Water Area
水深
1.8

以拯救生命为己任 为服务社会为宗旨

中国救捞CRS
RESCUE ZONE
海救115
HAI JIU 115

中国救捞CRS
北海救117
BEIHAI JIU 117

B-7309

什么会和孔令雯在一起？嘴里说着要照顾叶萱，却跟船王千金卿卿我我，陈一诺才是真正的脚踩两只船。

“我没有！我来这里就是要跟孔令雯说清楚别再纠缠，可没想到竟看到了一场求婚。那么大的一块血钻，我这辈子、下辈子都买不起，林越，你看中的是孔祥海的钱吧？”听着陈一诺的怒吼，林越冷笑：“钱有什么不好？这个社会有许多人在仇富，可我不。我尊敬靠自己的能力获得财富的人，他们是这个社会的栋梁。你不了解孔祥海，他的经历就是改革开放三十年的缩影，也是一个民族复兴奋斗史的缩影。这样的男人，为什么不能嫁给他？陈一诺，我的事情你没有资格再管！”林越转身就走，迎着从海洋会馆里走出来的孔祥海，两人一起坐进了劳斯莱斯，在陈一诺的眼皮底下扬长而去。

劳斯莱斯一骑绝尘，陈一诺的吉普车就是再多出四个轮子也追不上。况且被孔令雯用玛莎蒂尼强拉过来的陈一诺手中只有钥匙，吉普车并没在身边。不同的座驾代表着不同的身份、地位，爱情的道路上，谁的起点高、速度快，谁就是最有胜算的赢家。估计这个时候林越的手指已经戴上了那颗硕大无比又价值不菲的血钻，真正接受了孔祥海的求婚。

陈一诺失恋了。

十年的感情付诸东流，曾经的美好时光全成往事。陈一诺感到了失败，感情上如此，事业上亦是如此。在这一时刻，陈一诺甚至怀疑他活着的意义到底是什么？打捞“南翔丸”遥遥无期，他对不起郑子航用生命换回来的这条命。尤其是孔祥海的求婚重重打击了陈一诺的骄傲和自尊，他不能继续一蹶不振下去，必须从后勤部再回到应急救援队。

无论付出什么代价。

陈一诺连门都没有敲就冲进了杜伟成的办公室：“主任，我错了，我真的错了。”杜伟成一愣，随即明白陈一诺的用意：“你每一回认完错，该犯错时照样犯，你啊，在我面前已经失去信用了。”陈一诺二话不说，解开衣扣，脱了外衣又要脱内衣，杜伟成忙阻拦：“你要干什么？”陈一诺说：“负荆请罪啊，不过主任您这屋子没有荆条，连把扫帚都没有，有牙签没？来，全扎进后背，我若喊一声疼就彻底给开除出基地。”杜伟成就知道陈一诺又在耍心眼，但只向他一个人认错不行，得向全体救援队的队员认错。陈一诺毫不犹豫地答应，叫他干什么就干什么。

敢作敢当，能屈能伸，才是男子汉。当年勾践卧薪尝胆，韩信胯下之辱，方成千古伟业。相比之下，陈一诺只不过是在众人面前认个错服个软，又有何难？

陈一诺跟着杜伟成来到训练池，丁超等队友们一个个刚从水里爬出来，见到主任来了忙排成一排。陈一诺本想进到队伍里面，但一想到自己还属于后勤部，便跟在了杜伟成身后。杜伟成看了陈一诺一眼，陈一诺明白那意思是让自己做好认错的准备，他早就准备好了。杜伟成这才面对着队员们，正色说道：“从今天开始，陈一诺代理队长职务。”

队员们愣住了，随即反应过来鼓起掌，掌声响亮，鼓成了节奏。陈一诺仍愣在那里，自己还没有认错啊？杜伟成不仅同意自己回归救援队，还给了队长职务，即使是代理也太超出他的预料了。杜伟成这才对陈一诺说道：“以后你要为你自己的行为负责，还要为队员的行为负责，明白了吗？”陈一诺声音高亢：“我明白，我一定会负起我该负的责任！”

丁超等人一拥而上，你一拳我一掌打在陈一诺身上，让他请客庆祝。有句话说得好，当上帝为你关上一扇门的时候，同时会为你打开一扇窗。这句话用在陈一诺身上再合适不过了，他满口答应着队友们的要求，回身去追赶走出训练池的杜伟成。陈一诺并没有被这突如其来的惊喜冲昏头脑，要问清楚为何让他代理队长一职。杜伟成说出了欧阳庆征的名字，那天在会客室陈一诺不亢不卑、不依附权势的表现让他赞叹，听说因为钟益民受伤致残而自动去后勤部反省，欧阳庆征建议杜伟成，如果陈一诺能主动认错就允许他返回应急救援队，代理队长。他认定陈一诺是个可造人才。

陈一诺激动："谢谢欧阳市长的青睐，谢谢主任知遇之恩。说句实话，我渴望得到队长的职务，我要用实际行动为自己正名，把代理两个字去掉，名正言顺，名副其实地担任队长。"杜伟成点头："你小子，遇到贵人啦。"陈一诺双手抱拳："若说贵人，主任您排头一个。"说完就跑进了训练池，杜伟成在后面话还没说完："这臭小子，我的话还没说完呢，你的贵人还有叶萱。"

叶萱拿着小木船轻轻摇动，逗得小郑安嘎嘎直笑，伸出小手去拿木船。叶母打开卧室的门看了一眼，缩回身子把房门紧紧关上。郑成泽以为孩子睡着了，轻手轻脚地把刚买的玩具放到桌子上，就被叶母叫进了厨房。其实，叶母是要郑成泽和自己齐心协力撮和陈一诺和叶萱早点结婚。郑成泽一听，沉默不语。虽然他早就说过让叶萱生下孩子后想嫁人就嫁人，绝对不会拦着。可真到了这时候，他又舍不得，更舍不得小郑安。

叶母察言观色，施展她的特长，做起了思想工作。让叶萱和陈一诺结婚不只是为自己的女儿着想，也是为郑家着想。小郑安是郑家的血脉，把他们娘俩托付给谁都不如托付给陈一诺，且不说陈一诺现在照顾得尽心尽力，就是和郑家的缘份情谊也非他人可比。叶萱嫁给陈一诺，能保证小郑安仍姓郑，认郑成泽为爷爷，如果嫁给别人，将来的事情可就说不准了，不怕一万就怕万一。再过几天是小郑安的百日，正是个好机会，到时候就把婚事给定下来，双喜临门，万事大吉。

当两位老人在为婚事而费心时，一无所知的陈一诺正拿着手机查看日历，把小郑安的百日做了标记，又算着和林越已经有三天没见面了。他不甘心，决定再去找林越，做最后一次努力。

从基地来到医院，走进办公室陈一诺先看了林越的手，并没有戴上那枚血钻，他放下心里压着的那块大石头，但瞬间又提了起来，也许林越收下藏了起来，毕竟是来自非洲的钻石和船王的求婚，而且两个人在自己面前坐进了劳斯莱斯，那就是夫妻双双把家还啊。陈一诺胡思乱想着，不说话，林越见他沉默，也不开口。最后还是陈一诺忍不住了："如果有一天，我从你的生活里消失了，你会不会觉得失落或者寂寞？"林越想了想："或许吧。"陈一诺苦笑，自己终究成不了林越心中的那个人，这些年他求婚被拒绝，虽然装得无所谓，其实心里早已受伤。陈一诺一直以为是林越的问题，现在才知道是自己，到了应该放下的时候，就让别人填充她的人生，给她幸福。陈一诺说："今天是我最后一次来见你，总感觉应该画个句号，也算是致我们终将逝去的青春。林越，老同学，老同桌，咱们握个手吧，以后再也不见了，电话也不会打了。"林越心中难过，却佯装潇洒地伸出手，陈一诺紧紧握住后毅然地转身离去，没有丝毫的犹豫。

林越浑身无力地靠在办公桌上，盯着敞开的门，陈一诺已不见了踪影。她始终认为无论如何拒绝陈一诺，他都不会离开自己，就像亲人一样。从来没有想过会有这么一天，两人会分手，竟然还是陈一诺主动提出来的。林越自言自语："我什么都想按照我的计划进行，拒绝计划之外的事情发生。我更不喜欢被逼迫，喜欢掩饰自己，喜欢把自己当成强势的一方，虽然我确实也挺强势的。我喜欢跟你发脾气，喜欢你来哄我，喜欢看你因为我而着急。”

如果陈一诺听到这番心里话，一定会欣喜若狂地冲进来，两人和好如初。可是，没有如果，吉普车驶出了医院，陈一诺终于确定了一件事情，那就是自己和林越的情缘已尽。也好，他也该把心思都放在准备小郑安的百日宴上了。

陈一诺早就计划要举办一个隆重而又意义非凡的百日。不在叶家，也不在饭店，所有人全到救援船上。这里是郑子航生前坚守和热爱的岗位，没有哪个地方比这里更合适了。百日那一天，不仅是小郑安成长岁月中的纪念日，也是救援队值得铭记的日子。

五颜六色的气球，缤纷漂亮的拉花，还有一大堆的玩具，几乎全都是轮船、飞机，救援船上像过节一样热闹。陈一诺和高亮兵分两路，分别去叶家和郑家接人。当陈一诺开着坐有叶家三代人的吉普车在码头停下时，高亮和郑成泽也到了。叶萱抱着小郑安从车里下来，早就等候的丁超等队员们一拥而上，抢着抱过小郑安。从一个人的手里传到另一个人的手里，欢呼声阵阵，小郑安没有一丁点儿的害怕，转动着小脑袋左顾右盼，时不时地笑出声来。丁超感慨：“还真是咱救援队的儿子，天生就爱这一行。”陈一诺走过来抱过孩子：“这是我儿子，你们都得叫大侄子。”说着，朝小郑安的脸上亲了一口。人群后面的叶母和郑成泽看到这个情景，欣慰而又高兴，两人目光对视，心有灵犀。

看到眼前的热闹场景，叶萱的眼睛湿润了。几个月前在这里接回了郑子航，又在这里把他送走。今天，她带着儿子来了，如果郑子航在天有灵的话，希望能托梦给自己。突然，一群海鸥飞来，在救援船的上空盘旋，一会儿向大海飞去。叶萱激动起来，郑子航一定看到了儿子，抑制不住的眼泪流了下来。一直在留意她的高亮走过来，拿出面巾纸轻声说：“今天是高兴的日子。”是啊，孩子出生了，丈夫的生命得到延续，可以在未来的岁月里陪伴自己，这就是人生。

叶萱擦去了眼泪，和众人一起走上了救援船。甲板上已摆放好两张大桌，酒菜齐全。众人围着落座后，杜伟成拿出一个大红包走到叶萱的面前，里面是全体救援队员攒份子的一万块钱，代表着所有人的心意。叶萱忙起身摆手示意不能收下，叶母却替她把红包接过来，说着客套话：“孩子过个百日，这弄得也太隆重了，我们都过意不去了。”杜伟成说：“今天是小郑安的百日，是高兴事、喜事，大家伙都愿意沾沾喜气。陈一诺，你这个爸爸说句开场白啊。”

陈一诺抱着小郑安，清了清嗓子：“今天是个美好的日子，是我儿子郑安踏上人生之路、走上人生舞台的日子。他的人生才刚刚开始，就像漫长的画卷，才展开了顶端的一角，更精彩的内容还在后头！”众人鼓起掌来，没想到陈一诺还颇有文采。丁超马上爆料，其实稿子是高亮写的，陈一诺昨天晚上背了半宿才记住。叶萱感激地看着高亮，他和陈一诺都在照顾自己。只不过陈一诺是火一样的热情，事事张罗，竭尽全力。而高亮则像水一样的静默，嘘寒问暖，无微不至。这样的男人才能令女人安心、放心。叶萱不明白赵笛为何坚持要与高亮离婚，也许，家家都有一本难念的经。

在众人的哄笑中，陈一诺的开场白到底没有讲完就被轰得坐回了椅子上，郑成泽举起酒杯站了起来，自从有了孙子，他才知道什么叫隔辈亲，感谢叶萱为郑家生下了孩子，第一杯酒先敬儿媳妇。叶萱忙端起酒杯，一饮而尽。郑成泽的第二杯酒敬给杜伟

成，老年丧子是人生最大的不幸，基地领导和队员们的照顾牵挂让他挺了过来。杜伟成举起酒杯，和郑成泽的杯子碰到了一起，众人纷纷鼓掌叫好。郑成泽的第三杯酒敬给叶母，感谢亲家把儿媳和孙子照顾得这么好，她也是郑家的恩人。

叶母站起来一句话不说，先饮杯中酒。在众人惊讶的目光中才开口说道："大家伙精心为我外孙子准备百日宴，我这个当姥姥的谢谢大家。小郑安有这么多叔叔、伯伯、爷爷们照应着，是个有福的孩子。他现在什么都不缺了，就是缺一个爹。"叶萱意识到叶母要说什么，忙低声阻止。陈一诺也寒暄着是不是叶母喝多了，他扶着去吹吹风。叶母不许他打岔，继续说道："我在这儿要特别感谢一个人，那就是我们一诺。起初啊，我怪他，还恨过他，因为我女婿是因为救他而死。可慢慢地，我发现一诺真是个好孩子，善良、实诚，对我女儿和外孙是真心实意的好。我就想啊，要是能把女儿和外孙托付给这么一个好男人，我这辈子也就安心了。一诺，今天当着领导和同事们的面，伯母就要你一句话，你愿不愿意娶我家叶萱，照顾他们母子一辈子？"

叶萱有些愠怒地站起身："妈，您别再说了！"叶母看着女儿："孩子，话不说不明，理不辩不清。你怎么知道一诺对你没感情呢？日久见人心，患难见真情。你俩共同经历了这么多事儿，走到一起有什么不好？一诺，再多的话，伯母也不想再说了。你当着所有人的面，表个态吧。"所有人的目光都投向了陈一诺，有感动、有惊讶、还有疑惑。陈一诺看了看怀里的小郑安，缓缓说道："如果嫂子愿意，我没有啥可说的，愿意照顾嫂子和郑安一辈子！"

所有人顿时惊呆了，尤其是高亮和叶萱，他们不知道陈一诺和林越分手的事情，简直不相信自己的耳朵。叶母喜极而泣："一诺，好孩子，伯母就知道没看错你。"叶萱突然情绪失控："我不同意！"她站起身子就跑了出去，叶母忙在后面追着。叶萱跑到船舷边，望着大海泪流满面。她想念郑子航，如果他还活着该有多好，不会丢下自己和儿子，也不会被叶母逼着嫁给别的男人。

天底下哪有不为儿女着想的父母？叶母逼婚就是为了女儿和外孙子，孩子没有爸爸，将来遭罪受苦的日子长着呢，世界上没有第二个男人比陈一诺更适合。叶萱却不想拖累陈一诺，否则的话这辈子都不心安，母亲想让她幸福，却不能安排她的幸福。

甲板那边叶母在劝说叶萱，甲板这边陈一诺正被"审问"。郑成泽让陈一诺三思而后行，虽说他也盼望两个人能在一起，但强扭的瓜不甜，陈一诺毕竟没结过婚，一下子就背上这么重的负担太不公平了。杜伟成没有逼陈一诺立即表态，而是说出了另一件事情，是叶萱挺着快要生产的大肚子先求了杜伟成，他才去向黄汉中求情，给了陈一诺进入应急救援队的机会。

陈一诺恍然大悟，是叶萱改变了他的命运，所以他也要成全叶萱的幸福。他曾经与郑子航有过约定，如果有一天他们两个人之中有人牺牲了，另外一个就要替牺牲的那个照顾好家人。

这才是一诺千金。

高亮忙劝说结婚是一辈子的大事，就算两个人相爱都不一定能走到最后，他体会最深，绝不能意气用事。丁超却质问林越怎么办，他还等着叫嫂子呢。陈一诺被刺到痛处，黯然低头："我们有缘无分，已经分手了。"丁超和高亮顿时吃惊，赵五一更是心头一震，分手的消息对他来说是喜讯，意味着自己有机会了。

每个人都有追求爱情的权力，不管对方是谁。

陈一诺已经想清楚了，叶萱是个好女人，应该有人疼，有人爱，还有小郑安，不能没有爸爸。所以和叶萱组成家庭是最好的选择了，只有这样，才有机会疼爱这对母子，照顾一辈子。正走过来的叶母激动地握起陈一诺的手，她早就认陈一诺为女婿了，就是叶萱还有点难为情，不肯当面说同意。叶母隐瞒了叶萱不同意结婚的事情，这件事情一定由她说了算，到时候生米煮成熟饭就不能反悔了。杜伟成和陈一诺等人不知道其中详情，还以为叶萱真的答应，既然是结婚这等喜事，救援队全力支持。杜伟成当证婚人，丁超等年轻人帮着忙活，大家一起等着喝喜酒。

所有人全都笑了，陈一诺也笑了，尽管笑容中带有一丝苦涩。

从这一刻起，他是一个女人的未婚夫，一个儿子的父亲，不再是另一个女人的男朋友。

命运的安排让陈一诺再次做出了选择。

第十六章　有一种爱叫做放手

有些事，发生了就只能接受。有些人，失去了就只有放手。

——高亮和赵笛离婚了。

人生路上，每个人都面临着许多选择。每一个选择，都将改变命运。

选择坚强，是一种态度，也是一种行动。

叶萱决定自己创业。

丽人影楼斜对面的店铺大门上写着“招租”两个字，叶萱拉着马珊珊走了进去。马珊珊像做贼一样的紧张，如果被曲文斌看见非炒她鱿鱼不可。叶萱却说正好，与其给别人打工不如自己当老板，命运掌握在自己的手里才是无怨无悔的人生。

当两个人走到店铺薛老板的面前，被认出是对面影楼的员工。叶萱笑着说：“从前是，现在已经不是了，我们想租您的店铺，自己创业。”薛老板虽有些吃惊两个女人的豪言壮志，但他只管出租店铺，只要租金按时交付，其余的事情一概与他无关。于是，月租金五千块钱，每季度一交，装修店铺自行担负，双方很快谈好了条件，明天签合同交钱。

从店铺里走出来的叶萱信心十足，前三个月可能会赔钱，但只要坚持半年，肯定赚钱。马珊珊却犹豫不决，从农村出来的她是家里的顶梁柱，万一大半年挣不到钱，家里的生活费就断了。叶萱给她吃了定心丸，房租由自己来付，她的工资每月照发，一分不差，什么时候对两个人的生意有信心了再入股也不迟。马珊珊激动地说：“叶萱姐，工资我不要，就算入股了。”

精诚所至，金石为开。只要有信心，肯付出，两个女人也能创下一番事业，巾帼不让须眉。

突然身后传来了曲文斌的声音，训斥马珊珊买份盒饭也要耽误这么长的时间。早就受够被当使唤丫头的马珊珊怒视着，说出“我要辞职”四个字，惊得曲文斌后退几步：“你敢辞职？疯了吧你！离开我这儿，你不怕饿死啊！”叶萱走到前面：“曲总，这就不用您操心了。珊珊以后自己当老板。”叶萱拉着马珊珊走开，曲文斌挑起兰花指跳着脚大骂敢挖墙脚，非得叫两个不知天高地厚的女人尝尝自己的厉害，起码这店铺就叫她们租不成。

曲文斌找到薛老板挑破离间，添油加醋地搬弄是非，当薛老板得知叶萱的现状后连连感谢曲文斌的通风报信，幸亏还没有签定合同，否则自己的这桩生意是亏定了。叶萱一无所知，她在心里用梦想和信心修建了一座自强自立之塔，却不知塔基正在倒掉。

回到家里的叶萱把买回来的《新娘》等杂志铺满了桌子，她和马珊珊商量好了，租下来的店铺就开婚纱店。叶母以日常管理市场见到过的事例提醒叶萱，做生意不是儿戏，多少人都血本无归，况且她还带着个孩子。叶萱早就想明白了，人只有享不完的福，哪有受不了罪？靠谁都不如靠自己，她和马珊珊都上过缝纫班，简单的婚纱礼服可以自己设计制作，这就能省下一大笔钱，也就相当赚钱了。看见叶萱兴致勃勃，叶母不忍心再打击女儿。不料，马珊珊的紧急电话就像炸弹一样炸得叶萱大惊失色，抱起小郑安就赶到店铺。

本来预定今天签订合同，当叶萱把押金和房租全都放到面前，薛老板却反悔不租了。他已经听说叶萱刚生了孩子又失去丈夫，资金不会宽裕，说不定桌上的这些钱都是东拼西借凑来的。如果将来不能按时缴纳房租，自己吃什么喝什么？不管叶萱和马珊珊如何恳求，薛老板都不同意把店铺租给叶萱。这时小郑安哭了起来，叶萱忙哄着孩子。薛老板用可怜的目光看着叶萱母子："我劝你还是别干了。孩子这么小，又没个爸爸照应，你总不能一边喂奶一边做生意吧？"

"谁说这孩子没爸了？我就是孩子他爸！"叶萱、马珊珊和薛老板吃惊地看着陈一诺走了进来，从口袋里拿出一摞钱："你不就是怕收不着房租吗？有钱。我再多付你三个月，一共六个月的房租还有押金。租房合同，我这个一家之主跟你签，这是我的身份证和工作证，拿去复印。真有赖账那一天，你拿着这些去找我，我叫陈一诺，是交通救捞飞行基地的救生员，跑得了和尚跑不了庙！"

一家之主的地位和份量到底不一样，薛老板立刻顺风转舵，眉开眼笑地双手收过钱，马上就要和陈一诺签合同，但叶萱不同意，合同得由她亲自签。陈一诺愣住了，薛老板也疑惑地看着两个人："你们两个，是不是一家子啊？"

"一诺，我想走出来。创业是新生活，也是个新开始，我想一切靠自己。如果连个合同都签不下来，我会觉得自己很没用。"对陈一诺说完这些话，叶萱又对店铺老板说："请您相信我！我虽然生活不富裕，但活得还算有志气，绝不会做出赖人房租的事情。"

有些事情必须自己面对，有的路只能一个人走。

叶萱亲手在合同上写下了自己的名字，仿佛完成了一个重要的仪式，意味着新生活的启航。陈一诺握着薛老板的手表示合作愉快后，和叶萱、马珊珊一起走出了店铺，恰好曲文斌从影楼出来送客人，马珊珊一见，气愤地走过去指责他暗中拆台。曲文斌本不惧怕她和叶萱两个女人，但有陈一诺在旁边，想起上回被揍得倒地装死的事情依旧心有余悸，不承认是自己向薛老板谗言，反咬马珊珊血口喷人。陈一诺拿出合同举起来："曲文斌，做人要厚道，你的阴谋破产了。"曲文斌一惊："得啦，对台戏算是唱上了。"叶萱却走过来说："曲总，您这边是影楼，业务主要是照相、跟妆什么的。我那边主要做婚纱租赁，咱们的业务不重叠，不该是竞争对手。如果能合作，互相推荐客户，对双方都有好处。"曲文斌却不想和从前给自己打工的叶萱平起平坐，他不会让叶萱有好日子过的。

这时，街头的大屏幕播放出昨天晚上陈一诺等队员们救援的画面，小郑安好像认出上面的陈一诺，伸出小手指着，笑着。

赵笛也在看着电脑屏幕里的救援场面，不是昨天晚上的新闻，而是从前的资料。小方走进来说台长正在发火，省电视台都派人去了昨天晚上的火灾现场，自己和赵笛却没有跟进。不仅如此，拍了那么多的资料却一部片子都没有剪出来，这也让台长非常不满意。赵笛的腿又抽起筋来，看着她疲惫的神情，小方试着询问是否自己可以独立剪片？不料赵笛满口答应，还允许他单独去救援队跟踪拍摄。小方惊喜地扛起摄像机就来到基地，恰好指挥中心刚接到求救电话，方舟岛上的一位孕妇难产，因岛上没有医院，得把孕妇运到城里来。

杜伟成立刻派直升机过去营救。高亮和陈一诺等人马上来到停机坪，小方也扛着摄像机气喘吁吁地跑了过来。陈一诺奇怪不见赵笛的身影，小方拍着胸脯，升为主任的赵笛有心栽培自己，这是一次独立任务。听了小方的话，高亮的心里隐隐有些担忧。这些日子，他和赵笛一直处于冷战状态，没有吵闹，甚至两个人连话都不说，就像是火山爆发前的岩浆涌动，在积聚着力量，一旦爆发，足以摧毁一切。高亮有种预感，爆发时间不会太久了，也许就在今天。

今天是周末，幼儿园提前放学。走出剪辑室的赵笛接到吕老师的电话才想起该去接女儿了，忙让老师帮着照顾一会儿，她马上就赶过去。幼儿园门口，吕老师领着恬恬站在那里。这时男朋友打来了电话，她松开恬恬的手，忙着和男友谈情说爱。身旁的恬恬东张西望，看到一个卖棉花糖的男人推着车子从面前经过，粉红色的棉花糖吸引了她的视线，不由得跟着车子跑在后面，越跑越远，光顾着聊天的吕老师浑然未觉。

赵笛心急火燎地开着车子往幼儿园赶，可拥挤的交通就像是跟她过不去似的，不是堵车就是红灯。急得赵笛不时地拨打吕老师的电话，可传出来的都是手机占线的回音。终于到了幼儿园，吕老师看见赵笛下车才挂断电话。赵笛忙跑过去："真不好意思给您添麻烦了，恬恬呢?"吕老师一回头，却发现恬恬不见了："刚才还在这儿，跑哪去了?"赵笛惊出一身冷汗，腿又抽筋走不动了，吕老师忙扶着她，两个人一边喊着恬恬的名字，一边寻找着。

恬恬跟在棉花糖车后面跑着，小小的身子累得气喘吁吁，一下子摔倒了。小贩听到后面有动静，停下车子过去抱起恬恬："小朋友，摔疼了没有?"恬恬摇摇头，眼睛盯着车上的棉花糖咽着口水。小贩把恬恬抱到车前拿起一支棉花糖，看到四下无人，眼珠子一转："你的爸爸妈妈呢？叔叔带你去找好不好?"恬恬用力地点了点头，小贩把她放到了自行车前面，骑着车拐进了一条胡同。

不一会儿，马路上出现了赵笛的身影，她发了疯般地寻找着恬恬，见到路人就上前询问见没见到一个五六岁的小女孩，圆圆的脸，梳着两个羊角辫。所有的路人都冲她摇头或者摆手。赵笛急得流出了眼泪，她去派出所报警，可得等到 24 小时之后还找不到人，才能确定失踪，然后才能立案。一想到女儿不见了，赵笛哭得更厉害了，拿出手机拨打高亮的电话，可里来传来的还是那句"你拨打的电话已关机"，又急又怕的赵笛把手机狠狠地摔到地上，放声大哭："高亮，你在哪儿啊!"

高亮已驾驶着直升机到了方舟岛的上空，陈一诺从机舱往下观望看见一个男人在舞动着一条女人的围巾，拿出电话确认是否就是他报警求救。男人有些口吃，难产的正是他的老婆，看见直升机来了，不急着先救老婆反而询问他得花费多少钱，陈一诺被逗得差点笑出来："不要钱，直升机马上降落，你们做好准备。"

直升机稳稳地着陆在码头，陈一诺和丁超抬着简易担架从机舱里跑了出来，小方扛着摄像机跟在后面。孕妇疼得满头大汗，被抬上担架时还不忘嘱咐男人如果生的是儿子，得奖励十万块钱。男人连连点头："生儿子重奖。可你别当着外人的面说十万，让人家知道咱渔民现在日子好，有的是钱。"男人看见举着摄像机的小方顿时警惕起来，将在身后背着的书包转到胸前，紧紧地抱着。

见此情景的陈一诺和丁超哭笑不得，抬起孕妇跑向直升机。所有人都进到机舱后，高亮立即驾驶直升机离开了码头。男人仍紧紧抱着书包，陈一诺故意打趣道：“包里装的是钱吧？”男人紧张起来：“你咋就知道是钱？咱们先说好了，最多给你们一万，剩下的五万，留着给医院。”丁超也逗他：“一万哪行？连油钱都不够呢。”男人急了：“刚刚谁说不要钱？还不得给钱？”陈一诺阻挡还想继续逗闹的丁超，对男人说：“我们是交通救捞飞行基地派来的应急救援队，不要一分钱。”男人却不相信，恨不得把书包塞进肚子里，他已经打定主意，只给一万，多了一分钱都不给。

直升机正在驶过海面，突然孕妇大声叫喊起来，裤管里流出的血滴落到舱板上，男人惊慌失措，陈一诺和丁超也不知该如何是好。孕妇出现了临产征兆，高亮忙连线指挥中心做好救助准备。还有四十分钟才能着陆，现在只能坚持。然而孕妇坚持不住了，叫喊声一声高过一声。男人哆哆嗦嗦地打开书包，把六摞人民币送到陈一诺和丁超的面前：“救救我老婆和儿子吧，两条命啊！”

丁超着急：“怎么救啊，我们也不是医生。”陈一诺一听，掏出手机不假思索的就按下一串电话号码，当里面传来声音后，众人才恍然大悟，他是在给林越打电话。此时的陈一诺也顾不上曾经说过“不再见面，不打电话”，忙把孕妇的紧急情况说给她听。林越有些意外接到电话，但不管是分手也好，闹矛盾也好，救人要紧，大局为重。林越曾经在妇产科实习过，亲手接生过一个孩子，还是能应付这样的突发状况。直升机上有电脑，马上视频连线，通过摄像头看到孕妇后的林越心里就有底了，让陈一诺这些男人帮忙接生。

机舱里的所有人全都愣住了，陈一诺凑到摄像头前刚想说话，林越已经指挥他们做好接生前准备，水、毛巾和剪刀一样也不能少。众人一听，忙分头去找这些东西，陈一诺慌手慌脚地拿过身边的毯子，盖在了孕妇身上。伴随着女人痛苦的叫喊，陈一诺和众人在旁边喊着加油。一时间，机舱里如同运动场上一般热闹。所有这一切全都通过视频传送到了林越的眼里，看到一大群男人手忙脚乱，她淡定自若，指挥孕妇正确用力，又让丈夫钻到毯子下面看看孩子露没露头。男人哆哆嗦嗦地弯下腰钻了进去，一会儿出来说了句“没露头”就晕了过去。而这时，孕妇也不再呼喊了，没有了声息。

突然间，热闹的运动场变成了考场，寂静得可怕。

生命在渐渐消逝。

啪地一声脆响，陈一诺最先反应过来，猛地打了晕倒的男人一个耳光，丁超也恍然大悟，掐着孕妇人中，两人一人抢救一个。被打清醒的男人扑到老婆的身上呼喊，孕妇慢慢睁开了眼睛，啊地大叫一声就把男人的脑袋往身下按去。孩子已经露头了，男人兴奋地让老婆再加把劲，可孕妇实在是没有了力气，陈一诺见状，忙把手放到她隆起的腹部往下推挤。孕妇拼着好不容易积聚起来的力气又大叫一声，伴随着这一声喊叫，婴儿的啼哭声传来。男人从毛毯下钻出来，手里抱着一个血淋淋的婴儿。

新生命诞生了！

陈一诺惊呆了，随即是喜悦，丁超也有些反应不过来，两个没有结婚的大小伙子帮着孕妇生下了孩子，还是个男孩，这个世界上的男人队伍又多了一个小小男子汉。最喜出望外的是新爸爸，抱着儿子瞅着屁股亲个不停，还是陈一诺递上剪刀在林越的指挥下剪断了脐带，消毒后包扎好再用毛毯裹好孩子，一家三口幸福地依偎在一起。

然而这幸福的场面并没有维持多久，孕妇又感觉到腹中疼痛，扭动着身子说：“肚子里还有一个。”男人忙把孩子塞到陈一诺的怀里，钻到毯子下面，惊喜的声音传出来：“老婆再加十万，回家就给。”陈一诺抹了把额头上的汗水，对着视频镜头急切地说道：“林越，孕妇还要生，是双胞胎。”林越指挥他们把刚才的程序再做一遍，此时的子宫口全都打开，第二个孩子生起来要比第一个容易得多。几个人按照林越的吩咐行动起来，陈一诺一手抱着孩子，一手握着孕妇的手给她鼓励，轮到丁超去推孕妇的肚子，男人仍在毯子下面忙活着。孕妇用力地嘶喊着，发疯似的朝陈一诺的手狠咬下去，两人同时发出惨叫。

第三声惨叫却是从毯子下面传出来，男人才看清这回孩子露出来的不是脑袋而是屁股。所有人都惊呆了，包括林越，没想到第二个孩子会是臀部先产出，好在子宫口已经全部打开，在臀部和双腿出来之后，尽快把头部生产出来就没有危险，她镇定情绪指挥把孕妇换成胸膝卧位。但机舱里没有人明白什么是胸膝卧位，林越提醒陈一诺跟着叶萱在训练营里应该学过这个动作，陈一诺马上想起来了，弯下腰把屁股撅起，让丁超照着他的样子把孕妇翻过身体，男人也在林越的指挥下继续给老婆接生。

“加油啊！”

陈一诺和丁超喊着。

“使劲，老婆！快了，出来啦！”

男人一边喊着，一边手忙脚乱抱出了孩子，丁超忙递上剪刀剪断脐带，另一只手拿着毛毯包裹。陈一诺也把先出生的孩子送了过来，男人抱着两个一模一样的孩子，乐得快把嘴巴咧开了，陈一诺和丁超扶着孕妇躺回担架上，也累得坐到了舱板上，但每个人的脸上都露出欣慰的笑容。

生命总是经过艰辛的过程来到人世间，才能迎接将来人生路上的风风雨雨。所以珍惜生命，珍惜身边的爱人、亲人和朋友。直升机上的接生仿佛是一次洗礼，让陈一诺和丁超感到震撼，也更为身为救生员而骄傲自豪。

直升机已飞到了城市上空，高亮与指挥中心通话：“这里是225号，我们即将到达，请指示。”这时赵笛闯了进来，听到高亮的声音，对着通话器崩溃地喊道：“高亮，恬恬丢了！你快回来吧！”高亮的手猛地一抖，直升机颠簸起来，他努力稳定着情绪：“我在执行任务，家里的事情等我回去再说！”值班员推开赵笛向高亮说：“基地已经联系医院，顶楼的停机坪准备就绪，请着陆。”之后就关闭通话器，批评赵笛如果影响高亮分心伤神，整架直升机都会出意外。赵笛哭了起来：“我也不想这样，可孩子丢了，我的女儿恬恬不见了。”

恬恬正坐在小贩的自行车前面，手中的棉花糖已经融化，可还没有见到妈妈。她害怕起来哭喊着，小贩边呵斥边使劲骑着车子。对面的人行道上走来了叶萱，拎着一大兜刚买的布料和花边往婚纱店走，低着头想着事情，没有看到小贩骑着车子从眼前过去，只是耳边传来小孩的哭声。刚做了母亲的叶萱听不得孩子哭闹，扭过头多看了两眼，感觉小女孩有些眼熟，但急着回店里便加快了脚步。突然，叶萱停下了脚步，她想起来了，那个小女孩是恬恬。但陪在身边的不是高亮也不是赵笛，却是一个陌生的男人，顿时心头浮起一种不祥的预感，忙转身去追赶。眼见着车子越来越远，自己也着急起来，恰好马路边停着辆警察正在查酒驾，叶萱跑了过去。

小贩载着恬恬拐进了一条偏僻的小路，早已失去耐性的他凶相毕露，停下车子就要打哭闹的恬恬。这时叶萱出现了：“住手。”恬恬看见赵笛，跑过去扑到了她怀里。小贩慌张起来，骑着车子就跑，被警察堵住了去路，三两下就被制服，摁倒在地，戴上了手铐。

恬恬吓得把头埋在了叶萱肩膀上，喊着要找妈妈，叶萱安慰她不要害怕，拿出手机给高亮打电话关机，想联系赵笛却不知道她的号码。幸好恬恬记得，自己拿过手机拨了妈妈的号码，可电话里却传出盲音。被吓坏了的恬恬放声大哭，叶萱怜爱地抱着她：“走，阿姨带你去找爸爸。”

高亮面色严肃，一言不发，赵笛歇斯底里地哭喊和那句“恬恬丢了”像刀一样刺痛他的心窝，妻子和女儿就是他的心头肉，如果女儿有个三长两短，不仅赵笛活不成，就是他这个爸爸也失去了半条命。高亮把舌头抵在上下牙之间咬着，钻心地疼痛强迫着不去胡思乱想，心神专注地把直升机安全着陆在医院顶楼的停机坪。陈一诺和丁超把裹着毛毯的孕妇用简易担架从机舱里抬了出来，早在等候的医生护士忙推着担架车过来转移孕妇。还没等大家动手，孕妇竟然自己下来爬了过去，医生护士看到孕妇不仅没有难产的迹象，就连肚子也是平的，该不是接错警报了吧？正在他们百思不得其解的时候，男人乐呵呵地抱着个两个孩子出来了。陈一诺对大夫说：“俩胖小子等不及，在飞机上就出生了。”医生这才惊得瞠目结舌，男人连忙跑过去把孩子放到老婆的怀里，又急着跑回来，打开书包掏出那六摞崭新的人民币，塞给陈一诺：“你们拿着。六万块换俩儿子，值了。”

陈一诺笑了笑，把钱又塞回了书包：“我们是为人民服务的应急救援队，真的一分钱都不收。”丁超说：“留着给两儿子用，好好养，长大了也加入救援队。”男人震惊得不知说什么好，陈一诺和丁超向众人挥了挥手进了机舱。直升机腾空而起，男人扑通跪了下来仰头高喊：“到哪儿去请你们喝喝俺儿子的百日酒啊？”

直升机已经飞上高空，迅速返回基地。刚一降落高亮就冲出了驾驶舱，赵笛泪流满面地跑了过来，两只胳膊使劲捶打着高亮的胸脯：“恬恬丢了！都是你，早点辞职移民去加拿大，恬恬就不会丢！是你害了恬恬，害了我们这个家！”刚从机舱里出来的陈一诺这才知道发生了这么大的事情，高亮救了别人的两个儿子却丢了自己心爱的女儿。陈一诺心里不是滋味，忙上前劝说现在还没有到最坏的时候，说不定恬恬被好心人捡到了。可赵笛根本不听，她的资料库里存了许多孩子被拐坏、被伤害的片子，她不敢想象恬恬的遭遇，冲着丈夫又哭又闹。

高亮把赵笛紧紧抱在怀里，尽管心疼女儿，也不想妻子在基地闹得天翻地覆。可消息还是传开了，杜伟成亲自开车来到停机坪，走到高亮和赵笛的面前：“事业重要，也得照顾好家庭。”说完杜伟成扭头看着开来的吉普车，车门打开，叶萱抱着恬恬从里面走了出来。赵笛惊呆了，从高亮的怀里挣脱出来，迎着女儿跑了过去，刚跑两步腿又抽筋摔倒在地，高亮上前扶起。这时，叶萱把恬恬送到他们的面前，赵笛猛地抱住恬恬，高亮也把母女二人搂在怀里。

一家三口紧紧拥抱在一起。

杜伟成这才松了一口气，陈一诺小声感谢叶萱：“亏得你遇到了恬恬，总算是雨过天晴了。”叶萱轻轻地摇了摇头，神情凝重起来，陈一诺也心头一紧，莫非这回高亮和赵笛的婚姻是真的走到了尽头？

赵笛强忍着腿抽筋的疼痛抱起恬恬，杜伟成忙把车钥匙扔给高亮，用眼色示意他开车回家。高亮上前打开车门，这回赵笛没有拒绝，母女俩坐到了车后座。一路上，高亮和赵笛谁也没有说一句话。到了楼下，赵笛仍抱着恬恬不松手，高亮只好跟在身后上楼。进了家门，赵笛直奔卧室。高亮以为她会留在里面，不料赵笛把恬恬放到床上就走出来，将一份离婚协议书摆到高亮面前：“你从来没有为我们娘俩想过，也根本不会辞职。与其没完没了地争吵，还不如好离好散。我什么都不要，只要恬恬。今天你把字签了，明天咱们俩就去民政局办离婚手续。”

说完赵笛又走进了卧室。高亮看着协议书，盯着“离婚”二字。那两个字越变越大，直到眼前一片黑暗。

曾经的幸福家庭土崩瓦解的那一刻，便是世界末日。

第十七章　丘比特之箭

时间会让炙热而长久的感情变淡吗？已经分手的两个人将如何重归于好？

——陈一诺和林越又见面了。

爱，还是不爱，这是个难题。

打，还是不打，这是个问题。

陈一诺看着手机上面的号码，这是他早已背得滚瓜烂熟的号码，也是在紧急关头连想都不用想就能直接拨打的号码。号码的主人，是林越。

一日不见，如隔三秋。

陈一诺记得清清楚楚，他和林越已经超过一个星期没有见面了，除了视频连线急救孕妇时。那个时候，所有人都忙着抢救孕妇，接生孩子，陈一诺顾不上也没有机会向林越说声谢谢。可是如果以这个为理由给林越打电话会显得很幼稚，纯粹是掩耳盗铃的藕断丝连。林越想必也已知道陈一诺在小郑安百日宴上当众表态要和叶萱结婚的事情。既然如此，何苦还要纠缠不清呢？

长痛不如短痛，当断则断，不断则乱。

不打电话，不再见面，陈一诺又一次在心里告诫着自己。把手机放进兜里，正要打开吉普车的车门，玛莎蒂尼冲了过来，紧贴着陈一诺的脚边停了下来，将他的身体夹在了两辆车的中间。孔令雯摇下了车窗，质问他为什么要和叶萱结婚？就算不是自己，也该是林越。如果陈一诺为了还债才这么做的话，她鄙视一切打着道德幌子牺牲爱情的人。陈一诺生气：“你个 90 后的小屁孩懂什么？恋爱不需要理由，没有不败的恋人，不爱了就分手！”气得孔令雯猛踩油门，将车轮卷起的烟尘甩给了陈一诺，直奔医院去了。

林越正在文件柜前整理资料，孔令雯冲了进来：“陈一诺真的要和叶萱结婚了，你知不知道？快去阻止啊，他爱的是你。”林越一愣，手中停顿片刻后继续整理：“你怎么知道陈一诺不爱叶萱？有句话叫日久生情，何况叶萱还是这么好的一个女人。这种情感你是不会懂的，我劝你还是别费劲了。你跑来就是告诉我这个消息吗？行，我知道了。”林越的若无其事让孔令雯生气，在她的眼里，林越和陈一诺同样的虚伪，自以为掩饰住感情就是伟大而无私的付出。不管林越爱不爱陈一诺，孔令雯都不会让她成为自己的后妈。

扔下这句话，孔令雯又像一阵风一样地冲了出去，林越烦躁地把手上的资料扔到了桌子上。叶萱要嫁给陈一诺了，陈一诺要娶叶萱了，林越心乱如麻，站起来望着窗外川流不息的街头。

叶萱从出租车上下来，看着手中的地址寻找着一家婚纱店，这家店因经营不善准备转行，店里的婚纱全部打折转让，叶萱从网上看到这个消息就赶紧过来。婚纱店的旁边是民政局，正要走进婚纱店的叶萱突然看到了两个熟悉的人影，忙躲到了一旁。

高亮搂着赵笛从里面走出来，瞧两个人亲热的样子还以为是登记结婚，但赵笛的脸上却有泪痕，高亮伸出手擦拭："到了那边，你就是女儿的顶梁柱，别让女儿看见你掉眼泪。"赵笛抓住高亮的手啜泣着："我的眼泪只在你面前掉，以后不会再掉了。"高亮打开车门，赵笛坐进去，开着车子走了。由于需要办理辞职和出国手续，一个月后赵笛和恬恬才会去加拿大，在这期间，高亮仍住在家里。在有限的时间里，尽量给女儿一个完整的家，也让两个人有所缓和地度过离婚后最艰难的时期。如果可能的话，高亮和赵笛不会告诉别人他们已经离婚了，自欺欺人也好，能瞒多久是多久，能瞒多少人是多少人。

然而，却瞒不过叶萱，她走到高亮的身旁说："有时候，放手也是一种爱。"高亮感谢她找回了恬恬，否则他这个父亲将永远亏欠女儿，他也从来没有想到会离婚，和女儿分开，尽管赵笛答应放假时会带着女儿回来，但那时已不再是一家人了。叶萱安慰："没有人会想离婚。高亮，我知道你现在心里一定很难过，你难过是因为你在乎。如果你不难过，那才是真的对不起赵笛和恬恬。但是我总觉得，每个人都会有自己的幸福和不幸。她们会遇到新的幸福，你也会，真的，只是时间的问题。"

时间会改变人生，从而改变命运，尤其是为了梦想而改变。

丁超做出了一个重要的决定，正在收拾着行李。陈一诺走过来问："走了？真的定了？"丁超把行李箱关上："定了，这就走。"陈一诺打了他一拳："不就是请几天假去参加金嗓子的晋级海选嘛，整得跟辞职不干似的。要不是咱有任务，全救援队都给你当后援团。"一听这话，丁超有些泄气地坐到了床铺上，好不容易得到了晋级的机会，换作别人肯定是敲锣打鼓的广而告之，然后一起去比赛了，可丁超的家在外地，队友们都有任务，成了孤家寡人一个。

看到丁超失落的神情，陈一诺想到了一个人，有钱也有时间，还喜欢东奔西跑，让她陪着丁超比赛再合适不过了。接到陈一诺的电话，孔令雯高兴不已，可当听说是给丁超当啦啦队，马上冷脸不干，除非陈一诺求自己才会帮忙。陈一诺脱口而出他是不会求女人的，还故意刺激孔令雯说她整天东跑西颠、吃喝玩乐、不务正业。孔令雯果然上当，说不仅会亲自陪着丁超去参赛，还要拉上闺蜜组成啦啦队，更要当经纪人，把丁超这支潜力股变成绩优股。两人立下赌注，如果丁超能晋级十强，陈一诺就跟着孔令雯去见孔祥海，以女婿的身份。

时来运转，逢赌必赢。

孔令雯相信这个赌局自己非赢不可，陈一诺是满盘皆输。正当她做着美梦时，陈一诺却得意计谋得逞，不管是输是赢，自己都做了件成人之美的好事，为丁超和孔令雯创造了光明正大在一起的机会，如果能走到一起，自己就是红娘啊，到时候得让这两个人去叶萱的婚纱店挑选礼服。

叶萱把婚纱店起名为幸福永恒，本来以为重新装修得花费不少的钱，没想到薛老板看到陈一诺救援孕妇的新闻后，就把空调、电视还有桌椅板凳什么的全都留了下来，分文不收，既是薛老板会做生意，也有陈一诺的功劳。明天还有一些婚纱会送进店里来，就等全都整理摆设好，挑选一个好日子开业大吉。叶萱憧憬着未来，陈一诺推门进来，看到店里都收拾得井井有条，优雅温馨，连连称赞叶萱能干。正好他要去医院探望父亲，叶萱陪着一起去。

陈一诺驾驶着吉普车，贴心地让坐在副驾驶位的叶萱系好安全带。叶萱想起郑子航活着的时候也是这样做的。陈一诺的贴心和尽力让叶萱感动，却无法取代郑子航，结婚的事情只是叶母的一厢情愿，她是不会同意的。陈一诺以为叶萱看不上自己，其实是叶萱没有办法接受他。他是小郑安的干爸，在用实际行动来偿还郑子航的救命之恩，但不能用整个人生来偿还。陈一诺让叶萱放心，他是真心在照顾她们母子，现在不能接受，将来总有一天会接受的。因为他和林越的缘分已尽，如果不果断分手，也会耽误了她。

林越正从电梯前走过，陈一诺和叶萱恰好出来。叶萱刚想打招呼却被陈一诺拉住，她明白了，陈一诺是在躲避着林越，于是两人一起走向病房。陈援朝坐在床边，正在专注地摆弄着轮船模型，叶萱好奇地看着。陈一诺端着一盆热水过来放到了床下："爸，我给您洗洗脚，剪剪指甲吧。"陈援朝抬头看了陈一诺一眼，露出一个憨憨的笑容，主动抬起双脚。陈一诺俯下身，却被叶萱拦住，她挽起袖子蹲坐在陈援朝的面前，先试了一下水温，又脱掉陈援朝的袜子，将他的两只脚轻轻按到了水里。

陈援朝放下手里的模型，用疑惑的目光看着叶萱，似乎在想这个人是谁。叶萱抬起头说道："伯父，我是叶萱，早就该来看望您了。我和孩子多亏了有一诺照应，谢谢您养了个好儿子。"陈一诺突然插嘴："爸，叶萱就要给您当儿媳妇了。您要是同意就笑一笑。"陈援朝看着叶萱，竟然笑了。陈一诺一阵惊喜，父亲的笑容意味着同意他和叶萱结婚。

病房外面，来查房的林越恰好看见这一幕，她的手正放在房门的把手上，没有推开反而把房门紧紧关上了。她没有勇气走进去说出心里的感受，明明爱着陈一诺却要把他让给叶萱。她的心里话陈一诺恐怕永远也听不到了，以前不说是知道他不会离开，现在既然已经离开了，那么再说出来就没有任何意义。每个人都有自己的生活，陈一诺找到了结婚的对象，林越又何必再去打扰。她是一个对感情有洁癖的人，心目中的爱情绝对不能是低三下四求来的。想到这里，林越迈开了步伐，急步走出了住院部。

外面阳光明媚，天气晴好，蔚蓝的天空飘着朵朵白云。林越不由得想起从前上学写作文时写得最多就是这句话，现在回想起来，学生时代是多么美好的一段时光，有同窗的缘分，有纯真的情谊，还有傻傻的同桌陈一诺，总喜欢哼唱跑了调的《同桌的你》。

"明天你是否会想起，昨天你写的日记？明天你是否还惦记，曾经最爱哭的你。"林越又听到了熟悉的旋律，回头一看，陈一诺和叶萱正走出来。没想到会见到林越，陈一诺竟有些慌乱起来，掏出手机接通电话，《同桌的你》戛然而止。叶萱走上前去和林越打着招呼，感谢她用心照顾陈援朝。林越暗想，这是以儿媳妇的身份来感谢自己吗？虽然心里不痛快，嘴里说出来的却是祝福，如果需要帮忙尽管开口，毕竟同学一场。陈一诺听着，嘴角不自然地挑了一下，叶萱看在眼里，借口婚纱店有事先回去，留下陈一诺和林越两个人面对面站着。

一时间，气氛尴尬起来。陈一诺和林越都不知说什么好，静默一会儿，不约而同的同时开口："你……"林越耸耸肩，陈一诺苦笑询问她和孔祥海进展如何，林越反问他婚礼准备得怎么样了。两人又都不说话了，还是林越开口："你走吧。"几乎又是同时，陈一诺说："我走了。"看着陈一诺的背影，林越的眼睛多了层水雾。人生最大的幸福就是执子之手，与子偕老。

林越不知道她的幸福在哪里？

幸福就在眼前。

幸福永恒婚纱店的招牌高高挂起，明天就要正式开业了。只要一有空闲时间，陈一诺就会来店里帮忙。婚纱店还有些收尾的活计没有忙完，未来的一家之主得帮着全都收拾好。刚一推门就看见叶母站在对面直冲着他笑，边笑着还边上下打量。不明所以的陈一诺以为自己的衣服扣子没扣好还是脸沾了脏东西？不料叶母拿出给陈一诺新买的棉裤，这是真正的蚕丝棉做的，保暖还轻快。执行任务不是乘坐飞机就是乘坐救援船，时间长了非得关节炎不可，等岁数大了，毛病全都找上门，所以得提前预防。叶萱走过来让陈一诺穿上试试，如果有不合适的地方就改改。陈一诺感动不已："自打我妈去世之后，就没人这么疼过我了。"叶母说："傻孩子，你是我女婿、我姑娘她老公、我外孙子的爸爸，我不疼你，谁疼你啊？快试裤子去。"

陈一诺高兴地拿过棉裤进了更衣间，叶母眉开眼笑，叶萱知道母亲又要说结婚的事情，转身去给正在往模特身上穿婚纱的马珊珊帮忙。不一会儿陈一诺从更衣间里出来，一眼就看见模特身上的婚纱非常漂亮，赶紧让给脱下来。这件婚纱太适合叶萱了，应该留着婚礼上穿。叶萱马上把婚纱脱了下来："你要是喜欢，我留着以后给你的新娘穿。"陈一诺和马珊珊不明白是什么意思，这时薛老板领着女儿来了，下个月女儿结婚想买件婚纱，肥水不流外人田，不如把生意给叶萱做。叶萱又高兴又感谢，让薛老板的女儿随便挑选，她却一眼看中了叶萱手中的婚纱。陈一诺刚想说这件不卖，叶萱已经让马珊珊陪着去试穿了。

三千六百块钱，叶萱数了一遍又一遍。开车送她回家的陈一诺笑话她是个财迷，叶萱自有道理，这是她创业以来赚的第一桶金，数起来特别有成就感，有了第一个三千六百块，就会有第二个、第三个，财源滚滚，生意兴隆。叶萱又憧憬起来，陈一诺哭笑不得地摇了摇头，随手打开了收音机，里面传出主持人的声音："各位听众，《中国金嗓子》第二轮海选赛将在今晚为您奉献一场视听盛宴。更令人欢欣鼓舞的是，本市的一名选手也将于今晚亮相荧屏，他是交通救捞飞行基地应急救援队的一名救生员。"

"是丁超，这小子要火啦。"陈一诺兴奋地喊了起来，把叶萱送回家后就马不停蹄地赶回救援船上和队友们一起观看现场直播。

"今天我来到这个舞台，代表的不只是我的梦想，还是我们所有救生员的梦想。我想唱出我心中的自豪，也唱出我们的梦！"身穿海魂衫，手拿吉他的丁超自弹自唱起《水手》。台下的观众晃动着手里的荧光棒，有的举着丁超的大幅照片，有的举着"超人来了"的牌匾，这些都是孔令雯的功劳。她就是要让陈一诺亲眼看到自己不是无所事事，想做一件事情一定会成功，做经纪人是，爱情也是。

丁超精彩的表演赢得了阵阵掌声，四个评委都感觉不错，跟着节奏摇摆晃动着。两名男评委最先拍亮绿灯，接着两名女评委也亮了绿灯，现场气氛顿时沸腾起来。电视机前的队员们也欢呼雀跃："四个都亮灯啦！"陈一诺带头跟着丁超唱起来："他说风雨中这点痛算什么？擦干泪不要怕，至少我们还有梦。他说风雨中这点痛算什么？擦干泪不要问为什么……"所有队员们全都唱了起来。

掌声雷动，欢呼阵阵，评委亮灯，选中导师。走下舞台的丁超有些缓不过神来，又被眼前的情景惊呆了，一群花枝招展的年轻女孩扑了过来，她们全都是孔令雯的闺蜜小伙伴，也是他最忠实的粉丝。在粉丝们的强力推动下，网上丁超的关注度已经飙升到第二名，还有了新的名字，叫"救援哥"。丁超有些受宠若惊，他只是想参加一场比赛，可比赛之外让他得到的东西太多了。孔令雯却不屑一顾，这仅仅是个开始，她要把丁超送上冠军的宝座。

突然丁超拥抱住孔令雯：“雯雯，谢谢，谢谢你！”闺蜜们惊得捂住了嘴，也没忘记冲丁超伸出大拇指。孔令雯有点脸红，让丁超松手，也让他别自作多情，她肯帮忙是为了陈一诺。虽受到打击，丁超并不气馁，只要自己继续比赛，孔令雯就会陪在身边，总有一天会日久生情。

陈一诺早就对叶萱日久生情了，只是不知道他萌发的情是恩情，而不是爱情。为了让叶萱的婚纱店开业第一天就吸引顾客，陈一诺拉来了丁超捧场。高高的拱门，喜庆的彩球，大门两侧摆着几十个花篮，中间铺着大红地毯。救生队员们全都来了，在陈一诺的指挥下各自忙碌。高亮满头大汗地拎着两大盘鞭炮，一大早他跑了好几家商店才买到的，陈一诺高兴地接过来摆放在门前空地，高亮进去找叶萱了。

这时音乐响起，丁超站在幸福永恒的招牌下面唱起了情意绵绵的《大城小爱》，引得路人纷纷驻足。当他们认出是金嗓子舞台上的“救援哥”时，惊喜地围上前去要与丁超合影，还要签字。陈一诺见状，挡在了丁超面前：“大家淡定，我是‘救援哥’的第二经纪人。凡在今天光顾本小店的，均可获得签名。如将本小店地址和照片转发给五个朋友，均可获得‘救援哥’亲手签名的生活照一张。数量有限，先到先得啊！”

众人一听，拥进了婚纱店，拿起手机啪啪拍摄，把叶萱和高亮吓了一跳。陈一诺得意地走过来说，这就是明星效应，近水楼台先得月，有了丁超这个活招牌不用白不用。高亮也帮着宣传店里所有婚纱都是手工制作，可租可售，要是能在点评网上给个好评，价格一律九折。本来凑热闹的人们还真有的挑选起了婚纱，忙得叶萱额头上渗出了汗珠，高亮拿出纸巾给她擦拭，从早晨忙到现在连口水都没有喝，更别说坐下歇歇了。陈一诺说：“不能歇，吉时到了，赶紧出来点鞭炮啊。”

噼里啪啦地鞭炮声响起，满堂红带来了好兆头，幸福永恒婚纱店热热闹闹地开张营业了。从对面影楼闻声出来的曲文斌是羡慕忌妒恨，捂着耳朵诅咒婚纱店早点关门大吉。叶萱刚巧抱着一件婚纱走了过来，曲文斌忙把嘴巴闭上，扭头就走。叶萱却叫住他，举起了婚纱，这是她亲手缝制的得意作品，想放在影楼给客人们试用。曲文斌以为叶萱是来示威，不料寻求合作，头摇得跟拨浪鼓似的，他不会跟对手合作。

生意场上没有永远的朋友，也没有永远的敌人，只有共同的利益。

叶萱苦口婆心地劝说，如果顾客喜欢她的婚纱，结婚那天就会来婚纱店租用，她也会推荐客人去影楼拍摄婚纱照，这是互惠互利双赢的好事。曲文斌仍一口拒绝，叶萱哪里是在帮他招揽生意，明明是想沾自己的光。曲文斌伸出胳膊，张开五根手指故意慢慢摇动，意思是让叶萱死了这条心。不料有对母女走了过来，她们正在挑选拍摄婚纱照的影楼，走到这里一眼看中了叶萱手中举着的婚纱。曲文斌顿时瞠目结舌，那只伸出的胳膊、张开的五指像是冻住了，一动也不动，叶萱顺势把婚纱塞进了他的手里，说了句合作愉快就转身走了。

她知道，在创业的路上，她已经成功地迈出了第一步。

幸福永恒婚纱店前，围聚的人群越来越多了，丁超一个接着一个的和粉丝合影。突然孔令雯冲了进来：“不好意思，今天的合影就到这里，我们还要准备下一场的晋级赛。”孔令雯拉着丁超钻进了玛莎蒂尼。丁超还以为她是来给叶萱捧场的，却被训斥到自己现在是公众人物，要随时注意形象。丁超嘟囔不服气，粉丝就是上帝哪能推辞。孔

令雯瞪起眼睛又要开口，目光却看向了车窗外面。丁超也顺着她的目光看过去，婚纱店门前陈一诺和叶萱并肩迎来送往，两个人看起来就像夫妻一样，而且是相濡以沫的老夫老妻。

孔令雯脸色变冷，打开车门冲了过去，大步流星地走到了陈一诺面前，抓住他的胳膊就走，放着船王女婿不当，抛弃祥海集团的未来总裁宝座，却来婚纱店当小老板，让她情何以堪？陈一诺把手拽出来：“你现在可是经纪人，也得注意一举一动，看，你的潜力股来了。”孔令雯却看也不看正跑过来的丁超：“陈一诺，你就一点儿都不喜欢我？”陈一诺忙说：“我妹纸人见人爱啊，你看丁超看你那眼神，那就是看女神的眼神啊，现在全国人民都把你当他女朋友了。”孔令雯瞪了丁超一眼，提醒陈一诺记住两人的赌注，虽然现在输赢未定，但在此之前不能和叶萱结婚。

“雯雯你放心吧，就是一诺真想娶，我也不会真想嫁。”孔令雯和丁超吃惊地看着叶萱，陈一诺故意捂着胸口：“你怎么不帮着我说话，老来拆我的台呢？哎呀我的小心脏啊，受不了啦，将来可怎么过日子？”孔令雯说：“叶萱姐你别跟他，白瞎你了。”陈一诺不乐意：“那你就不觉得白瞎了你自己？”孔令雯理直气壮：“丘比特为什么是个瞎子？因为爱情本来就是盲目的！”

一语惊醒梦中人。

叶萱说：“我第一次知道丘比特原来看不见。一诺，我们虽然眼睛睁得大大的，却看不见谁被丘比特的箭射到了。但总有方法知道，被箭射到的人才会痛，你为谁感觉心痛了？”陈一诺捂着胸口的手放不下来了，丁超忙拉着孔令雯走开，叶萱也转身进到店里。

四周安静下来，陈一诺听不到喧闹的声音，脑海里浮现曾经在书中看到的一句话：不要轻易放弃感情，谁都会心疼；不要冲动作出决定，会后悔一生。

第十八章　打捞爱情的黑匣子

真的要断了过去？让明天好好继续。为什么心仍在痛？

——孔祥海向林越求婚。

每个人都走在追求幸福的路上，明知道会有艰难险阻仍坚持着勇往直前，这何尝不也是一种幸福？

孔祥海敲着女儿的房门，没有人应答，推门进来就看见一团被子裹着个人形蜷缩在床上。孔祥海早已是见怪不怪，每当眼前出现这熟悉的场景就意味着女儿又失恋了。他走到床前轻轻掀开被子的一角："谁惹着我们大小姐了？"孔令雯一下子从床上坐起来："除了陈一诺还有谁！"看到孔祥海早有预料的神情，孔令雯不想被父亲笑话，脑筋一转："他要结婚了，和林越。"孔祥海一怔，孔令雯有点幸灾乐祸，如果说出陈一诺和叶萱结婚父亲定会高兴，只有说和林越结婚，才会打消父亲追求的念头。孔祥海明白女儿的心思，也知道女儿的顾虑，不再开口只是拍了拍孔令雯的脑袋就走了出去。

夜色阑珊，月光如水，孔家豪华别墅的阳台上出现了孔祥海的身影。他的手中拿着首饰盒，里面的血钻在月光下发出诱人的光芒。林越到底没有收下他的礼物，也拒绝了他的求婚。这个让他心动的女人真的要嫁给别人了吗？

不远处，海浪拍打沙滩的声音传来，在寂静的夜里听得格外清楚。站在阳台上的孔祥海形单影只，这样的夜晚如果有爱人陪伴该是多么幸福的事情。孔祥海拿出手机拨通了林越的号码："明天的活动对我很重要，我希望你能在场。"不容拒绝，没有商量，孔祥海就挂断了电话。他抬起头仰望天上的圆月，皎洁的月光慢慢变成了晨曦。

天亮了。

清晨的海港码头，是一天中难得的静谧时光。成百上千艘大大小小的轮船停泊在岸边，其中一艘万吨集装箱货轮如鹤立鸡群般的引人注目，更增添了壮观景象。这正是孔祥海的公司新购买的航运货轮，今天要举行隆重仪式。公司职员、船员、还有一些媒体记者的到来，打破了清晨码头的静谧。人数众多却井然有序，翘首企盼着仪式主角的到来。

一辆崭新的宾利驶了过来，透过车窗看到外面景象的林越有些吃惊。孔祥海亲自来接自己的时候，只轻描淡写地说来参观货轮，只字没有提到会有仪式庆典。往往这样的隆重场合，陪伴在主角身旁的人身份非尊即贵，或者与主角有着特殊的关系。林越心有悔意，可已经迟了，她预料到今天会有重要的事情发生，关系到自己和孔祥海两个人。

宾利停在了众人面前，孔祥海彬彬有礼地打开车门，林越只好从里面下来。突然孔祥海握起她的手，走上了通往货轮的红地毯。众目睽睽之下，两旁的记者们岂会放过这绝好的新闻，举起摄像机、照相机还有手机不停地拍照录像，将这重要的时刻定格。

甲板上，船员们全体列队欢迎。孔祥海以主人的身份介绍货轮的规模和用途，举手投足间透露出的是雄心万丈。在这一刻，林越不得不承认，她是崇拜眼前这个男人的。

当一个女人开始崇拜一个男人，便是爱情萌发的开始。而当一个男人愿意将人生的重要时刻与一个女人分享，便是他已经视这个女人为生命中重要的人。

这时有几个记者举着话筒和镜头来到面前，问孔祥海此时有何感想。孔祥海感慨万千，祥海集团发展到今天走过了一条艰辛的道路，离不开各方的鼎力相助，但他最感谢的是站在身边的女人。早就等着这句话的记者们马上把追逐目标转向，没有思想准备的林越震惊地看着孔祥海，只见他泰然自若地从秘书手里接过香槟：“每逢买进新船，总会在船头狠狠地砸碎一瓶香槟酒，让醇香扑鼻的酒撒在船艏周围，驱邪避灾，祈求吉利。林越，今天的这瓶香槟，就交给你了！”孔祥海把香槟郑重地交到林越手中，用目光鼓励：“香槟酒瓶打得越碎越好，预示这条船启航后一帆风顺。来吧！”林越还在犹豫，孔祥海拉着她的手来到了船头，一起举着酒瓶向船头砸去。

砰的一巨响，碎片迸射，酒香四溢！

顿时掌声响起，经久不息。孔祥海在林越的耳边说道：“你会成为祥海集团的女主人。就算现在不会，不久的将来也一定会！”

这是男人给女人的郑重承诺。不是一句空话，而是实实在在的心意表达。孔祥海和林越两个人的身影紧紧依偎在一起，敬业能干的记者们早把这个镜头转播到了电视屏幕上，还配有解说词：“每当新买进万吨货轮，孔祥海总会依照惯例举行掷瓶礼，一般是由船主夫人作代表。今天船王的举动令人浮想联翩，林越博士真的要成为祥海集团的女主人吗？我们和电视机前的所有观众拭目以待。”

身为电视机前观众之一的陈一诺目不转睛地盯着屏幕，林越脸上的笑容令他心痛。分手是自己说的，和叶萱结婚也是自己说的，他和林越早已一刀两断，也祝福对方早日找到幸福。可当亲眼看到林越的幸福降临，陈一诺仍不能接受。他在心痛，真的很痛。耳边回响起叶萱说过的话：“我们虽然眼睛瞪得大大的，却看不见谁被丘比特的箭射到了。但总有方法知道，被箭射到的人才会痛，你为谁感觉心痛了？”

陈一诺知道，他在为林越心痛。因为，她是自己最爱的人。屏幕上的林越是那样的温柔美丽，陈一诺忍不住伸出手去触摸。突然林越不见了，孔祥海也不见了，码头的画面变成了三星礁。播音员播报紧急新闻：“一架外航飞机在三星礁附近失事，机上153名乘客全部遇难。目前黑匣子正在搜寻中……”

虽没有接到命令，但陈一诺仍预感会被急召回队，急忙离开婚纱店返回基地，丁超也回来了，就连钟益民也办理了出院手续。基地的所有人都在鼓掌欢迎着英雄归来，大红条幅高高悬挂。陈一诺上前拥抱住钟益民：“钟队你回来了，我这个代理队长就完成了使命。”钟益民用戴着手套的右手轻拍两下他的后背：“我虽断了两根手指，但还能参加救援，你啊还得听我的命令。”陈一诺不说话，只是胳膊用力，拥抱得更紧了。

一切尽在不言中。

突然警报声响起，大家不知道哪里又出现险情，陈一诺最先反应过来，肯定与三星礁坠毁的飞机有关。基地指挥中心与北京连线，三星礁的空难被外界传闻为恐怖袭击，遇难的乘客都是有一定国际影响的外籍人士，国外媒体趁机施压要派别国的搜救专家来搜寻黑匣子。外交部严词拒绝，中国有能力找到黑匣子，命令在第一时间传达到了救援基地。这场打捞涉及外交事件，也标志着中国救捞的职责能力，责任重大。杜伟成当即立下军令状，就算一寸一寸的将那片海底摸个遍，也要找到黑匣子。

形势严峻，时间紧迫。

必须在三天之内找到黑匣子。三天后，电池电量耗尽，黑匣子的信号就会永久消失。确定飞机坠毁的具体地点后，基地派出所有救援船把周边四十多平方公里的海域全都搜索遍。救援船 113 号甲板上，陈一诺、丁超等队友们站成一排，望着面前的钟益民，这是他返回救援队后第一次重新行使队长的权力。黑匣子的下落仍然是个谜，经过高亮的直升机侦查，首先框定了一个宽三公里、长十四公里的区域。从接到北京的紧急命令到现在，已经用去了宝贵的两个小时，留给救援队的时间只剩下七十个小时了，现在出发，必须找到黑匣子。

“保证完成任务，为国争光，为救援队争光!”陈一诺等人响亮的回答。这时，小方扛着摄像机来了，继续跟拍这次重大救援。林越和陈瑛背着药箱也来了，本次任务体力消耗巨大，随时会有意外发生，她们两人作为随行医生需要随时救护所有的救生员。陈一诺不自觉地把目光投向了林越，不料，林越正看着他，两人忙转移视线，熟悉成了陌路。赵五一却面露喜色，他已经决定追求林越，只是还没有万无一失的把握才没有走进她的办公室，林越却来到救援船，正是天赐良机。

汽笛声响起，粗大的烟囱吐着烟雾，沉重的巨锚从海中升起。陈一诺和船长尹启泰站在驾驶舱里，目视前方。

启航了。

一望无际的海面上，五六艘救援船从不同方向驶向出事海域。乘风破浪开辟出一路路水道，卷起的浪花飞溅出壮丽景象。救援船 113 号的驾驶舱，陈一诺、尹启泰和钟益民围在海图桌旁研究地形，桌上的电脑视频打开着，可以随时随地与基地指挥中心通话联络。他们已经到了先前勘探到的搜寻范围内，此时要做的就是派出救生艇载着救生员下水。

陈一诺和钟益民对视点了点头后，立刻奔到甲板上，丁超等队友们都在待命。一声令下，众人忙将装备全都搬运进橡皮艇里。林越看着陈一诺的身影，她知道这些天陈一诺都在为叶萱的婚纱店忙碌，救援任务又重，就是铁打的人也会吃不消。林越有心上前叮嘱他好好休息，又怕陈一诺误会自己仍在牵挂他。其实何止是牵挂，还有思念，只是林越不肯承认罢了。看着眼前救生员们忙碌的身影，林越记着她是随船医生的身份，保护好救生员是她的责任。于是，向陈一诺走了过去：“这次的任务很重，要是体力达不到就说出来，千万别逞强。”陈一诺伸出右手做了个敬礼的姿势：“对了，遇难者中有一位叫莱纳德·劳德尔的美籍犹太人，听说是研究二战史的专家。是不是你跟我提过的那位?”

林越有些吃惊：“你还记得?”“你说过的话，我哪一句不记得啊?”话一开口，陈一诺就后悔了，林越顿时难过起来，往往无意间的表达才是真情流露。爱情是美好的，让相爱的人幸福甜蜜。爱情又是痛苦的，残酷地折磨彼此。说是无意，其实是习惯。陈一诺习惯了追求、求婚，林越习惯了拒绝、逃跑，真正一刀两断，两个人反而不习惯了，就像此时此刻，不知道该说些什么。幸好丁超喊着出发，陈一诺忙跳进了橡皮艇向林越挥手告别。

六艘橡皮艇迅速驶出救援船巨大的阴影，向着前方前进。钟益民坐在艇首，看着手表，再观察海域，驶出十分钟后钟益民命令停船。宽阔的海面上六艘橡皮艇形成了包围圈，被包围在中间的就是第一个需要搜寻的海域。钟益民高举起戴着手套的左手，命令

队员们下水。扑通、扑通队员们一个个背着氧气瓶从橡皮艇上侧翻进了大海。

气泡翻腾，船上马达的轰鸣、海风和海浪的嘈杂声瞬间消失了。陈一诺慢慢向下滑落着，水面上的阳光渐渐离他远去，陷入了黑暗之中。陈一诺悬浮在海中，颠倒了身体，摆动脚蹼，向着海底游去。在他身边不足十米的地方，丁超也在缓缓前进。泥沙翻腾而起，模糊了视线。除了沉重的呼吸声外，只有水流的声音。陈一诺查看着氧气瓶的压力表，指针已经回转，进入了黄线警示区域。他停了下来，在海底泥沙中用随身携带的浮标做了标记后上浮。当陈一诺浮出水面，发现只有自己孤身一人，忙扭头四顾。钟益民驾驶橡皮艇过来，把他拉了上来，第一件事情就是检查氧气瓶，嘱咐陈一诺要按照标准操作，到黄区了必须上浮。一旦指针到了红区，情况就会危险。而且救援队的这批氧气瓶已经快到达使用年限的上限，可能会出现压力指针显示不准确的时候，千万不可冒险。

陈一诺做出 OK 的手势，背上钟益民更换好的氧气瓶又进了水里。寂静的海底，只有他孤零零的一个人，目力所及处看不到一个队友。陈一诺沿着海底凹凸不平的礁石向前搜索着，受到惊吓的鱼儿从身边快速游过，还有一只鬼蟹在张牙舞爪，仿佛在警告入侵者。陈一诺扫了一眼马上去看压力表，指针已经接近了红线，片刻思索后，没有上浮而是继续前行。翻过一块礁石，似乎看到海底有一块黑色的异物，正要游过去，呼吸变得急促起来，压力表指针已经越过了红线，氧气即将耗尽。陈一诺只得将浮标插在海底，向水面游去。

回到橡皮艇的陈一诺大口地喘着气，钟益民给他卸下氧气瓶批评他又违反命令，他让陈一诺抬头好好看清海面上那些时而浮出一些的小黑点。已经多达数十只橡皮艇载着救生员和潜水员在行动，每一个黑点就是一个人，像是一粒粒芝麻被撒进海里，渺小而微不足道。无数人、无数次的下水，只为了那么一次有意义的接触。

“陈一诺，记住，放下自己，一切以任务为重。我现在命令你，马上回舱休息调整!”陈一诺应答着，被送回救援船上后并没有休息。紧急任务是高悬在头顶上的利剑，只要不完成就无法真正的安心。陈一诺进到船舱里就趴在桌上分析着打捞作业图，一幕幕的回想起刚刚搜索过的海底情况，准备下一次的搜索。林越推门进来，她早预料到会看到眼前的景象：“陈一诺，你太好强了。你现在不只是救生员，也是叶萱的未婚夫、安安的爸爸。状态不佳还要进行这么繁重的作业，出了事怎么办?”陈一诺并不回头：“如果我出事了，知道你有个好归宿，也就没有遗憾了。”

心痛。

被丘比特的箭射中的两个人都在心痛。

林越站在那里说不出话来，陈一诺依然背对着她：“我现在是救生员，头脑中首要大事就是我的职责，竭尽全力打捞黑匣子。我要活着，但我现在没空想我要为谁活着。你也有你的职责，但你的职责不包括提醒我出了事怎么办，我现在状态很好，该出发了!”陈一诺站起来转过身子，才发现林越不知何时已经出去了。

救援船驾驶舱巨大的海图面前，钟益民和尹启泰挪动着海图上的尺子，当初标记出的搜索范围中一块又一块被画上了叉，意味着没有任何结果和有价值的线索。时间一分一秒地过去，希望渐渐变得渺茫。从救援船到基地指挥中心，电脑视频两头的每个人的脸上都露出凝重的神情，还剩下十五分钟，黑匣子的信号就要消失了。

救援船周围的橡皮艇数量又增加了许多，一个个脑袋在海面上时隐时现。陈一诺和丁超探出头，深吸了几口气，彼此打了个手势，又一头扎入海底，恰好扎进了涡流里面。两人拼尽全力划动着双腿，挣脱了涡流的强劲吸力。经过这一番搅动后，海水浑浊不清，即使有头盔上的顶灯照亮，也只能看清眼前的距离。当陈一诺的双手触到网扣才察觉自己游进了一张渔网里面，脚蹼被紧紧地缠住。他忙扭转身体去解网扣，福无双至、祸不单行，氧气管又被缠住了，呼吸器瞬间掉了出来。

深不可测的海底，没有生命必需的氧气，又被牢牢困住，等待陈一诺的是死路一条。在这一刻他又想起了郑子航，也许是兄弟在召唤着自己留在海底陪伴他。陈一诺的神智有些迷糊了，幻想着如果变成一条鱼儿，就能在水底呼吸了。自由自在，无拘无束。突然感觉到有气体吸入肺中的陈一诺意识到这不是幻觉，而是真的呼吸到了氧气，才发现不知何时呼吸器又回到了嘴里，丁超正拿着匕首在奋力割开渔网。

关键时刻，丁超的及时赶到救了陈一诺，没有来得及感谢，耳边就传来钟益民急切的声音，黑匣子的信号只剩下五十秒，所有救生员全都瞪大了眼睛寻找，期待最后的奇迹发生。

五、四、三、二、一，倒计时停在了零点。

时间到了，黑匣子永远失去了信号。从北京总局到基地指挥中心再到救援船，所有人全都垂头丧气，心灰意冷。钟益民只好下令所有的救生员上浮，到救援船上待命。陈一诺和丁超正要按令行事，突然从检测仪器监听到了一个特殊的信号。他在水中转动着身体，不断查看着接收器上信号的强弱，终于确定了方向，游了过去，丁超紧随其后。海底在他们的眼前展现了另外的一种景象，尖利的岩石，狭窄的缝隙，陈一诺和丁超只能缓缓穿行。不知游了多久，陈一诺停下做了标记，然后向丁超打着手势，两人减压上浮。

“肯定不是黑匣子发出来的！这是一种名字为 BREITLING 的潜水表发出的‘救援’信号，当戴表者出现危急时，按下表上的一个按钮，就可以发出信号。我们推测，遇难者中可能有人佩戴了这种潜水表。”回到救援船的陈一诺立刻把在海沟得到的信息和分析向钟益民汇报，应该以这个信号为中心，扩大搜索范围。钟益民拿起笔在海图上写出了 63 这个数字，这正是信号发出的海沟深度，而救生员下潜的极限是 60 米。陈一诺信誓旦旦，正如他已在救援队创下了两项记录，也能打破这个极限，况且他体力充沛，还有使不完的劲。

“陈一诺的体力已经透支，请更换队员下去。”林越走了进来，没有谁比她更了解陈一诺的真实情况。陈一诺仍在坚持，信号是他搜索到，也知道具体的方向，他已有了预感，这次肯定会有重大收获。钟益民思索片刻后同意，加派丁超等人跟着陈一诺下水。林越无可奈何，只好看着陈一诺走出船舱，目光里满是担忧。她也有一种预感，陈一诺在水底会遇到意外。

海水湛蓝，表面上的风平浪静掩盖了水底的凶险，隐藏着意外事故的遗迹。当陈一诺和丁超等队员们下潜到海沟底部，看到了飞机座椅的碎块，机翼的残片，还有钢缆、锚链等。嘀嘀嘀，陈一诺和丁超胸前的信号接收机同时响起。二人兴奋地对视了一下，不约而同地向着信号最强的方向游去。越过一块礁石，果然发现一名遇难者，手腕上戴着的正是一块 BREITLING 潜水表。陈一诺立即做出手势让大家扩大搜寻范围，自己顺着礁石继续前行。突然眼前一亮，缝隙中露出黑匣子橙色的外壳，陈一诺忙游了过去，不料黑匣子被卡得紧紧，又是丁超游过来，两人齐心协力终于把黑匣子拉了出来。

“黑匣子找到了!”陈一诺兴奋的声音立刻传到了救援船，到基地指挥中心，最后到了北京，所有人都欣喜若狂。林越也跟着高兴，但只要没见到陈一诺，她的这颗心就仍悬着。果然，当队员们把黑匣子带到救援船上，却唯独少了陈一诺和丁超，他们去了哪里?

深深的海沟，一群鱼儿在悠闲地游着，水流涌动惊吓着它们四处逃散，陈一诺和丁超游了过来，他们又回到发现遇难者的礁石旁。陈一诺让丁超带着遇难者的尸体上浮，他继续搜索看是否还有其他的遇难者，就看到右侧暗礁下面有一个灰乎乎的东西，游过去捡起来才发现是一顶布满弹孔的军用头盔。此时，一团黑影罩在陈一诺的头顶，是丁超已带着尸体上浮。慢慢减压，再上浮。如果没有遇到暗流，很快就会浮出水面。丁超暗暗祈祷千万别出现状况，意外就来了。一条红眼鲨鱼横冲直撞过来，搅得海水涌动，遇难者仿佛活了过来，惨白的脸上瞪着空洞洞的眼睛贴到了丁超的面罩上。丁超吓得大叫一声，肚子里吃的东西全吐了出来，喷到面罩里面，眼前一片黑暗。

救援船的对讲机里传来丁超的喊叫，所有人都紧张起来。林越有些慌乱，陈瑛握住了她的手。钟益民马上喊话陈一诺，命他过去查看。接到耳机里传来的指令，陈一诺抱着军用头盔迅速游了过去。丁超的眼睛被呕吐物挡得严严实实，却清楚地看到那条红眼鲨鱼面目狰狞地朝他扑过来，他想逃，却又被尸体的衣襟缠绕住。丁超手忙脚乱，胆裂魂飞，只感觉尸体又复活了，两只胳膊正从后面抱住自己。

丁超心跳加速，呼吸急促，有个声音在耳边喊着：“打，打他!”拼尽全身的力气，丁超挥舞着拳头雨点般地砸了过去。一拳，两拳，所有的拳头全都砸在了陈一诺的头盔上。陈一诺被砸得头晕目眩，手中捡到的头盔掉了下去，却没有躲避，游到丁超的前面帮着解开缠着的尸体。丁超又是一记猛拳砸来，正中面罩中心，砸开了一道裂缝。在水压的巨大作用下，面罩成了漏斗，海水冲了进去，迷蒙了陈一诺的眼睛。苦涩的海水刺激神经，连眨一下都变得困难重重。陈一诺还要顾及着丁超，他多么希望队友们现在能赶过来帮自己一把。队友们没有盼到，却看到一条红眼鲨鱼从丁超的背后游来。红眼鲨鱼张开血盆大口，仿佛要把两个大活人连同一具尸体都吞进去。

陈一诺惊恐不已，鲨鱼越游越近，尖锐的牙齿清晰可见，血红的眼睛燃烧着火焰。陈一诺晕了过去，丁超早就昏迷。两个人抱在一起，旁边还有一具尸体。

此时此刻，此情此景，三个的身影飘浮在水底，诡异而莫测。

第十九章　爱你是场幻觉

当一个男人把生命中最重要的时刻与你分享，就意味着你是他心目中最重要的人。

——陈一诺祝福林越找到幸福，尽管言不由衷。

生命之所以宝贵，是因为只有一次。当将要失去的时候才倍感珍惜，就连身边的人也会牵肠挂肚，心神不宁。

救援船的船舷聚集了尹启泰等救生员们，钟益民亲自驾驶着橡皮艇前去接应，所有人都在焦急不安地等待着下潜的队员们把陈一诺和丁超救出水面。林越挤在最前面，她期盼着海面浮出陈一诺的身影，又害怕看到她最不想看到的情景。空中传来轰鸣声，结束空中搜寻任务的高亮驾驶着直升机降落在甲板上。当走出机舱的他和赵五一看到船舷旁边聚了那么多的人，就知道是出事了，忙跑了过来。

海面如风展蓝色的锦缎，光滑地反射着灿烂的阳光，令人目眩。每次执行任务的时候救生员们无不希望风平浪静，但眼前的平静却更加增添了他们心中的不安。赵五一挤到了林越的旁边，从她的脸上看不出异样，紧握着栏杆的手却在颤抖。赵五一伸出左手握住了林越的右手，把一样东西放到了她的手心。林越有些吃惊，赵五一轻轻说："仙人掌会开花，代表着坚强。"林越低头看着手中的仙人掌，心头涌出了一丝感动。

突然，海面翻腾起来，冒出了两个脑袋，接着陈一诺和丁超的身体浮出了水面。两个人是真正的浮在上面，眼睛闭着，一动也不动。轻柔的海水像妈妈的摇篮，年幼的孩子睡得香甜。

林越最担心的事情终于发生了，陈一诺在水底遇到了意外，生死未卜。队员们忙把他们先抬进橡皮艇，正要开往救生船时，陈一诺竟然醒了过来，开口说道："我要下去。"钟益民按住他的肩膀："你要干什么?"虽没有完全缓过来，陈一诺仍记得自己和丁超被救上来的时候，那具手腕戴着 BREITLING 潜水表的尸体仍在海底。

每一个生命都值得尊重，不论是活着还是死去。

这是陈一诺的信念。

不顾众人的反对，甩了甩脑袋清醒过来的陈一诺，抢过夏林的头盔戴上就翻进了水里。钟益民又急又气，忙命令金旭等人跟着。也许是天遂人愿，体力耗费殆尽的陈一诺顺利潜入海沟，准确无误地找到了尸体还有那顶有着弹孔的头盔。

救援船的甲板上，林越压抑着牵挂和担心，保持着医生的冷静为遇难者盖上了白色床单。钟益民等队员们站在两旁，陈一诺累得精疲力尽，双腿快站立不住了。林越走到他的面前："这个人就是劳德尔先生。一诺，谢谢你让他重新回到这个世界。"陈一诺已经说不出话来，昏倒在了林越的怀里。

不知过了多久，丁超从疼痛中醒来，一只手腕包扎了纱布，身体的每一个地方都在

疼，只有思绪还是清醒的，听到了救他上来的夏林和小满的对话。如果不是陈一诺在水底抓住自己减压，肺和血管早就爆炸，可他却把陈一诺的面罩给打裂进水了。即使没有下海救援的经历，日常的训练也让丁超清楚面罩在海底进水的后果是什么。他明明记得打的是鲨鱼，怎么变成了陈一诺？丁超越听越恐慌，陈一诺在哪里？他还活着吗？

一条鲨鱼在丁超和陈一诺的身边游动，血红的眼睛透出杀气，巨大的尾鳍搅动着海水，劳德尔的尸体时隐时现。陈一诺保护昏迷的丁超，鲨鱼却追来，张开血盆大口，露出狰狞的牙齿。

“啊”的一声大叫，陈一诺猛然坐起，大口大口地喘着粗气。守在身边的林越关切地问：“怎么了？”陈一诺用右手擦了擦脸上的汗，掩饰地说道：“没什么，只是做了个恶梦。”林越让他躺下，拔下手背的注射针头。他已经睡了三个小时，两瓶葡萄糖都输完了。陈一诺慢慢回想着这一次的搜寻经过，打裂面罩应该属于意外，是丁超被尸体给吓着了，成了惊弓之鸟。林越同意他的分析，深不可测的海底没有氧气，没有光线，身上还缠着一具尸体，谁都会心生恐惧。

陈一诺却意识到仍有不对劲的地方，他的第六感不知道什么时候消失了，好像出现了幻觉。林越说：“幻觉就是现实中并不存在的东西出现，被你真真切切地看到、听到、感受到。一诺，你真的出现幻觉了吗？”陈一诺不能确定是否是幻觉，但在海底的时候他看见了一条红眼鲨鱼朝他跟丁超扑过来，可转眼之间又消失了。林越解释，在心理学上，幻觉对于拥有幻觉的人而言都是有意义的，那些虚幻的东西其实是某些真实感受的流露，例如恐惧。

“是你潜意识中的恐惧。这种恐惧是死亡给心理承受极限带来的冲击造成的。举个简单点的例子，当你极度想念郑子航的时候，你就可能会‘看见’他，‘听见’他，但别人却不能，这就是幻觉。那条红眼鲨鱼到底是不是幻觉，你问问其他在场的人就知道了。”听着林越的话，陈一诺崩溃地摇晃着脑袋，要起身去看丁超，却被林越摁住了被子，他已经疲惫过度产生幻觉了，需要好好地休息。看到陈一诺听话地躺了下去，林越脸上浮出笑容，但马上掩饰住，走了出去。

船舱外面，赵五一在等着。林越以为他是来探望陈一诺，不料，他是来讨要那只仙人掌，那是他的吉祥物。林越打趣：“赵五一，没想到有时候你像一个孩子般可爱。”听到这话，赵五一的脸红了，嘴唇动着想说什么却没有说出来，从林越手里拿过仙人掌就急急走开。林越看到他欲言又止的模样还有奇怪的举动心生疑惑，过了一会儿像是明白了什么，摇摇头笑了起来。

甲板上，丁超失魂落魄地拿着一瓶矿泉水走出来，看见夏林正在清洗着面罩。旁边，一个裂开的面罩丢在器材箱上。丁超走过去拿起来：“林哥，你当时看见一条红眼鲨鱼了没有？”夏林说：“你是没捞过尸体，被吓破胆儿了吗？哪有什么鲨鱼？还红眼鲨！”丁超扔下面罩，上前揪住夏林：“你说什么？那么大一条鲨鱼，难道我会看错吗？”夏林愣住，意识到不能和刚刚死里逃生的丁超起冲突，只好说：“看，看到了。”

丁超松开了夏林蹲了下去，捂着脸哭泣起来。夏林正要安慰，看见陈一诺走了过来，用手指指自己就走向一旁。陈一诺上前拍着丁超的肩膀：“傻小子，我们这对搭档都好好的，哭什么呀？”丁超抹了把眼泪：“诺哥，对不起，差点害了你。”丁超沮丧不已，亲眼在海底下看见了一条红眼鲨鱼，可别人都说没有看见，自己一定是心理出毛病了。陈一诺大惊，不可能两个人同时出现幻觉，到底那只鲨鱼是否存在，他也糊涂了，但还想着安慰丁超：“别瞎说！你这叫心理暗示，懂吗？你总觉得自己有毛病，那就真离有毛病不远了。放松，把那只红眼鲨鱼彻底从你的脑袋瓜里赶出去！”

陈一诺搂着丁超站起，两人一起望向远方，视线中出现了码头景象，他们终于回来了。

家属们等在码头，叶萱抱着小郑安来了。成功找回黑匣子的消息早传开了，人们都在欢迎庆祝。当钟益民带领救生员的队伍从救援船走下来，便响起了热烈的掌声。陈一诺看到了叶萱，走过去抱起小郑安朝着他肉嘟嘟的脸蛋亲了两口，逗得孩子咯咯直笑。林越也跟着人群走上码头，又看到了让她心痛的情景，那是一家三口幸福团聚的场面。林越藏在后面想躲开，叶萱偏迎了过来：“辛苦了。”林越说：“辛苦的是下水的救生员们。我们倒是不辛苦，也用不着担惊受怕。”

叶萱会心地笑了，林越嘴里说着不担惊受怕，其实不知有多么的提心吊胆，只不过在欲盖弥彰罢了。这一趟出海搜救，困难艰巨，意外重重，正因为担心才说明在乎，牵挂意味着爱恋。陈一诺也看到了林越，有些尴尬，忙把小郑安高高抱起，挡住了视线。高亮走过来：“老曾刚刚来电话，让咱们到他那儿去喝两杯。走吧，算是给你跟丁超压压惊。”陈一诺一时没有反应过来，老曾是谁？

老曾就是上次油轮事故中唯一的幸存者，赔偿了侄子和老轨两个家庭后没有后顾之忧的他离开了大海，上了陆地，开了一间兄弟大排档，把救了自己性命的陈一诺等救生员当成了兄弟。

黄昏时分，大排档开始热闹起来，几乎每张桌子都坐满了人，中间最好的位子却空着，那是老曾专门给陈一诺、高亮和丁超留着的。三个人刚从吉普车上下来，老曾就迎了过来：“救命之恩，胜造七级浮屠，从今天起，我这大排档就是兄弟们的厨房，随来随吃。”陈一诺说：“那哪行啊？咱不能白吃，要不让丁超给唱首歌吧？这可是新晋男神啊。”

丁超却无精打采，先走到座位坐下，高亮推着陈一诺过去，老曾进厨房里准备上菜。不一会儿，桌子上摆得满满当当。老曾先给每个人的酒杯都倒满，敬了一杯酒后才去忙活别的客人。陈一诺这才在桌底下踢了丁超一脚：“怎么跟个娘们儿似的？前两天选秀那生猛劲儿去哪儿了？”丁超垂下了头，从小到大他没遇到过打击，上学的时候学习好，老天爷又给了一副好长相和好嗓子，听到的都是夸奖和赞美，让他有着先天的优越感。进到救援队，他先是暗中瞧不上陈一诺和高亮等人的陆战队出身，认为这些人都是野路子，只有自己才专业。然而经过一次又一次的磨砺，尤其是这回搜寻黑匣子，丁超终于醒悟是自己错了，无论专业经验还是心理素质，自己都差得太多了。他抬起头，举起酒杯：“你们才是我的师傅。来，诺哥，亮哥，我敬你们！”三个人的酒杯碰到了一起，丁超和陈一诺一饮而尽，陈一诺却迟疑了一下才喝。高亮说：“你还年轻，还需要历练，信心对一个人来说是最重要的。”陈一诺也说：“亮哥说得对。一个优秀的潜水救生员，要经历过种种磨炼，这就像唐僧西天取经，不经过九九八十一难，是取不到真经的。这个过程是漫长而痛苦的，连我都会中招儿，何况是你！有件事我没告诉你，其实，你说的红眼鲨鱼，我也看到了。”丁超摇头，拿起酒瓶先给高亮倒酒，陈一诺和夏林一样都在安慰自己，根本没有红眼鲨鱼，全都是幻觉。

陈一诺正要解释，旁边一桌来了几个水手，说笑着有个救生员在水底被浮尸给吓到而打了队友，他们说的正是丁超，还知道他参加过《中国金嗓子》选秀，赶紧转行唱歌去吧，免得在救援队丢人现眼。水手们的话一字不漏地传到了丁超的耳朵里，他恨不得钻到桌子底下，陈一诺和高亮担心地看着他。这时水手们也发现丁超就坐在旁边，都闭上了嘴。忽然没有了声音，让丁超如芒刺在背，站起身子：“你们说的人就是我。”他拿出一百块钱放在桌上：“我没脸白吃老曾的饭，对不住大家，对不住诺哥，我更对不住我自己！”

丁超转身离开了大排档，陈一诺想追出去，却被高亮拦住：“别追了，让他一个人静静也好。”陈一诺不无担忧地看着丁超的背影。其实，需要静思的不仅是丁超，还有自己。

红眼鲨鱼，心中的恐惧，到底是幻觉还是真实？意味着什么？又会带来什么？

巨浪袭来，浪花翻滚，队员们在水中忽隐忽现，沉沉浮浮。基地造浪池正在分组进行耐力训练。第一组队员已经下水，第二组队员在岸边做着准备动作。陈一诺和丁超同为第二组，两人并排站在了一起。池里的巨浪一波一波涌来，陈一诺突然感到一阵眩晕，脑子里嗡嗡作响，不由自主地闭上了眼睛。又看到了那只红眼鲨鱼和在水中沉浮着的劳德尔的尸体，鲨鱼张开大口，露出狰狞的牙齿。

吓得陈一诺猛地睁开眼睛，就听到钟益民吹响下水的哨音，不假思索地跳进了水里，丁超紧跟其后。一沉入水底的丁超就看到了红眼鲨鱼，吓得他转身逃走，鲨鱼在后面穷追不舍。丁超只好又转回身体，对着鲨鱼拳打脚踢。旁边的陈一诺看见了丁超失态，连忙游过去想救他。可就在这时，他的眼前也出现了那条鲨鱼，正用血红的眼睛盯视着他，陈一诺恐惧地往后退去，鲨鱼却越来越清晰，张开了血盆大嘴。陈一诺想喊却喊不出来，像一片落叶一般飘落水底。他的头顶上方，丁超仍徒劳地挥拳乱打。

岸上的队友们发现了异常，全都跳进水里把丁超和陈一诺拖了上来。丁超大喊着“鲨鱼又出现了”，陈一诺却问大家发生什么事情了，当听到自己沉底了，露出难以置信的表情，他没有沉底，是在游泳，一直在游。看到队友员惊愕的神情，陈一诺突然意识到了什么，冲出了造浪池。

恐惧，对死亡的恐惧，如影随形。

陈一诺站在救援船头高高的缆绳堆上面，张开双臂，吹着海风。他在向郑子航倾诉：“那天潜到海沟里去捞黑匣子，不只是丁超，我也看见了那只红眼鲨鱼。今天在训练池，幻觉又来了。我没告诉别人，只来告诉你。子航，林越说我内心有恐惧感，我没有承认。可我骗得了别人，却骗不了我自己！”陈一诺闭上了眼睛，移动着脚步，前面就是坚硬的甲板，摔下去非死即伤，他要真正的尝一尝面临死亡是什么样的感觉。

丁超正走过来看见，情急之下来不及呼喊就冲过来抱住陈一诺的腰身，两人一起摔倒在甲板上。丁超以为陈一诺要投海自尽，他已从队友们那里得知两个人在刚才的训练中同时出了意外。如果仅仅因为一次意外而失去活下去的勇气，那么投海的也该是自己而不是陈一诺。没想到陈一诺哈哈大笑起来，生命何其宝贵，岂会自寻死路？留着这条性命，会救下更多的人。丁超这才放下心来，说出心里话：“诺哥，怎么办？我下水后就没办法控制住自己。我觉得自己完了，当不了救生员了。”陈一诺神情严肃，说出刚才自己也看到了那只红眼鲨鱼。这不是开玩笑，也不是为了安慰丁超而编造出来的谎言。陈一诺本不想说出来，可只有说出来，才能勇敢面对自己。

“我们能拯救别人，也能够拯救自己。”陈一诺坚定地举起手握成了拳头，丁超的也握起了拳头。两个人的胳膊靠在了一起，被太阳光线投到甲板上形成了 V 形的影子，代表着胜利。在这一刻，他们解开了心结。后面传来钟益民的声音，叫陈一诺马上到基地会议室，因为来了一位贵客。

杜伟成、高亮等基地大小领导全部在座，林越也来了，陪着一位金发碧眼的老妇人坐在一起，小声地做着翻译。老妇人正是空难中唯一找到遗体的劳德尔的夫人，她与丈夫一直在进行二战史的研究，倡导和平、反对战争，在国际上享有很高的威望。此次来基地，就是要亲自拜见把丈夫遗体从海底带回来的陈一诺。

陈一诺跟着钟益民走进了会议室，一眼就看到林越，奇怪她的到来。再看旁边的外国老妇人，根本不认识。只见林越低声向老妇人说了句话，老妇人明显情绪激动，走过来深深鞠了一躬。陈一诺愣住了，忙上前扶起。林越解释，这是劳德尔先生的夫人在向他表示感谢和敬意。陈一诺连忙说道："不用谢，这是我们救生员应该做的。"林越将陈一诺说的翻译给了劳德尔夫人，她上前拥抱住了陈一诺，嘴里念念有词地说着陈一诺听不懂的话，最后用生硬的中文说了句"谢谢。"

陈一诺听懂了，这回轮到他向劳德尔夫人鞠躬，他很遗憾没能带回一个活生生的劳德尔先生。劳德尔夫人听了林越的翻译后，握着陈一诺的手露出慈祥的笑容，犹太教相信人死可以复活，在发生了这么恐怖的事情后，劳德尔先生还能平安入殓，等待复活，实在没有比这更美好的事情了。为了真诚地表示谢意，劳德尔夫人把戴在丈夫手腕上的那块 BREITLING 潜水表送给了陈一诺。来而不往非礼也，陈一诺把从海底带上来的那只带有弹孔的钢盔交给了劳德尔夫人。他已查过资料，飞机失事的海域正是二战时期日本"南翔丸"军舰沉没的地方，这个钢盔很显然是船上的军人遗留下来的。

劳德尔夫人激动地接过钢盔，此次丈夫来中国正是想搜集"南翔丸"的资料，不料客死异乡。有了这顶钢盔回去可以由她继续研究，算是意外的重大收获。听着林越翻译说出劳德尔夫妇与"南翔丸"的不解之缘，陈一诺和高亮激动地对视，果真是缘分。陈一诺打开电脑，请劳德尔夫人观看里面保存的资料。

屏幕上出现了"南翔丸"的大幅照片，竟然是郑子航配的解说。1945 年 3 月，二战进入激战的后期，日本万吨巨轮"南翔丸"在中国的三星礁海域遭美军潜艇袭击后爆炸沉没，船上 2000 多人葬身大海。与"南翔丸"一起沉入海底的，据说还有四十余吨黄金、十余吨白金以及大批工业钻石；有学者经过研究，推测在考古史上的无价之宝北京人头盖骨也在这艘船上。有关"南翔丸"的谜团，并未随着时间的流逝而消散，它沉睡在海底，正等待着有朝一日被找到、被打捞出水。

最后，郑子航出现在了屏幕上："南翔丸，等着我们。我们一定会让你重见天日！"陈一诺按下了暂停键，郑子航在屏幕上定格。劳德尔夫人已从林越的翻译中得知这些资料大部分是由郑子航搜集整理的，可他已经牺牲，永远地留在了大海中。劳德尔夫人惋惜而敬佩地看着电脑屏幕，陈一诺、高亮和林越也都看着，屏幕里面的郑子航笑得格外灿烂，仿佛知道即使没有自己，找到"南翔丸"的心愿也会完成；即使没有自己，叶萱也会坚强起来，找到幸福。

幸福永恒婚纱店前，走来了林越。有些事情两个人女人必须面对，为了同一个男人。正在给婚纱缝制蕾丝花边的叶萱看到林越推门进来，高兴地捧起婚纱迎上前比量着，这件高腰线型婚纱正适合林越的亭亭玉立。林越却反问别只顾着给别人做嫁衣，不要忘记自己就快要当新娘了。一旁的马珊珊插嘴，不但叶萱的婚纱早就选好，就连陈一诺的燕尾服也都准备好了，两人站在一起肯定是郎才女貌。

林越笑着说："何止是郎才女貌？还是天作之合，夫妻恩爱。"叶萱也笑了，没有接过林越的话头反而想给她设计一件婚纱。林越小时候的梦想就是当一位美丽的新娘，觉得婚纱是世界上最漂亮的衣服，长大了经历多了反而不再奢求，只想一切随缘。

"倒是你，婚纱和礼服都定好了，什么时候穿上？"

"我跟子航发过誓，这辈子只为他穿一次婚纱。"

"可陈一诺值得你再穿一次，相信我。"

"那一诺和孔祥海，你到底想要为了谁穿一次？"

林越没有回答，叶萱也没有追问，两个女人沉默起来。还是林越先开口，说出陈一诺在打捞黑匣子时留下了后遗症，以至于训练差点出了事故。叶萱忧心忡忡，她根本没有听说过。还是林越了解陈一诺，什么事情都自己扛着，不听从劝说去做心理治疗，也许叶萱和小郑安能让他改变心意。这也是林越今天来找叶萱的原因。

叶萱低头不语，她在看着手表，每天这个时间母亲都会来店里帮忙，今天都过了一个小时还没有来。刚一抬头就看见叶母走进来，身后还跟着陈一诺。由于有婚纱模特挡着视线，陈一诺走到里面才看见林越，顿时慌乱地把手里拿着的资料掉到了地上，忙弯腰去捡，林越看到那些资料全都是户型图和广告。

叶母从陈一诺手中拿过资料，故意说给林越听，今天陈一诺陪着自己去看新房。陈一诺选好了六十平的小两居，可他马上要和叶萱结婚，结婚后也得生孩子，到时叶母过来帮忙，一大家子就是五口人，小两居不够住，怎么也得是三居室。叶母把资料送到林越的面前让她帮着参谋。林越尴尬地说："房子是叶萱和一诺住，他们俩喜欢就行了。我还有点事情，先走了。"看着林越走了出去，叶萱忙推着陈一诺追出去。

此情可待成追忆，只是当时已惘然。

陈一诺和林越都没有想到他们怎么就走到了今天这一步。陈一诺开着吉普车，林越没有坐在旁边的副驾驶，故意坐在司机座位的后面，让陈一诺看不见自己。陈一诺也故意减慢速度，他想多点时间和林越在一起。林越察觉后说今天得回医院值班，立即被陈一诺戳穿谎言。他记得林越说过的每一句话，当然记得她的排班情况。十年的相爱，让牵挂变成了习惯。然而对于分手的两个人来说，这样的习惯却不合时宜。

林越的手机响起，虽只说了短短的几句话，看不到林越的表情，陈一诺也猜到了是孔祥海打来的电话："老同学一场，别怪我没提醒你，越是年龄大的男人，就越喜欢有激情的女孩。你总这么冷冰冰的，人家会感受不到你的温暖。"林越却说："还是先关心你自己吧。我觉得你应该换个环境，休息两天，彻底放松一下。"陈一诺伸出右手捶打两下副驾驶的座位扶手，以示自己的身体和心理都健康。

林越摇了摇头，从车窗看到熟悉的场景，到家了。她邀请陈一诺上楼坐坐，陈一诺拒绝了。林越转身走进楼洞，陈一诺这才收起轻松的表情，怅然地看着她的背影。楼道里的灯一层层亮起来，直到林越卧室的灯被点亮，陈一诺这才转身离开。听到吉普车启动的声音，林越才掀起窗帘，已是泪流满面。

人生的最大遗憾就是，放弃了不该放弃的，坚持了不该坚持的。

北海救117
BEI HAI JIU 117

CHINA RESCUE
B-7327

中国救捞
CHINA RESCUE & SALVAGE

中国救捞
CRS

第二十章　你无法治愈自己

不想触及的情感，想躲想逃，却找不到出路。

——林越来基地了。

日出日落，周而复始，太阳每天都是新的。

停泊在码头的救援船沐浴在明媚的阳光里，一群海鸥快乐地低翔，甲板上站着朝气蓬勃、精神抖擞的救生队员们。钟益民正要开始指挥训练，已被勒令休息的陈一诺和丁超来了。两个人已把潜水服穿戴整齐，像什么事情都没有发生过一样要求参加训练。

越是恐惧越要面对，以毒攻毒方能斩草除根，永绝后患。

训练开始了，救生员们一个接着一个地迅速跑过搭在摆渡船和工作船之间的栈板，步伐稳健，畅通无阻。轮到陈一诺了，他屏住呼吸，一鼓作气地跑上栈板，可刚到中间就停下了脚步，看着脚下波光粼粼的海水，又闪现出了那条红眼鲨鱼。陈一诺神情恍惚，身子不稳差一点踩空落水，所幸被后面紧跟着钟益民一把扶住，他惊出一身冷汗，尴尬地笑笑慢慢走了过去。钟益民看着他的背影，有些担忧，再看看丁超也没好到哪儿去，无论如何鼓劲站在船舷边愣是不敢往下跳。救援队的训练等同于真枪实战，稍有不惧便会酿成惨祸。钟益民强令陈一诺和丁超停止训练，立即去医院全面检查身体。

CT 仪器、抽血化验、医生临床询问，所有的检查全部做完后得出了结论，陈一诺和丁超身体没有问题，有问题的是心理。这也验证了林越当初的判断，陈一诺过不了心理关口，她要求去做心理测试："你已经下意识地把自己内心的恐惧具象化了。就好比刀割伤了你的手，如果涂上消炎药，伤口可以痊愈；可如果你不理它，伤口就会化脓感染，酿成病灶。陈一诺你需要心理治疗，需要一个专业医生帮你面对恐惧！"

"我就是我的医生，我能治愈自己。表面上看，我是恐惧劳德尔的尸体，恐惧在潜水救援中会遇到难以预测的危险。可我真正的恐惧是怕自己没有足够的能力去应对，有一天会葬身海底。这就是恐惧的底线。"林越吃惊地听着陈一诺的辩论，想不出陈一诺的这些专业知识是如何得知的？原来，陈一诺为了追求林越，和她能有共同语言，买了许多的心理学书籍，先是硬着头皮看，后来慢慢上瘾，也略懂一二。这两天，陈一诺正在读谢尔巴特赫的《恐惧感与恐惧心理》，也就是这本书教会他以毒攻毒的方法。所以陈一诺一定要尝试，虽然一看到大海就会联想起劳德尔的尸体和那只可怕的鲨鱼，可越是这样，越要参与训练。不靠这种自虐的方式，根本无法突破心理障碍。

每个人都有恐惧感，这属于人之常情。作为一名冲锋上阵的救生员，必须要战胜恐惧！

然而，陈一诺和丁超的精神状况引起了杜伟成的重视，救援队这样在高强度心理压力下工作的队伍，心理疏导的作用尤为重要，但基地在这方面确实落后了。亡羊补牢，为时不晚。首先给每一名救生员做心理疾病的风险评估报告，然后联合医院在基地设立心理辅导站，聘请专业的心理医生定期来坐诊。但与医生沟通后，首先把名字给否定了，不仅是救援人员就连家属承受的巨大心理压力也是别人所无法想象的，与其辅导，不如干预，防患于未然，希望创建的心理干预中心成为保护每个人的最后一道屏障。

有人惊喜，有人意外。惊喜者如赵五一，有了近水楼台先得月的机会，能和爱慕的人接近。意外者是陈一诺，想躲开偏躲不开，老天爷存心在折磨自己。因为那位心理医生不是别人，正是林越。所以当钟益民来通知去做心理风险评估时，陈一诺当即拒绝。分手即宣告情侣关系的结束，表示两个人再无瓜葛，藕断丝连只会让两个人或者更多的人痛苦。尽管现在的他和林越其实都在折磨自己，但必须强忍着失恋的伤痛，只要有一丁点的心软便会前功尽弃，从而陷入无穷无尽的煎熬。

有时候，善良也是一种伤害。

基地医务室的旁边，新装修的房间便是林越的心理干预中心。一名名救生员走了进来，又走了出去，脸上轻松的表情表明他们一切正常。赵五一走了进来，坐到林越的对面，拿起桌上的笔把评估表里的每一项都填写清楚，抬起头看见了一盆仙人掌，是真正的仙人掌，厚实的叶片栽种在褐色的花盆里。林越把仙人掌送到他的面前："不要总牵挂着那枚假的挂饰而看不见真正的仙人掌，用心浇灌，仙人掌就会开花，这朵花专为你而开，便是你的幸福。"赵五一捧着仙人掌走出了房间，回味着林越说的话。难道自己没有表白就被看出了心思？赵五一绞尽脑汁边寻思边走着，以至于丁超和他打招呼都没有听见。

丁超一见到林越就诉说苦恼，现在的他别说执行任务，就是参加训练都有心理障碍了。林越给他开出两个星期的休假条，可以去旅游，也可以来这里咨询，不管做什么，只有一个要求，把工作的事情彻底抛在脑后，全身心地放松。丁超点点头，正要拿起休假条，却发现桌上有两张，顿时明白了，另一张是开给陈一诺的。

陈一诺正在甲板上加固救生网，一张纸被送到面前，当他看清"休假条"三个字时，拿过来就撕成碎片，手一扬随风飘散。林越很恼火："陈一诺，你已经有了躁狂症的初级表现。就算不听我的话，也应该听杜主任和钟队长的话，他们也认为你必须休假，然后治疗！"陈一诺继续忙着手里的工作："我很正常，没有什么躁狂症，你也别逼我把自己当病人看！"林越努力平静情绪，讲起了一个故事。

日本海上保安厅应急救援队中有一名出色的年轻水手，在一次任务中由于躁狂症发作，居然拿刀把同事的胳膊砍了下来。处罚的结果是在船队最艰难的地方工作了三个月，又替另一个生病的水手出勤三个月，相当于从冬到夏一直待在一个孤岛上。四顾茫茫，除了海水看不到任何景象，没有网络信号、手机信号，他像是被遗忘了。

"结果呢？进医院还是监狱？"

"自杀了。"

林越和陈一诺沉默起来，都陷入了对那个恐怖画面的想象。过了一会儿，陈一诺开口讲了一个关于坚强意志的故事。

东北抗联时期的冰天雪地之中，日军要去包围冯仲云的队伍。一个连长得知消息后，只带了通讯员就去几十里外的深山老林报信。连赶了三天三夜，饥寒交迫的两个人实在是走不动了，点燃一堆柴火歇息，却不知不觉地睡着了。当连长半夜被严寒冻醒，才发现通讯员的脑袋已经被柴火烧掉，再看自己，一双脚也烧没了。在这冰天雪地里，只有等待死亡的降临。然而连长没有等待，他还要去报信，去营救自己的同志。没有脚走不了路，就以手当脚地爬行在天寒地冻的山路上，几次昏迷又几次苏醒过来。爬了两天两夜，终于找到了冯仲云，将鬼子要合围的情报说出来后就倒下了。这一次，他再没有苏醒过来。这是东北抗联战史上记载的真实故事，这个人不是别人，正是陈一诺的本家堂叔。

“这就是一个意志战胜恐惧、战胜死亡的最好例子。”陈一诺目光坚定地看着林越，林越只好说：“看来我们谁也没办法说服对方，我只能祝你成功。不过如果你的办法不奏效，你还是得听我的。”这时，林越的手机响起，赵笛已经办完了所有的手续，后天就要带着恬恬坐上飞往加拿大的飞机了。陈一诺这才得知高亮已经离婚的消息，扔下救生网就跑向机库。

机库里没有，停机坪也没有，高亮去了哪里？

夜已深，兄弟大排档只剩下了最后一桌客人，客人也只有一个。老曾端着一盆冒着热气的老鸭汤放到了高亮的面前，只要高亮来大排档，他都会炖上一锅老鸭汤。夫妻两个过日子就好比手套和手长到了一起，突然把手套摘了，肯定跟揭层皮似的，得疼上那么一阵子。时间久了，也就慢慢好了。高亮感谢老曾的安慰，离婚的事情没有告诉陈一诺却告诉了老曾，就是因为他是过来人，能理解他心中的苦闷和作为一名事业型男人的不易。

兄弟大排档还真像个避风的港湾，让高亮那颗疲惫的心有个暂时停靠的地方。如果离婚的事情被陈一诺知道，还不一定会掀起多大的风浪。高亮只在心里想了想，就听到吉普车紧急的刹车声，不用回头也知道是陈一诺来了。

“你真跟嫂子离婚了？”陈一诺打开车门就冲了过来，高亮不语，算是默认。陈一诺却被刺激到了，高亮能干，赵笛贤惠，还有一个可爱的女儿，本该是恩爱幸福的一对却分道扬镳：“连你们这对模范夫妻都过不下去了，以后我们还敢娶媳妇吗？”看着陈一诺恼火的模样，老曾劝道：“你还没成家，有的事情不明白。”高亮站起身子：“一诺骂得对，错不在赵笛在我。我不是个合格的丈夫和父亲，没办法给她们母女安定的生活。我唯一能做的，只有放手，就像你放开林越一样！”

陈一诺愣住了，看着高亮走出大排档，身影在路灯下面拉得细长，显得格外的孤单。陈一诺动了下步子却又停住了，他想分担高亮的痛苦却束手无策。但有些事情必须一个人面对，他相信高亮是条汉子，撑过阴雨就是晴天。

天色晴好，云淡风轻。陈一诺的心头却乌云密布，他要找人倾诉，不能去见林越，只好来到了婚纱店，见到叶萱就把她拉到了一旁，低声说出高亮和赵笛离婚的消息。这件事情现在除了自己和老曾，没有人知道，他现在告诉叶萱，才有三个知情者。不料叶萱没有意外也不震惊，她不是第三个知情者，而是第一个，在高亮和赵笛刚走出民政局的时候就知道两个人离婚了。这下子反倒轮到陈一诺震惊，没想到叶萱隐瞒了这么长时间，若说到保守秘密，她和高亮还真是一对。两个人能够保守着同一个秘密，如果不是夫妻就是知己，那么自己这个又是兄弟又是未婚夫的成了什么？陈一诺郁闷起来，然而又一个打击来了。

马珊珊拿着本杂志兴冲冲地进来，封面上全都是孔祥海和林越约会的照片，两人一起用餐，靠在一起低声细语；两人并肩走出海洋会馆，态度暧昧，等等。照片并不清晰，显然是狗仔队偷拍，但标题格外醒目：船王密会女友，疑似好事将近。马珊珊羡慕林越钓到滨海市最大的钻石王老五，被火上浇油的陈一诺抢过杂志摔到了桌子上，冲了出去。马珊珊不明所以，叶萱却笑了，现在自己该去看心理医生了。

林越皱着眉头看着同一本杂志，恼火地扔到了桌子上，叶萱走了进来，拿起杂志模仿马珊珊的声音说道：“林大夫太厉害了，能钓到滨海市最大的钻石王老五。我要是有这本事就好了！”林越愣住了，叶萱不会是来祝贺自己的。叶萱果然收起了笑容，她今天来不是当说客劝说林越和陈一诺和好如初，也不认为孔祥海有什么不好，毕竟陈一诺的职业，还有赵笛的前车之鉴等种种因素叠加会让林越心存忌惮，但这些都与爱情没有根本的关系。

“我不知道你心里到底爱谁，但是我知道如果两个人相爱，能在一起的时候就要好好在一起。我失去过，所以没有谁比我更清楚和自己爱的人在一起的珍贵。林越，你现在还有幸福的机会，要好好把握。不管你怎么选择，我都希望你幸福。”看着叶萱走出去的背影，回想着她刚才说过的话，林越又把目光投到了杂志封面。照片上的自己和孔祥海有些模糊，像是蒙上了一层迷雾，也许这正是林越的感情现状。无论她和孔祥海离得多么近，始终无法毫无保留地交出真心。

孔祥海也在看着杂志封面，面前站着满脸怒气的孔令雯，父亲和林越在一起的照片竟然公之于众，这让她不能接受。孔祥海却遗憾狗仔队拍摄水平的低劣，没有把照片照得更清楚，或者是更甜蜜。他不怕八卦新闻，也问心无愧，他是真心要娶林越为船王夫人。孔令雯却不同意，跺着脚正要大闹一场，孔祥海翻开杂志里面的一页，指着上面的照片问她是怎么回事。孔令雯和丁超坐在游艇上晒着阳光，旁边附有文字说明：丁超女友为某大企业继承人，身价过亿，《中国金嗓子》更是由该企业赞助，丁超一路过关斩将靠的究竟是实力还是女友背景，小编不敢胡说。

“胡说，就是在胡说。”孔令雯抢过杂志就走，她要去杂志社理论。孔祥海望着女儿的背影摇了摇头，知女莫如父，他知道女儿不会去兴师问罪，而是去找丁超。

滨海市最大的露天服装一条街摆满了摊位，人群里走来了孔令雯和丁超，两个人都戴着帽子和口罩，想不被认出来却偏又打扮得引人注目。以孔令雯的财力和身份不会到这样的地方来，是丁超坚持要来。每次上台都需要全新的演出服，而穿过一次就被放入箱底，如果买贵重的衣服过于浪费，到露天服装市场选择正好。最重要的是，这里的消费水平是丁超能承担得起的。作为一名歌手，不能花经纪人的钱，作为一个男人，更不能花心爱女人的钱。

丁超在前面边走边挑选着衣服，孔令雯跟在身后，暗暗把丁超和自己那些富二代的男性朋友们作比较。突然，丁超转过来把一只小猪摆到了孔令雯的面前。孔令雯面色愠怒：“什么意思？”丁超大笑：“可爱吧？这只小猪是我送给亮哥女儿的礼物，听说亮哥和嫂子最近闹起了别扭，我这个当兄弟的，总得做点成人之美的好事吧。”孔令雯伸手把小猪抢了过来，让丁超把心思全都放在十强赛上。她本打算等丁超晋级后，再把小猪送给恬恬，却没想到明天赵笛就带着恬恬飞往加拿大了。

此时恬恬正撅着小嘴坐在沙发上生气，只有她和妈妈两个人去看姑奶奶，爸爸却不陪着。高亮帮着赵笛收拾行李，回头看到恬恬不由得心痛，走了过去像变魔术一样从身后拿出一个 iPad：“爸爸工作忙，不能去加拿大。不过有了它，恬恬就能随时看见爸爸了。来，我们现在就试试。”恬恬高兴地捧过 iPad，高亮拿出手机，父女两个人玩起了视频聊天，逗得恬恬开心大笑。一旁的赵笛看到眼前的情景，一阵心酸。

夜深了，早已玩累了的恬恬却不肯闭上眼睛睡觉，她怕睡醒后就看不到爸爸了。高亮一直守在旁边，又讲故事又唱歌，把恬恬哄得睡着了，盖好了被子，捧起小手亲了又亲，才离开女儿的房间。客厅里的赵笛把整理好的两个行李箱都上了锁，又抬起头来，好好看看这个曾经的家。这是她和高亮亲自挑选、亲手布置的小窝，而今却要离开。赵笛舍不得，却又没有勇气和力量留下来，在家庭的这场保卫战中她当了逃兵。看着高亮把行李箱挪到了房门口，赵笛再也控制不住了，从后面抱住了高亮，眼泪流了下来："只要你肯说一句舍不得，我和恬恬就不走了。你为什么不说？为什么不说？"

高亮痛苦地闭上眼睛。他给不了赵笛想要的安稳生活，不能让她不为自己担心，他何尝不想一家三口生活在一起？如果自私地强求赵笛和恬恬留在身边，生活又会回到从前，无休止的争吵、冷战，让每个人都心力交瘁。高亮只好强忍着眼泪，轻轻拿开了赵笛的手："明天我送你们去机场。"

高亮走了出去，把房门轻轻地关上。赵笛追了过来，手放在门把手上却没有推开，反而慢慢地扭动把门反锁上了，泪流满面地靠在门上。一门之隔，高亮也靠在门上。两个人背靠着背，中间却隔着一道门。这道门便是两个人之间无法逾越的鸿沟，这一世夫妻缘尽，从此各自安好。

一轮红日冉冉升起，宽阔的江面上，来来往往的货轮、小舟井然有序沿着各自的航道通行。老船长郑成泽指挥着大副和舵手驾驶着这艘装载了800吨燃油的货轮，一路上顺风顺水，正如顺风号其名。郑成泽本已退休，但老船长的美名在外，被祥海集团高薪聘用。刚一上岗，就把这艘总吨位14.7万吨、造价超过5亿人民币的顺风号交到了他的手里。郑成泽踌躇满志，重任在肩，要做好真正的老船长。

突然传来一声巨响，像是推倒了多米诺骨牌，轮机熄火，主轴抱瓦，顺风号失控，只能顺水漂流而去，听天由命。船员们惊慌起来，还是身经百战的郑成泽经验丰富，情绪稳定后马上命令船员往船舱里适量注水，保持货轮平衡。前面传来急促的汽笛声，一艘迎面而来的小型敞篷货船感觉到形势不妙，发出了警报。顺风号已经偏离了航道，顺着水流冲撞过来。小敞篷货船吓得急忙转向，顺风号巨大的船头以排山倒海的气势横冲直撞，好在郑成泽亲手掌舵，两艘的船体擦肩而过，但还是把小敞篷船的棚架撕掉了。

郑成泽惊出一身冷汗，虽躲过了这一劫，还有不可知的意外在前方。全船都停电了，锚机打不开就无法停船。他驾驶的可是万吨巨轮，不包括货物就是装载的燃油足以摧毁一切。郑成泽忙抓起通话器："搜救中心吗？我是祥海海运集团的货轮顺风号，我们的主轴突然抱瓦了，船体失去动力！"

救援船甲板上，陈一诺和丁超等队员们正在接受林越的心理训练，不是训练紧张，而是训练放松。陈一诺见到林越，心里头就不得劲，想当逃兵，找理由请假却被一旁监督的钟益民驳回，无可奈何的只好排在最后面，无精打采地应付训练。林越也识破了他的意图，以他参加过准爸爸训练班为理由，把他叫到队伍前面做腹式呼吸的示范。于是，在丁超等人的哄笑声中，陈一诺很不情愿地走到林越身边，面向大家刚伸出两只胳膊，就在这时警报声响了起来。

指挥中心的紧急召集命令通过电波传到四面八方，正在楼下往后备箱搬运行李的高亮也接到了电话。赵笛和恬恬已经坐进了车里，听着高亮回话的语气，就知道又是接到突如其来的紧急任务了。赵笛先把恬恬抱下车，然后走到后面把行李箱搬出来。事实再一次证明了自己的选择，她根本无法忍受这种不知何时会有任务而又提心吊胆的日子。高亮满是歉意，他本该亲自送赵笛和女儿到机场的。赵笛冷冷说："回基地吧，我和恬恬打车去。”这就是两个人无法调和的矛盾，赵笛可以选择，高亮却没有选择，只能服从命令。

基地指挥中心充满了紧张的气氛，杜伟成盯着大屏幕上的江面地图，能看到弯曲的河道。随着放大比例不断增加，河道充满了整个画面，而在江面道上横跨而过的大桥也显露了出来。如果撞上大桥，后果不堪设想。杜伟成立即连线郑成泽全力抢修，恢复电力，以便能下锚停船。放下通话器后，命令救援直升机和拖轮赶往江口施救。

直升机整装待发，队员们已换上了救援装，在甲板上集合完毕。钟益民一声令下，带着陈一诺、丁超和赵五一钻进了直升机，林越最后一个进来。舱门关好，高亮驾驶着直升机腾空而起，向着江边码头飞去，这次任务需要把他们全都空降到拖船上。到了拖船上空，直升机盘旋，赵五一打开了机舱门。为了抓紧时间，每两个人捆在钢索上空降，钟益民和丁超最先做好准备，赵五一开动绞车将两个人送了下去。

林越正在往身上系着钢索，腋下有个索扣怎么也扣不好。陈一诺看到后上前帮忙，又把钢索重新检查了一遍。这是林越第一次从直升机上空降，虽然她是心理医生但仍有些害怕。陈一诺拉起她的手说：“放心，有我在。”林越感激地笑了，陈一诺也笑了。正在收回钢索的赵五一回头，恰好全看到了眼里。在这一刻，他明白了什么是“执子之手，与子偕老”，也该做出自己的选择了。

陈一诺和林越坐到了机舱口，下降的钢索把两个人捆绑在一起。赵五一按下开关，陈一诺和林越马上出了直升机。蓝天白云下的两个人紧紧依偎，上不着天脚不触地的林越感觉到无助，此时能依靠的只有眼前这个男人，林越情不自禁地抱紧了陈一诺，感受到了陈一诺温暖的怀抱和有力的臂膀。陈一诺也暗下决心，无论什么时候，他都要保护好怀里的这个女人。

这一刻什么也不想，什么也不做，只是两个人拥抱在一起。

如果时间能在这一刻停止，该多好。

第二十一章　陪伴是最长情的告白

那个在人生的关键时刻，陪伴在旁的人才是真心爱人。

——陈一诺和林越同舟共济。

宽阔的江面，一艘巨大的货轮横冲直撞，来来往往所有的船只都在避让躲闪，汽笛声、警报声不绝于耳。湍急的水流给顺风号加足了马力，以摧枯拉朽的气势向着下游驶来，足以毁灭一切。

跨江大桥越来越近了。

孔祥海心急如焚，一旦顺风号撞上大桥，不仅船毁桥塌导致交通中断，里面装载的800吨原油也会泄漏，那将是一场巨大的灾难，不仅公司破产，还要连带承担各种法律责任。一向沉稳的孔祥海再也无法保持镇定，步履踉跄地要赶往基地指挥中心，孔令雯忙搀扶住父亲："基地已经派出了救援队，陈一诺和他的队友们会避免灾难的发生。"

陈一诺正站在拖船313号的船头，顺风号近在咫尺。尹启泰驾驶着拖船开始横向移动，与顺风号渐渐保持了平行的位置，郑成泽出现在甲板上。陈一诺举起喇叭大喊："老船长，准备接缆绳！"放下喇叭他就跑过去拿抛缆枪，却被钟益民抢了过去。情况紧急，容不得半点闪失，尽管陈一诺是救援队里有名的"一手准"，但现在的状态不适合执行这样艰巨的任务。金旭的考核成绩是第二，比陈一诺只差了两分，钟益民把抛缆枪交给了金旭。

拖船和顺风号的距离在慢慢缩短，到了射程范围内，金旭将抛缆枪举了起来，按动扳机，枪头带着缆绳划过天空，沿着抛物线向顺风号前甲板飞去。郑成泽和船员们追着缆绳的方向奔跑，江水的流动带着船体晃动，缆绳越过甲板掉进了水里。

第一次抛缆失败。

金旭沮丧地收回缆绳，钟益民拍了拍他的肩膀以示安慰。陈一诺又主动请命："队长，这次抛缆就让我来吧。如果这次抛缆失败，我甘愿受罚，就算你直接把我从救援队给开了，我也认啦！"陈一诺见钟益民的表情有些犹豫，对林越说："林越，你也帮我说句话啊！"林越想了想："队长，就让陈一诺试试吧。他虽是一名病人，却是一名特殊的病人。"钟益民终于点了点头。

这时，风大了起来，拖船调转了方向，进入顺风号的下游，用巨大的船体来挡住影响抛缆效果的大风。陈一诺拿起抛缆枪，慢慢举起瞄准了顺风号。突然，那种可怕的眩晕又来了，脑袋里嗡嗡作响。陈一诺不由自主地闭上了眼睛，他又看见了那只红眼鲨鱼，张着血盆大嘴，露出锋利的牙齿，吓得陈一诺后退一步。旁边的林越感觉到不对劲，伸手握住了陈一诺正要扳动扳机的手腕，轻声说道："在高度紧张的情绪下，出现某种幻觉是很正常的。一诺，别忘了你跟我说过什么，越是恐惧就越要面对。现在你要做的只有一件事，排除脑海里的一切杂念，端起你的抛缆枪，瞄准！就把对面的顺风号当成那条鲨鱼，只有你手里的枪能够消灭它、战胜它！一诺，加油！你能成功！你必须成功!”

林越松开了手，站到了后面。此时的她，要做陈一诺身后的女人，激励他鼓起勇气。陈一诺心中默念着林越的话，猛地睁开眼睛，再次将抛缆枪举起，深吸了一口气，果断开枪。时间似乎都静止了，只有拖带缆绳的橘红色枪头在空中飞动。对面的顺风号幻化成了一只红眼鲨鱼，正凶猛地扑过来，却被抛缆枪正中脑袋，惨叫着沉入海底。

一切恢复平静。

顺风号上传出一片欢呼。郑成泽和船员们看到抛缆枪准确无误地击中了后甲板，忙一拥而上抓住了枪头，把缆绳固定在锚桩上，所有人齐心协力拖带缆绳，把顺风号和拖船连在了一起。

拖船上也响起了欢呼声，钟益民脸上露出了笑容，他知道陈一诺终于度过了心理的关口。陈一诺和林越更是兴奋不已，伸出胳膊想拥抱，却又想起了什么，林越最先放下了胳膊，陈一诺却举起手张开五指到面前，林越又抬起手，两个人的手掌击到了一起。在人生的关键时刻，是林越的陪伴和鼓励，让陈一诺重新拥有了男人最为宝贵的尊严与信心。他真心感谢林越，却没有说出一个谢字，因为只要一说出口，就意味着把林越当成了和别人一样的朋友。何况时间紧迫，容不得陈一诺浮想联翩。

主缆已经送到了顺风号上，同时另一艘拖船 314 号也赶来了，郑成泽马上指挥船员们把主缆分成两股，分别固定在甲板的两根锚桩上，连接上了拖船 313 号和 314 号后，郑成泽举起信号旗，两艘拖船同时开动。三条船形成了三角形，钢缆发出吱吱嘎嘎的声音。远处，跨江大桥已经露出了模糊的轮廓。这时一艘汽艇开了过来，小方扛着摄像机和记者在现场直播。

顺风号在两艘拖船的拖拉下停止了下行的漂动，一场危机眼看就要过去了。下一步是将顺风号拖离主航道，前往已经清理出来的四号码头。陈一诺和队友们一起向顺风号挥手，老船长郑成泽高兴地回应。拖船加大了马力，钢缆绷得紧紧。郑成泽特意走到系着钢缆的锚桩检查一遍后才放心下来，船员们也纷纷坐到了甲板上。

两岸的风景移动，两艘拖船拖拉着顺风号上行，慢慢地远离跨江大桥。一切似乎都很安静，然而危险正在悄悄降临。缠绕着连接拖船 313 号钢索的锚桩突然颤动起来，吱吱嘎嘎的声音响起。郑成泽大惊，连忙喊道：“散开!”话音未落，固定锚桩的甲板就断裂了，裂缝沿着船体延伸着，断裂的速度渐渐加快，终于将整个锚桩从一侧掀开，船员们惊吓得四处逃散。巨大的拖力将锚桩从船体上直接撕了下来，带着缠绕在上面的钢缆一起落入水中，溅起巨大的水花。顺风号瞬间失去拉力，在水流的作用下横移。

城池失火，殃及池鱼。拖船 313 号在钢索强大的反作用力下，剧烈晃动起来，救生员们纷纷跌倒。陈一诺一头撞到了栏杆，林越摔倒在甲板上，痛苦的表情让陈一诺顾不上脑袋被撞得生疼，爬起来就跑过去扶起林越。林越的目光却盯着前方：“要撞上了。”

顺风号带动着拖船 314 号迅速向下游漂移，陈一诺举起望远镜，跨江大桥清晰可见，估计还有二十分钟后就会撞上。此时拖船 314 号开动了最大马力在拖住顺风号，给拖船 313 号重新抛缆争取时间。驾驶舱里的尹启泰抡起胳膊转动船舵，迅速调转船头，向着顺风号的左侧开了过去。

正在停机坪待命的高亮也接到了命令，如果再次抛缆失误，顺风号有可能会撞上跨江大桥，直升机要随时做好起飞营救准备。与此同时，跨江大桥附近开始了交通管制。

赵笛抱着恬恬坐在出租车里，焦急地看着窗外，前后全都堵得水泄不通，收音机里一遍又一遍播报让车辆绕行的讯息，但她坐着的出租车已行驶到了跨江大桥的中间。国际航班至少要提前一个小时办理登机手续，赵笛有种预感，她和恬恬不会顺利到达机场，拿出手机正准备给林越打电话，叶萱的电话先打了进来，她已从电视上的紧急新闻中看到顺风号出了意外，得知赵笛被堵在半路，自己忙坐着出租车赶过来。赵笛感到意外而又疑惑，想再多说几句，叶萱已经挂断了电话。

刺耳的警报声响起，一辆又一辆警车在跨江大桥的两端停了下来，身穿反光衣的警察挥舞着指挥棒，开始拦截准备进入大桥的车辆和疏散行人："请准备进入桥区的车辆绕行到三桥。已经在江桥上的车辆听从交警的指挥，尽快离开桥区！"叶萱听着收音机传来的警报焦急地催促出租车司机开快一些，明知已经实行交通管制，还是要求司机把她送到离大桥最近的地方。司机有些不解地看了叶萱一眼，踩下油门。

时间紧迫，争分夺秒的不仅是叶萱，还有陈一诺。正当他举起抛缆枪瞄准顺风号时，却突然发现已穿好救生衣的船员们竟然一个接着一个地从船上跳进了江里，无论郑成泽如何阻拦劝说，也无法阻止他们弃船逃命。

偌大一艘顺风号，转眼间就剩下老船长郑成泽一个人。谁来接缆？拖船 314 号虽然还拖着顺风号，但小牛拉大车的形势不可避免地被水流和顺风号带着向下游漂去。就在这个时候，郑成泽竟也离开了甲板，他去了哪里？难道老船长也在最后关头放弃，毁了一世英名吗？

岌岌可危，生死攸关。

江面上浮现出一个个橙色的身影，跳水的船员们正在拼命地向岸边或者向拖船游来，但迅猛的水流冲击得他们在江水里忽隐忽现。已经坐在直升机驾驶舱的高亮接到了起飞命令，立即赶往出事江域营救落水船员。

险象环生的江面、命悬一线的跨江大桥，并没有阻挡喜好热闹、兴致勃勃的人群，他们没有急着离开大桥反而聚集在栏杆旁观望，有的还举起手机拍照。带着恬恬从出租车上下来的赵笛觉察到了危险将至，拿出手机按下了电话号码，犹豫片刻后打通了高亮的手机。此时赶过来的警察大喊着"桥上危险，马上离开"，人群顿时慌乱起来，尖叫着四处逃散，把拉着赵笛衣襟的恬恬撞倒了。高亮听到手机里传来恬恬的哭叫声，紧张不已："出什么事了？恬恬怎么了？"赵笛顾不上回话，忙蹲下去抱恬恬，不料后面拥过来的人群把她挤得靠在了栏杆，好不容易挤出来再找恬恬，小小的身影已经不见了。赵笛心一慌，手机掉了下来，马上被数不清的鞋子给踩碎了。得不到回应的高亮恨不得马上飞到赵笛和恬恬的身边，但已经启动的轰鸣声提醒着他正在执行任务，直升机腾空而起。

跨江大桥的入口陆续跑出逃散的人群，叶萱也赶过来了，在人群里寻找着赵笛和恬恬的身影。尖叫声夹杂着哭喊声让她心头一颤，不假思索地迎着人群就要冲进大桥，却被一只有力的手拽住了胳膊，回头一看，一名满头大汗的警察厉声说道："交通管制，任何人都不能上桥！"叶萱焦急："我女儿在桥上，只有六岁，求你让我过去吧！"这时，叶萱听到了一个小女孩的哭声，忙转头望去，看到恬恬被人流裹携着向自己涌来，她拼尽全力挣脱开警察的手，冲上前去抱起了恬恬，人流如潮水般地涌来。

赵笛快要急疯了，恬恬已经丢过一次，这次竟然在自己眼皮底下又丢了，自己根本不是个称职的妈妈。如果再出意外，她就直接从桥上跳下去。赵笛觉得头晕目眩，眼前攒动的全是密密麻麻的脑袋，即使恬恬挤在其中，那么小的孩子也看不到。

“恬恬，恬恬!”赵笛带着哭腔大声呼喊。

“赵笛，这儿!”叶萱听到了人群里的赵笛呼喊，她寻声望过来，看见恬恬正趴在叶萱的肩膀上忙惊喜地跑了过去。命中注定恬恬和叶萱有缘，两次丢失，两次都被她找到，平安无事。但经过这场突如其来的意外，离飞机起飞只剩下两个小时了，周围又都在限行，叶萱急忙帮着赵笛和恬恬寻找去往机场的出租车。两人一人拖着一个行李箱，步行穿过一条街，眼前驶过来来往往的出租车却没有一辆停下来。赵笛焦急地看着手表，时间一分一秒地过去，眼看就要来不及了。

又一辆面包车从她们面前驶过，不一会儿又退了回来停下，老曾从车窗里露出了脑袋，叶萱惊喜：“有车了。曾大哥，这是高亮的爱人和女儿，她们要去机场。”老曾一声“上车”，叶萱马上打开车门先把行李箱放进去，然后和赵笛还有恬恬一起坐了进去。老曾加大油门，向机场驶去。

此时，高亮驾驶的直升机正从他们的上空飞过。几分钟后盘旋在江面，降低高度，放下钢索，把落水船员全都救进了机舱。船员得救了，顺风号的危险却没有解除，反而更加严峻。

陈一诺仍举着抛缆枪，怔怔地望着对面的甲板，即使抛缆成功也没有人接住缆绳。突然，郑成泽又出现了。刚才他是跑进机舱用通话器联系拖船 313 号，用缆绳串连拖船 314 号就能补上动力缺口，也许能拖住顺风号。但如果能把缆绳再一次抛过来，才是万无一失。

这是最后的机会了，只许成功，不许失败。

陈一诺的手颤抖起来，林越在一旁鼓励，越是这个时候越应该镇定；总想着最坏的结果，就真的会发生。陈一诺点了点头，又深吸了一口气，在心里说着：“我能做到。”待呼吸渐渐平稳下来，瞄准前方扳动了扳机。抛缆枪射出的枪头在空中划过，向顺风号前甲板落去。郑成泽追着枪头，就差了一点点，枪头落到了水里。郑成泽也因用力过猛，身子撞到了围栏上，差点也掉了下去。

惊愕，懊恼，抛缆枪从陈一诺的手中滑落，重重地跌到了甲板上，随着跌落的还有他刚刚建立起来的自信。陈一诺捂着脸蹲了下去，林越忙上前安慰，抛缆失败的综合因素太多，不能完全责怪一时的失误。陈一诺却悔恨不已，时机稍纵即逊，这最后的机会被他给浪费了，如果顺风号撞上大桥就是他的过失。无论林越如何劝说，陈一诺仍蹲在那里不起来。钟益民走了过来，吼道：“现在没时间自责和检讨！你这种情绪会直接影响到队友们的士气！陈一诺，你要是个男人，就给我站起来!”陈一诺听了钟益民的话，慢慢站了起来。

形势严峻，时间紧迫。

基地指挥中心的气氛紧张到了极点，孔祥海和孔令雯来了，欧阳市长也来了。杜伟成向众人介绍目前情况，拖船 314 号只能暂时拖拽住顺风号，可也支撑不了太久，撞桥不可避免，只能将损失尽可能减到最低。孔祥海无法镇定了，顺风号可以毁，但跨江大桥不能撞，这是市里的大项目，去年才刚通的车，要是撞坏了，不知道有多少人会受到牵连，而且桥上还有没疏散的群众，出了人命，谁来负责？

指挥中心一时静默无声。终于孔祥海开口：“其实还有个办法，或许能让顺风号停下来。”杜伟成马上摇头：“不行，我不同意。”孔令雯疑惑地看着二人：“到底是什么办法啊？杜叔叔，我爸爸还没说您怎么就不同意？爸爸？”

撞船！

如果拖船以足够的马力撞击顺风号，有可能让它停下来。但拖船上有十几名救生员，不能白白送死，虽然他们的职责是救别人的命，可并不意味着他们自己的命就轻如草芥。然而事到临头，实在没有别的办法，万一顺风号撞上了大桥，损失会更惨重。只能让拖船上的救生员提前弃船逃生，保桥不保船，保人不保船。孔祥海试图说服杜伟成，可杜伟成担心的是，稍有不慎，桥、船、人都保不住。

这正是最坏的结局，最惨的后果。

拖船 313 号驾驶舱里的钟益民、陈一诺等人从通话器听到指挥中心的争吵，面面相觑，震惊不已。陈一诺又懊恼起来，如果最后一次抛缆成功就不会出现这样焦灼而又束手无策的局面。他走到窗口，盯着跨江大桥，下面的过水孔和通航孔像一个个眼睛，他忽然灵光一现，如果让拖船 313 号贴上顺风号避开过水孔而对准通航孔就能避免船撞桥。

杜伟成仍有顾虑，拖船 313 号的甲板比顺风号低，真要贴上去会先被拱沉。孔祥海也急了，还剩下不到十分钟的时候，如果再想不出办法保住人、桥、船，就只能眼睁睁地看着船和桥一起被毁。两个人争辩的声音从指挥中心传到驾驶舱，突然声音一下子全都消失了。尹启泰关闭了通话器，命令所有的船员和救生员立即撤离，除了轮机长，他是自己的生死搭档，焦不离孟，孟不离焦。陈一诺也坚决不走，如果不是自己抛缆失误，尹启泰和轮机长就不会冒这个险。尹启泰让他马上出去，三分钟之内所有救生员必须离开拖船，否则的话就是违抗命令，要严厉处分。陈一诺还想说什么，却被钟益民拖了出去。

一艘艘救生艇从拖船两侧放到了江面，丁超带头跳了进去，伸手去接林越下来，却看见她步步后退。陈一诺从后面推着她的身子：“林越你干什么呢，快走啊！”林越说：“我不走，因为我知道你不会走。拖船随时都会面临危险，船上需要一个急救医生，关键时刻我能救命！而且，你一旦出现幻觉，我可以把你拉回来！”已经坐进救生艇的钟益民催促着，陈一诺猛地把林越拉到了身后，松开了缆绳，救生艇离开了拖船。

“你不后悔？”

“我从来没为自己的决定后悔过。至少现在，此刻，能看着你平安地站在我身边，我心里就很踏实。”

“林越，你太让我感动了。”

“还记得高中的时候你说过什么吗？你说我是你的福星，每次考试只要坐在我身边，你总能考出好分数。老同学，今天就让我这颗福星陪着你吧。”

陈一诺拿起救生衣亲手给林越穿上，猛地把她搂在了怀里，不去想自己要和叶萱结婚，不去想孔祥海在追求林越，什么都不去想，只是紧紧地搂着林越。让两颗心离得很近很近，感受彼此的心跳。

驾驶舱里，尹启泰和轮机长两个人并肩站立，背影如铁塔般的强壮稳固。他们要靠两个人的力量，化解这场灾难。突然，陈一诺冲了进来：“船长，光留老轨一个不够。你还得需要大副、二副和舵手吧？还得需要救生员吧？我陈一诺啥都会干，一肩给您挑了！”尹启泰用力地点了点头，重新打开了通话器：“指挥中心，这里是 313，全体船员和救生员即将安全撤离，只剩下船长尹启泰、老轨邱国庆和救生员陈一诺，咦？怎么

回事？”

尹启泰中断了汇报，让指挥中心的杜伟成、孔祥海等人是又紧张又疑惑，尤其是孔令雯，竟紧紧抓着父亲的胳膊，害怕听到不好的消息传来。指挥中心里的所有人都不明白拖船驾驶舱发生什么事情，尹启泰又看到了什么？

林越走了进来，她以医生的名义留下，与大家同舟共济，安危与共。拖船上大多数的男人们都离开了，却留下女人面对危险，这违背了尹启泰的原则，他让陈一诺马上把林越送上救生艇。陈一诺冲到了通话器前：“报告主任，尹船长刚刚说的人员里还少了一个，我们还有一名医生。请下令，现在时间就是一切，胜利在于不懈地努力之中！如果不努力这一下，必定桥毁人亡；可如果努力争取，桥和船说不定都能保住！主任，下令吧！”陈一诺嘴里说着请杜伟成下令，可还没有等到回复就关闭了通话器。无需回复，因为当他们留在拖船的那一刻，就已经决定了要行动，也清楚会面临什么样的危险。越能勇敢地面对危险，越能克服心底的恐惧。

然而，恐惧的情绪正在孔令雯的心头漫延，她试探地问：“那名医生该不是林越吧？”看到杜伟成点了点头，孔令雯愣住了，孔祥海顿时震惊，他爱的女人、要娶为妻的女人正处在危险之中。他宁愿顺风号被毁，跨江大桥被撞，也不想林越遇到任何意外。孔祥海冲到通话器前呼喊拖船313号，任凭他喊破了嗓子，那头的通话器也静寂无声，他赶紧让杜伟成下令取消计划，杜伟成却无可奈何，如果陈一诺肯听从命令，就不是陈一诺了。

时间只剩下十分钟了。

振聋发聩的巨响，船与大桥撞到了一起，油轮爆炸，冲天的火光映红了江面。孔令雯不敢想象那个可怕而又毁灭一切的景象，更无法承受可能再也见不到陈一诺的打击，她冲出了指挥中心。孔祥海忙追出去拉住了女儿：“不许去，太危险了。”孔令雯痛心：“陈一诺连命都不要了，我要去找他，还有林越陪在身边，我不能让她抢走我的爱情。”

孔祥海松开了手，看着女儿跑了出去。

爱情本就是你争我夺，如果自己没有把握住机会，就是给了别人机会。

第二十二章　我愿意为你

危难时刻见真情，爱情也在这一刻升华。

——生死关头，陈一诺和林越做出了无悔的人生选择。

跨江大桥巍然耸立，精雕细琢的白玉栏杆在阳光下熠熠生辉，这处滨城的著名景观此时却成了最危险的地方。戒严与交通管制过后，桥上已经没有一辆车，不见一个人影。只有一座桥，横跨两岸，桥下江水流淌。

拖船313号压着水花前进，它的后面是拖船314号，前面就是顺风号。尹启泰开动轮机，陈一诺亲自掌舵，林越紧张地站在舷窗前。老轨邱国庆目视前方，准备发出口令。

“撞!”

尹启泰加大了马力，陈一诺使劲握着船舵保证方向，朝着顺风号的船尾就撞了过去。猛烈的碰撞使得驾驶舱里的人东倒西歪，陈一诺和林越摔到了一起，还好没有受伤。尹启泰就没有这样的好运了，头撞到了工作台，鲜血直流。从地上爬起来的林越忙打开医药箱，拿出药棉和纱布消毒。伤口很深，见到了骨头，只能暂时包扎起来。陈一诺马上打开通话器向指挥中心喊话：“尹船长受伤，请立即派救助直升机过来!”

高亮的直升机正降落在离大桥最近的四号码头，把救起的船员放下后，迅速起飞返回。大桥上游不远处的江面上，拖船313号紧紧地镶嵌在顺风号的尾部，在漩涡中漂泊，似乎停了下来。郑成泽松了一口气，使劲地拍了一下舵轮，当陈一诺把撞船计划告诉他时，他就知道这是一步险棋。刚才的撞击中，老船长安然无恙，年轻的尹启泰却身受重伤，站不起来了。陈一诺和林越都守在他的身边，等着救援直升机的到来。

甲板上方响起引擎的轰鸣声，高亮驾驶着直升机来了。机舱里面，丁超紧了紧身上的钢索，朝赵五一点了点头。此时，尹启泰已经被抬到了甲板上。丁超降落后，马上和陈一诺一起把救援索套到了尹启泰的身上。林越抬头向着直升机做出手势，赵五一探出身子看到了，他已经知道林越冒着生命危险和陈一诺一起留在拖船上，这是爱情的力量还是信念的执着?

无论哪一种，都是爱情的胜利。

不管林越能不能看清楚，赵五一向下做了个V形的胜利手势后缩进了机舱，救援钢索拉起，丁超护着尹启泰离开了甲板。老轨邱国庆在驾驶舱掌舵，甲板上只剩下了林越和陈一诺。

两个人你看着我，我看着你。陈一诺的神色变得严肃起来，林越抢先开口：“别再劝我也上直升机。两个人面对总比一个人面对好，是你说的。如果这一关过了，以后对任何恐惧都会免疫!”陈一诺想开口却什么也说不出来，喉结蠕动，握住了林越的手。

“准备好了吗?”

“我已经准备好了，老同学。”

十年的同学情谊是人生中难得的缘，日久天长的友情早已变成了爱情，尽管有怀疑，有犹豫，但在这一刻，两个人心心相印。

陈一诺和林越进到驾驶舱对掌舵的邱国庆说：“老轨，就剩下咱们仨了，现在走还来得及。最后这一撞，结果难说，你的活儿我替你干了吧！”邱国庆松开船舵：“放屁！我那活儿是谁都能干得了的吗？你也太小看我老轨了！少说废话，干活！”挨了骂的陈一诺也不生气，反而高兴地上前接过船舵，邱国庆下舱检查轮机去了。

跨江大桥近在咫尺，拖船314号已将马力开到了最大的极限速度拖着顺风号，拖船313号则顶着顺风号的船尾侧面前进。原本对准大桥航道孔的顺风号突然改变了方向，对准了桥墩。林越吓得差一点叫出声来，忙咬紧了嘴唇，在这样的关键时刻，千万不能扰乱到陈一诺。只见陈一诺迅速转着船舵，用力过猛让身体全都动了起来。顺风号渐渐又变了方向，错过桥墩，对准了另外一侧的通航孔。

“好小子，干得不错！”通话器里传来郑成泽的声音，鼓舞着陈一诺，当他在拖船的驾驶舱掌舵时，老船长也进到了顺风号的驾驶舱，一老一少共同掌控着决定命运的时刻。只要顺风号顺风顺水地过了通航孔，跨江大桥就保住了。突然下面传来邱国庆焦急的声音，轮机室进水。杜伟成和郑成泽不约而同地喊话，命令所有人立刻弃船逃生。林越也焦急地看着陈一诺，仍在掌舵的他毫不理会，让邱国庆再撑两分钟。

指挥中心的孔祥海撑不住了，冲着通话器大喊林越的名字，让她穿上救生衣跳下去，马上就派私人飞机去救她。林越低下头，看着已穿在身上的救生衣，对着通话器说：“谢谢你，孔总，既然我选择留下，就会留到最后一刻。放心吧，我身边站着最勇敢的救生员，他会保护我。”林越向陈一诺看去，陈一诺也正转头看过来，两人目光相对，是信任和幸福。

顺风号又一次对准了通航孔，陈一诺和林越还没来得及高兴，却又一次听到撞击声，拖船晃动起来。顺风号又改变了方向，郑成泽抓紧船舵，惊恐地看到前面，正是大桥桥墩。两个驾驶舱的通话器同时传出杜伟成的声音，顺风号就要撞上大桥，他再次命令所有人立即跳船。

高亮驾驶着直升机盘旋，机舱门已经打开，丁超探出身子望着江面，却没有看到一个人影。无论是顺风号还是拖船，都没有人跳下来。急得丁超大喊：“陈一诺，跳啊！”声音飘散在空中，瞬间化为轻风。

陈一诺正用尽全力扭转着船舵，林越上前帮忙，通话器里一遍又一遍传来杜伟成催促弃船的命令。陈一诺已下定决心要再撞一次顺风号，只要顺风号在接触大桥的时候速度为零，就不会把大桥撞毁。

此时的大桥两岸聚满了围观的人群，他们已经从电视、广播和网络上知道了险情，也知道有救生员正在舍生忘死地救援，所有人都紧张地看着离大桥越来越近的顺风号和拖船。孔令雯挤了进来，但前面的人太多，她根本挤不过去。急得孔令雯快要哭了：“让一下，让我过去……”一个大娘握住孔令雯的手：“姑娘，那船上的人你认识？”孔令雯忍着眼泪：“他们都是英雄，我想去看看英雄。”话虽如此，她仍害怕看到想象中的画面。

邱国庆浑身湿透，脸上带着油污走进驾驶舱，经过一番努力后，能保证拖船有60%的功率可以使用，加上惯性，还有拖船的重量，下一次的撞击力不会小了。陈一诺和林越早已做好了准备，邱国庆也做好了准备，就连顺风号上的老船长也做好了准备。在生死存亡的关键时刻，没有一个人当逃兵。

拖船 313 号几乎贴上了顺风号，最后的关头，林越将左手伸向了陈一诺。陈一诺伸出右手，紧紧地握住了。陈一诺深情地凝视着林越："有几句话我想问你。你为什么一直不承认你是喜欢我的？

"因为我喜欢被你爱着！"

"那你为什么还这么打击我？"

"因为我知道你不会离开我！"

"林越，如果有下辈子，你愿意嫁给我吗？"

林越看着陈一诺的眼睛："我愿意！如果有下辈子，我一定嫁给你！我要给你买一辆自行车，下雨天，你要骑上自行车，带着我，拼命往家里赶。陈一诺，我爱你！"林越扑进陈一诺的怀里，两人紧紧拥抱在一起。邱国庆欣慰地笑了，也许这是他留在世上最后的时光，但能见证两个人情比金坚的一刻，值了。

惊天动地的一声巨响，两船相撞。巨大的冲击力将拖船顺势送进了顺风号的船底，尾部翘了起来，螺旋桨露出了水面，在空中旋转着。而这最后一撞也正如陈一诺预料的那样消解了顺风号的力量，终于到桥墩前面停了下来。而压在船底的拖船则缓缓沉入水中，巨大的漩涡吞噬着一切。

一切，尘埃落定。

郑成泽冲上了船舷，呼喊着，最后绝望地坐到了甲板上。孔令雯的眼泪终于掉了下来，大声喊着陈一诺和林越的名字，她再也不争抢陈一诺了，只要他们两个人都活着。然而，混浊的江水给了她最残酷的回答。直升机上也充满了悲哀，丁超放声大哭，赵五一泪流满面。钟益民红着眼睛吼道："不许哭！把眼泪给我擦了，打起精神去救人！陈一诺不会死！一个拿过铁人十项冠军的人不会死！老轨更不会，他这辈子经过的大风大浪多了，不都闯过来了吗？还有林大夫，救过这么多条命，阎王爷怎么舍得收她？"

舱门打开，丁超等救生员们一个个垂了下来，解开钢索，迅速潜入水下，拖船 313 号在水中静静地停着，舱体裂开了一个大洞。丁超第一个游了进去，其他人紧随其后。刚游进船舱，就发现了邱国庆，他已经昏迷不醒。丁超赶紧给他戴上氧气罩，交给夏林带他浮出水面。丁超继续向前游动，一块被扭曲的铁板挡住了去路。丁超拿出切割枪切割着铁板，喷出的火光照亮了年轻的脸。

铁板被切开，陈一诺和林越出现了。两个人虽已昏迷，仍紧紧拥抱在一起。丁超欣喜地游过去，好不容易把两个人分开，夏林和小满为林越戴上了氧气罩，一左一右地扶住她上浮。丁超抱住陈一诺，摘下自己的呼吸器，戴到了他的嘴上，过一会儿，又挪到自己嘴边吸一口。就这样轮流使用着呼吸器，像训练时常做的那样。丁超带着陈一诺减压上浮，心里默默呼唤："诺哥，我来救你了，求求你睁开眼睛吧。"陈一诺竟然真的睁开了眼睛，丁超一阵惊喜，但陈一诺很快又闭上了眼睛。

世界，一片黑暗。

"高亮，我和恬恬走了。虽然没有等到你的人，可我并不遗憾，因为我知道，你在挽救更多人的生命。我会告诉恬恬，爸爸是世界上最优秀的飞行员，是个伟大的英雄。不管我们之间发生过什么，你永远都是恬恬的爸爸，也永远都是我的亲人。"

高亮一边按着微信的接听键，一边在机场大厅奔跑，寻找赵笛和恬恬的身影。机场的广播喇叭里传出通知：“飞往加拿大的 YZ521 航班已经起飞。”一架波音 737 正冲上云霄，高亮奔到落地窗前，把手贴在玻璃上，轻轻地朝远去的飞机挥动着，眼泪止不住地流了下来。旁边送过来一只手帕，高亮转过身，惊讶地看到了叶萱，他有些不好意思被叶萱看到流泪。叶萱却善解人意：“流泪并不代表着懦弱，而是善良和不舍。”无论是民政局离婚，还是现在的机场送别，高亮生命中的转折点都有叶萱的存在。而在叶萱生小郑安的关键时候，也是高亮送她去了医院。

不知不觉中，两个人已经结下了不解之缘。

缘分，天注定。

正如陈一诺和林越，分分合合，生死关头却抱在了一起。叶萱已从电视上看到他们两个人被救上了直升机，迅速送往医院急救。

头缠着纱布，脸上青一块、紫一块的陈一诺正闭着眼睛，安静地躺在病床上。他的脑海里出现林越的身影，亲口答应要嫁给自己，而正在这个时候，拖船撞上了顺风号。

“林越！”陈一诺猛地睁开了眼睛，先是看到了病房顶棚，再转向四周，明白是进了医院。慢慢坐身子，努力地回想起经历的一切。病房里只有自己一个人，林越去了哪里？最后的撞击时刻，她明明被抱在了怀里，现在却不见了。陈一诺拔掉正在打着点滴的针头，一瘸一拐地出了病房。他要找到林越，一分一秒都不能耽搁。生在一起，死也要在一起。如果只剩下自己，活着还有什么意义？

陈一诺喊着林越的名字，一间又一间的病房寻找着。医生让他赶紧回病房，陈一诺就像没有听见一样，只有一个念头，就是找到林越。直到陈瑛听到声音，把他搀扶进了一间特护病房。林越脸色苍白，一动不动地躺在病床上，鼻子和嘴里都被插上了吸氧管。床前柜上摆放着一束彩虹玫瑰，绚丽的色彩越发衬托出她的虚弱。陈一诺慢慢走到床前，心疼地想伸手摸林越的脸，却又怕碰疼了她。陈瑛拿过椅子给陈一诺坐下，他握住林越的手喃喃说道：“你知道吗？林越，我一直都想这么跟你手拉着手，谈谈情，说说爱，今天总算有机会了，虽然你不一定听得见。我到现在还忘不了，十年前的那天下午，在高一九班，你第一次走进教室，留着荷叶头，穿着一身白色连衣裙，我当时脑子里就一个念头，快坐到我的身边。好多人不相信一见钟情，可我相信。因为我对你，就是一见钟情。”

陈一诺的眼睛红了，捧起林越的手亲吻着。被感动的陈瑛悄悄走出病房，只留下了相爱的两个人。当她把病房门关好，才发现叶萱不知何时站在门口。陈一诺心里爱的是林越，但亲口说出要和叶萱结婚，现在叶萱来了，他却守在林越的身边。

爱情胜过了恩情，还是恩情俘获了真心？

陈瑛不知道陈一诺的答案，她也不知道是该请叶萱进到病房还是让她回去。她的心里还有一个疑问，在照顾林越的这几天，每天都会有一束彩虹玫瑰送进病房。一支彩虹玫瑰将近一百块钱，一束更是价格不菲，几乎没有人能承受得起这样的奢侈。如果不是真心牵挂林越，不会如此的费心费钱。陈瑛想到了一个人，一抬头就看到走廊那头走来了孔祥海和孔令雯。叶萱没有看到，她的目光全在病房里面，透过房门的玻璃窗听着每一句话，她心头悬着的一件大事终于可以落地了。当叶萱正要转身离开，孔祥海和孔令雯已经走到了面前。

虽是父女同行，却各有牵挂，明知结果也许不会顺心如意，但还是来了。以朋友的身份来探望，这是最好的方式，他们都放心不下那一对共同经历过生死的真心爱人。

病床前，陈一诺仍握着林越的手，他舍不得放开哪怕一秒钟，要一辈子握住。陈一诺曾经想过许多和林越生活在一起的画面，可他没有想到林越竟然愿意陪着自己去死。连眉头都不皱一下，就跟十年前初见时一样淡定。陈一诺何其幸运，生命中能遇到陪着自己同生共死的女人。

“林越，说真的，其实我不希望获救，我想就这么跟你沉入江底，与世隔绝，没人打扰。这样，咱们俩就能永远在一起了。”陈一诺流下了眼泪，把脸埋在了林越的手里，如果她醒不过来，自己就这样永远守在床前。突然，耳边听到一句“傻瓜，哭什么啊？”虽然声音很虚弱，但陈一诺听清楚了，是林越的声音，他惊喜地抬起头，林越为他抹去脸上的泪痕：“不获救的话，怎么能看到你为我流泪啊。”陈一诺忙说：“还记得撞船前说过的话，如果有下辈子，你愿意嫁给我吗？下辈子太久了，这辈子我就想和你在一起。林越，你愿意吗？”林越含着眼泪点了点头。

幸福的泪水飞溅在病房里面，病房外面是祝福的笑容。陈瑛走了，叶萱走了，孔令雯挽着孔祥海的胳膊也走了，这一对同时失恋的父女相互安慰，互相打趣，没有了爱情他们还有亲情，这也是一种幸福。

每个人都会找到属于自己的幸福，时间有早有晚，也许一帆风顺，也许历经磨难。当幸福到来时，才会感到宝贵。

有时候幸福很简单，天气晴朗的日子在海边散步，感受生活的美好。叶萱扶着陈一诺慢慢走着，虽恢复了许多，但陈一诺走起路来仍有点一瘸一拐。远方传来轮船的汽笛声，两个人停下了脚步，一起看着海面上的货轮。海面风平浪静，陈一诺的心头却涌起了巨浪，他要一辈子握着林越的手，也要一辈子照顾叶萱和小郑安。这是发自内心的承诺，在亲口说出的那一刻真心真意，没有半点虚假。然而在上学的时候，陈一诺就明白鱼与熊掌不可兼得，但他不知道该如何向叶萱开口。

“一诺，我一直在等你说出要和林越一辈子相守，别让我再等下去了。”听到叶萱的话，陈一诺愣住了：“你，全都知道了？”叶萱笑着说：“你们已经相恋了十年，又共同经历了生死考验，如果你不娶林越的话，我第一个不答应。一诺，我希望看到你与你真正相爱的人在一起，我和安安不应该成为你们的负担。也许你们不觉得，但对我来说就是一辈子的内疚和亏欠。”陈一诺激动不已，叶萱真是个好女人，即使自己和林越结婚，他也会一如既往地照顾他们母子，直到她找到幸福。

幸福，到底在哪里？

孔祥海曾经以为找到了幸福，可幸福却从来没有属于过自己。彩虹玫瑰有些枯萎了，他换上了新买的百合。玫瑰代表着爱情，他已经亲自见证林越和陈一诺许下誓言的那一刻，该是退出的时候了，就让百合代表自己的祝福吧。林越有些感动：“谢谢你的玫瑰，也谢谢这束百合，否则的话，我真不知道该如何向你开口。”果然什么事情都瞒不过心理医生，孔祥海说：“成不了恋人还是朋友，林越，我知道你想说什么。当你选择和陈一诺一起面对死亡的时候，我就知道我输了。不过，我输得心服口服，你们两个人让我知道了世界上有比钱更重要的东西，那就是爱情和忠诚。”林越伸出了手：“愿我们的友谊地久天长。”孔祥海也伸出了手，两个人的手握在一起。这时，陈一诺推门进来，恰好全看在眼里。

书中曾经说过，爱情的产生缘自神奇的多巴胺，男人在追求女人的时候，多巴胺最为旺盛，年轻者无惧，年长者好胜，无论结果如何，这个过程令人兴奋而难忘。陈一诺和孔祥海的多巴胺在这一刻同时达到了顶峰，尽管林越没有在身旁。医院的花坛前，站着两个心系着同一个女人的男人。如果在电视剧里每到这个时候，会是两个男人大打出手，决出胜负。

陈一诺握紧了拳头，孔祥海目光闪烁，不动声色：“想说什么？”陈一诺终于开口：“孔总，我爱林越。从第一眼看见她，一直爱到现在。曾经为了道义和责任，我想放弃这段爱情，可经历了顺风号的事之后，我才发现，我跟林越是不能分开的。我知道您对林越的感情，更能感受到您的强大气场，可我必须要说一句，林越是我的，谁都不能把她从我身边抢走，就是您也不行。”孔祥海笑了：“你在撞船前和林越说的话，我全都听到了。陈一诺，你是条真正的男子汉。在生死面前，我孔祥海甘拜下风。林越在最后关头选择你，是对的。应该说，她心里的选择一直都是你。”

孔祥海从口袋里拿出那枚南非血钻，这是应该戴在林越手上的，不过不是自己来戴，而是要陈一诺来为林越戴上，就当成送给两个人的结婚礼物。陈一诺连忙拒绝，这份礼物太贵重了，他两辈子都挣不来这块石头。孔祥海把钻石放到了陈一诺的手里：“你说得对，它放在我手里就是块石头，只有在你和林越的手中才有钻石的价值。”陈一诺拿着钻石不知如何是好，孔祥海拍了拍他的肩膀，转身走了。

病房的窗前，出现了林越的身影，她没有看到孔祥海的离去，正在嗅着清香的百合花，露出惬意的神情。陈一诺悄悄走进来，从背后抱住了林越。林越微微有些挣扎，陈一诺在耳边说道：“别想逃。老同学，从今天起，我会牢牢地把你拴在我身边。不论是谁，都别想再把咱们分开。”

“你想好叶萱和安安以后怎么办了吗？”

“我们有我们的幸福，叶萱也会找到自己的幸福。在这之前，咱们一块儿照顾他们母子就是了。”

“一诺，你忘了我有精神洁癖了？我要纯粹的爱，有半点儿杂质都不行。我不能容忍你跟我谈恋爱，可心里却还惦记着别的女人。”

“叶萱不是别的女人，我惦记的是我儿子的妈妈，总不能让我不管他们母子吧？”

林越挣脱出陈一诺的怀抱，转过身盯着他的眼睛说道：“我没让你不管，只是在有人代替你来管他们之前，我不会完全属于你，因为你的心不可能完全属于我。”

陈一诺愣住了。林越却在笑，笑得意味深长。

第二十三章　恋一个人，等一颗心

因为喜欢一个人而爱上另一个人，爱情的萌发，没有理由。

——孔令雯把追求对象换成了高亮。

砰地一声，三个酒杯撞到了一起，高亮、老曾和陈一诺仰头，一饮而尽。本想一醉解千愁，却是酒入愁肠，愁更愁。看到陈一诺没精打采的样子就知道他是和林越闹矛盾了，热恋中的矛盾不会让两个人分开，反而增添别样的情趣，但离婚分手的曾经夫妻，却是再也无法回到从前了。高亮伤感起来，也叹了口气。老曾拿着酒瓶，左看看高亮，右看看陈一诺，摇摇头："都是为了女人啊。"

陈一诺抬起头："林越说了，要是不给叶萱找个好下家，那我跟她的事儿就免谈。她有精神洁癖，容不得半点儿杂质。你们说说，别人谈个恋爱就那么容易，到我这儿怎么比登天还难啊！"高亮说："现在林越好歹给你立了个梯子，就是登天也是指日可待的事了。等叶萱再嫁的时候，你也就登上去了。"陈一诺着急："问题就是叶萱什么时候再嫁啊！等叶萱找着合适对象谈婚论嫁的时候，我跟林越是黄花菜都凉了。"

"不能凉。"老曾猛地把酒瓶放到桌子上："有一个人再合适不过了，远在天边，近在眼前。"老曾看着高亮，陈一诺也看过去，抬起手敲打着额头，自己这笨脑袋，早该想到高亮是最合适的人。叶萱和高亮默契般配，两个人又熟悉，还保守着同一个秘密。高亮却没有心情，也没有做好再成为别人丈夫的准备，他已经伤害了赵笛和女儿，不能再伤害另一个女人，尤其这个女人还是叶萱。他帮助她创业，在临产的时候送进医院，还以丈夫的名义签下承诺，只是做了照顾兄弟家人应该做的事情。陈一诺却意识到两个人的缘分早已注定，这个时候该轮到他这个当兄弟的替大哥出头，助他一臂之力，找到幸福。

因为，幸福永恒。

走进婚纱店，陈一诺东张西望地寻找叶萱，却只有马珊珊一个人在忙着清点礼服，这才知道叶萱"不务正业"地把心思都放到单亲家庭互助协会上了。这是一个公益组织，把单亲爸爸和单亲妈妈给聚到一起，聊聊天、诉诉苦，互相抱团取暖。当马珊珊说出叶萱是会长时，陈一诺一点都不惊讶，叶萱本来就是热心肠，又善解人意，如果真的能和高亮结婚，就是最大的喜事，这间幸福永恒婚纱店才名副其实。

陈一诺想着喜事和结婚就忍不住咧开嘴笑了，等到叶萱走到面前，他还在那儿傻笑着。叶萱拍了一下他的胳膊："笑什么呢？"陈一诺一愣，马上反应过来："还需要副会长不？我这就给你找去。"说完就大步跑了出去，这回轮到叶萱愣住了。

高亮正在停机坪检查飞机，陈一诺开着吉普车冲了过来，跳下车跑过去说要高亮去单亲家庭互助协会当副会长的事情。高亮不答应，陈一诺只好耐心劝说，现在的高亮是家里跟基地两点一线，都快要与世隔绝了，再不多接触些人就该成仙了。况且又不是别人的事情，是叶萱这个会长忙不过来，身为大哥当然得义不容辞前去帮忙。

当陈一诺把高亮带到一间咖啡书屋时，里面已经坐满了人，高亮暗暗惊讶于叶萱的组织能力。人群前面，叶萱正在讲话：“我做单亲妈妈有一年多的时间了，已经从开始的无助与困扰中走了出来。现在，我可以抬起头，从容地面对所有人。我会告诉我可爱的儿子，妈妈有能力给你一个美好的未来。互助协会就是我们的家，我们并不孤单，让我们一起面对困难，一起迎接阳光！”大家都鼓起掌来，热烈的气氛感染了高亮，掌声鼓得格外的响亮。这时，叶萱看到高亮，走了过来拿出一张表格，填写后方便大家互相联络。高亮接过表格，掏出钢笔，找到一张桌子刚坐下，单亲妈妈胡美丽凑了过来，故意借笔搭讪。

“各位各位，咱们协会的创始人是叶萱女士，她担任协会的会长，大家没意见吧？”众人以掌声回应陈一诺，他接着说：“俗话说的好，单丝不成线，孤木难成林，现在我来给大家介绍一下，这位有责任心、善良正直、任劳任怨的男士，我们英俊潇洒的飞行员——高亮先生，从今天开始担任我们单亲家庭互助协会的副会长。”叶萱才反应过来陈一诺说的要找个人当副会长，原来就是高亮。叶萱带头鼓起了掌，很快掌声就连成了一片。高亮走到前面，冲着大家敬了个礼，微笑着站得笔直。人群后面的胡美丽看着高亮，流露出欣赏和爱慕的神情，在心中暗想，这个单亲爸爸是自己的了。

参加完聚会，陈一诺和高亮回到基进就进了健身房，在跑步机上跑得大汗淋漓。高亮还真把单亲协会的事情放在心上，熬夜整理所有的会员资料，若是换成陈一诺在电脑前一坐上好几个小时，早撒手不干了。高亮一语道破天机，如果换作林越的事情，陈一诺保准会抢着去干。

这就是爱情的力量。

陈一诺得意于计谋成功，但一想到自己和林越的爱情又阵阵心痛，他也为了这份爱情献出了痛并快乐的青春啊。林越建起了防御工事，难以进攻，他的十年就像是一直在眼前的跑步机上，无论如何用力也没动过地方。高亮激励他进攻，最好的防御就是进攻。

林越已经完全康复，回到医院正常出诊了。一个病人咨询完刚走出去，林越的手机就响起来了，看到陈一诺的名字显示在屏幕上，便摁了拒听键，让陈瑛叫下一名病人进来。病人愁眉苦脸，他看到网上说强迫症会引起冠心病、糖尿病还有痴呆，担心自己会变成傻子。林越先给了他一个放心的微笑，刚要开口，响起了敲门声，陈一诺的脑袋从门外露出：“林越，我想跟你谈谈。”还没等他进来，就被陈瑛给推了出去：“诺哥，林越姐在问诊，你真的不能进去。”陈一诺说：“你要是真为了你林越姐的婚姻幸福着想，现在就让我进去。”陈瑛把办公室的门关上，堵在了门口，气得陈一诺转身就走。

愁眉苦脸的病人仍在疑神疑鬼，好在林越有耐心，终于把一张苦脸变成了笑脸，高高兴兴地走出办公室。陈一诺又进来了，把挂号单和病历本放到林越面前，陈瑛见状偷偷吐了下舌头。看到面前的单据，林越不相信陈一诺真的挂号来看病，在电脑查询。

“原来林大夫还有疑心病。现在我是病人，你不能赶我出去。我的病我自己很清楚，华佗再世都没法治，只能来找你医。但知道你忙，诊断书我都写好了，恳请林大夫直接签个名下个单让我把药抓了。”陈一诺打开病历本，里面早就写好一行字：“我发誓高亮和叶萱结婚后，我会立刻马上刻不容缓地嫁给陈一诺！”林越生气地瞪着陈一诺，这是对自己的不信任，伸手把这张纸撕了下来，扔进了左边的垃圾桶里。急得陈一诺弯下腰，脑袋差点钻进了垃圾桶，把撕碎的纸片从纸篓里拣出来，拿到了桌子上拼凑，又用胶带粘好。林越看着陈一诺用心地忙着，又好气又好笑，拿过病历本，在上面写了一行字推过去：“诊断完了，你可以走了。”陈一诺拿过来一看，高兴地大声朗诵：“时刻准备着，与高亮叶萱一同举行婚礼。这药方太对我胃口了，谢林大夫赐婚，回头我就找人把这张圣旨给裱上，挂在我们家最显眼的位置供着！”这时手机响了，陈一诺拿出来一看才想起丁超今天参加晋级赛。

《中国金嗓子》的舞台闪耀，座无虚席，观众席上举起一个又一个大照片或口号牌，都在为各自喜欢的选手加油。今天的比赛是两人 PK，快轮到丁超上场了，别的选手都在紧张地做着上场前的最后准备，丁超却东张西望，当看到孔令雯的身影时，高兴地直挥手。走过来的孔令雯见丁超仍穿着救援服，非常不满意，拿出件粉色演出服让他换上，这样打扮才能八面玲珑地争取各路脑残粉。可是丁超宁愿不吸引粉丝，也不肯换上这件被她认为毁坏形象的衣服，气得孔令雯把衣服扔到了地上。这时，工作人员催促上场，丁超小跑着奔上了舞台。

两名选手站在聚光灯下，面对着导师和观众，先演唱的选手紧张得声音颤抖，让丁超瞬间信心十足，超水平地唱着“像梦一样自由”。台下响起掌声和欢呼声，“救援哥”又一次赢得了 PK 赛。兴奋的丁超刚回到后台，就被记者们团团围住，孔令雯立刻上前挡驾，拉着他挤出人群。一名记者跟在后面大喊：“你们两个真的是男女朋友吗？”

孔令雯冷若冰霜，丁超看着她的脸色也不回答，直到完全摆脱了记者才找借口说道：“刚才那件衣服太娘了……”还没等他说完，孔令雯就气冲冲地说：“娘？现在倒成了爷们，救援的时候却扔下陈一诺逃了，还不如林越一个女人。”丁超顿时生气，他不是逃跑，作为一名救生员他也有自己的任务要完成。他知道孔令雯之所以肯帮自己，完全是因为陈一诺，这让他感觉到自尊被践踏，脱口而出：“你不就是想让诺哥对你刮目相看吗？要不是当我的经纪人，你也根本没有别的正事可干！”孔令雯猛地停下脚步，转头瞪着丁超：“我不需要用帮你来证明我有正事做，丁超，从今天起，你爱干嘛干嘛，有多远你就滚多远！”

孔令雯钻进玛莎蒂尼扬长而去。她早有新的计划，一直因为丁超要晋级而耽搁，现在可以去实施了。一旦计划成功，她会令所有人都震惊。望着转眼就不见踪影的跑车，丁超失落地掏出了电话。

“出大事了！”

陈一诺正开着吉普车从医院往回走，一接到丁超的电话忙脚底猛踩油门，一路冲进了基地，又冲进了装备室，却发现只有丁超一个人。陈一诺焦急地询问其他人都去了哪里？到底出了什么大事？丁超用手指着自己：“在我丁超到此为止的人生中，这就是最重大的险情。诺哥，雯雯不理我了。”陈一诺气得打了他一拳，故意刺激孔令雯当丁超的经纪人，就是给他们两个人创造机会，不仅没成功，到反目成仇了。

丁超也是满肚子的苦水。近水楼台先得月的道理谁都懂，可真要做起来比登天还难。尤其孔令雯这位船王公主心思难猜，一会儿热情似火，一会儿冷若冰霜，搞得丁超整天处于水深火热之中，苦不堪言。陈一诺用自己追了林越十年的经验来激励丁超，只要功夫深，铁杵磨成针，况且又有他这个军师出谋划策，总有一天会守得云开见明月，抱得佳人归。

丁超顿时转忧为喜，一口一个“诺哥”、“师傅”地叫着。在潜水训练中，两个人在水下轮流使用一个氧气呼吸器，配合默契。钟益民当众表扬，惹得其他队员们不服气。陈一诺故意搂过丁超的肩榜，扭着腰走出去。队员们目瞪口呆，瞧着这两人勾肩搭背亲密的模样，该不会是被女人打击得改变了性取向吧？

陈一诺早就预料到队友们的反应，紧张的训练中增添点乐趣也是他这位曾经代理队长的责任。丁超却着急如何让孔令雯搭理自己，陈一诺说他没出息，他已想出了一招最浪漫的求爱方式，就算不能让孔令雯感动落泪，也会让她有想要拥抱的冲动。在丁超期待的目光中，陈一诺拿出了手机。

“雯雯，下午两点到海洋馆，有惊喜大放送。”孔令雯看到陈一诺发来的信息，又惊又喜，急忙挑选衣服，做头发，去美容院化妆。一番忙碌之后，全新装扮的孔令雯怀着兴奋而又期待的心情开着跑车直奔海洋馆。

海洋馆的门口，来来往往的人群中不见陈一诺的身影。孔令雯焦急地看着时间，旁边走过来一个小男孩，拿着一朵玫瑰花和门票送到她面前：“姐姐，有个哥哥让我给你。”这时手机又收到了陈一诺的信息：“请去往《白鲸传说》表演场。”孔令雯幸福地接过玫瑰花和票，走进了海洋馆。

演出即将开始，大灯已经关闭，四周的小灯发出柔和的光，表演场中间的一池海水反射出蓝色的光。孔令雯找到座位刚一坐下，音乐就响了起来。丁超身穿潜水服，从高高的表演台跳进了水里，身边全被汩汩升起的水花包围，他挥动着双手，在水中画出了一个由汽泡组成的心形。看到这梦幻般的一幕，观众们立刻鼓起掌来。接着两位驯养师也跳进水里，指挥着两只白鲸在丁超的周围围绕旋转。观众们正在纳闷，丁超游到前面，在两只白鲸的中间展开了一个写着“雯雯，我爱你”的条幅。与此同时，两只白鲸在驯养员的指挥下上演了一场深海之吻。

观众们欢呼阵阵，感叹着丁超的浪漫求爱，开始在人群中间寻找着谁是“雯雯”。众目睽睽之下，孔令雯站了起来，在人们的掌声、欢呼声还有羡慕的目光中从观众席走到表演池前，丁超当即游了过来。隔着厚厚的透明玻璃，丁超兴奋地等待激动人心的那一刻，不料，孔令雯只向他做了一个“滚”字的口型，便转身走开。

灯光全都亮了，蓝色的海水变幻莫测，正如爱情的不可琢磨。在对的时间遇见对的人，是一种幸福。相反而言，在对的时间遇见错的人，是一种悲哀。丁超之于孔令雯，孔令雯之于陈一诺，谁对谁错？

爱情，是个难题。

为了寻找答案，孔令雯直奔海港码头。海鸥依然在低翔，轮船照例进港靠岸，这里的风景一年四季不变。如果爱人的心也永远不会改变，该有多好？

救援船上，陈一诺正带领着队友们训练使用救生网。每个人都在各自的位置抓好了网扣，就在将要抛网的一瞬间，陈一诺听到了一个他不太想听到的声音，回头寻找却没有看见人，以为是出现了幻听。但夏林等队友们全都听见了，声音熟悉，而且很不友好，孔令雯来了。队友们都知道她应该在和丁超约会，瞧着这来者不善的架势，明显是冲着陈一诺来的。夏林忙小声让陈一诺去躲一躲，陈一诺挺直了腰杆，男子汉大丈夫，还怕一个90后的小丫头？不料，等孔令雯说出心中的委屈时，陈一诺顿时哑口无言，感觉自己做得有些过分了，出馊主意给丁超，明显是利用她的爱慕之心来伤害她的自尊。

“对不起。”陈一诺真诚地道歉，孔令雯倒是大方，从前的事情一笔勾销，仅此一次，下不为例，她有选择自己喜欢谁的权利，不需要任何人来当丘比特拿着爱神之箭乱射。这时，丁超也回来了，气喘吁吁地跑上救援船，看到孔令雯怒目以对，陈一诺忙打圆场：“雯雯，今天本来想给丁超放假，送给你个惊喜，却没想到惹得你生了这么大的气，丁超也没能参加训练。你既然这么有女侠风范，能否赏脸帮我们完成训练？”孔令雯没有好气地说：“我不掉海里给你们添乱就不错了！”陈一诺高兴地一拍巴掌，他就是要让孔令雯掉进海里。

所有人全都愣住了。

陈一诺小声耳语几句，孔令雯像是被催眠了一样，目视前方，向船舷走去，还没有等众人反应过来，就纵身跳进了海里。陈一诺忙大喊：“快抛救生网！”不等救生网抛开，丁超就冲进了水里。

海水蔚蓝，水下的孔令雯闭着眼睛，完全不做任何的挣扎，慢慢地向海底沉去，她又回想起被扣在游艇里遇险的那次，是陈一诺救了自己。在她心目中，一个男人肯拼着性命救一个女人，就是爱情。脱险后才得知陈一诺是救生员，救人性命是他的本职工作，可孔令雯宁愿自己欺骗自己，不是爱，也是缘分，她要用一颗火热的心融化陈一诺，但事与愿违。早有爱人的陈一诺对爱情忠诚不弃，反倒是丁超始终对自己紧追不舍。就像刚才，他一看见孔令雯跳海便跟着跳了下来。明明知道她不爱自己，却不能看着她陷入危险，尤其是在眼前。

丁超奋力游过来，哗哗的水声惊得孔令雯睁开了眼睛，当看清来人时伸出手要推开，却被丁超顺势抓住，抱在怀中。轻柔的海水流淌，两个人紧紧拥抱着，顺着水流旋转。丁超的心醉了，孔令雯也感觉到眩晕。这时候，救生网从天而降，罩住了两个人。丁超忙用手抓住救生网，将搂在怀里的孔令雯用救生网裹住，两人一起浮出了水面。此时陈一诺和夏林等人已驾驶救生艇等在海面上，把两个人救了上来。

“救生网训练，圆满成功！”听到陈一诺得意地宣布，大家这才明白是让孔令雯扮演遇险者，最后还是丁超给救了上来，一箭双雕啊。丁超体贴地拿着毯子给孔令雯披上，免得着凉。孔令雯虽裹紧毯子却不领情，对陈一诺说：“你的忙我帮完了，现在该兑现你的承诺了。”

做任何事情都是要付出代价的。

螺旋桨飞转，发动机轰鸣，直升机渐渐离开了停机坪，越飞越高。孔令雯从驾驶舱俯瞰下面的风景，激动万分，就像雄鹰翱翔在广阔的天地之间。这种感觉她已经好长时间没有体验到了。虽然飞行执照在手，基本理论了然于心，孔令雯的胆子也不小，敢开车、开船，却唯独不敢一个人开飞机。高亮鼓励她，要想真正驾驶飞机，首先不能害怕，要让心态沉稳，把自己和飞机融为一体。这时的飞机就不再仅仅是飞机，而成了翅膀，是身体甚至是灵魂的一部分。

这才是真正的飞行。

听君一席言，胜读十年书。

孔令雯向高亮竖起了大拇指：“师傅，现在就请传法于弟子吧。”高亮笑了，孔令雯也笑了。直升机直升蓝天，转了一圈之后平稳落地，孔令雯意犹未尽地拿出手机要和高亮拍张照片留作纪念。就在触摸屏幕的一瞬间，孔令雯突然挽起了高亮的胳膊。

咔嚓一声，定格。

一个笑靥如花，一个英俊帅气，两个人亲密地挽手并肩。当陈一诺从手机上看到孔

令雯发过来的这张合影照，马上拨通了电话："我给你找的飞行指导不错吧？"原来，这就是刚才训练时孔令雯答应扮演遇险者的条件。陈一诺马上想到了高亮，让他指导孔令雯再合适不过，也算是对自己乱出馊主意的一个补偿。其实陈一诺还有个私心，只要孔令雯有事情忙碌着，就不会缠着自己了。不料，两个人通完电话没多久，孔令雯竟出现在面前。

陈一诺又是吃惊，又是意外，这位船王公主又要出什么妖蛾子？看着他流露出来的神情，孔令雯得意地说出来意，她是来打探高亮的个人情况。当听说赵笛带着女儿远走加拿大，马上喜形于色。陈一诺突然意识到情况不对头："雯雯，你别胡闹啊！"孔令雯一扬头："我追求自己的幸福，怎么能是胡闹？我说了，我不阻止你追求幸福，但是我的幸福我做主，我有选择自己喜欢谁的权利！"陈一诺忙解释高亮虽然是单身，但心里已经有人了，正在向婚姻的殿堂稳步迈进。孔令雯毫不在乎，正在迈入婚姻的殿堂并不等同于已经迈进，时时刻刻都会有意外发生，例如自己的出现。

"你这是在跟我赌气！"陈一诺生气地质问，孔令雯承认："你说对了！我要是跟别人赌气，那既对不起你，也对不起我自己！"陈一诺回答说："你不能把自己的幸福，壮烈地牺牲在跟我赌气上。你说你已经放下了，其实根本放不下。你明明在笑，心里却在流泪。"孔令雯故意笑得很开心："真正的痛苦只能用笑来掩饰。真正的痛苦是说不出来的，它在这里。"孔令雯指着自己的心脏，转身走开，剩下陈一诺怔怔地站在那里，突然大喊："别去惹高亮啊，他不是你的另一半！"

高亮正在机库里对入库的直升机进行例行检查，丁超坐在一旁和他说话。孔令雯悄悄进来，趁着他们不注意，从另一侧爬进了驾驶舱，然后突然打开舱门出现在两个人的面前。丁超惊喜地以为孔令雯是来这里找自己，孔令雯却说："我要是知道你在这，我就不来了。不过你在这也正好见证我向高指导，也就是我的师傅表白。"

高亮和丁超都愣住了。一个意想不到，一个大吃一惊，面对两个不知所措的男人，孔令雯像舞台上的朗诵者，声情并茂地诉说心声："我喜欢英雄，更喜欢雄鹰。高指导，我们恋爱吧。"

语惊四座。

丁超猛地站起来，想说什么又忍住了。他没有想到刚刚解决掉陈一诺的问题，竟又来了高亮，自己的爱情之路为什么总是这样坎坷？无论是陪伴左右，还是英雄救美，都打动不了孔令雯的心。沮丧的丁超低着头走出了机库，高亮看着他的背影说："雯雯，其实丁超真的很适合你，年纪也合适，咱们俩的年龄相差太大了，不可能的。"孔令雯拿出手机，把两个人的合影高高举起："郎才女貌，天生一对。你一时没法克服这层心理障碍我理解，就像我没法克服驾驶的心理障碍一样。你就不想听听当初我为什么要考飞行执照吗？"

那时的孔令雯和朋友们去韩国购物，有一次乘坐大韩航空的飞机，喜欢上了一名空哥。为了追求他，先后乘坐同一个航班去了韩国八次。终于精诚所至，金石为开。当两人成了朋友之后才发现空哥整过容，居然还连喉结都整掉了。从那以后孔令雯就对韩式帅哥失去了兴趣，喜欢陈一诺和高亮这样的阳刚男子汉。谈恋爱，就应该找真正的男人。面对孔令雯的满腔热情和纠缠不止，高亮无可奈何又不能发火，都是陈一诺惹出来的好事。

冤有头债有主，得找罪魁祸首算账。

第二十四章　你是我眼中最璀璨的烟火

对于相爱的两个人，危急时刻的舍身相救，值得托付终身。

——陈一诺救了林越，林越也救了陈一诺。

横眉冷对，目光凌厉，面色凛然，气氛紧张。隔着中间的一张桌子，仍感觉到阵阵杀气。武侠小说中的两位大侠决斗摊牌时，往往会用上述文字描写。正所谓高手过招，胜于无形，赢在气势。陈一诺到底没有坚持住，双手抱拳道歉，他本来答应孔令雯给她找个飞行指导，没想到高亮的魅力太大，当场就把船王千金的心给俘虏了。

高亮不听陈一诺的狡辩，一针见血地指出，孔令雯是为了和他赌气而故意纠缠自己。陈一诺支吾："管她多热情似火，你自岿然不动就行了嘛。"高亮却说："为什么不能动？你不觉得孔令雯很可爱吗？敢爱敢恨，从不拐弯抹角，有话直说，都不用你去猜她的心思。而且从现实一点的方面讲，要是成了孔家的女婿，借助孔家的势力，可以做的事情会超乎想象。当了孔家的女婿，有私人飞机可以开，又安稳又安逸，何乐而不为？"

陈一诺着急起来，如果高亮真要和孔令雯结婚，那叶萱该怎么办？叶萱和高亮结不成婚，林越和自己的婚事也得告吹，又不知道得等到何年何月。陈一诺在脑袋里迅速想着一连串的可怕后果，连老曾端着热气腾腾的老鸭汤放在面前都没有察觉到，拿起勺子舀了一大口喝进嘴里，烫得直蹦高，冲出了兄弟大排档。高亮和老曾在后面直喊："去哪儿？"

"把生米煮成熟饭去喽。"陈一诺钻进吉普车，一溜烟儿地开走了。

林越正在给病人说着病情，每说完几句话就会向门口望去，她总有种预感陈一诺会突然冲进来。果然，在她低头写着病历本时，陈一诺来了，拿过她的外套和皮包，拉起林越的手就往外走。病人目瞪口呆，陈瑛也愣住了，只听到已走出办公室的林越喊着让她帮着接诊病人。

急匆匆的脚步，严肃的神情，陈一诺拉着林越走出了门诊楼，进了吉普车，一溜烟儿来到医院附近的一个小区。熄火停车，上楼进家，陈一诺轻车熟路。站在宽敞的客厅里，林越慢慢理清头绪，这里不是陈一诺或他的亲戚朋友家，但他们走上楼梯时房门大开，只有一个可能，就是这套房子要出售，房主马上就会出现。果然走进来一位中年妇女，陈一诺迎上去打招呼。房主打量着林越再看看陈一诺，在心里估量他们两个人买房的迫切性和可能性，然后才开口。这套房子全都装修好了，家具齐全，也没有住过人，就跟新房一样，特别适合新婚的小俩口，如果不是急着出国不会把价钱放低。

陈一诺满是期待地看着林越，林越说了句："那就买吧。"房主和陈一诺都同时面露喜色，生米煮成熟饭。陈一诺早就想好了，房产证写上他和林越两个人的名字，虽然没有结婚证，也要先让林越享受到女主人应得的权利，之后就可以得寸进尺，比如同床共枕，比如早生贵子。陈一诺踌躇满志，想着美事做着白日梦，也没忘记夸奖这套房子的诸多优点，配套齐全，离医院近，以后上班步行就到了，早有很多人虎视眈眈地盯着这套房子，幸亏自己下手早。

林越笑着说：“下手早又如何？”陈一诺还没有反应过来，就看见又有一对小俩口走了进来，房主忙向他们介绍起房子。急得陈一诺走过去：“大姐，凡事有个先来后到吧，这房子我们都看好了，交定金吧。”不料那对小俩口说：“原价再加五万，房子归我们。”眼看煮熟的鸭子要飞了，急得陈一诺也加价五万。水涨船高，小俩口竟加价十万。气得陈一诺要理论，林越挽起他的胳膊：“我们再去看看别的房子。”林越拖着陈一诺往外走，房主和那对小俩口使了眼色忙高声说道：“原来一家之主说了不算啊。”小俩口中的男人也添油加醋，在家里都做不了主的男人太没出息。不料，陈一诺理直气壮：“我们家就是老婆说的算，听老婆的话，没错。在家里听老婆，出来工作照样有劲头。我是一名救援队员，上过刀山下过火海，立过二等功，救活了八十多个人的性命。谁还敢说听老婆的人没出息！”

房主和小俩口顿时哑口无言，戏也演不下去了，眼睁睁地看着陈一诺和林越扬长而去。从楼里走出来坐进吉普车里，陈一诺遗憾看好的房子买不成，其实是懊恼生米到底没煮成熟饭。林越安慰他这套房子三室一厅的结构是不错，但墙上刚刚粉刷过大白，说明肯定透寒漏雨，这是住家过日子最大的隐患，还有其他等等。林越说出一条又一条的理由，听得陈一诺口服心服，自己还真不能擅作主张，否则被人骗了还帮着数钱呢。陈一诺目不转盯的看着林越，要把她的脸上看出花来，终于说出一句肺腑之言：“跟心理医生打心理战术，注定失败。”

林越一下子笑出声来，得意的说：“所以说，你啊就别想藏着小心眼。”陈一诺握住林越的手说：“听老婆的话，没错。”两个人的手紧紧握在一起，陈一诺感觉幸福无比。但一想到噌噌上涨的房价，又郁闷起来。如果不能给心爱的女人一个家，还真是个没出息的男人。林越看出他的心思：“这些房子太普通，我带你去参观真正的水上现代豪宅。”陈一诺意外，就是能看得起，自己也买不起啊？豪宅，还水上，又现代，哪一个词都能吓得他心惊肉跳。林越又要跟自己搞什么心理战术？

烟花璀璨，绚丽绽放，滴水湖的夜空成了滨城市最美丽最热闹的地方。岸边人群簇簇，江面游船泛舟。其中最大的一艘游船，装扮得流光溢彩，悦耳的音乐，诱人的香槟，还真是座水上豪宅。陈一诺和林越站在船舷仰头看着烟花，身旁都是对对情侣，或紧紧拥抱，或深情对望，还有的正在接吻。陈一诺看到后心有触动，双臂环起，把林越搂在了怀里吻着她的脸颊。绚丽烟花下的两个人，享受着月光和爱情。

爱情多么的美好，令人向往。相爱的人长相厮守，孤独的人唯有自寻解脱。滴水江岸来来往往的人群里走来了孔令雯，虽独自一人，但打扮时尚，穿着普拉达最新一季的长裙，在夜晚格外引人注目。前面走来三个少女，惊喜地望着前方。孔令雯得意，还算她们识货，认出身上长裙的品牌，便故意放缓了脚步给她们开开眼界，少女们果然欢呼尖叫地跑了过来。孔令雯正待与她们说话，却见三个人从身边跑了过去，还大喊着“救援哥”。孔令雯心头一震，回过头就看到了丁超，正被兴奋的女生们围在中间准备合影。

三个女生唯恐丁超被一人独享，谁也不肯当摄影师，于是一个女生跑到孔令雯面前把相机拿给她，请她帮忙拍照。孔令雯不好拒绝，只好举起了照相机。闪光灯闪过，女生认出孔令雯：“你是救援哥的女朋友吧？看到你们在海洋馆的照片了，太浪漫了！”

女生们像一群快乐的小鸟，叽叽喳喳地飞走了。丁超笑着说："网络可真是个好东西啊，什么消息都传得这么快。"说完话像变魔术一样拿出两张游艇的票。孔令雯瞪着他，拿过票撕成了碎片，又塞回到丁超的手里："我要跟我的男朋友约会，你马上消失。"丁超不离不弃："好啊，约会去吧。你跟你男朋友约会并不耽误我跟你约会。"孔令雯终于尝到了被人纠缠的滋味，不再搭理丁超，沿着江岸快步走着。后面一步之遥，丁超如影随形。

万紫千红，流光溢彩，灿烂的烟花到了最精彩的时候，滴水湖成了人间仙境。岸边一处的放射台，并排摆放十几挺火炮，一团团火花喷射而出，在空中绽放，带给人们绝妙的视听享受。突然有几枚烟花弹落到了游船上面的人群之中，餐盘架倒了，美酒洒了，游客们四处逃散。陈一诺护着林越，生怕被慌乱的人群撞到。甲板上虽然宽广，但为了享受烟花盛宴，摆满了吃的、喝的还有玩的，游客们跑来跑去才发现只不过是从这头跑到了那头，吓得仓皇失措，有人惊叫，有人摔倒，更有孩子放声大哭。

人仰马翻，乱作一团！

慌乱和恐惧往往伴随着意外的发生，尤其是在人群聚集的地方，陈一诺意识到情况不妙，大喊："大家不要乱！听我说……"然而已是惊弓之鸟的游客根本不听他的指挥，继续四散逃窜。又有几枚烟花弹袭来，几声巨响后，火苗窜起，游船后甲板角落堆满的玩偶一下就着了火。陈一诺和林越被挤到了左舷，突然面前的人群自动闪开了一条道路，就看见一个后背起火的人喊叫着跳进了水里。陈一诺抓着林越的手握住围栏："哪都不要去，等我回来！"说完一个鱼跃跳进了水里，船长也跟着跳了下去。他们两个本来是去救被火烧着的遇险者，却被误以为是跳水逃生，马上有人也跳了下去。一个、两个，蝴蝶效应让越来越多的游客跳进了水里。

"别跳，危险！"林越几乎用尽了全部的力气喊着，但是她的声音被淹没在人们惊恐的叫喊声里。不敢跳水的游客们躲避着火苗向前甲板拥去，虽有船员们拿着灭火器及时把火熄灭，但游船失去了平衡开始倾斜，巨大的惯性让游客们纷纷摔倒。一时间，喊声震天。

湖岸边的栈道上，孔令雯和丁超仍一前一后地走着，突然发现人群向前面跑去，又听到有喊叫声从湖面传来。孔令雯还以为是人们在狂欢，丁超却意识到出事了，忙让孔令雯打电话报警，他跑去救人。

基地指挥中心的电话响起，杜伟成立刻向全体队员发出指令，不管是否值班，不管人在哪里，马上赶去加入紧急救援。直升机腾空而起，救援车一辆又一辆地驶出了基地大门，全都奔向同一个目的地——滴水湖。

湖岸边趴着两个人，大口地往外吐着污水，还有两个人在拍打着他们的后背。孔令雯惊喜地看见了陈一诺，马上跑过来："你看见丁超了吗？他也下水救人了。还有我已经打电话给基地了，基地马上派人过来。"陈一诺和船长刚把跳水的这两个人救到岸边，根本不知道其他情况，游船上还有大群的游客需要营救，更重要的是林越还留在上面。陈一诺焦急地向湖心望去，突然眼前一黑，游船上的灯全都灭了，接着就听到了更加惊恐的叫喊声。

盲人骑瞎马，夜半临深池。

险情到了最危急的时刻，陈一诺和船长对视一眼，又跳进了水里。孔令雯担心地望着漆黑的湖水，恰好看见丁超推着一个人向岸边游来，忙伸出双手把遇险者拉上岸。这是个年轻女孩，已经昏迷不醒。丁超把女孩的身体放平，两只手就要朝胸部按去。孔令雯忙阻拦：“你要干什么？”丁超着急：“心肺复苏啊，再不救就晚了。”

孔令雯猛地把丁超推开，蹲在女孩的身边，动作标准且准确地做起了心肺复苏，看得丁超目瞪口呆。过一会儿，女孩睁开了眼睛，哇哇吐出两大口水。丁超二话不说，向孔令雯竖起了大拇指，马上又跳进水里继续去救人。

此时，陈一诺和船长回到了游船上，应急灯光已经亮起，在船长的指挥下，船员向游客们发放救生衣，孩子和妇女优先进入救生艇，准备向岸边转移。但仍有些急于离开的人们也抢着要上去，陈一诺和船员们一边劝说一边阻拦。有一个年轻男子高喊着自己有心脏病，非要争抢女人和孩子们的座位。气得陈一诺吼道：“听你这声就知道你没病。”年轻男子反问：“你是医生吗？我要是犯病了，你能治吗？”

这时，林越挤了过来：“我是医生，你要是犯病了我能治。我也是女人，我保证最后一个离开游船。我也相信，马上会有救生员来救我们！”林越的话掷地有声，羞得年轻男子钻进了人群，也让那些紧抓着救生艇的手松开了。船长来不及感激，驾驶救生艇向岸边驶去。陈一诺向林越望去，林越也正在看着他，两个人点了点头。

此时无声胜有声。

突然，游船不知为何又向右侧倾斜，毫无准备的人们纷纷跌落水中。虽是七月间，但夜晚的江水仍是冰凉。陈一诺奋力游着，救起了一名游客。他大喊着林越的名字，四周漆黑一片，什么都看不见。此时的林越全身都沉到了水底，她拼命往上浮，好不容易脑袋露出了水面却又被人按了下去，咕咚咕咚喝进了江水，林越感觉到了窒息，眼前一片黑暗。

轰鸣声传来，高亮驾驶着直升机来了，探照灯照亮了整个江面。陈一诺焦急地寻找着林越，眼前全是密密麻麻的脑袋，呼喊声不绝于耳。就在前面不远处，他看到了林越，只是露出一下就又沉了下去。陈一诺猛地扎入水中，游了过去。林越正向江底沉去，再也没有力量浮出水面了。她伸出手想抓住什么，却什么也没有。如果就这样的离去，陈一诺就再也握不到自己的手了。林越的身子越来越轻，就像飞在空中，她看到了蓝天白云，还有陈一诺的脸。林越露出了笑容，那是她留给陈一诺最后的笑容。

水下的陈一诺借着探照灯的光亮看到林越就在眼前。林越不急着向自己伸手过来，反而笑了。他慌忙游过去，搂住了她的身体浮出水面。林越已经人事不省，陈一诺带着她拼命游到岸边。正在救助其他上岸游客的孔令雯和丁超把他们两个人拉了上来。

陈一诺呼喊着林越的名字，却没有应答。丁超大喊：“心肺复苏，快！”孔令雯却喊：“快，人工呼吸！”陈一诺一手摁住林越的额头，另一只手抬起她的下颚，嘴对着嘴吹气。连续的呼气吹气后，陈一诺把手放到林越脖子上的静脉，感觉到有脉博跳动，但林越却仍闭着眼睛。陈一诺像是明白了什么，脸上露出放心的神情，又一次给林越吹气，久久地都没有抬起身体。在这一刻，两个人心意相通，默契十足。旁边的孔令雯拿出手机将这一幕拍了下来，丁超凑过来说：“诺哥和嫂子可真是一对患难夫妻啊，什么时候我们俩……”孔令雯并不说话，只是把存在手机里自己挽着高亮的照片举到他面前，气得丁超扭头就走。

这时警车和救护车也都赶来了，林越才睁开了眼睛：“我就知道你会来救我。”陈一诺把她抱了起来：“照顾好自己，我还得去救别人。”林越咳嗽着点点头，看着陈一诺奔向人群。这时陈瑛跑了过来把她扶起，两人去寻找附近是否有人需要帮助。

此时湖畔两岸聚集了闻讯赶来的市民，他们慌乱之中找不到亲人朋友而急得哭喊，警察们奋力地维持着秩序。陈一诺和钟益民等救生员们一趟又一趟地把落水游客救上岸，救生艇也在不停地转移游客。当又一次下水时，陈一诺无论如何使劲地挥动胳膊，都游得很慢很慢，他已经记不清楚救起多少名游客了。钟益民发现情况不对，让他赶紧上岸休息。陈一诺刚想应答就感觉到身子下沉，原来是一名落水者抓住了他的脚踝，拖着沉底。精疲力竭的陈一诺想推开，却反被抱住了腰身。幸亏丁超及时赶到，把两个人分开。丁超担心地问："诺哥，没事吧?"陈一诺已经说不出话来，只是摇了摇头，示意丁超先带落水者上岸，自己漂浮在湖面，待力气有些恢复后才慢慢向岸边游去。

岸上，林越和到达现场的医生们正在对溺水者进行施救，并且现场组织人员进行互助和自救。救护车开走一辆又赶来一辆，将急需救治的遇险人员送往医院。孔令雯也帮着把遇险人员抬上了救护车，四处看了一圈，又看向了江里。此时丁超正带着最后一个遇险游客露出了头来上了救生艇，孔令雯才松了一口气。人群响起了掌声，为所有遇险人员全都获救而欢呼。

欢呼声和掌声传到了湖心，陈一诺感觉声音离自己很远，岸边也很遥远。他拼尽全力挥舞着胳膊，力气渐渐不足，终于再也游不动了，沉了下去。

"一诺，陈一诺!"人群中的林越大声呼喊着，四处寻找着，她使劲挤开人群向岸边跑去。丁超正在救生艇上，林越对他大喊："快去救陈一诺，他还没有上来!"丁超立刻意识到发生了什么事，立即从救生艇上跳下来，岸边的救生员也全都下了水。林越紧张地盯着江面，有个记者过来问道："请问林医生，您能告诉我为什么救援人员突然全体下水吗?难道还有遇险者没有救上来吗?还是说确定有人遇难了?"林越突然转头大喊："我老公在水底!"记者顿时闭上了嘴。

此时的陈一诺眼睛瞪得大大的，已经失去了意识，向湖底沉去。依然是丁超带领着队友们游了过来，他记得两人分手的地方，最先找到了陈一诺，和钟益民合力托着浮出水面。林越早已是心急如焚，看救生艇急驰而来，嘴里还是忍不住喊着："快，快点!"丁超和钟益民把陈一诺抬上了岸，林越立即扑过去做起了人工呼吸。吐出了江水，陈一诺还是一动也不动。钟益民等人心跳加速，担心陈一诺出了意外。唯有丁超神情自若，掏出了手机准备拍照："动人的一幕又要上演了。"果然，林越照着陈一诺的胸口打了一拳，瘫坐在地上，陈一诺这才坐了起来，紧紧把她抱在怀中。

画面摇晃，镜头不稳，林越的一句"我老公在水底"却听得清清楚楚。丁超等人一起起哄，躺在病床上的陈一诺满脸的得意："叫嫂子，从今天起全都给我叫嫂子，听见没有?"恰好林越走进来，看着病房里热闹的气氛问道："什么事情这么高兴?"丁超等人笑着，全都看向林越却不说话，突然齐声道："嫂子!"喊完这一句，顿时作鸟兽散，跑出了病房。

陈一诺双手使劲地鼓掌，把 ipad 倒扣在胸口："这才是好兄弟，知道该说什么，该干什么。"林越却假装生气起来，本来两个人高高兴兴地去看烟花却遇到这场意外，差点连命都没了。可如果两人没有上船，说不定就会有别人丢了性命。好几百人落水，竟然全都活着，简直是一个奇迹。陈一诺和林越又一次经历了生离死别，你救了我，我也救了你。正所谓，好事多磨。也许老天爷是故意在考验他们的爱情和坚持，只要没有结婚，就会制造出一个又一个的意外让两个人承受。正因为如此，两个人才情比金坚，忠贞不渝。陈一诺才会亲口听到林越称自己为老公，尽管不是当着自己的面，但已经足够了。

林越却不承认，她明明拜托过电视台的小方不要播放那段视频。陈一诺却拿出ipad，小方不是叛徒，只不过是把这珍贵而又难得的镜头送给了自己。陈一诺拉起林越的手：“你说万一我找不着你，后半辈子可怎么办？以后千万保护好自己，别再给我担心的机会了。”林越说：“这句话应该我跟你说才对，一次意外都让你担心成这样了，那你呢？你可是每天都处在处理意外的岗位上。所以你得答应我，以后一定得照顾好自己，不管怎么样，拼命地救完人之后，你也得拼命地回来，我更不想后半辈子一个人过。”

两个人诉说衷肠，激动地抱在了一起。陈一诺脑海里浮现出林越给他做人工呼吸的情景，多巴胺顿时沸腾，轻轻地吻着林越的脸，然后慢慢地移动，一下子吻上了林越迷人的嘴唇。

时间在这一刻，停止。

胡美丽也幻想着时间不再行走，她能和高亮并肩站在一起刷碗洗菜，就像一对夫妻在准备着晚饭，然后共度一段美好时光。这是叶萱举行的又一次“抱团”活动，单亲家庭的孩子们做饭炒菜，爸爸或者妈妈则打着下手帮忙。接到叶萱发来的短信，高亮就来到了活动地点，他本想帮着叶萱组织，却不料被胡美丽拖到一旁洗菜。剧团演员胡美丽对于喜欢的东西和人，从来是志在必得，没有机会就要创造机会。高亮哪里知道她的心思，只是认真地把菜洗干净。

叶萱看到高亮在水槽旁忙碌，不时有水花溅到衣服上，便拿了个围裙过来帮着他系在了腰间。看到叶萱和高亮亲近，胡美丽不高兴地对叶萱说：“请你让开，我想和副会长对对戏。”叶萱愣了一愣，后退几步。胡美丽故意大声说：“听说副会长是个热心肠，我正排练《泰坦尼克号》，演的是女主角罗丝，因为参加今天的活动没法好好练习了，只好请副会长帮个忙。”众人都鼓起掌来，高亮也不好拒绝。

胡美丽走到他的面前：“请闭上眼睛。”高亮无法回避，只能闭上眼睛。胡美丽绕到身后抱住了高亮的腰：“张开双臂，杰克，快张开双臂！”高亮已经憋红了一张脸，又无法躲闪，只能张开自己的双臂。

“我爱你！”胡美丽突然大笑着松开了手：“副会长，你真的很有表演天赋。大家说是不是啊？”大家又鼓起了掌。一个男孩走过来要妈妈和自己去拿鸡翅，胡美丽才向高亮介绍，这是自己的儿子刘向东。刘向东很懂事，叫高亮哥哥。胡美丽却不满意，不许叫哥哥得叫叔叔，辈分不能乱了。其实心里却在暗喜，现在叫叔叔，将来才好改口叫爸爸。

高亮看着去拿鸡翅的胡美丽母子，不由得想起了赵笛和恬恬。叶萱走了过来：“想恬恬了就给她打个电话问问，问问她过得好不好、吃得好不好、睡得好不好，还有长没长高？”高亮说：“还真是什么事情都瞒不过你。”叶萱笑着：“心有灵犀啊。”话一出口，叶萱愣了，高亮也愣了，心有灵犀的不正是夫妻吗？

胡美丽远远地看到高亮又和叶萱在一起，用筷子夹着一块鸡翅走了过来，送到了高亮的嘴边。高亮躲闪不过，只能任由胡美丽喂自己吃下去。胡美丽说：“叶萱，你喂过高亮吃饭吗？”叶萱吓了一跳：“啊？没有没有！”胡美丽得意：“我知道他想吃鸡翅，就马上送到嘴边。这就叫心有灵犀。”

高亮哭笑不得，胡美丽太能狡辩了，如果她知道自己和叶萱的缘分，就不会说出心有灵犀这个词了。站在两个女人中间的高亮不会想到，胡美丽以后会和他纠缠不清，差点酿成大祸。

这就是爱情的魔力，能成全幸福的生活，也能毁灭美好的东西。

中国救捞CRS

中国救捞

40 20 0 20

第二十五章　爱情总在捉迷藏

有时候，爱情就像一个调皮的孩子，任性地和你捉着迷藏。

——孔令雯搅和得陈一诺、高亮和丁超三个男人不得安宁。

在陈一诺的心目中，结婚是人生的头等大事，夫妻两个人携手走上幸福的殿堂，当着所有亲朋好友的面许下誓言，从此白首不相离。虽然在领得结婚证那一刻就是法律意义上的夫妻，但陈一诺格外看重仪式，而在此之前的挑选婚纱、拍摄照片同样有着仪式般的郑重。

此时他的面前，就有一对准夫妻在挑选礼服，男的魁梧英俊，女的小鸟依人，看上去就是一对恩爱情侣。叶萱亲自帮着选了三套婚纱和两套外景礼服，看两个人的笑脸就知道对叶萱的眼光很满意，还向她询问哪间影楼的拍摄水平好，叶萱推荐去对面曲文斌的丽人影楼。望着两个人欢欢喜喜走出去的背影，陈一诺多么想那对情侣变成高亮和叶萱，他也举着两件婚纱走到叶萱的面前，让她挑选喜欢的。叶萱明白他的心思，自己对婚纱的渴望，在与郑子航结婚的时候就完成了，不会再有期待了。

这个世界上美好的东西太多了。然而，很多美好只能拥有一次。一次，也就足够了。

叶萱已经心如止水，仿佛穿上了厚厚的盔甲把自己紧紧包裹起来，虽不会受伤，但也没有人能再走进她的心里。陈一诺准备了许多的安慰话和劝说话，但一句也说不出口，只好说出关键的一句，周末带着小郑安去游乐场玩。他又想出了锦囊妙计，用一个女人为借口对另一个女人说谎，然后让两个男人都达到愿望。

即使是撒谎，也是善意的谎言。

于是，周日明媚的上午，游乐园和售楼处同时出现了如下两种情景。高亮带着叶萱母子坐着迷你飞机，貌似一家三口玩得尽兴，笑得开心。陈一诺和林越走进了一家售楼处的门前，虽大门还没有打开，眼前已经挤满了人，而他们的身后，还有更多的人从四面八方赶来。黑压压的人群证明了一个残酷事实，无论政策如何改善，买房都是压在每个人身上的头等大事。

当售楼处的大门打开，场面顿时混乱，房子就像不要钱似的被人们疯抢。陈一诺和林越好不容易挤到展示的沙盘前面，看到的却是几乎每一栋楼都被插满了代表着“售罄”的小彩旗。陈一诺忙拉住一位忙得团团转的售楼员，询问三室一厅的房子。得到的回答却是左一句“不好意思先生”，右一句“不好意思先生”，所有三室一厅的房子已经全部卖光了。排了半天的队，挤得浑身臭汗，陈一诺唯一的收获就是成了“不好意思先生”。

买房，令人疯狂。

陈一诺不甘心，也就是一眨眼的工夫，房子怎么就能卖没了，气得他想冲进去把沙盘上的小彩旗拔出来。林越冷静分析，如今的房地产格局是僧多粥少，房源全由开发商控制，购房者没有掌握权。但只要她和陈一诺这两面红旗不倒，住哪里都是家，不管售楼处如何彩旗飘飘全都可以视而不见。陈一诺感动地搂住林越：“你总是好得让我别无他求，这可怎么办啊。放心，面包会有的，咱们的家也会有的。”两个人相依相偎、心手相连地走出售楼处，向着幸福前进。

其实，幸福很简单。饿了有一碗粥，困了有一张床，累了有人陪着。然而，三岁的小郑安却感到现在不幸福。高亮抱着他坐了一圈又一圈的小飞机，还买了一大堆玩具和好吃的，仅仅因为高亮不爱笑，小郑安就嚷嚷着要找干爸陈一诺。叶萱抱过儿子讲道理：“安安是听话的好孩子，现在你干爸有重要的事情不能来，由高亮叔叔陪你玩。”懂事的小郑安不再吵闹，高亮把买来的冰淇淋举到他面前，小孩子见到吃的顿时忘记了不愉快，高兴地接过冰淇淋。高亮将另一支冰激凌递给叶萱，叶萱笑着：“我又不是小孩子。”高亮说：“在男人的眼里，女人和孩子是一样的。”

一样的可爱、天真？还是一样的让人疼惜？男人保护女人和孩子，天经地义，但需要一个光明正大的理由。

高亮竟然脸红了，叶萱也有些尴尬，忙把冰淇淋拿过来吃着，掩饰内心的躁动，高亮则故意东张西望地为小郑安寻找下一个游玩的地方。刚好耳边传来了声音：“我要去划船。”

百年修得同船渡，千年修得共枕眠。

高亮、叶萱和小郑安坐着游乐船，在湖中荡漾，仿佛是他们一家三口幸福生活的启航。高亮双手划桨，脸上的笑容多了，小郑安渐渐对他有了好感，挣脱叶萱的怀抱向高亮奔来，想和他一起划桨，不料，摇晃的游船让小郑安身子一歪，扑通地掉进了湖里。吓得叶萱手足无措，高亮扔下船桨就跳进水里。好在湖水不深，小郑安又一下子被捞了起来，除了被水呛着并无大碍。叶萱感到后怕，把儿子紧紧搂在怀里。高亮有些担心要去医院检查，叶萱安慰他：“有你这位救援高手在身边，我们母子不会有事，放心吧。”

又是好事多磨。

因为这意外的小插曲，高亮和叶萱的第一次“约会”早早地结束。陈一诺自以为计谋得逞，却不料惹得叶母大动肝火，单枪匹马地来基地兴师问罪。事情的起因，正是小郑安发烧生病住进了医院。

时间回到了高亮把叶萱和小郑安送回家之后。叶萱先给儿子洗了个澡送进卧室哄睡着了，又进到卫生间洗衣服。突然听到叶母急促的喊声：“快去医院啊。”叶萱不明所以，手上全是肥皂泡沫就跑了出来，叶母抱着小郑安正从卧室出来。只见郑安的小脸通红，想哭却哭不出声来，痛苦地扭动着身体。叶萱把脸贴到儿子的额头，烫得吓人，赶紧带孩子直奔医院。

鲜红的血在注射针头里回流，叶母心疼得不敢看护士给小郑安打点滴。好在懂事的小郑安是个小小男子汉，不哭不闹，乖乖地躺在叶萱的怀里。医生诊断是惊吓过度和落水着凉引起的发烧，打三天点滴就能慢慢康复了。叶母生气，两个大活人带着一个孩子去游乐场都没有看好，还让孩子掉进了水里，没有一个称职的。她越想越气，拿出手机就要找陈一诺算账。叶萱忙着阻拦，这才说出昨天陪着去游乐场的不是陈一诺而是高亮。叶母一听更是气不打一处来，但想想光和女儿发火也没用，罪魁祸首是陈一诺，明天非得让他尝尝没有成为丈母娘的工商局副处长的厉害。

黑夜过去，黎明到来。

天气阴沉沉的，堆积的乌云酝酿着不知何时会到来的暴风雨。幸好没有接到任何报警，救援队今天照例在造浪池里训练。当陈一诺和丁超等人浮出水面，望着外面昏天暗地，相互打趣这样的天气应该有只像高尔基笔下描绘的海燕，在乌云和大海之间高傲地飞翔。这时，叶母怒气冲冲地进来，将暴风雨的节奏提前了。

钟益民正站在池岸，手拿计时器计时，陈一诺和丁超几乎同时浮出水面，但丁超仍是晚了半秒钟，当他回过头想和陈一诺说话时竟发现人没有了。正要寻找就听到叶母问钟益民："我来找陈一诺，他人呢？"钟益民望着造浪池："一诺……"

丁超反应迅速："诺哥今天没来，不是跟你请假了吗？队长。"丁超一边向钟益民使着眼色，一边把呼吸器偷偷放进水里给陈一诺输送氧气。钟益民看着叶母脸色不善，也装出恍然大悟的样子，才想起陈一诺是请假了，如果有什么事情，先跟他说，保证一字不漏地传达精神和思想。本就攒了一肚子怒气的叶母顿时把枪口对准了钟益民："你是能娶叶萱啊，还是能帮陈一诺做主娶了叶萱啊？我处处为他着想，可他怎么就不为我女儿和外孙着想啊！就知道胡乱撮合，完全把婚姻大事当儿戏！把一个离了婚还有过孩子的介绍给我们叶萱，你说说……"

叶母的话还没有说完，就听见哗啦的水声，陈一诺从水底蹿出跳上岸，推着叶母出了造浪池。

一个是"仇人"相见、分外眼红，一个是心知有愧、小心赔笑。一个坐着，一个站着。陈一诺就像个犯了错的小学生，在严厉的老师面前老实交待，之所以把高亮介绍给叶萱，是因为他们两个人一个丧偶一个离异，同病相怜，抱团取暖，走到一起顺理成章，当然会幸福圆满。

叶母却不接受这套说辞，女婿郑子航的离去是意外事故，而高亮和赵笛离婚纯是自作自受，在她的眼里，高亮根本配不上叶萱。陈一诺就是居心叵测，想把叶萱和小郑安这两个包袱给甩掉，好没有后顾之忧的和林越结婚。陈一诺听到叶母说出这话，马上收起嬉皮笑脸的模样，郑重其事地说："我从来都没认为叶萱和郑安是包袱，就算是我结婚了也会对她们一如既往地负责任，一如既往地好。"叶母不耐烦："你都结婚了，有了自己的老婆和孩子了，哪还能顾得上我们家这两个？真要负责任，就和叶萱结婚，马上叫我一声妈。"

"妈！"

叶母一愣，陈一诺也愣住了，不放心母亲来找陈一诺算账的叶萱来了。叶母一见，来得正好，要求两个人现在马上表态做承诺，拜堂成亲。

"我不同意！"

叶萱和陈一诺异口同声，气得叶母站起来就要去跳造浪池，选好的女婿跑了，女儿又不听话，她还活着什么劲啊？吓得陈一诺忙伸出两只胳膊挡住去路，就差又跪下磕头了。叶萱耐心劝说母亲，她现在有信心也有能力和小郑安生活幸福，不是非得找个男人结婚，把自己拴在男人的腰带上当附属品，更不能让陈一诺为她们母子而牺牲掉自己和林越的幸福。叶萱说的是真心话，在叶母听起来却是在为陈一诺狡辩，她毫不留情地斥责陈一诺自私自利，当初跪在地上恳求，自己才同意叶萱生下小郑安，如今却把他们当成累赘，枉费自己的一片心意，还给基地搞来四季的绿色蔬菜，真正是良心都让狗吃了。

陈一诺被骂得面红耳赤，叶萱只好强拉着母亲往外走，她很了解母亲，越生气时说出的话越刺耳，典型的刀子嘴豆腐心。没有发泄完怒火的叶母不肯走，非要陈一诺兑现结婚的承诺，那可是在小郑安的百日宴上亲口宣布的，没有人逼迫。叶母以为这些话可以打击到陈一诺，却让他开始反击。当初要和叶萱结婚是负责，现在不结婚也是负责。既然说到就会做到，不但要对叶萱和小郑安负责，也要对林越负责。但是现在他已经明白，负责任不能以婚姻和幸福为代价，如果自己真和叶萱结婚，对每一个人都不公平。

叶母认为陈一诺就是在强词夺理，准备继续和他理论，大有非得让陈一诺俯首称臣的架势。叶萱只好以小郑安在医院没人照顾为由，好说歹说才把母亲给拖走了。陈一诺这才松了口气，就像刚进行完水下负重训练，累得坐到了刚刚叶母坐着的椅子上。真是为兄弟两肋插刀啊，为了高亮自己不知损伤了多少脑细胞。陈一诺掏出手机给高亮打电话，得知他正在往基地门口走，说好去见一个人。挂断电话陈一诺突然想起叶母和叶萱也正往外面走，很可能就会遇到。忙再给高亮打电话想通风报信，却是占线。

高亮正在和胡美丽通话，她在基地门口等得不耐烦，警卫又不让她进去，只好一遍又一遍地催着高亮快点出来。胡美丽看着基地大门，狠狠地瞪着警卫，满脸怒气。当一见到高亮，她马上换了一张面孔，眉开眼笑地拿出一张门票，是周六晚上剧团改编的《泰坦尼克号》演出，胡美丽特别邀请高亮去看她扮演的罗丝。高亮以自己要值班为由拒绝，恰好叶母和叶萱从基地里面出来了。

正所谓，无巧不成书。高亮有些意外，叶母却正好也要找他算账，还没等开口，胡美丽就向她鞠了一躬："伯母好，我是高亮的女朋友。"

此言一出，惊煞众人。

叶母的火气又高高蹿起："这是怎么回事儿？高亮，你都有女朋友了还缠着我们家叶萱？你能不能负点责任！"高亮忙说："她不是我女朋友。"不料胡美丽竟从后面搂住的高亮的腰："不是女朋友能这么搂着吗？叶萱你又不是没有看见过，对吧？"胡美丽不愧是话剧演员，逢场作戏的水平一流，既让高亮无法否定，又逼得叶萱知难而退。善解人意的叶萱不想让高亮为难，拉着叶母快步走开。高亮在后面着急，好不容易摆脱掉胡美丽，叶萱母女已经坐进出租车走了。

情场上，谁先当了逃兵谁就是输家。

胡美丽得意地扭着腰肢走到高亮的面前，故意凑近他的耳朵："泰坦尼克号的经典场面排练，无论多少次我都心甘情愿。再说一遍，我爱你。"高亮生气地说："胡美丽，我跟你说清楚。我们两个不可能，我也不会接受你的！票你留着吧，祝你演出成功。"高亮说完，转身走进基地的大门。胡美丽忙跟在后面，又被警卫拦了下来。胡美丽不服气，为什么叶萱和叶母能进去而自己不能进？警卫说她们是家属，有人接待。胡美丽盯着警卫："我以后也是你们这里的家属。等着瞧吧！"胡美丽恋恋不舍，踮起脚望着高亮的背影，只见他越走越快，直到看不见了。

没有女人发愁，女人多了更愁。

高亮阴沉着脸往机库走，拿出手机想给叶萱打电话解释，才发现手机竟然还保持着和胡美丽的通话状态，气得赶紧掐断。如果这期间有人给他打电话，肯定全给耽误了。幸好没有紧急任务，也只有陈一诺急着找高亮。看到他远远走过来，明明低头看着手机却联系不上，气得陈一诺双手叉腰等在前面。高亮走到面前才发现："我这都焦头烂额了，你就别再添乱了。"陈一诺生气："我添乱？知不知道我替你挡住了多么猛烈的进攻。对啦，没遇到你那位非一般战士的未来岳母大人吧?”

高亮苦笑，何止是遇到了叶母和叶萱，又多出了一个胡美丽。三个女人一台戏，简直快乱成一锅粥了。高亮拿出手机，想接的电话盼不来，不想接的电话一个接着一个的骚扰。赵笛快有半年没有给自己打电话了，虽说已经离婚，但高亮仍放心不下。如果赵笛生活不如意，恬恬就会跟着遭罪。陈一诺想的却是也许赵笛找到了新的伴侣，如果真是这样的话，高亮就得潇洒地从她的生活里退出去，干净利落的把赵笛那页翻过去。一本小说老是看前头，就不知道后面的结局。高亮沉默不语，谁都清楚不能总是不明不白地耗着，得明明白白地过下去，也得给自己和别人一个负责任的交代。

男人的肩膀比女人宽，就是因为要扛起的东西比女人多。

丁超的责任就是让孔令雯重新成为自己的经纪人。那天晚上滴水湖的烟花意外，丁超从水里救出一个女孩要做心肺复苏，孔令雯把他推开自己动手，明明就是恋人心态，不想自己的男朋友和别的女人亲密接触。丁超心中窃喜，山重水复疑无路，柳暗花明又一村。于是主动给孔令雯打了电话，听说她正在雯游艇上，便马上赶了过去。

吹着海风，欣赏着海景，孔令雯带着丁超进了驾驶舱，这是她最后一次驾驶以自己名字命名的游艇了，曲文斌已经帮着联系了买家。丁超感到意外：“你不是说喜欢这艘游艇吗？卖了以后难受了去哪散心?”孔令雯说：“当然是去更喜欢的游艇上散心呗。游艇就像人一样，你总以为自己现在遇见的是最好的，其实更好地在后头等着呢。你别多想，现在高亮是我的将来，你是过去式，不，你从来都不是我生命里的任何存在形式。”听着孔令雯说得绝情，丁超一点都不生气，女人总是言不由衷，尤其眼前的这位船王千金。

外面传来了脚步声，孔令雯和丁超走上甲板，曲文斌正满脸堆笑地跟在一个人的后面，一见面忙给双方介绍。虽是初次见面，李启刚的暴发户作派没有给孔令雯和丁超留下一丝好感。倒是急于赚好处费的曲文斌殷勤带领李启刚参观游艇，口吐莲花的说着拜年一样的好话。李启刚是给儿子买生日礼物，这艘豪华游艇很符合他的胃口。但看到孔令雯和丁超靠在栏杆上不像曲文斌那样的紧跟身旁，他感觉受到了怠慢，连价格都不问就说这艘游艇自己要了。孔令雯喊出了五百万，不是人民币而是美金，惊得曲文斌张大了嘴巴。

李启刚也是个识货的，明知道游艇不值五百万仍决定买下，不是钱多得没地方花，而是冲着孔祥海的面子。李启刚的不屑和傲慢激怒了孔令雯：“这游艇我不卖了，我们家也不差这一艘游艇钱。”李启刚说：“滨海市除了我，没有谁会花五百万美金买你这艘船!”一直在忍耐的丁超终于按捺不住：“暴发户来这儿耍什么威风!”李启刚生气了：“你说谁是暴发户？你信不信我拿钱把你砸死!”丁超顿时火冒三丈，向李启刚冲了过去。曲文斌吓坏了，拼着老命也得把丁超拦腰抱住，否则他全白忙活了。

静静地看着这一幕的孔令雯下了逐客令，游艇不卖了。李启刚却非买不可，要去找孔祥海。孔令雯说：“用不着跟我爸谈。再加 100 万，600 万美金成交!”“600 万就 600 万，成交!”李启刚的话音刚落，孔令雯就把合同送到了面前。

原来早有准备，一切尽在掌握。

不知不觉中丁超进了孔令雯导演的这场戏，逼真的表演促成了交易，《中国金嗓子》的晋级选手果真不同凡响，丁超对自己今天的表现非常满意，总有一天会感动孔令雯。她的现在不管是陈一诺还是高亮，丁超注定是她的过去时、未来时、现在进行时，以任何形式存在她的生命里。丁超越是紧追不舍，孔令雯越是心有不甘。正如歌中唱的那样：“爱我的人为我付出一切，我却为我爱的人流泪狂乱心碎。爱与被爱同样受罪。”

“因为你爱上的人全都另有所爱啊。”丁超脱口而出，孔令雯却心头一震。陈一诺爱林越她是知道的，那么高亮的意中人又是谁？她装着毫不在意的模样：“我想不出会有谁走进高亮的心。”丁超没有防备地回答：“除了叶萱姐还能有谁。”孔令雯又一次的心头一惊，高亮有喜欢的人自己能接受，但为什么喜欢的是丧偶还带着孩子的叶萱？孔令雯的脸色变了，逼着丁超给高亮打电话。

高亮和陈一诺正在救援船的甲板上说着心事，相互安慰男人那颗其实很容易受伤的心，就看见孔令雯怒气冲冲地走来，丁超像做了错事似的跟在后面。陈一诺最先反应过来，这是冲着高亮来的，自己还是先和丁超退避三舍吧。迎过去拽着丁超的胳膊走到旁边，问他到底发生了什么事情。丁超哭丧着脸，被甩了N次的自己给孔令雯和高亮搭桥牵线，就是这么个悲惨的情况。陈一诺恨铁不成钢：“我真想把你脑子撬开看看里面装的是什么！我追林越的时候，就算她不理我，也不替她跟别人牵红线啊！”陈一诺打了丁超一拳，悄悄移动着脚步，听着高亮向孔令雯的摊牌。

“雯雯，我跟你说过很多遍了，我跟你真的不合适。”

“那你告诉我什么是你所谓的合适？”

“性格合适，门当户对，能安安心心过日子，这才是真正的合适。两个人能一起生活一辈子靠的是责任，靠激情维持的爱情和婚姻注定不会长久。”

“我不需要你对我负责任。我就想简简单单、没有任何目的地谈一次恋爱，不求天长地久，只求曾经拥有，有什么错？”

陈一诺走了过来：“你们谁都没有错，错的是在错误的时间遇到错误的人。雯雯你想要的是轰轰烈烈，而亮哥要的是平平淡淡。他的婚姻曾经失败过，所以现在只想找个好女人踏踏实实地过日子。叶萱适合亮哥，而丁超才是适合雯雯你的另一半。”跟在陈一诺身后的丁超竖起了大拇指，孔令雯瞪了他一眼，对着高亮说：“你真的喜欢叶萱？”高亮说：“我想下半辈子和她还有小郑安在一起。”

伤心、失望的眼泪从孔令雯那双美丽的眼睛里流下来，她的自尊、她的爱情，在高亮和叶萱面前不堪一击。孔令雯慢慢后退，毅然转身离开。第一次看到她流泪的丁超愣在了那里，被陈一诺踢了一脚才反应过来。孔令雯钻进了玛莎蒂尼，丁超担心她出事敲打着车窗。孔令雯就像没听见一样，发动了跑车。不料，丁超竟跑到前面挡住了去路，孔令雯踩着油门就冲了过去。她以为丁超会躲，但已下定决心的丁超仍一动不动地站在那里。紧急刹车，玛莎蒂尼贴着丁超的脚面停了下来。孔令雯摇下车窗：“你是不是傻啊？”

“我是很傻，傻瓜一样的爱着一个人，等着一个人。”丁超的声音缓和下来：“别生气了，慢点开车。”说完，丁超向救援船走去。孔令雯看着他的背影，心里有种异样的感觉。

有时候，爱情就像一个调皮的孩子，总是和你捉着迷藏。不期而至，或悄然离去。让人魂不守舍，不能自拔。

高亮、陈一诺和丁超这三个祈盼幸福、为爱痴迷、被情所困的男人吊在单杠上面，比赛做着引体向上。气喘吁吁，汗水淋漓，却没有一个人肯先放弃。直到一旁的手机响起，三个人才一起从单杠跳下来，走到衣服堆前看到手机屏幕上面显示出胡美丽的名字，陈一诺和丁超向高亮伸出了小手指。高亮根本不接电话，任由她打了一次又一次，最后发来了信息。对于胡美丽的穷追不舍，高亮只有躲避，她改变了战术，也不说你情我爱，而是谈论表演艺术，刚刚的信息就是邀请高亮去看演出。丁超不同意去，陈一诺却说："躲就是逃避，逃避可不是办法。这个话剧亮哥不能躲，必须得去!"

陈一诺又想出了妙计，不是一石二鸟，而是一箭三雕。

第二十六章　遇见你，是最美丽的意外

当爱情降临，女人会变得勇敢。为了爱，不顾一切，如飞蛾扑火。

——陈一诺想让高亮和叶萱在一起，却遭遇到胡美丽的破坏。

白日的炎热隐退，凉爽的傍晚来临，一天的工作忙碌之后正是人们外出休闲的好时光。路灯点亮，公园里热闹起来。中老年人在翩翩起舞，年轻人在跑步锻炼，还有天真可爱的孩子们在玩耍。广场南面的捞鱼池围着一圈人，陈一诺和林越陪着小郑安在钓鱼。一尾红色的小金鱼被钓起，陈一诺拿起小水桶接住。看到小金鱼成了自己的胜利果实，兴奋的小郑安搂着陈一诺的脖子亲了一口，林越笑着喂小郑安喝了几口水，又细心地擦去孩子脸上的汗水。

多么幸福的一家三口。

陈一诺侧着脑袋看着林越，想象着将来林越一定也会给自己生下儿子，小郑安就成了哥哥，带着弟弟玩耍，自己也成了有两个儿子的老爸了。陈一诺正想着美事入神，突然《同桌的你》又唱了起来，陈一诺忙拿出手机："叶萱啊，当然和我在一起啊。来，郑安，快叫姥姥。"小郑安冲着手机喊了声"姥姥"便又急着钓鱼去了，陈一诺继续说："刚刚去洗手间了，要不等叶萱回来让她给您回电话。不用啊，好，伯母您就放心吧。"陈一诺流利地编着瞎话，面不改色心不跳。林越伸手掐了一下他的脸颊："胡说八道的连眼睛都不眨一下。"陈一诺故意装腔作势："我每次都是在你面前跟别人撒谎，这就说明我对你是绝对的忠贞不二。此乃锦囊妙计，一箭三雕，大功告成。"

第一计：爱人相聚，一生一世。

第二计：欣赏演出，一唱一和。

第三计：情侣约会，一心一意。

三招妙计的主人公各不相同。"爱人相聚"是陈一诺和林越，两个人都快成老夫老妻了，但每一次的见面都幸福甜蜜，虽然还带着小郑安。"欣赏演出"的女主角是胡美丽，男主角当然不是高亮，因为他是"情侣约会"中的男主角，那么女主人是谁?

剧院门口，叶萱捧着一束鲜花站在那里。她穿着亲手制作的蕾丝长裙，简单的在脖间系了只蝴蝶结，如点睛之笔把她的气质和内秀全都体现出来。刚刚赶到的高亮在不远处全都看在眼里，此时的叶萱没有了白天能干的女强人模样，就是一个在等待恋人的温柔女人。高亮不由得心醉了，正要走过去，胡美丽打来了电话，演出结束后让高亮等她，她有话要说。高亮没有应答也没有拒绝，只是说了句"祝你演出成功"。走到叶萱的面前，高亮拿出两张演出票，叶萱会心一笑，两人随着人群走进了剧院。

昨天高亮去了婚纱店，说出胡美丽对自己的纠缠，他不想让叶萱多心，更不想让她误会。自从创办单亲家庭互助协会，叶萱遇到了形形色色的单亲妈妈，她理解胡美丽，也许是一个人的日子过得久了，心里有苦说不出，才变得有些行事偏激。于是当高亮来邀请她看演出时，叶萱就答应了，两个人一起来给胡美丽捧场，也好让她解开心结。

剧院里的人不多也不少，高亮和叶萱找到座位坐下后，趁着演出前的灯光通明打开节目单一看，愣住了，然后两个人对视一下，又笑了。原来胡美丽扮演的根本不是年轻貌美的罗丝，而是罗丝那位刁蛮无理的妈妈，这倒是与她本人很相符。舞台上大幕遮掩，胡美丽从侧台拨开了一条小缝隙向外张望，在观座席里找到了高亮，脸上顿时露出笑容。然而这胜利的笑容并没有维持多久就变成了怨恨，她看到了坐在高亮旁边的叶萱。两个人正在亲密地低声耳语，气得胡美丽恨不得目光能变成利箭射过去，把叶萱扎得千疮百孔。

恰在这时，灯光灭了。

大幕徐徐拉开，随着解说剧情的画外音在剧院里响起，舞台上的灯亮了，演出正式开始。优美的音乐声中，胡美丽和扮演女儿罗丝的演员昂着脖子走到了舞台中间，后面跟着两只手都拎着大包行李的随从。因走得匆忙随从累得摔倒了，罗丝高声责骂着随从，让妈妈帮她拿着行李。胡美丽看了一眼台下的高亮，扭动着腰身走着，用两根手指提起了一只最小的箱子。突然一使劲，箱子就飞了出去，摔到了舞台下面，观座席顿时传出了笑声。

叶萱凑到高亮的耳边："你说她是故意的还是真的出错了?"高亮摇了摇头，他也不知道胡美丽打的是什么算盘，但有种预感，胡美丽是在发泄对他的不满。还好这个小小的插曲没有影响接下来的演出，荒诞的剧情，夸张的表演，当所有演员手拉着手站在舞台上谢幕时，观众们纷纷站起来鼓掌。在掌声中叶萱和高亮来到后台，想给胡美丽献花，不料却看见导演正在大声训斥，胡美丽本来是一副死猪不怕开水烫的无所谓模样，当她用眼睛的余光看见高亮和叶萱走过来，马上把嘴一瘪，眼泪就掉了下来，放声大哭。突如其来的哭泣吓了导演一跳，无可奈何地摇头走开。叶萱走过去拿出手帕纸，擦去她脸上的泪水："美丽，我觉得你演得挺好的，就是有些紧张，以后抓住机会多演演就好了。"胡美丽一甩头："说什么风凉话！让高亮看见我出丑，你高兴啦?别在这儿装大尾巴狼!"

听到胡美丽对叶萱口出恶言，高亮走过来要她道歉。听到高亮开口说话，胡美丽的态度立刻来了一百八十度的大转变，从蛮不讲理变成了小鸟依人，惊得叶萱都不知道该说什么。高亮实在是忍不住了："胡美丽，你到底要演到什么时候?今天要不是叶萱同意来看你的演出，给你加油鼓劲，我是不会来的。"胡美丽忙鞠躬道歉："我错了，亲爱的亮，你不在我身边亮着，我觉得我的整个世界都黯淡无光。"胡美丽的声音温柔得腻人，突然又高声大喊："我爱你！我爱你高亮！我爱你有什么错!"

突如其来的表白，毫无防备的求爱，惊到了高亮和叶萱，也惊到了后台的所有演员们，大家纷纷围过来看热闹。高亮担心再和她纠缠下去，麻烦更多，气得把花塞到胡美丽的怀里，拉起叶萱就走。胡美丽盯着两个人的背影，目光里全都是失落和怨恨。叶萱抢走了高亮，她要报复，要抢回高亮，还有属于她的幸福。

幸福是阳光底下最灿烂的字眼，幸福永恒婚纱店的招牌闪烁着太阳般的光芒。店前驶来了一辆玛莎蒂尼，透过宽敞明亮的落地玻璃窗，孔令雯看到婚纱店里面叶萱正在给林越量着尺寸，两人有说有笑，亲亲热热，俨然是一对好闺蜜。这两个女人先后抢走了孔令雯心仪的两个男人，肯定是联成了攻守同盟，一起对付自己。孔令雯甚至听到了她们正在热嘲冷讽，讥笑她这位船王千金有再多的钱也找不到一个知心爱人。

其实叶萱正在和林越在说胡美丽，讲着她做过的一件又一件匪夷所思的事情，叶萱无法想象一个人变脸竟会变得如此迅速而毫无征兆。林越给她解释在心理学上有一种精神疾病叫做“自恋型人格障碍”，想要让全世界的人都关注到自己。叶萱慨叹人心复杂，这样的女人怎么偏偏就缠上了高亮？突然，孔令雯冲了进来：“叶萱你在跟高亮谈恋爱是吧？你有什么资本跟高亮谈恋爱？我没法忍受我喜欢的男人喜欢一个没我年轻没我漂亮居然还是个带着孩子的单亲妈妈！”林越听不下去了：“雯雯你跟我出去，不要在店里闹，我们出去说话。”

孔令雯却不离开婚纱店，她就是来向叶萱宣战的，也是来表达对林越的不满的。她们两个以胜利者的姿态来虚情假意的劝说，是怜悯，更是仗势欺人。孔令雯指着叶萱：“明明是你霸占我的爱情席位，还无辜地装出一副被欺负的模样。”叶萱说：“雯雯，我已经有了安安当了母亲，很知足了。你说的席位我不会去抢，也不会坐到上头去。”林越也说：“孔令雯，爱情里面没有先来后到，也没有席位之争。你以为爱情是公交车上老弱病残的预留座位啊？”林越的话在孔令雯听起来就是火上浇油，她能跟陈一诺走到一起，应该庆幸自己的退让，结果不仅没有听到一声谢谢，还伙同叶萱一起来欺负自己。

林越义正词严，孔令雯一直在别人的感情里胡乱掺和，完全不顾别人的感受，只知道肤浅地爱来爱去。爱情不是一厢情愿，也不是ABCD各种附加条件。喜欢跟爱是两个概念，孔令雯可以喜欢陈一诺也可以喜欢高亮，但是爱要讲长久讲责任。如果上午紧追陈一诺，下午就换成了高亮，在别人的眼里，这是一个什么样的女孩？

“完全就是个什么都不懂的90后孩子！”

“90后怎么了？别带着你的有色眼镜来看我！还真有闲心给叶萱出头！你以为自己现在安稳啦？陈一诺就算娶了你，也会分出至少一半的精力给叶萱和郑安。两个男人的心思都在叶萱身上，你比我幸运不了多少，咱们是一对儿倒霉蛋！”

“我倒霉倒在了陈一诺怀里，心甘情愿！”

“口是心非，自欺欺人！我倒要看看陈一诺和高亮给你们两个女人留情能留到什么时候！”气愤的孔令雯说完这些话后，这才走了出去。

叶萱满脸的歉意直向林越说对不起，明明是请她来帮忙当模特量尺寸，却和孔令雯打了场货真价实的嘴仗。林越并不在意，她在医院里见到的那些病人要厉害、更过分，她替叶萱打抱不平，鼓励她拿出孔令雯和胡美丽一般的勇气来，不要总被人找上门来兴师问罪，也不要总说对不起。这个世界上没有谁对不起谁，也没有谁配不上谁，叶萱和高亮就是天造地设的一双。听着林越的话，叶萱只是笑笑，并不回答。她和林越不一样，林越还没有结婚，而自己失去了丈夫又生下了儿子，一个女人生命中刻骨铭心的时刻全都经历过了。

有些事情只有经历过，才会悟出人生真谛。

有些人聚在一起，排忧解难，同仇敌忾，才是真正的朋友。

陈一诺、高亮和丁超怒目圆瞪，差一点要把面前的手机吞进肚子里。不知廉耻、勾引、抛头露面等等，还有利用开办单亲家庭互助协会来沽名钓誉，一个个恶毒的词汇，一句句不怀好意的攻击诋毁着叶萱。气得陈一诺挥起胳膊拍向桌子，震得饭菜洒出，手机掉到了地上，幸亏丁超手疾眼快地接住了。他有些后悔在吃饭的时候拿出手机上网，本来是搜索选秀晋级的新闻，却看到了许多诋毁叶萱的帖子。

人善被人欺，马善被人骑。

高亮担心叶萱受不了打击，饭也不吃就来到婚纱店。叶萱正在接待客人，面带微笑，就像什么事情也没有发生过。还反过来劝说高亮不要为她担心，网上的帖子再多也都是假的，既然是谣言，摇着摇着也就摇散了。看到叶萱坦然淡定，高亮刚放下心来，却被马珊珊拉到一旁悄悄说出真相，叶萱只不过是假装着若无其事，自从网上的帖子出来，有名有姓连婚纱店的地址都清清楚楚，总有些人“慕名而来”，非要亲眼看到叶萱是何方神圣。虽然嘴上没有一句怨言，但心里头不知道有多么的委屈。

心疼才是真的疼。叶萱在心疼，高亮在疼惜。老天爷为什么这样的不公平，把所有的劫难全都降临到叶萱这样的好女人身上。在这一刻，高亮真切地感受到，自己爱上了叶萱。他不明白，谁会对叶萱做出这样伤天害理的事情来？高亮也不明白，男人都喜欢的女人，恰恰会受到别的女人的忌妒和攻击，尤其是追逐爱情的女人。

网上的恶帖，谁是始作俑者？

孔令雯拿着手机，边看边开心地笑着，刚喝进去的蓝山咖啡差点喷了出来，因为看得入神，没有发现陈一诺正怒气冲冲地奔过来。仇人相见，分外眼红。陈一诺的眼睛里看到的是幸灾乐祸、得意洋洋的孔令雯，敢“理直气壮”的和叶萱吵架，找水军发恶帖简直就是小菜一碟，却不知道她的所作所为给当事人带来什么样的后果。义愤填膺的陈一诺端起桌上的一盘点心使劲地摔到了孔令雯面前，吓了她一跳，也惊得旁边的客人回头看过来。

“你马上去向叶萱道歉！”看到陈一诺怒不可遏，孔令雯也生气：“我为什么要向叶萱道歉？如果道歉的话，你们家林越得先向我道歉！”真正是恶人先告状，如果孔令雯是个男人，陈一诺的拳头早就砸过去，打他个花儿为什么这样红。但他不能打女人，只能理论，孔令雯在店里没有骂够，跑到网上继续骂，实在是欺人太甚，陈一诺要她现在就把那些帖子全都删掉。孔令雯也恼火起来，陈一诺没有权力要求自己做任何事情，明明是叶萱得罪了别人，却把矛头对准了她这个无辜者：“你的结婚对象到底是叶萱还是林越？自己能不能搞清楚感情，不要给旁人这么多误解！”

陈一诺说：“我要跟林越结婚，但是我也会保护叶萱和安安一辈子。谁敢欺负她们谁就是我的死敌，我一定饶不了她！你刚才还笑得很邪恶，不正是看网上帖子看的得意吗！”孔令雯恍然大悟，举起手机让陈一诺看清楚，屏幕上显示的并不是贴吧，而是国外经典喜剧集锦。孔令雯真的生气了：“陈一诺我告诉你，我爱就爱得光明正大，讨厌也讨厌得光明磊落。这种上网发帖子骂人下三滥的手段我不会用，看都不屑去看。你因为这种事情来找我，侮辱的不仅是我，还有你自己！”孔令雯站起身子把陈一诺推到一旁，走出了咖啡厅。望着她的背影，陈一诺突然意识到自己似乎错怪了她。这位船王千金也许娇惯，也许霸道，但并不是个卑鄙小人。

天色暗了。

兄弟大排档热闹起来，中间大桌子围坐着高亮和叶萱，陈一诺和林越，还有丁超。两位大哥成双成对，剩下小弟丁超一个孤家寡人，不由得唉声叹气，自己还是走吧，眼不见心不烦。丁超刚站起身子，眼睛就兴奋得放光，赶快叫陈一诺和高亮向两旁让开出位置，又从旁边搬过椅子特意用衣袖擦干净，然后伸手弯腰做出请君入座的姿势。

孔令雯来了。

正如那次闯进婚纱店一样，又是不请自到。孔令雯打量着这一大桌子的人，除去站在一旁的丁超，两个男人都曾令她心动却得不到，两个女人因此而成为她的情敌。是该拿出杀手锏的时候了，否则的话，对不起她遭受的不白之冤和聘请私家侦探的用心。孔令雯把手中的资料扔到了桌子上，胡美丽的照片出现在众人的面前。她的年龄和工作单位，包括离异有一个十六岁正上初二的儿子，还有家庭住址全都一清二楚。最为重要的是发帖子的第一个 IP 地址，就是胡美丽的家。

真相大白，水落石出。

孔令雯真的是被冤枉了。陈一诺忙向她道歉："对不起雯雯，是我错怪你了。"高亮也说："雯雯别生气，我们这些大人不懂事，让你受了委屈。事情都是因我而起的，我来想办法解决。"

"你有什么办法？你们这些自以为是的大人，有时候就是不如孩子。我早就准备好了对策，等着吧，明天婚纱店见。"孔令雯扬长而去。陈一诺等人面面相觑，他们对于船王千金真的捉摸不透，有时候天真得像个孩子，有时候却又有惊人之举。也许，这就是 90 后的行事风格。果然，孔令雯又让他们刮目相看了一回。

第二天，幸福永恒婚纱店早早地开门，迎进来的不是顾客而是记者。原来孔令雯通过父亲的关系找到了网站，专门来采访叶萱澄清事实。记者直奔主题，网上有人说叶萱组织"抱团取暖"抛头露面是为了争名夺利，真的是这样吗？叶萱断然否定，因为自己是一名单亲母亲，了解单亲家庭的不易，她特别希望有相同经历的人能聚在一起，互相鼓励、互相温暖，让缺陷也变成一种坚强的美丽。这就是"抱团取暖"口号的由来。只要大家都积极乐观地面对生活，即使是少了另一半，依然能找到幸福。

不要让别人偷走梦想，坚守的过程会遇到质疑和侮辱，如果在意的东西太多，将会一事无成。把一切看淡，才能迎接美好的明天。

每一个终点，都是一个新的开始。

陈一诺和高亮等人守在电脑前观看对叶萱的直播采访，尽管知道她看不见也听不到，仍是忍不住鼓起掌来。无论什么时候，叶萱一如既往的淡定，对自己和未来充满了希望，她面对着摄像镜头，郑重说道，已找到了发恶帖的胡某，并且向法院申请立案，希望通过法律的途径来维护自己的名誉。陈一诺兴奋得大声叫好，这时高亮接到了胡美丽的电话。

梨花带雨、眼睛红肿、楚楚可怜、惹人心疼。当高亮走进咖啡厅，变成这副模样的胡美丽急忙向他道歉，都是因为太喜欢、太想得到高亮而又太讨厌叶萱和他在一起，才一时鬼迷心窍地做出糊涂事来。人非圣贤，孰能无过，更何况胡美丽一个离了婚独自带着儿子的女人？高亮接受她的道歉，但因为她的行为严重伤害到了叶萱，需要她亲口说出真相，并向叶萱公开道歉才行。胡美丽一听，顿时嘤嘤地哭出声来，引得整个咖啡厅的人都向这边看来。她心中暗自得意，高亮心慈面软，只要自己的眼泪再多掉几滴，这件事情便会大事化小，小事化了。想到这里，胡美丽哭得更响亮了，突然间，声音戛然而止，孔令雯不知什么时候来了，拿着手机正在拍摄，旁边还站着陈一诺。胡美丽质问："谁让你录的！"孔令雯说："演技这么高，怎么演了十几年还只能演个配角？"陈一诺亲眼看到胡美丽瞬间变脸，生气地说："无药可救了你，就等着上法庭吧。"胡美丽见形势不妙，转向高亮求饶，佯装着要跪下去，高亮忙伸手扶起。胡美丽紧紧握着高亮的手："是我错了，我道歉。亮，我是为了你而低下高贵的头，所以你得答应娶我，和我结婚。"

陈一诺一听，火冒三丈，上前推开高亮。对待胡美丽这样死不悔改的人，就应该让她受到惩罚。看着高亮和陈一诺转身离开，胡美丽又放声大哭。拙劣的表演让孔令雯恼火，拿起桌上的一杯水对准胡美丽的脸就泼了过去：“别再装委屈了，真正因为你而受到委屈的人是我。你就老老实实等着法院的传票吧。”丢下又惊又气的胡美丽，孔令雯走出了咖啡厅。

外面，陈一诺和高亮正在等她。如果没有孔令雯的鼎力相助，叶萱不会这么快就沉冤昭雪。两个人要请孔令雯吃饭，高级的地方去不起，还是去老地方——老曾的兄弟大排档。孔令雯一口拒绝，她不去吃饭，也不需要感谢，就是要让这两个男人欠着自己。看着玛莎蒂尼绝尘而去，高亮和陈一诺对视微笑，这位娇惯任性的船王公主终于成长起来了。

孔令雯直奔海港码头，快步走向游艇，直到被船工拦住后才想起来这艘“雯游艇”已经卖给了李启刚，不再属于自己。望着眼前轻轻摇荡的游艇，孔令雯有些伤感，毕竟这艘游艇陪伴自己渡过了那么多的难忘时光，也正因为它的意外倾覆而认识了陈一诺、高亮还有丁超，她的人生也因此而改变。

孔令雯正在浮想联翩，突然听到了她最不想听到的声音：“这不是孔大小姐吗？”李启刚带着儿子还有儿子的一大群同学来了。花了大价钱的李启刚故意耀武扬威，如果她想上游艇，可以免费让她再坐一回。听到李启刚把“免费”两个字说得阴阳怪气，孔令雯连看都不愿意多看一眼，扭头就走。后面传来了欢呼声，是李启刚的儿子李元带着他的同学们欢呼雀跃地跳上了游艇。

人总是这样，拥有的时候不知道珍惜，等到失去时才感到后悔。孔令雯大步走向玛莎蒂尼，就看见一辆城市猎人停在旁边，曲文斌拿着两个相机和遮光板等摄影工具从车上下来。今天是李元的生日，李启刚雇了他出海跟拍，又是笔好生意，但他也不想错过孔令雯这位财神公主，忙献殷勤说自己今天是摄影师，能把孔令雯带上游艇，毕竟从前也是一起出海过，虽然翻了船差点没命。每当曲文斌要抢生意时就变成了话痨，该说的不该说的全都出来了。

孔令雯冷笑：“你是不是还想再翻一回？”曲文斌才反应过来，呸呸地吐了好几口，连忙向游艇跑去。孔令雯坐进了玛莎蒂尼，从后视镜又望了一眼自己曾经的游艇。

离开了一个地方，风景便不再属于你。错过了一样东西，即使再珍贵也与你无关。

第二十七章　全 面 营 救

婚姻是对女人最大的承诺，但有时候会为了生命，不得不放弃爱情。

——为了叶萱，高亮答应要娶胡美丽。

浪花飞溅，一道白色水路划开蔚蓝的海面，如一幅写意水彩般的深邃，富有意境。游艇渐渐放慢了速度，甲板上响起了《祝你生日快乐》，同学们围成了一圈，中间站着李元，还有早已经摆放好的三层大蛋糕。大家随着音乐节奏拍手鼓掌，唱着生日祝福歌，其中就有胡美丽的儿子刘向东。他帮着点燃生日蜡烛后，退回来站到班长王岳身边。两个小伙伴你碰我一下，我撞你一下，闹了几下后才把目光投到了人群中间的李元。

众星捧月般的李元正闭着眼睛，双手合十许愿。人群后面，曲文斌举着相机，抢着镜头，咔咔地按着快门。镜头里的李元睁开眼睛，弯腰吹灭蜡烛，然后大声欢呼："生日狂欢，现在开始！"李元最先抓了一把生日蛋糕上的奶油就向同学们的脸上抹去，点燃了小伙伴们积攒许久的热情，瞬间沸腾起来。在同学们玩闹的时候，保姆开始上菜，端着又大又重的托盘在甲板和船舱间往返。李启刚为了让儿子的生日宴办得隆重有身份，特意让家里的保姆跟着上船照顾。

海面渐渐起了风浪，游艇的速度也快了起来，保姆到底不同于十五六岁的孩子们，有点晕船，脚下的步伐也不稳，王岳看到后，紧跟着进了游艇喊了声"妈妈"。保姆没有立刻回答而是四处看了看，才把王岳拉到一边小声叮嘱，不许当众叫她也不能认她。王岳是班长，如果被同学们知道妈妈是保姆，而且是在同班同学的家里当保姆，肯定会低人一等。王岳却不在乎，自己的妈妈凭劳动赚取的辛苦钱，从来没有感觉到丢人。保姆仍想劝说儿子，却突然听到一阵怪异的声音传来。王岳让妈妈不要说话，伸长耳朵寻找着，那声音却没有了。此时的母子两个都没有意识到，这会是一场灾难的预兆。

当王岳帮妈妈端着饮料走上甲板时，小伙伴们的狂欢达到了高潮。几个人合伙把李元抬了起来，其余的人拿着彩带、气球在活蹦乱跳。唯有刘向东躲在了一旁，他本来就瘦小，没有力气还感冒了，担心传染给同学们。看着高高在上的李元，刘向东羡慕不已，他不是羡慕同学的家财万贯，而是羡慕他有一个朝夕相处的爸爸。再想想自己，陪在身边的只有妈妈胡美丽。

此时的胡美丽坐在放满了水的浴缸边上，手里拿着一把水果刀在水面上轻轻划过一道又一道。她多么希望这水面变成叶萱的脸，自己亲手把她毁容，让她再也勾引不了高亮。然而，幻想终究是幻想，胡美丽毁不了叶萱，她要毁的是自己这条命。胡美丽打开了放在一旁的笔记本电脑，她已经答应高亮要通过网络直播公开道歉。为了爱情，为了志在必得的男人，胡美丽豁出去了。下定决心后，她摘下头上的发夹，扔进了浴缸里。

发夹幻化成了游艇，一池清水也变成了广阔的大海。游艇上的生日狂欢仍在继续，里面没有王岳的身影，为了让晕船的妈妈能在船舱里多歇一会儿，他悄无声息地干着妈妈应该干的活，好在玩在兴头上的同学们谁都没有注意到。只有李元最先发现，在甲板上没有找到王岳，掏出手机要给他打电话。

突然一个海浪袭来，游艇尾部倾斜，李元摔倒在甲板上，一直跟拍着的曲文斌也摔倒了，但没忘记双手抱紧相机。这时候就听到了呼喊的声音，同学们全都东倒西歪。游艇里面也没有好到哪儿去，王岳护着妈妈跌倒在橱柜前，想到同学们都在外面，他拉起妈妈就往外跑。到了这时候，妈妈仍不忘记嘱咐儿子千万别在同学们面前露馅了。

游艇已经跷了起来，曲文斌一动也不敢动地趴在甲板上，哭丧着脸：“我是上一回船沉一回啊，都是这张臭嘴给害的。”李元也趴在那里，吓得眼泪快出来了，哆嗦着手好不容易拨通了李启刚的电话：“爸爸，游艇快沉了，救命……”

“救命啊，救命！”

披头散发的胡美丽自言自语着：“高亮你得来救我。”然后，她打开了摄像头。胡美丽知道，现在的模样肯定被那些她喜欢的还有憎恨的人们全都看到。果然，高亮、陈一诺还有丁超兴奋地守在 ipad 前，等待着胡美丽的道歉。镜头里面，胡美丽慢慢举起了水果刀，放到了左手手腕上，瞬间流下了眼泪。

网络直播自杀，用生命来补偿自己犯下的罪过。

这就是胡美丽的公开道歉。当婚纱店里的叶萱从电脑里看到这一幕，吓得捂住了嘴巴。看到胡美丽仇恨的目光，仿佛听到了她的诅咒：“叶萱，我就是变成鬼也不会放过你。”突然之间，仇恨化为乌有，胡美丽含情脉脉：“我的亮，你娶不了我，那就让我们用灵魂相爱吧。”万念俱灰的胡美丽终于把水果刀割进了手腕，鲜血流出，滴落到浴缸里，先是一缕血线浸入水中，渐渐蔓延开来。

画面恐怖，令人不寒而栗。

警报声响起，传遍了整个基地。高亮一边向外走着，一边打电话报警：“网上有个叫胡美丽在直播自杀，请马上阻止！一定要救她！”

陈一诺和丁超已经在装备室换好了衣服，他们已经得知游艇船舱进水，倾斜角度在加大，随时都有沉没的危险。游艇上面有学生们、摄影师还有保姆和船员，据说是在举行生日聚会。陈一诺心头一沉，险情比估计中的要严重。全都是些半大的孩子们，没有自救的能力，遇到险情一旦慌乱起来，后果不堪设想。

海浪冲击着游艇，甲板上一片寂静，每个人都在各自的位置抓住栏杆、绳索等固定物，脸上写满了恐惧。大家不敢说话，连喘息都在抑制着，生怕一个不小心会让游艇倾覆。终于有女生坚持不住了，哭出声来。这时王岳拉着妈妈也跑到了甲板上，看到同学们都聚在一起，忙让大家分散开，以免人为地把游艇压翻了。王岳转头看向母亲：“妈，你跟着我！”同学们听到这一声“妈”都惊讶起来，方才明白伺候他们的保姆就是班长的妈妈。李元喊了声“阿姨好”，王岳妈妈一听，把头低下：“公，公子好。”李元的脸腾地红了，保姆阿姨一直用心照顾着自己，却没有想到会是王岳的妈妈。他不是旧社会的恶少爷，也从未把保姆当成佣人。李元想解释，但女生们的哭声多了起来，便大声说：“大家别害怕，我已经给我爸打了电话了。我爸一定会想办法救大家的！”

“二十万！”李启刚冲进了指挥中心，把支票拍到了桌子上，杜伟成等人疑惑地回头看着这个不速之客。好不容易闯进来的李启刚急了：“我儿子在游艇上，马上派出基地所有的救援队员去救我儿子！”杜伟成把支票推了回去：“救援队只救人不收钱。船上不仅有你的儿子，也有别人家的儿子和女儿。”李启刚可不管别人家的孩子，在他的眼里，谁也没有自己儿子金贵。看到杜伟成对二十万的支票无动于衷，又掏出一张写有一百万的支票。不管是谁，只要救出他的儿子，这些钱全都拿走。气得杜伟成命令李启刚立刻把支票收起，否则的话全都捐给慈善机构。李启刚把两张支票全都塞到了杜伟成的手里，送出去的钱没有再拿回来的道理，收钱好办事，这就是他的逻辑。杜伟成只好命人把李启刚赶出了指挥中心，马上下令救援队立即出动，游艇上全都是正值花季的孩子，不惜任何代价也要救回来，一个也不能少。

汽笛鸣起，救援船准备出港。检测仪表，直升机即将起飞。就在关闭舱门的一瞬间，李启刚突然钻了进来。他放心不下儿子，抱紧了座椅死活也不肯下直升机，非要亲自去救人。时间紧迫，高亮只好命令起飞，直奔出事海域。

海面上，游艇跷得更高了，随着倾斜角度的加大，每个人的恐惧也随之而增长。王岳鼓励同学们坚持住，一定会有人来救大家。突然李元站了起来，他听到了直升机的轰鸣声：“救我们的人来了！”直升机越飞越近，渐渐降低了高度，直至悬停在游艇的上方。孩子们仰头看着救助直升机，精神振奋起来。曲文斌破涕为笑，向直升飞机抛着飞吻：“亲，爱死你们了！”

机舱里，陈一诺和丁超准备下去，正检查着身上的安全索。李启刚走了过来，他也要系安全索下去救儿子。陈一诺让他老实待着，别添乱。急得李启刚抓着安全索把陈一诺推到舷窗前，指着下面游艇甲板上那个穿白色衣服的孩子，得最先营救上直升机。气得陈一诺挥起胳膊把李启刚推开：“我不管是谁的儿子。船上的孩子都是娘生爹养的，都是父母的命根子，谁都不比谁金贵，谁也不比谁低贱！你知不知道你耽误的每一秒钟，都是你儿子的命！”李启刚一听，吓得坐到了舱板上。

每一秒钟的流逝，都意味着生命向死亡又近了一步。

胡美丽泪流满面：“在我与这个世界告别之前，叶萱，跟我道个歉吧。你现在退出，我的亮就会娶我，让我在还能呼吸的时候，暂时成为高亮的新娘……”突然，屏幕一下子黑了。叶萱那颗悬着的心也猛地沉到了海底，她急着给胡美丽打电话，可没有人接听。叶萱心急如焚，如果胡美丽真的死了，留下没有成年的儿子，后果是她无法想象的。

家破人亡。

巨大的恐惧和牵挂让叶萱全身都颤抖起来，突然想起孔令雯曾经查到的资料，上面就有胡美丽家的地址。就照她说的那样，亲自去道歉。叶萱打开抽屉，寻找着资料，孔令雯走了进来。她也看到了胡美丽的网上直播，求爱表白、割腕自杀这些小伎俩在孔令雯的眼睛里，只不过是一个三流演员的拙劣表演，她嗤之以鼻。但并不是所有人都像孔令雯这样的冷静，她想到了叶萱可能会被骗上当，驱车赶到了婚纱店，果然遇到她正要去胡美丽家。孔令雯阻拦住：“她不会死的，你见过哪个真想死的人搞网络直播？又是在演戏！”叶萱担心，万一这回不是在演戏，而是真的自杀，那自己这辈子都会活在愧疚里。即使自己的善良被利用，也不愿意看到胡美丽割腕流血。

屏幕又亮了起来，叶萱扑到电脑前，任凭她如何呼喊，胡美丽却视而不见。接到高亮报警后的马警官来到基地。杜伟成正盯着大屏幕指挥现场救援，同时让基地联系孩子们的家长。马警官走到他的面前寻求帮助，胡美丽是高亮的女朋友，因为叶萱的插足而破坏了两个人的婚事，所以她要自杀，还现场直播。说完后，马警官把直播放给杜伟成看，看到屏幕里面胡美丽凄惨的模样，杜伟成火了：“什么乱七八糟的，不可能！我了解高亮，也了解叶萱！这女人是哪儿的？”马警官说：“先别管她是哪儿的，救人要紧！她现在情绪很不稳定，一定要高亮亲自出面才行！高亮呢？”

高亮正在执行任务，与时间赛跑，杜伟成绝不允许救援队在关键时刻牵扯儿女情长。而马警察坚持救人，阻止一场影响恶劣的网络直播自杀。两人僵持起来，无奈之中，杜伟成只好和正在驾驶直升机的高亮通话。

“我知道她要自杀，是我报的警请求警方阻止自杀！”听到高亮的回话，李启刚奇怪地看了过去。马警官让高亮暂且答应婚事，先稳住胡美丽的情绪。高亮表情严肃，目光坚定，既然胡美丽目的是让自己娶她，那她就不是真的在自杀，而是在演戏。看到这儿李启刚忍不住骂出声来：“什么破机长，不急着救人倒是想着谈情说爱。”陈一诺把他按到了座位上让他闭嘴，嘱咐高亮绝不能被胡美丽给骗着了，这个女人根本不可救药。

赵五一已经把丁超垂下去了，现在轮到陈一诺了。李启刚竟又冲了过来，只要先救起儿子，他能把这架飞机的主人变成陈一诺。气得陈一诺指着李启刚的鼻子说：“你再捣乱，我先把你丢下去！”李启刚忙后退两步，看着陈一诺跳出了机舱。

从天而降，顺利着陆。当陈一诺站稳了脚，看见丁超的腰正被曲文斌死死地抱着，他一边哭着一边恳求先把自己救上去。陈一诺上前拎起他的后衣领子，丢到了一旁。曲文斌竟又扑了过来抱住陈一诺的腿：“诺哥，你救我有经验，先救我上去吧。”陈一诺说：“又是你？你不是说过再遇险也不用我救吗？我得省着力气去救孩子们。松开，再缠着不放就把你扔进海里喂鲨鱼！”对于陈一诺的言出必行，曲文斌早就领教到了，吓得他松开了手，瘫倒在甲板上。

陈一诺先带着两名女生吊上钢索，赵五一把他们都拉进了机舱。李启刚一看没有儿子，又破口大骂起来，但一扭头看到所有人在怒视着自己，立刻把嘴巴闭上。那两名被救上来的女生还没有从恐慌中解脱出来，浑身发抖，陈一诺安慰几句又忙着继续下去救人，他和丁超轮流着把女生们全都救上了直升机，曲文斌又扑了上来求着陈一诺救自己。陈一诺把他推到旁边，上前要给王岳的妈妈套上救援索。不料，她后退一步，要让儿子先上去。王岳说：“女士优先，在灾难面前也得遵守规则。妈妈您担心我在同学面前抬不起头，可如果我扔下妈妈先走，才是真正的被人看不起。”陈一诺赞叹：“是个男子汉，将来也干救生员。”王岳响亮地说了声“是”，走过来和陈一诺一起给妈妈系好救援索。

钢索拉起，陈一诺护着王岳妈妈进了机舱。李启刚一见保姆都救上来了，儿子却还在危险中，他实在是忍不住了：“这保姆是不是给你塞现钱了？拿我给的钱给你，是不是？”陈一诺二话不说，走过来揪住衣襟就把他推到了机舱口。吹着强劲的海风，看到下面波涛翻滚的海面，吓得李启刚大喊救命。赵五一担心出事，忙在后面拽着陈一诺，陈一诺这才把李启刚给扔了回来，向赵五一打了个手势，跳了下去。

甲板上整齐地站着一排男生们，陈一诺清点着人数，有十个男生和船长船工，再加上曲文斌。直升机还能再救上五个就满员，必须把被救人员送到正赶过来的救援船上，才能再回来救人。在等待期间，游艇也许会沉没，也许会倾覆，所以留下来的人都会有生命危险。船长和船工义不容辞地留下，陈一诺看着孩子们：“男子汉们自己决定，谁先走，谁留下！”

生死抉择时刻，残酷而无情，尤其是这些半大的孩子们。这是他们遇到的一道人生难题，他们会交出怎样的答案？

王岳举手，作为班长的他带头留下。李元也举起了手，他最后一个走，要看着同学们全都安然无恙才会安心，因为同学们是他邀请来的，如果不是参加自己的生日宴就不会遇到这场意外。陈一诺也意外，没想到儿子和父亲竟然是迥然不同的两种人，李启刚除了有钱什么都没有，境界和胸怀远远不如儿子。曲文斌也举起了手，还没等说话，就被陈一诺给瞪着又放下了。当他看到眼前的孩子们推让着谁也不肯先上直升机时，开天辟地头一回感到了羞愧。

在这一刻，人性散发出了光芒，小小男子汉们以他们的实际行动诠释着担当和友爱。没有争抢，没有吵闹，全都听从陈一诺的安排。因为人员选不出来，陈一诺只好按现在的排位，谁离他的距离最近谁上直升机，以此选出五个人，李元就站在陈一诺的旁边。

机舱里的李启刚把下面的情况看得一清二楚，当确认陈一诺终于要救起儿子时激动地呼喊起来，顾不得危险把身子探出了舱门。突然，他傻眼了，李元竟将瘦小的刘向东推到了前面。李元知道刘向东感冒了，人又太瘦小，船要是真沉了会第一个坚持不住，先救同学是他的责任，就像当初郑子航把生的机会让给陈一诺一样。

这才是真正的男子汉，生死关头才见担当。陈一诺被李元和同学们感动了，相信这次海险过后，每个人都会坚强地成长。陈一诺给刘向东套上了钢索把两个人捆绑在一起，做了上升的手势迅速离开了甲板，李元和王岳等男生们都在仰头看着。突然一阵狂风吹来，不仅陈一诺和刘向东被吹得摇晃，连直升机也跟着不稳。直到风渐渐小了，钢索才慢慢收紧，陈一诺带着刘向东进了机舱。他的小脸吓得煞白，如果刚才钢索被风吹断，就再也看不到妈妈了。

儿子惦记着妈妈，妈妈却早把儿子抛到九霄云外去了。胡美丽又一次地举起了水果刀，狠狠地向手腕划去，鲜血充斥着电脑屏幕。马警官着急起来，让高亮直接和胡美丽通话。犹豫片刻后，高亮终于拨了号码。胡美丽又惊又喜，打来电话就意味着高亮同意和自己结婚了。高亮劝说她先冷静，不要自杀，也不需要道歉了，活着就好。胡美丽歇斯底里起来："高亮你太残忍了，为了叶萱竟然放弃我们的感情！听着，你要么答应娶我，要么看着我死在她面前！"

刘向东听见了，扑向驾驶舱大喊："妈妈，我不要你死！你死了我怎么办？高亮叔叔快救救我妈妈！"陈一诺等人大吃一惊，接着就听到了高亮的回答："我答应娶你"。胡美丽转悲为喜，破涕为笑，她的目的终于达到了。知道高亮正在执行任务，会跟救援船一起回到海港码头，胡美丽要以高亮妻子的身份前去迎接丈夫归来。

这一切通过网络全都被叶萱和孔令雯看到了。孔令雯骂了句"无耻"，拉起叶萱就要奔往码头，不能让胡美丽第一个见到高亮，她们绝不能输给一个三流演员。

码头上已经聚集了得到消息赶来的家长们，基地的工作人员在旁陪同，他们联系上了所有参加生日宴学生们的家长，除了刘向东的妈妈胡美丽，不是电话占线就是通了不接。赶过来的家长们情绪激动，一想到孩子们生死未卜，忍不住哭起来，工作人员忙得焦头烂额，急需专业的心理医生来安抚众人。

接到电话，林越就带着陈瑛赶往码头。家长们无法接受这样的好意，他们急着见到的是自己的孩子而不是心理医生，基地这是把他们当成了病人。林越只好安慰大家，基

地已经派出了应急救援队，一定会把孩子们全都救回来。有的家长怒气冲冲地指责林越：“我看你就是站着说话不腰疼，敢情你又没有孩子在游艇上。”其他家长们一听，怨恨的目光像刀子一样刺向了林越。林越稳定情绪，高声说道：“我是没有孩子，因为我还没有结婚。但我的未婚夫在游艇上，和你们的孩子们在一起同舟共济。他是一名优秀的救生员，会救起每一个人。相信我，你们的孩子马上就会回来。”

林越的这番话，如春风化雨，浇灭了家长们心头的怒火和不安，大家安静下来，不约而同地望着大海，祈盼着救援船快点靠岸。

生死攸关的等待，每一分钟都是那么的漫长。

高亮放下了电话，在这短暂的时间里他做出了一个重大决定。这个决定改变的不仅仅是自己的命运，还有胡美丽和叶萱。机舱里的陈一诺愤怒不已，胡美丽的手段他们全都领教过了，真正是秀才遇到兵有理说不清。然而高亮竟然屈服，亲口答应和她结婚。陈一诺不能理解高亮的决定，他相信高亮是爱着叶萱的，仅仅因为胡美丽的要挟而许下诺言，这样的爱情也太经不起考验了。想起自己和林越这十年来的风风雨雨、分分合合，在陈一诺心中最爱的人始终是林越，没有任何人可以代替。如果高亮和胡美丽结婚，那么叶萱怎么办？她已经受伤过一次，不能再伤第二次。

想到这里，陈一诺走过去敲打着前舱门，高亮好像知道了他的心思，吼道：“赶紧下去救人!”李启刚一听，忙说：“对啊，我儿子还在下面呢，救不救啦？你们都是些什么救生员啊?”陈一诺猛地回头，狠瞪着李启刚，吓得他习惯性地又把嘴闭上了。陈一诺向赵五一点了点头，系好钢索，坐到了舱口。看到陈一诺的身影消失了，李启刚恨得咬牙切齿，等救回儿子，绝不会放过他。

陈一诺又回到了游艇上，此时船身倾斜得更厉害了，丁超护着剩下的人聚在了甲板最高处。钢索收回，机舱门关上了，轰鸣声响起，直升机飞走了。所有的人全都仰头看着，眼神里充满了对生命的渴望和对获救同学的祝福。

生命之所以宝贵，是因为只有一次。

留在摇摇欲坠的游艇上的人们，年纪最大的船长也不过是四十岁，船工和陈一诺还有丁超都是没有结婚的小伙子，其余的全都是青春年少的孩子。当最初的勇敢过后，恐慌的情绪又在悄悄萌发、弥漫。

“坚持住，直升机很快就会回来，我们全都能得救!”陈一诺发现了孩子们的情绪低落，带头大声唱起了《水手》鼓舞众人，丁超马上跟着唱道：“他说风雨中这点痛算什么，擦干泪不要哭，至少我们还有梦……”李元唱了起来，王岳也唱了，所有的人全都高声唱着。

歌声嘹亮，回荡在海面，孩子们的眼睛闪闪发光，心中充满了勇气和希望。

第二十八章　让我欢喜让我忧

真正的爱情，不是镜花水月，而是柴米油盐的细水长流。

——叶萱还没有做好接受高亮的准备。

救援船乘风破浪，全速前行。直升机迎面而来，准备降落。甲板上的停机坪已清理出空位，一位身穿橙色背心的救生员正在手挥令旗指挥，直升机稳稳地降落成功。

舱门打开，赵五一最先下来，那些获救的孩子们还有王岳妈妈陆续走出，唯有李启刚赖在机舱里不动地方。无论赵五一如何劝说，他仍是咬定青山不放松，非要跟着直升机再回去救儿子，宝贵的时间就这样一分一秒地被他耽误。李启刚的无赖和自私终于激怒了高亮，冲到机舱里把他硬拖了出来："要不是你赖在飞机上占了一个人的位置，你儿子早就回来了！"李启刚并不说话，拼着力气又要往上闯。高亮扭住他的胳膊把他摔到了甲板上，金旭、夏林等人一拥而上控制住。被压在人群下面的李启刚动弹不得，破口大骂："你们要是救不回老子的儿子，老子让你们当孙子！"获救的学生们再也忍不住了，一起讨伐李启刚："救援叔叔是好人，他们救了我们，也会救回其他同学。"

理解万岁。

高亮向学生们潇洒地挥了挥手，和赵五一等人进入直升机。螺旋桨转动，轰鸣声响起，直升机飞离了救援船。学生们一起向着天空挥手，盼望着能和留在游艇上的那些同学团聚。经历过患难与共的他们，真切地感受到同学情谊的宝贵。

人群中间走出一个孤独的身影，刘向东悄悄走到甲板的角落里，他不想让同学们注意到自己，刚才在直升机上妈妈胡美丽的举动令他羞愧，也令他失望，难道自己这个亲生儿子还不如刚刚相识的陌生人？与其这样，自己还被救起来干什么，不如跳进海里。

海水多么的蓝。

海水又是多么的汹涌，一浪接着一浪冲击着游艇，甲板已经没进了海平面下，所有人的鞋子全都湿了。曲文斌还不如学生们，泪水混合着海水弄湿了整张脸："直升机再不来，我们就全都喂鲨鱼了。"他的话像是导火索点燃了学生们压抑在心底的恐惧，气得陈一诺咆哮着让他闭嘴。

"坚持到底就是胜利！"陈一诺继续给学生们鼓劲，话还没有说完，就看见一个巨浪迎面而来，学生们使劲地抓住围栏或是舱板，唯有李元面前什么也没有。随着游艇被巨浪撞击得剧烈摇晃，李元摔进了水里，左小腿不知撞到什么东西，只感觉到一阵钻心的疼痛。幸亏陈一诺手疾眼快，伸出胳膊抓住李元把他从水里捞了出来，湿淋淋的李元抱着陈一诺，脸上没有露出害怕的神情，反而带着笑容："大哥哥，我以为我会怕死，可是现在我居然一点都不觉得害怕，我好像收到了这辈子最好的生日礼物。"

生死与共的同学情谊，执着信念的勇敢担当，都将汇聚成人生岁月中的宝贵财富，这才是最好的生日礼物。

空中出现了直升机的踪影，曲文斌兴奋得大喊：“我有救了，我得救了！”直升机盘旋在游艇的上方，垂下了钢索，陈一诺和丁超分别给孩子们系好安全带。一个两个，上去下来，一趟又一趟，李元和王岳等所有男生们全都上了直升机，最后甲板上只剩下曲文斌和船长了。看到钢索从直升机上垂下，曲文斌疯了一样地扑过去，却被陈一诺给推开：“让船长先上。”船长却说：“我是船长，应该最后一个离开。”曲文斌哭着求陈一诺，他实在是坚持不住了。陈一诺决定让两个人一起走，把救援套给两个人捆好再系到钢索上，向直升机做着手势，赵五一开动机器，把曲文斌和船长拉了起来。总算死里逃生曲文斌痛哭流涕：“诺哥你是我救命恩人，这辈子下辈子下下辈子都要报答你！”陈一诺笑着，甲板上的水更深了，已经淹到了他的膝盖。只有等着曲文斌和船长进入机舱后，钢索才能被再次放下，而游艇能不能撑住，谁也不知道。

不是船长，也不是生日宴的主人，陈一诺才是最后一个离开游艇的人。无论何时何地，他都牢记自己是一名救生员，先人后己是最基本的救援准则。所有学生全都获救，他们的家庭也不会有生离死别的惨剧发生，陈一诺又一次地完成了任务，他伸出手向直升机挥舞着再见。

再见，意味着告别，因为这时的陈一诺已经感觉到脚下的甲板剧烈颤动。头顶上的直升机，曲文斌和船长刚被拉进机舱，赵五一以最快的速度解开他们身上的钢索，放了下来。看到钢索离游艇越来越近，赵五一却越来越紧张，他已经看到游艇大幅度地摇晃起来，随时都会沉底。陈一诺紧紧握住栏杆，眼睛盯着近在咫尺的钢索，猛地跃起，带动着水花划过一道漂亮的弧线。脚下卷起一个巨大的漩涡，游艇下沉，只剩下尖尖的尾部，绑着一束气球在海面上飘荡。

机舱里响起欢呼声，陈一诺如英雄凯旋般地受到学生们的热烈欢迎。突然王岳大喊：“李元受伤了。”陈一诺扭头一看，李元的左小腿鲜血直流，忙拿过急救包给他包扎伤口：“什么时候受的伤？你就一直这么忍着？”李元小声地说：“你们都忙着救人，我这点伤当然得忍住。”陈一诺让他坚持住，皮肉之伤危及不到生命，到了码头就有医护人员急救。谁也没有想到，李元的意外受伤给陈一诺还有基地带来了无妄之灾。

码头上的人越来越多，救护车、警车全都来了，胡美丽也来了。她是来接高亮返航的，却不知道儿子刚刚经历了一场生死劫难。胡美丽得意扬扬，刚从出租车里出来就被孔令雯看见，那副小人得志的模样让她心生怒气，开着玛莎蒂尼就冲了过去，坐在旁边的叶萱忙喊着停车。玛莎蒂尼在胡美丽面前停了下来，吓了一跳的她看清里面坐着的孔令雯和叶萱时，生气地使劲拍打着前车厢盖。

挑衅的举动激怒了孔令雯，打开车门就冲了过去，叶萱连忙也下车。瞧着两人来者不善的气势，胡美丽故意挺起胸脯：“想打架啊？你们加起来都不是老娘的对手。”林越从后面走过来训斥：“胡美丽你想要泼也得看看场合，现在什么情况你又不是不知道。”叶萱劝说：“你也是当妈的人，如果你的儿子遇到这种意外，能不着急吗？”胡美丽呸了一口：“别诅咒我儿子，我儿子好着呢。”

孔令雯刚要开口回击，却被林越和叶萱给拉走。跟胡美丽这种唯恐天下不乱的人没有道理可讲，只会辱没了自己的身份。林越以她的专业知识来证明胡美丽是在演戏，叶萱却说：“就算是演戏也得陪着演啊。要是刺激了她，真的在镜头前自杀了，我和高亮都会过意不去的。”孔令雯气愤不过：“我才不相信高亮真的会和那个女人结婚，等着他回来我非问清楚不可。”三个人一起面向大海，和所有人一起等待着救援船的归来。

归心似箭。

救援船上的李启刚快把脖子给累歪了，终于盼来了直升机，等到着陆停稳，第一个冲到了机舱前。舱门打开，陈一诺最先从里面出来，李启刚差点撞到了身上，他强忍着怒气和怨气，就看见王岳扶着李元下来了，高兴地要上前去搂抱儿子。王岳忙说："叔叔，小心李元的腿。"李启刚这才看到儿子的小腿上包扎着厚厚的纱布，扭过头冲着陈一诺就吼："你把我儿子给伤成这样，故意的吧？"陈一诺不愿意搭理他，倒是李元说出是轻伤，让爸爸别大惊小怪。

已经见到儿子，李启刚也无需再忍耐了，上前揪住陈一诺的衣襟以命令的口气让他赶紧找最好的医生。陈一诺故意把儿子留在最后，还让他受了伤，都是对自己的报复。陈一诺不说话，只是瞪大着眼睛，目光在李启刚和李元的身上轮流看着。这样的好儿子偏偏有这样一个父亲，这样一个无赖的父亲竟然生出这样一个懂事的儿子，老天爷还真是会戏弄人。

李启刚见陈一诺没有反应，以为知道理亏而不敢说话也不敢动手，越发气焰嚣张："你是不是觉得没脸见我？"丁超等队员们气坏了，要上前拉开两个人。陈一诺举起胳膊阻止了他们，另一只手以迅雷不及掩耳之势伸展锁喉功，李启刚顿时浑身瘫软，毫无还手之力，被拖到了船舷边："我现在就把你扔下去喂鱼，让你把你的遗产都留给你儿子，怎么样？"不等他回答，陈一诺又把李启刚拉了回来："别在孩子面前丢人！你丢得起，我们丢不起！"李元一条腿蹦跳着过来，向父亲解释，是自己不小心受的伤，跟救生员没有关系，而且他和同学们的命都是陈一诺这些救生员救回来的。李启刚见斗不过陈一诺，船上又都是救援队的人，只好偃旗息鼓，不敢再惹是生非。

浪花飞溅，高亮站在船头眺望海面，陈一诺走了过来，人心要是都能像大海一样的宽广，就不会生出这么多乱七八糟的事情来。高亮慨叹，解决了天上的一桩，还有地上的一桩等着解决。他们都知道胡美丽如狗皮膏药一样的摆脱不掉，既然答应了婚事，肯定会等在码头。高亮暗下决定，他对自己许下的每一个承诺都应该负责。

救援船加速前进，离码头越来越近了。胡美丽眼尖，大喊着："我的亮回来了！"家长们一听，忙向靠近救援船停泊的位置跑去。大约过了半个小时，救援船终于靠岸停稳。学生们从甲板上岸，家长们一拥而上，抱住自己的孩子。李元一下来就被抬上了担架，李启刚护在旁边，回头看见陈一诺站在船舷边上高声喊着："你们都给我等着，看老子怎么收拾你们！"

孔令雯站在前面挡住去路："你想收拾谁？"李启刚一见这位船王公主，总算是冤有头、债有主了，指责她卖给自己的是一艘破烂二手货，白白花了六百万，还是美金。孔令雯理直气壮，游艇已经出手，其他概不负责，有质量问题请找厂家，天气不好去问老天爷。孔令雯的伶牙俐齿把李启刚气得脑袋快要冒烟，如果不是护士催促上救援车，他当即给孔祥海打电话兴师问罪。

看着救护车飞奔离去，孔令雯冷笑一声，回过头来在人群里寻找高亮的身影。叶萱走了过来，她也没有看见高亮下船。这时耳边传来胡美丽的声音："看见亮没有？是我的亮。"听着她那娇媚而刺耳的音调，两人不由得皱起了眉头。这时丁超走过来，看见孔令雯高兴地加快了脚步，叶萱忙知趣地走向一旁，就看见一群人兴奋地奔了过来，嘴里不停地喊着"救援哥"。

拍照、签字，是丁超遇到粉丝必做的两件事情。从前只要孔令雯遇到肯定会上前阻拦，但这一次却罕有的站在一旁观看，而且是面带微笑。等到丁超好不容易满足所有粉丝的要求，把他们全都打发走后，孔令雯才告诉他那天晚上的烟花意外救人被拍了照片传到网络，一晚上就涨了十多万的粉丝，这对丁超在《中国金嗓子》的晋级赛是绝对的有利。原来孔令雯并不是真的撒手不管，否则也不会留心到连丁超都没有留心或者根本不知道的信息。丁超顿时惊喜："雯雯，你又给我当经纪人了，太好啦！"孔令雯瞪了他一眼："看来今天做梦的不止胡美丽一个！"

胡美丽正在人群里挤来挤去，恨不得长出千里眼和顺风耳一下子找到高亮。突然看到高亮出现在甲板上，就开心地要跑上救援船，这时马警官来了。胡美丽不理会警察的问话，手中拿着一个深褐色的小本迎向正走下船的高亮："我把户口本都带来了，亲爱的亮，我们去登记吧。"出人意料的举动，惊得走在后面的叶萱和孔令雯目瞪口呆，这个女人果然什么事情都能干得出来。

高亮像是没有看见胡美丽一样，走向马警官说明情况，然后才看着胡美丽一字一顿："胡美丽，我是不会娶你的。"这句话就像是晴天霹雳击得胡美丽晕头转向，原来承诺只不过是一句谎言，可悲的是自己竟信以为真，成了跳梁小丑。高亮决不是出尔反尔的人，一定是受到了叶萱的蛊惑。胡美丽突然冲到叶萱的面前，抓着她的头发："你这个狐狸精，到底给我的亮喝了什么迷魂汤！"

毫无防备的叶萱被胡美丽揪得抬不起头来，孔令雯忙上前帮忙，高亮也过来搂过胡美丽的身体，马警官命令她立刻松手。一群人乱成了一团。突然传来刘向东的声音："妈，你别闹了！"

胡美丽一下子安静下来，松开叶萱的头发，高亮也把她推出自己的怀抱。当胡美丽看到儿子感到意外："向东你怎么来了？谁把你带来的？"陈一诺走上前："你儿子就在刚刚遇险的游艇上！高亮不仅要救你的儿子，还要救你！今天就因为你在网络上撒疯胡闹，你的儿子和他的同学们差点儿跟着游艇一起沉入海里了！"胡美丽的眼泪一下子掉了出来，羞愧难当地紧紧抱着儿子。刘向东说："妈，我知道你是因为自己把我养大才变成这样的。有我陪着您，咱俩一起好好过，行吗？"胡美丽一边哭着一边点头，搂着儿子走出了人群，她的人生就像她在剧院里的角色一样，即使费尽心机掺和到别人的感情之中，也注定成不了主角，她的戏该落幕了。

叶萱站在那里，心里很不是滋味。尽管胡美丽伤害了她，但到底是个可怜的女人，为了爱情差点走火入魔。不是所有失去丈夫的女人都像叶萱这样的坚强，高亮走了过来，心疼地看着她凌乱的头发，伸出手帮着梳理。陈一诺也想过去安慰，胳膊却从后面被人拉住了，回头一看是林越。林越向他轻轻摇了摇头，意思是不要去打扰，经历过磨难的感情才会更加的坚定和纯粹。陈一诺心有灵犀，握住了林越的手，两个人会心地笑了。

夕阳西下，落日的余晖把最后一道金光洒向了码头。

月亮升起，平静的海面映照着星光点点。

高亮站在船舷，回忆起和叶萱还有小郑安在一起的那些欢乐时光，露出幸福的微笑。他对着大海高喊："子航，我一定会照顾好叶萱和安安，像你一样爱他们。"海风吹来，将高亮的声音传播得很远，很远。

叶萱迈着欢快的步伐走向婚纱店，昨天的事情就像做了一个梦，她已经忘记了。正如昨天会过去，今天已到来，叶萱对未来更是充满了希望。希望美好，幸福永恒。

高亮正站在“幸福永恒”的招牌下面等待叶萱，手中捧着一束蓝紫色的花，他不是来道歉，而是来表白。如果从前的他不明白自己对叶萱到底是一种什么样的感情，那么胡美丽的这顿胡搅蛮缠让他顿悟，自己的确爱上了叶萱，是爱情，不是同情。高亮发誓会向郑子航那样真心实意地照顾叶萱和小郑安，一起共度人生。高亮动情地说：“叶萱，希望你能给我这个机会，让你和安安成为我的责任，让我们成为彼此的幸福。”叶萱被感动了，脸上却写着犹豫。虽说郑子航已经去世有三年了，但叶萱从来没有想过改嫁的事情。高亮的照顾和关心她都看在眼里、记在心头。现在高亮表明了心迹，让她有些不知所措，只好选择了躲避。

“谢谢你的心意，但是我现在真的还没有做好准备去接受一段新的感情。”对于叶萱的回答，高亮早有预料：“我会等，等你经过深思熟虑之后再给我答案，不管这个答案是什么，我都会尊重你。在我的心里，你和安安已经成为我的责任，我会用我的方式继续照顾你们母子的。”

说完了心中积聚许久的话，高亮的心头像是卸下了一块大石头，把花束送到了叶萱的手里，迈着轻松而快乐的步伐走了。当高亮渐渐走远，叶萱才低头看着手中的花，这是一束勿忘我，代表永恒的爱，不变的心。

爱情的道路千条万条，有的人一帆风顺，有的人历尽坎坷。高亮的表白虽没有得到叶萱的肯定答复，却让丁超感觉喜从天降，他知道高亮这扇门对孔令雯是彻底关上了。

他的机会来了。

《中国金嗓子》组委会发了通知函，每一名选手都要拍摄一部表现个人风采的 MV，如果不拍摄或者没有在规定时间内提交，一律取消决赛资格。当孔令雯看到这张通知函，皱起了眉头：“为什么非得回老家拍?”丁超满脸无辜，耸了耸肩膀，都是组委会的安排，他只能照章行事，其实心里早乐开了花老妈刚打来电话下了最后的通牒，如果再不把女朋友带回来就不允许他回家。如果孔令雯同意陪自己一起去拍摄 MV，正好一举两得。

丁超转动着脑筋，孔令雯大多时候是吃软不吃硬，偶尔是软硬不吃，只能智取，不可强攻。于是故意叹了口气：“凡是明星，身边都有一个能干的具有专业精神的经纪人，可惜我……”孔令雯没等他说完，一把抢过通知函，叫丁超向基地请三天假，然后让他见识什么是真正的专业精神。

柠檬园，紫竹林，四川老家，丁超和孔令雯一路同行，摄制组跟随在旁。在孔令雯的指导下，丁超全方位地展现个人魅力。加上孔令雯的用心安排，无微不至地照顾随行人员的吃喝用度，令他们赞叹不已，摄影机、照相机齐上阵，记录着两个人快乐的幸福时光。

幸福就在前方，用心就会发现，真心就会拥抱。痴心，只能等待。陈一诺急了，高亮的按兵不动、静观其变，他全看在眼里。情场如同战场，一味地等待很可能会错失良机。既然叶萱不能正面猛攻，那就侧面渗入，曲线救国。

陈一诺去了叶母家，要带小郑安出去玩。叶母正巴不得呢，高兴地把外孙交给了陈一诺，嘱咐回来吃晚饭。陈一诺抱着小郑安下楼问他想玩什么，小郑安想都不想就说：“坐大飞机。”

正中下怀。

陈一诺开着吉普车一溜烟儿进了基地，来到机库，高亮早就等在那里。小郑安被高亮从车里抱出来时还有些拘谨，看到飞机，突然眼前一亮，顿时激动起来。小郑安看到了一架真正的直升机，和游乐场那些飞机模型相比就是庞然大物。而且严肃叔叔高亮竟然抱着他坐了进去，教他认识仪表、部件，还手把手教着他开飞机。小郑安摇动着操纵杆，嘴里发出呜呜的声音。兴奋地玩了一下午，直到累得睡在了高亮的怀里。

当陈一诺带着玩够了睡醒了的小郑安回到叶家，叶母和叶萱已经把晚饭准备好了。一进家门，小郑安就急着告诉姥姥今天严肃叔叔陪着自己开飞机了，叶萱听到后眼神有些闪躲。叶母问起谁是严肃叔叔，小郑安用手比划着："会开飞机的叔叔，呜呜，我喜欢严肃叔叔。"陈一诺见缝插针地解释："我和高亮今天带着安安去基地参观了一圈。"

叶母倒是没再追问，只是嘱咐叶萱明天去拆迁办公室去办手续，她们现在住的老楼要拆迁了，叶母作为领导干部得起带头作用。陈一诺想到了关键问题，如果拆迁了这一大家子有老有小的去哪儿住？叶萱说："现在还能住一段时间，利用这段时间，我们找个合适的地方就行了，你不用操心。"陈一诺忙说："到时候有什么需要可一定得跟我说啊，体力脑力财力我都能出！"叶母看着陈一诺，目光意味深长。趁着叶萱去厨房里盛饭，叶母悄悄对陈一诺说了几句话，听得他连连点头。

第二天一大早，叶萱去了婚纱店，小郑安去了幼儿园后，陈一诺就开着车拉着叶母来到了新开盘的温泉山庄。这里虽不是市中心，但出了小区就有公交车站，空气好，户型好。叶母选中了92平的三居室，房款150万，贷款首付按30%算也得需要45万。叶母嫌贵，准备再看看，售楼小姐说这种户型的房子没剩下几套，这几天看房的人也多，要是觉得合适最好是尽快定下来。售楼小姐巧舌如簧，说得陈一诺又是动心又是着急，叶母却仍坚持不交定金。

看着叶母头也不回地往外走，陈一诺追了过去："伯母，刚才不是您说这户型和朝向什么的都挺好嘛？把安安的房间设计得也那么好，怎么就不买呢？是哪不满意？"叶母苦笑："哪不满意？除了价钱都挺满意！我得找个我和叶萱能负担得起的，要不住着也不踏实。"陈一诺恍然大悟，转身就去找售楼小姐交定金办手续，三天之内交清首付。看着陈一诺的背影，叶母狡猾地笑了。她并不是贪图陈一诺的钱，而是想用房子把陈一诺和叶萱紧紧捆绑在一起继续当自己的女婿。

果然，办完手续后的陈一诺就把银行卡给了叶母，里面是他这些年的所有存款，本来是准备和林越结婚买房用，但叶家面临拆迁就先紧着急用。叶母是又感激又表扬，两个人走出售楼处时，陈一诺接到了林越的电话。叶母知趣地自己打出租车回家，让陈一诺赶紧去见林越。医院门口，林越已换好了衣服等在马路边，第一句话就是："去温泉山庄。"

陈一诺愣住了。

同样的道路，同样的售楼处，甚至遇到的是同一位售楼小姐，陈一诺又回来了。他有些不自在，好在忙着挑选户型的林越没有察觉。完全沉浸在对未来生活的规划和憧憬中的林越兴致勃勃，口若悬河，很快就挑选好了三室一厅的户型。陈一诺只好绞尽脑汁地寻找出离市中心太远而房价又太高等等的理由，想让林越萌生退堂鼓。林越还真的听了，拉起陈一诺的手就走。陈一诺心里一阵高兴，但走着走着脚步就慢了起来。原来，林越不是带着他走出售楼处，而是来到了手续台。

售楼小姐眉开眼笑，夸林越有福气，刚刚丈夫跟着妈妈来选好了房子，现在又让妻子来把关。看到林越心生狐疑的目光，陈一诺忙解释："认错人了。我是大众脸，跟谁都像。”售楼小姐却一口咬定：“我怎么会认错人呢？你还付了定金呢。”林越盯着陈一诺，他终于敌不过心理医生凌厉的眼神：“我陪叶伯母来看房了。”

林越拿出包里的存折：“我担心首付不够，把所有的存款都拿来了，原来你都交了定金。”林越生气地把存折往包里一扔，扭头就走，陈一诺追出去，他承认不该擅作主张就把钱借给叶萱，但不认为借钱给她买房这件事情有错。林越也不是小心眼，两个人的事情应该两个人商量，陈一诺完全没有顾及她的感受。陈一诺只好说：“我既然叫个陈一诺，总该对得起这个名字吧？照顾好叶萱和安安，一诺千年、万年也不变。”林越停下了脚步：“那你对我的承诺呢？你就只想着你自己对别人的承诺，却把对我的承诺扔到了地上！陈一诺，你不应该娶我，你应该娶的是叶萱。娶了叶萱，你的婚事、叶萱的婚事、你的房子、叶萱的房子，全都一起解决了！拿来！”

陈一诺一愣，不知道林越要的是什么？林越伸手从衣兜里拿出车钥匙，还警告陈一诺不许上车，自己走回去。看着吉普车驶出了温泉山庄，陈一诺无可奈何，他真的不是心理医生的对手。

房子，令人欢喜令人愁啊！

爱情，幸福又折磨人！

第二十九章　追 风 之 人

爱一个女人，就是给她一个家。

——因为叶萱，林越又一次和陈一诺分手。

夜，并不平静。

陈一诺在宿舍里坐卧不宁，给林越打电话不接，只是回了个信息，如果再打电话就设为黑名单，还有让他明天去医院把吉普车开回来。陈一诺无可奈何，躺在床上闭着眼睛把三十六计全都背了一遍，也没有找出能用哪一计能让林越熄火消气。突然，《同桌的你》响起，陈一诺以为林越回心转意了，高兴地拿起手机，却听到了叶萱的声音。如果不是出了大事，不会在这个时候来到基地。陈一诺穿上衣服，跑了出去。

基地门口，高大的路灯下面站着叶萱娇小的身影。一见到陈一诺，就拿出了银行卡。叶萱已经知道母亲背着自己和陈一诺去温泉山庄选房的事情，因为这个母女二人刚刚吵过一架。陈一诺的好心好意她都能接受，唯独钱不能收。他和林越马上就要结婚，用钱的地方多的是。陈一诺把银行卡强行放进了叶萱的包里："这钱不仅是给你的，也是给我儿子的。你们把房买了安顿下来了，我才能放心。别再跟我争，要不我现在就把高亮给叫出来。"陈一诺说完，转身回到了基地里面。叶萱想追进去，但是想了想，终究没有进去。

陈一诺回到宿舍，高亮正在等他，把一个沉甸甸的袋子放到了他的手里。陈一诺打开一看，袋子里装着 15 万块钱。高亮知道叶萱需要钱买房，出手帮忙又不想让她知道，只好把钱给陈一诺。但目前的形势是叶萱不会接受别人的钱，只好再从叶母身上想办法。陈一诺拿出手机，和叶母约好明天在售楼处见面，交首付签合同。

售楼处门口，陈一诺早早就来了，叶母却姗姗来迟，开口便让把房子给退了。陈一诺着急，定金交了，又跟同事借了 15 万，再加上自己银行卡里的钱，首付绰绰有余，现在退房，前功尽弃。急得陈一诺拉着叶母就往售楼处里走，叶母终于说出："进去也没用，你的银行卡叶萱已经去还给林越了。"陈一诺大吃一惊，大清早出了这么件大事，竟然没有人跟自己说一声？

医院的花园里，林越和叶萱坐在长椅上，两个人的手握在一起，手心里面是那张银行卡。叶萱来还钱让林越感到意外，但陈一诺既然已经把钱送了出去，自己不能再收回。叶萱说："我知道你和一诺是为了我们一家子好，从前是，将来也是。但就因为你们对我们太好，我才更不能收这笔钱。林越你是心理医生你应该懂，总是被给予的人是不会真正幸福的。"林越赞同叶萱的话，也承认这个道理，只好收下了银行卡。

送走了叶萱，林越回到办公室，看着手里的银行卡，想着该如何向陈一诺解释，就听到砰地一声，门被撞开，不用回头就知道是陈一诺来了："林越你怎么这么不懂事！叶萱她们家是什么情况你不知道吗？现在钱装进你的口袋里了，你高兴了？踏实了？我跟你说了很多遍了，我欠着她们一家子，她们安定了我才能安心。但是现在反而是林越你，让我没法安心！”

怒气冲冲的陈一诺根本不听解释就大发雷霆，让林越失望又气愤，把银行卡拍到他的胸口：“带着你的钱和不安滚开，谁让你安心你娶谁去！咱俩到此为止，结束了！”陈一诺一下子愣住了，银行卡也掉到了地上。林越向外面走去，突然想起车钥匙还在衣兜里，掏出来扔了过去。陈一诺没有防备，打在了脑门上，哎哟地叫了一声。林越想回头看看，但只要一回头，心便软了，咬咬牙还是走了。往着结婚目标去的两个人需要信任，任何一方的隐瞒都是对感情的不忠诚，那么也没有必要再自欺欺人了。

此时的陈一诺却正在自欺欺人，林越说的分手只不过是句气话，过了这阵子就好了。回到基地宿舍他安慰着自己，往脑袋上被砸破的地方贴了个创可贴，顿时一个失恋男人的形象出现了。当完成拍摄任务从老家回来的丁超看到这副模样的陈一诺，充满了同情，他本想让陈一诺分享他带孔令雯回家见到父母的喜悦，却不得不先安慰一颗受伤的心灵。

何以解忧？唯有杜康。

老曾还真够义气，一听说高亮和丁超要帮陈一诺排忧解闷，就把珍藏多年的老杜康酒奉献了出来。陈一诺端起酒杯就喝，呛得直咳嗽，高亮伸手夺了下来，丁超也忙把酒瓶抱在怀里，老酒后劲十足，批斗大会还没召开，人要先喝倒了岂不是全都白费了？

陈一诺想的就是一醉解千愁，却又不得不听着高亮批评他做事冲动，如果事先跟林越商量好，以她的个性和为人，不会不同意先把钱借给叶萱。陈一诺的肠子都悔青了，林越为了买房把存款都拿出来，可自己的钱没了还冲着她发脾气。结果倒好，原来还是分手，这次直接就是悔婚。陈一诺是真的黔驴技穷，不知该如何让林越回心转意。

“亮哥，你赶紧把叶萱姐给娶进门吧。”丁超想出了办法，只要叶萱结婚，房子问题解决了，钱的问题自然也就不是问题了，剩下陈一诺和林越之间的矛盾也就好说了。陈一诺眼前一亮，可是高亮却叹气，自从上次他表明心迹后，叶萱明显在躲着自己，有时候连电话都不接，他也不敢贸然去找。再说多了，全是眼泪啊，为情所困的原来不止陈一诺一个人。

丁超拿出酒瓶给陈一诺和高亮倒酒，他虽忽悠孔令雯去了趟老家，却没有实质性的进展，比起眼前这两个还算是“名花有主”的大哥二哥也没好到哪儿去。砰地一声，三个人的酒杯撞到了一起。你诉你的苦，我说我的闷，发泄过后，三个人搂着肩膀，摇摇晃晃地离开了兄弟大排档。回到宿舍倒头就睡，睡醒后准备从头再来，却没有料到一场震惊全市的官司正在等待着他们。

李启刚以人身损害的罪名把陈一诺和高亮还有整个基地全都告上了法庭。看到盖着大红印章的传票摆放在杜伟成的桌子上，陈一诺和高亮面面相觑，救人竟然救出一场官司，真是滑天下之大稽。传票上写得清清楚楚，在救援过程中由于过失而导致遇险者受伤。陈一诺想起李元的腿确实是伤着了，那是摔到水里的不可抗力造成的，怎么能算到救生员的头上？但不管怎么说，法院已经立案，三天后开庭，基地是被告方，必须要出庭，据说李启刚已经提出索赔要求。赔偿事小，却事关应急救援队的名誉问题。杜伟成命令高亮和陈一诺必须把这一仗给打好，基地已经请了律师，一会儿见面后详细说出救援过程中的细节，做好万全的准备。

杜伟成拍着桌子：“记住，这不仅是你们两个人的荣誉之战，更是整个救援队的荣誉之战！”高亮和陈一诺异口同声：“请主任放心！”当两个人走进会议室，律师先抛出了一个重磅炸弹，李启刚已经对法院进行了活动，放出话来要把陈一诺、高亮和整个基地告倒，而且基地也同意媒体入场旁听审判，官司不好打，形势很不乐观。陈一诺的火气又蹿了起来，人要是忘恩负义真是良心都叫狗给吃了。还是高亮冷静，询问打官司的关键问题。律师拿出一大叠的材料，救援队的行为是公益性质，没有法定或者约定的义务去对遇险人员进行管理和服务，李启刚会咬住救援队因为失职而侵害了原告人的人身安全，那么高亮和陈一诺就要强调救援队在救援过程中已经发挥了应有的作用，挽救了当事人的生命，尽到了职责。李元受伤是因为意外受伤，不属于救援人员的过失。

律师的谆谆教导，听得陈一诺和高亮连连点头。这时孔令雯敲门进来，一接到丁超的电话就急着来到了基地，她提醒要小心会有证人做出不利证词的可能。李启刚既然能对法官进行活动，也不会放过证人，俗话说有钱能使鬼推磨，只要证人更改证词，胜算就握在李启刚的手里。孔令雯的三言两语，让众人感到事态比想象中的还要严峻。

会议室里的气氛紧张起来，孔令雯突然想到让李元出庭作证，话一出口自己都摇了摇头。李启刚正是以李元的名义提起诉讼，如果李元来给被告方的基地作证，那这个官司就不用打了。而且李元还是个未成年人，就算是做伪证，也不会受到法律追究。陈一诺也不同意让李元出庭，不管他的证词是什么，都会对他以后的成长造成不利影响。一时之间，谁也想不出好办法，律师只好嘱咐高亮和陈一诺把交待的事情全都记牢。没事别惹事，有事不怕事，既然官司来了，就全力应对。

律师走出了办公室，高亮去送他。屋子里只剩下孔令雯紧盯着陈一诺，盯得他恼火起来："有什么好看的?"孔令雯说："知道你为什么遇到这场官司吗？是因为你失去了心爱的女人，这是老天爷对你的惩罚。"气得陈一诺站起来就走，孔令雯听着咚咚的脚步声，突然意识到还有一件比打官司更重要的事情需要现在去做，这件事情关系到一个男人和一个女人的终生幸福。想到这里，孔令雯笑了，开着玛莎蒂尼来到了医院，挂号问诊，让林越无法拒绝她这个所谓病人的咨询。孔令雯故意时而愁眉苦脸，时而喜笑颜开，她爱上了一个错过就再也找不到的男人，遗憾的是这个男人有女朋友，两人谈了十年的恋爱即将结婚，所以孔令雯决定退出好成人之美。然而，现在却因为一件小小的事情，女朋友和这个男人分手了。

天赐良机。

孔令雯故意凑近林越："林医生，你说我这个时候回头去追求我爱的男人，不算是夺人所爱了吧？而且在他正失意的时候，我要是给他一个大大的、温暖的拥抱，我成功的概率是不是大一点?"林越沉默了一下，语气坚定地说："正常情况下一个人在生活中遇到挫折而失意的时候，心理状态是很脆弱的。如果这时候能有人在他的身边给他支持和鼓励……"兴奋的孔令雯打断林越的话，感谢心理医生的透彻分析，她要重新追求的男人不是别人，正是陈一诺。为了爱情成功，孔令雯要用一颗强大的心脏经常来向曾经的情敌林越请教。

两个爱着同一个男人的女人，从今天起，变为医生和病人的关系。

后会无期，最好形同陌路。

看着孔令雯走出办公室，林越心如刀割，分手虽是一时的气话，但她的自尊和骄傲都不允许自己先后退一步。已经好几天过去了，陈一诺没有走进这间办公室，孔令雯却来了。这，意味着什么？

林越用手指敲了敲脑袋，强迫自己不再胡思乱想，门外还有病人在等着看病，便喊了一声：“下一个。”不料，进来的竟是孔令雯，得意地举着又一张挂号单走到林越的面前：“我都说了，我们后会有期。”林越生气：“孔令雯，如果想追陈一诺尽管去追好了，我不会阻拦，请你也不要在这里浪费时间，尤其是我的时间。”孔令雯变得严肃起来，说出陈一诺被李启刚告上法庭的事情，故意抬起手腕看着手表：“呀！马上就开庭了，林医生你不去吗？”林越像是没有听见一样，喊下一个病人进来。看着林越稳坐钓鱼台的模样，孔令雯暗忖自己算是白来了，林越铁石心肠不去法院，她可得去。

法院门口，电视记者正面对着镜头现场直播：“各位观众朋友们大家上午好，引起社会广泛关注的中国海上交通救捞飞行基地被告一案，今天上午九点将在这里开庭审理。我们看到，被告方代表和律师已经到达了法院门口。”陈一诺、高亮和律师来了，在他们的身后，一辆豪华悍马驶来，李启刚和代理律师也来了。原告和被告双方在法院门口相遇，目光中充满了火药味。

鹿死谁手？将见分晓。

各路人马依次进入法庭，孔令雯也及时赶到，坐在了旁听席的最后面。这可谓是一场势均力敌的较量，随着审判长的木棰敲响，唇枪舌剑的交锋开始了。

原告律师一开始就拿出了医院的诊断报告，正是由于陈一诺和高亮的救援失职，才造成了当事人李元小腿胫骨骨折，愈合至少需要三个月，在这三个月不能够负重走路。因此，原告方要求被告方陈一诺、高亮各赔偿当事人医疗费以及精神损失费等费用十万元，中国交通救捞飞行基地赔偿当事人医疗费及精神损失费等费用一百万元。

旁听席上立刻发出了惊叹的声音，大家开始窃窃私语。陈一诺和高亮大吃一惊，他们想到李启刚会狮子大开口，却没料到是如此的贪得无厌，不出意外的话马上就会讨要李启刚急着救儿子而塞到杜伟成手里的那一百二十万。果然被告律师要求基地全部返还，并且请求法庭对这笔钱的使用进行调查。李启刚的无耻和狠毒通过律师的一言一行表现得淋漓尽致，气得陈一诺眼睛都要喷出火来。然而这里毕竟是法庭，不可轻举妄动，法庭也是讲理的地方，不会偏听一面之词。

当审判长让被告方陈述，陈一诺马上站了起来：“审判长、合议庭，6 月 12 日下午，救援队接到报警后立即前往事发海域对遇险者救援，遇险游艇上有六女、十二男共十八个中学生，一名摄影师、一名保姆和两名船工。我们按照先女后男、先孩子后成人的顺序对遇险者进行了救援。由于直升机定员有限，为了最大限度转移遇险者，我和另一位救援队员丁超留在遇险游艇上。在等待期间，由于海风突然变大，李元没有抓稳固定物而摔倒。虽然被我及时拉起，却撞伤了小腿。在将所有人员救上直升机后，我们在第一时间对李元的伤口进行了处理，并且通知了救护车在码头等待。我认为，在这个过程中，中国交通救捞飞行基地以及所有的救援人员，都已经尽到了应尽的职责，并且履行了自己的义务。李元受伤属于意外，责任并不在中国交通救捞飞行基地，因此不需要对原告进行赔偿。另外，关于李启刚给中国交通救捞飞行基地的一百二十万支票，是李启刚为了救儿子自己提出的，基地没有任何收钱才救人的表示。而且中国交通救捞飞行基地已经转交给了慈善机构，这是慈善机构的收款证明，请允许我提交法庭。”

陈一诺拿出收款证明，李启刚和律师目光对视，他们也有视频证据，证明高亮在执行救援任务期间，并没有全心投入到救援上，而是在直升机上答应了一个名叫胡美丽的人的求婚。陈一诺被激怒了，指着原告律师：“你不要在法庭上侮辱我们神圣的工作！高亮那是在救人你看不出来吗？死了人你负责！”高亮忙把陈一诺给拽回到了椅子上，

交通运输部救助飞行队
CHINA RESCUE

B-7309

小不忍则乱大谋。高亮向审判长呈上了当时直升机黑匣子记录的飞行数据，即使因为阻止自杀事件与地面通话，也没有影响直升机的稳定，最终将所有的遇险人员全都安全转移。

无论是被告还是原告，都在据理力争，而且各有证据，轮到证人出场了。王岳妈妈、曲文斌还有劳德尔夫人此时全都坐在证人室里等候。曲文斌歪着脑袋看着心想连外国老太太都来凑热闹，基地还真下了血本找证人，不过她们说什么都抵不过自己的一句话，到时候就知道他的厉害，曲文斌等这一天已经等了好久。这时法院的工作人员进来，请一号证人先出庭，王岳妈妈走了出去。

庄严的国徽高悬，严肃的氛围，让站在证人席的王岳妈妈心跳加速，她偷偷看了一眼坐在原告席上的李启刚，对方嘴角正露出一丝得意的坏笑。昨天晚上，李启刚以王岳的升学前途逼迫家里这位老实而又胆小的保姆，让她按照提前编好的证词上法庭，果然王岳妈妈不得已说出了陈一诺没有按照顺序先将李元救上来，而是把他留在了游艇上，护着一名学生回到飞机上时突然生气，还扬言要把李启刚扔进海里。

“我只不过是吓唬他，并不是真的要把他丢下去喂鱼！”陈一诺实在是听不下去王岳妈妈的证言，又忍不住吼了起来，正中原告律师下怀，人越在愤怒的时候越会失去理智，容易被对手抓住漏洞，从而给出致命一击。而且王岳妈妈说的又全都是事实，只不过巧妙的偷梁换柱、断章取义之后全都变成了陈一诺的过失。

形势急转直下，对陈一诺和高亮非常不利，急得孔令雯悄悄出了法庭。拿出手机想打电话，却不知道该打给谁？这时，看到了林越，放心不下法庭上的陈一诺的她终于还是来了。只不过，她什么也没有做，这一次，她想当个旁观者。因为悔婚在先，和陈一诺又一次的一刀两断，林越想亲眼看到没有自己帮助的陈一诺该如何应对这场官司。其实即使林越想做什么也无能为力，如果有任何有利于打赢官司的事情孔令雯早就做了。

总而言之一句话，大敌当前，形势严峻。

当林越和孔令雯走进法庭，正轮到劳德尔夫人出庭作证，她讲述陈一诺等救生员们冒着生命危险救了已经死去的丈夫，为他保留了最后的尊严，足以证明救生员们不仅是尽职尽责，还显示出对生命的巨大尊重。原告律师立即反对劳德尔夫人的证词与本案无关，和陈一诺、高亮坐在一起的律师马上站起来反对原告律师的反对，两个人僵持不下。审判长只好传唤第三号证人，曲文斌走了进来。

君子报仇，十年不晚。

何况曲文斌并不是君子，而是个不折不扣的小人。他回想起被陈一诺责骂甚至打得鼻青脸肿的事情，恨得牙根痒痒，总算等到了报仇的机会。他用着几乎把嗓子喊破的声音说出陈一诺之所以把李元留在最后，是为了向李启刚敲诈要钱。

此言一出，旁听席一片哗然，审判长不得不敲打着木棰让众人保持肃静。如果这场官司打输，基地不仅要赔钱，而且名誉尽毁，简直就是奇耻大辱。陈一诺强忍着怒火，做了最后陈述。

“许多年以来，数不清的船只和船员葬身于天气变幻莫测、航道暗礁密布的海域。为了保护生命财产安全，海上救援队成立了。从成立那一日起，中国交通救捞飞行基地便一直保持着对海上 24 小时的不间断监视，并且能够做到在第一时间出发进行海上营救。奔赴在救援的第一线，其实是与遇险者身处同样的危险之中，救生员们不仅要面对遇难者逝去的生命，同样还要面对在救人的过程中牺牲自己生命的危险。正因为如此，

更能够明白生命的宝贵和使命的神圣。救生员们只负责拯救生命，不会跟任何人做买卖。因为生命买卖不来，也没用任何的权利能利用生命来做交易！”

铿锵有力，一言九鼎。

孔令雯情不自禁地鼓起了掌，林越也松了一口气，追求理想的道路充满了荆棘，但也要勇敢走下去。感情何尝不也是如此？这一次的分手正好也是考验，考验两个人对彼此的情感。林越相信陈一诺能经受住考验，正如这场即将见分晓的官司一样。

这时有工作人员进来在陪审员的耳旁说了几句话，陪审员马上转述给审判长。“带第四号证人入庭。”当审判长高声说出这句话，被告席和原告席全都愣住了，他们只知道今天的证人共有三名，怎么又来了位第四名？他到底是谁？

法庭旁门打开了，叶萱来了，她不是一个人来的，推着坐在轮椅上的李元，后面还跟着王岳和其他的五名同学。叶萱又一次的让人刮目相看，不仅成功劝说李元前来法庭，还超额完成了任务，带来了王岳等同学们。旁听席又响起了议论声，李启刚见势不妙，有种风雨欲来的不祥感觉，立刻抗议儿子是原告也没有成年，所说的证词不应该具有法律效力。审判长立刻驳回他的抗议，李元是原告，也有权利和义务陈述事实。

叶萱把李元推到了证人席，在他耳边轻轻说道：“你要做的只有一件事情，说出真相。阿姨相信你。”李元坚定地点了点头。刚刚过完十六岁生日的他，从来没有想到小小年纪便经历了生死攸关的关键时刻，是陈一诺和救生员们送给他一份珍贵的生日礼物，让他懂得了什么是先人后己、舍生忘死，什么是一名有担当的男子汉应该做出的抉择。所以，李元做出了自己的抉择，向审判长和所有人说出了救援经过，并以自己的名义撤诉。王岳等同学们虽然没有站在证人席，但也异口同声说出正是这些救生员哥哥和叔叔们，不顾安危不怕牺牲来救自己，他们是救命恩人，为什么要坐在被告席上？这是一群最可爱的人，应该得到最高荣誉。

正义必胜！

法庭里响起了掌声，经久不息。孔令雯兴奋地把两只手都拍红了，坐在旁边的林越却悄然无声地走了。她的确什么没有做，但叶萱做了，把不可能变成了可能，力挽狂澜，扭转乾坤。林越明白了一件事情，陈一诺没有了自己同样会度过危机，因为有叶萱。

叶萱开心地笑着，陈一诺和高亮也笑着，李启刚傻了。鉴于原告方出现了自反陈述，审判长当即宣判，原告败诉！

第三十章　前缘难再续

爱情，经得起等待。

——陈一诺和林越仍在冷战，高亮和叶萱的关系却有了质的飞跃。

鲜艳的五星红旗迎风招展，陈一诺和高亮等队友们在国旗下面庄严宣誓：“守护生命，是我们永远要担负的使命和责任，向无数奋斗在一线的同仁们致敬！”

救援的公益之路艰难而又漫长，唯有继续前行，才能对得起最初的选择和执着的信念。官司尘埃落定，法院公正判决，基地赢得了荣誉，陈一诺和高亮讨回了公道。

正义虽然会迟到，但永远不会缺席。

为了庆祝官司胜利，陈一诺和高亮又来到了兄弟大排档，老曾亲自坐陪，他最关心的是眼前这对难兄难弟的终身大事。那天林越虽然去了法院，知道输赢结果后仍一如既往地不搭理陈一诺，战事处于胶着状态。陈一诺是山穷水尽、日暮途穷，找不到一处突破点，只好寄希望于高亮，赶紧进攻夺下山头。否则的话，哥俩儿就要全军覆没了。陈一诺抓起一把花生米，爱情如果像眼前的这盘花生米该多好，想抓就抓，抓多抓少全由自己说了算。但那样的爱情又太廉价，经不起考验和等待。

“亮哥啊，该出手时就出手，一旦你突破了叶萱的防线，我这边也就不攻自破了。”陈一诺比叶母还急着把叶萱嫁出去，高亮何尝不怀着同样的心思？但知己知彼才能百战百胜，现在叶萱如同神龙见首不见尾，情况虚实难断，他也是无可奈何。陈一诺又扔起两粒花生米，这就叫当局者迷，得让旁观者清的老曾指点迷津。

对于年轻人的爱情，老曾有些看不明白，但他认为谈恋爱就跟当年出海打渔一样，越是勇敢的渔民，越能收获满舱。面对看中的鱼，哪怕只有一丝希望也决不放松，这就是海上男人的魂。老曾也不是让高亮不顾一切地去蛮干，得设身处地替叶萱着想，她现在压力大包袱重。如果高亮真心疼爱，就得想办法替她顶住压力，卸下包袱。

啪地一声，陈一诺兴奋地拍着桌子：“老曾说得对，就得破釜沉舟、背水一战，最后的胜利是属于咱们兄弟的！来，干杯！”三个人举起酒杯，一饮而尽。陈一诺的手机响了，悄悄说了几句话起身就要走。高亮不满地说道：“正事儿还没谈完，你往哪儿走？”陈一诺神秘地说：“我必须得走。去挖个坑，等着你心甘情愿往里跳！”

这是爱情的陷阱。

没等高亮和老曾反应过来，陈一诺就钻进了一辆恰好路过的出租车往基地赶去。快递员正抱着一个大包裹在等待，一边看着陈一诺签名，一边称赞他为了女朋友舍得花钱从意大利买婚纱。陈一诺接过包裹，冲着快递员笑了笑：“要幸福，就得下血本儿！”抱着包裹，陈一诺马不停蹄地来到了婚纱店。恰好叶萱正要出去，被陈一诺堵了回来，故作神秘地让她看一样好东西。当一件设计新颖时尚的婚纱出现在叶萱的面前，她顿时愣住了，喜爱地轻抚着婚纱：“太漂亮了。一诺你看这领口和袖口的设计，下摆使用的材料，还有手工缝制的花边，一看就是国外设计师的风格。”

“心有灵犀，绝对是心有灵犀，一字都不差，高亮也是这么说的。”陈一诺兴奋地拍着巴掌，这件婚纱正是高亮花费心思、精心挑选，刚刚从意大利邮购到货，本来想亲手交给叶萱，但他的脸皮比婚纱还薄，只好委托陈一诺给送到了婚纱店。叶萱拿起婚纱，细细欣赏一番后要挂在店里最显眼的地方，让陈一诺帮着询问一共花了多少钱，就算是帮店里挑选的，等有机会把钱还给高亮。陈一诺忙说：“嫂子，你跟高亮的账你们俩自己算。不过这婚纱你得试，万一漂洋过海长途跋涉中间有什么磕磕碰碰剐剐蹭蹭呢？要试要试，必须试!”陈一诺把叶萱推进了试衣间。

巧笑倩兮，美目盼兮，称得上千娇百媚，差一点倾国倾城。当身穿婚纱的叶萱从试衣间里走出来仿佛是仙女下凡，惊得陈一诺的眼睛都不会动了。都说女人最美丽的时候就是穿上婚纱那一刻，果然一点都没有说错。金色的婚礼大厅，红色的地毯，洁白的婚纱，陈一诺和林越相依相偎，高亮和叶萱携手并肩，两对新人在结婚进行曲的伴奏下共同迈进婚礼殿堂。

“哒哒哒哒，哒哒哒哒……”陈一诺沉醉在自己的想象中，情不自禁地哼起了结婚进行曲。这是他期盼许久的幸福时刻，成功与否，就在此一举。看着陈一诺的强烈反应，叶萱以为是自己让陈一诺想多了，要回更衣间换下婚纱。陈一诺忙大喊一声：“别动!”叶萱一愣，不知道他要干什么，只见陈一诺掏出手机，拍了好几张照片，留着回去给高亮欣赏。估计一看到照片，晚上肯定睡不好觉，就是睡着了也是做着娶媳妇的美梦。

陈一诺往手机里保存照片，看到上面显示的时间，幼儿园快放学了。于是等着叶萱换好衣服出来，嘱咐马珊珊看店后两人一起去接小郑安。幼儿园门口已有放学出来的大班生，小郑安是小班生，排在最后。一个个活泼可爱的孩子从面前走过，陈一诺忍不住扮起鬼脸逗着他们哈哈大笑。叶萱看出来他喜欢孩子，一个喜欢孩子的男人肯定是善良的男人，陈一诺是，高亮也是。听到叶萱主动说到了高亮，陈一诺忙夸奖高亮成熟、内敛、有责任感，是个真正值得托付的人：“嫂子，我在心里发过誓，只有你找到了好的归宿，我才对得起子航，才能踏实地和林越结婚。如果你一直活在过去、活在回忆里，不能勇敢面对自己，那也没关系，我就照顾你和小安安一辈子。我得对得起我的兄弟，对得起我自己发的誓！可是你知道吗？在心中暗暗发誓的不只是我一个，还有另一个男人。他对你，不是出于怜悯，更不是出于道义，而是真正的爱。”

叶萱沉默不语，恰好小郑安排着队伍在老师的带领下走出来了，远远地看见陈一诺就喊着“爸爸”。陈一诺忙迎过去抱起来：“儿子，想上哪儿玩?”小郑安搂着陈一诺的脖子：“开飞机。”正中陈一诺的下怀，把小郑安举起骑到了脖子上，嘴里模仿着飞机的声音，大步向前走着，叶萱默默跟在后面。

检查仪表，手握操纵杆，前推后退，小郑安的熟练动作让抱着他的赵五一目瞪口呆，再转头看向机舱外面正在和陈一诺说话的高亮，不由心中慨叹小郑安和高亮还真有缘分，早晚会成为一家人。未来的男主人高亮正在目不转睛地看着手机里身穿婚纱的叶萱，喃喃说道：“好你个陈一诺，这个坑挖得也太大了。”陈一诺嘱咐一定要统一口径，就说这婚纱是高亮买的，否则的话他就自己掉坑里了。钱也不用付，就当是自己送给两个人的结婚礼物。陈一诺如此的费心费力还费钱，高亮仍在犹豫，连句痛快话都说不出来，急得他抢过手机要删除照片，高亮和叶萱但凡有一个积极的也不会逼得他出此下策。从幼儿园接出小郑安说要来基地坐飞机，叶萱没有反对，只是让陈一诺把她送回家，可见叶萱知道谁在等着儿子，就意味着放心把小郑安交给高亮，其实就是在给机会。听着陈一诺的分析，高亮像是吃了定心丸，但他仍盼望叶萱亲口说出接受自己的话。

“子航，我该怎么办？”回到家里的叶萱捧着影集，看着从前两个人在一起的照片，泪水模糊了视线。照片上搂着叶萱的郑子航仿佛变成了高亮，温柔体贴。这些日子的朝夕相处，陪着小郑安开心的玩耍，一幕一幕全都在脑海里浮现，叶萱蓦然发现自己好像离不开高亮了。她不知道该如何向丈夫诉说，如果郑子航能感觉到她的心声，就在梦里相见吧。

梦里花落知多少？

一夜无梦，天已亮。

陈一诺和高亮站在甲板上眺望一望无际的浩瀚大海。还记得刚来救援队报到，也正是这清晨时候，也站在脚下的同一个地方，郑子航面对着大海高喊：“南翔丸，我来啦！”正是因为要找到“南翔丸”，郑子航才来到救援队。因为年轻，锐意进取；因为年轻，分享梦想。就这样，郑子航寻找“南翔丸”的梦想变成了兄弟三个人的共同梦想。郑子航离去已经三年多了，他们等待的时间太久太久，现在是到了圆梦的时候。陈一诺看着高亮：“把它作为你献给叶萱的一份最珍贵的礼物吧，这样的礼物胜过任何表白，胜过千言万语。”高亮点头：“南翔丸，我们来了！”

两个人捧着电脑走进了杜伟成的办公室，恰好钟益民也在汇报工作，陈一诺打开电脑播放“南翔丸”的资料片，劝说杜伟成做出打捞的决定，现在中国的打捞技术已经跃居世界一流水平，他们有能力让“南翔丸”重见天日。杜伟成理解他们此时的急迫心情，但打捞“南翔丸”非同小可，需从长计议。高亮还想劝说，正看到钟益民向他使了眼色，便拉着陈一诺走了出去。

三星礁海域暗礁密布、水流湍急，如果没有做好充分的准备，不仅不能完成任务，连救援人员的生命安全都会受到威胁。生命不是儿戏，杜伟成绝不允许任何一名队员去冒险。钟益民理解作为领导的责任，但打捞“南翔丸”不仅仅是三个男人之间的约定，更是所有海上救援队员的梦想。如果积极准备、打捞成功的话，这将是中国打捞界的一个壮举，更是世界打捞史上的一个传奇。

当钟益民留在办公室里继续劝说杜伟成的时候，陈一诺和高亮又回到了甲板上。两人有种空有一身好武艺却无用武之地的沮丧和失望，不由得埋怨杜伟成过于谨慎保守，总担心会出意外。身为一名救援队员，每一次执行任务都是在与意外搏斗，赢了无憾，输了无悔。归根结底还是杜伟成对“南翔丸”的感情不如他们深厚。突然后面传来船长尹启泰的声音：“杜主任不仅不保守，而且他和‘南翔丸’的缘分要比你们早得多。”

上世纪七十年代，国家第一次对“南翔丸”进行水下勘测时，还是新兵的杜伟成就是其中的一员，亲眼目睹了打捞人员付出的惨重代价。那时潜水设备非常简陋，连减压舱都没有，而且下潜的深度也很有限。以至于许多潜水员得了减压病，有的人脊椎还留下了永久性损伤。正因为此，杜伟成才不想看到手下最得力的干将再去冒险。

因为亲身经历，所以刻骨铭心。

陈一诺和高亮没有想到始终拒绝打捞“南翔丸”的杜主任竟然还有这样一段非凡经历，时过境迁，现在的打捞条件早已是今非昔比，当年杜伟成没有完成的心愿应该由他们这代人来完成。事不宜迟，陈一诺和高亮准备出发去三星礁，摸清水下情况把详细的资料带回来，让杜伟成知道他们打的不是没有准备的仗。这时陈一诺接到了钟益民的电话，经过劝说和深思熟虑之后，杜伟成最终决定同意打捞“南翔丸”，命令陈一诺和高亮以最快的时间做出一份详细的请示报告，上报救捞局和交通运输部。

打捞实施与否，要看这份报告。

陈一诺和高亮兴奋不已，摩拳擦掌的要把请示报告做好，连饭都不吃就钻进了会议室。一遍又一遍观看郑子航制作的视频，查阅资料，对照笔记。太阳落下，月亮升起，夜晚过去，陈一诺和高亮忘记了时间。不知道又过去了多久，当高亮抬起脑袋才发现陈一诺累得趴在桌上睡着了。再往窗外看去，已是新的一天。高亮走出会议室，伸着懒腰，呼吸几口新鲜空气，拿出手机想给叶萱打电话，又犹豫起来。

叶萱早就来到了店里，忙着整理婚纱。有一盒头饰放到了柜子上面，踮着脚伸手去拿没有拿到，后面伸来一只胳膊给取了下来。叶萱回头，原来高亮不知什么时候来了。叶萱心跳加速，不知该说什么，还是高亮先开口：“那件意大利婚纱，挺适合你的。”叶萱用手一指：“我把它挂在门口，你看。”高亮扭头看去，恰好一名女顾客走进来，目光环视了一圈店内，最后落到了门口：“这件婚纱能试一下吗?”叶萱看了一眼高亮，说了句“可以”，便走过去从模特身上往下脱婚纱，高亮帮着捧在了怀里。女顾客欢喜地要把婚纱拿过来，不料高亮却抱着不松手：“对不起，这件婚纱您不能试。”女顾客感到意外，婚纱店里的婚纱本就是供顾客试穿的，还从来没有听说不让试。叶萱忙向顾客道歉，伸手去拿婚纱。不料，高亮突然伸出胳膊搂住了她，对女顾客说：“这件婚纱是作为求婚礼物给我的未婚妻。”女顾客一愣，笑了：“老板娘，要是我老公送我一件婚纱，我早就嫁了。”

叶萱红着脸推开高亮，带着女顾客去挑选别的婚纱。高亮站在那里，回味起刚才的情景，自己已经说出了求婚二字，叶萱虽没同意但也没拒绝，说明她是在试着接受自己。万事开头难，只要第一步走了出去，接下来的路就好走了。高亮顿时信心十足，开心地笑了，直到叶萱把女顾客送出了婚纱店他还在那里捧着婚纱笑。当叶萱回过身，高亮把婚纱放到了她的怀里：“刚才说的全都是我的心里话。我知道现在就让你穿上它很困难，但我会等你。我跟一诺很快就要去打捞‘南翔丸’了，我希望等打捞成功归来的时候，能听到你的答案。”高亮走了出去，叶萱抱着婚纱，怔怔地望着门口大镜子里倒映着“幸福永恒”的招牌，她感觉到，幸福真的要到了。

陈一诺也在重新追求幸福。

没有挂号，没有预约，就闯进了林越的办公室，径直倒在沙发上：“大夫，我的林越综合症十分的严重。一天看不到林越，心里就不踏实；两天看不到林越，浑身没劲儿；三天看不到林越，卧床不起。现在脑袋都快裂开了。”林越冷冷地说：“按照这个速度推算，你现在应该上 ICU 重症监护室。走，我送你去。”陈一诺的雕虫小技早被林越一眼看透，这些年两个人每闹起矛盾，陈一诺总嬉皮笑脸的蒙混过关，但这一次事关重大，林越决不允许他浑水摸鱼，得过且过，况且她心中还有叶萱帮着打赢官司的心结没有解开。陈一诺赶紧检讨，千错万错都是自己的错，不该背着林越把钱借出去，为了表示他道歉的诚心，拿出银行卡，林越推脱不要。

“你的钱我不要，爱给谁花给谁花。”

“我就爱给你花，所以我把它带到你面前了嘛。就当我是寄存了，反正没有身份证你也花不了。”

“你拿我当保险柜啦？我可不负责给你看钱！”

“你管不管我就放这了，你看着都觉得自己富裕。其实我这次不光是道歉来的，还有一个重大消息，我和高亮最近正在申请打捞‘南翔丸’。对于海上救援队员来说，能够参加这样的打捞行动就跟运动员参加奥运会一样，是顶级的荣耀。而且这也是子航的心愿，如果能够打捞成功，叶萱也就没有什么遗憾了，带着小郑安和高亮结婚。对了，有件事情你还不知道吧？高亮已经求婚，当时叶萱没有答应，等着从三星礁回来再给他答案。我知道她早已经接受了高亮，只不过还没有说出来。对于真心相爱的两个人，无论一个人在心底藏了多么深的情意，另一个也会感觉得到，就像我们两个一样。林越，这些年，我爱的人只有你一个，无论过去、现在，还是将来。”

陈一诺从来没有一下子说出这么多的话，好像他才是心理医生，而林越变成了病人。是的，林越确实有心病，她放不下叶萱对陈一诺的牵挂。其实叶萱所做的一切都是对陈一诺照顾她们母子恩情的回报，而对高亮才是爱情。此时的林越感觉到自己有些可笑，作为心理医生的她早该看出来，却无缘无故地吃着干醋，归根结底又是她的爱情洁癖在作祟。

爱情，本来就是自私的。

维护爱情的纯粹和恒久，谁都没有错误。况且打捞“南翔丸”是一次重大任务，容不得半点闪失。在这个时候，救生员的家属和准家属们必须全力支持。林越理直气壮地命令陈一诺站起来：“财政大权是你心甘情愿交出来的，身为女主人的我当仁不让地收下。还有，去三星礁路途遥远，一时半会儿回不来，应该和伯父说一声。”陈一诺喜出望外，这是提前进入家庭角色的预演啊，他双手拿着银行卡，郑重其事地放到林越的手里：“有你在，我放心，爸也放心。”说完走出了办公室，林越看着手心里的银行卡，仿佛看到了陈一诺的真心，欣慰地笑了。

门，轻轻地被推开。

陈一诺蹑手蹑脚走到熟睡的陈援朝的病床前坐了下来，把父亲露在外面的手放回被子里，轻声说道：“爸，我已经申请去打捞‘南翔丸’了，给您争气吧？不过现在还不知道部里批不批呢。说起打捞，爸您可是老前辈，‘南翔丸’是块硬骨头，儿子这心里还真有点没底，不过我没跟别人提过，就偷偷跟您说。三星礁附近暗礁又多、水流又急，我跟高亮设计了几套方案不知道能不能行，不知道换成您的话会怎么做？”

只有在最亲近的人面前，才会露出最真实的自己。陈一诺和父亲说着话，有顾虑、有胆怯，但也有信心、有动力。林越见到了，银行卡也送了出去，陈一诺像是完成了重大任务，该回基地了。

走出医院，迈着轻松的步伐，陈一诺边走边哼唱着《同桌的你》。马路对面一个戴墨镜的高个子男人正盯着他，把手里最后一口汉堡吃完，小跑着过了马路跟在身后。前面有个水果摊，陈一诺停下了脚步，挑选着苹果，后面的墨镜男也停了下来，拿出了一根烟在手指间夹着。突然陈一诺回头，墨镜男忙装着低头点烟。陈一诺冷笑着掏出钱，拎起称好的苹果走了。时而快行，时而漫步，陈一诺走到了公交车站，用眼睛的余光扫视了一下周围，没有发现墨镜男的身影。再往马路对面看去，墨镜男正在打电话。

旁边不远处，停着一辆黑色的保时捷卡宴，里面坐着古董商吴胖子，手里把玩着一串佛珠，嘴里正在训斥：“笨蛋，陈一诺已经发现你在跟踪他了。他是海军陆战队出身，别废话，赶紧躲一躲！”吴胖子把手机扔到了座椅上，拿起放在膝盖的一本古玩图册，看着上面的一对青铜碗露出得意的笑容。这时，陈一诺从车窗旁走过，正要过马路去追墨镜男，恰好来了辆公交车挡住去路。等公交车过去，墨镜男早已消失得无影无踪。

陈一诺神情警觉，若有所思。墨镜男毫无疑问是在跟踪自己，而且还是个投石问路的小角色，幕后的老板是谁？有什么目的？陈一诺在脑海里迅速过滤各种可能性，最近他得罪的人只有李启刚，输了官司丢了脸面，以他的暴发户作风派出一两个小混混跟踪恐吓，甚至是动手，完全有可能。

然而，事实果真如此吗？

透过车窗看到陈一诺在那里绞尽脑汁地思索，吴胖子笑得更加肆无忌惮，把佛珠揉搓得咯吱作响，仿佛是如来佛掌握住了孙悟空，他也要把陈一诺牢牢控制住，听从他的调遣，完成早就谋划好的盗宝计划。看到陈一诺坐进了出租车，吴胖子才命令司机开车离开，他知道陈一诺必定是回基地准备打捞“南翔丸”的申请报告，吴胖子要坐享其成。

果然，陈一诺一回到基地就直奔会议室，高亮正好把最后一页文件从打印机上拿起，报告还散发着墨香和打印机的温度。凭着郑子航当年留下的珍贵资料作参考，陈一诺和高亮很快做出了一份详实全面的申请报告。没有耽搁，立即走进了杜伟成的办公室，两个人呈上了报告。杜伟成接过来翻看着，赞叹不已，如果当年有这样充分的准备，可能“南翔丸”早就重见天日了。陈一诺却不同意：“如果被主任捞走啦，我们捞什么啊？”高亮捅了他一下：“别说大话，捞不上来看主任怎么罚你。”杜伟成点头：“对，捞不上‘南翔丸’丢的可是全基地的脸面，我这就上报救助打捞局和交通运输部，你们两个赶紧去做准备吧。”陈一诺和高亮愣住了，上报申请需要他们两个人做什么准备？

北京，天安门。

“我爱北京天安门，天安门上红旗升。”当基地的专车驶过长安街，陈一诺兴奋地唱起了当年最为记忆深刻的儿歌，逗得同车坐着的杜伟成、钟益和高亮哈哈大笑。从滨城来到了首都，与交通运输部和救助打捞局的领导共同商议打捞具体事宜，陈一诺抑制不住的激动。

三星礁是让国家海上救捞界魂牵梦萦的地方，自从上世纪70年代对“南翔丸”进行第一次水下勘测，这艘沉船就凝结了几代救捞人的梦想。但是打捞“南翔丸”不是一件简单的事情，仅靠一个救援队远远不够，需要全国三个交通救捞飞行基地共同参与，必要时还需要出动海军来协助。

“我希望你们先到三星礁实地勘测，搜集更多的水文资料和数据，拿出更加具体、更具有可操作性的打捞方案，咱们齐心协力，一举完成这个里程碑式的打捞行动。”听到领导的殷切期望，钟益民、陈一诺和高亮激动地回答：“是！”

机会，永远留给有准备的人。

第三十一章　命运是选择的总和

每一次的人生选择，都会改变其后的命运。

——陈一诺出征之前，吴胖子拿出了重金来收买他。

浩瀚无边的海面上，一艘救援船乘风破浪，勇往直前，目标三星礁。

船舱会议室里，陈一诺、丁超等人围桌而坐，钟益民站在前面部署勘测计划。由于不熟悉三星礁海域，勘测行动存在一定危险性，局里特别派来了打捞专家来指导。陈一诺左顾右盼，看着眼前全都是队友们，问道："专家在哪儿？"钟益民向上一指："在空中。"

天空湛蓝，高亮驾驶着直升机，搭乘着方教授向海面俯瞰。蓝天白云之下就是三星礁，浪涛汹涌，波峰和浪谷此起彼伏，在深不可测的海底，埋藏着不为人知的秘密，和救捞人的梦想。直升机盘旋一会儿，调头飞走，降落到了救援船上，陈一诺等队员们站在甲板上迎接。

老将出马，一个顶俩。专家到来，不同凡响。

方教授进到会议室就说出了一条重要线索，附近的渔民们反映他们出海时渔网经常在附近海域被刮破，如果不出意外的话，应该是挂在了"南翔丸"上。照此推理，"南翔丸"的船身已经布满了渔网，所以这次水下勘测行动一定要非常小心，会遇到很多难以预料的危险。陈一诺等人听了，频频点头，牢记心间。这时丁超进来报告，根据声呐探测显示，水下有两个类似船型的庞然大物。方教授说："根据我们的卫星定位检测，这应该就是'南翔丸'了。"陈一诺提出疑问，"南翔丸"是一艘沉船，为何测出的结果是两个，难道还有另一艘沉船或是"南翔丸"断成了两截？他立即请命要第一个下水探测，丁超也要跟着，因为两个人是搭档。

兄弟同心，其利断金。搭档为伴，同舟共济。

得到钟益民允许，陈一诺和丁超穿好潜水服，戴上水下摄像机，两个人相互鼓劲后，一起跳进了水里。随着下行速度的减慢，周围也变得越来越暗。陈一诺记着方教授给出的位置，辨别方向在前面带路，丁超跟在后面，又下潜了一段时间终于到达了海底，隐约看到了一个巨大的沉积物。两个人一起游过去，只见船身挂满了渔网，还被海底淤泥包裹着。

摄像机将看到的景象迅速传送到救援船上，方教授面带忧虑，这些渔网和淤泥至少有上百吨，清除起来十分麻烦，稍有不慎便会损坏船体，而且在清除的过程中就有可能让救生员面临危险。钟益民向通话器喊话，让陈一诺和丁超不要过分靠近沉船，千万小心渔网。陈一诺做出了 OK 的手势，小心翼翼地游向了远处的另一截船体。正如当初猜测的那样，"南翔丸"断成了两截，声呐探测到两个物体分别是船头和船尾。

陈一诺立刻取出照相机拍摄，尤其是横截面重点拍摄。丁超也在给船头拍摄，眼前

的一切让他感到震撼，不知不觉越来越靠近船头。钟益民从监视器里看到后忙喊着：“不要再靠近!”但为时已晚，忽然一阵水流冲击过来，把丁超裹挟进了船头的船舱内，输氧导管顿时被舱门割断，冒出大量气泡，丁超瞬间陷入绝境。

从耳机听到呼救的陈一诺奋力回游，救援船派队员下潜根本来不及，要救丁超只有靠他自己和陈一诺。游到船头的陈一诺正准备进入船舱，脚蹼却被渔网缠住。这是渔民用来捕捞深海鱼的粗线渔网，比普通渔网要结实好几倍，他举起匕首奋力割去，却被又一股暗流裹挟着身体全都卷进了渔网里，而手中的匕首不偏不巧刺中了氧气管。

福无双至，祸不单行。

船舱里失去氧气的丁超正在慢慢失去意识，船舱外的陈一诺竟然也遇到同样的危险。如果再脱不了身，这对搭档将会葬身三星礁，永远的和“南翔丸”为伴。

壮志未酬身先死。

陈一诺的眼前浮现出郑子航的脸，正在大声向他呼喊：“快割断渔网！快！”陈一诺猛然清醒，挥舞起胳膊，如风卷残云般的拼尽全力很快割出了一个窟窿，双腿用力划进了船舱，抱起失去意识的丁超顾不得减压迅速上浮。其实，就算是减压也根本没有可能，因为输氧管一个断了一个漏气，以至于两个人的氧气瓶全都成了摆设，甚至是累赘，陈一诺是靠着身体里的氧气和求生的欲望，承受着两个人的重量游向海面。他清楚不及时减压的后果是什么：带来永久的伤残，也可能浮不上去。即使有最后的一线希望，最后的一种可能，在这紧急关头，唯有坚持。

不一会儿，针刺般的疼痛袭来，肺里的气泡达到了饱和，向身体四处扩散，有的堵塞了血管，陈一诺的视线开始模糊，耳鸣轰轰作响，像怀里的丁超一样快要失去了意识。此时的陈一诺只有一个念头，不能丢下丁超，就是死也要两个人死在一起。

昏迷，可怕的昏迷。

陈一诺紧紧抱着丁超，停止了上浮，慢慢下沉。就在这时，一道水流涌来，前来接应的队友们及时赶到把两个人救起，上了救援船后立即送进减压舱。当陈一诺睁开眼睛，看到冰冷的机舱，心头却是一热，活过来了。转过头看到一旁躺着的丁超，眼睛紧闭没有清醒的迹象。丁超比自己年轻，体力也好，应该早就醒过来。听到陈一诺急促的叫喊，丁超才慢悠悠说了一句：“别吵，我正做梦和雯雯约会，被你给吵醒了。”如果不是减压后的身体没有完全复原，陈一诺非得过去给他一拳。

“后悔不?”

“后悔就不会当救生员。”

又一次经历过死里逃生的两个人，有庆幸，有感慨，是信念和执着战胜了死神。

当陈一诺和丁超在减压舱里谈论人生和生命意义的时候，第二次勘测已经开始了。队友们一个接着一个下水，对水流、海底以及沉船断裂情况进行了详细的观察记录。在沉船内外拍照、取样，一些鱼雷弹片、锈迹斑斑的军刀还有断裂的机关枪被带上了救援船。方教授兴奋不已，一一登记在案。这次的勘测超额完成了任务，钟益民命令救援船返航。

浪花翻卷，海潮涌动，希望而来，收获而归，每个人既兴奋又激动。急不可耐的方教授开始制订打捞方案，首先遇到的难题就是如何清除包围沉船的上百吨的淤泥和渔网。陈一诺在救援丁超的时候就想到了对策——水下爆破。只要找准爆炸点，控制好炸药的威力，不仅可以炸开淤泥和渔网，还不会损伤到船体。方教授计算着数据，同意他的想法。陈一诺谦虚起来：“方教授，这次勘测多亏有您在，不然这么短的时间咱们也不可能掌握这么多的数据和资料。”方教授说：“我们这些搞研究工作的，就应该和你们这些一线打捞救援队员好好合作，把知识转化成生产力，让打捞行动事半功倍。”高亮又提出了关键问题：“方教授您看这次的数据收集，水下勘测结果能不能达到局里和部里的要求，打捞计划可以提上日程吗?”陈一诺一听，马上竖起了耳朵。方教授说：“‘南翔丸’的水下情况基本摸清，并且制订出了初步的打捞计划，收集上来的样本也极具研究价值。相信咱们很快还会再见，下一次应该就是大规模的联合打捞了。”

“欧耶!”陈一诺和高亮兴奋地击掌庆贺。

海鸥飞翔，引领着救援船入港，码头上等待着迎接的人群。救援船成功靠岸，钟益民带领着队员们陆续走下船，立即被一群少男少女们围住了。他们穿着统一的T恤衫，胸前印刷着丁超的卡通模样，还有“救援哥”三个大字。丁超惊愣住了，这应该是经纪人的创意和功劳，忙寻找起孔令雯来，却被粉丝们包围得寸步难行，不得不重复起老一套，拍照、签名。

人群后面的孔令雯正得意地欣赏她的劳动成果，看到高亮后迎上去挽起胳膊要拉他去庆祝。陈一诺上前解围，孔令雯却不搭理他，搞得陈一诺好没趣，无论如何，当初孔令雯可是对他纠缠不舍的，90后女孩的心思太令人捉摸不透。孔令雯早有主意，在陈一诺面前对他冷若冰霜，换作到了林越面前，则表现出继续紧追陈一诺的状况，这样才能刺激到重归于好的两个人。

好不容易打发粉丝离去的丁超总算突破包围向这边走过来，孔令雯这才松开高亮转身就走。丁超意外：“诺哥，雯雯怎么走了?”陈一诺很富有内涵地说出一句充满哲理的话：“为了让你追啊。”丁超嘿嘿一笑，追了过去。陈一诺饶有兴致地看着那对欢喜小冤家，高亮过来拍了他肩膀一下：“当时你被渔网缠住，我脑子里有一刹那真以为你上不来了。”陈一诺说：“其实每一次我们出水下任务都有发生各种危险的可能性，咱们做救援的不就是每天跟死神赛跑吗? 走，找老曾庆祝去。”

兄弟大排档中间的大桌子坐满了人。陈一诺和林越，高亮和叶萱，丁超和孔令雯，一个也不多，一个也不少。能让这六个人坐在一起，老曾费了好大的心思，看到年轻人相亲相爱，老曾心里头别提有多高兴了。陈一诺暗暗向他伸出了大拇指，转头向高亮耳语别把婚纱的事情说露馅。林越见状不许他们小声嘀咕，陈一诺立刻大声说：“高亮给嫂子买了婚纱，穿着真漂亮。”孔令雯马上情绪激动，质问怎么回事，叶萱不好意思地解释：“是高亮替我给店里进的婚纱。不说这个了，来，我给你们倒酒，庆祝平安归来。”孔令雯还要追问，手却被丁超握住了，只好先把话咽回肚子里。

大家的杯子都满了，只有孔令雯和丁超的还空着。陈一诺要给丁超倒酒，被孔令雯阻拦，晋级决赛马上开赛，为了保护嗓子不能喝酒。看到经纪人尽职尽责地替自己着想，丁超高兴地拿过酒瓶要给孔令雯倒酒，不料又被拦住了。孔令雯看着叶萱：“别人的酒都倒了，为什么我的酒杯是空的?”林越生气：“这不是你家，叶萱也不是保姆。”孔令雯说：“这点气量都没有，怎么能带着孩子嫁人?”高亮不满意：“雯雯，请你尊重一个单身母亲!”

叶萱若无其事地拿起了酒瓶，给孔令雯的酒杯倒满了酒。放下酒瓶，她举起了自己的酒杯。这第一杯酒是代表丈夫来敬陈一诺和高亮，他们两个人忙举起酒杯一饮而尽，酒瓶在握的丁超迅速把三个人的酒杯全都倒满。叶萱又举起了酒杯，这第二杯酒是作为郑子航的妻子来敬，感谢陈一诺和高亮为了完成丈夫的心愿而付出的努力。叶萱再一次一饮而尽，高亮关切地让她慢点喝。不料，叶萱又举起了酒杯，这第三杯是敬陈一诺和林越，感谢两个人为自己和小郑安牺牲了许多，还差一点分手。林越有些不好意思，接到老曾的电话，她本不想来，是叶萱又打来了电话让她无法拒绝。

桌子下面，陈一诺握住了林越的手，她想挣脱，却被握得更紧了。陈一诺的脸上笑开了花，在前往三星礁勘测的时候两个人就已经冰释前嫌，重归于好后感情更坚贞，此时两个人共同的心愿就是叶萱和高亮顺利地走到一起。已经连喝了三杯酒的叶萱脸色红润，看着孔令雯又举起了酒杯："雯雯，我也敬你。你是个善良的好姑娘，为我做过的那些事我全都记着呢。"孔令雯没有举杯，而是问道："'南翔丸'是怎么回事？"

"雯雯，对于打捞'南翔丸'你只知其一不知其二。一诺、高亮和我的爱人郑子航在部队时就是好朋友，三年前，子航离开了我们，当时我肚子里已经有了小郑安，有人劝我把孩子打掉，一个出生就没有了爸爸的孩子有什么幸福可言？可是一诺给了我和所有人一个承诺，他要为我们母子俩负责。就是因为这个承诺，子航的孩子才能来到这个世界，所以一诺是孩子的爸爸。在我遇到困难时，还有高亮出手相助，他对小郑安也付出也很多，所以高亮也是孩子的爸爸。子航有一个心愿，直到他走的那天也没有完成，那就是打捞'南翔丸'，在我眼里，他们不是在打捞一艘沉船，而是在兑现一个曾经对兄弟许下的承诺。"

叶萱泪光闪现，说得孔令雯眼睛泛红，举起酒杯一饮而尽："我也叫你一声嫂子，这一杯是我向你道歉，原谅我从前的不懂事。"丁超忙给孔令雯的酒杯倒满，她又举起酒杯敬陈一诺和高亮，兄弟情谊让她感动。陈一诺站起身子："今天大家欢聚一堂，为了'南翔丸'打捞成功，干杯！"

所有人的酒杯都碰到了一起，酒花四溅。

梦想愈近。

经过一周的数据统计和资料收集整理，在方教授的帮助下，陈一诺和高亮拿出了一套打捞"南翔丸"切实可行的方案，前期通过水下爆破清除打捞障碍，再将沉船的甲板切割，通过"浮筒穿千斤"① 和"穿鼻孔"② 的方法分别将船尾和船头打捞起来，一举成功。

北京总局的两位领导亲自到基地来听取汇报，表扬陈一诺等救生员们在前期勘测中不仅体现了过硬的救援技术，而且具备了良好的心理素质，宣布立即启动"南翔丸"打捞计划。陈一诺欢呼跳跃，高亮兴奋难耐，基地全都沸腾了，除了丁超。到三星礁打捞需要将近一个月的时间，恰好是《中国金嗓子》的晋级决赛时间，这是他期盼许久的决赛。然而，亲自参与打捞"南翔丸"也是身为一名救生员难得的机遇。是参加决赛还是打捞沉船？一时之间，丁超无法选择，他站在了命运的十字路口，不知道该走向哪个方向。

人生的道路虽然漫长，但紧要处只有几步。不同于丁超的困惑，陈一诺清楚的知道自己应该去哪儿，他买了一大袋的零食来到了医院。饼干、薯片、牛肉干、香肠、火腿、方便面，看着面前堆积如山的这一大堆，林越警告："医院有明文规定，不接受病

① 浮筒穿千金：将带有浮筒的钢缆穿过船体下部并固定。

② 穿鼻孔：在船头的前部穿洞让钢缆穿过。

人家属的任何好处。”陈一诺嬉皮笑脸：“这是医生家属对医生的关心，只对本人特例。”陈一诺来看林越，除了告诉她马上要去三星礁的消息，还想接父亲回家住一个晚上。林越当即拒绝，别说回家住一个晚上，就是带出医院都不可以，不是她不通人情，而是陈一诺去打捞“南翔丸”不知什么时候回来，随时有意外和生命危险。只有自己在这里，父亲也在这里，陈一诺生命中两个重要的人在一起，才会珍惜生命保护好自己，回来团聚。

陈一诺明白了林越的良苦用心，心头涌起了感动，想把她抱在怀里，脚步动了一下，终于忍住了。这个拥抱，等成功返航的时候完成才有意义。他向林越郑重地敬了个军礼，离开了医生办公室，走向父亲的病房。

陈援朝仿佛知道儿子会来，坐在病床上看着门口，一见到陈一诺走进来，开心的像个孩子。陈一诺推着轮椅过去要带父亲出去，陈援朝却把轮椅推到一旁，站起来就走，陈一诺忙上前搀扶着慢慢走出病房来到了院子里。

阳光明媚，鸟语花香，住院楼前的小花园里早有病人和家属在悠闲地散步，陈一诺才想起好长时间没有陪着父亲出来呼吸新鲜空气了。两个人走走停停，直到看见陈援朝的额头渗出了汗珠，陈一诺才搀扶父亲回到了住院大楼。电梯门恰好打开，陈援朝却说：“走，要走。”陈一诺只好陪着父亲爬楼梯。每爬几层就得歇一歇，陈援朝累得气喘吁吁，脸上却是满意的微笑，陈一诺上前背起了父亲，陈援朝这次没有拒绝。

背着父亲一步步走向病房，陈一诺回想起小时候是父亲背着自己。那时候的父亲真年轻，浑身都是力气。如今父亲老了，体重也轻了许多，岁月真是不饶人啊。进到病房，陈一诺把父亲放到病床上，拿出电脑打开自己去三星礁勘测的视频。当看到陈一诺在水下营救丁超的镜头，陈援朝突然激动地站起来，双手紧紧握拳。陈一诺抱住父亲安抚：“爸，这次去打捞‘南翔丸’虽然危险，但是作为救援队员来说是一种至高无上的荣誉。您是船长，一定能明白儿子的选择。如果儿子这次出了危险，以后您要听林越的话，也要听高亮的话，好吗？”

陈援朝眨着眼睛，流下两滴老泪。陈一诺把父亲抱得更紧了，这是他的亲生父亲，虽然不认得近在咫尺的自己，但始终记着有一个亲生儿子，等到打捞“南翔丸”回来，一定要帮着父亲寻找从前的记忆，沉冤昭雪。陈一诺把父亲轻轻放开，发现老人已经睡着了，抱着他躺在病床上，盖好被子，陈一诺才退出了病房。林越正等在门口，把一张字条放到了陈一诺的手里：“回基地再看，这是给你的药。”陈一诺紧紧握住：“辛苦你替我照顾我爸。等我回来就买房子结婚，买个带电梯的，怎么样？”林越一笑：“带电梯的我还真没想过，什么样的都行，只要和你在一起。”

同甘苦，共患难，才是白头到老的夫妻。

陈一诺开着吉普车刚驶出医院就在门口停了下来，他到底没有听从林越的话，忍不住拿出了那张字条，上面只有一行字：“平安回来，我等你。”陈一诺差点就跑回去向林越大喊一声“我爱你”，他把字条小心地折叠好放进了胸口，脚踩油门，直奔售楼处。售楼小姐见来了客人，热心推荐刚出的特价房，带送精装修，优惠价一万九千八。在陈一诺和售楼小姐交谈的过程中，售楼处外面驶来了吴胖子的黑色卡宴。陈一诺无意间地转头，恰好看到，警觉起来迅速出了售楼处立马上车，疾驰而去。

吉普车在前，卡宴在后，保持距离的紧追不舍。陈一诺从后视镜里看得清清楚楚，来者不善、善者不来，不管是何方神圣都得给他露出本来面目。陈一诺伸出右手攥成拳头，咔咔地响着，突然间加大油门拐进了一条小路，把吉普车停在了路边，跳下车，头也不回地开始步行。见此情景卡宴也停了下来，吴胖子和那个墨镜男保镖也下车尾随。陈一诺走得很快，突然跑了起来，吴胖子措不及防，等他跑过来才发现是个岔路口，示意墨镜男从一个路口进去，自己则进了另一个路口。

吴胖子跑得满头大汗，才发现进到了一个死胡同，别说陈一诺就是连只猫的影子都没有。气得他骂了句粗口，还没有转过身来就被人按到了墙上：“说，为什么跟踪我?”吴胖子忙掏出一张银行卡：“兄弟，别、别误会，我是来给你送银行卡的，有了这张卡，你想买什么样的房子都行!”陈一诺松开了吴胖子，看了看银行卡，又看了看吴胖子，自己正缺钱买房，天上就掉下一大馅饼。

开门见山，书归正传。

吴胖子知道陈一诺要去打捞“南翔丸”，船上装满了稀世珍宝，他只要那对青铜雌雄双碗，据说是春秋时期的铸剑高手干将、莫邪夫妻用给吴王铸剑后余下的材料制成的。古往今来，改朝换代，两千多年的时间过去，这对碗到了一位日本古董商的手里。1945 年的 3 月，古董商乘坐“南翔丸”回日本遭遇美军的鱼雷轰炸，所有乘客还有整船的宝贝全都沉到了三星礁的海底。为了得到这对青铜碗，吴胖子还真是下了一番功夫，又是查资料又是编故事，还拿出重金诱惑陈一诺，让他在海底打捞时先把碗藏起来，等过后吴胖子再派人来取。只要陈一诺同意，先送一套房子作为定金，打捞成功另有重赏。

重金之下必有勇夫，何况陈一诺正是需要钱的时候。

每一次的人生选择，都会改变其后的命运。

“想飞上天和太阳肩并肩，世界等着我去改变。想做的梦从不怕别人看见，在这里我都能实现。”丁超站到了《中国金嗓子》决赛晋级的舞台上，和所有参赛者一起唱着振奋人心的《我相信》。观众席里，孔令雯带领所有粉丝们穿着统一的“救援哥”T 恤为他鼓掌呐喊。今天是最后的晋级时刻，丁超很有希望闯入决赛。

比赛开始了。

每个人都拿出了最好水平，把最好的状态展现给导师和观众。当轮到丁超上台的时候，观众席响起了铺天盖地的“救援哥”。在欢呼声中，丁超抱着吉他走上了舞台中间，顿时掌声雷动。丁超举起了手，全场一下子安静下来，伴奏音乐响起。

“曾经多少次跌倒在路上，曾经多少次折断过翅膀，如今我已不再感到彷徨，我要超越这平凡的生活。我想要怒放的生命……”丁超最喜欢这首《怒放的生命》，他忘情地唱着，脑海中闪过与队员们一起训练战斗的日子。志同道合，同心协力，安危与共，才有今天舞台上怒放的生命，精彩的瞬间。当最后一句演唱完毕，丁超深深地鞠了一躬。观众站起来了，导师也站起来了，都在为他鼓掌加油。在这一刻，孔令雯为丁超感到骄傲，也为自己骄傲，她成功了，亲手打造出一颗冉冉升起的明星，即将登上冠军领奖台。

主持人宣布只有一个可以直接晋级的名额。在导师商量评判的时间内，先让丁超对现场支持他的观众们讲几句话。丁超拿过话筒，平复一下激动的心情，慢慢说道：“今天这首《怒放的生命》，让我想起了我进入救援队以后遇见的许多人、许多事，没有他们，就没有我的成长。我也要特别谢谢喜欢我的观众和一直支持我的朋友和导师，尤其要感谢我的经纪人，她陪着我一路走来，今天站到了舞台中间，但作为歌手的丁超只能走到这里了。”

现场一片哗然，导师也交头接耳。孔令雯坐在那里，喃喃道：“傻瓜，真是个傻瓜。”舞台上，主持人正在问：“你是要放弃晋级的机会，对吗?”丁超坚定地说：“唱歌是我从小的梦想，但是到了救援队这几年让我学会了更珍贵的东西，让我明白了什么是对生命的真正尊敬和仰望。如果我现在放弃了当救生员，当我老了的时候我一定会后悔。可是当我老掉牙的时候，音乐也会一直陪着我，因为音乐的生命是不老的。这才是我想要的属于我的怒放的生命。”

掌声响起，经久不息。

生命，只有一次；精彩，方能无悔。

LA CHAPELLE LADYS STAY SIMPLE

Love
forever happy memories

第三十二章　两相忆，长相依

梦想的实现，有艰难的险阻，还有不期而至的危险。

——陈一诺又一次在水底遇到了意外。

海风吹拂着水面，带来海的气息。陈一诺站在甲板上远眺南方，那里，正是三星礁的方向。如果郑子航还活着，此时会一样的激动兴奋。然而，他为了救自己而献出了年轻宝贵的生命。陈一诺低头看着手中拿着的郑子航照片，小心地放进了胸口的衣袋里。马上就要出发了，要让兄弟陪着自己见证历史性的一刻，完成最后的心愿。

救援船整装待发。

陈一诺等队友们全副武装排成了一排，丁超站在队尾，他不后悔放弃晋级决赛的选择，生命的过程就是选择的过程，坚守不移地向前走，不管前方是什么，只要怀着信念就会成功。丁超做到了，陈一诺做到了，还有高亮等人都把打捞“南翔丸”作为最高荣誉，即使有危险，也全力以赴，无怨无悔。

启航，远行。

三大中国交通救捞飞行基地的救援船驶进了三星礁海域，救援飞机在空中盘旋，海面上汇集着大小船只，三星礁因“南翔丸”而热闹起来。每艘救援船上的工作人员都各司其职，做着打捞前的各项准备工作。

救援船 113 号上的会议室里，钟益民正在给队员们开会。通过上一次的水下勘测已经知道“南翔丸”的船体被上百吨的渔网和淤泥包裹住，犹如穿上了厚厚的“盔甲”，明天的主要任务就是利用水下爆破把它的这层“盔甲”去掉。钟益民宣布参与水下作业的人员名单，有陈一诺、夏林等队员们，唯独没有丁超，他被留在船上做辅助工作。

如果不能下水，放弃比赛就失去了意义，选择也没有了方向。丁超立刻质问：“钟队，我是以优异成绩从潜水学校毕业的高才生，在学校时就已经掌握了水下爆破安装炸药的技能，在打捞‘南翔丸’这关键时刻，为什么不让我下水?”没等钟益民开口，陈一诺说：“你不必跟钟队急，是我建议不让你下水的。”丁超一听，半晌没说出话来，气得扭头出了会议室，陈一诺追了出去。

关键时候拖后腿的，不是别人，而是亲如手足的搭档。

丁超想不通。在勘测“南翔丸”的时候他的确因为疏忽而陷入险境，是陈一诺救了自己，但不能因为这个意外而失去了信任，从而剥夺他下水的权利。陈一诺耐心劝说：“超儿，我知道你不想错过这个千载难逢的机会，但水下爆破不仅需要耐心、细心，更需要的是经验。一旦出现失误，后果不堪设想，‘南翔丸’水下情况那么复杂，你去参加爆破太冒险了。”丁超反驳：“我以为只有孔令雯认为我不够成熟，原来你们也觉得我不值得信任。是不是我们这些 90 后在你们眼里都是还没长大的孩子?别以为你们退伍军人就了不起，我现在就去找钟队!”丁超气呼呼地走了，陈一诺还想追过去，高亮来了。

年轻总是气盛，做事无所畏惧，很少考虑后果。这个时候的丁超就像陈一诺和高亮刚到救援队时，总想用实际行动来证明自己。陈一诺虽为丁超着想，但他不理解，也不领情。上次勘测的意外，陈一诺就担心是丁超的恐惧症复发，到了三星礁这样的鬼门关，如果在水下出现幻觉，真的会喂了鲨鱼，还是一只红眼鲨鱼。但这些话不能对丁超说出来，以免留下心理阴影。陈一诺叹了口气，又说出一句富有哲理的话：“其实救生队员最后一个需要拯救的，不是别人，而是自己。”

因为，命运掌握在自己的手里。

丁超神情严肃地向钟益民请战，他愿意为明天的水下爆破任务立军令状，如果出现失误，会自动离开救援队。钟益民注视着丁超坚定的目光，点了点头。年轻人总得经历，才能成长。

汽笛声响彻天空，巨大的铁锚被缓缓吊起，海面上各个打捞船干得热火朝天。丁超已换好了救援服等在船舷边待命，陈一诺看了他一眼，丁超扭头避开。从现在起，不再搭理陈一诺，等着完成爆破任务再让他为曾经说过的话而后悔。电视台的摄像小方正在认真地对救援船上的一举一动进行拍摄，随时准备连线直播。此次三星礁打捞聚集了全国甚至是世界的目光，所有关心“南翔丸”的人们都期盼在第一时间得到消息，还有那些牵挂亲人的家属们，譬如林越和叶萱还有孔令雯，由于卫星信号极不稳定，手机联系不上，只有通过电视、网络才能得知千里之外救生员们的打捞行动和成果。

爆破行动已经开始。

第一组队员带着炸药下水，第二组的陈一诺在船舷边做着准备，像是在自言自语，又像是在告诉旁边的丁超，装炸药时别使用耳机，放置的时候要从深水到浅水，随时检查自己的信号绳和输氧导管。丁超赌气说：“不用提醒，我心里有数。”陈一诺笑了：“我是自己复习一遍，怕到了水下忘了。”随着钟益民的一声令下，两个人跳进水里向沉船游去。先前到达的第一组队员夏林和金旭已经就位，陈一诺和他们做了手势后开始在确定好的位置钻孔，放置炸药。

“南翔丸”在海底从来没有像今天这样的热闹，来自三个中国交通救捞基地的救生员们星罗棋布，各司其职，各尽其责。陈一诺已把手中的炸药准确地放进安放孔，时不时地扭头去看不远处的丁超，他正在全神贯注地紧张作业。第一组队员的炸药全部放置完毕，正在堵塞炮孔，然后就是最后的串联。这时有完工的队员开始上浮出水，感觉到水流涌动的丁超却还在堵塞炮孔，他有些着急起来。

陈一诺早已完工，却装作仍在忙碌的样子，其实是在等丁超。终于把导线串联在一起，丁超长出了一口气，转头往周围看去，救生员们所剩无几，离自己最近的只有陈一诺。两人打着手势，准备上浮返回救援船。丁超刚一动身，就感觉到被一股力量拉扯了一下，低头一看，竟然是信号绳和引爆线缠在了一起，如果用力过猛，炸药马上会被引爆。丁超惊出一身的冷汗，一动也不敢动。陈一诺发现异常，游了过来，看见两根线紧紧缠绕，忙伸手去解，突然被丁超猛地推开。

人往往在孤助无援的时候，会激发起勇气，从而战胜恐惧。

丁超压抑着跳动的心脏，伸出双手小心地触摸信号绳和引爆线，慢慢解开。陈一诺停在原地，不敢贸然靠近。水下寂静无声，两个人仿佛听到了各自的心跳声。

时间一分一秒地过去了，离预定爆破时间只有十分钟了。另两艘救援船的所有救生员全都回到了甲板，不停地呼叫救援船113号，准备连接起爆主导线。钟益民焦急万分，忙喊话陈一诺，得到答复是在水底遇到了强劲水流。又是宝贵的两分钟过去了，陈一诺和丁超仍不见踪影，也不回话。钟益民判断一定是水底出了意外，准备马上派遣队员二次下水营救。

海面涌起了水花，陈一诺和丁超露出了脑袋，被迅速的拉到了救援船上。汽笛鸣响，此起彼伏，三艘救援船同时驶向安全地带。三分钟过后，一声沉闷的巨响从海底传出，惊天动地。海面涌起滔天的巨浪，雄伟壮观。

尽管成功地实施了水下爆破，钟益民仍把陈一诺和丁超两个人叫到了会议室，询问是否真的遇到了强劲水流。丁超有些紧张，看到陈一诺不说话他也不开口。钟益想想了想，让丁超先去吃饭，单独把陈一诺留了下来。不等钟益民再次开口询问，陈一诺就主动说出丁超由于第一次下水安装炸药，虽然慢了一些，但没有犯严重错误。钟益民生气地说："他动作慢，你作为他的搭档，又是一名老队员，有没有去主动帮助他？如果今天你们再晚上来一步你知道会是什么后果吗？"陈一诺做了个立正："接受队长的批评，这种事不会再发生了。"

走出会议室，陈一诺去餐厅。丁超快把脑袋埋进饭碗里了，一勺一勺地猛把米饭往嘴里塞却不咽进肚子里，看得坐在对面的夏林和金旭目瞪口呆。丁超的心思还在会议室里，钟益民留下陈一诺就是想知道在安装炸药时到底发生了什么事情，刚刚自己在的时候陈一诺没有说，那么自己不在时同样也不会说出来。丁超对陈一诺的为人还是很有信心的，但如果搭档出于爱护的心理不允许自己参加接下来的任务，同样前功尽弃。

丁超鼓着嘴咬着勺子，愣愣的胡思乱想。突然勺子被人拽了下来，才发现夏林和金旭不知道什么时候早就走了，陈一诺坐在了对面："向队长立了军令状，对不对？"丁超又是一愣，这件事情只有自己和钟益民知道，陈一诺又是如何得知的？

凡是敢立军令状的人，无一不是有着满腔热血和对事业的忠诚。陈一诺早就立过军令状，他太了解丁超了。为了能打捞"南翔丸"，舍弃了《中国金嗓子》的决赛，立军令状是表明决心的最好方式。然而现在情况不同，不能只靠自己完成任务而不让搭档帮助。丁超不服气："我做到了，既完成了任务，也不靠你的帮助。"陈一诺生气："再敢说一遍我就把你从救援船上扔下去！你是做到了，做到了延误时间，差点影响了爆破计划。你做到了置全船队员的生死于不顾，就为了保全你那点儿所谓的尊严。我真应该把情况告诉队长，让你马上离队！"

忠言逆耳。

只有真正的朋友才会直言不讳地说出过失和后患，方才醒悟的丁超无言以对。陈一诺命令他出去吹吹海风，冷却发热的脑袋。

海风清凉。

高亮靠在船舷给叶萱打电话，听到传来温柔而熟悉的声音，高亮的心都醉了。叶萱却悬着心，她已经在电视上看到了爆破经过，为高亮和陈一诺这些救生队员们担心。虽然她现在不是家属，但那份关注和牵挂仍不改初衷。也许命中注定，叶萱脱离不掉救援家属的身份。电话的那头，高亮让她照顾好自己，还没有说完就传来了嘟嘟嘟的声音。叶萱知道船上用的是卫星电话，随时会中断，好在已经听到了高亮的声音，知道他很好也就放心了。

从厨房里走出来的叶母看到女儿的神情，不用问就知道是和谁通话，她承认高亮是个好男人，可惜离过婚还有个女儿。对于男人来说，妻子如衣服，换了就换了，但女儿终归是亲生骨肉，不可能把爱全都给没有血缘的小郑安。叶萱劝说母亲往好的方面去想，高亮负责任，只要把心分一半给自己和小郑安就足够了。叶母瞪着眼睛：“还没结婚，就开始向着高亮说话了？”叶萱一愣，她牵挂高亮，渴望听到他的声音，潜意识里不正是把自己当成了他的妻子吗？高亮说过，等打捞“南翔丸”回来希望听到她对自己求婚的回答，现在叶萱已有了答案，她对叶母说：“妈你不想让高亮当女婿吗？”叶母不高兴，马上想到用另一件事情来打击叶萱：“要是高亮的女儿从加拿大回来，怎么办？”叶萱笑着：“回来正好，那我就儿女双全了。”

叶母气得直摇头。作为母亲，她比谁都盼望女儿重新找到幸福，可她也知道，离婚不同于丧偶，打断骨头连着筋的麻烦事一件接着一件。还真让叶母说中了，一个月后，不仅恬恬回来了，赵笛也回来了。从而引起了一场轩然大波，差点毁了高亮和叶萱的婚事。

真正是好事多磨。

和叶萱通完电话的高亮心情大好，兴奋地走进陈一诺的宿舍，正捧着笔记本电脑的陈一诺像是干了坏事被发现一样猛地合上。高亮走过来伸手就抢：“什么事情神神秘秘？”不料，陈一诺紧紧护着笔记本，如果一打开，就会看见吴胖子发来的邮件，所有的机密勾当就全都暴露了。陈一诺忙找借口：“正在和我家心理医生说悄悄话，少儿不宜。”高亮这才松开电脑，既然已经“少儿不宜”，自己也该知趣地给热恋中的两个人留下独处的空间，摆了摆手走了出去。看到宿舍的门关上，陈一诺才松了口气。

虚惊一场过后，陈一诺给吴胖子回了邮件。然后才拿起手机给林越发信息：“第一天一切顺利，请亲爱的林博士放心。”按下了发送键却发送不出去，急得陈一诺高举起手机寻找着信号。在电子网络的世界里，有一条林越发来的信息也在寻找着信号。第一天，第二天，直到第三天，这些信息才找到彼此的主人。信息的内容全都是报喜不报忧，不想让对方担心，只有自己才知道在这三天的时间里发生了多么大的意外。

意外，伴随着风险，让脆弱的生命不堪一击。

水下爆破的成功让“南翔丸”船体的大部分渔网和淤泥被清除，接下来要对甲板进行切割，以便于海上浮吊船帮助船体“揭盖”。钟益民站在穿戴整齐、装备齐全的队员们面前训话，水下切割容不得半点马虎，务必小心切割掉落的物体，保护好各自的安全。陈一诺带领众人响亮地回答：“请队长放心，保证完成任务！”

队员们准备下水。还是像昨天的爆破一样，每两名队员一组。陈一诺看着丁超：“没问题吧？”丁超点了点头，两人跳进了水里。海面上的声音渐渐模糊，两个人游到了预先设置的指定地点，拿出了切割机。陈一诺一边切割一边关注着丁超的进度，他相信丁超的水平，只是担心他太想证明自己反而会有心理压力，欲速则不达。

这时，其余的救生员们也都到位了，开始紧锣密鼓的切割。上面下面，里面外面，“南翔丸”的两截船身星火点点。船体上方一小块甲板被切割掉，夏林刚想去拿却被突然涌来的水流冲脱了手，砸向下面的丁超，而他正在聚精会神地忙碌，毫无察觉迫在眉睫的危险。陈一诺却看到了，扔下切割机挥舞着手臂游了过来，把丁超推开。一声闷响，甲板碎片砸到了陈一诺的身上，一股鲜血涌出。队员们看到陈一诺受伤，迅速围聚过来。丁超也傻了眼，赶紧给救援船发出求救信号。

陈一诺渐渐失去了知觉，脑海里又浮现出郑子航营救他的情景。生死关头，郑子航把两只油桶连同那堆渔网推离开陈一诺和船长，而他自己却被油桶砸中，沉到了海底。陈一诺大声呼唤着郑子航的名字，却听不到声音，慢慢地向下沉去，沉向无尽的深渊。

黑暗世界。

转眼间，阳光明媚。

陈援朝扶着床头站稳了身子，望着窗外的晴好天气，心头却是乌云笼罩，他惊魂未定地扭头看着虚掩的房门，慢慢走了过去。走廊里有病人有家属，其中一个人影好像陈一诺正走下楼梯，陈援朝面露喜色地追了过去，直到从医院追到了外面的马路也没有追上。看着眼前来来往往的车水马龙，陈援朝显得孤立无援，他又冷又怕，缩着身子漫无目的地走着，不知道要去哪里。

林越拿着药走进病房，发现病床上不见陈援朝的身影时，惊得她把药扔到床上就跑出去。楼上楼下都跑遍了也没有找到，林越焦急万分。陈一诺临走之前只委托她照顾好父亲这一件事情，如果失踪或是出了意外，她怎么能够承担得起？林越赶紧找到医院的监控室，发现陈援朝出了医院，忙追了出去。南来北往马路上全都是人，陈援朝会去哪里？林越突然想起上回也是陈援朝从医院失踪，结果是自己回到了老宅。

老宅，是家的方向。

当机立断，林越打了辆出租车就奔往老宅，却不见人影。天快要黑了，如果再找不到人，任何意外都有可能发生。林越拿出手机正要报警，忽然又想到了一个地方，就是陈一诺现在的家。虽说陈援朝仅仅回去过一次，但对于失去记忆的老人来说，还能记得起回家的路吗？

往往不可能，最后却成了可能。

林越怀着最后的一点希望，来到了陈一诺家的楼下，向顶楼望去，看到的是满眼的黑暗，让仅存的希望之光瞬间熄灭。累得疲惫不堪的林越转身就要离去，但她不甘心，都已经到了楼下，总得爬到六楼去看个究竟。腿软了，气喘着，林越一步步爬了上来，沉重的脚步震亮了楼道里的感应灯，陈一诺家的门口缩着一团人影，正是陈援朝抱着膝盖浑身发抖。头发乱了，脸上有泥痕，衣服和裤子都破了，一看就是不知道在哪里摔了跤。林越忙上前抱着陈援朝，老人就像是孩子一样呜呜地哭了："一诺，儿子。"

陈一诺好像听到父亲在叫自己，想回答却说不出话来，好不容易睁开了眼睛，看到的却是高亮、钟益民等队友们，密密麻麻的全是脑袋，却不见父亲，陈一诺神情恍惚起来。夏林以为他被砸傻了，小心翼翼地喊了声"诺哥"。这一声呼喊把陈一诺从梦幻中回到了现实，他还活着，正躺在医务室里。

活着真好。

只要活着，就能见到爱人和亲人。只要活着，就能实现梦想和承诺。陈一诺挣扎着要坐起来，但剧烈的头痛和背痛让他不得不老老实实地躺在床上。随船医生说由于受到猛烈撞击又有轻微的减压症状，这几天都需要静养，不许下床。夏林快要哭了，责备自己没有把切割物固定住才让陈一诺受伤。陈一诺忍着疼痛笑着说："我是钢铁侠，没那么脆弱。大伙儿都别围着我了，给我点儿新鲜空气，都回去吧。"

气氛顿时轻松了下来。大家说笑几句后都走了，高亮怕陈一诺无聊，拿来一本《老人与海》让他看着解闷。这时，门又被推开，丁超走进来，拖过椅子坐在床前。陈一诺假装没看见，把书举起遮住了自己的脸也挡住了丁超的视线。昨天两个人的冲突历历在目，陈一诺毫不留情地训斥丁超，但在关键时刻又拼着命来救自己。这才是生死搭档，过命兄弟。

“感谢你，我衷心谢谢你，我忠诚的爱人和朋友……”听到丁超夸张而又肉麻的演唱，陈一诺装不下去了：“行啦，别唱了。你这歌太软，哪比得上《老人与海》给力。”丁超不好意思，高亮已经告诉他陈一诺是怕他出危险才阻止他下水。陈一诺也在反思，担心搭档会出意外是因为总也忘不掉郑子航为了救自己而牺牲的情景，这样的情景有一次就够了。丁超感动道：“当年子航哥把生的希望留给了你，今天你又救了我，以后我也会用这条命去把生的机会送给别人。”陈一诺说：“这才是好样的，赶紧回去吧，明天还有新任务呢，我不在的时候，你得把我那份活儿也干了。”

丁超猛地站起来，敬了个礼，转身出去。陈一诺欣慰地笑着，又一个90后成长起来了。放下《老人与海》，拿出手机查了好几遍也没有查到有林越的信息，陈一诺又编了一条新的仍是发送失败。也好，如果林越知道自己受伤肯定会担心。她现在忙着上班还要照顾父亲，是个好医生也是个好儿媳。

好儿媳林越正在给坐在病床上的陈援朝喂药，然后扶着他躺下，盖好被子。陈援朝却睁大着眼睛，用包裹着的手指着门口，林越忙握住老人的手：“伯父，不用担心一诺，他很快就回来了。”陈援朝这才把手放下，闭上了眼睛。看到老人很快进入了梦乡，林越才松了口气。陈援朝虽摔了一跤，幸运的是膝盖和手上都是皮外伤，消毒包扎就行了，这也算是不幸中的万幸。可如果再有下一次，是否还像今天这样的幸运？

林越陷入了沉思。今天的意外并不是偶然发生，而是证明陈援朝的一些记忆正在渐渐复活。如果真是这样的话，等陈一诺回来应该重新研究治疗方案。林越站起了身子走到窗户前，掏出手机给陈一诺发信息：“伯父情况很好，别分心，打捞时一定注意安全，等你回来。”正要收起手机，接到了叶萱的电话，明天她要来医院探望老人。如果换作从前，林越会心存芥蒂，现在明白了，叶萱就是这样的人，不轻易接受别人的恩情，但只要接受了必会涌泉相报。

第二天一大早，当叶萱拎着水果和营养品走进病房时，林越正在喂着陈援朝吃早饭，老人脸上仍有擦伤的痕迹，墙上的电视机播放着新闻。叶萱放下东西特意走到床前：“伯父，您还认识我吗？我是叶萱啊。”陈援朝目光呆滞，看都不看叶萱一眼，毫无反应。林越说：“你别往心里去啊，这是病人的正常反应。”但说起陈援朝能准确无误地回到现在的家，两个人都觉得不可思议，也许真像林越猜想的那样，老人有恢复的希望。叶萱感叹是陈一诺的孝心感动老天，当然也离不开林越的用心照顾。

这时电视机里出现三星礁的画面，陈援朝推开林越送到嘴边的勺子，眼睛紧盯着电视，等到这则打捞“南翔丸”的新闻播报完，陈援朝站起来在病房里走来走去，像是在寻找着什么东西，先是在一堆报纸里翻来翻去，又不时地抬起头看着电视，然后再继续翻找报纸。

林越突然明白，从柜子里拿出陈一诺去三星礁勘测的碟片，放进了DVD里，当又出现了三星礁还有陈一诺等救援队员的勘测画面时，陈援朝恢复了平静，坐到了病床上面老老实实地看电视。

这就是父子情深、血脉相连的牵挂。无论离得多么的遥远，老人始终记着自己是一个父亲，有一个儿子。儿子也在牵挂着父亲和爱人，为了实现理想和承诺，终于等到了这一天。

第三十三章　念念不忘，必有回响

最初的梦想，昔日的承诺，今朝心想事成。

——“南翔丸”，陈一诺来了。

波光粼粼的海面上，停泊着来自中国交通三大救捞基地的船只，救援船雄伟壮观，海军护航舰艇，气势磅礴。三星礁海域，成为全世界的焦点，即将开启打捞史上崭新的篇章。

“南翔丸”，何其幸运！

七十年的岁月，静默的海底，今天注定将被历史铭记。

打捞行动在有条不紊地进行，无论是水下爆破，还是对船体各部分的切割都在预期时间内完成。但由于“南翔丸”沉入海底时间过久，深度过深，船上货物不计其数，更可能藏有珍贵文物，所以不能采取整体打捞。总指挥部经过认真商议和缜密安排后，决定集中所有优势力量先将船上的货物打捞出水，三大基地马上分配好了各自的打捞区域。

救援船 113 号的会议室里，“南翔丸”的船体结构图悬挂在众人面前，从甲板到底舱被划分成了三个部分。钟益民向队员们宣布，他们基地负责打捞的是锚链仓和驾驶台，而不是中间的货仓。丁超失望起来，他还想捞出几件贵重文物立功扬名，也好向孔令雯炫耀，看来是彻底没戏了，其他人也都怀着同样的心思，不甘心头功被另两个基地抢走。钟益民理解手下的这些精兵强将，鼓励大家：“越是不起眼的地方越不能轻视，从甲板到货仓唯有锚链仓和驾驶台的情况是最复杂的，总指挥把这部分交给咱们 113 救援队是对咱们的信任。大家就算是一寸一寸地摸也要把这个区域摸遍，不许漏掉任何死角。”

“是！”队员们齐声应答。每个人斗志昂扬，意气风发，却不见陈一诺的身影。他正在医务室里做着恢复性训练，抻胳膊压腿，把被砸伤的肌肉拉开，疼得呲牙裂嘴。已经到了打捞的关键时候，不能下水的陈一诺急得就像热锅上的蚂蚁。突然笔记本电脑发出提示音，收到了新邮件：“陈老弟，找到那一对儿铜碗了吗？这几张卡在我身上都等得着急了，你可千万别忘了咱们的君子协定啊。”一直关注新闻的吴胖子知道今天就要打捞，特意发来邮件，既是提醒，也是诱惑，只要陈一诺遵守约定，大功告成之后就什么都有了。

房子，带电梯的；汽车，豪华的；还有婚礼、度蜜月甚至是周游世界，根本不用为钱而伤脑筋。如果陈一诺不想让林越过着和赵笛一样担惊受怕的日子，也可以脱下这身救援服，没有了执行任务的意外和危险，守着老婆孩子热炕头。这样的好事，天底下难找，何乐而不为？

兴奋的陈一诺忘记了后背的疼痛，伏在地上做起了俯卧撑，高亮走了进来：“你怎

么又练上了，医生说你得静养。”陈一诺仍继续做着：“要是全听医生的我得什么时候才能下水，三星礁不就白来了？”高亮说：“就算是下水也跟白来没什么区别，分配给我们的不是货仓，是锚链仓和驾驶台。”装满货物的船舱分配给了别的基地，就意味着郑子航魂牵梦绕的那些国宝文物不能由陈一诺和高亮亲手打捞出水。即使它们重见天日，也打破了兄弟三人曾经的梦想，摒弃了他们对郑子航的承诺。

如晴天霹雳，又似风云突变，果真世事难料。惊得陈一诺从地上跳了起来，嘴里喃喃地说着什么，皱着眉头在屋子里转着圈儿，突然兴奋起来冲了出去。

直升机盘旋，救援船停泊，军舰护航，三星礁正在创造历史。陈一诺和高亮跑到甲板上，看到一批又一批的沉重箱子被打捞上来，又全都送到了另两个基地的救援船。高亮备感失落，也许国宝就在这些箱子里面，却没有自己和陈一诺的点滴功劳。这时船舷边陆续上来了丁超和队友们，一个个累得疲惫不堪。他们下水后就先进了驾驶台，除了零星的头盔和弹壳外什么发现也没有，而且锚链仓的门被封得死死的，得进行水下切割才行。短暂的歇息之后，队友们又要再下水时，陈一诺冲了过来：“钟队，让我来，我能下水。”钟益民看都不看：“一诺你马上给我回医务室，高亮看着你，这是命令！”

军令如山。

每当执行任务的时候，队长的命令就是救生员的行动指南。高亮把陈一诺拖进了医务室，国宝文物已经出水，即使再下去，也失去了意义，更何况陈一诺的身体并没有完全康复。陈一诺却没有丝毫的沮丧，猛地把床上的铺盖掀起。高亮惊讶地看到硬硬的床板上，铺满了文字、图片什么的，全都是“南翔丸”的资料。当年郑子航也是这样费尽心思，现在轮到了陈一诺，并不是所有的付出都会得到回报，就像好不容易种植了一棵树，到了秋天成熟季节，果实却让别人给摘了，这种心情只有亲身经历的人才体验得到。高亮正在想着该如何劝说陈一诺面对现实，不料他扑到床板上拿了几张资料，兴奋地举起：“看，这儿，看见没？”

这是一张“南翔丸”的船体结构图，只不过锚链仓和驾驶台的位置被郑子航用红笔圈了起来。高亮心中一动，难道郑子航有未卜先知的奇异功能？好几年前就预测到会让他们打捞这两个地方，而提前作了标记。陈一诺已经兴奋的声音颤抖：“亮哥，根据子航当年的勘察和推测，‘南翔丸’运送的重要物资和珍贵文物很可能就在这个区域。”

原来如此，这才是天意。

命中注定陈一诺会完成愿望，兑现承诺。他激动地说：“明天我一定要下水。”说完就出了医务室，直奔装备室，整理潜水服为明天的打捞做好准备。这一回高亮没有阻止，因为他知道什么也阻止不了陈一诺，唯有暗暗祈祷打捞成功，千万别出意外。

当陈一诺在装备室里忙碌的时候，钟益民走了进来，陈一诺忙像连珠炮般的汇报：“钟队，潜水服我已经收拾好了，明天下水没问题。您千万别担心我的身体，今天下午我还加量训练了。”钟益民果真没有阻拦，却说出刚刚接到医院的电话，陈援朝昨天一个人跑了出来，还摔伤了身体。

“伤哪儿了？严重吗？”

“没事了，林越找到老人带回医院都处理好了，现在有林越照顾着呢。你要是想回去，我可以批你假，明天一早你就能回去。你要是想要留下来继续完成任务，我希望你要调整好自己的情绪。给你一晚上的时间考虑，好好休息吧。”

钟益民走出装备室，陈一诺愣在了那里，他那满腔的热情遇到了从头浇下的冷水，透心凉。失魂落魄地回到医务室，看着满床板的“南翔丸”资料，陈一诺扑倒过去，眼前浮现出父亲的身影，又出现了郑子航的笑脸。一边是父子情深，一边是兄弟承诺，该如何抉择?

突然传来嘀嘀的声音，陈一诺寻找着，才发现是手机的短信提示音。终于有了信号，一下子收到了林越这几天发来的所有短信。陈一诺兴奋地拿起手机就跑到出去，他要给林越打电话，听到她的声音，只要一声就足够了。

“林越，你听得见吗?”陈一诺焦急地在甲板上寻找信号：“林越，我听到你说话了，你能听到我吗?”医院病房里正在陪护陈援朝的林越眼睛湿润了：“一诺，我听不到你说话，但我很想你。这里一切都好，你放心，你是我的骄傲，我等你回来。”

信号再次消失了，陈一诺喘着粗气坐在了船舷旁边。眼前是漆黑的海面，深不可测的海底有郑子航的魂魄和未完的心愿，还有他和吴胖子的约定，只有下水才能实现。耳边传来海浪拍打船体的声音，仿佛在催促陈一诺做出选择。

有时候，选择往往是一念之差，但结果却截然不同。

天亮了。

阳光照射在海面上，大大小小的救援船开始了新一天的打捞工作。

救援船 113 号的甲板上，丁超等队员们穿戴整齐准备下水，继续对锚链仓进行打捞。钟益民正要下令指挥，陈一诺来了，所有人的目光都集中到已经穿好潜水服的陈一诺身上。

“决定了?”

“我已经决定了。对于一个救援队员来说，参加打捞‘南翔丸’这种机会一辈子只有一次，胳膊断了可以再接上，接不上还有头可以喘气，我陈一诺绝对不能现在回去。我站在这儿，不光代表我自己，还有子航，叶萱，林越和我的父亲。钟队，请允许我参加打捞!”

“准备行动!”

队员们纷纷下水。陈一诺和丁超下潜到锚链仓的位置后向救援船发出信号，示意可以启动电闸。陈一诺打着手势让跟过来的夏林和小满到驾驶台附近的船舱继续搜索，自己则拿出电焊枪开始对锚链仓的门进行处理，丁超死死盯着，生怕他再次受伤。

焊花飞溅，在深深的海底尤其闪亮。估计应该焊透了门板，陈一诺把电焊枪交给了丁超，伸出双手使劲全力猛推，顺着水流涌动锚链仓的门被打开了。陈一诺和丁超小心翼翼地游了进去，一具悬挂在对面舱壁上的日本兵尸骸正入眼帘。说是尸骸，其实是只剩下残破无几衣服的骷髅。毫无思想准备的丁超吓了一跳，脑袋撞到了机器上，陈一诺握着他的手，两人稳定情绪后开始在锚链仓内搜索。到处都是生锈的设备，高高低低的机器时不时阻挡着两个人的视线。陈一诺看了眼氧气指标，决定先把日本兵的尸骸打捞上去。丁超马上阻止，这是侵略中国的日本兵，说不定双手沾满了同胞鲜血，不同于劳德尔先生是对人类文明做出贡献的人，留在海底应该是最好的归宿。

这些陈一诺都心知肚明，战争扭曲了人性，残害了无数生命，忘记过去意味着背叛。但人总不能活在仇恨中，而且逝去的生命都是平等的，就像当初把劳德尔先生从海底捞上来一样，陈一诺仍决定把日本兵送出水面。眼见氧气瓶能支撑两个人的时间已经不多了，丁超只好过来帮着搬动尸骸。日本兵离开舱壁的一瞬间，陈一诺看到了他身后藏着的一道暗门，立刻想起郑子航曾经说过的话：“越是不起眼的地方越可能隐藏着最珍贵的东西。”

古往今来不知有多少重大发现的缘起，恰恰就是在这无意中的偶然。是偶然，也是必然。如果陈一诺不把日本兵带出锚链仓，就不会发现暗门，从而与创造历史的时刻失之交臂。

陈一诺当机立断让丁超先把尸骸背出去，他从机器上拆下一根铁棍，上前用力撬动暗门。出了锚链仓的丁超把尸骸交给了等在外面的夏林和小满，又游了进来，氧气即将耗尽，他催促陈一诺马上离开锚链仓。陈一诺却不理会，继续撬动暗门，丁超只好上前帮忙。一声闷响，暗门终于被撬开了，两个人兴奋地拍手庆贺。正所谓乐极生悲，锚链仓突然坍塌，一台柜形设备扑面而来，陈一诺忙抱着丁超躲开，顷刻间被闷在了锚链仓内。

视频信号突然中断。

一直守候在救援船指挥室的钟益民对着通话器大喊：“一诺，丁超，听到请回话，听到请回话！”没有人应答。两个得力干将被困海底，氧气即将耗尽，钟益民最担心的事情终于发生了，连忙向另两艘救援船求救。得到指令的救生员们迅速赶到锚链仓，看到的是挡在门口的重型设备。时间紧迫，只有靠人力搬开，但仓内狭小，又堆满了机器，进展缓慢。

时间一分一秒地过去。

陈一诺的氧气瓶已经耗尽，听到近在咫尺传来的搬运机器的声音，知道队友们正在营救，于是吐出了呼吸器，屏住了呼吸，因为他知道丁超的氧气也所剩无几。只要坚持到队友们把机器搬开，就会得救。一秒，两秒，一分，两分，陈一诺闭气的纪录是三分半钟。时间迅速地溜走，已经过去四分钟了，超过了极限。陈一诺被憋得胸口快要爆炸了，身体不由得颤抖起来。一直被护在怀里的丁超感觉到了异常，才意识到陈一诺的氧气不够用了，忙摘下嘴里的呼吸器送了过去。一股气息直冲脑门，肺泡瞬间得到了氧气供应，陈一诺缓了过来再把呼吸器送回去，和丁超两个人轮流使用着。在这个时候，丁超回想起那次训练时陈一诺故意扯掉自己的呼吸器和他共用一个的训练，方才明白陈一诺的良苦用心。在水底会遇到各种情况，有备才能无患。

机器终于被搬开了，夏林最先冲过来递上氧气瓶，陈一诺松开丁超忙接了过去。金旭也过来了，给丁超更换氧气瓶。

又一次的死里逃生。

顾不上庆幸，陈一诺转身就钻进了身后的暗门，招呼队友们进来。除了丁超，他们没想到这锚链仓里还别有洞天，马上动手捆绑、搬运。一只又一只箱子陆续从水下吊了上来，摄像师小方认真地将整个过程全都拍摄了下来。

一栋豪华别墅的客厅里，吴胖子一边品着红酒，一边看着电视中打捞“南翔丸”的现场直播，屏幕上恰好出现箱子出水的镜头，这时传来记者的画外音：“有人说‘南翔丸’是沉没在海底的一座‘金山’，经过前几天的打捞，除了锡锭和橡胶之外，救援队并没有发现传说中的黄金和文物。而就在刚才，救援船 113 号在‘南翔丸’的锚链仓里打捞到几个神秘的箱子，到底里面装着什么，相信很快就能大白于天下。”

吴胖子眉开眼笑，把杯子里的红酒一饮而尽：“该来的终于来了，陈老弟，汽车洋房正在向你招手。”有钱能使鬼推磨，在巨大的利益面前，没有人会不动心。这是吴胖子活了大半辈子的信条，也是他拉拢陈一诺的底气。

锚链仓里，陈一诺正把最后一只箱子从暗门里拖了出来交给丁超和夏林，示意他们先带着箱子出水，他留下做最后的搜寻。绕着机器把锚链仓全都查了一遍，没有再发现有隐藏的暗门。陈一诺又钻了回去，用头顶的探照灯照射墙壁，就像钟益民说的那样，伸手一寸寸地摸索，不放过任何一个角落。果然在左侧方位摸到了一样东西。没费力气就掏了出来，是一只小箱子。箱子并没有上锁，陈一诺小心地打开，里面装着正是吴胖子期待已久的那对青铜雌雄碗。

如红日初升，如霞光万道，陈一诺的天空一下子亮了，这才算是真正的大功告成。

空中传来轰鸣声，高亮驾驶直升机降落在救援船的停机坪上。机舱门打开，方教授从里面走出来。这几天他一直在交通运输部研究打捞方案，今天总算有机会来到三星礁，恰逢那几只神秘箱子出水，根据他的推测，里面很可能装着价值连城的国宝。

钟益民一听，把方教授领到了箱子面前，丁超正在开锁。当第一个箱子打开，所有人都发出了惊叹声。华贵的金器，精美的玉器，包裹严实的象牙饰品等等不计其数，全都是日本人当年从中国和东南亚各地搜刮来的文物。方教授小心地拿起一只金碗："钟队长，这次你们113救援船可真是立了大功啊！这座海底'金山'算是被你们给挖出来啦！"钟益民和队员们都兴奋不已，丁超说："是诺哥发现的，我和他一起撬开的暗门。"方教授赞叹："干得漂亮，应该被载入水下打捞界的史册。对了，陈一诺呢？"

"我在这儿！"陈一诺抱着小箱子刚刚走上甲板，敞开盖子送到方教授的面前："您看看这对碗。"方教授大吃一惊，认出是春秋时期同干将、莫邪合铸的雌雄碗，不仅价值连城，在考古研究方面的意义更是无法估量。被这对青铜碗一比较，他手里拿着的金碗倒显得小巫见大巫了。方教授称赞救援队出了一名英雄，陈一诺淡然一笑："英雄谈不上，我就是想做一名尽职尽责的救生员。"在吴胖子和他进行交易的时候，陈一诺就已经打定了主意，如果真发现了青铜碗，会毫不犹豫地上交。这是他的原则，容不得任何勾当来亵渎他对事业的忠诚和做人的原则。

因为，尊严无价。

所有的箱子全都打开了，陈一诺才有机会看到这些文物，他瞪大眼睛，要替郑子航好好地看一看。高亮也小心地拿起一块玉雕，晶莹剔透，美玉无瑕，他要替郑子航亲手摸一摸。

心愿，终于实现。

在方教授的指导下，队员们把文物统一清点、登记造册。这时，一艘大型浮吊船在海军护卫舰的保护下缓缓驶进三星礁海域。"南翔丸"的打捞工作终于到了收官阶段，根据之前勘测制订的方案，要通过"穿千斤"和"穿鼻孔"的方式分别对船头和船尾进行打捞。

经过一夜的休整之后，第二天一大早，救生员们就开始各就各位地忙碌起来。陈一诺带领队友们下潜到事先测算好的支点位置，利用设备把带有浮筒的钢绳穿进船体并固定好，整个船头被多条钢缆串联起来后开始撤离，并向指挥部发出信号，四个支点的工作全部完成。

总指挥的一声令下，浮吊船开始工作。回到救援船上的陈一诺等队员们趴在船舷边紧张地注视着海面，看见钢缆被一点点拽出水面，一步三停，显得十分吃力。指挥室的钟益民紧盯着监视器中水下船头的情况，忽然信号中断，救援船一阵颠簸，船上的队员们摔得东倒西歪。陈一诺心头一震，出事了。

三星礁海域各条船上的警报响起，钢缆断裂，船头再次沉入海底。由于船头过重，导致钢缆在拉升中断裂，现在需要重新下水进行勘测，找到支点后再加固钢缆。

这时，高亮的直升机又降落下来，交通运输部的蔡部长从北京专程赶来。钟益民上前汇报，风暴潮就要来了，对打捞会有严重影响，留给救援船打捞的时间不多了。方教授面色凝重，陈一诺等人全围了过来。蔡部长看着面前的这些救生队员们，他们冒着生命危险已经创下了打捞史的奇迹，立下了赫赫功绩，但还差最后一步。

“同志们，‘南翔丸’打捞到了最后关头，这个庞然大物就在我们的脚下，马上就要被我们中国救捞队制服。我知道大家拼到了现在都非常的辛苦，可如果我们因为一些意外就让打捞工作功亏一篑，我想我面前的每一个人都不会答应。所以希望大家众志成城，上下一心，一举拿下‘南翔丸’！”听到蔡部长鼓舞人心的话，陈一诺心潮澎湃，带头说道：“请部长放心！我们会用行动告诉世界，中国救捞队是好样的，我们可以做到他们做不到的！”

三星礁又是一番热闹景象，队员们在分头忙碌，重新进行数据记录。陈一诺又带领着丁超等人潜到水下，对船头进行着勘察和测量，全力保证做到准确无误，没有一处遗漏的地方。等他们再次爬上救援船时，全都累得坐在了甲板上。钟益民仰头看着天色，根据多年的经验，估计再有不到半天的时间，风暴潮就会到来。再看着队员们疲惫的样子，全都在超负荷工作，只怕一会儿穿浮筒时会体力不支。方教授走了过来，建议救援船 113 号退出下水穿浮筒的行动，毕竟人身安全是第一位的。

事已至此，钟益民只能默默点了点头。不料，丁超第一个不同意，接着夏林等人也反对。陈一诺站了起来：“钟队，我知道你是为我们考虑，但大家都是男人，作为一个男人，有时候荣耀比生命重要。为了最后的胜利，我们爬也得爬到‘南翔丸’上！”队员们全都站起了身子，情绪激昂。

钟益民亲自下水，陈一诺等人紧随其后。众人下潜到重新测算过的支点，分组行动，把 14 根千斤钢缆分别穿进了“南翔丸”的船头。陈一诺和钟益民一组，穿过最后一根钢缆时，两个人都向对方敬了一个礼。

这是胜利的军礼，是男人的荣誉。

海面上聚焦了无数目光，浮吊船缓缓把船头吊起，“南翔丸”终于重见天日。这一刻，将永载史册。

海面上一片欢呼声，从各救援队成员到参加行动的海军，全都笑逐颜开地聆听蔡部长的发言：“同志们，能够亲眼见证南翔丸打捞成功，这份喜悦和荣耀太美妙了！感谢咱们三大中国交通救捞基地的小伙子们，还有我们海上最坚强有力的后盾海军，你们在这场打捞战役中付出了超越常人的智慧和体力，完成了一个几乎不可能完成的任务。全国人民也将会为你们感到骄傲和自豪。”

这一天，三星礁的历史被改写。

这一天，中国救捞队被铭记。

第三十四章　我在你心房

人生找到另一半，是幸福，也是圆满。

——叶萱搬进了高亮的家。

归航。

广阔的大海，救援船乘风破浪。前面，是家的方向。

陈一诺和高亮并肩站立船头。一个月前他们曾经也是站在这里，怀着对实现梦想的雄心壮志以及对海底打捞不可预知风险的准备，向着三星礁出发了。一个月的时间过去，今天踏上归途。回来是收获的行囊，是心愿实现和承诺兑现的欣慰。在这一个月的时间里，除了他们这些参加行动的救生员们，没有人知道在三星礁的海面和水下到底发生了多少惊心动魄的故事，有多少人九死一生，又有多少次患难与共。这一切，也正是救援人独有的财富。

生命的意义不在于长短，而在于质量。在短暂的生命里能有机会去完成自己的梦想，是幸运的，也是幸福的。

陈一诺从胸口取出了郑子航的照片："子航，'南翔丸'已经重见天日，共打捞收获锡锭 2472 吨，橡胶 2000 吨，其他化工原料总计 9812 吨。你标记出的锚链仓果真藏有宝贝，文物共有 1275 件，有许多可谓无价之宝，尤其是那对青铜碗，据传是战国时期的宝物。"陈一诺的声音哽咽了，高亮拍了拍他的肩膀，在这一刻，没有人能体会到他们的心情，是喜悦，是激动，更是百感交集。

"子航，我们的心愿实现了，终于实现了！"陈一诺和高亮大声呼喊着，声音在海面上久久回荡……

回来了，应该回来了。

林越在心里念叨陈一诺的名字，盼望着早一点相见，听他唱着跑了调的《同桌的你》。医院病房里，林越正蹲在地上给陈援朝洗脚。先试着水温，不凉不烫才把老人双脚放进了水盆里，慢慢揉搓着。一个月的用心照顾，陈援朝明显对她依赖起来，不吵不闹，再也没有偷偷跑出医院。老实地坐在病床上，眼睛望着门口，突然陈援朝发出嗯嗯的声音，林越站起来，还没有回头就被一个身影扑了过来。陈一诺一只胳膊搂着林越，另一只胳膊搂着父亲，三个人紧紧拥抱在一起。

像是隔了千山万水，又像是过去了千年万年，饱尝相思之苦的恋人终于重逢。陈一诺在林越的耳边说："我回来了，想我吗？"林越说："每一分钟每一秒钟都在想你。"若不是陈援朝在旁边，陈一诺会搂着林越一直不放开。多日的思念在此时化解，陈一诺多想留在这里，但还有一件重要的事情需要去做，他对林越耳语几句。林越点了点头，看着他走出了病房。陈一诺推迟和自己的团聚，是为了另一个女人的幸福。

宁静的海港码头，叶萱领着小郑安来了。吹着轻柔的海风，眼前呈现的是如诗如画的海岸风景，叶萱心绪起伏。就是这片大海夺去了她的丈夫，她的幸福。今天她又来了，已经做好了准备，重新寻找幸福。小郑安走走跳跳，眼尖地看见救援船上有陈一诺和高亮的身影，小手拖着叶萱快走。叶萱故意放缓了脚步，慢慢走上甲板。

通往幸福的道路本来就急不得，需要脚踏实地一步一个脚印，尤其对于叶萱和高亮这两个历经磨难的人。

救援船上，还是船头的那个位置摆放着郑子航的照片，陈一诺和高亮正在祭奠。三鞠躬之后，高亮动情地说：“子航，我真的很爱很爱叶萱。你放心，我一定会好好待她和小郑安，用我的生命去保护他们娘俩，照顾他们一辈子。”冥冥中自有天意，突然来了一阵风，吹起了郑子航的照片飘洒着落到了海面，随波荡漾中仿佛听到了郑子航的声音：“去吧，去保护他们母子。”陈一诺惊喜地回头，就看见叶萱和小郑安站在身后，他推了高亮一把，走过去抱起小郑安，进了甲板上停着的直升机。

一坐进驾驶舱里，陈一诺就问小郑安想没想自己，一声爸爸就是最好的回答。陈一诺高兴，却让孩子不要再叫自己爸爸，高亮才是爸爸。陈一诺握着郑安的小手放到操纵杆上：“你不是一直想开飞机吗？高亮叔叔就是开真飞机的，以后他会带着你飞，带着你妈妈飞，你们三个人会越飞越高，越过越好。”小郑安像个大人一样点了点头，就开始兴奋地开起飞机来。透过驾驶舱的窗户，陈一诺看到高亮和叶萱正慢慢走近彼此。

为了这一刻，他们已经等待了太久。

终于，不再等待。

高亮鼓足了勇气：“子航已经走了三年了，融化在蔚蓝的大海里。听见了吗？叶萱，是子航在说话，他盼望你得到幸福。就像你创立单亲协会时的口号，越是困难，就越要抱团取暖。我愿意代子航照顾你和郑安一辈子。现在我回来了，带着‘南翔丸’的梦想，等着你给我的答案。”高亮拿出一枚戒指，这是他用三星礁海底的珊瑚亲手制作而成，代表着梦想、责任还有承诺。

“叶萱，你愿意嫁给我吗？”高亮单膝跪地，拉起了叶萱的手。激动的泪花绽放，叶萱说出了早就藏在心底的答案：“我愿意。”高亮激动地把戒指戴在了叶萱的手上，站起来把叶萱抱起旋转。叶萱搂着他的脖子，依偎在温暖的怀抱。天地间只有他们两个人，幸福的两个人。突然周围传来了欢呼声，丁超等队员们全都跑了出来，手里扬着早就准备好的花瓣洒向高亮和叶萱，红色的玫瑰花飘落到他们的头上、身上，有的落到了水面，跟随着郑子航的照片一起飘向大海深处。

有情人终成眷属。

陈一诺备感欣慰，一件心头大事终于完成，但是还有一件事情需要交待。当他手中拿着一只锦盒走出基地的大门，两个黑衣人堵住了他，一辆黑色卡宴停在路旁。该来的终于来了，在陈一诺没有把青铜碗藏在海底而是带出水面时，他就预料到会有今天的结局。

一个黑衣人打开车门，陈一诺镇定自若地坐了进去。里面的吴胖子目视前方，面无表情。陈一诺笑了笑，打开僵局：“请我来，不是就为了让我看到半张脸吧？”吴胖子叹了口气：“我心里非常矛盾，你知道你耽误了多大的一笔买卖吗？曾经有一刻我真想让你在这个世界上消失。不过，你猜怎么着？当我在电视上看到‘南翔丸’打捞成功时，看到你们这些人用生命去捍卫信念时，我他妈的竟然被感动了。陈老弟你能在金钱面前不为所动，我吴胖子佩服你，你这个朋友我交定了。”

“夸得过头了，给我说成防腐剂了都！那可是好几百万啊，你不知道我做了多大的心理斗争。不管怎么说，我们也不能白认识一场，我从三星礁给你带回了一样东西。”陈一诺打开锦盒：“这是当年击中‘南翔丸’的鱼雷弹片，已经生锈了，才更有意义。这是打捞总指挥送给我们的纪念品，我把它转送你了。”吴胖子高兴地拿过来，他什么都有，还真的没有这样不值一文却又别有意义的纪念品。来往不往非礼也，吴胖子也是性情中人，买卖不成交仁义在，掏出了一张银行卡。陈一诺推了回去：“你的心意我领了，但买房子还是得花我自己的钱，要不我住得不踏实。”

这时，陈一诺的手机响了，又有一件突如其来的大事，明天要去北京。

车轮飞转，面包车里的杜伟成带领着陈一诺等队员直奔交通运输部，跟在后面还有两辆大面包车，里面装载着从“南翔丸”打捞上来的日军遗骸和牌位。丁超向后面望了一眼：“小日本狼子野心，天天惦记着咱们的领海，咱就应该让这些遗骸石沉大海，永远回不了家。”陈一诺说：“以德报怨是中华民族的美德，要是跟他们一样小家子气，那就不是咱们的作风了。这次打捞‘南翔丸’成功也是从另一个方面体现了综合国力，量他小日本也不敢造次。如果他们还想让二战历史重演，那咱们就跟几十年前一样，把他们打回老家去！”

面包车驶进了交通运输部的大门，日本厚生省大臣正在会议室里等候。见到陈一诺等人，知道他们就是打捞的有功之臣，深深鞠躬表示感谢。“南翔丸”是历史的见证，以史为鉴，日本会在以后的日子里时刻记住当年的惨痛教训，不会让历史重演。是请罪，也是感谢，厚生省大臣忙不迭地鞠躬，他知道陈一诺是第一个发现日本兵的人，特意走到面前和他握手。陈一诺的手劲强而有力，他要让日本人感受到中国救捞人的力量。

这也是中国力量。

中国人创造了打捞史上的奇迹，基地专门在救援船 113 号上举办庆功大会，林越和叶萱作为准家属也被邀请来了。在打捞“南翔丸”的过程中，陈一诺和高亮表现突出，被交通运输部记二等功一次，丁超等其他队员们均记三等功一次。钟益民亲自向队员们颁发奖章，林越给陈一诺戴在胸前，叶萱也给高亮戴上。笑容绽放在每个人的脸上，大家一起合影留念。

海风吹拂，微波荡漾。

当所有的热闹过后，甲板上安静下来。陈一诺和高亮走到船舷边，摘下了胸前的奖章，这枚奖章有郑子航的一半，应该让他得到这迟来的荣誉。陈一诺和高亮对视后，一起把奖章抛向了茫茫大海，然后，庄严地敬了一个礼。

人的一生要守住的东西很多，守住梦想、守住承诺、守住所爱的人，生命才有意义。

高亮和叶萱一起来到叶家，一进家门小郑安就扑到了高亮的身上，让他教开飞机。在沙发上正襟危坐的叶母本来表情严肃，看到外孙和高亮亲密的样子，脸上一点点有了笑容，向叶萱使了眼色。下面该轮到丈母娘审问女婿了，明白母亲套路的叶萱把小郑安抱进了卧室。

客厅里一下子安静了下来，高亮笔直地坐在叶母的对面。叶母看着高亮，虽然女儿和外孙都喜欢眼前的这个男人，但她仍不放心。高亮理解叶母的顾虑，这是一个没有男人的家庭，三年的时间里不知道吃了多少苦，受了多少委屈，只能暗自咬牙扛着。即使自己加入这个家庭，也不能保证叶萱吃的苦会减少，也许以后面临的问题会更多。但是高亮向叶母保证，生活里的意想不到太多，他会第一个去承担，为家遮风挡雨。

这时，叶萱走了出来，坐在高亮的旁边。已被感动的叶母询问女儿是否真的想好了。叶萱握住了高亮的手，坚定地点了点头。叶母终于松口，只要高亮真的对叶萱好，她也不再反对，但还是郑重交待：“高亮，有一件事情我不放心，不是不放心你这个人，而是你的安全。叶萱失去过子航，这几年怎么过来的你比谁都清楚。我们接受你不容易，已经经不起再一次失去。所以高亮，你必须得保证自己能在完成救援任务之后活着回来。这是我对你唯一的要求！”

“会的，伯母，不管怎么样，我一定会活着回来！”

“好。咱们全家人吃饭吧。”

“吃饭喽！”小郑安从卧室里跑了出来，所有人都笑了。其乐融融，欢聚一堂，不仅是叶萱，就是高亮也好久没有感受到家庭的幸福和圆满。说着，笑着，当叶萱送高亮走出家门，天已经黑了。

路灯下面，两个人手拉着手慢慢走着。从今天起，不再孤单，未来日子里总会有人牵着手共度。高亮想到了关键问题，叶萱家所在的小区已经开始拆迁，用不了多久就会拆到叶家，不如现在就搬过来和自己一起住，免得东奔西走的租房、看房。叶萱不想这样，虽然叶母同意两个人的婚事，但也不能马上就住在一起。其实她是担心高亮适应不了大家庭的生活，上有老下有小，真要一起过日子免不了磕磕碰碰，总得慢慢适应。看到叶萱坚持要租房子，明天就去中介，高亮也只好顺着她的心意。

两个人说着情话、心里话，不知不觉走得离家远了，高亮发觉后忙停下了脚步。本来是叶萱送他出门，现在反过来高亮又送叶萱回家。和心爱的人在一起，再远的路也不遥远，再长的时间也变得短暂。

回到基地的高亮仍沉浸在甜蜜中兴奋不已，敲打着宿舍门，把陈一诺和丁超从睡梦中轰了起来。两人以为出了什么大喜事，结果听到的只是叶母同意两人结婚，顿感无趣。丁超只好追问什么时候能喝上喜酒？高亮却为叶萱不搬进自己家硬要去租房而发愁。陈一诺拍着胸脯，这事包在他身上了。

第二天，叶萱走进房屋中介，陈一诺早就到了，他已帮着选好了一套九十多平的房子，装修不算豪华但很有品味，家具齐全，电器也一样不缺。房主急着用钱，租金一点也不高，而且地点也好，离婚纱店特别近。叶萱也觉得合适，便和陈一诺一起跟着中介去看房。

上楼敲门，房主是个中年男人，态度和蔼，笑容可掬，爽快的让叶萱随便看，打开柜子都行。叶萱不好意思，陈一诺倒是不见外，每个房间进进出出看得仔细。房子确实不错，叶萱也满意，只是感觉九十多平大了些，照着她的本意租个两室够住就行。陈一诺不同意，房子小了三代人住得太憋屈，就是小郑安也玩不开。房主忙夸自己的房子好，一个月的租金才两千块钱，还负责物业费和暖气费，过了这个村就没这个店了。一听这话，陈一诺催促叶萱赶紧签合同。叶萱犹豫，房主要一次性付全年租金，她没有带这么多的钱。陈一诺拍着衣兜：“我有，先垫上。”

一手交钱，一手交钥匙。签完合同后，房主爽快到底，今天就可以搬过来住。叶萱忙说：“您也不用这么着急腾出来，我们也不着急搬。”陈一诺却着急：“租金都交了，不能浪费。嫂子，明天就搬。”

一只只箱子，一个个袋子，被陈一诺、高亮还有丁超从叶家搬到了新家，累得丁超倒在了沙发上。叶萱给他拿了一瓶矿泉水："辛苦了，要不是你们帮忙，还不知道我一个人得搬到什么时候呢。"丁超忙说不辛苦，坐起身子打量起家里的摆设，赞不绝口，两千块钱能租到这套房子真是太幸运了。陈一诺走过来拖着他回基地，别在这儿捣乱，留着高亮帮着叶萱收拾就行了。叶萱过意不去，要留着他们吃完午饭再走，高亮却推着两个人出门，一看就是重色轻友。气得丁超下楼对着窗户就要喊话，被陈一诺手疾眼快地捂住了嘴："臭小子，破了我的妙计，就是坏了亮哥的好事。"丁超好不容易挣脱开："诺哥，还好你干了救援，你这个脑袋要是想干点坏事，柯南都得费点脑筋。"两个人打打闹闹地走了。

新家里，叶萱正从卫生间走出来，手里拿着剃须刀和牙具，高亮一愣，应该是房主忘记拿走了，想用的时候会回来拿。叶萱用塑料袋把这两样东西装好放到了门口，又拎起垃圾袋，高亮忙接过来让她留在家里，自己出去扔垃圾。高亮走了之后，叶萱拿起抹布走到客厅窗户前，正准备擦拭窗台，恰好看到楼下高亮轻车熟路的走向楼前花坛旁的垃圾筒，突然意识到了什么，她转过身，望着新家里的景象。

当高亮上楼，叶萱正进到卧室，把已经挂在衣柜里的衣服拿出来装回到皮箱里。她听到高亮进门的声音，装作无意地询问。

"这附近有没有大超市啊？"

"过一条街就有一个，里面东西全着呢。"

"你平时住这儿，都在那里买东西吗？"

"对，很方便。要买什么？我这就去买！"

这一句话刚一说完，高亮立刻反应过来叶萱在试探自己，坏了，露馅了。只见叶萱拎着箱子从卧室里走出来，高亮忙赔礼道歉，并不是要存心欺骗，就是想让叶萱搬过来一起住。陈一诺找到中介花了一百块钱演了出双簧，其实房东就是对门邻居，至于房租本来就是高亮的钱，从陈一诺手里到对门邻居口袋转了一圈，早就物归原主了。虽说这出所谓妙计的"罪魁祸首"是陈一诺，高亮知情不报也是"从犯"，他知道瞒不了多久，可没想到刚搬进来还没住上一晚的叶萱就识破了，着实出乎意料。

叶萱明白高亮的良苦用心，也懂得他对自己的深情厚谊，但这种无私的奉献让她感到不安，从前是陈一诺，现在是高亮，他们愈是好心好意，叶萱愈是无法接受。她是一个独自抚养儿子三年的单身母亲，三年的时间让她变得坚强、独立，别人的给予对她来说不是幸福而是负担。正如她对林越说过的那句话，总是被给予的人不会真正的幸福。想到这里，叶萱看着高亮笑着说："谢谢你和一诺，心意我领了，但房子不能住，我走了。"叶萱的笑在高亮的眼睛里化作了一根刺，刺得他心疼："叶萱你别走，东西都搬过来了，你就带着小郑安住在这里。我走，回基地宿舍。"

高亮打开房门，却发现不知道什么时候叶母来了。工商局副处长的眼睛一下子就察觉出不对劲，走到叶萱的面前拿过箱子质问高亮是不是欺负女儿了？高亮老实交待，坦白从宽，争取得到丈母娘的宽大处理。叶母笑了，笑得高亮和叶萱莫名其妙，又忐忑不安。叶母走到门口把房门关上，进了一家门就是一家人，结婚是早晚的事。叶母勒令叶萱带着郑安搬过来，和高亮一起好好过日子。

认识叶母这么长时间，高亮才感觉到她通情达理、思想新潮，这样的好丈母娘天底下难找啊，哪能让她一个人又住单位又住亲戚家的打游击？高亮激动地叫了声妈，让她也搬来，全家人都在一起才是家。叶母为他们两个人着想："你们好歹也是新婚，就先把你们自己的日子过起来，一家子的柴米油盐里的口味都得熟悉起来，就先不用操心我了。行了，房子也看了，你们收拾吧，我走了。"

高亮忙送叶母出门下楼，担心叶萱趁机再离开，高亮特意把房门反锁上。当他再回来时果然叶萱不见了，箱子也不见了，急得每个房间寻找。从卧室到厨房，直到打开卫生间的门，高亮愣住了。叶萱已把收拾起来的剃须刀和牙具重新摆放到梳洗台，又拿出自己和小郑安的摆在旁边，一家三口都齐全了。镜子映照着叶萱的笑脸，高亮也笑了，走过去从后面楼住了叶萱。

从今天起，做个幸福的人，面朝大海，春暖花开。

海子的诗正合叶萱和高亮两个人此时的心情，只不过"明天"变成了"今天"。苦尽甘来，才有了今天的幸福，同心同德，共同迎接美好的明天。高亮珍惜这来之不易的幸福，和叶萱一起动手收拾。一番忙碌之后，家里全部焕然一新。桌子的花瓶里插着一大束的玫瑰，红艳欲滴，香气袭人。

幸福像花儿一样。

为了女儿和外孙的幸福，叶母又来了，她不是一个人来的，还请来了郑成泽。叶母又施展出副处长的水准，在来高亮家之前，先把情况都说了出来，老船长悲喜交加。悲的是老年丧子，喜的是叶萱重新找到幸福。高亮是郑子航的兄弟，和陈一诺一样的忠厚实诚，即使叶萱嫁过去，小郑安还姓郑，这是对老船长最大的安慰。

过去的已经过去，生活还要继续。

郑成泽拿出一个又大又厚的红包送给叶萱和高亮："看到你们两个孩子在一起，我的一桩心事也了了。叶萱是个好孩子，该有个好归宿。子航在天之灵也能宽慰了。"高亮感动："老船长，谢谢您。我跟叶萱商量好了，我也叫您爸爸，以后就是您的儿子，我替子航给您养老。叶萱还是您儿媳妇，也是您的女儿，无论什么时候咱们还是一家人。"郑成泽的眼里闪烁着泪花，握住高亮和叶萱的手："我郑成泽又有儿女了。"

"您还有孙子呢！"叶母开始发表对女儿女婿的新生活寄语："这过日子啊，大事少，都是芝麻蒜皮的小事一件一件堆着，但还都得去解决。谁主内谁主外不用分那么清楚，两个人内外都得互相帮扶着。你们两个都宽厚，而且都有过家庭，柴米油盐都经历过，太多叮嘱我就不多说了。以后好好把日子经营好，你们过得好了，我也就放心了。"叶母终于拿出了户口本，让高亮和叶萱找个好日子把结婚证领了，以后就是真正的一家人。

这时，一直在看动画片的小郑安跑了过来："吃饭喽。"叶母高兴："对，吃饭，这是咱全家人的团圆饭。"

老人的笑，孩子的笑，爱人的笑，所有的笑蕴含着浓浓的情，相亲相爱的一家人。

有缘才会相聚，有心才会珍惜。

第三十五章　幸福遇见下雨天

幸福就在眼前，却触不可及。

——赵笛带着女儿回来了，要和高亮复婚。

幸福，在眼前。

陈一诺和林越手牵着手走到婚纱店的门前，抬头看着“幸福永恒”的招牌，赞叹叶萱起的好名字。走进来，是幸福，走出去，更幸福。

两个人走进婚纱店，叶萱叫他们来试礼服，自己却没有在店里，反倒是曲文斌早早地到了，老老实实坐在椅子上，见惯了他装腔作势的马珊珊满脸的疑惑，不知道他肚子里又存了什么坏主意。一见到陈一诺，曲文斌忙低头弯腰走过来，头低得快要钻到地板缝里了。他的确没有脸再见陈一诺，也没脸见叶萱和高亮，但影楼生意每况愈下的情况又逼得他来道歉：“对不起，我错了，我该死，不该在法庭上帮着李启刚说话。”

陈一诺抬起胳膊，吓得曲文斌以为要打他，后退几步差点摔倒。陈一诺哈哈大笑：“瞧你个熊样，真给男人丢脸。”曲文斌抬起手扇打着嘴巴，痛骂自己不是人。陈一诺上前抓住他的手腕：“行啦，估计你也得到教训了。但想要我原谅你，得听听我们家心理医生的话。”曲文斌忙冲着林越双手抱拳，差一点就跪下磕头了。他是真后悔了，也终于明白对别人做坏事，最后都会报应到自己的身上。

早知今日，何必当初。

林越说：“但愿你痛改前非，后面的话我就不多说了。”曲文斌激动得直鞠躬，陈一诺不乐意了：“哎，要拜堂还是怎么的，这是我媳妇。”曲文斌忙摆手，他哪敢和救命恩人抢新娘，陈一诺不是救了他一回，而是两回，哪一回都是拼着命的，这才是顶天立地的男子汉。

这时叶萱和高亮回来了，曲文斌迎了过去，他知道两个人是去筹备分店，想分一杯羹和叶萱合作。外债压得他喘不过气来，只有叶萱才能出手相救。曲文斌的小心计早被陈一诺等人看透，嘴上说是合作，其实是想让叶萱替他还债。大家都劝叶萱不要答应，曲文斌见状只好讪讪地往外走。

“等一下。”叶萱叫住了曲文斌，其实她早有把婚纱租赁和影楼一起经营的计划，婚纱加上摄影能够彼此拉动。而且幸福永恒婚纱店已经名声在外，盈利是早晚的事情。叶萱同意合作，但还有一个条件，曲文斌得留下来当首席摄影师。曲文斌简直不敢相信自己的耳朵：“我？真的能留下？”叶萱说：“摄影师就像大楼的根基，影楼有摄影师在才能撑起来啊。要说技术水平曲老板是市里一流的，当然得留下。”曲文斌感动地流出眼泪，陈一诺拍着他的肩膀：“都说风水轮流转，不知哪天到谁家。所以说人啊平时得对别人善良点，因为不知道什么时候就巴不得全世界都对自己善良呢！”曲文斌抹着眼泪点头：“我以后一定善良，重新做人。”

所有人全都笑了。

一笑泯恩仇。

曲文斌举起相机给陈一诺和林越拍婚纱照。漂亮的婚纱，帅气的西装，是叶萱送给他们的结婚礼物。美丽的新娘，英俊的新郎，正是天生一对。乐得陈一诺合不上嘴，当着众人的面对着林越的脸就亲了一口。曲文斌当然不会放过这精彩瞬间，咔嚓咔嚓地拍个不停。高亮搂着叶萱在一旁看着、笑着，他们已经商量好了，两个人不同于陈一诺和林越是新婚，婚纱照和仪式什么的不可避免，他们只要请大家坐在一起热热闹闹吃顿饭就行了。形式并不重要，重要的是两个人同心同德，一起过好日子。

听到高亮和叶萱的决定，林越生气了，自己和陈一诺拖到现在就是为了等叶萱和高亮，两个人必须要办婚礼，而且是和他们一起办。陈一诺也附和，爱情不分第几次，二婚不容易，更得张扬着幸福。救生员的爱情是生死与共，海枯石烂。到时候就在救援船上举办婚礼，让大海来见证爱情。

爱情，是前世的等待，是今生的期盼。

真心相爱的两个人早被月下老人用红绳拴住了双脚，无论身处哪里，总有一天会走到一起。

这条路，便是爱情的路。这条路，陈一诺和林越走了十年，即将修成正果。这条路，叶萱和高亮走得很辛苦，总算苦尽甘来。然而，就在这时一个来自异国他乡的电话阻挡了他们前往幸福的脚步。

赵笛带着恬恬要回来了。

在加拿大生活的这一年多时间里，虽有姑妈照应，但赵笛遇到了许多事情。以前总想躲开早已腻烦的环境，等真正离开，到了陌生的地方，没有熟悉的风景和人，才发现一个女人带着个孩子在国外生活是多么的不容易。尤其恬恬又得了肾炎，赵笛终于下定决心回国看中医。在她小的时候也得过肾炎，是一个老中医给调理好的，这次回来还要找从前的那位老中医。

林越了解表姐的苦衷，向陈一诺说出她在国外的生活情况和回来的原因，陈一诺就有了担忧。叶萱和高亮马上就要结婚，不早不晚偏偏在这个节骨眼上赵笛回来了，还带着恬恬，到底存了什么心思？就算高亮不管赵笛，但不能不管女儿，女儿生病了又离不开妈妈，这样一来，高亮、赵笛和恬恬又不得不在一起。陈一诺越寻思越感觉到情况严重，他要和林越亲自到机场接机。

高亮也要去机场，正在和叶萱告别。如果单单是赵笛回来，他完全可以置之不理，但还有女儿，他日夜想念的女儿正在盼着爸爸。高亮想让叶萱放心，却不知道该如何开口，叶萱笑着说："再不走飞机就该到了，何况天气也不好，要下雨了。"高亮一下子抱住叶萱："等着我，我会回来。"

看着高亮走远的背影，叶萱脸上的笑容消失了，心情像窗外的天色一样的暗淡。她是女人，懂得女人的心思，赵笛带着女儿在国外生活的经历与她和小郑安相依为命何其相似。不知道有多少个黑夜一个人偷偷落泪，渴望有人陪在身旁。叶萱有一种预感，赵笛此次回来并不是纯粹为了给孩子看病，或许，看病只是一个借口。

天空，阴云密布，在人们还没有做好准备的时候就掉下了雨点。雨，越下越大。在瓢泼大雨中，一架从加拿大飞来的飞机安全降落到了机场。因为大雨，机场里滞留了许多乘客。赵笛和恬恬从国际口一出来，就挤在了人群里，立马拿出手机给高亮打电话。

高亮还有陈一诺和林越被堵在了路上。大雨如注，交通堵塞，吉普车寸步难行。听着交通广播播报的天气情况更是焦急，这场百年不遇的大雨竟让他们赶上了。赵笛同样着急，知道高亮过不来，只好和恬恬等出租车。好在到港的飞机仅有几架，等出租车的人不多，赵笛和恬恬拿着行李箱顺利地坐上了一辆。

出租车跟着车流出了机场，前面是望不到头的堵车大军，只能慢慢移动。雨越下越大，雨点打在玻璃上啪啪直响，吓得恬恬扑到赵笛的怀里。马路上全都是积水，每当有车辆驶过便会击起水浪，溅得人心惶惶。总算到了隧道口，只要过了隧道便进了市区，快要到家了。

视线变暗，出租车驶进了隧道。这是出入城市的必经之路，也是一片低洼地带，连续的大雨浇灌让里面的积水淹没了车轮。赵笛担心地让司机小心驾驶，司机却拍着胸脯声称这条路自己常跑，一踩油门就过去了。不料话还没说完，出租车就熄火了，停在了隧道中间。司机刚想下车查看，就感觉车身晃动起来，轰隆一声巨响地面塌陷，出租车一下子掉进了坑洞里面，积水也有了倾泻口，汹涌地灌进坑洞。

雨水瞬间淹没了出租车，赵笛和恬恬吓得大叫。司机试图打开车门，但外面的水压太大根本打不开。恬恬哭喊着：“妈妈，快让爸爸来救我们啊！”赵笛慌乱地拿出手机。雨水透过车窗的缝隙渗了进来，很快填满了座椅下面的车厢。

雨越下越大，水越来越深，吉普车在车流里穿梭，奔向隧道。接到赵笛电话的高亮心急如焚，他还没有见到女儿一面，娘俩就遇到了危险，如果真有意外发生，会后悔一辈子的。林越和陈一诺不停地安慰，其实他们同样的忧心忡忡，大雨加塌陷是最容易出事的。

城市防汛办公室也在密切关注雨情，启动了二级应急预案。但由于隧道里面抽水泵损坏，无法自主抽水。近百米的隧道有几十辆车堵在里面，塌陷最低处水深已经达到两米，水压正在变大，加上拥堵的情况，车辆里面的人员几乎没有办法从车辆里自行逃出。防汛办公室立即联系警察疏通交通，安排消防车抽积水和抢修水泵，并通知抢险队和救护车去现场救人。

吉普车赶到了隧道前，高亮最先冲下去，陈一诺把车钥匙交给林越，让她留在车上等待救护车，自己也跑了进去。瓢泼大雨中已有一些离隧道口近的人从车里逃了出来，一个个惊魂未定。陈一诺拦住一个询问里面情况，得到的回答是中间塌陷，听说有人陷在里面出不来。陈一诺急得往里冲，脚下绊了一下，差点摔倒。

暗淡无光，漆黑一片，赵笛紧紧搂着恬恬不知所措。掉进坑洞里的出租车只剩下顶盖还在水面上，车内灌满的雨水迅速升高，就快要淹过鼻子了。赵笛拼着全身的力气把恬恬举了起来，但头顶就是车厢盖，恬恬只能歪着脑袋浮在水面上，不停地哭喊着爸爸。赵笛安慰女儿：“别怕，爸爸马上就来。”突然听到扑通一声，恬恬的脑袋沉到了水里。慌得赵笛使劲把她又举了起来，摇晃着身子呼喊着，已经昏迷过去的恬恬却什么也听不到了。

司机钻进水里，用手机拼命砸着车窗，却无济于事。出租车就像一个牢笼，死死困住了三个人。在这一刻，赵笛悔恨交加。她不是后悔带着女儿从加拿大回来，而是后悔当初就不应该走，是她草率的决定毁了一家三口的幸福。也许现在经历的劫难，就是对她的惩罚，可是女儿不该受到惩罚，千错万错都是自己的错。赵笛的胳膊没有力气了，再也承受不住恬恬的身体，她沉到了水下用脑袋代替胳膊顶起女儿。

高亮和陈一诺终于跑到了隧道中间，他们看到水面上只剩下出租车的顶盖，立即跳进了水里。赵笛快要窒息了，眼睛正在慢慢闭上，突然看到游在车窗外面的高亮，一下子笑了，从嘴里吐出来的空气形成一串气泡浮了上去。就像她的幸福，终成幻影。高亮挥舞着拳头猛砸车窗，牢固的钢化玻璃在这时候显示出了质量可靠，没有一丝裂痕。陈一诺回想起跑进隧道时差点绊倒自己的那堆砖头，忙浮出水面。

高亮发疯似的使劲拍打着窗户，里面是曾经生活在一起的前妻还有女儿，彼此离得那么近，却又那么远，透明的玻璃看得清清楚楚，母女二人正挣扎在死亡的边缘，自己却无能为力。赵笛再也撑不住了，失去意识，眼睛已经闭上，身体下坠，头顶上的恬恬也掉进了水里。两个人像失去翅膀的蝴蝶，飘浮在水中。高亮大声狂喊，一张嘴得来的却是雨水猛灌进来。如果再不露出头换气，高亮也会像里面的赵笛和女儿一样失去意识，甚至是生命。高亮紧紧抓着车门，不让身体浮起，生死都要和女儿在一起。在这一瞬间，高亮的脑海里闪过一个念头，他对叶萱说过等他回去的那句话，恐怕要食言了。

突然，旁边跳进来一个人，就听见咚咚的声音，陈一诺举起砖头猛砸车窗，很快砸开了个窟窿，打开车门，赵笛就倒了出来，高亮抱起赵笛交给身后的陈一诺，急忙钻进车厢救恬恬。这时抢险人员和医护人员也来了，看见已经有人开始救助，立刻帮忙把正从坑洞里浮出的人全都救起。

大雨终于停了。

四周一片寂静，赵笛睁开眼睛的第一件事情就是寻找女儿，看到她躺在旁边的病床上才松了口气。林越感觉阵阵后怕，如果不是高亮和陈一诺及时赶到，这对母女就再也活不过来了。高亮端来一杯热水送到赵笛的面前，让她好好休息。看着高亮的脸，赵笛有种恍如隔世的感觉，困在出租车里她最后看到的就是高亮的脸，还以为再也看不到了。赵笛接过水杯却顺势握住高亮的手，扑到他的怀里痛哭流涕。是劫后余生的喜悦，也是执意离婚的悔恨。

“高亮，不要离开我和恬恬，只有你才能保护我们娘俩儿。”赵笛泪如泉涌，打湿了高亮的衣襟。此时的赵笛是那样的柔弱和无助，高亮抬起胳膊犹豫片刻，终于放到了她的后背。安抚赵笛的高亮心如刀绞，他的心里已经没有了前妻的位置，换成了另一个女人，他要和她结婚，照顾她一辈子。但是前妻和女儿又由谁来照顾呢？高亮不是个无情无义的男人，但这突如其来的意外却正在把他往绝情的道路上推。

就连陈一诺也感受到了他的矛盾和纠结，留在病房里实在尴尬，于是拉起林越的手准备走出去，却发现不知道什么时候叶萱来了，站在门口将这一切全看在眼睛里。高亮忙把赵笛从怀里推开，直觉告诉赵笛这两个人的关系不同寻常。

女人的心思都是敏感的，尤其在情感面前。

叶萱特意炖了鸡汤来探望，她心疼恬恬刚回国就遇到意外，毕竟在两次丢失的时候都是她给找到的。赵笛却全都忘记了叶萱的好处，充满敌意地说自己和恬恬还是喜欢喝高亮炖的排骨汤。高亮有些尴尬，叶萱却若无其事地把保温壶放到了桌子上，嘱咐高亮好好照顾她们母女俩。赵笛又说了声谢谢，以后不用麻烦叶萱再来探望。这就相当于下了逐客令，叶萱仍是笑着点了点头和众人告别。陈一诺忍不住要开口，被早有预料的林越使劲掐了一下胳膊，只好把话咽进了肚子里。

看到叶萱正要开门出病房，高亮几步追过去拽住叶萱，手拉着手走到赵笛的面前：“赵笛，我和叶萱要结婚了。”赵笛的眼泪一下子又流了出来，叶萱愣住了，林越也愣住了，陈一诺先惊后喜，冲着高亮伸出了大拇指，这才是个男人。

“妈妈，你怎么哭了？爸爸。”恬恬醒了，站在病床上向高亮张开两只小胳膊。高亮只好松开叶萱的手走过去抱起女儿。恬恬要高亮把自己抱到赵笛的病床上，一手搂着着高亮，一手搂着赵笛，脸上绽放出了笑容：“太好了，爸爸妈妈又在一起了！”

看到眼前的情景，叶萱只有默默走开。她不忍心打破恬恬幼小心灵感受到的幸福，因为她也是一名母亲。陈一诺和林越追了出去，叶萱不需要他们的安慰，当她接受高亮求婚的那一刻，就预感到会有这么一天。

看着叶萱远去的背影，陈一诺不忿赵笛打着给恬恬治病的旗号，其实是想回来和高亮复婚，破坏了叶萱的幸福也就是破坏了自己和林越的幸福，婚礼又不知道要等到猴年马月。

“不行，我得去跟赵笛说清楚。”

“那是高亮的事，凭什么你去说清楚？这些事必须高亮自己来解决。”

“咱俩回去照顾赵笛把高亮换出来。高亮和赵笛的事等到高亮和叶萱结了婚之后再说。”

“这跟结不结婚没关系！你能代替高亮照顾赵笛，你能代替高亮给恬恬当爸吗？现在正好，与其到时候面临离婚，倒不如趁着现在还没结婚好好想清楚自己到底要什么。最终得由高亮来做决定，要不然只会让所有人都不幸福！”

幸福就在眼前，却触不可及。

病房里静悄悄的，恬恬睡着了，赵笛终于向高亮说出了心里话。以前的她太软弱选择了逃跑，原以为离开后就不用再过担惊受怕的日子，事实恰恰相反，离开之后的日子才是真正的无依无靠。到了加拿大不久后赵笛就开始后悔离婚，不仅夫妻缘尽，还给女儿带来了伤害。赵笛动情地说：“我以为距离会让我对你的爱变淡，但后来我发现，距离只是让我意识到我到底有多么的爱你！”

但这份爱，却是迟来的爱，得不到回应的爱。

高亮的心里已经有了叶萱，不会再被别的女人替代。赵笛仍想用恬恬来留住高亮，没有人会比亲生父亲更爱女儿，也没有一个环境会比完整的家庭更适合女儿的成长。她却没有意识到，造成今天这个局面的不是高亮，而是她自己。在这个世界上有些事情做错了就是永远的错了，没有挽回的余地。

这一夜，注定是个不眠之夜。

叶萱搂着小郑安躺在床上，听着儿子传来均匀的呼吸声，心想此时的高亮也应该哄着女儿陪她入睡吧？赵笛就在旁边，他们是从前的一家三口，也是曾经住在这个家里的人。叶萱站了起来，从卧室走进客厅再到厨房，没有开灯不会走错也不会撞到什么东西。她已经熟悉了这个家，熟悉了高亮的生活习惯，就在这个时候，赵笛回来了，高亮就得守在身旁。

虽说是意外，这又何尝不是天意？老天爷让曾经的一家人破镜重圆，留着叶萱独守空房。走进了卫生间，叶萱才打开了灯，看到梳洗台上的剃须刀，想到高亮的胡子又该冒出新茬了。叶萱把剃须刀和牙具收了起来装进浴洗袋里，准备明天带给高亮，还有很多东西也需要收拾，叶萱知道自己应该做些什么。

灯，又灭了。

病房里也没有灯光，赵笛和恬恬都睡着了，高亮坐在病房外面，脑袋靠着墙，眼睛睁得大大的。他和赵笛已经离婚了，无论再说什么做什么都没有意义。即使从前伤害过赵笛也已经过去了，他不能再让另一个女人受伤，尤其是叶萱那颗本就有过伤痕的心。高亮决定，明天天一亮就和叶萱去民政局登记结婚。

胡思乱想了一夜，不知道什么时候睡着了。迷迷糊糊的高亮被走路声音吵醒，才发现天亮了，身上盖着薄毯。昨天这床薄毯还盖在赵笛的身上，一定是夜深人静的时候她悄悄出来盖上的。高亮扭着身子向病房里望去，看见赵笛搂着恬恬睡在一张床上。这时一个护士走过来问道："你是高亮吧？有人叫我把这个浴洗袋给你。"高亮疑惑地接过来打开一看，是自己的剃须刀和牙具，一定是叶萱来了。高亮抱着薄毯拿着浴洗袋追了出去，却不见人影。

胡子拉碴的高亮看起来有些憔悴，回了病房在门口停下了脚步。他好像看到自己站在了一个岔路口，一条路的尽头是叶萱，另一条路的尽头是赵笛，两个女人都在向自己招手，高亮看着赵笛，毅然把脚步迈向了叶萱。这时，听到有人喊着爸爸。

恬恬醒了，起床的第一件事情就是找爸爸。高亮只好推门进去，就看到赵笛正对着他笑着，笑得意味深长。这一夜，赵笛也是彻夜难眠。她亲口听到高亮对自己说要和叶萱结婚，也从林越那里知道叶萱早已带着儿子住进了从前的家。那是她的家，每一样东西都凝聚了心血和感情，叶萱却不劳而获全部收入囊中。赵笛无法忍受，看着高亮暗下决定，留不住他的心，也要留住人。虽然离婚了，赵笛仍有着叶萱所没有的优势，她有一个女儿，高亮的亲生女儿。

恬恬正拿着笔在纸上画画，边画着边向高亮说明，这个是爸爸，这个是妈妈，还有一个小小的是自己。恬恬高兴地把画举起来："爸爸，我画得好吗？"高亮称赞："恬恬画得最棒。"恬恬却嘟起了小嘴巴："爸爸在骗我，恬恬画得不好，因为恬恬好长好长时间没有见到爸爸了。是不是爸爸不要恬恬了？"高亮忙抱起女儿："胡说，爸爸怎么能不要恬恬呢？"恬恬伸出小手要拉钩，不许高亮离开病房。

"拉钩上吊，一百年不许变！"看到父女两个人的手紧紧地拉在一起，赵笛从心里高兴。这时，林越推门进来，恬恬的检查结果明天就能出来，她来询问表姐什么时候去看中医。

赵笛把林越拉出了病房，有些话不能当着高亮的面说。老中医等恬恬出院再去找也来得及，但眼下有件迫在眉睫的事情需要解决，就是赵笛住在哪儿。林越让她和恬恬搬到自己的家里住，虽然小了点，但三个人挤挤也能住得下，只是担心恬恬要回原来的家。这也正是赵笛的计划，越是这样，高亮才会愧疚，她不是心理医生，也明白一个道理：

在骨肉情深面前，爱情是要让步的。

第三十六章　以为爱还来得及

当一切都已物是人非，谁还能再回到从前？

——叶萱要结婚，赵笛要复婚。

陈一诺用轮椅推着父亲走出了病房，像做贼似的东张西望，没有发现敌情，赶紧推着轮椅奔向电梯。看着红色的指示灯停了下来，陈一诺心中窃喜，只要进了电梯就是逃跑成功。等到电梯门一打开，立刻傻眼了，林越正站在里面："陈一诺同学，想往哪儿跑啊？"

"去院里散步，看，多么蓝的天，多么白的云。"陈一诺嘴里编造着理由，手也没闲着，偷偷把衣服包塞到了轮椅后面。其实林越早就发现了，知道他是要带陈援朝回家，但不应该不和她这位主治医生说一声。林越狠狠瞪了陈一诺一眼，上前推开他，自己推着轮椅。陈一诺以为是要把父亲送回病房，不料，林越进了电梯，陈一诺也忙蹿了进来。

这才是心有灵犀。

陈一诺高兴林越处处为他和父亲着想，两个人一起把陈援朝抬进了吉普车。林越叮嘱他一些照顾病人的注意事项。自从那天林越在家门口找到陈援朝，她一直在寻找着针对性治疗方法，回到熟悉的环境和亲人在一起应该是最有效的，所以她才允许陈一诺带父亲回家。早知道林越会同意，陈一诺何苦想着计策瞒天过海？作为对他损失脑细胞的补偿，趁着林越不注意在她脸上亲了一口后，就钻进吉普车踩着油门，溜之大吉。

偷袭成功的陈一诺从后视镜里看见林越正在挥手告别，又给了她一个飞吻，然后对父亲说："爸，咱回家了。"陈援朝竟像是听懂了似的，嗯嗯答应着。

上楼进家，放水洗澡，换上干净的衣服，扶着父亲在床上躺下，不知不觉就过去了两个多小时，陈一诺又忙着做饭。一不留神把油放多了，陈一诺自言自语，家里早该有个女主人了。这时，门铃响了。林越买来了水果，还把陈援朝这几天应该吃的药全都送来了，要按时吃药，饮食注意清淡，晚上睡觉不能着凉。她只给陈一诺两天的时间，两天之后必须把老人送回医院，一旦有问题马上告诉自己。

"现在就有问题，我想你了。"陈一诺又趁着林越不备抱住了她，林越挣脱着，两人嬉闹了起来。突然卧室里传来陈援朝的声音，陈一诺松开林越跑了进去。床上陈援朝仍在睡着，可能是做了恶梦，把被子踢到了地板上。陈一诺走过去捡起来，轻轻地盖到了父亲身上，一回头，林越已经打开了房门，向他摆手再见。

果然如林越预料的那样，两天的时间很快过去，陈一诺没有遵守约定，反而带着父亲来到海边散步，急得林越也追了过来。金色的沙滩连接着蓝色的大海，令人心旷神怡，陈援朝看起来心情很好，一直盯着海面，林越和陈一诺一起推着轮椅慢慢走着。

起风了，吹动着头发飞舞，林越细心地把陈援朝露在毯子外面的手放了回去。陈援朝看着海风吹动着波浪翻滚，突然站了起来，身上的毯子也掉在了地上，情绪激动：“一诺，起浪了！”陈援朝转过身，看着儿子：“一诺你看，来风了，起浪了！”

陈一诺惊喜，父亲认出自己来了。林越也高兴，她的治疗方案果然起了效果。两个人扶着陈援朝坐回到轮椅上，决定再在家里住上两天，说不定从前的事情能慢慢回想起来。

风越来越大，浪头越来越高，乌云从天边积聚过来，天色暗淡，要下雨了，陈一诺赶紧和林越把父亲抬进了吉普车。他们刚迈进家门，雨点就落了下来。陈一诺要留林越住在家里，却被赵笛的电话给叫走了。

雨不停地下，先是淅淅沥沥的小雨，到了后半夜就变成了滂沱大雨，风雨交加，电闪雷鸣。当一道闪电划破夜空，跟着轰隆隆的雷声时，陈一诺被惊醒了。一摸旁边床铺发现空空的，紧张得立刻起身寻找父亲。陈援朝正站在阳台上张开了双臂对着夜空不停地挥动着，喉咙里发出嘶哑的呼喊声，任凭雨水淋湿了全身。陈一诺冲上阳台拉父亲进家，陈援朝却拼命挣脱。

又是一道闪电狂舞，仿佛要把天地劈开。陈援朝竟然挡在了陈一诺的前面：“你看那把亮剑，它要袭击我儿子！我要替我儿子挡住！”陈一诺的眼睛湿润了，抱着父亲回到了卧室。陈援朝又恢复了浑浑噩噩的状态，陈一诺心疼地拿起毛巾给父亲擦拭身体。到底是血脉相连，在危险降临的时候，父亲首先是保护儿子。回想起从前，都是父亲挡在前面为闯祸的他收拾烂摊子，自己不领情还总是抱怨。现在父亲老了，糊涂了，该轮到儿子为父亲挡风遮雨了。

听到外面传来的雷声，陈一诺突然意识到今天晚上的天气跟父亲当年沉船时的天气很像，所以父亲才受到了刺激。沉船一直是父亲的心病，陈一诺确定当年的父亲决不是逃兵，一定要替父亲洗刷冤屈。此时的陈一诺有一种感觉，父亲的那艘船正在向他驶来，会告诉他当年的秘密，证明父亲的清白。

所以，父亲不能送回医院，得留在家里。

第二天陈一诺独自一人来到了医院，林越就知道他不会把老人送回来。这几天她也在查找病历和资料，还真找到了一个和陈援朝相似的病人，放弃了药物治疗，经过家人的精心照顾，病情得到了好转。事实证明，亲情作用会比药物治疗更有效果。

“天底下上哪儿找这么好的心理医生啊，是我陈一诺太优秀，才让我遇上了。”陈一诺夸奖林越也不忘记替自己美言，从怀里掏出两朵玫瑰花：“看在这对心心相印的份上，请林博士赏个脸跟我吃饭去吧。”林越却要先去看房，然后才能吃饭。陈一诺懵懂地跟着林越来到了家门口，才蓦然发现竟然是回到了自己的家。

家具旧了，电器坏了，墙皮也掉了，如果在这老房子结婚就太委屈林越了。陈一诺不同意，要再去选新房。林越却喜欢老房子，有岁月的痕迹，重新装修就是新房。其实最主要的原因是两个人结婚后要和陈援朝一起住，只有住在从前的家才对病情有好处。感动加激动的陈一诺抱住了林越：“林越，你是我这辈子最珍贵的无价之宝！”

两个人虽还没有步入婚姻的殿堂，但经过十年的恋爱长跑，已像老夫老妻一样的相濡以沫，把对方当成手心里的宝。茫茫人海中两个人相遇、相知、相爱，是多么幸运的事情。

孔令雯却没有这样的幸运。无论是陈一诺还是高亮，她始终是在错误的时间遇到了他们。感情的失败并没有让孔令雯对人生失去信心，她要活出自己的精彩。所以当她走进基地的飞行办公室，拿出证书说出要加入飞行大队时，惊得所有人目瞪口呆。丁超才明白失踪了这么多天的孔令雯干什么去了，没有当成自己的人，当成队友也是求之不得的好事，又可以朝夕相处，卿卿我我。但基地的飞行大队成立至今从来没有女生加入，何况娇滴滴的船王公主到底能不能承受训练和任务的辛苦，都是未知。

高亮看到孔令雯变得成熟稳重，很是欣慰，但救援工作不是电脑上的游戏，以后要面对的是危险意外，生死存亡。孔令雯早做好了准备，她是作为一名遇险者与救援队结缘，亲身体验到在危急时刻对生命的渴望，正因如此，她对救援事业充满了崇敬，谁也不能阻止她的选择。但高亮仍不同意，救援工作意味着用生命来救人，必须得到孔祥海的同意后才可以加入到飞行队。

孔令雯一听："我爸肯定不同意，要是跟他说了非得把我关起来不可。你们得帮我。"丁超说："你的话都不管用，我们的话就更没分量了，再说我们也说不上话啊。"孔令雯走到丁超的面前："你要是帮我说服我爸，我就把你列入男朋友的预备人选。"

天旋地转，欢天喜地，突如其来的馅饼从天而降砸得丁超不知道东南西北，就是上天入地也要说服孔祥海，这样才能和孔令雯天长地久。兴奋的丁超却忘记了关键问题，他如何才能见到高高在上的船王。万事俱备，只欠东风。

孔祥海来基地了。

既非不请自到，也非不速之客，是孔令雯让爸爸给她一天的时间，不许谈生意，不再是船王，只是一个父亲陪着女儿好好度过一天，因为今天是孔令雯二十三岁的生日，她把父亲带到了基地的机库。

从直升机的型号、性能，到服役时间和救援经历，高亮侃侃而谈。丁超也帮着夸奖："我们基地不仅直升机好，待遇也好福利也好，最主要的是人好。能把别人的命当成自己的命，把所有人当成家人一样好好照顾着。"孔祥海这才把目光投向丁超，打量一番后说："待遇福利就是再好，要当我孔家的女婿也必须辞职加入公司。"丁超一愣，孔令雯忙拖着父亲走向停机坪，那里早有一架直升机在待命。

坐进驾驶位，孔令雯检查仪表，运作操纵杆，一气呵成，没有半点差错，俨然是一位训练有素的驾驶员。高亮当众表扬，丁超更是赞不绝口，孔祥海早瞧出了端倪，让女儿别再带着众人兜圈子，有话直说。

"爸爸，我决定来中国交通救捞飞行基地当一名救助直升机的机长。"孔令雯终于说出了她经过深思熟虑并且为之做好一切准备的人生目标，不料孔祥海二话不说起身就下了飞机。众人都愣住了，突然基地上空响起了警报声。

警报就是命令，高亮和丁超赶紧去更换救援服装，准备出征。孔令雯也急着去追父亲："我已经决定了，要通过自己的努力去救助别人的生命。爸爸，我相信我会成为一个更有价值的人，而不只是您的女儿。我希望您能支持我！"孔祥海生气："太荒唐！你才二十三岁，连自己都照顾不好，还跑去做救助直升机机长？你知不知道救援有多危险多辛苦？不是你一个小女孩儿能承受得了的！你已经有了这么好的物质条件了，别人想求都求不来，根本没必要拿你自己的生命去冒险！"

孔祥海苦口婆心地劝女儿改变主意，孔令雯却早已是铁了心，她不想继续过父亲为她安排好的生活，锦衣玉食、出国旅游等等让无数女孩羡慕和向往的生活在她看来却是在浪费时间，甚至是浪费生命。

唯有亲手创造价值的人生，才是精彩的人生，不枉在这世上活过一回。

孔令雯在说服父亲，孔祥海在奉劝女儿，父女二人争辩不休，高亮和丁超等人已经换好衣服回来了，还有陈一诺刚好从家回基地。孔祥海以为他们仍在演戏，帮着孔令雯让自己同意，不料是真的出现险情，一艘外籍客轮上的三名法国客人急性食物中毒，需要紧急救援。孔令雯一听，立刻又坐进了驾驶位，她要参加这次任务，这正是对她的考验。急得孔祥海要去把女儿拖下来，高亮阻拦，他对孔令雯的技术有信心，自己做在旁边指导不会出现任何问题。丁超也说："伯父，我们能照顾好雯雯。不如您也跟着？有您坐镇，雯雯安心，您也放心。"陈一诺则一句话不说，直接动手，把孔祥海往机舱里推。事已至此，孔祥海只好少数服从多数，恭敬不如从命了。

坐在驾驶位上的孔令雯有些紧张。这是她第一次执行救援任务，虽然海口已经夸下，技术水平也没有问题，但机舱里坐着的是救生队员还有父亲。必须做到万无一失，绝不允许出现差错。副驾驶位的高亮感觉到孔令雯的紧张，让她什么也不要去想，眼睛里只有飞机。

"现在开始检查设备。"高亮替她发号了第一道口令，已各就各位的赵五一等人回复："绞车电源正常。""舱门固定正常。"孔令雯盯着仪表，也回复着"正常"，最后说道："发动机启动。"

孔令雯按下了最后一个开关。轰鸣声响起，螺旋桨飞转。孔令雯的耳边回响起高亮说过的话，真想开飞机就要把自己和飞机融为一体，这时飞机就不再仅仅是飞机，而成了自己的翅膀，是身体甚至是灵魂的一部分。

这才是真正的飞行！

冲上云霄，翱翔蓝天！

孔令雯驾驶着直升机飞往出事海域。一艘客轮在海面上飘荡，客舱里三名中毒的法国客人躺在床上辗转，面色苍白，疼痛难忍。甲板上，船员们正在焦急等待着救助直升机的到来。高空中的孔令雯也看到了客轮，正在向指挥中心汇报情况，接收数据。此时的她已适应了飞行，头脑清晰，有条不紊。倒是机舱里的孔祥海还悬着心，陈一诺打开一瓶矿泉水送到他面前。孔祥海犹豫了一下，接了过来。自从求婚被拒绝后，他就再也没有来找过林越，也好长时间没有见到陈一诺。今天，两个男人又面对面坐到了一起。

"什么时候结婚？"

"快了，到时我亲自把请柬送到府上，您可得来参加婚礼。"

"行，我一定来，还有贺礼，不收不行。"

"好，一言为定。"

陈一诺伸出了手，孔祥海也伸出了手，两个爱着同一个女人的男人的手握到了一起，光明磊落，坦荡无私。旁边的赵五一全都看到了眼里，在心里默默祝福林越找到幸福，也把那段不为人知的情感藏在了心底。

直升机已飞到了客轮上空，孔令雯操纵着盘旋停稳。舱门打开，陈一诺和丁超从天而降，下到了客轮。三名中毒的法国人已经被抬到了甲板上，丁超立即给他们套上救援索，陈一诺把背着的药箱交给外籍医生，里面装的是止泻和防晕船的药。法国医生皱着眉头仔细看着药盒上的中文，叽哩呱啦说着听不懂的法语。急得陈一诺直找翻译，这时耳机里传来孔令雯的声音，让他把耳机给法国医生。曾经在法国生活过的经历在此时派上了用场，孔令雯用熟练的法语与医生交流，指导他给其他游客们如何用药。看得陈一诺暗暗吃惊，这位船王千金还真是深藏不露。当医生把耳机还回来，陈一诺连忙和丁超把中毒的法国人带上直升机。

舱门关闭，直升机调头向医院飞去。救护车和医生护士早在等候，直升机刚一降落停稳，就迅速把病人抬进了救护车，送进抢救室。

一场意外，转危为安。

“救援完毕，请求返航!”孔令雯向指挥中心发出了最后一条报告，孔祥海的脸上才有了笑容。直升机返回到基地的停机坪，当机舱门打开，陈一诺使劲推了丁超一下，丁超立即反应过来，最先跳出机舱，然后等在下面扶着孔祥海下来，毛脚女婿不能放过任何一个讨好未来岳父的机会。孔令雯也出了驾驶舱，跑到父亲面前：“我用实际行动证明了自己，爸爸您就同意吧。”丁超时刻记着自己能成为孔令雯男友人选的必要条件，帮着多说好话：“雯雯今天救了三个人，以后这个数字会越来越多，有无数人的命运会因雯雯而改变。”

改变的还有孔祥海，他一直把女儿当成没有长大的孩子，呵护照料。直到今天亲自和女儿一起救人后，才蓦然发现女儿已经长大了，渴望有一份属于自己的事业。高亮走了过来：“孔总，雯雯的驾驶技术您也看到了，慢慢锻炼的话可以成为交通救捞飞行基地最棒的女机长。”孔祥海欣慰：“我女儿只要做了机长，就一定是最棒的!”

孔令雯一愣，丁超最先反应过来，这是同意加入飞行队了。惊喜的孔令雯激动地抱住了丁超，丁超更是喜出望外，只要孔令雯的愿望实现，自己的身份也会跟着改变。否则的话，怎么敢当着孔祥海的面和孔令雯拥抱呢？丁超的幸福感还没有维持三秒钟，就被孔令雯给推开了，她奔到孔祥海的面前：“爸爸，谢谢您和妈妈二十三年前生了我，我会把救助别人的生命当成使命，让我成为您和妈妈的骄傲。”

这是最好的生日礼物。

生命的成长历程正是有了这些刻骨铭心的激动时刻，才更有意义。

赵笛和恬恬要出院了，林越帮着收拾东西，她提前把家里给收拾好了，准备迎接母女两个人的到来。赵笛明显心不在焉，不时地看着手表，也不时地望向病房外面。直到看见高亮走了进来，脸上才有了笑容，恬恬一见爸爸就扑到怀里。林越也笑着，却笑得很牵强，幼小的孩子永远不明白大人之间发生的事情。但当恬恬听到要去林越家时，哇地一声哭了：“我不去小姨家，要跟爸爸回家，睡我自己的床。”

赵笛一听，眼泪就流了出来，转过身子偷偷擦去。林越只好哄着恬恬，告诉她家里买了玩具还有许多好吃的。不料恬恬仍紧紧搂着高亮，非要回从前的家。高亮的心里也不是滋味，抹去恬恬的泪水：“恬恬不哭，爸爸带你回家。”恬恬马上说：“妈妈也得一起回家。”

所有人全都愣住了。

人生有多幸福，就会有多无奈。为了女儿，高亮和赵笛两个人又走到了同一屋檐下。当进了小区到了楼下，赵笛看着熟悉的环境，感慨什么都没有改变。高亮却说：“怎么没变？隔壁的王奶奶去世了，楼下小林两口子生了双胞胎，我家恬恬也长高了半头，这变化还小啊？走吧，先送你们上去我再拿行李。”赵笛愣住了，时间一去不复返，许多事情已在不知不觉中改变。

改变的不仅是环境，还有人。

当赵笛推开家门的那一刻，又愣住了。家里的一切整洁如新，窗帘、桌布、沙发套都是暖色调，无不透着女性的细腻和体贴。这个家里不缺少女人，自己的到来只能是多余。赵笛站在客厅里四处打量，她要看清楚现在的家和从前的家到底有什么不一样。

高亮把睡着的恬恬抱进了卧室，盖好被子正要离开，看到床头柜上摆放着郑安和恬恬的照片。高亮想了想，把郑安的照片放到了抽屉里，只留下了恬恬的。当拉开房门要出去时又回来，打开抽屉把郑安的照片拿了出来，重新摆放在原来的位置。高亮对叶萱母子的爱光明磊落，不会对女儿撒谎，也不会隐瞒。

客厅里，赵笛也正拿着高亮、叶萱和郑安的合影发呆。果然物是人非，全都变了，心也变了。听到高亮从卧室走出来的脚步声，赵笛哽咽地问：“你真的要和叶萱结婚？”高亮说：“婚礼定在下个月。”

像是听到终审判决，最后的希望也成了泡影，赵笛的眼泪抑制不住，强忍着不让女儿听见。高亮拿出纸巾走过去，赵笛却紧紧抱住了他：“你知道吗？在加拿大的这一年，我一直在学护理，起初是为了好找工作，可渐渐的，我爱上了这一行。我参加义务救护，去养老院当义工，照顾生病的姑妈和恬恬，我觉得那种被人需要的感觉特别美好。我终于理解你为什么这么热爱救援，高亮，我不是故意不跟你联系的，我怕听到你的声音，我会哭、会崩溃，会在加拿大撑不下去！”

“一切都过去了，我不怨你。”高亮想把赵笛推开，赵笛却不松手：“我和恬恬回来了，咱们三个才是一家人啊。你和叶萱，不过是两个寂寞的人互相疗伤，不是爱情。高亮，让咱们重新开始吧。”

突然房门打开，叶萱走了进来，一见眼前的情景愣住了。赵笛却把高亮搂得更紧，她就是要让叶萱知难而退，这个家她不应该来。叶萱早就明白她的心思，走进卧室拎起已整理好的行李箱走了出来，高亮见状推开赵笛，追上来拽住叶萱的胳膊，又一次向赵笛宣布叶萱是自己的未婚妻，下周就去民政局领证，婚礼会在救援船上举行，还有陈一诺和林越。看到赵笛痛苦的表情，叶萱阻止高亮再说下去，高亮却偏要说：“赵笛，我能从我们那段感情中走出来，就是因为有叶萱和我抱团取暖。我对她，不只是感激，还有爱，我爱叶萱！”

赵笛彻底崩溃，后退着身子就要摔倒，叶萱忙上前扶住了她。这时传来了恬恬歇斯底里的哭声，手里正拿着郑安的照片：“爸爸，这个小男孩儿是谁？你是不是不要我了？不要妈妈了？”

恬恬的手一松，相片镜框掉在地上，摔了个粉碎。每个人的心也都像镜片一样，碎了。

破镜还能重圆吗？

第三十七章　幸福孤独症患者

如果自己的幸福是建立在女儿失去爸爸的痛苦之上，这样的幸福是一种罪过。

——叶萱选择了逃离。

叶萱冲出了高亮的家，她不想听见恬恬的哭声，也不愿看到赵笛的眼泪。叶萱要逃离，把高亮还给那对伤心的母女。她头也不抬地跑着，跑出了楼洞，跑出了小区，冲上马路。

前面一辆吉普车疾驰而来，近在咫尺叶萱才抬头看见，已是躲闪不及，她绝望地闭上了眼睛，听到耳边传来刺耳的车轮摩擦地面的声音。陈一诺双手紧握着方向盘，脚死死地踩住刹车，惊出一身冷汗。林越告诉他赵笛和恬恬都回了高亮家，陈一诺不放心开着车就来了，结果差点撞上了叶萱。瞧着她的模样，一定是出了什么大事。陈一诺打开车门，叶萱坐进来后只说了一句："送我回婚纱店，什么都别问，求你了！"

陈一诺最听不得女人的恳求，不用问也知道是受到了天大的委屈，等着过后再找高亮算账。松开刹车，扭转方向盘调头开向婚纱店。当高亮跑出来，只看到吉普车的背影，忙拿出手机给陈一诺打电话。生气的陈一诺不接手机，任凭《同桌的你》自个儿唱着。叶萱知道高亮其实找的是自己，拿起了手机。果然高亮向她解释看到赵笛搂抱着自己的事情，叶萱说不需要解释，女人在脆弱的时候最想做的就是扑到男人的怀抱。何况恬恬生病了，高亮和赵笛都得照顾女儿，那个家就让他们三个人住着。至于自己和小郑安，婚纱店里还能放下一张床。

放下手机，叶萱像是解决了一件心头大事。看着她的脸色渐渐恢复正常，陈一诺才敢开口说话："亮哥是个认准了什么人什么事，就算撞了南墙都不会回头的人。倒是你，不要老想着逃，也不要老想着成全别人的幸福，属于你的就得自己抓住！"可是叶萱的心里很乱，她不是没想过赵笛会带着女儿回来，她以为自己会坦然面对，安然处之。然而，她错了，她真的做不到。仿佛自己成了第三者，破坏了别人家庭的幸福。

家，还是从前的家，人，还是从前的人，却不再是一家人。高亮站在门口，脑海里不时闪现着赵笛和叶萱的面容，还有恬恬和郑安，他再一次坚定了心中的抉择，推开了家门。赵笛抱着恬恬坐在沙发上，问起叶萱有没有事，高亮把话头岔开："你说能给恬恬看病的老中医在哪儿?"赵笛说："老中医名叫谢赛华，开的诊所就叫赛华堂，在城南区知春路边上的平房。"

平房早已不见踪影，取而代之的是一排排的高楼大厦。高亮茫然地站在路旁，看到有几位老人正在树荫下聊天，忙过去打听赛华堂的地址。有一位老人想起来谢家没有回迁，听说在城北幸福路买了房子。一听到"幸福"二字，高亮不由得心疼，他曾经拥有幸福，却失去了，刚刚重新找到，却好像正在远离。

幸福真的永恒吗？

叶母怒气冲冲，赶着叶萱带着郑安现在就回高亮家，不许留在婚纱店。高亮和赵笛从前是夫妻，现在又孤男寡女的住在一起，旧情复燃也就是一个晚上的事情。陈一诺忙说高亮是个负责任的男人，绝对经得起考验。叶母顿时把矛头对准了他：“你们男的哪个经得住考验啊？你当初口口声声说要娶我们家萱儿，结果还不是被林越勾引走了？一丘之貉，没一个好东西。”早就领教过叶母嘴上功夫的陈一诺一见苗头不对，马上缴械投降，抱起郑安当挡箭牌，正想着该怎么逃跑，恰好接到了基地的紧急通知：“有任务，速回基地。”

会议室里，杜伟成把市建委的李处长介绍给大家，也把一个特殊的任务布置下来。全市的自来水取水口被污染，只能启动九家河段的备用取水口，可谁都没有想到，在备用取水口的河底居然有一艘沉船。陈一诺等救生队员们一听，你看看我，我看看你，面面相觑。他们执行任务时遇到各种千奇百怪的情况，可都没有现在听到的匪夷所思。李处长很着急，沉船一天不清理走，取水口就一天不能使用。饮水问题关系全市百姓民生，杜伟成命令队员们立即行动。

救援船沿着江面前行，开往九家河段，陈一诺和丁超等队员们都换上了潜水服，站在甲板上等待命令。钟益民查看图纸，等到了取水口，发出下潜的指示，陈一诺和丁超最先跳了下去。

江水浑浊，可见度很低，陈一诺顺着取水管道向前游了一会儿，就看到了翻扣在江底淤泥中的沉船。估计沉在水底也有十好几年的时间，船体腐蚀得非常厉害，后部的机舱和油料舱都已经烂穿，只有船体的龙骨和肋板这些强度很高的金属部件保留了下来。陈一诺高举着探照灯不停地照射船体，在寻找着能证明这艘沉船身份的痕迹。他游到了船头，发现侧面应该标有轮船名字的位置盖满了锈蚀。陈一诺只好回转靠近船身，透过腐蚀后留下的坑洞，看到了轮船主舱，竟然保存完好，这里的锈蚀很少，显然是采用了特殊防腐技术。陈一诺伸手抹去舱壁上的淤泥，一道道的焊接痕迹，清晰可见。

陈一诺的眼前仿佛出现了沉船发生事故时的情景，轮机舱一片混乱，船舱漏水，船员开始四处逃散。突然轮船倾斜，装满化学品的大桶从船上掉到了江里，船员也开始跳水，只有船长陈援朝在大声地呼喊着。

“是踏浪号，我爸的船！”浮出水面的陈一诺一边快速向救援船游去，一边兴奋地大叫。回到甲板上忙迫不及待地拿出笔和纸把在水下看到的情景全都画了出来，长度、宽度还有主货舱都和当年失踪的踏浪号完全吻合。丁超提出了疑问，舱壁腐蚀得很厉害，龙骨和框架也不完整，如何确定就是踏浪号？陈一诺胸有成竹，后舱和油料舱烂掉，但主货舱完整的保留了下来，是因为采用了特殊材料。正常情况下造船厂是不会用两种不同的材料制造同一艘船，但踏浪号是例外，它是一艘特种运输船，为了保护里面的货物，必须这样制造。

钟益民看着图纸，摇了摇头：“位置不对，当年踏浪号不是在这儿沉没的。”陈一诺想了想：“也有可能随着潮汐飘移了。钟队，你能不能帮我开封介绍信？明天我就去航运处查资料。”

有时候，希望越大，失望也就越大。

当陈一诺在查找踏浪号相关资料的时候，高亮也在寻找能给女儿看病的老中医。他

B-7309

美满婚庆礼仪

开着车一路打听，终于在一栋居民楼前看到了“赛华堂”的匾额。兴冲冲地推门进去，却发现坐堂的是个二十多岁的年轻人。高亮疑惑地上前问道：“请问谢赛华老先生在哪里？”年轻人满脸忧伤，没有老先生，只有小谢医生，高亮要找的谢赛华是他的爷爷，两个月前去世了。

高亮愣在了那里。老中医去世，恬恬的病就不能治了。她才八岁，将来的日子该如何度过？看到高亮失望的神情，小谢笑了，爷爷虽然不在，秘方还在，祖传的，专治肾病。

正是山穷水复疑无路，柳暗花明又一村。

本以为看不清前路的高亮，眼前立起了一盏明灯，明天就带女儿过来看病，但现在他要去找叶萱。

天已黄昏，婚纱店准备关门歇业了，叶萱正把放在店外的模特搬回店内，高亮来了。两个人谁也不说话，只是默契地搬起模特一前一后地进到店里。叶母和马珊珊在低头整理婚纱，蹲在地上玩飞机的小郑安先看到高亮，跑了过来。高亮把他高高举起：“安安，今天听姥姥和妈妈的话了吗？”郑安用力地点了点头：“安安听话，可妈妈不听姥姥的话，不回家住。”叶母一听，故意拉着腔调：“孩子小，净说大实话，比大人强多了。”马珊珊见此情景，不用吩咐就很有眼力见的过来抱起郑安进到了里屋。

没有了外人的叶母顿时收起耐心，怒视未来女婿。有自知之明的高亮抢先开口道歉，自己就是来接叶萱和郑安回去的，他们娘俩睡一个房间，赵笛和女儿睡另外的小屋，自己睡客厅的沙发。叶母一听，火气更大了，替女儿和外孙抱不平，刚刚把高亮从前的家收拾有了家的模样，就被撵了出来。叶萱忙申诉是自己主动带着郑安出来的，生病的恬恬需要爸爸妈妈的照顾，也是人之常情。

其实，这正是问题的关键所在。

叶母最担心的就是恬恬的病，不是普通的伤风感冒，打针吃药几天就能好，而是慢性肾病，跟肝炎差不多的金贵病，拖上一年半载再寻常不过了。真要是像高亮说的那样全都住在一个家里，一天两天可以，一个月两个月呢，或者一年两年？谁能保证相安无事，和平共处？

高亮沉默了，他真的对赵笛早已没有了感情，但又不可能抛弃女儿。结果便是留着不爱的前妻在身边，让爱着的叶萱伤心难过。高亮的无语让叶母终于爆发：“我们家萱儿是个老实孩子，可你们也不能捡软柿子捏啊！陈一诺就晃了我们叶萱一道，你可不能再晃她了！我家萱儿是受过伤的人，高亮，你要是个男人，就不该委屈了她！”

“下个礼拜我们就去领证。至于我俩的婚礼，您老做主，说哪天办就哪天办！”高亮对叶母发誓，叶萱却不答应：“妈，您这不是逼高亮吗？我都想好了，这段时间不回高亮那儿了，让他安心给恬恬治病。恬恬的病一天不见起色，我就一天不会嫁给他！”

原来，嫁给一个男人，要经历千山万水。原来，娶一个女人，要走过万水千山。男人和女人组成一个家，有的时候水到渠成，有的时候却千辛万苦。正因来之不易，才会倍感珍惜。

高亮到底没有接回叶萱和郑安，独自一个人回来了。站在楼下，看着自家窗户透出的灯光，让他醒悟，女儿正需要父亲的守候，本就胆小的赵笛更需要高亮这根顶梁柱。

男人，必须回家。

陈一诺也回到了家里，还有林越。地板扒了，半边墙倒了，家里到处一片狼藉，两个人脸上露出的却是开心的笑，幸福的笑。陈援朝又送回了医院，趁着这段时间两人把陈家重新装修，准备姻婚大事。装修新家是两个人的事情，其实都是林越一人在忙碌，即使有工人干活，也不能当甩手掌柜。仅一天的时间过后，林越就累得腰酸背痛趴在沙发上，陈一诺心疼的帮着按摩缓解："辛苦老婆大人，但我今天的收获更大，找到我爸的踏浪号了。可惜船体被腐蚀得太厉害，船标看不到，等明天查了资料就能确定。"

林越一听，马上站起身子披上衣服拉着陈一诺去医院，没有谁会比陈援朝对踏浪号更熟悉更有权威。说不定他做的那些船模，就是照着踏浪号做的。还有曾经写过的那些材料，都能提供有用线索。果真是有个好老婆，做什么事情都顺利，陈一诺高兴地开着吉普车来到了医院。

病房里，陈援朝已经睡着了。陈一诺小心地拿出床底下的大纸盒，翻看父亲亲手写下的资料，一边思索着一边拿起船模观察。林越在病房外和美国的老同学通完电话后，说出一个好消息，有种治疗精神疾病的新药在美国研制成功，老同学恰好下个星期回国，先给陈援朝做全面的检查，如果适合服用新药的话，老同学就让他回国的同事们带一些回来。眼看父亲的病有望治愈，陈一诺也说出了好消息，他在资料里面看到了对于轮船货舱改装的描述，与自己在水下看到的那艘沉船完全符合。现在他就可以确定，踏浪号找到了。

欣喜若狂的两个人想欢呼雀跃，又怕惊醒了陈援朝，只好拥抱在一起，感受彼此激动的心跳。这么多年的付出，终于看到了希望的曙光。

曙光乍现，揭去夜的面纱，唤醒了沉睡的城市，新的一天，开始了。

林越一大早就来到高亮家，她不放心一个二十岁出头的年轻人仅凭着祖传秘方就能治好恬恬的病。赵笛却深信不疑，她的病就是老中医配的秘方治好的，而且赛华堂有行医执照，如果招摇撞骗或者治坏病人，早就被取缔了。这时高亮和赵笛成了统一战线，坚持要带着恬恬去赛华堂，无论林越如何劝说也说服不了两个人。

门铃响了。

叶母不请自到。女儿性子好，容易被欺负，可她这当妈的却不一样，得让赵笛尝尝她这位工商局副处长的厉害。当然，叶母有着冠冕堂皇的理由。今天家具大世界开业大促销，她打算给家里订套书柜和床，特意过来量尺寸。高亮忙说："伯母，我这儿家具都齐全，不用再添了。"叶母故意大声说道："那哪行啊？你和叶萱眼看就要结婚了。除了这间房，其他的都得是新的。这柜子、这茶儿，还有屋里那床，都得换！这钱，我来掏！"叶母的话让高亮和赵笛尴尬不已，林越也有些不自在。赵笛明白她的真正来意，忍不住开口："伯母，你这是在赶我和恬恬走吗？这曾经是我的家！"

"现在不是了！你跟高亮已经离婚了，财产也早就分割清楚，房子是我女婿高亮的。恬恬病了，高亮是有义务照顾孩子，可没有义务照顾孩子的妈！赵笛你就是存心不让我女儿和女婿结婚。在这个家里，女主人是我女儿，不是你，你是客人，而且是不受欢迎的客人！"叶母的连环炮打得赵笛没有还口之力，脸色苍白，林越赶忙倒水给她喝。

叶母见目的达到了，以胜利者的姿态吩咐高亮送丈母娘下楼。她对高亮放心，可对赵笛不放心，离婚后的前妻后悔再回来和现在的妻子抢丈夫，这样的事情她见得多了。高亮保证自己是全心全意对待叶萱和郑安，也说话算话，但当务之急是给女儿看病，还请丈母娘多多体谅自己。

如果当初赵笛能够理解高亮，就不会走到今天这一步。悔恨、屈辱让她浑身无力，被林越扶着坐在沙发上。林越心里五味杂陈，当赵笛带着恬恬刚回来时，她也曾经想过这一家三口再在一起。但现在看清楚了，血缘也无法把已经不相爱的两个人再扭在一起。赵笛想复合，是因为与高亮分开太久了，人离得远了就看不见缺点，对他所有的负面情绪也都会淡化。可要是真的再在一起过日子，以前的问题就又会慢慢成为问题，重蹈覆辙。林越的话让赵笛生气，认为表妹是在帮着外人而不帮自己，她就想给恬恬一个完整的家，难道错了吗？

“这件事本身没有错，可是姐你想过吗，高亮的心现在已经不在你的身上了，他现在爱的是叶萱。你把恬恬当成筹码，就算复合了你也不会真的幸福。而且恬恬那么敏感，她以后也不会快乐的！”

“我真想不到你会说出这样的话。我要和高亮离婚的时候，全力支持的可是你！”

“那是因为你们的婚姻已经千疮百孔，维持不了了！现在也是一样！”

林越吼出了藏在心底的话，赵笛怔住了，原来连表妹都不站在自己这一边，在她最需要帮助的时候竟然没有一个人伸出援手。她究竟做错了什么？

没有错。

母亲为了给女儿一个完整的家，怎么会有过错？即使不择手段，即使会让无辜的人受伤，也在所不惜。因为这条路已经走上了，不可能回头。叶母的示威，林越的劝说，不仅没有让赵笛幡然悔悟，反而激起了她的斗志，无论如何，她一定要和高亮复婚，让叶萱和郑安再也回不了这个家，她曾经的家。

郑安睡着了，躺在临时搭起的小床上，旁边放着双人沙发，就是叶萱睡觉的地方。看到这个情景的林越百感交集，在高亮家无法说服钻进死胡同里的赵笛，她便来到了婚纱店。叶萱没有流露出丝毫的委屈，反而对天黑来探望自己的林越感到歉意。无论什么时候，叶萱总是先替别人着想，这是她的优点，也是缺点，还是被赵笛死死抓住的命脉。其实叶萱爱高亮，高亮也爱着她和郑安，但现在的叶萱却要逃跑，成全赵笛。

林越说：“你以为这样拱手相让，他们重新在一起就会幸福吗？恰恰相反。你的成全将来会变成五个人不幸，还包括两个孩子。”叶萱无奈：“可是我能怎么办？如果可以让一个孩子有一个完整的家，那没有比让赵笛和高亮复合更好的选择了。小时候我失去爸爸，结婚后又失去丈夫，没有人比我更了解孩子没有爸爸是多么的痛苦。”

只有失去过才会珍惜。

过去的时光，带走了多少爱恨情仇，掩埋了多少秘密真相。

陈一诺正在寻找。

资料室里所有关于出事河段的沉船记录全都被翻遍了，也没有发现关于踏浪号的只言片语，这也更加证明了那艘沉在水底的货轮就是踏浪号。但有一个关键问题无法解释，当年踏浪号沉在了九家河的下游，现在发现沉船的地点却是上游，逆流而上的奇迹在现实中是说不通的。陈一诺苦思冥想也找不到答案，走出了资料室。在资料室门关上的那一刻，他的心情却格外沉重。在替父亲伸冤的道路上他已走到了最后关头，却被一扇门挡住了。门的那头就是真相，他的双脚却迈不开，被一根无形的绳索牵绊住。

挥舞着胳膊，迈动着步伐，陈一诺一路狂奔到训练场，发泄心中的郁闷。前面不远处，丁超正在陪着孔令雯跑步。虽然加入到飞行大队，但孔令雯的体能太差，需要强化训练，室内器械一小时，室外长跑五千米。丁超这个男友预备人选当仁不让的全程陪

伴，看到孔令雯跑得满头大汗，忙从腰间挎包里拿出纸巾和矿泉水献殷勤。不料，正在冲刺的孔令雯毫不领情，抬起胳膊把水瓶打掉，恰好掉到后面追上来的陈一诺的面前。水从瓶子里洒了出来，打湿了地面，陈一诺猛地停下了脚步，弯腰用手捻起一小撮泥土，突然哈哈大笑。

惊得丁超和孔令雯不明所以，两个人疑惑地走到陈一诺的面前，还没等询问出了什么事情，就看见两根手指正对他们：“你们两个干的好事！”陈一诺捡起水瓶转身就跑出了训练场，冲向停车场，开着吉普车就出了基地，直奔九家河。从上游到下游，以沉船点为中心，挖了十瓶的河泥样本。然后又马不停蹄的赶往地质院，请专家做分析。

沉船就是踏浪号。

回到基地的陈一诺马上向钟益民和丁超等队友们郑重宣布。他拿出绘制的沉船坐标图和河泥分析结果，说出了沉船自下游到上游的原因。九家河道是江水转弯处，水流进入平缓区，泥沙沉积比其他地段要厚很多，达到了三米，就像地毯一样的松软。沉船最初的沉落点就是在这里，河水的冲刷会带走泥沙而在沉船的迎水面造成一个低洼区，沉船则因为自身的重量发生位移，长年累月的结果是让沉船向上游移动，直到遇到一个有硬度的河床才会停止，正是现在的取水口。

钟益民被陈一诺的执着和钻研感动了，马上启动救援船开进九家河。当到了沉船点，钟益民要亲自下水，和陈一诺一起见证踏浪号的正名。两个人缓缓下潜，钟益民在前，陈一诺随后。沉船仍静静地翻扣在河底，陈一诺转身游向船尾，抹去覆盖的大片泥污，就看到了一个三位数的代码，还有一道紧闭的小舱门。陈一诺突然划开手臂，迅速冲出水面游到橡皮艇旁，掀开了头盔，大口地喘着粗气。钟益民也游了过来，丁超把他们拉上了橡皮艇。

“踏浪号，千真万确，三位数的代码表明它是一艘百吨货船。十五年前沉没在取水口下游十公里左右的四号河段，这些年往上游移动了十公里，就是我爸的船，我找到了！”听到陈一诺激动地诉说，钟益民和丁超都为他高兴，但他们到现在也不知道主货舱里装的是什么？

这个问题只有陈援朝能回答。

看到走进病房的陈一诺，陈援朝忙恭恭敬敬地把申诉材料送到面前，边鞠躬边说道：“同志，你要相信我，我真的不是懦夫。船里装的是除草醚，剧毒农药。就算船要沉，我也必须处理好这些农药。我是船长，怎么可能逃走？请您相信我！一定要相信我！”

陈一诺扶起父亲，痛心地抱在怀里。父亲又不认识儿子了，沉浸在令他刻骨铭心的往事中，这让陈一诺恐慌起来。这么多年，除了自己，几乎所有的人都认定父亲是逃兵，他真怕自己没有办法证明父亲的清白。林越走了进来：“一诺，等了这么多年，不就是在等这一刻吗？现在这一刻终于来了，为什么又要退缩了？我相信伯父是清白，你是他唯一的儿子，更应该相信！”

信任，是父亲给儿子的教诲。

寻找，是儿子对父亲的承诺。

真相，即将大白于天下。

第三十八章　想起你，我又继续前行

真相不会消失，正义不会缺席。

——陈一诺终于找到了父亲的船。

踏浪号是一艘由前苏联设计、罗马尼亚生产的巴拉式驳船①。

上世纪七十年代，这艘驳船通过易货贸易来到了中国，因为是飘洋过海踏浪而来，所以命名为踏浪号。接收的上海江南船厂对货轮进行了首次改造，在船体后部进行了分隔，设立了动力舱，在船头和船尾的机舱外两侧又加设了压载舱。到了八十年代，为了配合农业生产的需要，又进行了第二次改造。这次改造主要针对主货舱内壁用上了特殊材料，为了保证运送货物的绝对安全。

这便是踏浪号的前世今生。

陈一诺举着父亲制作的船模向众人讲解，在沉没前运载了上百吨除草醚农药，目的地是上海松江。不料刚启航不久就出现了事故，沉到了九家河，从而改变了陈援朝此后的人生命运。曾经往事陈一诺仿佛亲身经历过，向杜伟成等基地队员们述说，仍抑制不住的情绪激动，为了这艘船，父亲和自己背负了太多。

终于到了快要卸下的时候。

宁静的九家河取水口热闹起来，大型工作船开来了，救援船113号也来了，甲板上站着穿好潜水服的陈一诺和队友们。一声令下，相继跳入水里，用绳索做成的尺子测量沉船的长度，动手清理依附船体的污物，进行各种测量和勘探。在救生员们的齐心协力下，轮船结构图和三维动画结构很快制作出来。为了保证打捞工作万无一失，钟益民去船舶设计院找到了前苏联巴拉式驳船的船体结构图，与陈一诺绘制的结构图却大相径庭。

设计院的权威图纸不会出错，亲自下水勘探的结果也不会出错。那么，到底什么地方出现了误差？所有人的目光全都投向了陈一诺。

“因为改装。”陈一诺举起了父亲写下的资料，里面详细地记录货舱改造前后的结构以及所用的材料。钟益民赞叹这些资料对他们的打捞还真有帮助，陈一诺也深有感慨，父亲好像就一直陪在身旁，和自己一起进行打捞踏浪号的工作。陈一诺打开了投影仪，进入主货舱有两条不同的通道，一条是从上层甲板内侧的楼梯进入。踏浪号是单体船，要进入楼梯，必然会破坏主货舱外壁。另一条是利用机舱和货舱之间的双层闭水门。完全可以做到关闭一层，打开一层，如同减压舱的封闭设计。救生员可以从船尾破壁进入机舱，然后利用闭水门进入主货舱。

① 巴拉式驳船：船舶运载大量的大宗物资，与拖轮配套组成船队，专门装载货物的船舶，称为货船。货船中，按载量吨位在300吨以上的、钢木结构的称为驳船，俗称“巴拉式”，这种称呼据说是俄语译音。

“在开始正式作业之前，最后一项工作就是查清船内的情况，确认当年运送的货物是不是除草醚，以及具体存放位置。除草醚的毒性很大，绝对不能发生泄漏。”杜伟成肯定了打捞方案，马上分配下一步的任务。

陈一诺感觉，距离打捞踏浪号成功又近了一步。

高亮也快要成功了。他和赵笛带着恬恬来到赛华堂，小谢医生把脉诊断后得出病情不是很严重，需要健脾益肾、祛湿泄浊，正合祖传秘方应治的症状。拿着配好的中药走出诊所，赵笛和高亮的心情都很好，只要女儿的病能治，做父母的没有别的奢求。回到家里，高亮陪着恬恬在卧室里玩，赵笛进到厨房里全心全意的履行女主人的职责。

一切，仿佛又回到了从前。

恬恬开心的笑声，充斥着房间里的每一个角落。高亮陪着女儿又唱又跳，好像要把父女不在一起的那些时光都补回来。赵笛忙碌不停，蒸煮煎炸，不一会儿厨房里就飘落出诱人的香味，全都是高亮和恬恬爱吃的菜。赵笛还特意做了一道全家福，这道菜只有全家人一起吃才名副其实。

不知不觉又过了半个小时，当赵笛从厨房里走出来，却发现屋子里静悄悄的。打开卧室的房门，恬恬玩累了睡着了，高亮已不见了踪影，只在桌子上留下一张字条。赵笛的眼泪又不争气地流了出来，高亮竟狠心的连一顿饭都不肯陪着自己和女儿吃。厨房里灶火烧得正旺，那道全家福还没有出锅。

热气腾腾，浓香扑鼻，回到基地宿舍的高亮刚把方便面泡好，就响起了敲门声。叶萱拎着双层保温饭盒来了，黄灿灿的鸡蛋饼，白花花的大米粥，喷香的红烧肉点缀着青菜，简单的晚饭愣是让叶萱用心做得色香味俱全。高亮早就饿极了的肚子立刻用最诚实的咕咕声回答着对于叶萱劳动成果的反应，两个人都笑了。叶萱又拿起湿巾给高亮擦手准备吃饭，高亮却握住了她的手：“叶萱，明天我们就去民政局登记结婚。我只想保护你，只想跟你和安安组成一个家。要是没有你，下半辈子我不会再找到跟我抱团取暖的人。你需要我，我更需要你。别再说什么可是了，嫁给我，好吗？”

叶萱的眼睛里闪出泪光。她看着高亮，终于点了点头。自从带着郑安离开高亮家，叶萱总是在想自己和高亮是否还能继续走下去。如果真的爱一个人，是不会惧怕困难，也没有人能阻拦得了。今天早上起床后小郑安亲口对她说想高亮叔叔了，想叫他爸爸，想每天早晨一起来就能看到。儿子的话让叶萱鼓起了勇气，她不再犹豫，也不再逃避，答应和高亮结婚，把恬恬当成自己的女儿。

恬恬正伸出小手把赵笛熬好的中药汤推开，她要爸爸陪着才肯喝药。赵笛只好劝说：“喝了药妈妈就带你去游乐园，好不好？”恬恬伤心地说：“不去游乐园，我要爸爸。我的病要是真好了，爸爸就要跟叶萱阿姨结婚，不要我了。”赵笛心疼地抚摸抚恬恬的头发：“爸爸不会不要恬恬。喝完药妈妈就带着恬恬去找爸爸。”恬恬一听，立刻端过碗仰起头咕咚咕咚地喝进肚里。

药味很浓，味道很苦，赵笛进厨房拿糖给女儿润嗓子，也是去擦拭再也忍不住的眼泪。她对女儿说谎要带她去找爸爸，骗得了这一回，下一回呢？恬恬已经长大了，懂事了，父母离婚对她小小的心灵是永远的伤害，无法弥补。当赵笛拿着糖走到客厅，却发现房门打开，恬恬已经不见了。

赵笛顿时吓得魂飞魄散，顾不得穿鞋光着脚就跑了出去。她大声呼喊着恬恬的名字，周围一片寂静，偶然路过的行人用异样的眼光看着她。赵笛急出了眼泪，哆嗦着拿起手机拨通了高亮的号码。

她又一次弄丢了女儿。

不是一次两次，而是第三次。赵笛责骂自己是不称职的妈妈，其实她才是伤害女儿的罪魁祸首。一辆卡车从马路拐角驶来，赵笛不知躲闪，神情恍惚地迎着刺眼的灯光径直走去。就在千钧一发之际，高亮风驰电掣般地冲过来抱住赵笛，躲开了致命的卡车："你不要命了！"赵笛抱着他放声大哭："都怪我没看好恬恬，怎么办？怎么办啊！"高亮只好安抚："恬恬已经长大了，不会丢的。咱们现在就去找，一定能找得到！"叶萱也气喘吁吁地跑了过来，看到赵笛无助地靠在高亮肩上痛哭，她停下了脚步，慢慢后退着，毅然转身离开。

夜，更黑了。

叶萱的心又乱了。如果恬恬出了意外，自己还能心安理得的和高亮结婚吗？如果幸福是建立在一个女儿失去爸爸的痛苦之上，便是一种罪过。叶萱的脚步加快，跑了起来，一直跑到了海边，她有一种预感，会在这里找到恬恬。因为伤心的时候，自己也会独自来到这里。果然皎洁的月光下，沙滩上有个小小的身影蜷成一团。叶萱连忙跑过去，恬恬蜷缩着冻得直打哆嗦。叶萱心疼地把她抱在了怀里，拿出手机给高亮打电话。

被抱着暖和过来的恬恬抬起头，眼泪汪汪地看着叶萱："你能不跟我爸爸结婚吗？在加拿大的时候，妈妈总是偷偷地哭。叶萱阿姨，求求你，把爸爸还给我和妈妈吧！说话啊，你说不和爸爸结婚了！"

叶萱无法回答，只是把恬恬抱得更紧了。这时高亮和赵笛赶了过来，恬恬立刻推开叶萱跑了过去。高亮抱起恬恬，赵笛脱下衣服给她披上，一家三口依偎在一起。看到眼前的一幕，叶萱只有默默走开。

恬恬终于进入了梦乡。高亮擦去女儿眼角的泪痕，正要离开，却发现女儿的小手还攥着自己的衣襟，生怕他离开。高亮疼爱地拿起女儿的小手，轻轻地吻了一下，放进了被子里。赵笛站在卧室门口，静静看着眼前的父女两个，回想起恬恬每一次丢失的经过，无一例外全都是让叶萱给找到了。

是命中注定还是老天故意安排？

赵笛不想说出她心中其实早已知道的答案。看着高亮站起身子，自己退到了一旁，任凭高亮走出家门，这一次，她没有阻拦。

高亮拿出手机给叶萱打电话，听到她的声音才放下心来，两人约定明天上午在民政局门口不见不散，得到肯定的答复后高亮长出了一口气。收起手机，望着夜空，月亮好像正在对着他微笑，但愿人长久，千里共婵娟。

夜色真美好。

新的一天，更美好。

高亮早早地来到民政局，明知道离约定的十点钟还有半个多小时，他也宁愿在门口等待。看着一对对恋人高兴地进去，再幸福地出来，高亮的心里充满了对生活的憧憬。再过半个小时，他和叶萱也会像眼前的这一对对恋人一样的修成正果，百年好合。

时间一分一秒地过去，已经是十点半了，叶萱仍不见踪影。高亮心头罩上了一层阴云，拿出手机。

"叶萱，你在哪里？"

"对不起，高亮，我不能过去了。"

“我们好不容易走到了今天这一步，你就要这么放弃了吗?”

“我不是放弃，而是没有勇气。高亮，你回去吧，不要等我了。恬恬需要一个家，一个有你和赵笛的家。”

“可我也需要一个有你和安安的家。叶萱，今天说好了不见不散。我会一直等在民政局门口，等到你出现!”

高亮放下手机就奔到马路旁，寻找着叶萱。眼前全都是行色匆匆的脚步，高亮怅然若失地回到民政局前坐在了台阶上。马路对面的大树后，叶萱强忍着眼泪，她不敢再看高亮一眼，只怕自己会心软跑过去。这个时候，只有离开。

叶萱走了，在高亮不知道的时候。正如她悄悄地来，高亮不知道其实早在九点钟的时候，叶萱就先到了这里。当初也是在这里，她亲眼看见高亮和赵笛走出来，从此夫妻成了陌路。以后的日子里，高亮竟走进了自己的生活，走进了自己和儿子的心里。叶萱试图重新寻找幸福，可恬恬的眼泪和恳求让她望而却步了。叶萱只有远远地离开，长痛不如短痛。

民政局门口，高亮仍在等待。天空晴朗，阳光明媚，人们在快乐地享受生活。高亮却全都感觉不到，他的天空正在下雨。

天，其实还是那么蓝。

陈一诺感觉今天是自父亲出事故以来遇到的最好一天。湛蓝的晴空倒映在平静的水面，大小船只穿梭交错，汽笛声此起彼伏。救援船113号已到了取水口，陈一诺和丁超等潜水员聚集在甲板上，整装待发。兴奋的陈一诺带着些许焦躁和紧张，父亲曾经说过有一条利用压载舱通到主货舱的通道，如果找到那条通道，就能大大缩短打捞时间。陈一诺走到船舷边，看着滔滔江水，在心里说道：“爸，还记得吗？我曾经承诺一定会为你洗去冤屈。我要让全世界的人都知道，陈援朝不是贪生怕死的逃兵，是个英雄。爸，这一天，终于来了!”

准备，出发。

陈一诺跳进了水里，向船尾的泄水阀游去。丁超跟在后面，手里拿着撬棍，看到陈一诺做出手势，马上把撬棍递过去。陈一诺先清理阀门上的锈蚀，然后用力撬动门上的缝隙，积聚多年的淤泥和污物随着水流翻滚，模糊了视线。当眼前重新变得清澈时，泄水阀被推开了。由于进到里面的管道狭窄，陈一诺独自游了进去。打开头顶的探照灯，耳边回想起父亲说过的话，最后一段管线狭长，有一个回水弯，从那里能进入下层的排水口。陈一诺慢慢向前游动，眼前所见和父亲说的一模一样。他仿佛又看到了父亲坚毅的面孔，求救信号灯在闪烁，装有农药的大桶掉落水里溅起了水花，随着船身的倾斜，舷窗处开始进水。船员们都已开始逃离，只有父亲还在坚持，直到最后一刻。

陈援朝当年死里逃生的这条路，陈一诺正在重新走过。

沿着压载舱排污管进到机舱，闭水门就在面前。陈一诺激动得心跳加速，父亲又说对了，那条直通货舱的管道确实存在。马上把情况报告给救援船，陈一诺推开了闭水门，主货舱整齐地摆放着几十箱除草醚。陈一诺如获至宝的继续搜索，身后系着的缆绳被一个锈迹斑斑的小铁皮箱缠住了。虽然随着货轮沉在水底这么多年，陈一诺仍感到那箱子看起来十分眼熟，回想起小时候父亲正在给箱子上锁，神秘地告诉他里面装的全都是宝贝。

到底是什么样的奇珍异宝让父亲牵挂？不让家人知道，只是一个人保守的秘密，甚至让它在水底藏了整整十五年。

陈一诺抱起铁箱浮出水面，上到救援船后，队员们马上下水沿着他发现的通道把除草醚全都搬运出水，没有一滴泄漏。打捞正式开始了，巨大的浮筒缓缓升上了水面，在两个浮筒的中间，正是踏浪号。当船体露出时，工作船上的高压水炮立刻开始进行除淤作业，在河水洗刷下，踏浪号露出了本来的面目。

重见天日，秘密也终将揭开。

陈一诺慢慢地剪开了锁头，小心翼翼地打开儿时记忆中的小铁皮箱。一个缠着绳子、紧紧裹着军绿色加厚油布的小包出现在眼前。陈一诺慢慢地将油布包拿出来，剪开捆绑着的绳子。然后一边用干布吸水一边一层层地拆开油布包。终于拆到了最后一层，陈一诺轻轻地打开，父亲的船长证、行船文件和一摞航海日志安静地躺在里面。文件已经潮湿，文字也大多模糊了。陈一诺一页页小心地翻着，从模糊的字迹里看见了父亲的坚持。

陈一诺找到专家，将父亲的资料最大限度地还原后，第一时间赶去了医院，把铁箱放到了父亲面前。陈援朝茫然地看着箱子，有些不知所措。林越握起老人的手，放到箱子的把手上，轻轻掀开了箱盖。

陈援朝将里面的东西一样一样拿出来，这些就是他视为珍宝的东西。打开日志，看到了熟悉的笔迹，上面写着事故发生时的情景。狂风呼号，船体开始晃动，陈援朝指挥着大副和舵手驾船，浪头涌上了甲板，化学容器掉进了水里，船员们开始逃离……

记忆的碎片正在一片片捡拾起来，不堪回首的往事让陈援朝痛苦地抱住了脑袋。突然看到了箱子底下还放着一张合影照片，陈援朝用颤抖的手拿了起来。陈一诺忙说："爸，这是是咱们一家三口，这是您，这是我妈，这是我！"陈援朝抬起头，定定地看着陈一诺，突然叫了一声："儿子，你是一诺。"陈一诺的眼睛湿润了，情不自禁地抱住了父亲，父亲从来没有说过谎话，从今天起可以挺起胸膛，清清白白地做人了。一旁的林越也喜极而泣，走过去与陈一诺和陈援朝紧紧拥抱在一起。

当所有的磨难过去，剩下的就是幸福的日子。

高亮正在追赶幸福，他在民政局的门口一直等到傍晚，也没有等来叶萱，便来到了婚纱店。叶萱没在店里，只有马珊珊一个人，但把叶萱要说的话转告给高亮，以后别再来找了，用心照顾好恬恬。高亮呆愣住了，叶萱连见自己一面的机会都不给。她是真的伤透了心，也做好了决定。高亮低头看着自己的手，这只牵过叶萱的手却没有抓住幸福。高亮垂头丧气地往外走，看到他魂不守舍的模样，马珊珊终于说出叶萱去了老船长家。

郑成泽和叶母目瞪口呆地听着叶萱说出要和高亮分手，两位老人谁也接受不了这突如其来的变故。尤其是叶母，勃然大怒，陈一诺让给了林越，高亮还给了赵笛，自己的女儿怎么就这么傻，把后半辈子的幸福全给让出去了。郑成泽也劝儿媳妇好好考虑，一味地忍让并不能换来真正的幸福。但叶萱已经考虑好了，才向两位老人郑重宣布。

这时门铃响了，郑成泽去开门发现是高亮来了，小郑安听到声音就跑了出来，跳到高亮的怀里。叶母走过来不由分说地抱过外孙，让郑成泽一起陪着出去散步，其实是给高亮和叶萱两个人独处的空间。

叶萱想躲，但高亮已经走到了面前："你对别人心软，怎么对我就这么心狠呢？"叶萱低着头："对不起，我实在没勇气面对你。咱俩分手吧。"高亮扳过叶萱的肩膀，强迫她看着自己："看着我的眼睛告诉我，这个想跟你成家、抱团取暖的男人，你真的要拒绝吗？别拿恬恬当借口，你只要看着我，对我说，你不爱我，不想和我成家，我绝不再多废一句话，马上离开！"

叶萱心乱如麻，恬恬是无法避开的存在，她不忍心孩子伤心难过。还有赵笛仍爱着高亮，才会千里迢迢地从加拿大回来寻找从前的丈夫，毕竟高亮还能陪着她们母女，而不像自己，永远失去了郑子航。叶萱终于狠心说道："我要给我儿子找个一心一意爱他的爸爸，可你根本就做不到。我不想嫁个心被分开两半的男人，如果你能放弃恬恬，马上跟赵笛断绝一切往来，那我明天就和你去领结婚证！可你能做到吗？"

高亮做不到，他不能放弃生病的女儿，也不能和无助的前妻恩断义绝，他只好放开叶萱，走出了郑家。回家的路并不漫长，高亮却走了好久好久。打开家门就闻到一股药香，赵笛正在灶台熬着中药。房门还没有关上，陈一诺和林越带着新鲜的芝麻和粟米来，都是补肾的好东西。高亮谢谢他们两个为恬恬的病着想，陈一诺嬉皮笑脸："不光得谢，还得请客，今天你不是领证去了吗？拿出来给我俩开开眼界啊。"高亮却扔出一句："证没领成。"陈一诺愣了，林越看到从厨房走出来的赵笛脸色不对，忙拉着陈一诺赶紧离开。

吉普车驶出了高亮家小区，奔上了马路。陈一诺抱怨赵笛说走就走，说回来就回来，到底搅和叶萱没有嫁成高亮。林越理解叶萱的选择，女人都渴望纯粹的爱情，没有谁会心甘情愿地让同床共枕的男人心里还惦记着前妻。爱情，就是这样的自私。这才能证明女人是爱着男人的，正如叶萱深爱着高亮。陈一诺不能眼睁睁地看着两个人劳燕分飞，要去婚纱店找叶萱做思想工作。林越阻拦不及，吉普车已经调转了方向。这时，接到了丁超从基地打来的电话。

又是紧急任务。

科考船"探险号"在返航途中突然失去信号，目前情况不明。著名科学家许振昌教授就在这艘船上，并且掌握着这次对国家环境保护和航天航空领域产生重大影响的全部科考成果。

"必须找到'探险号'，还要确保许教授的安全。"杜伟成派出了基地最精锐的救援小组，机长高亮、副驾驶乔磊、绞车手赵五一、救生员陈一诺和丁超，还有救援医生林越。

茫茫的大海，救助直升机在夜空中飞行。机身上的指示灯不断闪烁着，将鲜艳的五星红旗照亮，这是黑夜海洋上唯一的生机。经过三个小时的长途飞行，从城市飞到了公海，也从黑暗飞到了黎明。

远方，晨曦微露。

太阳升起，让一切都变了模样。直升机到达了"探险号"失去信号前发出的最后数据位置，在海面上盘旋着，陈一诺和丁超举着望远镜俯瞰寻找。一个黑点吸引了陈一诺的目光，高亮立即降低直升机的高度，正是"探险号"停泊在海面上，没有发现任何异常。只见一个导航员跑上甲板，挥动着小旗，指示降落。高亮通知机舱里的人全都坐稳了，操纵直升机降到了甲板上。

机舱门打开，陈一诺和林越等人走了出来，高亮最后离开驾驶室，一边和指挥中心通话一边走向导航员。突然一声枪响，子弹擦着高亮的耳边飞过去，将耳机打掉，在脸上擦出一道血痕。众人大惊失色，就看见导航员扔掉旗帜掏出手枪。一群手持武器、头戴面罩的东南亚海盗从隐蔽处冲了过来，将众人包围。唯独陈一诺趁机躲到了桅杆后面，看到海盗们摘下了队友和林越的耳机，把他们赶进了船舱。“指挥中心，我是陈一诺，我们被海盗劫持了，目前只有我一人在海盗的控制之外。”收到陈一诺偷偷发回来的情报，杜伟成大吃一惊，马上通知救援船和海军前去营救。

甲板上已经没有了海盗的踪影，陈一诺偷偷钻进了船舱，蹑手蹑脚地往前移动。路过驾驶舱时，看到船长和舵手正被两个海盗用枪指着头。陈一诺立刻弯下腰，匍匐前进，听到前面有动静，先找到隐蔽位置藏好后再伸出脑袋。高亮和林越等人全都被赶进了食堂，里面还有一些科学家和船员，陈一诺一眼就认出了满头银发、长相斯文的许振昌教授。

海盗们正在挨个翻找每个人的口袋，搜查手机和值钱的物品。许教授神色紧张，他努力保持着镇定，藏有科考成果的 U 盘就在自己身上。一个海盗走了过来，手伸进了他上衣口袋，脸上露出得意的笑容。另一个走到林越面前，轻佻地看着。林越把手机掏出来，海盗拿过手机却握住手不放，垂涎三尺地把脸凑了过来。

陈一诺看得清清楚楚，怒发冲冠，忘记了隐蔽，想要冲进去教训那胆大包天的海盗。可就在这时，后面伸过来一把匕首抵住了他的脖子。

第三十九章　海 洋 天 堂

每个人的人生都有不一样的经历和结局，每个人都会找到属于自己的幸福。

——幸福在一起，幸福到永远。

生死攸关，命悬一线。

陈一诺被海盗押着走向食堂，耳机已被扔到地上摔碎，无法与指挥中心联系，他只好高高举起双手，嘴上却打趣胡说一通，分散海盗的注意力，突然一个转身展开肉搏。海盗人高马大，手中又拿着匕首，把陈一诺的脖子和手上划出了一道血痕。两个回合的擒拿格斗，凶残的海盗占了上风，将陈一诺压在身下，狞笑地举起了匕首。千钧一发之际，陈一诺抬起右脚猛踢海盗的后背，抢过匕首对准海盗的胸膛就刺了进去。海盗重重地倒了下来，像一座大山把陈一诺压在身底，陈一诺好不容易才把他推开，拔下匕首赶紧向关押众人的食堂摸去。

"我要一千万美金，让你们的人开飞机送来。"海盗头拿着枪威胁："谁是你们的头儿?"高亮站了出来，马上被两个海盗架着往外走。丁超上前阻拦，被海盗头目起脚踹倒在地，林越上前扶起他，这个时候冲动鲁莽就是白白送死。所有人眼睁睁地看着高亮被拖了出去，生死未卜。

高亮被逼进了通讯室，海盗头目让他与国家海洋局通话，高亮却把频率调到了基地指挥中心："我们被劫持了！目前船上人质还没有伤亡，对方至少有二十几个人……"海盗头目抢过通话器吼道："听着，你们的人在我手上，我要一千万美元的赎金！半个小时之内，如果赎金不到，我每隔十分钟就会杀死一名人质！"

穷凶极恶的声音顿时传遍了科考船的每个角落，有胆小的人质吓得哭了起来。躲在食堂外的陈一诺大吃一惊，他在等待时机，知道指挥中心肯定会与海盗们周旋。果然，杜伟成在拖延，一千万美元是笔大数目，需要时间筹款，还涉及法律授权和委托等一系列的问题，半个小时肯定送不到。求财心切的海盗头目只好把时间又延长了十分钟。

生死关头的每一分钟，每一秒钟都是维系着一条人命。而这个时候，救援船 113 号已经在向公海驶来，护航的是两艘威武的军舰。

陈一诺知道指挥中心肯定派出了救援人马，但不能总藏着坐以待毙，何况林越和丁超等人质还被海盗用枪指着，随时有生命危险。陈一诺伸出脑袋探听动静，见四下无人后握着匕首向食堂的侧门奔去。突然一个海盗从船舱走廊的拐角走出来，看到有漏网之鱼忙举枪瞄准。陈一诺立即使出抛缆的绝活，甩出匕首正中对方脑门，海盗挥舞着双手倒在地上，发出沉闷的声响。响声惊动了另一个巡逻的海盗，忙向这边跑过来。谁料刚一露头，就被掐住了咽喉，成了人质。

陈一诺押着海盗准备去震慑其他海盗，不料这时海盗头目用枪指着高亮的脑袋走了出来，命令陈一诺放开手下，否则马上就开枪。为了高亮的安危陈一诺只好松开了手，缓过来的海盗转身揪住他的头发，报复似地朝舱壁上狠狠砸去。高亮急红了眼睛，却束手无策，眼睁睁地看着陈一诺被打得鲜血直流。直到打累了，海盗才罢休，陈一诺已经瘫倒在地，被五花大绑起来。

食堂里面的人质们听到外面传来猛烈打斗的声音，不明所以，又不知所措，当看到陈一诺和高亮被押进来才猜测到了一二。林越心疼地拿起药箱要去给仍在流血的陈一诺包扎伤口，却被站在旁边的海盗拦住了。这时，又有一个手下进来对着头目低声说了一句话，海盗头目脸色顿变，举起枪口对准了陈一诺："你杀了我两个兄弟，我要你给他们偿命！"

砰砰几声枪响，就听到"扑通"一声有人倒下的声音。

林越惊呆了，顾不上眼前就有海盗的枪口对准自己，也要冲过去，她要和陈一诺在一起，无论生死。丁超从后面抱住她，在耳边说："诺哥还活着。"林越定睛一看，陈一诺果然还站在那里。关键时候，是高亮伸出胳膊把海盗头目的枪口抬高，子弹穿透了屋顶，吓倒了一名胆小的人质，救了陈一诺，却把枪口引向了自己。

海盗头目恼羞成怒，要对着高亮开枪。陈一诺突然挡在前面："别开枪！我们的人不是说了吗？人质不能有伤亡，否则你们别想拿到一分钱赎金！"海盗头目压抑着怒火，把枪放下，却飞起一脚把陈一诺踢倒以发泄心头的愤怒。陈一诺恰好被踢到许振昌的脚下，老教授蹲下身搀扶，趁机把一块碎瓷片偷偷塞到他的手里。

陈一诺暗暗吃惊，不动声色地站起来故意装成体力不支的模样靠在了舱壁上，大口喘着粗气，背后的手却在用瓷片割着绳子。只见海盗头目焦躁不安地走来走去，约定的时间已经到了，赎金不见踪影让他的忍耐到了极限，必须杀死一个人质才会威胁到所有人。他把视线落到了许振昌的身上，陈一诺和高亮都不约而同地暗自决定，如果许振昌第一个被杀，他们就会挺身而出。

这时，许振昌旁边的马教授捂着胸口，痛苦地蜷缩着身体蹲了下去。人质们慌乱起来，海盗们挥舞着枪支大吼着不许动，林越不顾危险过来检查，确定是心脏病发作，许振昌帮助她一起扶着马教授平躺。突然砰砰枪响，鲜血溅到了两个人的身上，众目睽睽之下海盗头目开枪打死了马教授。

众人惊骇不已。海盗头目拿起通话器向指挥中心嚣张喊话，十分钟后会杀死第二个人质，赎金不到就会把船上的二十八名人质全部杀死。杜伟成的额头冒出了冷汗，极力保持着镇静和海盗头目谈判，赎金正在申请中，现在需要提供人质活着的照片。杜伟成警告海盗头目，如果再有任何人死亡，谈判将立即终止。

Actuation is monster（冲动是魔鬼）！

海盗头目恶狠狠地关掉了通话器走了出去，留下两名握着冲锋枪的海盗面无表情地看守。林越给陈一诺包扎额头，两个人目光相对，千言万语尽在不言中。记不清这是第几次了，两个人患难与共，生死相依。凶残的海盗在气急败坏时会大开杀戒，他们已想到了最坏的结局，却不再害怕，因为两个人在一起。

丁超和赵五一等救生队员们看着那两名海盗准备伺机动手，高亮忙用眼色制止，不许轻举妄动。手无寸铁的挑战惹怒了海盗只能换来更大的伤亡，何况还有其他人质，他们没有经历过血与火的考验，正惊魂不定，不知道步马教授后尘的下一个会是谁？

寂静，可怕的寂静。

突然，一阵纷乱而沉重的脚步声传来。又进来两个海盗，他们扫视着人质，好像寻找猎物一般。人们再次处于绝望的恐慌之中，只有林越仍然在给陈一诺包扎伤口，仿佛什么事情都没有发生。她的沉着冷静果然起到了效果，一个海盗气势汹汹地走过去粗鲁地把她拽起来，被捆绑的陈一诺挣扎着起身："你们要干什么？放开她！我跟你们走！"结果却被另一名海盗拳打脚踢。高亮和丁超等人等忍无可忍，却被海盗看守用枪制止。陈一诺忍受着拳脚，绑在背后的手仍没有停止割断绳子的动作。

林越被海盗拖了出去，陈一诺的心也被带走了，他倒在地上翻滚着啊啊大叫，两个海盗看守对视了一下。其中一个拿着枪走过来，已经挣脱绳索的陈一诺突然跳起来，左手拽住枪口，右手挥动碎瓷片用力插进了海盗的脸。海盗惨叫着松开了手，冲锋枪转眼就到了陈一诺的手上。另一个海盗慌忙拉开枪栓瞄准，高亮眼疾手快，一把捏住了海盗的脖子，丁超趁机过来夺枪。

两名海盗瞬间被制服，堵上了嘴巴，五花大绑起来。陈一诺从他们身上又搜出两把手枪和两把匕首，分配给丁超和赵五一："船尾的守卫最弱，有两个海盗，你们去把他们干掉！我去通讯室救林越！"高亮说："尽量不要动枪，咱们子弹有限，硬拼反倒危险。拿出咱陆战队员的本事，出奇制胜！"陈一诺点了点头，冲了出去。

林越正被海盗头目用枪指着脑袋与指挥中心通话，当报上名字后海盗头目马上抢过通话器："你们不肯付赎金，我只有先送林越小姐上天堂了。"杜伟成喊道："赎金已经在路上了，二十分钟之后就能到。如果你们再伤害一个人质，非但拿不到钱，还会受到中国海军的严厉制裁！"海盗头目恼怒得关掉了通话器，也中断了所有信号源，没有人会找到茫茫大海上的这艘科考船。海盗头对着林越咆哮："我要炸沉这条船，让你们全都去见上帝！"

上帝欲让谁灭亡，必先使其疯狂。

船尾负责看守的两名海盗在不知不觉中被偷偷摸摸过来的高亮和丁超打晕过去，卸下枪捆到了一起。陈一诺却不小心弄出了声响，惊动了正在巡逻的海盗，他架着枪狐疑地朝这边走过来，听见卫生间里有动静，把耳朵贴过去。突然，陈一诺从里面用力撞开了门。门板拍在海盗的脸上，疼得他哇哇大叫。陈一诺趁机用胳膊勒住了他的脖子，抢过冲锋枪，押着他走进通讯室。

海盗头目正将林越按到椅子上，用枪口抵住她的额头。这时，陈一诺也用枪抵着海盗人质走进来："放开她！你也不想让你的手下脑袋开花吧？"海盗头目似笑非笑地看着林越，又看着陈一诺，突然举枪射击。陈一诺眼疾手快，把海盗人质当作了人肉盾牌。可怜的手下额头中枪，当场毙命。

陈一诺被惊呆了，林越吓得闭上了眼睛。海盗头目又将冒烟的枪口对准林越，陈一诺只好把手中的枪扔到了地上，后面传来脚步声，听到枪声跑过来的两名海盗对着他又是一顿拳打脚踢。陈一诺身子蜷成一团，悄悄按下了腕上潜水表的一个按钮。

嘀嘀的声音在指挥中心响起，正在寻找科考船方向的杜伟成心头一喜，是陈一诺用BREITLING手表发来的信号，根据这个信号源，救援船和军舰在十分钟之内就能赶到。那么在这十分钟内，面对凶残的海盗只有听天由命了吗？杜伟成对陈一诺和高亮有信心，他们都是海军陆战队员出身，懂得如何制敌，在救援力量没到达之前，他们有能力和智慧控制局面。

果然，高亮和丁超冲进了通讯室。海盗头目滚到桌子后面，躲过了射向胸膛的子弹，并捡起了飞到地上的枪。一名海盗手臂中枪，正要还击，又被高亮打中了右腿，疼得在地上打滚。另一名海盗想挟持林越，被陈一诺一个鱼跃，扑倒在地。外面响起了嘈杂的脚步声。陈一诺大喊：“肯定是轮机室和后舱的海盗听到了枪声，咱们得赶快离开这儿，去食堂!”

端着冲锋枪和卡宾枪的海盗向跑出通讯室的几个人扫射，子弹像雨点一般，高亮和丁超一边躲避，一边还击。陈一诺护着林越跟在后面，伺机打倒了最前面的一个海盗。食堂里也变成了战场，留守的乔磊和赵五一与冲进来的海盗们搏斗，几个胆大的船员也抄起食堂的餐具和炊具砸了过去。一名科考员摔倒，正对着海盗的枪口，赵五一忙扑了过去，用自己的身体挡住了喷射过来的子弹。乔磊见队友受伤，举起枪把海盗的脑袋打开了花，但赵五一也倒在了血泊中。

战斗已经打响。

英勇的救生队员们如猛虎下山，打得海盗们没有还手之力，有的干脆举枪投降。眼见形势不妙，海盗头目带着两个手下跑了出去，跳到早就准备好的快艇上。陈一诺和高亮追上甲板上，举枪瞄准。只见海盗头目举起一个遥控器挥舞：“船上共有三颗定时炸弹，五分钟后就会被炸成碎片！Bingo!”海盗们狞笑着驾驶快艇逃走，陈一诺和高亮大惊失色，匆忙返回船舱寻找炸弹。

轮机舱、食堂、通讯室和走廊等每个角落全部都搜索遍了，陈一诺在轮机舱找到了第一个，掏出工具小心翼翼地拆掉了定时器。高亮在通讯室里找到了第二个，拿过桌上的裁纸刀果断地切断线路。还剩下最后一个，陈一诺和高亮在走廊里相遇，两人都想到了一个地方，驾驶舱。

一分零十二秒。

当陈一诺和高亮捧起第三个炸弹看到定时器上显示的时间，两个人面面相觑。留给他们只有不足一分半钟，而且这第三个炸弹最为复杂，起爆装置有两个。在这么短的时间内拆除炸弹，几乎就是不可能完成的任务。船长和船员绝望地看着他们，高亮当机立断，让船长通知众人穿好救生衣准备跳海。陈一诺想到的却是海水温度低，受伤和体质弱的人员也许等不到救援船就会被冻死，他决定动手拆除炸弹。

红线还是蓝线？生死只在一瞬间。

显示器上的时间只剩下40秒，陈一诺的头上渗出了汗珠：“亮哥，我该剪哪根?”高亮摇了摇头：“说实话，我也不知道。但我知道一旦剪错了，这玩意儿马上会炸，咱俩肯定留不了全尸。”这时丁超也闯了进来：“我来了，我们是搭档，是战友，生死在一起!”

嘀嘀声更加急促了，最后5秒钟。陈一诺下定了决心，剪断红线，他知道即使剪错了高亮和丁超也不会责怪，就算是命中注定。丁超也悲壮地点了点头，和高亮握起了手，高亮又把手搭在了陈一诺的肩膀。这辈子是战友兄弟，下辈子仍是兄弟战友。陈一诺终于拿起钳子，屏住了呼吸，将红线剪断。

这一刻，时间停止。

赵笛手中的杯子掉到了地上，摔成了碎片，她怔怔地盯着电视屏幕，眼泪流了下来。一旁玩耍的恬恬吓得直喊：“妈妈，你怎么哭了?”赵笛喃喃说：“你爸爸……”这时门铃响起，恬恬跑过去开门，叶萱来了，她也从电视里看到了科学考船被海盗劫持的紧急新闻，不放心赵笛母女，就来到了高亮家。此时的赵笛完全不把叶萱当成情敌，就像抓到了救命稻草，向她哭诉自己不该带着恬恬回来。刚下飞机就遇到百年不遇的暴雨，掉进了坍陷深坑差点丢了性命，此后也没有一件事情是顺心的，终于连累到高亮也身处险境，生死未卜。

叶萱安慰着赵笛，她为高亮担心，也为陈一诺和林越还有其他救生员、科考队员等所有人担心。他们都在一条船上，是真正的同舟共济。

平静的海面依然平静，并没有出现想象中的爆炸景象。不远处的海盗头目正在快艇上纳闷，突然发现科考船启动，正向他们驶来。海盗头目意识到情况不妙，命令手下赶紧逃跑。

"绝不能轻饶了这帮混蛋！"陈一诺盯着前面，催促着船长加快马力，距离在渐渐缩短，快艇拼命逃窜，迎面驶来了救援船 113 号。前后夹击，无路可逃的海盗头目扛起了火箭炮瞄准了救援船。后面科考船上的陈一诺看得清清楚楚，冲到甲板上举起卡宾枪就开火，密集的子弹打得快艇上的海盗们抬不起头。趁着这个机会，救援船上的队友们打开高压水枪。海盗们被强大的水流冲得东倒西歪，惨叫着掉进了海里，呼喊救命。

丁超见三个海盗落水求饶，愤怒地从陈一诺手中抢过枪要替马教授还有被打伤的赵五一报仇。走投无路的海盗们见枪口对准了自己，忙解下头上的白布条挥舞着要投降。丁超不由分说就扣动了扳机，一梭子弹射了出去却全都打空，是陈一诺抬高了他的枪口。海盗们虽然罪大恶极，但放下武器投降就是待救人员。只要是生命，不管善恶，都不能放任不管。陈一诺牢记着加入救援队的第一课就是以人为本，生命至上。

海盗们被海水灌饱了肚子，呼救的声音越来越小。这时，空中传来轰鸣声，孔令雯驾着直升机来了，赵五一和伤员已经被抬到了甲板上，林越给他们紧急处理伤口。赵五一脸色苍白，他担心自己撑不住了，林越握起他的手："坚持住，你会好起来，还记得我送给你的仙人掌吗？生命最顽强。"赵五一笑了，被乔磊护着上了直升机。当伤员们全都进到机舱，孔令雯迅速调转机头，飞往医院急救，她最后往下面望了一眼，丁超正在向着天空挥手。

直升机飞走了，军舰也来了，威武的中国人民海军登上了科考船，将海盗们全部捕获。陈一诺已经跳进了水里，向海盗们游去，救援船上的队友们也纷纷下水协助，把快被海水淹死和冻死的三个海盗拖了上来。两个手下除了用呼吸来证明自己还活着之外，一动也不动。海盗头目也是瘫倒在甲板上，拼着力气抬头看见周围都是中国人民海军，再也不敢耀武扬威，他爬到陈一诺的面前说了声谢谢。

"别谢我，让你活着，不是可怜你，是为了让你赎罪！法律会给你们公正的判决！"陈一诺用实际行动兑现着对昔日誓言的承诺，也守住了身为一名救生员的底线。这时他突然想起出发前杜伟成对他们下达的任务，就看到许振昌走了过来，掀开外衣从内衣藏着的口袋里掏出一只 U 盘，里面正是此次科考的所有成果。这是老伴亲手缝制的夹层，有备无患，没想到还真的派上了用场。在被海盗最初劫持的时候，许振昌好几次都想吞下 U 盘准备跳海，以保护科考成果不落在海盗的手里，多亏了救援队及时赶到。陈一诺说："您和科考的成果都是国家的宝贝，有我们在，就不能让海盗们得逞！"

所有人都痛快地笑了，大海也笑了，用跳舞的浪花欢送科考船和救援船还有军舰返航。

锣鼓喧天，彩旗飘扬，救援队员们在码头受到了热烈欢迎。杜伟成等领导和基地的

所有队友还有家属全都来了，与归来的英雄们握手拥抱。恬恬喊着“爸爸”扑进高亮怀里，赵笛和叶萱跟在后面。高亮的目光始终在叶萱的身上，放下恬恬走了过去，叶萱再也无法抑制自己的感情，扑向高亮的怀中，两个人拥抱在一起。赵笛看着，强忍着不让眼泪流下来，抱着恬恬默默离开了。

叶萱搂着高亮，久久不愿松开，一遍又一遍地说着“我爱你，高亮”，她再也不能让这个男人离开自己了。从电视里得知高亮遇险那一刻，叶萱就像坠入了无尽深渊。如果再也见不到高亮，她绝不能原谅自己，也一定会悔恨终生，那么爱她的高亮连一句自己说的“我爱你”都没有听到过。好在老天眷顾，现在高亮听到了，也一遍又一遍地回答：“我爱你，叶萱。”

真心相爱的两个人，没有什么可以分开。

丁超在人群里焦急地寻找孔令雯，在船上和海盗搏斗的时候，看着子弹从身边飞过，他就在心里想，只要能活着回去，一定要对孔令雯说出“我爱你”，这辈子不管生死永远不分开。但是现在却找不到孔令雯，丁超失望地垂下了头，突然眼前一亮，一只手伸了过来。丁超头也不抬就从怀里拿出那枚南非血钻戴到了伸过来的这只手上，陈一诺早就把孔祥海送的这份结婚礼物转交给了丁超，就等着这个时刻。孔令雯吃惊地看到这枚血钻兜兜转转又回到了自己的手上，感叹缘分的奇妙和命中注定。丁超把她抱了起来旋转，享受属于两个人的幸福时光。

救援船最后走下来两个人。一个全身受伤快被纱布包裹成木乃伊了，另一个在旁边搀扶。陈一诺看着“欢迎救援英雄凯旋”的条幅自嘲：“我这英雄是不是惨了点儿？亲爱的，只要你现在嫁给我，我内伤外伤立马都消失。”林越说：“都这时候还贫嘴，看，谁来了？”杜伟成扶着陈援朝走过来，陈一诺忙迎过去：“爸，我回来了。”陈援朝拉着儿子的手：“回来就好，咱们回家。”

家，永远是最温馨的港湾。

每个房间全都焕然一新，陈援朝比陈一诺和林越都要兴奋，走来走去地看着。林越悄悄告诉陈一诺自己的老同学已经从美国回来了，看过陈援朝的体检报告，认为可以服用新药，这就意味着多年的病症有了痊愈的希望。陈一诺抱着林越，亲吻着。

夜深人静，陈援朝早早地进入梦乡了，陈一诺和林越却一点睡意都没有，两个人躺在床上说着悄悄话，突然陈一诺跳了起来：“我就知道这小子暗恋你。”林越笑着做鬼脸：“吃醋了吗？赵五一不是第一个也不是最后一个暗恋本心理医生的人，他的肋骨被子弹穿透，好在抢救及时，已经没有生命危险，我也就放心了。”陈一诺也放心，这个世界上没有任何一个人比自己更爱林越，也没有人比林越更了解自己。

终此一生，只为一人。相亲相爱，白头偕老。

陈一诺张开双臂，扑到了林越的身上，两个人搂抱在一起，又回想起从前的那些时光。林越走进了班级，坐到陈一诺的旁边，两颗年轻的心在激烈地跳动。课堂上，陈一诺偷偷抄写着林越的作业。校园里，陈一诺骑着自行车载着林越给她唱《同桌的你》。毕业了，两个人考入不同的大学，一封封书信，一个个电话，倾诉着相思。工作了，救生员陈一诺最喜欢做的事情就是找心理医生来分享自己的喜怒哀乐，当然，他也分享着心理医生的快乐和忧伤。也曾分手，也曾迷惘，却并没有让两个人各奔东西，反而情更真、意更切。

就这样，一天又一天，一年又一年，十年的时间过去了。过去的岁月里，留下了两个人的爱情故事，终于盼来了美满结局。

然而，并不是每一段爱情都会心随所愿。

赵笛把一碗热乎乎的面条端到高亮面前，高亮说了声谢谢。赵笛有些失落："咱们之间用得着这么客气吗？我觉得你跟我生分了。"高亮说："咱们是朋友、是亲人，永远都是。赵笛，我很感激你，你用最好的青春陪我度过了美好的八年。但有些事情是不能回头的，姻缘尽了，可我们的亲缘还在，这也是件挺温暖的事。赵笛，相信我，世界这么大，一定有个合适的人在等着你。我不知道他是谁，可我知道，那个人一定不是我。我祝福你，希望你也能祝福我。"赵笛紧紧握住高亮的手，潸然泪下。

第二天，两个人带着恬恬去医院化验，结果让他们惊喜，喝了两个星期的中药就有两个指标恢复正常范围。高亮和赵笛马上来到赛华堂告诉医生这个好消息，小谢兴奋得满脸通红，因为爷爷去世，好多病人都嫌他年轻、没经验，不肯再来赛华堂治疗。恬恬是他的第一个病人，他一定会让恬恬康复。小谢拿出配好的两包中药，赵笛放进了包里，里面还装着一张去往加拿大的机票。

悄悄地，她走了。

赵笛留下了恬恬，也给高亮留下了一封信。默默地离开，是不想面对女儿的眼泪，她相信高亮和叶萱会好好照顾女儿。赵笛会在大洋彼岸送上祝福，祝福天下的有情人终成眷属。

救援船甲板被布置成了婚礼的现场。船舷的栏杆上悬挂着大红灯笼，大红的双喜字格外抢眼，大红的地毯通向用鲜花装饰的拱门，象征着从这里走向幸福。所有人全都来了，欢天喜地，笑逐颜开，鼓着掌欢迎新郎新娘入场。陈一诺和林越手挽着手，高亮和叶萱手挽着手，踏着《婚礼进行曲》走了过来。他们的身后，扮作花童的恬恬和小郑安从花篮中抓起花瓣，向空中挥洒。

蓝天白云下，幸福拱门前，陈一诺和林越紧紧拥抱，高亮和叶萱相依相偎。

幸福，在一起。

幸福，到永远。

2015 年 3 月　一稿

2015 年 5 月　修改

中国救捞CRS
海救115

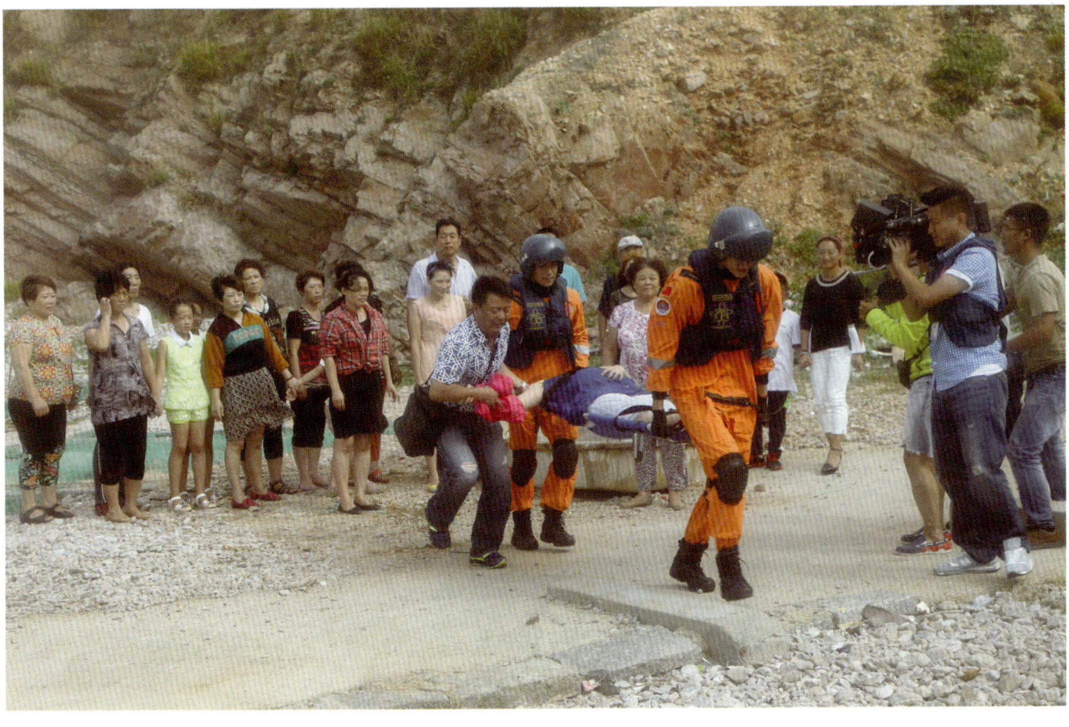

上海海事大学

AAAA
中國航海博物館
CHINA MARITIME MUSEUM

北海救115
BEI HAI JIU 115
YAN TAI